J. R. Ward

BLACK DAGGER
—LEGACY—

TANZ DES BLUTES

Roman

WILHELM HEYNE VERLAG
MÜNCHEN

Titel der amerikanischen Originalausgabe
BLOOD VOW – BLACK DAGGER LEGACY
Deutsche Übersetzung von Corinna Vierkant

MIX
Papier aus verantwor-
tungsvollen Quellen
FSC® C014496
www.fsc.org

Penguin Random House Verlagsgruppe FSC® N001967

3. Auflage
Deutsche Erstausgabe 08/2017
Redaktion: Bettina Spangler
Copyright © 2016 by Love Conquers All, Inc.
Copyright © 2017 der deutschsprachigen Ausgabe by
Wilhelm Heyne Verlag, München,
in der Penguin Random House Verlagsgruppe GmbH,
Neumarkter Straße 28, 81673 München
Printed in Germany
Umschlaggestaltung: Animagic GmbH, Bielefeld,
unter Verwendung eines Motivs von Fotolia/Valua Vitaly
Satz: Buch-Werkstatt GmbH, Bad Aibling
Druck und Bindung: GGP Media GmbH, Pößneck
ISBN 978-3-453-31851-9

www.heyne.de

Gewidmet:
Meinem Tatson, Dee.
In Liebe,
Mummy

Danksagung

Ein großes Dankeschön allen Lesern der Bruderschaft der Black Dagger!

Vielen Dank für all die Unterstützung und die Ratschläge an: Steven Axelrod und Kara Welsh. Alles Liebe an das Team Waud – ihr wisst, wer gemeint ist. Ohne euch käme die Sache gar nicht zustande.

Nichts von alledem wäre möglich ohne: meinen liebevollen Ehemann, der mir mit Rat und Tat zur Seite steht, sich um mich kümmert und mich an seinen Visionen teilhaben lässt; meine wunderbare Mutter, die mir mehr Liebe geschenkt hat, als ich ihr je zurückgeben kann; meine Familie (die blutsverwandte wie auch die frei gewählte) und meine liebsten Freunde.

Ach ja, und meinem WriterAssistant Naamah.

Glossar der Begriffe und Eigennamen

Ahstrux nohtrum – Persönlicher Leibwächter mit Lizenz zum Töten, der vom König ernannt wird.

Die Auserwählten – Vampirinnen, deren Aufgabe es ist, der Jungfrau der Schrift zu dienen. Sie werden als Angehörige der Aristokratie betrachtet, obwohl sie eher spirituell als weltlich orientiert sind. Normalerweise pflegen sie wenig oder keinen Kontakt zu männlichen Vampiren; auf Weisung der Jungfrau der Schrift können sie sich aber mit einem Krieger vereinigen, um den Fortbestand ihres Standes zu sichern. Einige von ihnen besitzen die Fähigkeit zur Prophezeiung. In der Vergangenheit dienten sie alleinstehenden Brüdern zum Stillen ihres Blutbedürfnisses. Diese Praxis wurde von den Brüdern wieder aufgenommen.

Bannung – Status, der einer Vampirin der Aristokratie auf Gesuch ihrer Familie durch den König auferlegt werden kann. Unterstellt die Vampirin der alleinigen Aufsicht ihres Hüters, üblicherweise der älteste Mann des Haushalts. Ihr Hüter besitzt damit das gesetzlich verbriefte Recht, sämtliche Aspekte ihres Lebens zu bestimmen und nach eigenem Gutdünken jeglichen Umgang zwischen ihr und der Außenwelt zu regulieren.

Die Bruderschaft der Black Dagger – Die Brüder des Schwarzen Dolches. Speziell ausgebildete Vampirkrieger, die ihre Spezies vor der Gesellschaft der Lesser beschützen. Infolge selektiver Züchtung innerhalb der Rasse besitzen die Brüder ungeheure physische und mentale Stärke sowie die Fähigkeit zur extrem raschen Heilung. Die meisten von ihnen sind keine leiblichen Geschwister; neue Anwärter werden von den anderen Brüdern vorgeschlagen und daraufhin in die Bruderschaft aufgenommen. Die Mitglieder der Bruderschaft sind Einzelgänger, aggressiv und verschlossen. Sie pflegen wenig Kontakt zu Menschen und anderen Vampiren, außer um Blut zu trinken. Viele Legenden ranken sich um diese Krieger, und sie werden von ihresgleichen mit höchster Ehrfurcht behandelt. Sie können getötet werden, aber nur durch sehr schwere Wunden wie zum Beispiel eine Kugel oder einen Messerstich ins Herz.

Blutsklave – Männlicher oder weiblicher Vampir, der unterworfen wurde, um das Blutbedürfnis eines anderen zu stillen. Die Haltung von Blutsklaven wurde vor Kurzem gesetzlich verboten.

Chrih – Symbol des ehrenhaften Todes in der alten Sprache.

Doggen – Angehörige(r) der Dienerklasse innerhalb der Vampirwelt. Doggen pflegen im Dienst an ihrer Herrschaft altertümliche, konservative Sitten und folgen einem formellen Bekleidungs- und Verhaltenskodex. Sie können tagsüber aus dem Haus gehen, altern aber relativ rasch. Die Lebenserwartung liegt bei etwa fünfhundert Jahren.

Dhunhd – Hölle.

Ehros – Eine Auserwählte, die speziell in der Liebeskunst ausgebildet wurde.

Exhile Dhoble – Der böse oder verfluchte Zwilling, derjenige, der als Zweiter geboren wird.

Gesellschaft der Lesser – Orden von Vampirjägern, der von Omega zum Zwecke der Auslöschung der Vampirspezies gegründet wurde.

Glymera – Das soziale Herzstück der Aristokratie, sozusagen die »oberen Zehntausend« unter den Vampiren.

Gruft – Heiliges Gewölbe der Bruderschaft der Black Dagger. Sowohl Ort für zeremonielle Handlungen als auch Aufbewahrungsort für die erbeuteten Kanopen der Lesser. Hier werden unter anderem Aufnahmerituale, Begräbnisse und Disziplinarmaßnahmen gegen Brüder durchgeführt. Niemand außer Angehörigen der Bruderschaft, der Jungfrau der Schrift und Aspiranten hat Zutritt zur Gruft.

Hellren – Männlicher Vampir, der eine Partnerschaft mit einer Vampirin eingegangen ist. Männliche Vampire können mehr als eine Vampirin als Partnerin nehmen.

Hohe Familie – König und Königin der Vampire sowie all ihre Kinder.

Hüter – Vormund eines Vampirs oder einer Vampirin. Hüter können unterschiedlich viel Autorität besitzen, die größte Macht übt der Hüter einer gebannten Vampirin aus.

Jungfrau der Schrift – Mystische Macht, die dem König als Beraterin dient sowie die Vampirarchive hütet und Privilegien erteilt. Existiert in einer jenseitigen Sphäre und besitzt umfangreiche Kräfte. Hatte die Befähigung zu einem einzigen Schöpfungsakt, den sie zur Erschaffung der Vampire nutzte.

Leahdyre – Eine mächtige und einflussreiche Person.

Lesser – Ein seiner Seele beraubter Mensch, der als Mitglied der Gesellschaft der Lesser Jagd auf Vampire macht, um sie auszurotten. Die Lesser müssen durch einen Stich in die Brust getötet werden. Sie altern nicht, essen und trinken nicht und sind impotent. Im Laufe der Jahre verlieren sie ihre Haare, Haut und Iris ihre Pigmentierung, bis sie blond, bleich und weißäugig sind. Sie riechen nach Talkum. Aufgenommen in die Gesellschaft werden sie durch Omega. Daraufhin erhalten sie ihre Kanope, ein Keramikgefäß, in dem sie ihr aus der Brust entferntes Herz aufbewahren.

Lewlhen – Geschenk.

Lheage – Respektsbezeichnung einer sexuell devoten Person gegenüber einem dominanten Partner.

Lhenihan – Mystisches Biest, bekannt für seine sexuelle Leistungsfähigkeit. In modernem Slang bezieht es sich auf einen Vampir von übermäßiger Größe und Ausdauer.

Lielan – Ein Kosewort, frei übersetzt in etwa »mein Liebstes«.

Lys – Folterwerkzeug zur Entnahme von Augen.

Mahmen – Mutter. Dient sowohl als Bezeichnung als auch als Anrede und Kosewort.

Mhis – Die Verhüllung eines Ortes oder einer Gegend; die Schaffung einer Illusion.

Nalla oder Nallum – Kosewort. In etwa »Geliebte(r)«.

Novizin – Eine Jungfrau.

Omega – Unheilvolle mystische Gestalt, die sich aus Groll gegen die Jungfrau der Schrift die Ausrottung der Vampire zum Ziel gesetzt hat. Existiert in einer jenseitigen Sphäre und hat weitreichende Kräfte, wenn auch nicht die Kraft zur Schöpfung.

Phearsom – Begriff, der sich auf die Funktionstüchtigkeit der männlichen Geschlechtsorgane bezieht. Die wörtliche Übersetzung lautet in etwa »würdig, in eine Frau einzudringen«.

Princeps – Höchste Stufe der Vampiraristokratie, untergeben nur den Mitgliedern der Hohen Familie und den Auserwählten der Jungfrau der Schrift. Dieser Titel wird vererbt; er kann nicht verliehen werden.

Pyrokant – Bezeichnet die entscheidende Schwachstelle eines Individuums, sozusagen seine Achillesverse. Diese Schwachstelle kann innerlich sein, wie zum Beispiel eine Sucht, oder äußerlich, wie ein geliebter Mensch.

Rahlman – Retter.

Rythos – Rituelle Prozedur, um verlorene Ehre wiederherzustellen. Der Rythos wird von dem Vampir gewährt, der einen anderen beleidigt hat. Wird er angenommen, wählt der Gekränkte eine Waffe und tritt damit dem unbewaffneten Beleidiger entgegen.

Schleier – Jenseitige Sphäre, in der die Toten wieder mit ihrer Familie und ihren Freunden zusammentreffen und die Ewigkeit verbringen.

Shellan – Vampirin, die eine Partnerschaft mit einem Vampir eingegangen ist. Vampirinnen nehmen sich in der Regel nicht mehr als einen Partner, da gebundene männliche Vampire ein ausgeprägtes Revierverhalten zeigen.

Symphath – Eigene Spezies innerhalb der Vampirrasse, deren Merkmale die Fähigkeit und das Verlangen sind, Gefühle in anderen zu manipulieren (zum Zwecke eines Energieaustauschs). Historisch wurden die Symphathen oft mit Misstrauen betrachtet und in bestimmten Epochen auch von den anderen Vampiren gejagt. Sind heute nahezu ausgestorben.

Trahyner – Respekts- und Zuneigungsbezeichnung unter männlichen Vampiren. Bedeutet ungefähr »geliebter Freund«.

Transition – Entscheidender Moment im Leben eines Vampirs, wenn er oder sie ins Erwachsenenleben eintritt. Ab diesem Punkt müssen sie das Blut des jeweils anderen Geschlechts trinken, um zu überleben, und vertragen kein Sonnenlicht mehr. Findet normalerweise mit etwa Mitte zwanzig statt. Manche Vampire überleben ihre Transition nicht, vor allem männliche Vampire. Vor ihrer Transition sind Vampire von schwächlicher Konstitution und sexuell unreif und desinteressiert. Außerdem können sie sich noch nicht dematerialisieren.

Triebigkeit – Fruchtbare Phase einer Vampirin. Üblicherweise dauert sie zwei Tage und wird von heftigem sexuellem Verlangen begleitet. Zum ersten Mal tritt sie etwa fünf Jahre nach der Transition eines weiblichen Vampirs auf, danach im Abstand von etwa zehn Jahren. Alle männlichen Vampire reagieren bis zu einem gewissen Grad auf eine triebige Vampirin, deshalb ist dies eine gefährliche Zeit. Zwischen konkurrierenden männlichen Vampiren können Konflikte und Kämpfe ausbrechen, besonders wenn die Vampirin keinen Partner hat.

Vampir – Angehöriger einer gesonderten Spezies neben dem Homo sapiens. Vampire sind darauf angewiesen, das Blut des jeweils anderen Geschlechts zu trinken. Menschliches Blut kann ihnen zwar auch das Überleben sichern, aber die daraus gewonnene Kraft hält nicht lange vor. Nach ihrer Transition, die üblicherweise etwa mit Mitte zwanzig stattfindet, dürfen sie sich nicht mehr dem Sonnenlicht aussetzen und müssen sich in regelmäßigen Abständen aus der Vene ernähren. Entgegen einer weit verbreiteten Annahme können Vampire Menschen nicht durch einen Biss oder eine Blutübertragung »verwandeln«, in seltenen Fällen aber können sich die beiden Spezies zusammen fortpflanzen. Vampire können sich nach Belieben dematerialisieren, dazu müssen sie aber ganz ruhig werden und sich konzentrieren; außerdem dürfen sie nichts Schweres bei sich tragen. Sie können Menschen ihre Erinnerung nehmen, allerdings nur, solange diese Erinnerungen im Kurzzeitgedächtnis abgespeichert sind. Manche Vampire können auch Gedanken lesen. Die Lebenserwartung liegt bei über eintausend Jahren, in manchen Fällen auch höher.

Vergeltung – Akt tödlicher Rache, typischerweise ausgeführt von einem Mann im Dienste seiner Liebe.

Wanderer – Ein Verstorbener, der aus dem Schleier zu den Lebenden zurückgekehrt ist. Wanderern wird großer Respekt entgegengebracht, und sie werden für das, was sie durchmachen mussten, verehrt.

Whard – Entspricht einem Patenonkel oder einer Patentante.

Zwiestreit – Konflikt zwischen zwei männlichen Vampiren, die Rivalen um die Gunst einer Vampirin sind.

1

Keys-Club
Caldwell, NY

Masken hatten einen festen Platz im Leben von Axe. Ob sie im wörtlichen Sinn sein Gesicht verbargen oder in übertragener Bedeutung seine Seele schützten, er liebte die Tarnung. Wissen war schließlich nur dann Macht, wenn es Auskunft über den Feind gab. Doch auf ihn selbst bezogen? Dann lieber ein Messer an der Kehle.

Und jeder war sein Feind.

Er stand in einem Pulk von sexuell erregten Menschen, über hundert von ihnen, und war drauf und dran, seine dunkle Seite zu befriedigen. Er würde einen Happen Frischfleisch in den Zwinger werfen, einen Schritt zurücktreten und zusehen, wie sein gieriger Sexualtrieb es verschlang und seinen animalischen Hunger kurzfristig stillte.

Es hielt nie lange vor. Deswegen war er dem Club beigetreten.

Im Keys hatten nur Mitglieder Zutritt, und es gab nur zwei Regeln: keine Minderjährigen. Nur einvernehmlich.

Waren diese Bedingungen erfüllt, konnte man sich jedem Spleen und jeder Sünde hingeben: Glory Holes, Gangbangs, Dreier. Es gab spezielle Räume für Fetische und Vertiefungen im Boden zum Vögeln und jede Form von Fesseln, Ketten und Aufhängungen, die man sich nur wünschen konnte.

Und natürlich die Kathedrale.

Sie war der größte und höchste Raum im Labyrinth des Clubs, der sich über mehrere Gebäude erstreckte, und war dem innersten Zirkel der Hardcorefans vorbehalten. Künstlicher Nebel kräuselte sich in der Luft, durchbrochen von roten und blauen Laserstrahlen, es gab kein Mobiliar, nichts, bis auf den Altar.

Hier trugen die Besucher immer Masken, selbst in Nächten, in denen diese im Rest des Clubs nicht vorgeschrieben waren.

Durch die Augenhöhlen seiner Totenkopfmaske blickte Axe hinauf zum Altar.

Der Aufbau erinnerte an eine Szene aus *Das Schweigen der Lämmer:* Ein menschlicher Leib hing hoch in der Luft, die Arme seitlich ausgestreckt, den Kopf zur Seite geneigt, umgeben von wallendem Stoff wie von Flügeln. Doch damit endeten die Gemeinsamkeiten mit Hannibal Lecters Kunstwerk. Denn es war kein Mann, der da hing, sondern eine Frau, und sie war nackt. Und was ihren Leib besudelte, war kein echtes Blut, sondern ein fieses Gebräu, das wie Regen von der Decke fiel und ihre Brüste benetzte, ihren Bauch überzog, an ihren Schenkeln herabbrann und sie im Scheinwerferlicht feucht glänzen ließ.

Sie war auch nicht tot, sondern äußerst lebendig.

»Interesse?«, wurde er von hinten gefragt.

Axe lächelte und sparte sich die Mühe, seine Fänge zu verbergen.

Niemand hier wusste, dass er Vampir war. Und zwar kein neo-viktorianischer Dracula-Verschnitt mit kosmetisch veränderten Zähnen, Stiefeln mit Absatz und schwarzer Tönung im ohnehin dunklen Haar.

Nein, ein echter Vampir. Andere DNA. Andere Traditionen und andere Sprache. Andere biologische Zwänge, darunter tatsächlich die Notwendigkeit, ab und an das Blut eines Vampirs des anderen Geschlechts zu trinken.

Und auch sein Geschlechtstrieb war anders.

»Ja, ich mache den Anfang«, erklärte er.

Der Club-Angestellte pfiff und winkte, damit man das Baugerüst in Position rollte, und ein Raunen ging durch die Menge. Die Spannung stieg in Erwartung des ersten Spektakels. Einen Moment lang erwog Axe, ob er sich zu ihr auf den Altar materialisieren sollte, einfach nur, um die Anwesenden zu schockieren, einfach nur, weil er es konnte und er gerne Chaos stiftete.

Stattdessen kletterte er an dem Metallgerüst empor, mit der Leichtigkeit einer Spinne im Netz.

Als er auf Höhe der Frau war, bäumte sie sich auf. Ihr Rücken beschrieb einen Bogen, ihr Kopf fiel zurück, der Mund ging auf, und ihre Augen sahen ihn flehentlich an. Sie war nicht benebelt durch irgendeine Droge, sie war im Gegenteil übermäßig klar. Ihr Geschlecht verströmte seinen Duft, und ihr Fleisch schrie nach Erlösung.

Sie wollte ihn. Unter all den Leuten hatte sie ihn gewählt.

»Nimm mich«, sagte sie. »Nimm …«

Er streckte die behandschuhte Hand aus und verschloss ihre Lippen mit den Fingerspitzen. Dann beugte er sich über sie, bleckte die Fänge und näherte sich ihrem Hals. Doch er biss nicht zu. Er fuhr mit der Spitze eines seiner Fänge ihre Halsschlagader nach.

Sie zuckte in den Ketten, die sie sich anlegen hatte lassen, und kam zum Orgasmus. Die öffentliche Zurschaustellung, die Gefahr, die er darstellte, das war die Art von

Sex, die sie brauchte. Stöhnend wand sie sich, und ihr Gesicht hinter der Maske errötete.

Ihre Lust übertrug sich wie eine sich kräuselnde Woge auf das Meer aus Körpern unter ihnen.

Und auch Axe war erregt, oh ja. Aber nicht auf die gleiche Art wie die anderen. Nicht auf die gleiche Art wie sie.

Das war ihm verwehrt.

Dennoch dämpfte der Sex die kreischende Stimme in seinem Kopf, die ihm vorhielt, dass er ein Stück Scheiße war. Lenkte ihn ab von seiner brennenden Wut auf sich selbst. Verdrängte die Schuldzuweisungen.

Insofern kamen sie beide auf ihre Kosten.

Er löste die Kordel an seinem Hals und ließ den schweren Umhang von den Schultern gleiten. Er trug eine schwarze lederne Hose und sonst nichts außer seinen Tätowierungen und den Piercings.

Axe legte die Hand auf ihren Körper und ließ sie wandern, zusammen mit dem Mund, überallhin.

Und der Sturm, den er heraufbeschwor, fegte über seine desolate Seelenlandschaft hinweg, verhüllte das verkarstete Trümmerfeld seines Selbst.

Sie bekam, wonach es sie verlangte, genau wie er.

Gut so. In einer Stunde war er im Trainingszentrum bei der Bruderschaft der Black Dagger, um seine Ausbildung fortzusetzen. Dazu musste er einigermaßen in Form sein. Er wollte Soldat werden im Kampf gegen die Gesellschaft der *Lesser*. Er wollte wandeln auf dem schmalen Grat zwischen Leben und Tod.

Darin würde er finden, wonach er sich sehnte.

Inneren Frieden durch kriegerisches Handeln. An diese Hoffnung klammerte er sich. Denn wer den Untoten gegenüberstand, war gut damit beschäftigt, am Leben zu bleiben. Da blieb keine Zeit für andere Sorgen.

Einfach perfekt.

Elise, Tochter von *Princeps* Felixe dem Jüngeren, lächelte den Menschen an, der ihr an einem Tisch in der Bibliothek gegenübersaß. »Natürlich kann ich länger bleiben. Ich lasse Sie doch nicht mit dem ganzen Berg allein.«

»Der ganze Berg« war ein Wust aus Abschlussarbeiten, der sich über den Tisch verteilte, bis auf den halben freien Meter vor ihr und den halben Meter vor Professor Troy Becke. Die Teilnehmer des Seminars »Psychologie 342« reichten ihre Arbeiten zwar elektronisch ein, doch für die Benotung druckte Troy sie aus. Und nachdem Elise ihm schon bei der Korrektur der Zwischenprüfung geholfen hatte, gab sie ihm recht. Es war etwas anderes, wenn man die Arbeit in Händen hielt und seine Gedanken zu Papier bringen konnte. Wahrscheinlich deshalb, weil es nicht so schnell ging.

Am Bildschirm konnte man leicht etwas überlesen, außerdem tippte sie sehr schnell. Wenn sie ihre Kommentare von Hand schrieb, blieb ihr mehr Zeit zum Denken.

Troy lehnte sich zurück und streckte sich. »Weihnachten steht vor der Tür, es ist nach zehn, das hier ist Sklavenarbeit.«

Er lächelte sie an. Elise betrachtete ihn. Er war groß für einen Menschen, hatte leuchtend blaue Augen, und sein Gesicht war so offen und freundlich, dass sie darüber vergessen konnte, wie fremd sie in seiner Welt war. Denn Elise war nur Gast bei den Menschen, ein Gast, der blieb, weil ihn die Freiheit faszinierte, den die Bewohner hier genossen.

»Das war meine letzte.« Sie legte den Ausdruck auf die anderen benoteten Arbeiten links und streckte sich

23

ebenfalls. Es war ein herrliches Gefühl im Kreuz. »Wissen Sie, das war ein angenehmes Seminar. Die Studenten waren fit und sind gut mitgekommen …«

»Es tut mir leid«, unterbrach er sie.

Elise runzelte die Stirn. »Warum? Ich bin Ihre studentische Hilfskraft. Das ist meine Aufgabe. Außerdem lerne ich viel mehr, seit ich …«

Sie führte den Satz nicht zu Ende, weil ihr nicht entging, dass er gar nicht zuhörte. Troys Blick war auf die Stapel gerichtet, die sich rings um sie türmten, doch er ging ins Leere.

Als Vampirin unter Menschen war Elise grundsätzlich ein wenig nervös, also blickte auch sie sich um, ob Troy etwas bemerkt hatte, das ihr entgangen war.

In die Foster-Newman-Bibliothek kamen die Studenten zum Lernen, obwohl das gedruckte Buch aus der Mode gekommen war, der Laptop den Schreibblock abgelöst hatte und es keine Kreide mehr in den Seminarräumen gab. Die Bibliothek erstreckte sich über vier Geschosse, angefüllt mit endlosen Regalreihen, gelegentlich unterbrochen von Sitzbereichen. Hier fühlte sich Elise immer sicher, hier gab es nichts als ihre Studien und ihren Ehrgeiz.

Das herrschaftliche Haus ihres Vaters war der Ort, an dem sie sich bedrängt fühlte. Verfolgt. Bedroht.

Wenn auch nur im übertragenen Sinne.

Doch sie entdeckte nichts Ungewöhnliches und rieb sich die Augen. Die Erkenntnis, dass sie zu dem großen alten Anwesen zurückkehren musste, bereitete ihr Kopfschmerzen.

Nach sieben Jahren Studium näherte sie sich langsam ihrem Ziel. Sie hatte einen Bachelor in Psychologie, der es ihr erlaubte, ohne Masterabschluss ihren Doktor in Psychologie zu machen. Sobald sie ihren Titel hatte, wollte sie private Therapien für Vampire anbieten, spezialisiert auf posttraumatische Belastungsstörungen.

Seit den Plünderungen vor zwei Jahren litten viele Vampire an den Folgen der traumatischen Erlebnisse, und kaum einer hatte die Gelegenheit, sich an einen Sozialpädagogen oder Therapeuten zu wenden.

Natürlich waren die Plünderungen auch Elise in die Quere gekommen. Ihr Vater hatte darauf bestanden, dass sie ihre Studien aufgab und mit Tante, Onkel und Cousine in ein sicheres Haus weit weg von Caldwell zog. Doch unmittelbar nach ihrer Rückkehr hatte sie das Studium wieder aufgenommen – obwohl ein weiterer Schicksalsschlag ihre Familie erschüttert hatte. Jetzt war alles noch viel schwerer geworden.

Sie hasste sich dafür, dass sie ihren Vater Nacht für Nacht belog. Dass sie Ausflüchte erfand, wohin sie ging und mit wem sie sich traf. Doch was hätte sie tun sollen? Für sie gab es nur dieses kleine Fenster in die Freiheit, und man hatte es geschlossen. Zumal ihre Cousine vor vier Wochen totgeschlagen worden war.

Es war ihr noch immer unbegreiflich, dass Allishon nicht mehr da sein sollte. Und genau wie Elise standen auch ihr Vater, ihr Onkel und ihre Tante unter Schock. Zumindest nahm Elise das an. Denn niemand redete über ihren Tod, die Trauer, die Wut. Aber natürlich reagierten sie darauf. Elises Vater wirkte so angespannt und verhärmt, als könnte er jeden Moment in die Luft gehen. Ihre Tante sperrte sich seit einem Monat im Schlafzimmer ein, und ihr Onkel wandelte umher wie ein Geist, ohne einen Schatten zu werfen oder ein Geräusch zu verursachen.

Elise dagegen stahl sich aus dem Haus, um an die Uni zu gehen. Aber hey, sie hatte jahrelang gearbeitet, um so weit zu kommen, und die Unfähigkeit ihrer Familie, mit dem Verlust von Allishon umzugehen, war doch nur ein weiterer Beleg dafür, wie dringend ihre Spezies fähige, gut geschulte Psychologen brauchte.

Probleme unter den Teppich zu kehren führte schließlich fast immer zur Katastrophe.

»Ich bin nur müde«, sagte Troy.

Elise riss sich von ihren Grübeleien los und sah ihn an. Ihr erster Gedanke war, dass er etwas verbarg. Ihr zweiter, dass sie herausfinden musste, was es war.

»Kann ich irgendwie helfen?«

Er schüttelte den Kopf. »Nein, das Problem liegt bei mir.«

Als er zu lächeln versuchte, stieg ihr ein Geruch in die Nase. Etwas …

»Ich glaube, Sie sollten sich besser auf den Heimweg machen.« Er bückte sich nach der Tasche, in der er die Prüfungen mitgebracht hatte, und fing an, sie wieder hineinzustopfen. »Es schneit, die Straßen werden immer gefährlicher.«

»Troy, können Sie mir bitte sagen, was los ist?«

Er stand auf und steckte sein Hemd in die khakifarbene Hose. »Alles bestens. Ich nehme an, ich sehe Sie erst im nächsten Jahr wieder.«

Elise sah ihn verwundert an. »Aber sollte ich Ihnen nicht bei den Studienplänen für Psychologie vierhunderteins, zweihundertachtundzwanzig und das Seminar über Bipolar zwei helfen? Ich hätte morgen Abend Zeit …«

»Das halte ich für keine gute Idee, Elise.«

Was war das nur für ein Geruch …

Oh. Ach, so.

Errötend wurde ihr klar, womit sie es zu tun hatte. Zumal er nun den Blick von ihr abwandte: Er war erregt. Wegen ihr.

Er war heftig sexuell erregt und alles andere als glücklich darüber.

»Troy.«

Ihr Professor hob die Hand. »Es hat nichts mit Ihnen zu tun. Sie haben nichts falsch gemacht. Ehrlich.«

Er verstummte, und sie wünschte, er würde einfach mit der Wahrheit herausrücken. Nicht weil sie ihn unbedingt sonderlich anziehend fand, sondern weil sie jede Form der Geheimniskrämerei hasste. Davon hatte sie mehr als genug in ihrer Familie, wo niemand seinen Gefühlen Ausdruck verlieh, wenn sich das Leben von seinen unschönen Seiten zeigte.

Außerdem war sie ihm durchaus nicht abgeneigt. Er war auf harmlose Art attraktiv. Intelligent, humorvoll, der Schwarm vieler Studentinnen. Sie konnte oft genug beobachten, wie die Menschenfrauen ihn in den Seminaren anhimmelten.

Und vielleicht hatte sie sich auch schon das ein oder andere Mal ausgemalt, wie es wäre. Ihn zu berühren. Zu küssen. Andere … Dinge zu tun.

Sie hatte gegenwärtig keinen Vampir in Aussicht, und daran würde sich auf absehbare Zeit nichts ändern. Außerdem war sie in den Augen der *Glymera* ohnehin verdorben.

Nicht dass irgendjemand davon wusste. Der Vampir, mit dem sie geschlafen hatte, war bei den Plünderungen ums Leben gekommen.

»Ich bin volljährig«, hörte sie sich sagen.

Er sah sie an. »Was?«

»Ich bin nicht jung. Nicht zu jung, meine ich. Für das, woran Sie denken.«

Troys Augen weiteten sich überrascht. Dann fiel sein Blick auf ihre Lippen.

Ja, dachte sie. Mit diesem Menschen könnte sie gefahrlos zusammen sein. Er würde sie nie verletzen oder bedrängen, denn das lag nicht in seiner Natur, und selbst wenn er es versuchen sollte, konnte sie ihn problemlos überwältigen. Außerdem würde Elise sich nie vereinigen, nie ganz ihrem Vater entgehen, dem Leben niemals näher kommen als in den destillierten Lebensgeschichten aus ihren Lehrbüchern.

»Elise.« Er rieb sich mit dem Handballen übers Gesicht. »Oh, Gott …«

»Was? Tut mir leid, ich werde nicht so tun, als wüsste ich nicht, worüber wir hier reden.«

»Es gibt Regeln. Für Professoren und Studentinnen.«

»Sie leiten keinen meiner Kurse.«

»Sie sind meine studentische Hilfskraft.«

»Ich bestimme darüber, was ich tue, niemand sonst.«

Zumindest hier, an der Universität, diesem kleinen Bereich in ihrem Leben, den sie in der Menschenwelt verbrachte. Keine Regel dieser Gesellschaft, die nicht ihre war, konnte ihr vorschreiben, was sie zu tun und zu lassen hatte. Davon hatte sie in ihrer eigenen Welt schon mehr als genug.

Troy lachte rau. »Ich fasse es nicht, dass wir dieses Gespräch führen. Ich meine, in Gedanken habe ich es schon tausend Mal durchgespielt. Ich dachte nur nicht, dass es tatsächlich einmal dazu kommen würde.«

»Nun, mir ist einerlei, was die Leute denken.« Und das war die Wahrheit. Was Menschen betraf. »Ich habe keine Angst.«

»Das kann ich von mir nicht behaupten. Ich habe nie etwas Vergleichbares getan. Dieses ganze Klischee, der Professor und die Studentin, davon habe ich immer die Finger gelassen. Ich dachte, ich wäre stark genug. Aber Sie sind anders, und weil Sie das sind … bringen Sie mich dazu, mich anders zu verhalten.«

Er wirkte auf sonderbare Weise hilflos, als er sie ansah, als würde er sich nach langem Kampf geschlagen geben.

Jetzt blickte sie auf seine Lippen.

Und wieder erfüllte dieser Geruch ihre Nase, während sich seine Brust hob …

»Professor Becke? Hallo!«

Eine zierliche, kurvige Frau kam auf ihn zu, eingehüllt in eine Wolke von Parfüm. Mit ihren schulterlangen blonden Locken und dem Make-up hätte sie sich gut für ein Werbeplakat geeignet, das die Attraktivität der Universität bewirbt.

»Ich bin in Ihrem Grundkurs, oder war in Ihrem Kurs, und meine Zimmergenossin … sie ist da drüben … Amber, sieh mal, wer hier ist! Vielleicht erinnern Sie sich, ich musste nach Hause, weil sich meine Eltern scheiden ließen, und Sie haben mich die Prüfung nachschreiben lassen. Also, ich …«

Sie redete wie ein Wasserfall, und dann kam Zimmergenossin Amber angehopst wie ein junger Hund. Troy wirkte zerstreut, als fände er nur mühsam von ihrem intimen Gespräch zurück in die Realität.

Elise nahm ihren Mantel und den Rucksack, schob ihren Stuhl unter den Tisch und hob die Hand zum Abschied. Als Troy ihr zunickte, lag Verzweiflung in seinem Blick, als würde ihm ein lang ersehntes Geschenk aus den Händen gleiten und in einen Abgrund stürzen.

Elise hielt sich ein imaginäres Handy ans Ohr und signalisierte ihm, sie anzurufen, dann bewegte sie sich in Richtung Ausgang. Der alte Mann, der nachts an der Bücherausgabe saß, beugte sich über den Computer, als würde er sich gerade ausloggen, sein blauer Parka und seine Mütze lagen bereits auf dem Tisch neben der Thermoskanne, die vermutlich leer war.

»Gute Nacht«, verabschiedete sie sich an der Glastür. Er grunzte. Mehr gab er nie von sich.

Draußen schlug ihr ein steifer kalter Wind ins Gesicht, und sie hängte sich den Rucksack über die Schulter, um den Reißverschluss an ihrem Mantel zuzuziehen. Laternen beleuchteten den Weg, und tatsächlich wirbelten zarte Schneeflocken in die Lichtkreise hinein und wieder hinaus, als wollten sie miteinander tanzen, wären aber zu schüchtern dazu.

Einen Moment lang sah sich Elise um und dachte, dass Allishon nie mehr Freude an einer stillen Nacht würde haben können, nie mehr durch wirbelnde Schneeflocken laufen würde, die Wärme in ihrem Mantel fühlen und die Kälte an den Wangen. Jetzt bereute Elise, dass sie nicht mehr Zeit mit ihr verbracht hatte. Sie waren sehr unterschiedlich gewesen, fast gegensätzlich, der Bücherwurm und die Unbezähmbare, aber vielleicht hätte es eine Möglichkeit gegeben, das Schicksal abzuwenden. Den Ausgang zu ändern. Den Schalter zurückzulegen, der Allishon aus der Sicherheit katapultiert hatte.

Doch das würde nicht geschehen.

Elise trat auf das braune Gras und entfernte sich vom Schein der Laternen, vom Parkplatz, dem Universitätsgebäude auf der anderen Seite.

Als sie ganz in den Schatten eingetaucht war, dematerialisierte sie sich und bewegte sich in einer Wolke aus Molekülen zum großen georgianischen Anwesen ihres Vaters, das meilenweit vom Campus entfernt lag. Ihre Gedanken wanderten zu Troy, vielleicht, um sich abzulenken, vielleicht aus Neugierde. Doch die Reise dauerte nicht länger als eine Willensanstrengung und einen Wimpernschlag.

Als sie auf dem Rasen vor dem väterlichen Haus Gestalt annahm, vermischte sich in ihrem Kopf der Tod von Allishon mit der Erinnerung daran, wie Troy sie über den Tisch in der Bibliothek hinweg angesehen hatte. Mit diesem lodernden Blick, während er den Geruch körperlicher Erregung verströmte. Das Schicksal konnte jeden Moment zuschlagen, und bedeutete das nicht, dass man die Nächte und Tage auskosten sollte, die einem vergönnt waren?

Die Zeit war nicht relativ, sie war eine Illusion. Hätte sie vom bevorstehenden Tod ihrer Cousine gewusst, hätte sie vieles anders gemacht. Auch sie selbst konnte in einer Woche oder einem Monat tot sein. Demgemäß erschien es ihr klug, die Möglichkeiten mit einem Mann auszukundschaften, und sei es nur ein Mensch.

Troy hatte ihre Nummer. Sie hatte seine. Wie funktionierte so etwas? Sie schickten sich gelegentlich Nachrichten, aber nur, um Termine zu vereinbaren.

Aber ein Date war auch nichts anderes als ein Termin, oder?

Sie ging durch das große Foyer und spielte gedanklich Gespräche in ihrem Kopf durch, Begrüßungen, Verabredungen …

»Wo kommst du her!«

Elise erstarrte. Sie blickte auf eine Standuhr und eine Treppe wie aus dem Buckingham Palast und erkannte, dass sie einen schrecklichen Fehler begangen hatte: Sie war durch die Haustür hereingekommen statt wie üblich durch den Hintereingang … und schnurstracks an der offenen Tür zum Arbeitszimmer ihres Vaters vorbeispaziert.

Im Mantel, Schneeflocken im Haar, ein Rucksack über der Schulter.

»Elise!«

Ihr Vater war von seinem reich verzierten Schreibtisch

aufgesprungen und machte ein Gesicht, als wäre ein Geländewagen in sein Haus gekracht.

Das blasse Gesicht, die weit aufgerissenen Augen und das verrutschte Anzugjackett hätten belustigend wirken können. Unter anderen Umständen.

Fluchend schloss Elise die Augen und wappnete sich für den Angriff.

2

»Was ist das?«, fragte Bitty.

Rhage, der sich gerade eine Pistole in das Holster unter dem Arm stecken wollte, erstarrte. Einen Moment lang überlegte er, ob er einfach so tun sollte, als hätte er sie nicht gehört – aber damit würde er nicht durchkommen. In den zwei Monaten, die Bitty nun schon bei ihnen war, hatten Mary und Rhage erfahren, dass sie so klug wie beharrlich war.

Im Grunde liebte Rhage ihre Charaktereigenschaften, doch wenn es darum ging, dass er dieser Dreizehnjährigen die technischen Details einer tödlichen Vierzig-Millimeter-Waffe erklären sollte, sah die Sache anders aus. Dann wünschte er, Bitty wäre hohl im Kopf und ein Fall von ADHS.

»Äh …«

Er blickte in den Spiegel über der Kommode und hoffte, sie könnte sich einem anderen Thema zugewandt haben. Doch er irrte. Bitty saß auf Marys und seinem neuen Bett in ihrer frisch bezogenen Suite im zweiten Stock, die Trez freundlicherweise für sie geräumt hatte, damit Bitty neben ihren Pflegeeltern wohnen konnte. Sie war klein und schmächtig, und wenn Rhage ihre dünnen Arme und Beine sah, wollte er am liebsten in die Tropen mit ihr ziehen, statt hier im eisigen Norden von New

York zu wohnen. Unglaublich, selbst unter mehreren Schichten Fleece erschien sie ihm noch zerbrechlich.

Aber das war alles, was an diesem Wesen zart war. Ihre braunen Augen waren fest wie die eines Erwachsenen, alt wie ein Gebirge, scharf wie die eines Adlers. Ihr kräftiges glänzendes Haar fiel ihr über die Schultern und hatte fast die gleiche Farbe wie das von Mary. Und ihr Charisma, ihre … was auch immer, Lebenskraft, Ausstrahlung, Seele … bildete einen starken Kontrast zu ihrer zarten Erscheinung.

Es erfüllte ihn mit Stolz, dass sie mit jedem Tag bei ihnen weiter aufblühte. Aber nicht wie eine Blume.

Sondern wie eine verdammte Eiche.

Doch deshalb wollte er ihr noch lange nicht in allen Einzelheiten erklären, wie das mit dem Töten der *Lesser* funktionierte.

Genauso wenig, wie er sie über die Sache mit den Bienen und den Blumen aufklären wollte. Aber das wurde wenigstens erst in ungefähr zwölf Jahren aktuell.

»Vater?«, drängte sie.

Rhage schloss die Augen. Okay, jedes Mal, wenn sie ihn *Vater* nannte, drohte sein Herz vor Freude zu zerspringen, und er hatte das unwirkliche Gefühl, im Lotto gewonnen zu haben. Es versetzte ihn zurück zu dem Moment, wo er sich frisch mit Mary vereinigt hatte und sie zum ersten Mal *Shellan* nennen konnte.

Pure Glückseligkeit.

»Was ist das?«, fragte sie erneut.

Die rosa Blase zerplatzte. Er schob die Pistole in das Holster und verschloss den Riemen über dem Griff. »Eine Pistole.«

»Ich weiß. Aber was für eine?«

»Eine Vierziger Smith & Wesson.«

»Wie viele Patronen sind da drin?«

»Genügend.« Er nahm seine Lederjacke und lächelte. »Hey, hast du Lust auf Kino, wenn ich heimkomme?«

»Warum willst du mir nicht von deiner Pistole erzählen?«

Weil ich die technischen Daten nicht davon trennen kann, was ich damit anstelle, wenn ich dir davon erzähle. »Ist doch total uninteressant.«

»Aber sie beschützt dein Leben, oder?« Die Augen des kleinen Mädchens blieben an den schwarzen Dolchen haften, die er sich vor die Brust geschnallt hatte, mit den Griffen nach unten. »Genauso wie deine Messer.«

»Unter anderem.«

»Also ist es doch interessant. Zumindest für mich.«

»Sieh mal, wollen wir nicht darüber reden, wenn deine Mom dabei ist? Ein bisschen später heute.«

»Aber woher weiß ich, dass du auch sicher nach Hause kommst?«

Sein erster Gedanke war: *MAAAARY! Hilf mir!*

Denn seine *Shellan* war ausgebildete Therapeutin – sie hatte verdammt noch mal Z behandelt, mit all seinen Dämonen – und konnte viel besser mit solchen Situationen umgehen als ein grobklotziger Kämpfer wie er. Aber seine *Shellan* war im Frauenhaus, wo sie arbeitete, und er wollte nicht anrufen und sie bei irgendetwas stören, solange nicht jemand verblutete oder das Haus in Flammen stand. Oder die Zombie-Apokalypse über sie hereinbrach. Eine Wasserstoffbombe hinter dem Anwesen gefunden wurde.

Oder, okay, solange der Käsekuchen nicht ausging.

Das hieß, er musste seinen Mann stehen. Denn das hier war eine Vatersache, genau die Art von schwierigem Gespräch, zu der er sich bereit erklärt hatte, als er und Mary sich zur Adoption entschlossen hatten. So schnell wollte er nicht kapitulieren.

Okay, merken für später: Internetrecherche, Online-Tutorial, Vaterschaft. Es musste einen Kurs geben, der einen darauf vorbereitete.

»Ich habe eben einfach Angst, verstehst du?«

Gütige Jungfrau der Schrift, auch er hatte Angst. Seit Bitty in sein Leben getreten war, hatte er so viel mehr zu verlieren.

Rhage kniete sich vor sie. Bitty hatte die Arme um den Körper geschlungen, und ihr Blick war streng, als wollte sie sich nicht mit irgendwelchem Blödsinn abspeisen lassen.

Er machte den Mund auf und …

… schloss ihn wieder. Er fragte sich, was er tun musste, um sein Hirn in Gang zu setzen. Vielleicht den Kopf gegen die Wand rammen?

»Du kennst mein Auto«, hörte er sich sagen.

Bitty nickte, und Rhage musste an Puskar Nepal denken, der sich selbst gegen den Kopf trat: Fiel ihm allen Ernstes nichts Besseres ein als sein bescheuerter GTO? Mehr hatte sein Unterbewusstsein nicht auf Lager, oder wer auch immer den Laden schmiss?

»Weißt du noch, wie ich dir das Fahren beigebracht habe?«

Ja, Bitty, das war kurz bevor Mary von ein paar Kids angegriffen wurde und du herausgefunden hast, dass ich mich manchmal in einen Drachen verwandle. Ha, ha, das war lustig, oder?

Mann, es war wirklich zum Kotzen.

Als sie wieder nickte, sagte er: »Weißt du noch, wie du gelernt hast, mit Kupplung und Steuer umzugehen? Zu bremsen? Wie wir hin und her gefahren sind, bis du es raushattest?«

»Ja.«

»Weißt du, wie ich dieses Auto fahre?«

»Oh ja.« Jetzt lächelte sie. »Schnell. Sehr schnell und cool. Wie eine Rakete.«

»Also, eines Tages wirst du dieses Auto genauso gut fahren wie ich. Du wirst ein Gefühl dafür haben, wo die Gänge sind, und du wirst Kupplung und Gaspedal treten, ohne einen Gedanken daran zu verlieren. Und wenn vor dir jemand ausschert, wirst du so schnell und sicher reagieren, dass du noch nicht einmal merkst, wie du darüber nachdenkst. Wenn jemand auf die Bremse tritt, wirst du instinktiv die Spur wechseln. Du wirst spüren, wenn die Reifen auf regennasser Straße nicht mehr greifen, und du wirst wissen, dass du vom Gas gehen musst, aber nicht bremsen darfst. Und all das wird ganz automatisch geschehen, weil du mit einem fabelhaften Fahrzeug geübt hast, immer und immer wieder.«

»Ich werde üben. Deshalb werde ich besser fahren.«

»Genau. Selbst wenn die Leute um dich herum unvorsichtig sind, wirst du konzentriert sein und es merken und genau das Richtige tun, egal was kommt.« Er legte die Hand auf die Dolche, die über seinem Herzen festgeschnallt waren. »Ich kämpfe seit einem Jahrhundert da draußen, Bitty. Und alles, was ich mit in die Schlacht nehme – die Waffen, die Ausrüstung, die Unterstützung meiner Brüder –, all das ist darauf ausgerichtet, dass mir nichts passiert. Natürlich ist es keine Garantie, aber es ist das Beste, was möglich ist, das verspreche ich dir.«

Bittys Arme lösten sich von ihrem Körper, und sie sah zu Boden. Die rosafarbenen und grünen Perlen an ihrem Armband glitzerten wie Juwelen. Sie drehte es an ihrem Handgelenk und holte tief Luft.

»Bist du … gut? Im Kämpfen, meine ich.«

Beim Schleier, er wünschte, er wäre Buchhalter. Denn

wäre er Zahlenakrobat, müsste er seiner unschuldigen Tochter nicht erklären, dass er ein echtes Talent fürs Töten hatte.

»Bist du?«, bohrte sie.

»Ich bin sehr gut darin, mich und meine Brüder zu beschützen. Sogar so gut, dass ich jetzt jüngeren Vampiren beibringe, wie man es macht.«

Sie nickte einmal mehr. »Davon habe ich gehört. Beim Letzten Mahl gestern. Da wurde darüber geredet, dass du und die anderen Brüder unterrichten.«

»Dahin bin ich gerade unterwegs. Während du hier bei Bella und Nalla bist, treffe ich die Trainingsschüler in der Stadt und zeige ihnen, worauf man achten muss.«

Bitty neigte den Kopf, und ihr braunes Haar fiel in Kaskaden über ihre Schultern. Rhage ließ sie schauen, solange sie wollte. Wen kümmerte es, wenn er deswegen ein bisschen zu spät zur Arbeit kam.

»Du musst wirklich gut darin sein, wenn du es anderen beibringst.«

»Das bin ich, ich schwöre es dir, Bitty. Ich bin effektiv und riskiere nur, was unbedingt nötig ist, um meine Arbeit zu erledigen.«

»Und die Bestie schützt dich, oder?«

Rhage nickte. »Und ob. Du hast ihn ja gesehen. Du weißt, wie er ist.«

Sie lächelte, und es war, als ginge die Sonne auf und vertriebe sämtliche Sorgen. »Er mag mich.«

»Er liebt dich. Aber er mag es gar nicht, wenn mir jemand blöd kommt.«

»Das beruhigt mich.«

»Gut.« Er hob die Hände, und als sie ihn abklatschte, sagte er: »Du wirst nie alleine sein, Bitty. Das verspreche ich dir.«

In diesem Moment hätte er ihr nur zu gern alle Angst

genommen – und sich gleich mit – und ihr das eine verraten, was Bitty noch nicht von ihren Pflegeeltern wusste. Es stimmte, ihr neuer Daddy beherbergte einen Drachen unter seiner Haut, aber ihre neue Mom hütete ein noch viel cooleres Geheimnis.

Mary war auf einzigartige Weise unsterblich. Dank der Jungfrau der Schrift alterte sie nicht und konnte sich aussuchen, wann sie in den Schleier eintrat. An diesem Versprechen hatte sich nichts geändert, obwohl Vs *Mahmen* abgedankt hatte. Es war ein Geschenk von unermesslichem Wert, das diese Familie unter allen anderen hervorhob.

Doch Rhage schwieg. Bitty hätte dieses Wissen in diesem Moment sicher geholfen, doch er musste es Mary überlassen, ihr Geheimnis zu lüften.

»Du wirst nie alleine sein, Bitty«, wiederholte er. »Ich schwöre es dir.«

Mary setzte sich an ihren Schreibtisch im Refugium, stellte ihre Tasche ab und wand sich aus ihrem Parka. Dann zog sie die Ärmel ihres Rollkragenpullis zurecht und lächelte beim Anblick des rosa-grünen Armbands, das an ihrem Handgelenk glitzerte.

Vor ein paar Nächten hatte sie mit Bitty Armbänder im Partnerlook aufgefädelt, in der Küche von Fritz, ein Schmuckbastelset verteilt über den rustikalen Tisch, mit schillernden Perlen in allen Farben in kleinen durchsichtigen Plastikdöschen. Sie hatten über alles und nichts geredet und jeden begrüßt, der in die Küche gekommen war. Dazu hatten sie eine Tüte Pizzacracker geknabbert und Limonade getrunken. Außerdem hatten sie eine Kette für Rhage gemacht, ein Armband in anderen Farben für Lassiter und ein geflochtenes Perlenband für Nalla zum Spielen. Sogar Boo hatte sich zu ihnen gesellt, sich zusammengerollt und ihnen aus grünen Kateraugen zugesehen.

Und keine der Kostbarkeiten in diesem Haus war so wertvoll gewesen wie die gemeinsame Zeit.

Mary hob ein Foto von Bitty vom Tisch auf, ein Selfie, das sie vor zwei Wochen mit Rhages Handy aufgenommen hatte. Bitty schnitt darauf eine Grimasse, hatte das dunkle Haar zurückgekämmt und sah aus wie aus einer Glam-Metal-Band aus den Achtzigern. Und tatsächlich war auch Lassiter mit im Bild, er stand links und poste als Nikki Sixx.

Unvermittelt stiegen Mary Tränen in die Augen. Sie hatte nie erwartet, eines Tages Bilder ihrer Tochter auf dem Schreibtisch stehen zu haben. Nein, diese hypothetische gesegnete fremde Person, diese vom Glück verwöhnte Frau, die Mann und Kinder hatte, sich auf den nächsten Urlaub freute und selbstgebastelten Schmuck trug, war immer eine andere gewesen, eine, die man aus einer Fernsehserie oder aus Werbespots für Küchengeräte kannte, oder über die am Nachbartisch im Restaurant geredet wurde.

Während man selbst alleine aß.

Mary Luce dagegen war die Krankenschwester, die für ihre kranke Mutter sorgte, bis sie viel zu früh und auf schreckliche Weise starb. Mary Luce war die Frau, die den Krebs durch Chemotherapie besiegte, jedoch zum Preis ihrer Fruchtbarkeit. Mary Luce war ein Geist am Rande des Geschehens, der Schatten, der unbemerkt durch den Raum strich, die Zukurzgekommene, mit der niemand tauschen wollte.

Doch dann hatte ihr Leben eine Hundertachtziggradwendung nach der anderen genommen, und heute hatte sie all das, wovon sie früher nicht einmal zu träumen wagte.

Und ja, dieses unerwartete Glück war mit einer ordentlichen Portion posttraumatischer Belastungsstörung verbunden. Denn manchmal, wenn sie neben ihrem umwerfend gutaussehenden Vampirgatten aufwachte, und besonders jetzt, wenn sie abends auf Zehenspitzen ins Nebenzimmer schlich, um nach Bitty zu sehen, ergriff sie plötzlich Panik, sie könnte aufwachen und sich im Albtraum ihres echten Lebens wiederfinden.

Stopp, dachte sie und stellte das Foto wieder zurück. Sie war bereits wach. Das hier war ihr echtes Leben.

Und es war … einfach fantastisch. Angefüllt mit Liebe, Familie und Glück. Es war ein Gefühl, als würde die Sonne mitten in ihrer Brust erstrahlen.

Sie hatten alle ihren Leidensweg hinter sich, sie, Rhage und Bitty. Mary durch ihre Krankheit, Rhage durch den Fluch, mit dem er leben musste, Bitty durch einen unvorstellbar grausamen Vater, unter dem sie und ihre *Mahmen* jahrelang gelitten hatten. Hier im Refugium hatten sich die Fäden ihres Schicksals miteinander verwoben, als Bitty und ihre *Mahmen* Schutz gesucht hatten. Und dann war Bittys *Mahmen* gestorben und hatte das Mädchen als Waise zurückgelassen.

Die Gelegenheit, das Mädchen bei sich aufzunehmen, hatte zu schön gewirkt, um wahr zu sein. Und dieses Gefühl war Mary noch immer nicht ganz losgeworden.

Wenn sie die sechsmonatige Wartezeit als Pflegeeltern überstanden, war die Adoption endgültig, und Mary könnte tief durchatmen. Wenigstens hatten sich keine Verwandten gemeldet. Zu Beginn hatte Bitty zwar von einem Onkel gesprochen, doch ihre *Mahmen* hatte nie einen Bruder oder andere Verwandte erwähnt, weder bei der Aufnahme im Refugium noch bei den Therapiesitzungen. Und bisher hatte es keine Antworten auf

Marys Aufrufe auf den Seiten der Vampire bei Facebook und Yahoo gegeben.

Hoffentlich blieb es dabei.

Apropos, Mary loggte sich in ihren Computer ein, und sofort begann ihr Herz zu klopfen, und ihr Magen zog sich zusammen. Sie war absolute Amateurin, was soziale Netzwerke betraf, eine Anti-Kardashian – und doch ging sie jede Nacht, wenn auch nur einmal, auf Facebook.

Und betete, dass sie nichts fand.

Es war eine geschlossene Facebook-Gruppe, in die sie sich einloggte, nur Vampiren zugänglich und ganz den Belangen der Spezies gewidmet. V hatte sie nach den Plünderungen ins Leben gerufen, und jetzt wurde sie von Fritz' Belegschaft gepflegt. Sie war ein Forum für Vampire, auf dem sie sich über alles Mögliche austauschen konnten, von den Adressen sicherer Häuser – immer kodiert – bis hin zu Flohmärkten.

Sie überflog die Posts der letzten vierundzwanzig Stunden und atmete auf. Nichts.

Vor Erleichterung wurde ihr ganz schwindelig – bis sie die Yahoo-Gruppe prüfte. Ein Schmortopf-Rezept … Treffen der Strick-Gruppe … Schneefräse zu verkaufen … Suche nach Tipps, wo man einen Computer reparieren lassen kann …

Auch nichts.

»Lieber Gott, ich danke dir«, flüsterte sie und setzte ein neues kleines Häkchen in ihren Wandkalender.

Der Dezember war fast vorbei, das hieß, sie hatten bald schon zwei Monate überstanden. Ab Mai konnten sie dann endlich nach vorne schauen.

Langsam beruhigte sich ihr Herz wieder, doch sie fragte sich, wie sie diese IT-Zitterpartie noch weitere hundertdreißig Mal durchstehen sollte. Leider blieb ihnen keine Wahl. Wenigstens gelang es ihr, sich an ihre selbst aufgestellte Regel zu halten und nur einmal am Tag nachzusehen. Andernfalls würde sie im Viertelstundentakt ihr verdammtes Handy checken.

Doch sie musste fair gegenüber möglichen Angehörigen sein. Elternrechte von Blutsverwandten zu tilgen war eine schwerwiegende Angelegenheit, und nachdem es bei den Vampiren keine Präzedenzfälle aus jüngerer Zeit gab, an denen man sich orientieren hätte können, hatten sie, Marissa, als Leiterin des Refugiums, Wrath, der Blinde König, und Saxton, königlicher Rechtsberater, eine Prozedur festlegen müssen, die eine angemessene Frist bot.

Leider hielten sich Gefühle nicht an Wartefristen, und Mamas und Papas, die ihre Kinder liebten, konnten ihre Herzen nicht zügeln.

Als könnte Marissa Gedanken lesen, steckte sie den Kopf durch die offene Tür. »Und?«

Mary lächelte ihre Chefin und Freundin an. »Nichts. Ich schwöre, ich habe den Mai noch nie so herbeigesehnt wie jetzt.«

»Weißt du, ich hatte immer ein gutes Gefühl bei der Sache.«

»Ich will das Schicksal nicht herausfordern, deshalb sage ich lieber nichts.« Marys Blick wanderte erneut zum Kalender. »Ach ja, ich bin morgen Nacht nicht hier. Bitty muss zu ihrer Untersuchung.«

»Das ist in Ordnung. Viel Glück dabei. Wirklich schade, dass du deswegen den weiten Weg zu Havers fahren musst.«

»Doc Jane meint, ihr fehlen einfach die Wissensgrundlagen. Die Vampir-Pädiatrie scheint es in sich zu haben.«

Marissa lächelte freundlich. »Keine Sorge. Mein Verhältnis zu meinem Bruder mag nicht ganz einfach sein, aber an seinen Fähigkeiten als Arzt habe ich nie gezweifelt. Bei ihm ist Bitty in besten Händen.«

»Ich würde sie wirklich lieber in der Klinik im Trainingszentrum untersuchen lassen. Aber letztlich müssen wir tun, was das Beste für sie ist.«

»Das nennt sich ›gute Eltern sein‹.«

Mary betrachtete ihr Armband. »Wir wollen es hoffen.«

3

»Elise, erzähl mir nicht, dass du an der Universität warst!«

Ihr Vater stürmte aus dem Arbeitszimmer auf sie zu und ähnelte dabei so sehr einem wild gewordenen Stier, wie es einem schmallippigen, distinguierten Aristokraten möglich war – also tatsächlich weniger einem wilden Stier als einem zarten Prinzen, der versuchte, seinen Hofdiener herbeizuwinken. Doch das Gesicht von Felixe dem Jüngeren war auf äußerst untypische Weise rot angelaufen, und er vergaß, sein Sakko zuzuknöpfen.

Ein gewöhnlicher Mann hätte vermutlich mit Möbelstücken um sich geworfen und Flüche ausgestoßen.

Als sie ihm so gegenüberstand, musste sie plötzlich an Major Charles Emerson Winchester III aus *M*A*S*H* denken, wie er sagte: *»Ich bin ein Winchester, Winchesters schwitzen nicht.«*

Oder irgendwie so. Man musste ihn einfach lieben.

»Erkläre dich!«

Es gab mehrere Möglichkeiten, mit dieser Situation umzugehen. Elise konnte versuchen, alles abzustreiten. Doch das würde schwierig werden, mit einem Rucksack auf der Schulter und diesen dummen Schneeflocken überall, nachdem sie angekündigt hatte, zu Hause zu bleiben und zu lesen. Außerdem hasste sie Lügen. Eine weitere Möglichkeit wäre es, einfach weiterzugehen, aber das war ausgeschlossen. Ihre gute Erziehung verbot es ihr, sich respektlos gegenüber ihren Eltern zu verhalten.

Also blieb nur die dritte Möglichkeit.

Die Wahrheit.

»IchbinwiederanderUni.« Als sich ihr Vater auf sie zubeugte, wiederholte sie ihren Satz etwas langsamer und lauter. »Ja, ich bin wieder an der Uni.«

Ihr Vater verfiel in Schockstarre, und sie musterte ihn, als wäre er ein Fremder. Er hatte ein aristokratisches Gesicht, dem man die lange erlesene Ahnenreihe ansah. Seine feinen Züge zeugten flüsternd von Maskulinität, anstatt sie herauszuschreien. Sein Haar war dunkel, während ihres blond gesträhnt war, seine Augen waren hellgrau, nicht blau. Aber ihr Ausdruck war identisch, genauso wie ihre aufrechte Haltung, ihre beherrschte Art … und ihre Wertvorstellungen.

Und deshalb hatte Elise durchaus das Gefühl, etwas Falsches getan zu haben. Obwohl sie ihre Transition schon hinter sich hatte, also praktisch volljährig war, besonders an menschlichen Standards gemessen, und sie nichts Schlimmeres verbrochen hatte, als drei Stunden lang in einer ruhigen Bibliothek zu sitzen und Arbeiten zu korrigieren.

»Bist du … hast du … wie kannst du …« Es dauerte eine Weile, bis ihr Vater einen vollständigen Satz hervorbrachte. »Ich hatte es dir verboten! Nach den Plünderungen habe ich dir explizit erklärt, dass es zu gefährlich ist und dass dir nicht erlaubt ist zu gehen! Und das war noch bevor …«

Elise schloss die Augen. Der letzte Satz wurde nicht zu Ende geführt, denn er betraf das, was nicht ausgesprochen werden durfte.

Seit der Nachricht von Allishons Tod war ihr Name nicht mehr gefallen. Sie hatte nicht einmal eine Schleierzeremonie bekommen.

»Also«, sagte er herausfordernd. »Was hast du zu deiner Verteidigung zu sagen?«

»Es tut mir leid, Vater, aber ich …«

»Wie kannst du es wagen! Wäre deine *Mahmen* noch am Leben, sie würde rasen vor Wut! Wie lange geht das nun schon?«

»Seit einem Jahr.«

»Einem *Jahr!*«

In diesem Moment kam der Butler aus dem hinteren Teil des Hauses geeilt, als hätte er den Aufruhr bemerkt und wäre besorgt, ein Verrückter könnte in das Haus eingedrungen sein, das unter seiner Fürsorge stand. Doch als er ihren Vater sah, brachte er sich so schnell in Sicherheit wie eine Maus vor einer Katze.

»Seit einem Jahr gehst du wieder an die Uni?«, flüsterte ihr Vater mit bebender Stimme. »Wie bist du – du hast mich angelogen? All die Zeit!«

Elise ließ den Rucksack von der Schulter gleiten und stellte ihn zwischen die Füße. »Was hätte ich denn tun sollen, Vater?«

»Hierbleiben! Caldwell ist gefährlich!«

»Aber die Plünderungen sind vorbei. Außerdem haben die Jäger die Häuser der Vampire angegriffen, nicht die der Menschen. Es ist eine Menschenuni …«

»Menschen sind Barbaren! Du weißt genau, was sie einander antun! Du siehst die Nachrichten – die Waffen, die Gewalt! Selbst wenn sie dich nicht angreifen, weil du einer anderen Spezies angehörst, kannst du jederzeit ins Kreuzfeuer geraten!«

Elise blickte zur Decke hoch über ihr und suchte nach Worten, um dieser ganzen Situation zu entgehen.

»Wir regeln das *nicht* hier.« Ihr Vater senkte die Stimme. »In mein Arbeitszimmer. Sofort.«

Er deutete auf die offene Tür, und Elise nahm ihren

Rucksack und ging darauf zu. Ihr Vater folgte ihr dicht auf den Fersen, und sie war nicht überrascht, als sich die reich verzierte Tür hinter ihnen schloss.

Es war ein schönes Zimmer. Im Kamin brannte ein fröhliches Feuer und warf seinen flackernden Schein auf Ledersessel, Regale aus Mahagoni, bestückt mit Erstausgaben, und Ölporträts der Jagdhunde, die ihr Vater im Alten Land besessen hatte.

»Setz dich«, blaffte er, wenn auch nicht laut.

Sie wusste genau, an welchem Platz er sie wollte, und ging zu dem antiken Sessel ihm gegenüber am Schreibtisch. Als sie sich auf dem Polster niederließ, achtete sie darauf, ihren Rucksack dicht bei sich zu behalten. Sie wollte auf keinen Fall, dass er ihn ihr wegnahm.

Er war Symbol für ihre Freiheit.

Felixe setzte sich und verschränkte die Finger, als hätte er Mühe, sich zu beherrschen. »Du weißt genau, was passiert, wenn eine Vampirin unbegleitet aus dem Haus geht.«

Elise blickte erneut zur Decke und achtete darauf, nicht zu laut zu reden. »Ich bin nicht wie Allishon.«

»Du treibst dich in der Menschenwelt herum. Genau wie sie.«

»Ich weiß, wo sie war. Nicht an der Universität, Vater.«

»Ich werde nicht über Einzelheiten streiten, genauso wenig wie du. Du wirst mir jetzt schwören, dass du mein Vertrauen nicht mehr missbrauchst. Dass du hierbleiben wirst und …«

Ohne es zu wollen, war Elise aus dem Sessel aufgesprungen. »Ich will mein Leben nicht vergeuden, indem ich hier Nacht für Nacht sitze, nirgends hingehe und nichts tue, als zu sticken. Ich möchte meinen Doktor machen und abschließen, was ich begonnen habe. Ich möchte leben!«

Ihr Vater wich zurück, offenkundig nicht minder überrascht von ihrem Ausbruch wie sie selbst. Um ihre Rebellion zu entschärfen, ließ sich Elise zurück in den Sessel sinken. »Es tut mir leid, Vater. Ich will nicht unbesonnen sein, es ist nur … warum kannst du nicht verstehen, dass ich die Freiheit haben will zu leben?«

»Es ist deinem Stand nicht angemessen, und das weißt du genau. Ich war mehr als nachsichtig dir gegenüber, aber das ist jetzt vorbei. Ich werde nach einem passenden Partner für dich Ausschau halten …«

Elise ließ den Kopf zurückfallen. »Ich will mehr als das, Vater.«

»Deine Cousine ist *tot*. Dabei hatte die Familie schon einen Sohn bei den Plünderungen verloren! In diesem Haus kannst du Nacht für Nacht sehen, wie ihre Eltern leiden! Willst du mir das etwa auch antun? Bedeute ich dir so wenig, dass es dir gleich ist, wenn ich um meine einzige Tochter trauern muss, obwohl ich bereits meine *Shellan* verloren habe?«

Elise unterdrückte ein Stöhnen und blickte über den Tisch. Die Gegenstände darauf – die silbergerahmten Bilder von ihr und ihrer *Mahmen,* die Stifte in ihren Behältern, der Aschenbecher, in dem eine seiner Pfeifen stand – waren ihr so vertraut wie die eigenen Handrücken, sie kannte sie, solange sie denken konnte. Sie gehörten zum Komfort des Hauses, waren Symbole für die Sicherheit, die sie schätzte und der sie sich doch gleichzeitig entziehen wollte.

»Also?«, sagte ihr Vater. »Willst du mir das antun?«

»Ich möchte vor allem über sie reden.« Elise beugte sich vor. »Niemand spricht über Allishon. Ich weiß noch nicht einmal, wie sie gestorben ist. Peyton kam hierher und hat hinter verschlossenen Türen mit euch geredet – und dann wurde ihr Zimmer verschlossen, Tante verlässt seitdem nicht mehr das Bett, und Onkel sieht aus wie ein Zombie. Niemand erzählt mir etwas. Es findet keine Schleierzeremonie statt, keine Trauer, es gibt nur diese ungreifbare Leere, unter der wir alle leiden. Warum können wir nicht einfach darüber reden und ehrlich sein …«

»Hier geht es nicht um deine Cousine …«

»Sie heißt Allishon. Warum kannst du ihren Namen nicht aussprechen?«

Die dünnen Lippen ihres Vaters wurden noch dünner. »Versuch nicht, mich vom eigentlichen Problem abzulenken. Nämlich dass du mich anlügst und dich in Gefahr bringst. Was deiner Cousine zugestoßen ist, liegt in der Vergangenheit. Es gibt keinen Grund, darüber zu reden.«

Elise schüttelte den Kopf. »Du irrst dich. Und wenn du mich anhand ihres tragischen Todes von etwas überzeugen willst, solltest du mir besser sagen, was eigentlich passiert ist.«

»Ich muss dir gar nichts erklären.« Ihr Vater schlug mit der Faust auf den Tisch, sodass eines der gerahmten Fotos hüpfte. »Du bist meine Tochter. Das allein reicht.«

»Warum hast du solche Angst, über sie zu reden?«

»Diese Unterhaltung ist beendet …«

»Liegt es daran, dass du denkst, sie hätte den Tod verdient?« Elise merkte, dass sie angefangen hatte zu zittern, als sie endlich aussprach, was ihr seit Wochen durch den Kopf spukte. »Wird in diesem Haus geschwiegen, weil ihr alle ihr Verhalten missbilligt habt und jetzt nicht traurig seid, dass es zu ihrem Tod geführt hat, sondern wütend? Wütend, weil es dem Ansehen unserer Familie schaden könnte?«

»Elise! Du wurdest nicht dazu erzogen …«

»Allishon ist ausgegangen. Sie hat sich mit Vampiren getroffen, die nicht der *Glymera* angehörten, und mit Menschen verkehrt ...«

»Es reicht!«

»... und jetzt ist sie tot. Sag mir ehrlich, hast du wirklich Angst, dass mir etwas zustoßen könnte – oder geht es nicht vielmehr um deinen Ruf und den der Familie? Eine Tochter, die aus dem Ruder läuft und tragisch endet, wird irgendwann vergeben, aber niemals zwei. Ist es das, Vater? Denn wenn dem so ist, erscheint mir das viel schäbiger als mein Wunsch nach einer Ausbildung.«

Als Axe aus dem Keys kam, hing der Geruch dieser Menschenfrau an seiner Haut. Er trat aus dem weitläufigen Gebäudekomplex, atmete die kalte frische Luft ein und spürte, wie sein aufgeheizter Körper unter dem Umhang dampfte. Schnee fiel aus einer dichten Wolkendecke, und überall um ihn herum pulsierte das Leben der Stadt: Sirenen klangen in der Ferne, Musik drang wummernd aus dem Club, der Verkehr auf dem Northway rumpelte vorbei.

Er wollte nach Hause und duschen und sich von dem schmutzigen Sex mit ihr reinwaschen, aber dafür war nicht genug Zeit.

Er suchte sich einen schattigen Fleck, riss sich die neue Totenkopfmaske herunter, die er selbst gebastelt hatte, und stopfte sie in den Umhang. Dann nahm er das schwere Ding von den Schultern, zog ein schwarzes ärmelloses Shirt aus einer Innentasche und zog es an. Seine Waffen und Holster waren in weiteren Taschen versteckt, die mit Klett verschlossen waren. Er holte sie heraus, bewaffnete sich und faltete den voluminösen Umhang ein, sodass er von außen wie ein einfacher halblanger Mantel aussah.

Dann dematerialisierte er sich in eine Gasse elf Blocks weiter. Im übelsten Viertel von Caldwell.

Er war nicht der erste Trainingsschüler, der zum vereinbarten Treffpunkt kam. Peyton und Boone waren schon da und standen unter einer Feuerleiter. Auch sie trugen Schwarz und waren schwer bewaffnet, aber im Gegensatz zu Axe rochen sie nicht nach Sex.

Peyton roch noch nicht einmal nach Gras oder Alkohol, was ein verdammtes Wunder war.

Der Typ grinste. »Na, beschäftigt gewesen?«

»Ganz und gar nicht.« Axe schlug mit ihm ein und dann mit Boone. »Wo sind die anderen?«

Peyton lächelte und zeigte seine Fänge. Der Kerl war ein Adelssohn wie aus dem Bilderbuch – also genau die Sorte Arschloch, die Axe schon rein aus Prinzip hasste. Reich, blond, gepflegte Nägel und in seiner Freizeit gekleidet wie der Zoolander. Peyton war ein Wichser. Das einzig Positive an ihm war, dass er verdammt gut schoss und entweder zu eingebildet oder zu dumm war, um seine Grenzen zu kennen: Im Training kämpfte er genauso hart wie alle anderen, ging viel zu viele Risiken ein und steigerte sich so in Rage, dass er Axe an einen Lamborghini erinnerte, dem die Hälfte der Reifen fehlten, der größte Teil des Unterbaus und sämtliche Bremsen.

Mit Kurs auf eine Betonwand.

Damit war Peyton, erstgeborener Sohn von Peythone, die Ausnahme von der Regel, dass Aristokraten nichts im Krieg verloren hatten.

Trotzdem würde er nie ein guter Kumpel von Axe werden.

Was allerdings auch für den Rest der Welt galt.

Boone war das genaue Gegenteil von Peyton. Ruhig, groß und körperlich erstaunlich fit. Er war wie ein lauernder Tiger, ein Einzelgänger, der sich immer abseits und im Schatten hielt und einen wahrscheinlich irgendwann von hinten ansprang und einem den Hals mit einem Messer aufschlitzte, das man an ihm nie bemerkt hatte. Axe war sich ziemlich sicher, dass dem Kerl irgendwann in seinem Leben etwas Gravierendes zugestoßen war, denn auch wenn er sich äußerlich gelassen gab, war Boone nie wirklich entspannt oder locker. Ob er mit seinem iPhone spielte, auf der Busfahrt Musik hörte oder auf Befehle von den Brüdern wartete, immer hatte man das Gefühl, dass er die genauen Positionen aller Anwesenden kannte.

Als würde er jederzeit einen Angriff erwarten – und wollte sich auf keinen Fall kalt erwischen lassen.

Pass auf den Schläfer auf, dachte Axe dann immer. Bevor er dir den Hals umdreht.

Als Nächstes kamen Craeg und Paradise, beide in Schwarz und beide bewaffnet. Sie waren fest zusammen wie ein vereinigtes Paar, machten aber nie herum, weder im Unterricht noch außerhalb. Zum Glück.

Axe hasste es zu kotzen – und das war unvermeidbar beim Anblick von zwei Leuten, die sich in Babysprache unterhielten und anfingen zu schielen, wenn sie einander ansahen. Der schlimmste Horrortrip in seiner Heroinzeit war gewesen, als er vor drei Jahren zu high gewesen war, um den Sender zu wechseln, und sich einen verdammten Sandra-Bullock-Marathon ansehen musste.

Obwohl ihm *Blind Side* ganz gut gefallen hatte.

Axe nickte ihnen zu und trat zurück, als sich der Rest begrüßte. Dann herrschte eine Weile Schweigen, in der er sich damit vergnügte, Peyton dabei zu beobachten, wie er krampfhaft versuchte, Paradise nicht anzustarren. Es war jede Nacht dasselbe Spiel, dieses aussichtslose Sehnen nach einer Frau, die Peyton nicht haben konnte. Es war schön zu sehen, dass sich das Schicksal auch mal gegen einen Schönling wenden konnte, dem es ansonsten an nichts fehlte.

Was für ein Waschlappen.

Das war das Einzige, das Axe von seiner Mutter gelernt hatte: Lass niemals zu, dass eine Frau die Macht über dich gewinnt. Sie kastriert dich schneller als jede chirurgische Schere.

Zur Hölle, man musste sich nur ansehen, was mit seinem Vater passiert war, nachdem Axe' Mom sie verlassen hatte. Er war jahrzehntelang nicht darüber hinweggekommen. Er hatte sein Leben auf dem Altar der »Liebe« geopfert. Er war eigentlich ein guter Kerl gewesen, doch er wurde in die Knie gezwungen und kam nicht mehr hoch, als ihn seine Frau für einen anderen verließ, der ihr finanziell mehr bieten konnte.

Der alte, vertraute Schmerz erwachte unter seinem Schädel, und Axe duckte sich weg, ohne dass man es ihm äußerlich angesehen hätte. Er richtete seine Konzentration wieder auf die Dreieckskonstellation Paradise-Peyton-Craeg, die für Craeg nichts mit einem Dreieck zu tun hatte, und musste lächeln. Ja, es freute ihn diebisch, dass der mittellose Kerl das Mädchen gewonnen hatte. Craeg war ein eindeutiger Alpha-Typ und ganz klar der Kopf ihrer Truppe, aber er kam von ganz unten, genau wie Axe. Paradise dagegen war die Tochter des Obersten Beraters des Königs. Behüteter konnte man nicht aufwachsen.

Aber sie hatte sich für den Underdog entschieden und den Großen Gatsby verschmäht.

Braves Mädchen. Ein Grund mehr, sie zu mögen. Abgesehen von ihrem Jagdtalent.

Die letzte Trainingsschülerin war von der Sorte, auf die Axe auf jeden Fall aufmerksam geworden wäre. Und als sie jetzt erschien, von Kopf bis Fuß in schwarzes Leder gekleidet, nutzte er die Gelegenheit, sie genüsslich zu mustern – aus respektvoller Entfernung. Sie war wie eine Kobra, eine sehnige, starke, gefährliche Schönheit mit blaugrünen Augen und Reflexen schneller als explodierendes C4. Und sie hatte eine rebellische Art, die Axe sehr ansprach.

Trotzdem würde er sich niemals an ihr vergreifen.

So scharf sie war, es gab Gründe für seine Zurückhaltung. Zum Ersten zog er eine klare Trennlinie zwischen Arbeit und Vergnügen. Craeg und Paradise war es zwar irgendwie gelungen zusammenzukommen, ohne dabei total uncool zu werden oder sich am Ende zu hassen, aber Axe würde ein derartiges Risiko nie eingehen. Außerdem hatte er für Beziehungen ungefähr genauso viel übrig wie für die *Glymera*.

Als sich Novo neben ihn an die Backsteinwand lehnte, nickte er ihr zu.

»Kalt heute«, meinte Peyton zu niemand Bestimmtem.

»Wir haben Dezember«, brummte Novo. »Hättest du gern dreißig Grad?«

»Ja.«

Novo ließ ein paar abfällige Worte fallen, darunter »arrogant« und »Wichser«, aber niemand achtete groß darauf. Die beiden führten seit Anbeginn einen Verbalkrieg, aber nur untereinander, und eigentlich war es ganz unterhaltsam, ihnen dabei zuzusehen.

Eine Bö fegte durch die Gasse, als wäre der Feind hinter ihr her, und Axe schnupperte in den Wind nach Gerüchen der Bruderschaft oder Menschen … oder ihrem Feind, der Gesellschaft der *Lesser*.

Nichts. Und das frustrierte ihn.

Nach sieben Wochen Intensivtraining, bei dem sie alles durchgenommen hatten, von Nahkampf über Feuerwaffen bis hin zu Giften, Sprengkörpern und Techniken des Anschleichens, war Axe nicht der Einzige, der langsam etwas mehr wollte, als in der Turnhalle gegeneinander anzutreten und Theorie zu büffeln. Jeder von ihnen hatte seine eigenen Gründe, warum er sich am Krieg beteiligen wollte, aber sie alle scharrten mittlerweile mit den Füßen und wollten endlich loslegen.

Schließlich hatten sie sechs Nächte die Woche im versteckten Trainingszentrum der Bruderschaft verbracht, sechs bis acht, manchmal zehn Stunden am Stück. Und zwar nicht bei ein paar Seminaren in Unterrichtsräumen, wo sie eine Seite auf dem Laptop tippten. Es war harte, strapaziöse Arbeit gewesen, und keiner von ihnen hatte schlappgemacht – was zeigte, dass das schonungslose Auswahlverfahren, zu dem um die sechzig Kandidaten angetreten waren, die richtigen sechs ausgesiebt hatte.

Axe schnupperte erneut. Immer noch nichts. Er war ganz aufgeregt gewesen, als die Weisung gekommen war, sich zum ersten Mal nicht an irgendeinem Sammelpunkt vom Bus auflesen zu lassen, der sie ins Trainingszentrum fahren würde, sondern sich hier draußen im Feld zu treffen.

Vielleicht bekamen sie endlich Gelegenheit, richtig zu kämpfen.

Zehn Minuten später schauten die ersten Schüler auf ihre Uhren. Erst gelassen, dann immer entnervter.

Axe sparte sich die Mühe. Sie waren am vereinbarten Ort. Sie waren zur richtigen Zeit erschienen. Die Brüder würden kommen, wenn sie verdammt noch mal bereit waren.

Scheiße, trotzdem machte ihn die Sache nervös.

Er sah die Gasse hinunter. Mittlerweile schneite es kräftig aus der dichten Wolkendecke, doch der böige Wind, der über die drei- bis vierstöckigen Menschenzwinger wehte, verhinderte, dass irgendetwas davon im engen Labyrinth zwischen den verlassenen Gebäuden ankam. In der Ferne hörte man wieder Sirenen, mal hier, mal dort, als spielten Sanitäter und Polizisten Verstecken miteinander. Weit und breit trieb sich kein Mensch herum, da es hier nichts gab, wofür der Weg lohnte, nicht einmal ein Crackhouse.

Die lagen westlich von hier. Ungefähr drei Blocks weiter.

Axe wusste es, weil er sie regelmäßig besucht hatte …

Die Schüsse kamen aus allen Richtungen.

Von oben. Von vorn. Von hinten.

Axe hechtete vor den Kugeln in Sicherheit, die haarscharf an seinen Ohren und an seinem Arsch vorbeipfiffen, und bereute augenblicklich, dass er seine Pistole nicht schon in der Hand hielt. Wie man es ihnen beigebracht hatte, verdammt.

Er rollte sich auf dem schartigen Asphalt ab, fingerte nach seiner Vierziger, aber es war, als wollte man Tennisbälle auffangen, während man in eine Gletscherspalte stürzte: Sein Mantel schlackerte herum, verfing sich an seinen Armen und schlug ihm ins Gesicht, und seine Glieder waren ungelenk und fahrig, während er versuchte, dem Tod zu entgehen.

Irgendwie schaffte er es zu einer schmalen Tür in der Wand. Dort hob er die Waffen und versuchte herauszufinden, ob das Ganze Testlauf oder feindlicher Angriff war. Es gelang ihm nicht. Er sah nichts, er roch kaum etwas. Alle rannten durcheinander. Noch immer flogen Kugeln. Er hatte keine Ahnung, auf wen er schießen sollte, was zu tun war, oder was verdammt noch mal los war.

Das Chaos war unerwartet. Genauso wie die verzerrte Zeit, die gleichzeitig stillzustehen und sich zu überschlagen schien. Er konnte nicht sagen, ob die Szene in Zeitlupe oder Zeitraffer ablief …

Und dann flog eine Kugel so dicht an seinem Gesicht vorbei, dass ihm die Nasenspitze brannte.

Nichts wie weg hier, dachte er und wirbelte herum.

Mit aller Gewalt rammte Axe die Schulter gegen die Tür, bis das morsche Holz splitterte. Gerade als er ins Innere sprang, kam Novo vorbei, und er packte sie beim Arm und zerrte sie mit sich. Zusammen landeten sie auf Beton, der sie so weich empfing wie ein Seziertisch, Arme und Beine ineinander verschränkt, schreckensstarr.

Doch im nächsten Moment waren sie wieder auf den Beinen, wie man es ihnen beigebracht hatte, Rücken an Rücken mit erhobenen Waffen, um die bestmögliche Verteidigungseinheit zu bilden. Axe' Augen brannten, während er sich abmühte, seine Umgebung zu durchdringen, doch es war einfach zu dunkel. Über das Gehör versuchte er, einen Ausgleich zu schaffen. Es gelang ihm, die Schüsse und den Tumult von draußen auszublenden, und er konzentrierte sich auf …

Links von ihnen tropfte etwas. Novo atmete genauso schwer wie er. Außerdem hörte er sein eigenes Herz.

Die Luft roch abgestanden und schimmlig, als wäre dieser Ort lange nicht …

»Klick, du bist tot.«

Ein Lauf drückte sich an seine Schläfe. Und Novos unterdrücktem Fluch entnahm er, dass man auch ihr eine Waffe an den Kopf hielt.

»Scheiße«, murmelte Axe.

»Ganz genau«, sagte Bruder Rhage ohne jeden Tadel. »Kein Nachtisch morgen, für keinen von euch. Ihr habt eure erste Praxisprüfung vergeigt.«

4

Manchmal war es besser, einfach zu gehen.

Auch wenn Elise es nicht unbedingt so *empfand,* was den Streit mit ihrem Vater betraf. Immerhin hätte es schlimmer kommen können, versuchte sie sich zu trösten, während sie ihr Gesicht im Frisierspiegel in ihrem Zimmer im ersten Stock betrachtete.

Und das sollte etwas heißen, nach allem, was sie ihm an den Kopf geworfen hatte ...

Was kam als Nächstes? Würde sie das Haus in Flammen stecken?

Dabei hatte sie jedes Wort ernst gemeint. Nichts davon war Theater oder Ablenkung gewesen. Und wäre ihr Vater nicht ihr Vater gewesen und sie nicht Elise, dann hätte ihr Ausbruch vielleicht eine Tür aufgestoßen, hinter der sie zu mehr Nähe gefunden hätten, zu Vergebung und einer gemeinsamen Trauer.

Stattdessen waren sie beide wütend geworden, und jetzt würde sich ihr Vater an den König wenden, um die *Bannung* über sie zu verhängen. Hatte sie bis zu diesem Zeitpunkt ernsthaft geglaubt, sie hätte Probleme? Wenn dem Antrag stattgegeben wurde – und was sprach dagegen, schließlich hatte ihr Vater einen hohen Stand in der *Glymera* –, war sie bald vollkommen entrechtet und nicht viel mehr als ein Besitzgegenstand ihres Vaters, wie eine Lampe oder ein Auto. Ein Tischbackofen.

Eine dusselige Couch.

Für ihren Vater war das Thema erledigt. Sie würde nicht mehr zur Universität gehen und die Strafe für ihre Lügen in Form der *Bannung* akzeptieren. Klappe zu, Affe tot.

Im Hintergrund traten einzelne Details ihres Zimmers mit schmerzlicher Schärfe hervor. Die Vorhänge aus Seidenbrokat, das Himmelbett, die französischen Antiquitäten und die handgemalte Tapete. Ihr Zimmer sah aus wie die Kulisse für eine dieser Literaturverfilmungen.

Perfekt geeignet für Keira Knightley mit einem wallenden Haarteil und Korsett.

Dabei war es gar nicht ihr Stil. Beim Henker, Elise wusste noch nicht einmal, was ihr Stil war.

Ihr Handy klingelte. Elise holte es aus dem Mantel, den sie noch immer trug, und sah auf das Display.

»Gelobt sei die Jungfrau der Schrift«, sagte sie und presste es sich ans Ohr. »Ich brauche dich.«

»Hallo, ich bin gerade mitten im Training. Ist alles okay bei dir?« Peytons Stimme klang gedämpft, als bedeckte ihr Cousin das Handy mit der Hand.

»Nein, ganz im Gegenteil.«

»Ich kann gerade nicht reden. Ich spiele tot in einer Gasse.«

»Was?« Sie wusste, dass er merkwürdige Vorlieben hatte, aber das? »Wo bist du?«

»Wie gesagt, in einer Gasse«, flüsterte er. »Ich wurde gerade in einer Feldübung getötet und warte auf meine Strafe. Treffen wir uns in einer Stunde.«

Er nannte eine Adresse in der Stadt, doch sie schüttelte den Kopf, obwohl er sie nicht sehen konnte. »Das geht nicht. Während du tot spielst, stehe ich unter Hausarrest. Ich kann hier nicht weg.«

»Was?«

Tja, diesmal war er verblüfft. »Lange Geschichte. Ich kann dich nicht treffen …«

»Natürlich kannst du. Öffne das Fenster und dematerialisiere dich. Wir sehen uns in einer Stunde.«

Die Verbindung wurde gekappt, und Elise nahm das Handy vom Ohr, als könnte sie ihren Cousin per Willenskraft zurück ans Telefon holen.

Es war Peyton gewesen, der ihrer Familie die Nachricht von Allishons Tod überbracht hatte. Elise hatten sie verboten, mit in den Raum zu kommen und die Einzelheiten zu erfahren, doch Peyton hatte sie im Anschluss besucht und ihr gesagt, sie könne jederzeit zu ihm kommen, wenn sie etwas brauchte.

Bestimmt hatte sich das auf Allishons Tod bezogen, aber Elise wusste einfach nicht, an wen sie sich sonst wenden konnte.

Als ihr Handy ein zweites Mal klingelte, ging sie auf der Stelle dran. »Ernsthaft. Ich kann hier nicht weg.«

»Wie bitte?«, fragte eine männliche Stimme.

»Troy! Tut mir leid, ich, äh, ich habe einen anderen Anrufer erwartet.«

»Ich wollte nur hören …« Ihr Professor räusperte sich. »Ob Sie, na ja, gut nach Hause gekommen sind. Und es … es tut mir leid, dass wir unterbrochen wurden.«

»Tja, Sie sind ein gefragter Mann.« Elise atmete tief durch und wünschte, sie könnte sich wieder um etwas so Einfaches Sorgen machen wie ein Date mit ihrem Professor. »Es ist zu erwarten, dass Sie in der Bibliothek angesprochen werden.«

»Hey, ist alles in Ordnung bei Ihnen? Sie klingen so anders. Liegt es an …«

»Probleme zu Hause. Es hat nichts mit Ihnen zu tun.«

»Wissen Sie, Sie haben nie von Ihrer Familie erzählt. Ich weiß, dass Sie nicht verheiratet sind – aber abgesehen davon …«

Er hatte eine angenehme Stimme, dachte sie. Und sein menschlicher Akzent klang exotisch in ihren Ohren. Aber es war schwer, die Probleme mit ihrem Vater beiseitezuschieben und sich auf etwas so Banales wie die Verabredung zu einem gemeinsamen Abendessen zu konzentrieren.

Was ganz eindeutig der Grund für seinen Anruf war.

»Ich weiß noch nicht einmal, wo Sie herkommen«, meinte Troy, als sie schwieg. »Ich konnte Ihren Akzent nie ganz einordnen. Europäisch, ich weiß, aber ...«

Als er erneut verstummte, sicher in der Hoffnung, dass sie ihm von sich erzählte, sagte sie: »Nein, ich stamme nicht aus den Staaten, das stimmt.«

»Seit wann sind Sie hier?«

Ach, ich wurde in Caldwell geboren. Aber ich gehöre einer anderen Spezies an als Sie.

»Bin ich zu neugierig?«, fragte er. »Tut mir leid.«

»Nein, es ist nur ... mein Vater hat herausgefunden, dass ich an der Uni bin, und ist sehr wütend auf mich. Ich habe mich hinter seinem Rücken zu den Vorlesungen geschlichen, und als ich heute zurückkam, hat er mich erwischt.«

»Er will nicht, dass Sie Ihren Abschluss machen?«

»Nein, er ist ...« Sie suchte nach dem Wort der Menschen. »Er ist sehr traditionell eingestellt. Von der alten Schule, verstehen Sie? Ich konnte nur studieren, weil ihn meine Mutter dazu überredet hat, doch sie ist während meines ersten Semesters gestorben, und jetzt sieht es schlecht aus.«

»Es tut mir so leid, das zu hören.«

Elise rieb sich den schmerzenden Kopf. »Danke. Hören Sie, Troy, ich möchte nicht unhöflich erscheinen, aber ...«

»Sie kommen also aus einer anderen Kultur.«

»Ganz genau«, murmelte sie und bleckte die Fänge im Spiegel. »Vollkommen anders.«

»Was werden Sie nun tun? Ich meine, kommen Sie denn überhaupt wieder? Und das frage ich nicht nur, weil Sie für mich arbeiten. Kann ich Ihnen irgendwie helfen? Wenn Sie möchten, kann ich vielleicht mit Ihrem Vater reden ...«

»Nein, nein. Ehrlich, das wäre ...« Wenn ihr Vater wüsste, dass sie sich bewusst mit einem Menschen abgab, vielleicht sogar mit dem Gedanken spielte, mit ihm auszugehen, würde er sie im Keller anketten. »Ich weiß nicht, momentan sieht es nicht gut für mich aus.«

Das Problem mit dem bildlichen Sterben während einer Übung war, dass es mit dem Tod bestraft wurde.

Zumindest kam man ihm so nahe, wie es mit einem schlagenden Herzen möglich war.

Axe stöhnte, während er flach auf dem Boden lag, die Beine in die Luft gestreckt, in einem verlassenen Wohnheim. Neben ihm lag Novo in derselben Position, rücklings auf dem kalten Beton, die Beine ausgestreckt, die Fersen fünfzehn Zentimeter über dem Boden, die Hände neben den Hüften aufgestützt. Sie beide zitterten vor Anstrengung am ganzen Leib, so heftig, dass Axe' Zähne aufeinanderschlugen und ihm der Schweiß übers Gesicht rann.

Wenigstens waren sie nicht die Einzigen, die ihre Lektion gelernt hatten.

Alle waren »gestorben«, sogar Craeg.

Bruder Rhage schwenkte die Taschenlampe weg von Axe und Novo und leuchtete auf Paradise und Peyton, die Liegestützen machten, und zwar auf Art der Marines ... bevor der Strahl auf Boone und Craeg fiel, die sich mit Sit-ups vergnügten.

Nach Aussetzern wie diesem war die Regel, dass man sich bis zur Erschöpfung verausgabte, und niemand wollte als Erster schwächeln. Während der Schmerz immer unerträglicher wurde, löste sich Axe' Geist vom Rest des Körpers und streifte zurück zum Keys, zu dem Gerüst, zu dieser Menschenfrau und dem Publikum. Er rief sich die Einzelheiten ins Gedächtnis, wie sie sich unter seinen Händen angefühlt hatte, wie ihr Mund geschmeckt hatte, seine treibenden Stöße beim Geschlechtsakt. Das Ganze hatte nichts Emotionales an sich. Wäre sein letzter Eindruck vor der Feldübung rotierende Reifen eines Autos gewesen, hätte er jetzt an Schraubenschlüssel, Felgen und Radkappen gedacht.

Er erinnerte sich, so genau er konnte, und …

Das Licht der Taschenlampe brannte wie Säure in seinen Augen. »Sreit, msn. Dubstft, alandafkt.«

Axe versuchte, ein *Was?* hervorzubringen, aber es war, als wollte man einen Stadtbus durch ein Schlüsselloch quetschen.

Rhage beugte sich zu ihm hinunter und sprach langsam: »Es reicht, mein Sohn. Du bist fertig. Alle anderen haben schon aufgehört.«

Es war, als würde man ein Gummiband loslassen, nachdem man es überdehnt hatte. Sein Körper schnurrte in sich zusammen, und alle Gliedmaßen sackten zu Boden, inklusive Hinterkopf. Seine Sicht färbte sich rot vor Schmerz, und ihm fehlte die Kraft, seiner Lunge zu befehlen, die Arbeit wieder aufzunehmen. Sollte sie doch tun, was sie wollte, ihm war alles egal.

Obwohl er ahnte, dass diese Art zu denken nicht normal war. Ungesund. Nicht richtig.

Aber es war nicht das erste Mal, dass er diese gleichgültige Haltung gegenüber seinem eigenen Leben und Sterben einnahm.

In seiner Nähe waren Stimmen zu hören. Vishous und Rhage redeten mit dem Rest der Schüler, aber Axe war zu sehr mit dem Prozess der Sauerstoffversorgung beschäftigt, um den Worten folgen zu können.

Als er sich schließlich aufrichtete, sah er, dass nur noch die Schüler da waren. Die Brüder waren weg.

Ein Feuerzeug flammte auf, und Peytons Gesicht erschien im orangen Lichtkreis, als er sich eine Zigarette ansteckte. »Es ist jetzt eins. Wir brauchen etwas zu essen und einen Drink. Das war gequirlte Scheiße heute.«

Gemurmel. Fluchen. Dann streckte Craeg Axe die Hand entgegen und half ihm auf.

»Kommst du mit?«, fragte er.

»Ja«, hörte Axe sich antworten. »Warum nicht.«

Er war müde, er war hungrig, und er war arm – und immer, wenn sie mit Peyton unterwegs waren, bestand er darauf, die Rechnung auf seine AmEx-Karte zu nehmen. Für Axe war das ein guter Deal, weil er auf diese Weise niemandem erklären musste, dass er sich von Instant-Nudelsuppe ernährte, wenn er nicht im Pausenraum im Trainingszentrum aß.

»Komm schon«, sagte Craeg. »Es gibt immer ein Morgen.«

»Ich würde jetzt gern kämpfen«, knurrte Axe.

»Ja, klar. Mann, war das scheiße.«

Klick, du bist tot.

Wenn das so weiterging, dauerte es noch Monate, bis die Bruderschaft sie auf den Feind losließ. Vielleicht Jahre.

Draußen in der Gasse waren sie wortkarg, allen ging offensichtlich das Gleiche durch den Kopf. Wenigstens war die kalte Luft erfrischend, und Scheiße, der Schnee kam jetzt wirklich richtig runter, sogar bis in die Gassen.

Auf dem Weg zur Commerce Street ließ Axe das Desaster immer wieder Revue passieren, stellte sich vor, wie er die Waffen bereits in der Hand hielt, besser auf den Angriff vorbereitet war, besser kämpfte. Und plötzlich stand er vor Peytons Lieblingskneipe, ohne zu wissen, wie er hergekommen war.

Die Zigarren-Bar war genauso schnöselig wie der Name vermuten ließ und ganz im Stil eines englischen Landsitzes ausgestattet, mit jeder Menge Ledersesseln und dunklen, schweren Beistelltischen und Hockern. Dafür gab es keine Fernsehgeräte in den Ecken, auf denen Sportveranstaltungen liefen, und das Essen war gut ... nicht dass die Instantnudeln, die er üblicherweise aß, ein sonderlich hoher Standard gewesen wären. Leider bestand die menschliche Klientel aus arroganten Arschlöchern, die sich ihre fetten Range Rover und Mercedes-Limousinen von Angestellten parken ließen und sich mit hübschen Freundinnen als Accessoire umgaben. Aber wenigstens waren die Idioten derart mit sich selbst beschäftigt, dass ihnen die Vampire in ihrer Mitte vollkommen egal waren.

Nur Paradise und Novo ernteten Blicke.

Was in ihren Mitschülern den Wunsch weckte, die Waffen gleich wieder herauszuholen.

Der Kellner eilte auf Peyton zu und begann mit seinem Begrüßungssermon. Ihr üblicher Platz war schon besetzt, und Axe kürzte die Arschkriecherei ab, indem er sich von der Gruppe löste und zu einem Tisch im hinteren Teil ging, wo sich auch der Notausgang befand.

Novo gesellte sich zu ihm, und er bestellte zwei Scotch, einen für sie, einen für sich, während die anderen nachkamen und sich in die tiefen Polstersessel sinken ließen. In ihrer Mitte stand ein niedriger Tisch mit einem Humidor und mehreren Aschenbechern, und bald war er bedeckt von diversen Cocktails und Tellern mit Tapas.

»… morgen auf dem Schießstand.«

Axe rieb sich das Gesicht. »Was?«

»Ich sagte«, wiederholte Novo, »du solltest dich vor dem Training nicht zu sehr im Club verausgaben. Du siehst völlig fertig aus, und du willst dich doch morgen auf dem Schießstand nicht blamieren.«

»Was mich so fertigmacht, ist mein beschissenes Versagen heute.« Er schwenkte sein Glas und ließ den Whisky über die Eiswürfel schwappen. »Verdammt, vielleicht wäre ich besser gewesen, wenn ich länger im Keys geblieben wäre.«

»Nimmst du mich mal mit?« Sie trank einen Schluck und lehnte sich zurück. »Ich würde mir den Laden gern ansehen.«

Er musterte sie von oben bis unten. »Ja, ich glaube, du würdest es vertragen. Das würde ich nicht von vielen Vampirinnen behaupten.«

»Bist du Sexist?«

»Frauen haben höhere Standards als Männer. Aber du bist eine von uns.«

Novo warf den Kopf zurück und lachte. »Ich weiß nicht, ob ich beleidigt sein soll oder nicht.«

»Würde es helfen, wenn ich dir noch einen Scotch …«

Es war wie ein Frontalzusammenstoß in seinem Kopf. Eben noch fuhr er auf dem leeren Highway seines Normalzustands – dauergeil und von Schuldgefühlen zerfressen – , da krachte er plötzlich in eine blonde Vampirin, und seine komplette Wahrnehmung und all sein Denken, unterbewusstes eingeschlossen, kam zum Erliegen. Sie war ungefähr eins fünfundsiebzig groß, hatte Augen wie ein Engel und war himmlisch gut gebaut. Ihr Gesicht war eine ungewöhnliche Kombination aus verschrecktem Ausdruck und einem Kiefer aus Stahl.

Axe richtete sich in seinem Sessel auf, als hätte ihm jemand ein Ladekabel an den Hintern gezwickt und ihn mit einem Chevy verbunden. Er sah sie wie durch einen Tunnel, im strahlenden Glanz, hervorgerufen durch seine Reaktion auf sie …

Peyton schob sich zwischen sie.

Dieser bescheuerte Schwanzlutscher hatte die Dreistigkeit aufzustehen und die Unbekannte mit einer Umarmung zu begrüßen. Und dann redete er mit ihr und versperrte Axe mit seiner muskulösen Gestalt die Sicht, wobei sein Hinterkopf das perfekte Ziel für eine Kugel abgab oder für einen Hammerkopf oder ein herabstürzendes Klavier, wenn es nach Axe ging.

»Nur zu deiner Information«, sagte Novo leise, »wenn du ihn abknallst, bekomme ich meinen zweiten Scotch auch nicht schneller. Dann holt der Kellner erst die Polizei, bevor er mir den Drink bringt.«

»Was redest du da?«, knurrte Axe.

Doch dann sah er an sich herab und entdeckte die Pistole in seiner Hand. Entsichert.

Anders als in der Gasse.

Toll, sein Hirn reagierte wohl ziemlich zeitverzögert.

Leise fluchend, steckte Axe das verdammte Ding wieder weg und stürzte seinen Scotch hinunter. Dann tat er, als wollte er dem Kellner winken – dabei suchte er nur einen Vorwand, sich zur Seite zu lehnen und an Peyton vorbeizusehen.

Das Problem löste sich schließlich, als der Penner beiseitetrat, um sie der Runde vorzustellen.

Doch dann wurde alles nur noch schlimmer.

»Das ist Elise«, erklärte Peyton. »Meine Cousine.«

5

So wie Elise die Sache sah, konnte es mit ihrem Vater ohnehin nicht schlimmer werden, also konnte sie genauso gut ein letztes Mal ausgehen, bevor die *Bannung* über sie verhängt wurde und man sie einsperrte. Außerdem war Peyton mit den anderen Trainingsschülern unterwegs. Wo wäre sie also sicherer als bei ihnen?

Aber letztlich wusste sie einfach nicht, an wen sie sich sonst wenden sollte. Vielleicht gab es ja einen Ausweg, eine Möglichkeit, um ... sie wusste es selbst nicht.

»Darf ich vorstellen«, sagte ihr Cousin und deutete auf die Gruppe, die auf schweren Sesseln um einen Tisch versammelt saß.

Elise wäre es lieber gewesen, ihn allein zu treffen, aber sie wollte sich die Gelegenheit nicht entgehen lassen. Außerdem konnten sie sich immer noch in eine stille Ecke verdrücken.

»Das ist Craeg ... und Paradise kennst du ja.«

Elise winkte der Vampirin zu. »Hallo, wow, schön, dich zu sehen.«

Paradise war die Tochter des Obersten Beraters des Königs und stammte von einer Gründerfamilie ab – und dennoch war es ihr gelungen, sich aus der traditionellen Rolle zu lösen und in das Trainingsprogramm der Bruderschaft aufgenommen zu werden. Als Soldatin. Als Kämpferin.

Vielleicht konnte sich Elise einen Rat bei ihr holen?

»Das hier sind Boone, Novo ... und Axe.«

Elise nickte den anderen Schülern zu – bis sie beim letzten landete. Ab da wusste sie nicht mehr so genau, was sie tat. Vielleicht hatte sie einen Krampfanfall? Einen Hirnschlag? Denn in dem Moment, als sie seinem Blick begegnete, vergaß sie alles um sich herum, die Zigarren-Bar, die Menschen, sogar den Grund, aus dem sie gekommen war, als hätte jemand die Welt mit einem Tafelwischer weggewaschen.

Er war außergewöhnlich.

Oder eher ... außergewöhnlich gefährlich.

Ganz gleich, wie sie seine Wirkung beschrieb, sie hatte das Gefühl, dass er ihr Leben verändern würde.

Der Kerl saß außerhalb des schummrigen Lichtkreises, den die Deckenlampe warf, und die Schatten umgaben ihn, als würden sie einen der ihren schützen. Er hatte dunkles Haar, schwarz, kräftig und stachlig, und er war groß und saß in einer Haltung, als wäre er jederzeit bereit aufzuspringen, sollte man ihn angreifen. Die Tätowierungen, die sich an seinem Hals emporrankten, und die Piercings im linken Ohr und in der linken Braue ließen ihn noch unheimlicher wirken. Dazu trug er schwarze Kleidung, die ihn umhüllte, als könnten Waffen darunter stecken.

Er hatte das Kinn auf die Brust gesenkt und sah sie unter zusammengezogenen Brauen an, und seine hellgelben Augen glühten und schienen nichts wahrzunehmen außer ihr.

Als Erstes durchblitzte sie der Gedanke, dass er ein Raubtier war.

Als Zweites ... dass sie sich erbeuten lassen wollte.

»Elise?«

Erst als Peyton sie ansprach und zwischen sie trat, kam sie wieder zur Besinnung. »Entschuldige, was?«

70

Das finstere Gesicht ihres Cousins ließ darauf schließen, dass ihm ihre Faszination nicht entgangen war und er – oh Wunder – alles andere als begeistert war. Aber so, wie sie der Kerl in der Ecke ansah, musste man kein übertrieben fürsorglicher Blutsverwandter sein, um Angst um jede Vampirin in seinem näheren Umkreis zu haben.

»Setz dich neben Paradise«, sagte Peyton. »Lass uns reden.«

Mann, war das warm hier, dachte Elise, und knöpfte ihren Mantel auf.

»Elise? Hallo?«

Benommen schüttelte sie den Kopf und rang sich ein Lächeln ab. »Tut mir leid. Was?«

»Setz dich«, murmelte ihr Cousin und klopfte auf einen gepolsterten Hocker, den er herangezogen hatte.

»In Ordnung. Ja, natürlich.«

Elise versuchte, ihren Kopf wieder klar zu bekommen. Sie setzte sich und schielte zur schönen Paradise hinüber – die sie offen anlächelte. Was ein wenig überraschte. Die meisten Vampirinnen aus diesen gehobenen Kreisen waren missgünstige Biester.

»Peyton hat mir auf dem Weg hierher erzählt, was los ist.« Paradise schlug die Beine unter und lehnte sich auf die Armlehne ihres Sessels. »Ich werde niemandem davon erzählen, das verspreche ich. Aber ich kann es so gut verstehen.«

Elise schüttelte den Kopf und überschlug in Gedanken, wie viel sie preisgeben wollte und was sie lieber für sich behielt. Zum Beispiel wollte sie nicht über das merkwürdige Verhalten bezüglich Allishons Tod sprechen.

»Mein Vater ist kein schlechter Kerl, das nun wahrlich nicht.«

»Gütige Jungfrau der Schrift, natürlich nicht. Er ist lediglich ein traditionell eingestellter Mann, der sich in einer bedrohlichen Welt um seine Tochter sorgt. Da geht es nicht um Gut oder Böse, sondern um dein Recht, dein eigenes Leben zu leben, obwohl du eine Vampirin in einem starren gesellschaftlichen Gefüge bist.«

Elise stieß die Luft aus. »Wie bist du in das Trainingsprogramm gekommen? Ich meine, ich habe gehört, dass sie auch Vampirinnen aufnehmen, aber …«

Während sie weitersprach, schien sich ihre Persönlichkeit auf sonderbare Weise zu spalten. Mit einer Hälfte vertiefte sie sich in ein Gespräch mit Paradise, die andere widmete sich diesem Kerl, nahm seinen Körper wahr, seine Präsenz, seine Kraft.

Seine Wirkung auf sie war nicht vergleichbar mit der von Troy, dachte sie. Bei dem Menschen in der Bibliothek kam es ihr vor, als hätte sie ein Kaminfeuer entdeckt und würde nun überlegen, ob sie sich davorsetzen und sich die Hände wärmen sollte. Oder doch lieber bleiben, wo sie war, und in die hübschen Flammen schauen? Oder … ach, was sollte es, sie würde sich ein Buch nehmen und ein wenig lesen.

Jede Menge angenehme, harmlose, aber durchaus interessierte Überlegungen.

Doch der Vampir im Schatten wirkte auf sie, als wäre sie durchgefroren bis auf die Knochen und halb verhungert, weil sie in einer stürmischen Dezembernacht vom Weg abgekommen war und siebzehn Nächte später noch immer durch den Tiefschnee stapfte, am Rande der Erschöpfung, um Luft ringend, mit schwirrendem Kopf und schmerzenden Gliedern … um dann am Horizont einen gigantischen Waldbrand zu entdecken, den ein Blitz entzündet hatte, und der sich jetzt durch die Landschaft fraß, lodernd und überwältigend, eine tödliche Gefahr …

… und doch die einzige Wärmequelle, an der sie ihren gemarterten Leib wieder aufwärmen konnte.

Ach ja, dazu kam noch ein Büfett mit ihren Lieblingsspeisen. Aufgebaut vor dem Inferno.

Mit vierhundert Pfund feinster Schokolade.

Und Pasta. Und Champagner.

Ja, dieser Vampir hatte nichts mit angenehmen Erwägungen zu tun. Nicht einmal mit freier Wahl. Er zwang sie, auf den hellen Schein zuzutaumeln, den er verstrahlte.

Zum Teufel mit den Konsequenzen.

»… mit deinem Vater reden.«

Elise riss sich am Riemen und konzentrierte sich wieder auf Paradise. »Wie bitte?«

»Deinem Vater«, sagte sie. »Mein Vater würde sicher mit ihm reden.«

»Mit wem reden? Meinem Vater?«

»Wer hätte bessere Chancen, ihn umzustimmen? Mein Vater macht sich auch immer Sorgen um mich, und er hat die gleiche altmodische Herangehensweise, aber er hat sich für ein Umdenken geöffnet. Wenn jemand deinen Vater überzeugen kann, dann er.«

»Gütige Jungfrau der Schrift … das wäre großartig.« Elise kamen die Tränen. »Aber warum würdest du das für mich …«

Paradise nahm ihre Hand. »Weil ich weiß, wie schwer es ist.«

Elise war überwältigt. Das unerwartete Mitgefühl schnürte ihr die Kehle zu. Es war so schwer, allein gegen die *Glymera* und ihre Einschränkungen für Vampirinnen anzukämpfen, so mühsam, sich gegen Standards zu wehren, die ihr Leben bestimmten, obwohl sie nicht an sie glaubte und sie sich nie ausgesucht hatte. Elise bemerkte erst jetzt, dass sie sich kampflos ergeben hatte, weil

73

sie keine Hoffnung gesehen hatte, der gesetzlichen und gesellschaftlichen Vorherrschaft ihres Vaters zu entgehen – abgesehen davon durchzubrennen.

»Aber er wird eine *Bannung* für mich erbitten«, sagte Elise. »Wenn er das tut, bin ich erledigt. Dann ist es vorbei, bevor es begonnen hat.«

»Wann will er die Petition stellen?«

»In diesem Moment, glaube ich. Er ist auf direktem Weg zum Audienzhaus aufgebrochen ... nur deswegen konnte ich kommen.«

Paradise nahm ihr Handy und stand auf. »Warte einen Moment.«

Damit machte sie sich auf die Suche nach einer ruhigen Ecke, um zu telefonieren, und Elise wischte sich die Augen. Dann atmete sie tief durch und rutschte auf ihrem Hocker herum. Ihr Blick fiel auf ...

Der Vampir sah sie noch immer an. Er hatte sich zurückgelehnt und die Knie weit auseinandergestreckt. In einer Hand hielt er den Drink, die andere hatte er am Kinn, und die Finger berührten seinen Mund.

Als würde er sie in Gedanken küssen.

Elise wurde heiß. Es war wie eine Explosion, die sich durch ihre Adern fortsetzte, eine Reaktion auf diese Augen, die erotische Art, wie er in seinem Sessel lümmelte, diese eindeutige Absicht, mit der er seine Aufmerksamkeit auf sie richtete. Aber obwohl er sie unverhohlen ansah und die erotische Spannung unverkennbar war, machte er keinerlei Anstalten, zu ihr zu kommen und sie anzusprechen.

Obwohl sie sich fast sicher war, dass er sich vorstellte, wie sie sich liebten ...

»Das wird schon wieder«, sagte Peyton und setzte sich auf Paradise' leeren Sessel. »Wirst sehen.«

Elise riss sich von ihren Gedanken los – gewaltsam –

und sah ihrem Cousin in die Augen. »Äh … das hoffe ich. Und danke für deine Hilfe. Ich wusste nicht, an wen ich mich sonst wenden sollte.«

»Ich hab dir doch gesagt, ganz gleich wann oder wo, ich bin für dich da.«

Peyton paffte seine Zigarre und stieß graue Rauchwolken aus, die über seinem Kopf schwebten. Als er einem Kellner winkte und auf die leeren Gläser auf dem Tisch deutete, hatte Elise den Eindruck, dass er öfter hier war. Aber vielleicht fühlte er sich auch überall auf der Welt so zu Hause.

Daran sollte sie sich ein Vorbild nehmen.

Als er mit dem Vampir scherzte, mit dem Paradise Händchen gehalten hatte, und dann über seine Antwort lachte, musterte Elise unwillkürlich das Gesicht ihres Cousins. Peyton sah wirklich gut aus. Er war genau der Typ, den alle bewunderten und kennenlernen wollten … aber er war nie glücklich gewesen – zumindest schien es ihr so. Besonders jetzt nicht. Hinter seinem Spott und seinem sexy Geplänkel wirkte er merkwürdig abwesend, als würde ihn etwas von seiner Umwelt trennen.

Er litt im Stillen. Trauerte allein. Kaschierte, wie erschüttert er war.

Wie war sein Verhältnis zu Allishon gewesen? Warum hatte ausgerechnet er die Nachricht von ihrem Tod überbracht?

Hatte er sie gefunden oder etwas in der Art?

»Wie geht es dir?«, fragte sie leise. »Du weißt schon, nach Allishons …«

»Es geht mir blendend, was glaubst du denn?« Er beugte sich vor und tippte die Asche vom dicken, glühenden Ende seiner Zigarre. »Fantastisch.«

Er lächelte sie mit leeren Augen an, und Elise war

schon wieder zum Heulen zumute. Aber wenn er stark blieb, konnte sie das auch.

Da kam Paradise zurück und setzte sich auf den Schoß ihres Freundes. »Mein Vater wird gleich mit ihm reden.«

Elise schloss erleichtert die Augen. »Danke. Vielen, vielen Dank. Ich hoffe wirklich, er kann helfen.«

»Mein Vater hat ein Talent dafür, Leute zu beruhigen.« Paradise sah ihren Freund voll Liebe in den Augen an und lächelte. »Er ist traditionell eingestellt, aber er weiß, dass das nicht alles ist.«

Nein, warnte Axe seine Libido. Nein und noch mals nein. Du kannst sie nicht haben.

Vergiss es. Aus. Pfoten weg.

Verdammt, es war, als würde man mit einem renitenten Hund sprechen.

Aber warum? Diese Vampirin war nicht nur »nicht sein Typ«, sie vereinte alles in sich, was er an der *Glymera* hasste. Zum Beispiel konnte er Blondinen nicht ausstehen. Und ja, sicher, sie war nicht überschminkt und trug keinen affigen, hässlichen Fummel, der angeblich »in« war – was immer das heißen mochte. Aber dieser Akzent? Komm schon, sie näselte so vornehm, dass die Königin von England im Vergleich zu ihr wie ein grölender Tourist auf Malle klang.

Und erst dieses feingeschnittene Gesicht. Ihre Züge waren so zart und makellos, dass man ihre Blutlinie vermutlich bis zum Anbeginn der Zeit zurückverfolgen konnte. Ihre Augen? Saphire. Die Lippen? Rubin. Die Haut ... gleich einer Perle.

Sie war wie ein wandelndes Juweliergeschäft. Aber Mann, es war so einfach, ihre Lebensumstände zu erraten: Sie wohnte in einem herrschaftlichen Haus im besten Viertel der Stadt, das Motto für ihre Zimmereinrichtung lautete »Barbie in der National Gallery«, und ihr Vater setzte alles daran, eine gute Partie für sie zu sichern. Ihre größte Sorge war sicherlich, welche Diamanten sie heute zum Letzten Mahl anlegen sollte.

Glücklicherweise blieben ihr noch vier Stunden Zeit, um darüber nachzusinnen.

Oh ja, was für eine verdammte Erleichterung.

Sie verkörperte alles, was seine Mutter immer sein wollte. Wofür sie Axe als Halbwaisen und seinen Vater als geschlagenen Mann zurückgelassen hatte.

Deshalb: nein. Er wollte nichts mit dieser hochnäsigen, Unschuld heischenden, aristokratischen Gebärmaschine zu tun haben. Wirklich nicht. Ausgeschlossen …

Wie sie wohl schmecken würde, fragte plötzlich eine innere Stimme.

»Ruhe«, brummte er. »Halt endlich die Klappe …«

Wie es sich anfühlen würde, wenn sie nackt unter ihm lag, die Beine gespreizt, und ihm das Geschlecht entgegenstreckte? Würde sie seinen Namen seufzen? Oder ihn keuchen?

»Du könntest es dir leichter machen«, kommentierte Novo.

»Wovon redest du? Und bitte, du musst nicht darauf antworten, wenn dir nicht danach ist.«

»Warum gehst du nicht zu ihr und sprichst sie an?«

Axe überlegte, ob er sich dumm stellen sollte, aber wozu die Mühe. »Zu gefährlich. Ich würde ihr die Kleidung vom Leib reißen, und dann müsste ich alle Schwanzträger abschlachten, die sie nackt gesehen haben.«

»Du bist ein verdammtes Tier.« Novo lachte. »Aber ich steh auf so etwas. Und ich glaube, dieser Vampirin geht es genauso.«

»Welcher Vampirin.« Verdammt, war sein Glas etwa schon wieder leer? »Ich glaube, du bildest dir etwas ein.«

»Komm schon, du siehst aus, als würdest du gleich etwas tun, wofür man dich in dieser Bar hier einbuchten würde.«

»Deshalb mag ich das Keys so gern.«

»Ich meine es ernst, du musst mich mal mitnehmen.«

»Wann immer du willst.«

Und dann verstummte er, weil diese Vampirin aufstand und Peyton umarmte, als wollte sie gehen.

Sieh mich an, befahl Axe ihr in Gedanken. *Komm schon, sieh mich an.*

Peytons Cousine war wohlerzogen und nickte allen zu, denen man sie vorgestellt hatte … also auch ihm, als Letztem in der Runde.

Ein kurzer Blick, ein knappes Winken, dann machte sie sich auf den Weg zum Ausgang.

Ihr Gang weckte den Wunsch in ihm, sie von hinten zu besteigen.

Er war auf den Beinen, bevor er sich dessen bewusst war, aber Peyton starrte ihn nieder mit einem fetten *Wage es nicht* im Blick, garniert mit einer Brise *Denk nicht mal im Traum dran* und einer ordentlichen Portion *Schlag's dir aus dem Kopf, Arschloch.* Doch da kam die Rettung herangeschwebt.

Sie kam in Form einer vollbusigen Blondine, deren superkurzer Minirock schon fast ein Höschen ohne Steg war.

Peyton stand auf Blond.

All die Wut und der Frust über die heutige Übung, zusammen mit dem Bourbon, den sich der Kerl hinter die Binde gekippt hatte, verschwor sich gegen seinen Beschützerinstinkt – und im nächsten Moment saß die dralle Schönheit auf seinem Schoß und kraulte mit aufgeklebten Fingernägeln in seinem Nackenhaar.

Zeit für den Abgang.

Axe war schneller aus dem Laden raus, als ein Scharf-schütze nachladen konnte.

Er glitt durch das Gedränge in der schummrigen Bar wie ein Laserzielpunkt, bis er durch den Ausgang ins Freie trat.

Instinktiv wusste er, dass sie nach links gegangen war.

Und genauso instinktiv blieb sie stehen, sobald er vor die Tür trat.

Als sie sich nach ihm umdrehte, fuhr ein Windstoß in ihr Haar, sodass es ihr Gesicht umwehte. Wie sie da stand, im Wirbel dicker Schneeflocken mit ihrem flat-ternden Mantel, sah sie aus wie einem Fiebertraum ent-stiegen, real und unwirklich zugleich.

Axe ging auf sie zu und merkte, dass er sich ihr wie ein jungfräulicher liebeskranker Jüngling näherte, nicht wie der abgestumpfte Sexbesessene, zu dem er sich ent-wickelt hatte, seit er kein Heroin mehr nahm.

Ihre Augen irrten umher, als würde er sie einschüch-tern, und sie vergrub die Hände in den Taschen. Doch er spürte, dass es nicht wegen der Kälte war.

Er wusste es, weil er ihren Geruch aufgefangen hatte: Diese Vampirin mochte sich scheu geben, doch sie stand ihm alles andere als gleichgültig gegenüber.

»Ich wusste, dass du mir nachlaufen würdest«, sagte sie heiser.

»Und ich wusste, du würdest warten.«

Sie hob das Kinn. »Ich habe nicht gewartet.«

»Hättest du aber, wäre ich nicht so schnell gewesen.«

Es gefiel ihm, wie sie die Zähne zusammenbiss, als würde er sie ärgern. Doch dann lächelte sie. »Aber war-um hast du dich beeilt, wenn du doch wusstest, dass ich auf dich warte?«

»Du bist es wert.«

Sie öffnete den Mund, als hätte sie etwas anderes von

ihm erwartet und sich schon eine Antwort zurechtgelegt. Lächelnd schüttelte sie den Kopf und wandte den Blick ab. »Ist das nicht der Slogan aus dieser Shampoo-Werbung?«

»Woher sollte ich das wissen?«

»Interessierst du dich nicht für Frauenzeitschriften?«

»Ich interessiere mich nicht für Frauen. Oder Vampirinnen.«

»Und für was hältst du mich?«

Vermutlich half es nichts, ihr zu erklären, dass er körperlich von jemandem angezogen sein konnte, ohne andere Interessen zu hegen.

»Ich will dich treffen«, knurrte er. »Sag mir wann und wo, ich werde kommen.«

»Und was, wenn ich nicht interessiert bin?«, erwiderte sie gedehnt und trat vom Gehweg auf die Straße.

Er folgte ihr über die Fahrbahn. Nur gut, dass keine Autos kamen – sonst hätte er sie aus dem Weg schleudern müssen.

»Wenn du mir sagst, dass du nicht interessiert bist, sage ich dir, dass du lügst. Warum solltest du damit meine Zeit verschwenden?«

Sie war auf der anderen Seite angekommen, wirbelte herum und stemmte die Hände in die Hüften. »Bist du immer so arrogant?«

Er beugte sich auf sie zu und sog zufrieden den Duft ihrer Erregung ein.

Dann ging er ganz nah an ihr Ohr und flüsterte: »Glaubst du wirklich, ein läppisches gespieltes Abstreiten würde mich von dir fernhalten?«

In diesem Moment flog die Tür der Zigarren-Bar auf und Peyton kam heraus, bereit, seine Cousine zu beschützen.

»Ich streite gar nichts ab«, sagte sie trocken. »Aber mein Cousin wird uns bestimmt auseinanderhalten.«

»Nur wenn du ihn lässt.«

»Elise«, rief Peyton von der anderen Straßenseite aus.
»Geh heim.«

»Und das ist derselbe Kerl, der mir geholfen hat, von
meinem Vater loszukommen«, murmelte sie.

»Elise!«

Ein paar Autos fuhren vorbei und hinderten Peyton
daran, die Straße zu überqueren. Elise wandte sich ab.
»Viel Spaß mit ihm.«

Damit dematerialisierte sie sich und verschwand in
die Dezembernacht.

»Verdammt«, fluchte Axe.

Währenddessen wich Peyton einem Truck aus und
rannte das letzte Stück auf ihn zu.

»Verpiss dich, Mann«, herrschte Axe ihn an. »Ich hab
sie nicht angerüh…«

Kawomm!

Der rechte Haken traf ihn so hart, dass er Blut aus-
spuckte.

»Schlag sie dir aus dem Kopf!«, presste Peyton zwischen den Zähnen hervor. »Sie ist nichts für dich.«

»Was? Weil ich nicht der *Glymera* entstamme wie du,
Arschloch?«

Sie gingen aufeinander zu und bleckten die Fänge,
obwohl sie gesehen werden konnten. Dann packten sie
sich gegenseitig bei den Jacken.

Als Nächstes kam Craeg aus der Bar, zusammen mit
Paradise.

»Sie ist eine Frau von Wert!« Peyton holte erneut aus.
»Nicht so ein Flittchen, wie du sie gern fickst …«

Axe packte seinen Unterarm und drückte ihn nach
unten. »Ach ja? Und die Menschenschlampe auf deinem
Schoß war eine Heilige, oder?«

»Ihre Cousine ist gestorben, okay! Das war Allishon,

81

die Anslam vor einem Monat umgebracht hat. Ich musste zu Elises Haus gehen und es der Familie eröffnen! Deshalb kannst du sie nicht vögeln und ruiniert zurücklassen, wie du es vorhast. Es gibt schon genug Kummer unter ihrem Dach, und sie verdient etwas Besseres! Besser als dich!«

Craeg kam über die Straße gelaufen und packte Peyton bei den Schultern, um ihn wegzuziehen.

»Nicht hier«, zischte er. »Ihr beiden Idioten macht ein Riesentheater.«

Fluchend entfernte sich Axe ein Stück und lief durch den Schnee auf und ab. Die Spuren seiner Stiefel gingen bald bis auf den Asphalt. Er spuckte einen zweiten Batzen Blut aus und versuchte, nicht darauf zu achten, wie sehr es ihn in den Fingern juckte, es Peyton heimzuzahlen.

Aber verdammt, sie alle hatten von dem Mord gehört. Anslam, der Mörder, war ein Mitschüler gewesen, einer der wenigen, der die Aufnahmeprüfung überstanden hatte und in das Trainingsprogramm der Bruderschaft aufgenommen worden war.

Niemand wusste oder konnte ahnen, dass sich dieser aristokratische Wichser in seiner Freizeit brutal an Vampirinnen verging und die Schweinerei auch noch auf Bildern festhielt.

Peyton hatte sich auf die Suche nach seiner Cousine gemacht, nachdem er sie nicht erreichen konnte – und soweit Axe gehört hatte, war er auf ein Blutbad gestoßen. Doch es gab keine Leiche. Wie sich später herausstellte, war Allishon in Havers' Klinik gestorben, wo niemand wusste, wer sie war.

Paradise hatte das Puzzle letztlich zusammengefügt, und Anslam hatte sie beinahe getötet, als sie der Wahrheit auf die Spur kam.

Der miese Sadist hatte schließlich tot in ihrem Foyer geendet.

Was für ein verdammter Mist.

»Nicht Elise«, sagte Peyton heiser. »Ich lasse nicht zu, dass du ihr alles kaputt machst. Und tu nicht so, als würde nicht genau das geschehen. Solange du nicht vorhast, ihren Vater um Erlaubnis zu bitten, dich anständig mit ihr zu vereinigen, halte dich verdammt noch mal von ihr fern.«

Sehr witzig, als würde es je dazu kommen. Erstens würde Axe niemals einen Vater um einen solchen Schwachsinn bitten, zweitens würde ein vornehmer *Glymera*-Heini einen Loser wie ihn doch nicht einmal durch die Tür lassen, geschweige denn, sich seinen Antrag anhören.

Scheiße, Axe war nicht einmal gut genug, um die Fußmatten in seinem Rolls-Royce zu saugen.

Aber was machte das schon, dachte Axe und wandte erneut den Kopf ab. Er würde sie ohnehin nie wiedersehen. Wie hieß dieses Lied so schön? »Ships in the night«.

Sie waren wie zwei Schiffe, die nachts aneinander vorbeifuhren. Sie würden einander nie mehr begegnen.

»Okay«, brummte er. »Ich lasse sie in Frieden.«

6

Am nächsten Abend saß Mary am Fußende von Bittys Bett und sah dem Mädchen dabei zu, wie es versuchte, sich zwischen zwei Mänteln zu entscheiden. Einer war ein voluminöser rot-schwarzer Parka, den sie vom König bekommen hatte und in dem sie Marys Meinung nach aussah wie in Luftpolsterfolie verpackt. Rhage hatte ihn sogar schon mit einem Zorbing-Ball verglichen, einem dieser aufblasbaren Bälle, in denen sich Menschen Hügel hinabkullern ließen. Der andere war ein klassischer dunkelblauer Peacoat, ein Zweireiher mit Messingknöpfen und einem Hochstellkragen, wie ihn Graf Dracula hatte.

Es war das erste Mal für Bitty, dass sie eine derartige Entscheidung treffen musste, dachte Mary traurig. Das Kind kam aus ärmlichen Verhältnissen, früher hatte es von Glück reden müssen, wenn es überhaupt etwas zum Anziehen besaß. Mary durfte gar nicht daran denken, wie viele Winter Bitty wohl frieren musste.

»Ich verstehe nicht, warum ich in die Klinik muss«, sagte Bitty und hängte den Parka zurück in den Schrank.

Mary hatte von Anfang an gewusst, dass sie sich für den Wollmantel entscheiden würde, denn sie hatte ihn von Rhage bekommen. Wrath, Sohn des Wrath und Vater von Wrath, war zwar der König der Vampire, aber Bittys Vater konnte er nicht das Wasser reichen.

Und heute stand ihnen ein schwerer Gang bevor.

»Glaubst du, mit mir stimmt etwas nicht?«, fragte Bitty, als sie wieder aus dem Schrank hervorkam.

»Nein«, sagte Mary. »Aber es ist besser, sich zu vergewissern, als es einfach nur zu hoffen.«

»Aber mir tut nichts weh.« Bitty ging zur Frisierkommode und setzte sich vor den dreigeteilten Spiegel. »Alle Vampire sind klein vor der Transition.«

»Das stimmt.« Verdammt, Mary hasste es, Bitty an die Misshandlungen zu erinnern. »Aber dein Körper musste einiges ertragen. Das heißt nicht, dass du die Transition nicht heil überstehst und groß und stark wirst. Aber wenn es jetzt etwas gibt, das wir dafür tun können, sollten wir es wissen.«

»Ist es wegen der Knochenbrüche?«

»Ja.«

Bitty verstummte, hob die Haarbürste auf und ließ sie durch ihr langes braunes Haar gleiten – obwohl es längst gebürstet war. Mary ließ ihr die Zeit und sah sich in ihrem Zimmer um … und fragte sich, was sie noch ändern konnten, damit es nicht mehr so steif aussah und besser zu einer Dreizehnjährigen passte. Aber Bitty verlangte nichts und schien zufrieden.

Außerdem hatte es in letzter Zeit einen Haufen neuer Anschaffungen gegeben. Es war schwer, das kleine Mädchen nicht mit allem Möglichen zu überschütten.

Genauso schwer, wie die verdammten Brüder davon abzuhalten, sie komplett zu verziehen. Bei ihrer Ankunft im Haus hatte Bitty nicht mehr besessen als zwei alte Koffer, einen Puppenkopf und ihren alten Stofftiger Mastimon. Doch binnen ein, zwei Nächten hatten die harten Jungs im Fürsorgewahn angefangen, Geschenke vor ihrer Tür abzulegen wie Opfergaben auf einem Altar.

Für Bitty waren die Brüder die BABUs (Bad-Ass Big Uncles), nur Lassiter nannte sie Babuschkas, womit er sich regelmäßig Prügel einhandelte. Aber wenn es ihm Spaß machte ...

Außerdem war der gefallene Engel der Schlimmste von allen, was die Geschenke betraf. Erst beim Ersten Mahl hatte er Bitty wieder eine neue *Deadpool*-DVD geschenkt, dazu ein Sweatshirt mit einer rot-schwarzen Dorie vorne drauf und der Aufschrift »Findet Francis«.

»Ich will nicht zu Havers«, sagte Bitty und betrachtete sich im Spiegel. »Ich habe Angst.«

Mary schloss die Augen und dachte daran, dass Bitty bei Havers gewesen war, nachdem sie ihr leiblicher Vater misshandelt hatte. »Rhage und ich sind bei dir. Wir werden nicht von deiner Seite weichen.«

»Kann mich nicht einfach Doc Jane hier in der Klinik untersuchen?«

»Tut mir leid, das geht nicht.«

»Kann sie uns begleiten?«

»Nein, Bitty. Sie muss arbeiten. Aber sie wird mit Havers reden, wenn die Untersuchungsergebnisse kommen. Genauso wie Dr. Manello und vielleicht sogar V.«

Bitty legte die Bürste zur Seite und strich sich mit der Hand übers Haar. »Okay.«

Gütiger Himmel, sie sah so klein aus, wie sie da saß. Mary wünschte, sie könnte es Bitty abnehmen und sich an ihrer statt abtasten, piksen und röntgen lassen. Das Kind hatte so viel durchgemacht. Ihr armer kleiner Körper hatte Schläge und Entbehrungen ertragen müssen, die viele Erwachsene nicht überstanden hätten. Das an sich war schlimm genug, aber dass sie noch immer unter den Folgen litt, war einfach so ungerecht.

»Ich glaube«, sagte Mary und stand auf, »Rhage hat sich die ganze Nacht freigenommen und möchte sie mit uns verbringen.«

»Er hat gesagt, wir könnten Eis essen und einen Film anschauen, wenn ich möchte.«

»Gerne.«

Doch Bitty stand noch immer nicht auf, und Mary ging zu ihr. »Ich lasse dich nicht allein.«

»Versprochen?«, flüsterte Bitty. »Ich habe Angst.«

Mary legte ihr die Hand auf die Schulter. »Ich schwöre, dass ich bei dir bleibe.«

Danke, Jungfrau der Schrift. Und danke, Rhage. Denn er hatte eine Vereinbarung mit Mary getroffen, als sie sich zur Adoption entschieden hatten: Selbst wenn Rhage frühzeitig starb, würde Mary bei Bitty bleiben. Allerdings wusste Bitty nichts davon, denn es war einfach noch nicht der richtige Zeitpunkt gewesen, es ihr zu sagen.

Bitty atmete tief durch. »Okay, gehen …«

Ein Klopfen unterbrach sie, dann drang die tiefe Stimme von Rhage gedämpft durch die Tür. »Wie sieht es aus da drinnen? Können wir?«

»Ja.«

»Ja.«

Rhage öffnete die Tür und füllte den Rahmen mit seinen breiten Schultern. Oh ja, er sah wirklich außergewöhnlich gut aus, und selbst Mary musste oftmals zweimal hingucken. Das kräftige, gewellte Haar war blond, die Augen türkis wie das Meer in den Bahamas und die Zähne strahlend weiß wie Badezimmerkacheln, obgleich nie gebleicht. All das hatte ihm unter den weiblichen Vertretern seiner Spezies einen legendären Ruf eingebracht.

Doch für ihn gab es nur Mary.

Mary hatte eine Weile gebraucht, um sich daran zu gewöhnen und darauf zu vertrauen. Schließlich hätte er jede haben können – irgendeine große, blonde Vampirin, die so umwerfend aussah wie er. Stattdessen hatte er nur Augen für sie, eine braunhaarige Frau mit sympathischem Gesicht, die seit ihrer Chemo unfruchtbar war.

Doch für Rhage war sie die schönste Frau der Welt, und in seiner Nähe und unter seinem Blick fühlte sie sich tatsächlich so.

Als Bitty aufsprang und auf ihn zurannte, ging er in die Hocke, um auf ihrer Höhe zu sein, und umfasste ihre Hände mit seinen großen Pranken.

»Bist du bereit, die Sache hinter dich zu bringen, damit wir nachher wieder *Deadpool* schauen können?«

Mary schüttelte den Kopf. »Ernsthaft, ihr zwei gebt es euch ganz schön hart.«

»›Also, worauf läuft's hinaus?‹«, zitierte Bitty. »›Langes mürrisches Schweigen oder bissiger Kommentar?‹«

»›Du weißt, wie ich ticke‹«, gab Rhage zurück.

»Ja, ja, ja ...« Bitty reckte die Fäuste in die Luft und drehte sich im Kreis.

»Ihr müsst mir noch einmal versprechen«, unterbrach Mary, »dass ihr bei den Szenen für Erwachsene wegschaut.«

Bitty und Rhage verdeckten synchron die Augen, und Rhage versicherte ihr: »Klar. Wir nehmen die Position ein und warten, bis die garstigen Stellen vorbei sind.«

Man konnte nicht alles haben, dachte Mary. Hauptsache, das Wesentliche stimmte.

Als sie zu dritt aus dem Zimmer gingen, sagte Mary: »Wisst ihr, es gibt auch andere Filme. Ihr könntet euch mal eine Doku ansehen. Es gibt so viele gesellschaftliche Probleme, die uns alle ...«

Sie verstummte. Die beiden hatten sich umgedreht und sahen sie an, als hätte Mary vorgeschlagen, die Eingangshalle mit Obszönitäten zu beschmieren. Fritz zu entlassen. Rhages GTO als Altmetall auf E-Bay zu verscherbeln.

»Wirklich unglaublich, dass ihr nicht blutsverwandt seid«, murmelte sie. »Aber bei dir wächst es sich vielleicht noch raus, Bitty.«

Bitty kam zu ihr und umarmte sie, wie es ihre Art war, kurz und fest. »Vielleicht.«

Auf der Treppe in den ersten Stock hinunter sagte Rhage: »Bitty, du weißt, dass wir dich nicht allein lassen, oder? Bei manchen Untersuchungen muss ich draußen warten, weil es sich nicht schickt, aber Mary wird bei dir sein, und ich bin gleich nebenan im Wartezimmer oder auf dem Flur …«

Sie kamen durch die Tür in den Gang und blieben stehen.

Vor dem Arbeitszimmer des Königs stand ein bunt gemischtes Grüppchen und wartete: Doc Jane in Arztbekleidung, Manny in seinem weißen Kittel, Vishous in Kampfmontur und Zsadist in einem Jogginganzug, ebenfalls schwer bewaffnet.

Ach ja, und Lassiter.

Mit Eishockey-Helm und Football-Schulterschutz.

»Tja, das ist ein nettes Abschiedskomitee«, grinste Rhage und klatschte sich mit seinen Brüdern ab.

»Kein Abschiedskomitee«, sagte Lassiter und schlug sich auf die Schulterverschalung. »Wir sind eure Entourage.«

Mary blinzelte. »Bitte *was?*«

Jane lächelte und wandte sich an Bitty. »Wir kommen mit.«

»Nicht dass es die Eltern nicht allein schaffen würden«, sagte Lassiter hinter seinem Gitter. »Aber ganz ehrlich, ich arbeite an meiner Angriffstechnik und brauche Übung. Sollte euch dieses Handtuch von Arzt blöd kommen, werde ich ihn in ein Klecksbild verwandeln.«

Vishous hob die Hände ans Gesicht und rubbelte, als

würde er in Gedanken den Engel vermöbeln, wüsste jedoch, dass er vor dem Mädchen niemanden blutig schlagen durfte – und könnte sich nur mit Not beherrschen.

»Du kannst zu Hause bleiben«, murmelte V. »Bleib verf... noch mal zu Hause, du beschi... bescheuerter Wichs... Wichtigtuer.«

Lassiter langte sich verzückt an den Brustpanzer. »Ist er nicht hinreißend, wenn er nicht fluchen darf? Es wärmt mir das Herz – wie ein Betrunkener auf Rollschuhen, der im Dunklen versucht, Völkerball zu spielen ...«

Zsadist, der sonst selten sprach, fiel ihm ins Wort. »Wir finden, ihr drei solltet nicht allein gehen. Wir begleiten euch. Manchmal braucht man die Familie.«

Rhage räusperte sich gerührt, und Mary sagte heiser: »Vielen Dank. Ich ... wir ... das ist ... sehr nett von euch.«

Z trat auf Bitty zu. Wäre man allein nach seinem Aussehen gegangen, hätte man jedes Kind von ihm weggezerrt, denn dieser Koloss mit den tätowierten Sklavenfesseln, dem Narbengesicht und all seinen Waffen sah wirklich mehr nach Entführer als nach freundlichem Onkel aus.

Wortlos streckte er ihr die Hand entgegen.

Und ohne zu zögern ... griff Bitty zu.

Das kleine Mädchen und der Riese hatten immer eine ganz besondere Verbindung gehabt. Denn wer über Jahre hinweg den Grausamkeiten eines anderen ausgesetzt ist, wird immer ein Stück weit von der Welt getrennt sein, ganz gleich, wie lange die Misshandlungen zurückliegen oder wie viel Gutes seitdem geschehen ist.

Darin waren sie einander verbunden. Und sosehr Mary wünschte, es wäre eine andere Gemeinsamkeit, war sie doch froh, dass Bitty jemanden wie Zsadist hatte. Besonders in einer Nacht wie dieser.

Die beiden wandten sich der großen Treppe zu, und es war, als hätte man einen Gong geschlagen und die Gatter geöffnet: Die Prozession folgte ihnen die Stufen hinunter und durch die Eingangshalle hinaus ins Freie, wo Fritz mit dem schwarzen Mercedes wartete.

Das Tolle an der Familie war, dass sie stets zur Stelle war, dachte Mary.

Wenn es wirklich zählte, half die Familie, gleich ob blutsverwandt oder adoptiert, auch wenn es vielbeschäftigte Leute waren, die selber Kinder hatten.

»Hey«, sagte Lassiter, während er ihnen die Tür zur Vorhalle aufhielt, »hat jemand Lust, ein paar Pucks zu schlagen, nur so zum Zeitvertreib?«

»Nein«, antworteten alle im Chor, inklusive Bitty.

»Ich schlage gleich etwas anderes«, brummte V.

»Ich liebe es, wenn du so brummig bist. Komm in meine Arme. Na komm schon, ich weiß doch, dass du es willst ...«

Nichts.

Im Moment wusste Elise einfach gar nichts: Ob sie weiter studieren konnte, ob man sie einsperren würde, ob sie überhaupt noch ein Dach über dem Kopf hatte.

Nach dem Treffen mit Peyton in der Zigarren-Bar und ihrer Begegnung mit dem Trainingsschüler beim Abschied war sie nach Hause gekommen und hatte auf ihren Vater gewartet. Auf der untersten Stufe der geschwungenen Treppe direkt gegenüber vom Eingang. Wie ein Kind, das seine Eltern verloren hatte.

Drei Stunden später war er heimgekommen, mit gesenktem Haupt und eingezogenen Schultern, vollkommen saft- und kraftlos.

Er hatte sie nicht einmal angesehen – oder ihre Anwesenheit im Foyer zur Kenntnis genommen. Stattdessen war er auf direktem Weg in sein Arbeitszimmer gegangen und hatte die Tür geschlossen.

Tja, schönes Gespräch, hatte sie gedacht. Da sind wir uns ja echt ein Stück nähergekommen.

Aber was hatte sie erwartet.

Nach einem inneren Disput über den Sinn und Nutzen davon, sich in den Prozess einzumischen, den er gerade zu durchlaufen schien, war sie aufgestanden und zu Bett gegangen. Natürlich hatte sie den ganzen Tag über kein Auge zugetan, aber das hatte nicht allein an ihrem Vater und der drohenden *Bannung* gelegen.

Dieser Typ ging ihr einfach nicht aus dem Kopf ... seine Tätowierungen und seine Piercings, die Art, wie er sie angesehen hatte, seine Worte. Immer wieder hatte sie die Szene auf dem Gehweg in Gedanken durchgespielt, war erneut im Schneegestöber gestanden und hatte mit diesem Kerl gestritten, während man die erotische Anziehung zwischen ihnen fast mit Händen greifen konnte. Dabei war es verrückt, dass sie in ihrer prekären Lage den Nerv dazu hatte, alles noch viel schwieriger zu machen. Trotzdem wünschte sie, sie hätte ihm ihre Nummer gegeben. Andererseits war es zweifellos besser so. Denn wenn er sie anrief, würde sie ihn wiedersehen, und das würde unweigerlich zur Katastrophe führen.

Selbst wenn man keine Einzelheiten kannte, war klar, dass dieser Vampir Stoff für einen Taylor-Swift-Song bieten würde.

Oder Schlimmeres ...

»Genug«, sagte sie und stieg aus dem Bett. »Genug gebrütet.«

Ihr Vater war mittlerweile bestimmt schon wieder in seinem Arbeitszimmer. Also war es Zeit, den Stier bei den Hörnern zu packen und mit ihm zu reden.

Elise trat auf den Flur und blieb stehen. Ihr Vater kam

gerade aus seinem Zimmer ein paar Türen weiter, und auch er verharrte.

Sie räusperte sich. »Vater, ich …«

Doch er kehrte ihr den Rücken zu und hob nur abwehrend die Hand. »Nicht jetzt.«

»Aber wann dann?«, fragte sie.

Ihr Vater antwortete nicht. Er ging einfach weiter den Gang entlang und verschwand die große Treppe hinunter.

Elise wusste nicht, wie sie ihn zur Rede stellen sollte. Sie konnte sich ihm vor die Füße werfen, doch selbst dann würde er vermutlich einfach über sie drübersteigen.

»Verflixt«, zischte sie.

Vielleicht war es an der Zeit, dass sie auszog. Aber sicher würde er ihr den Unterhalt streichen, und wovon sollte sie dann leben?

Sie konnte sich das Studium nur leisten, weil sie sich ein Stipendium verdient hatte. Aber dieses Stipendium deckte nicht die Lebenshaltungskosten.

Plötzlich packte sie der Drang, etwas zu zerstören, und sie sah sich nach einem geeigneten Gegenstand um. Die Vase mit den Rosen auf der antiken Anrichte schien prädestiniert, der Hals war leicht zu umgreifen, das Gewicht von Wasser und importierten Blumen groß genug, um Schaden anzurichten, aber nicht zu schwer, um weit zu fliegen.

Ihr Blick fiel auf eine Tür auf der anderen Seite des Flurs. Dahinter wohnten ihre Tante und ihr Onkel.

Ihr Onkel würde bald aufstehen und umherwandeln, aber ihre Tante schlief sicher noch. Meistens war sie noch im Bett, wenn Elise von der Uni zurückkam, und stand nur auf, um sich zu frisieren und zu schminken, bevor sie sich wieder auf die Satinkissen bettete. Natürlich war das kein Leben, aber nachdem sie ihre Tochter verloren hatte – und davor ihren Sohn ...

Elise fluchte. Dann setzte sie sich in Bewegung.

Ehe sie sich's versah, stand sie vor der Tür ihrer toten Cousine und beobachtete wie aus weiter Ferne, wie sich ihre Hand um den Türknauf schloss und daran drehte. Ein Hauch von Allishons Parfüm wehte ihr entgegen, als sie die Tür aufschob. Poison von Dior – klischeehaft, aber es hatte einfach zu gut zu ihrer Cousine gepasst.

Elise hatte immer gedacht, wenn die Farbe Lila einen Geruch hätte, dann diesen.

Geräuschlos schloss sie die Tür hinter sich und schaltete Licht an.

Ein Kristalllüster in der Mitte der hohen Decke erhellte das Zimmer. Gegenüber der Tür stand das Bett mit hellblauem Bettzeug, das mit Weiß und Gold durchwirkt war, und einem Riesenberg von Kissen. Die handgefertigte Tapete zeigte ein französisches Motiv mit orangefarbenen und gelben Vögeln in blühenden Obstbäumen, wie man sie in den warmen Monaten auch unten im Garten sah. Der Teppich war dick und ganz hell, fast weiß, und die Vorhänge hellblau und transparent wie ein Sommerkleid.

Es war die perfekte Einrichtung für eine junge Frau von Wert.

Nur Allishons persönliche Gegenstände fielen aus dem Rahmen: eine schwarze Kutte wie für einen Priester oder Teufelsanbeter, ein Kristallschädel auf dem Kaminsims, Bücher in schwarzen und blutroten Ledereinbänden verstreut in einer Ecke neben einer Palette, die mit einem Gobelin bedeckt war. Außerdem gab es klobige schwarze Stiefel, die bis übers Knie gingen ... einen einzelnen hochhackigen Schuh, dessen Absatz eine Pistole war ... schwarze Sporttaschen mit unbekanntem Inhalt.

Es war schwer, die Belege für das andere Leben ihrer Cousine nicht wie Schlaglöcher in einem ansonsten perfekt geebneten Weg zu empfinden. Aber dieses Urteil stand ihr wirklich nicht zu.

»So darf man nicht denken«, stöhnte Elise und rieb sich den steifen Nacken.

Doch Tatsache war, dass Allishon auf ihrer ausschweifenden Suche nach sich selbst auf etwas Böses gestoßen war. Und das war das Argument von Felixe, nicht wahr.

Elise runzelte die Stirn, als sie an den Trainingsschüler mit den Tattoos dachte. Er war der Inbegriff dessen, von dem sie ihr Vater fernhalten wollte. Doch sie hatte ihn nicht an der Uni getroffen – und das wiederum war ihr Argument.

»Es spielt keine Rolle«, murmelte sie in das leere Zimmer. »Ich werde ihn nicht wiedersehen.«

7

Das Trainingszentrum der Bruderschaft war ein hochmoderner Bunker mit einer Fläche von über zehntausend Quadratmetern und einer Ausstattung à la Heilige-Scheiße-das-sieht-echt-nach-Regierung-aus. Es war unterirdisch angelegt und durch mehrere Pforten geschützt, die umso abweisender und bedrohlicher wurden, je mehr man sich dem Ganzen näherte. Zu diesem Gebäude hatte niemand Zutritt, weder Vampir noch Mensch oder *Lesser*.

Auch die Trainingsschüler durften nicht erfahren, wo es sich befand, obwohl sie eigentlich Zugang hatten.

Der »Schulbus« hielt erneut an einem Tor, und Axe konnte an der Steigung der Straße erkennen, dass sie sich ihrem Ziel langsam näherten. Durch die verdunkelte Scheibe neben ihm konnte man kaum etwas erkennen, aber er stellte sich die letzten Sicherheitsschleusen ungefähr so vor wie in *Jurassic Park*, Betonmauern hoch wie der Hoover-Damm mit Stacheldraht obendrauf.

Im vergangenen Monat hatten sich die Trainingsschüler an vereinbarten Orten in und um Caldwell getroffen und waren in diesen Panzer gestiegen, der so gar nicht aussah wie der typische gelbe Schulbus, allein schon wegen der Panzerverschalung, den armdicken Scheiben und den tiefen Sitzen.

Gewiss, Fritz, der alte *Doggen* am Steuer, hätte als Lehrer an der Schule in Caldwell durchgehen können. Aber das war auch die einzige Ähnlichkeit.

Und siehe da, auf der heutigen Fahrt, die vor einer stillgelegten Fabrik auf dem alten Industriegeländer der Stadt begonnen hatte, starrte ihm Peyton schon seit fünfundzwanzig Minuten ein Loch in den Hinterkopf.

Was für ein Spaß.

Alle kümmerten sich um ihre eigenen Angelegenheiten. Novo hatte Kopfhörer auf, Boone las *Entweder – Oder* von Kierkegaard, was immer das für ein Scheiß war, Paradise und Craeg beugten sich über ein iPhone, als suchten sie nach PokéStops auf dem Weg und hätten schlechten Empfang.

Nur Peyton hatte offensichtlich nichts Besseres zu tun, als schlechte Laune zu verbreiten.

Axe war es ziemlich gut gelungen, seine Blicke zu ignorieren, und das wollte er auch für den Rest der Nacht so halten …

»Ich meine es ernst«, knurrte Peyton.

Axe ließ den Kopf gegen die Nackenlehne fallen. Er hätte sich nach hinten umsetzen sollen, als sich der große Sittenhüter auf der anderen Seite des Gangs niedergelassen hatte. Aber dort saß man auf der Achse und wurde furchtbar durchgeschüttelt.

»Das hast du schon gestern gesagt«, brummte Axe. »Und ich habe eingewilligt, falls du dich erinnerst.«

»Einen Scheiß hast du.«

»Fick dich, dann sage ich es eben noch mal.« Er drehte den Kopf lustlos in Richtung Peyton. »Ich werde sie nicht anrühren.«

»Und warum bist du ihr dann nachgelaufen?«

»Frische Luft, Mann. Ich brauchte …«

»Es ist mir ernst …«

»Hey, ich habe eine Idee. Hören wir auf, Emilio Estevez und Judd Nelson an der Maine North High School zu spielen.«

»Toll, kannst du mir vielleicht erklären, was du damit meinst?«

Boone sprach, ohne den Blick von seinem Buch zu heben: »*Breakfast Club*. Viele betrachten ihn als besten Highschool-Film aller Zeiten. 1984 gedreht in der Maine North High School in Des Plaines in Illinois. Judd Nelson spielte die Rolle des stereotypen Rebellen ...«

»Nur zu deiner Information«, schaltete Axe sich ein, »das ist meine Rolle. Du bist das Sport-Ass, Peyton. Der eingebildete Wichser mit dem Vaterkomplex.«

Peyton wölbte eine Braue. »Von ihm« – er deutete auf Boone – »hätte ich erwartet, dass er das weiß. Aber von dir?«

»Ich war nicht immer nur auf Sex aus, weißt du. Ich war auch mal Junkie und darauf spezialisiert, vor dem Fernseher einzuschlafen. Aber tu uns beiden den Gefallen, und hör damit auf. Ich werde dieses Unschuldslamm von Cousine nicht flachlegen. Sie ist nicht mein Typ.«

Okay, schon möglich, dass er den ganzen Tag an die Decke gestarrt und daran gedacht hatte, wie sie sich vor der Bar nach ihm umgedreht hatte. Ihn angesehen hatte. Mit ihm gesprochen hatte.

Und unter Umständen hatte er auch ein wenig Hand angelegt. Aber hätte er nichts gegen den Dauerständer unternommen, wäre er heute mit einem Baseballschläger in der Hose zum Unterricht gekommen.

Aber all das hatte nicht das Geringste mit ihr zu tun. Nicht doch. Es war nur ein Zeichen, dass er mehr Zeit im Keys verbringen musste.

Der Bus hielt an, und der alte Butler fuhr die Trennwand ein, während er die Tür gegenüber dem Fahrersitz öffnete. »Wir sind da! Ich wünsche einen wundervollen Abend!«

Es war Tag für Tag der gleiche Spruch im gleichen gutgelaunten Tonfall, und als Axe vor allen anderen aufstand, nach vorne ging und ausstieg, fiel ihm auf, dass es ein Ritual war. Ähnlich wie einen Glücksbringer zu berühren.

In der Parkgarage standen eine Reihe Fahrzeuge, darunter ein Wohnmobil, das zu einem mobilen Feldlazarett umgebaut war, ein gepanzerter neuer Hummer, zwei Pick-ups, die funkelten, als kämen sie frisch aus dem Ford-Werk, und ein Radlader. Über dieser Parkebene gab es noch weitere, aber um die hatte sich Axe nie gekümmert. Selbst wenn sie mit dem eigenen Auto hätten kommen dürfen, er besaß keines und hatte auch nicht Aussicht auf eines.

Nein, er musste ohne fahrbaren Untersatz auskommen. In seiner Welt reichte das Geld gerade für die Kleidung an seinem Leib und die Grundsteuer auf das kleine Haus, das sein Vater für eine Frau gebaut hatte, die sich einen Dreck um ihn scherte. Ach ja, und die Instant-Nudelsuppen. Den Strom hatte man Axe mal wieder abgestellt, und diesmal würde er sich nicht die Mühe machen, die Rechnung zu bezahlen. Er konnte genauso gut im Dunkeln leben – immer noch besser, als sich einen Schlafplatz irgendwo im Trainingszentrum zu suchen wie ein menschlicher Obdachloser. Außerdem wurden Gas und Wasser von der Gemeinde gestellt, also hatte er fließend heißes Wasser, und heizen konnte er im Kamin.

Er würde überleben.

Er kam auf die dicke Stahltür zu und musste nicht warten. Der *Dhestroyer* schwang sie von innen auf, als wäre sie nicht mehr als ein Blatt Papier.

»'n Abend«, grüßte Bruder Butch. »Wir sind im ersten Klassenraum.«

Axe nickte und ging den Flur entlang, vorbei an Vernehmungszimmern und Unterrichtsräumen und dem neuen Labor, in dem sie es im wahrsten Sinne des Wortes krachen ließen.

Der Klassenraum sah aus, wie er es kannte – aus dem Fernsehen in seiner Heroinzeit. Zwei Reihen langer Tische mit Stühlen vor einer altmodischen Tafel. Neonröhren an der Decke, gesprenkelter Linoleumboden.

Doch hier wurde nicht Lesen, Schreiben und Rechnen unterrichtet.

Nein, hier ging es um Nahkampf-Theorie, militärische Manöver, Basiswissen in Erster Hilfe, Gruppendynamik.

Axe setzte sich in die hintere Reihe und ... dem Schleier sei Dank ... Peyton nach vorn. Auch die anderen verteilten sich.

Bruder Butch schloss die Tür und hockte sich aufs Pult, das seitlich versetzt stand. Er trug eine Red-Sox-Kappe, ein Shirt mit den skizzierten Umrissen von Pig Papis Gesicht, eine schwarze Adidas-Jogginghose. Die Laufschuhe waren von Brooks in Neon-Pink und Rot.

»Heute Nacht«, sagte der Bruder, »besprechen wir, welche Fehler ihr alle gestern bei dem Übungsangriff gemacht habt. Das wird uns acht bis zwölf Stunden kosten. Wenn danach noch Zeit ist, wenden wir uns wieder den Giften zu, besonders den Aerosolen und Berührungsgiften. Aber zuerst habe ich noch ein Jobangebot, falls jemand interessiert ist.«

Axe horchte auf.

Geld, dachte er. Das klang gut.

»Die Arbeit erfordert höchste Diskretion und Taktgefühl.« Der Bruder senkte die Stimme und sah die Gruppe durchdringend an. »Sowie eine profunde Kenntnis von Techniken der Selbstverteidigung.«

Rhage hasste Havers' Klinik aus tiefstem Herzen. Ja, klar, der unterirdische Bau war sicher, und Havers war ein ausgezeichneter Arzt, auch wenn Rhage ihn nicht ausstehen konnte. Aber als er jetzt auf dem Gang vor dem Untersuchungszimmer saß, in dem Bitty und Mary seit gefühlten hundertfünfzig Jahren verschwunden waren, ging ihm so ziemlich alles auf die Nerven.

Zum Ersten hasste er den künstlichen »sauberen« Geruch, denn das ätzende Zitrusaroma der Desinfektionsmittel brannte ihm in der Nase. Scheiße, es war so schlimm, dass er sich permanent kleine gelbe Minions vorstellen musste, die sich mit Spitzhacken und Desinfektionsspray in seinen Nebenhöhlen betätigten.

Zweitens ging ihm die stille Geschäftigkeit auf den Zeiger, die hier herrschte, obwohl sie im Prinzip zu begrüßen war. Die geräuschlosen Kreppsohlen, die verhaltenen Stimmen, die Wägelchen mit Medikamenten und Instrumenten auf ihren leisen Gummirädern.

Aber am schlimmsten war, dass er selbst hier Aufmerksamkeit erregte.

Es war zwar nicht so, dass die Schwestern ihre Blusen öffneten und sich die Brüste massierten, aber verdammt, er hatte nicht den Nerv für die langen Blicke und das auffällig häufige Vorbeikommen kleiner Grüppchen, dem Gekicher und Geflüster.

Reaktionen dieser Art rief er schon sein ganzes Leben hervor – zumindest seit dem Moment, als er die Transition überstanden hatte. Und vor Mary hatte er durchaus Vorteile aus seiner erotischen Magnetkraft gezogen, bis sein Ruf als Sexgott nicht mehr legendär, sondern nahezu glaubensstiftend war. Doch seit er Mary kannte, hatte er kein Interesse mehr an anderen Frauen. Immer mehr betrachtete er sein Gesicht und seinen Körper wie einen heißen Schlitten, der von seinem Gehirn gesteuert wurde. Doch das, was ihn im Innersten ausmachte, sein Herz und seine Seele, hatte nichts mit der Karosserie zu tun.

Und das war das Problem.

Wenn man sich um seine Tochter sorgte, die hinter einer dünnen Tür in einem flatterigen Flügelhemd auf einem Untersuchungstisch saß, mit angstvollen Augen, weil an ihr herumgefummelt wurde und alle möglichen Erinnerungen hochkamen, dann konnte man keine Fans gebrauchen, die sich in der Nähe herumdrückten, weil sie einen für eine Kreuzung aus Channing Tatum und Chris Hemsworth hielten.

Vielleicht sollte er sich eine Papiertüte über den Kopf stülpen.

Als sich eine Hand auf seine Schulter legte, zuckte er zusammen ... und erschrak gleich noch mehr, als sich Zsadist neben ihm auf dem harten Boden niederließ.

Ihnen gegenüber standen Lassiter und V und stritten, Nase an Hockeyhelm, während sich der Bruder eine selbst gedrehte Zigarette zwischen die Lippen steckte ... und gleich wieder aus dem Mund riss, als wäre ihm eingefallen, dass er hier nicht rauchen konnte. Der Engel hielt wacker stand und redete ohne Unterlass.

Rhage hatte nicht die Kraft, auf sie zu achten.

Er musste die ganze Zeit daran denken, dass ...

»Sie hat einfach schon genug gelitten«, hörte er sich sagen. »Gütige Jungfrau der Schrift ... wie lange sind sie nun schon da drin?«

Dann sah er seinem Bruder in die Augen und bemerkte, dass sie von Gelb in tiefes Schwarz umgeschlagen waren.

Tja, Rhage ging ihm bestimmt auf den Wecker. Seit Stunden das gleiche Gejammer. Kein Wunder, dass sein Bruder langsam genug davon hatte.

»Entschuldige.« Rhage rieb sich das Gesicht. »Ich halte den Mund. Ich wollte nicht nerven.«

Z sah ihn verwundert an. »Doch nicht du. Ich habe gute Lust, ihren Vater auszubuddeln und noch einmal zu töten. Wäre Nalla auf diese Weise misshandelt worden und hätte lauter alte Knochenbrüche …«

Zsadist verstummte, und das war besser so, denn Rhage war speiübel geworden.

»Mit Kindern sieht alles plötzlich ganz anders aus.« Rhage begann, den Kopf gegen die Wand zu stoßen, hörte aber auf, aus Angst, Bitty und die Ärzte zu stören. »Weißt du, ich war nicht vorbereitet auf so etwas wie das hier. Ich dachte, das Schwerste am Vatersein wären Meinungsverschiedenheiten. Zum Beispiel, wenn sie einen total stumpfsinnigen, debilen Idioten anschleppt, und ich darf ihm nicht die Eier abschneiden und sie im Vorgarten vergraben. Aber das hier? Ich würde es ihr so gerne abnehmen. Es ist einfach nicht fair.«

Z sah ihn an, mit festem, unbeirrbarem Blick. Er hatte lang am Rande des Wahnsinns gestanden, doch das lag eindeutig hinter ihm. »Du bist ein großartiger Vater, weißt du das? Wirklich.«

Rhage sah schnell zur Seite. Räusperte sich. »Ich habe das Gefühl, sie im Stich zu lassen.«

»Du bist bei ihr, wenn sie dich am meisten braucht.«

»Nein, dazu müsste ich auf dem Untersuchungstisch liegen. Nicht sie, ich.«

»Das geht nicht, und das weißt du.« Z fluchte leise. »Das Schlimme ist, dass man seinen Kindern nicht alles abnehmen kann. Manchmal kann man nicht mehr tun, als für sie da zu sein.«

»Es muss einfach mehr geben.«

»Solltest du herausfinden, was das ist, sag mir Bescheid.«

»Ha! Du bist der beste Vater, den ich kenne.«

»Du hast ja keine Ahnung. Wenn ich das nächste Mal wachliege und mich frage, wie ich noch schlimmer versagen hätte können, rufe ich dich an.«

»Aber bei dir ist es anders.«

»Warum?« Rhage antwortete nicht, doch das ließ ihm Z nicht durchgehen. »Warum? Weil Nalla meine leibliche Tochter ist? Na los, sprich es aus. Denn wenn du die Scheiße aus deinem eigenen Mund hörst, merkst du vielleicht, wie hirnverbrannt es ist.«

»Ich dachte nur … ich frage mich, ob ich irgendetwas besser machen würde, wenn … du weißt schon, wenn ich ihr richtiger Vater wäre.«

»So wie ihr leiblicher Vater, meinst du? Dieser Wichser, der schuld daran ist, dass sie heute auf dem Untersuchungstisch liegt? So wie er möchtest du sein? Ja, der war wirklich viel besser als der Kerl, der heute hier auf diesem Flur sitzt und aussieht, als würde man ihn ohne Narkose am offenen Herzen operieren, weil es seiner Kleinen so schlecht geht.«

Rhage rieb sich das Haar, bis seine Finger kribbelten. »Das verstehst du nicht. Du wirst nie in meiner Lage sein.«

»Aber das meine ich doch gerade. Ob du ein Kind zeugst oder aufnimmst, wir sind alle in der gleichen Lage.«

Rhage starrte auf die Tür. »Ich habe Angst, Z. Ich habe … einfach so verdammte Angst. Was, wenn ihre Knochen dauerhaft geschädigt sind? Das ist die Befürchtung von Doc Jane. Sie meint, bei der Transition könnten Bittys Arme und Beine so schlimm in Mitleidenschaft gezogen werden … dass man sie unter Umständen amputieren muss.«

Er dachte daran, wie Bitty in der Eingangshalle tanzte, und seine Augen brannten. Sie war so quirlig … er konnte sie sich einfach nicht in einem Rollstuhl vorstellen, den sie mit dem Mund bediente. Der Gedanke raubte ihm den Verstand.

»Wie bitte?«, fragte Z.

»Es hat mit den Wachstumsfugen zu tun. Sie hatte Brüche ganz nah an den …« Er deutete auf seine Oberschenkel, die Unterarme, die Schienbeine … »Du weißt schon, an den Wachstumsfugen, und sie sind falsch zusammengewachsen. Beim Wandel könnten sie wieder brechen, ein irreparabler Zustand.«

»Scheiße.«

»Mary weiß nichts davon.« Rhage fing wieder an, sich die Haare zu raufen. »Ich hätte es ihr sagen sollen, aber ich habe es einfach nicht übers Herz gebracht. Dabei hatte ich es Jane versprochen. Ich war zu feige. Ich hatte … gehofft, dass es doch nicht so sein würde. Aber nachdem sie nun schon so lange da drin sind, fürchte ich …«

Ihnen gegenüber ging die Tür auf, und Doc Jane kam heraus.

Ein Blick in ihr Gesicht verriet ihm, dass sich die schlimmsten Befürchtungen bewahrheitet hatten.

»Wie schlimm ist es?«, presste Rhage hervor und sprang auf. »Können wir irgendetwas tun?«

8

Ein Stehkragen.

Stunden später, als Axe schweigend hinten im »Schulbus« saß, überlegte er krampfhaft, wo er ein verdammtes Stehkragenshirt herbekommen sollte.

Er fasste sich an den Hals und massierte die Seite mit den Tätowierungen. Ob er wohl eines unter den Sachen seines Vaters finden würde? Bei dem Gedanken sehnte er sich sofort nach etwas Hochprozentigem … oder einer Injektion, die ihm die Lichter ausblies.

Seit dem Tod seines Vaters war er nicht in die Nähe seines Zimmers gegangen.

»Mist«, sagte er zur getönten Scheibe.

Um auf andere Gedanken zu kommen, wandte er den Blick von seinem Spiegelbild ab – und siehe da, Peyton hatte die Lust verloren, Axe von seiner Cousine abzubringen, und sich wieder seinem alten Hobby zugewandt: Paradise anzustarren, die neben ihrem Freund saß.

Es war eine unerfreuliche Nacht für sie alle gewesen, nicht dass das Training je ein Vergnügen darstellte. Aber es war einfach deprimierend, mit dem eigenen Versagen konfrontiert zu werden. Unterhaltsamer war es, dem hilflosen Peyton dabei zuzusehen, wie er Paradise über den Mittelgang hinweg anschmachtete. Wie er sich wünschte, er könnte in ihre Gedanken eindringen und ihr helfen, der Retter sein, den sie seiner Meinung nach brauchte. Man konnte förmlich die Denkblasen lesen, die über seinem Kopf schwebten.

Tja, Pech gehabt, Kumpel. Sie hatte alles, was sie brauchte.

Novo kam zu Axe und scheuchte ihn auf den Fensterplatz, um sich neben ihn zu setzen. »Ich gehe um zwei. Wann ist dein Vorstellungsgespräch?«

»In einer halben Stunde.« Er strich über die Tattoos, die vermutlich nicht gut ankommen würden. »Ich muss mich beeilen.«

»Viel Glück.«

Sie streckte ihm die Hand entgegen, und er schlug ein. »Dir auch.«

»Ich schätze, außer uns wird sich niemand bewerben.« Ihr Ton wurde etwas schärfer. »Peyton ist reich genug und will sich bestimmt nicht von einer Erwerbstätigkeit vom Kiffen abhalten lassen. Boone braucht auch kein Geld. Und Paradise und Craeg bewachen in ihren freien Nächten schon das Audienzhaus.«

Scheiße, Axe war gar nicht scharf darauf, in Konkurrenz zu Novo zu stehen. Viel lieber wäre er gegen einen Kerl angetreten, sexistisch wie er war. Aber vielleicht zog er ohnehin den Kürzeren. Novo kämpfte und schoss genauso gut wie er, war fast genauso stark und hatte etwas mehr Grips im Kopf. Außerdem sah sie nicht aus wie ein Serienkiller.

Aber hey, er würde seine Piercings rausnehmen, dann sähe er gleich halbwegs normal aus.

Abgesehen davon hatte er null persönliche Kompetenz. Es war also gut möglich, dass sie ihn bei der Bewerbung ausstach.

»Sollen wir eine Freundschaftswette abschließen?«, fragte Novo.

»Um was?«

»Wer den Job bekommt. Der Verlierer lädt den Gewinner zum Essen ein.«

Er hätte ihr nicht mal einen Schokoriegel kaufen können. »Wie wäre es, wenn der Gewinner zahlt?«

»Abgemacht.«

Zwanzig Minuten später hielt der Bus, und alle stiegen aus. Die Nacht war bitterkalt, niemand blieb noch auf einen Plausch. Axe dematerialisierte sich zu seinem kleinen Cottage und überlegte, dass er es merkwürdigerweise nie als Elternhaus bezeichnet hatte – denn schließlich hatte es dort nie *Eltern* gegeben. Sein Vater hatte es für seine Mutter gebaut, doch es hatte seinen Zweck verfehlt, sie an ihn zu binden.

Jetzt war der Kasten ein Symbol dafür, wie sein Vater an der Schwäche für eine Frau gescheitert war.

Axe trat durch die Hintertür ein und war froh, dass es keinen Strom gab und er nicht Licht machen konnte. Er hasste die Küche, verabscheute ihren Anblick und stapfte einfach hindurch. Die Treppe in den ersten Stock war kurz und steil. Er nahm zwei Stufen mit jedem Schritt und wandte sich der einzigen offenen Tür zu.

Das Zimmer seines Vaters hielt er verschlossen.

Sein Zimmer bestand aus einer Matratze auf dem Boden, ein paar Kleiderhaufen und nicht viel mehr. Scheiße, er schlief noch nicht einmal hier oben, weil der Kamin im Erdgeschoss war und er sich irgendwie warmhalten musste. Im Frühling würde er wieder in den ersten Stock ziehen – oder auch nicht. Wen interessierte es.

Axe durchforstete seine Garderobe, die aus Muscleshirts, schwarzen Jeans und ein paar Lederjacken und Mänteln bestand, allerdings nicht in der Hoffnung, dass ihm die gute Fee der seriösen Erscheinung ein Stehkragenhemd dazwischengezaubert hatte, sondern mehr, um sich dafür zu stählen, in den Sachen seines Vaters zu wühlen.

Zehn Minuten später stand er, immer noch ohne Stehkragenhemd, im Flur und öffnete die Tür. Da im ganzen Haus kein Licht brannte, bestand das kleine Zimmer nur aus Schatten und verschiedenen Grautönen … als hätte sein Selbsthass alle Farbe getilgt.

Er mied es, das Bett anzusehen, das noch immer vom letzten Mal zerwühlt war, als sein Vater vor zwei Jahren darin geschlafen hatte, und ganz bestimmt achtete er nicht auf all die Bilder seiner Mutter. Er dachte auch nicht über die Staubschicht nach, die sich auf alles gelegt hatte, oder darüber, dass eines der Fenster aus dem Rahmen gefallen war und Herbstlaub und sogar etwas Schnee ins Zimmer geweht waren.

Es schien kälter zu sein in diesem Raum, sein Atem kondensierte zu weißen Wölkchen.

Vielleicht spukte hier der Geist seines Vaters.

Ein Schauder lief über seinen Rücken. Axe ging zur Kommode und wühlte mit groben, fahrigen Händen darin herum. In der untersten Schublade fand er, wonach er gesucht hatte.

Es erschien ihm so absurd, dass sein Vater es getragen haben sollte. Er rammte die Schublade zu, eilte aus dem Zimmer, als würde er verfolgt, und schwor sich, es nie mehr zu betreten.

Zurück in seinem eigenen Zimmer, riss er sich das Muscleshirt vom Leib und zog das Stehkragenhemd seines Vaters an. Dann trat er vor den Spiegel über der billigen Kleiderkommode, beugte sich nach vorne und vergewisserte sich, dass die Tätowierungen an seinem Hals vollständig bedeckt waren.

Kurz bevor er sich abwandte, entfernte er noch die schwarzen Stecker aus dem Ohr, die er nur auf einer

Seite trug, genau wie die Tattoos. Auch das Piercing in der Braue nahm er heraus.

Als Nächstes legte er die Waffen an. Er befestigte das Schulterholster und steckte die zwei Vierziger, die er seit einer Woche besaß, rechts und links in die Laschen. Nach Ansicht der Brüder investierten sie Zeit und Geld in die Trainingsschüler und wollten darum um jeden Preis vermeiden, dass einer von ihnen abkratzte, weil er schlecht ausgerüstet war. Nach einem Sicherheitscheck am Schießstand hatte man allen in der Klasse Glocks ausgehändigt. Sie durften sie zwar nicht mit ins Trainingszentrum bringen, waren aber dazu angehalten, sie außerhalb stets bei sich zu tragen.

Und im Ernstfall einzusetzen. Nicht so wie in der letzten Nacht.

Er trat vor die Tür und sparte sich das Abschließen – die Alarmanlage hatte ohnehin keinen Strom, außerdem gab es nichts in dem Haus, das ihm wichtig gewesen wäre.

Verdammt, vielleicht wäre er sogar erleichtert gewesen, wenn jemand eingestiegen und das Ding in Brand gesteckt hätte. Doch das war unwahrscheinlich. Er lebte ziemlich ab vom Schuss. Sein nächster Nachbar wohnte eine Viertelmeile entfernt und arbeitete vermutlich noch mit einem Esel.

Axe wusste schon vor dem Aufbruch zu seinem Vorstellungsgespräch, dass es ein großes Haus sein würde – oder Gut oder Schloss oder was auch immer. Selbst Nicht-Menschenkinder aus ärmlichen Verhältnissen wussten, wo die fetten Villen standen, und diese Adresse befand sich an einem dieser Orte.

Okay, wow, dachte er, als er Gestalt annahm.

Kopfschüttelnd betrachtete Axe das Haus aus Stein, das vor ihm lag. Es musste mindestens dreigeschossig sein, und allein die Vorderseite des Schieferdachs wirkte so groß wie ein Footballfeld. Bei geschätzten siebenhundert schwarzen Läden und einem Eingang, hinter dem man ein Parlamentsgebäude oder eine Staatsbibliothek erwartet hätte, konnte man sich kaum vorstellen, dass es sich um einen Familienwohnsitz handelte.

Allerdings waren es ja nicht nur Mama-Bär, Papa-Bär und kleiner Bär. Vermutlich gab es Dutzende von *Doggen*.

Es war genau die Art von Haus, in der sein Vater gearbeitet hatte.

Genau die Art von Haus, in der sein Vater bei den Plünderungen umgekommen war.

Aber bevor er seine Bewerbung in den Sand setzte, noch ehe sie begonnen hatte, unterdrückte Axe die Verbitterung. Er lief über den schneebedeckten Rasen, stieg über eine niedrige Hecke, die eine runde Zufahrt einfasste, und ging auf die Eingangsstufen zu.

Ein Messingklopfer, so groß wie sein Arm, hing daran, zudem gab es seitlich eine unauffällige Gegensprechanlage.

Er streckte gerade den Finger nach dem Knopf aus, da wurde die schwere Tür geöffnet, und ein – hey, wow – uniformierter Butler stand vor ihm, der erschreckend wie Sir John Gielgud aussah.

In seiner Rolle als Butler in *Arthur – Kein Kind von Traurigkeit.*

»Ihr seid Axwelle, Sohn des Theirsh?«, fragte der *Doggen* würdevoll.

Leider musste Axe jetzt unpassenderweise an eine andere Figur aus dem Film denken, an die von Dudley Moore, betrunken im Restaurant: *Bist du ehrlich 'ne Nutte? Teufel, das hatte ich ganz vergessen. Ich dachte gerade noch, dass es richtig toll mit dir läuft.*

»Sire?«, fragte der Butler. »Seid Ihr Axwelle?«

Axe riss sich aus seinen Gedanken und hätte fast mit einem *Jep* geantwortet. »Das bin ich.«

»Bitte, kommt herein.« Der *Doggen* trat einen Schritt zurück und bat ihn mit einer Geste über die Schwelle. »Ich richte meinem Herrn aus, dass Ihr zur vereinbarten Zeit eingetroffen seid.«

»Danke. Danke Ihnen.«

In Anbetracht dieses Butlers wünschte Axe plötzlich, er wäre nicht ganz so gewöhnlich. Verdammt, die gesamte Umgebung weckte in ihm den Wunsch …

Axe blieb stehen. Während der Butler in seinem Pinguinkostüm etwas sagte und sich dann abwandte und auf eine geschlossene Tür zuging, schnupperte er in die Luft.

Moment, dachte Axe.

Langsam drehte er sich im Kreis und schnupperte weiter. Sein Cottage hätte dreimal in dieses große, offene Foyer gepasst, neben einer Kegelbahn, einem Swimmingpool und einem kleineren Eisstadion. Zudem sahen die Möbel und Ziergegenstände, die um den hohen, offenen Raum angeordnet waren, richtig alt und teuer aus. Der Boden war aus weißem und grauem Marmor, und überall hingen Kristallleuchter und Ölgemälde an den Wänden. Ach, und dann war da noch ein Kamin, aber nichts, das mit dem bei ihm zu Hause vergleichbar gewesen wäre. Dieses Modell hier war von schwarzem Marmor eingefasst, goldverziert und so groß, dass man keine Holzscheite, sondern ganze Baumstämme darin verheizte.

Aber all das war ihm vollkommen gleichgültig.

Denn der Geruch, den er bestimmt hatte, nachdem er das waldige Aroma des prasselnden Feuers, die Seife des *Doggen* und den letzten Nachgeschmack von Fleisch, das irgendwo im Erdgeschoss serviert worden war, herausgefiltert hatte … war der Duft der Vampirin von letzter Nacht.

Peytons Cousine war entweder vor Kurzem zu Besuch hier gewesen … oder sie wohnte unter diesem Dach.

»Mein Herr wird Euch jetzt empfangen«, meldete der Butler hinter ihm.

Ja, dachte Axe und drehte sich um. Oh ja, das wird er.

Manchmal geriet man wach in einen Albtraum und musste zusehen, wie jemand Geliebtes litt, und sosehr man betete zu erwachen, würde doch kein Wecker klingeln. Man konnte nicht einfach die Augen aufschlagen und sich auf die andere Seite wälzen.

In einem solchen Albtraum fand Mary sich nun wieder.

Bitty lag auf dem Untersuchungstisch unter Laken, die man zur Seite geschlagen hatte, um ihre dünnen, blassen Glieder freizulegen, die im Licht der riesigen OP-Leuchte über ihr schimmerten. Ihr Gesicht war kreidebleich, und sie zitterte. Das sonst so lebhafte, fröhliche Mädchen war nur noch ein bibberndes, ausgelaugtes Häufchen Elend.

Mary stand neben ihr und nahm die klinische Umgebung abwechselnd schmerzlich klar und dann wieder wie durch einen Schleier wahr: die piependen Apparate, die weißen Kacheln, den Stahl, das Untersuchungsteam in blauer Kleidung und Mundschutz.

Sie hatte gewusst, dass ihnen eine schwere Nacht bevorstand, doch sie war von völlig anderen Gründen ausgegangen. Sie hatte befürchtet, die Behandlung könnte Bitty in die Zeit der schrecklichen Misshandlungen zurückversetzen. Oder es wäre schmerzhaft für sie, in die Klinik zurückzukehren, in der sie ihre *Mahmen* sterben sehen musste. Oder sie bekam Platzangst im Kernspin, musste unangenehme Untersuchungen über sich ergehen lassen, quälend lang auf die Ergebnisse warten.

Doch das war es nicht ansatzweise.

Jeder einzelne große Knochen in Bittys Körper musste gebrochen und geschient werden. Selbst das Schienbein mit der eingesetzten Titanstange. Und zwar ohne Narkose, weil sie allergisch darauf reagierte.

Es war unbeschreiblich. Der Schrecken, der Schmerz, die Angst. Und es war schwer, in diesem Moment nicht mit Gott zu hadern und jede höhere Macht zu verfluchen, weil eine Hiobsbotschaft auf die nächste folgte: Dass ihre Wachstumsfugen geschädigt waren, weil alte Brüche schlecht verheilt waren. Dass ihr Amputationen nach der Transition drohten. Dass man ihr keine gewöhnlichen Narkosemittel verabreichen konnte, weil sie schon früher schlecht darauf reagiert hatte.

Das bisschen Schmerzlinderung, das man ihr geben konnte, reichte bei Weitem nicht aus.

»Nur noch einen«, hörte sie sich sagen. »Du schaffst das.«

Doch ihre Worte schienen Bitty nicht zu erreichen. Sie wand sich in Agonie, und Mary hätte am liebsten mitgeheult.

Aber diese kleine Auszeit konnte sie sich jetzt nicht leisten.

Sie beugte sich tiefer zu dem Mädchen hinunter. »Der Letzte, okay? Das ist der Letzte.«

Bittys Augen weiteten sich und schillerten unter den Tränen. Durch die violetten Ringe, die darunter erschienen waren, sah sie aus, als stünde sie an der Schwelle zum Tod. »Ich kann nicht. Bitte ... sag ihnen, dass sie aufhören sollen ...«

»Nur noch einer. Ich verspreche es dir, nur noch einer.« Sie strich ihr die Ponyfransen aus dem Gesicht und küsste sie auf die Stirn. »Nimm meine Hand. Na komm. Drück zu, so fest du kannst.«

»Ich kann nicht ... bitte, Mom ... hilf mir ...«

Bitty wurde von Schluchzern geschüttelt, und ihr Operationshemd zitterte, als wehte es im Wind. Jetzt musste auch Mary weinen, und die Tränen rollten ihr über die Wangen und fielen auf die dünne Matratze auf dem Untersuchungstisch.

Schniefend betete sie um Kraft, doch sie war vollkommen verloren. Sollte ihr jemals wieder jemand sagen, sie wüsste auf alles eine Antwort, würde sie demjenigen in den Hintern treten.

»Havers, können Sie uns einen Moment ...«

Doch als sie aufsah, merkte sie, dass der Arzt und die zwei Schwestern bereits einen Schritt zurückgetreten waren. Und das Mitgefühl in Havers' Blick schien unvereinbar mit dem, was er seiner Schwester Marissa angetan hatte.

Aber an seiner beruflichen Kompetenz hatte auch nie jemand gezweifelt.

»Tief durchatmen, Bitty«, sagte Mary. »Na komm ... wir atmen zusammen ...«

Die Kernspintomografie hatte zutage gefördert, dass dem Mädchen unter Umständen schlimme Deformationen drohten, sobald sie ihre Transition durchlief. Ein Prätrans reifte während des Wandels explosionsartig zum erwachsenen Vampir heran. Auf den Menschen übertragen, entsprach das einem Vierzehnjährigen, der binnen sechs Stunden körperlich zu einem Fünfundzwanzigjährigen heranwuchs.

In Bittys Fall hatten alte Brüche eine Reihe mehr oder minder unauffälliger Krümmungen in ihren langen Knochen hinterlassen. Mary hatte sie bemerkt, hatte aber nicht über ihre Ursache nachgedacht oder darüber, was sie für die Zukunft bedeuten konnten. Doch es bestand die Gefahr, dass die Knochen bei der Transition an diesen Stellen brachen, weil sich die Belastung des Wachstumsschubs an den Unebenheiten ungleich verteilte.

Und die Folge? Amputation. Aller oder der meisten Gliedmaßen. Denn nach der Transition dauerte es bei Vampiren ungefähr sechs Monate, bis Knochenbrüche wieder heilten.

Deshalb wurden sie nun ausgerichtet.

Bitty hatte die Entscheidung selbst getroffen. Sie wollte nicht in ein paar Monaten oder Jahren zurückkommen müssen. Es musste ohnehin geschehen, da wollte sie es lieber hinter sich bringen.

Aber es war einfach zu viel.

»Ich kann nicht mehr, ich kann nicht mehr … ich kann nicht mehr …«

Mary war ganz ihrer Meinung. Auch sie konnte nicht mehr. Es war zu viel. Sie war am Ende. Jenseits von Gut und Böse.

Gewiss, das große Ziel lag zum Greifen nahe, aber sie hatten genug getan. Wer wollte das bestreiten.

»Kann R-r-r-Rhage reinkommen?«, stammelte Bitty.

»Aber natürlich. Die anderen auch?«

Alles, wenn es ihr half.

»Nein, weil ich weine.« Bitty schniefte. »Ich bin nicht tapfer …«

»Oh doch, das bist du.« Mary schluckte noch mehr Tränen. »Liebling, ich kenne kein Mädchen, das so tapfer ist wie du.«

Bei Vampiren war es nicht üblich, dass Männer bei der Behandlung einer Frau anwesend waren – und manche der Untersuchungen waren auch intimer Art gewesen. Doch jetzt schien ihr jedes Mittel recht.

Mary würde Havers nicht einmal um seine Zustimmung bitten. Sie mussten dem Mädchen irgendwie helfen, die Sache zu Ende zu bringen.

»Ich hole ihn«, bot Doc Jane an.

Rhage kam herein, und Mary war machtlos dagegen: Sobald sie seinem Blick begegnete, zog sich ihre Kehle so eng zusammen, dass sie kaum noch atmen konnte. Und typisch für den gebundenen Vampir kam er zuerst zu ihr, schloss sie in die Arme und flüsterte ihr etwas ins Ohr. Sie verstand es zwar nicht, aber der starke, feste Ton half ihr sehr.

Dann widmete er sich ganz dem Mädchen. Sein Gesicht verlor alle Farbe bei ihrem Anblick, und seine Hände zitterten, als er sie sanft an sich zog und umarmte.

Sofort stürmten die Ärzte auf ihn zu, und Mary zog ihn zurück. »Ihre Arme und das Bein müssen noch eingegipst werden. Sei vorsichtig mit ihr.«

Rhage bettete das Mädchen zurück auf die Liege, als wäre es aus Glas.

»Ich bin nicht tapfer«, stöhnte Bitty.

»Doch, das bist du«, sagte er und strich ihr das Haar aus dem Gesicht. »Du bist sehr tapfer. Du weißt gar nicht, wie stolz ich auf dich bin und wie sehr ich dich liebe.«

Sie redeten kurz, dann entstand eine Pause.

Havers witterte den Moment und sagte sanft: »Nur noch ein Letzter. Dann bist du fertig.«

Rhage senkte die Brauen, und Mary wusste, dass die Fänge ihres *Hellren* ausgefahren waren und ein Teil von ihm erwog, dem Arzt die Kehle durchzubeißen. Aber das war sein Beschützerinstinkt und hatte nichts mit Logik zu tun.

Sie streichelte seinen Arm. »Ganz ruhig, es ist okay. Nur noch einer, dann ist es vorbei.«

»Einer …« Er rieb sich das Gesicht. »Das schaffen wir.«

Rhage nickte Havers zu, der etwas beklommen wirkte. Dann kam das Team zurück an den Untersuchungstisch.

Wieder wurde Bitty mit einem Gurt um das Becken festgeschnallt, dann fixierten sie das andere Bein auf die gleiche Weise. Die Prozedur war folgende: Havers musste den Oberschenkel packen und nach unten drücken, bis es knackte, dann musste er am Knie ziehen, bis er die richtige Ausrichtung durch die Haut erkannte – was kein größeres Problem darstellte, weil die Haut so schrecklich dünn war und Bitty kaum Muskeln an den Beinen hatte. Danach wurde durch Röntgenaufnahmen geprüft, ob die Position die richtige war, und ein Gips angelegt, damit der Knochen in der korrekten Stellung zusammenwuchs.

Das Brechen und Ausrichten war so primitiv, so brachial, dass es inmitten all der technischen Apparate und modernen Ausstattung nicht wie eine zeitgemäße Behandlung erschien. Aber der Körper hatte nun einmal unbestreitbar eine mechanische Seite, und die funktionierte wie Muttern und Schrauben – und wieder musste Mary Marissas Bruder loben. Er hatte Erfahrung mit dieser Prozedur und war schnell und entschlossen vorgegangen. Bis jetzt hatte er jeden Knochen ausrichten können.

Rhage machte Havers Platz und trat auf die andere Seite der Liege. Er war so groß, dass es wirkte, als hätte die Chinesische Mauer Stellung neben Bitty bezogen. Als er ihre Hand nahm, sah er aufgewühlt und stark zugleich aus.

»Wir schaffen das«, sagte er zu Bitty und Mary. »Wir stehen das gemeinsam durch, und dann gehen wir heim und essen Eis und schauen Filme. Bald sind wir hier raus und lassen die Sache hinter uns.«

Mary nickte. Bitty auch.

»Leg los«, befahl Rhage.

Havers schob das kleine Krankenhaushemd nach oben, sodass zwei knubbelige Knie zum Vorschein kamen, die im Verhältnis zu den dünnen Waden und Oberschenkeln viel zu groß wirkten.

Großer Gott, bis ans Ende ihrer Tage würde sich Mary daran erinnern, wie die Hände in den blauen Handschuhen Bittys Oberschenkel packten, sich in ihr mageres Fleisch gruben und ...

Bitty schrie vor Schmerz.

Im nächsten Moment erhellte ein gleißendes Licht das Untersuchungszimmer, grell wie eine Explosion.

Erst dachte Mary, die OP-Leuchte wäre durchgebrannt, doch dann begriff sie voller Schrecken, was geschah.

Sie riss den Blick von Havers los und sah Rhage entsetzt an. »Nein! Nicht jetzt!«

Doch es war zu spät.

Die Bestie brach aus ihm hervor.

9

Es reicht, dachte Elise, als sie schließlich ins Erdgeschoss hinunterging. Nachdem sie gefühlte Stunden im Zimmer ihrer Cousine vor sich hingebrütet hatte, war ihr klar geworden, dass es keinen Zweck hatte, das Unvermeidliche aufzuschieben.

Wenn ihr Vater zu keinem höflichen Gespräch mit ihr bereit war, musste sie eben andere Töne anschlagen.

Denn was sie sich keine Sekunde länger bieten ließ, war diese Informationssperre, die er über die Familie verhängt hatte.

Und was konnte ihr Vater schon tun? Sich in ein fauchendes Ungeheuer verwandeln?

Es überraschte sie nicht, dass seine Tür geschlossen war, und als sie durch das Foyer darauf zuschritt, meldeten sich unweigerlich Skrupel. Sie hatte ihren Vater noch kein einziges Mal gestört, wenn er sich um die Finanzen der Familie kümmerte. Doch dann dachte sie an ihre wunderschöne *Mahmen,* und dieses Bild setzte sie wie einen Rammbock ein. Ihre gute Erziehung verbot es ihr, doch sie stellte sich vor, was ihre *Mahmen* in dieser Situation getan hätte.

Elise klopfte nicht einmal an.

Er sollte keine Gelegenheit haben, sie abzuweisen.

Sie drückte einfach die Tür auf und …

Das Bild ihrer Mutter verpuffte, als sie die Szene im Arbeitszimmer vor sich erfasste. Ihr Vater saß auf seinem

Stuhl und beherrschte das maskuline Zimmer, formlos gekleidet in einen dunklen Anzug mit Krawatte. Förmlich wäre der Frack mit weißer Krawatte gewesen.

Aber das war es nicht.

Ihm gegenüber saß noch ein anderer Vampir, ein Vampir mit breiten Schultern und langen, muskulösen Beinen. Für ihn wirkte nicht nur der Stuhl, sondern das gesamte Arbeitszimmer zu klein. Sein Haar war dunkel, im Nacken rasiert, sein Stehkragenhemd sowie die lederne Hose waren schwarz. Genauso wie das Holster und die Pistole, die Elise unter dem Arm erkennen konnte.

Der Kerl drehte sich langsam nach ihr um. Aber sie brauchte sein Gesicht nicht zu sehen.

Er war es. Der Typ aus der Zigarren-Bar.

Elise wurde heiß. In ihrem Kopf tobte Wut. Wie hatte ihr Vater herausgefunden, dass sie dem Trainingsschüler begegnet war? War noch ein anderer Vampir in der Nähe gewesen, als sie am Straßenrand gestritten hatten? Aber hey, sie waren nicht einmal sehr weit gekommen. Und Peyton hatte sie unterbrochen …

Peyton. Dieser Mistkerl.

»Vater, ich …«

»Und das ist meine Tochter«, unterbrach ihr Vater. »Bitte entschuldigen Sie die Störung. Elise, das ist Axwelle.«

Der Kerl, der neuerdings nonstop ihre Gedanken beherrschte, erhob sich von seinem Stuhl und ragte vor ihr auf. »Erfreut, Ihre Bekanntschaft zu machen.«

Elise sah die beiden Männer abwechselnd an, während sich Axwelle verbeugte. Einer unvereinigten Tochter aus der *Glymera* durfte er natürlich nicht die Hand entgegenstrecken, nicht einmal unter Zeugen, und erst recht durfte sie ihn nicht berühren. Das wusste er.

Tatsächlich war es auch besser so. Denn so verwirrt sie

war, eines war deutlich: Die Wirkung dieses Kerls auf sie hatte sich noch verstärkt.

Durch all die Stunden, die sie an ihn gedacht hatte, war seine ursprüngliche Anziehungskraft zu einem regelrechten Traktorstrahl geworden.

Aber was hatte er hier zu schaffen? Wenn ihr Vater wütend war, weil sie ihn in der letzten Nacht getroffen hatte, hätte er ihr Axwelle doch nicht vorgestellt wie einen Fremden.

Obgleich er das natürlich war.

Elise sah ihren Vater an. Er saß zusammengesunken in seinem Sessel hinter dem Schreibtisch, als wäre er zu müde für eine anständige Haltung.

»Elise« – er deutete auf den leeren Stuhl neben Axwelle –, »setz dich bitte.«

Sie gehorchte auf der Stelle, trat an den Schreibtisch und nahm Platz. Aus dem Augenwinkel bemerkte sie, dass Axwelle sie nicht ansah. Sein Blick war auf ihren Vater gerichtet.

Und er war … tja, also, sie hasste die Bezeichnung »scharf«, denn jemand, den man sexuell anziehend fand, war doch kein gut gewürztes Gericht. Trotzdem war »scharf« das Einzige, was ihr zu ihm einfiel. Dieser schwarze Stehkragen stand ihm ausgezeichnet. Doch wo waren seine Piercings geblieben? Er hatte sie offenbar rausgenommen.

Wie sich wohl sein Haar anfühlte? Weich und kräftig …

»… und deshalb habe ich ihn hierhergebeten.«

Elise riss sich aus ihren Gedanken und rief: »Was?«

»Nach dem Gespräch mit Abalone, dem obersten Berater, bin ich zu diesem unumstößlichen, wenngleich vielleicht unbequemen Entschluss gekommen.«

Toll. Sie hatte alles verpasst. Aber die Wahrscheinlichkeit war groß, dass seine Worte nicht zu ihren Gunsten ausgefallen waren.

»Nun, ich finde nicht, dass ich *gebannt* werden muss.« Elise verschränkte die Arme. »Ich halte es für eine veraltete Form der …«

»Aus diesem Grund halte ich es für notwendig, dass dich ein Leibwächter begleitet, wenn du weiter studieren willst.«

Wie bitte? Elise hörte förmlich das Quietschen der Reifen in ihrem Kopf.

Sie sah ihren Vater ungläubig an, der in Richtung Axwelle nickte. »Er ist hier, um sich für die Stelle zu bewerben. Er ist Trainingsschüler bei der Bruderschaft der Black Dagger und wurde mir vom König persönlich empfohlen. In einer Stunde kommt noch ein weiterer Bewerber. Ein gewisser Novo, wenn ich mich recht entsinne. Auch er kommt mit den besten Empfehlungen.«

Leibwächter?

Dieser Vampir sollte … ihren *Leib bewachen?*

Elise riss den Kopf herum und sah Axe an, als ihr dämmerte, was das bedeutete. Doch dann richtete sie ihre Aufmerksamkeit wieder auf ihren Vater.

»Moment … heißt das, solange er mich begleitet, kann ich weiter Seminare besuchen und als studentische Hilfskraft arbeiten? Du erlaubst mir, meinen Abschluss zu machen?«

Ihr Vater räusperte sich. »Das ist korrekt.«

»Du … ich … wir…« Sie stammelte noch etwas weiter. »Vater … woher der plötzliche Sinneswandel?«

Felixe schloss die Augen und holte tief Luft. »Der Oberste Berater ist ein Mann von Wert, für den ich den höchsten Respekt empfinde. Er hat mir vieles vor Augen geführt. Wenn er seiner Tochter erlauben kann, am Trainingsprogramm der Bruderschaft teilzunehmen, dann kann ich dir wohl erlauben …«

Elise sprang auf und lief um den Tisch. In ihrer Familie mied man überschwängliche Zuneigungsbekenntnisse zu Gunsten von förmlichen Verbeugungen, Knicksen und vielleicht dem gelegentlichen gehauchten Kuss auf die Wangen. Doch sie musste ihren Gefühlen einfach Ausdruck verleihen.

Als sie die Arme um seinen Hals warf, versteifte sich ihr Vater noch mehr als gewöhnlich, doch nach einem kurzen Schockmoment tätschelte er ihr ungeschickt den Arm. »Ist gut«, sagte er heiser. »Ist ja gut.«

Er stieß sie nicht von sich. Im Gegenteil, sie hatte das Gefühl, dass er genauso aufgewühlt war wie sie. Doch ihre Familie war nun einmal nicht an Intimität gewöhnt. Deshalb entsprach diese steife Umarmung einem innigen Herzen, untermalt von heftigem Schluchzen und Beteuerungen, dass es ihr leidtat, dass sie ihn belogen und sein Vertrauen missbraucht hatte, während er gelobte, ihr ein besserer Vater zu sein, anstatt über sie zu bestimmen, bis sie anfing, ihn zu hassen.

Schließlich richtete sich Elise wieder auf, strich ihren Kaschmirpulli glatt und schielte zu Axwelle.

Seine gelben Augen waren auf sie gerichtet, die Lider gesenkt, der Ausdruck distanziert. Aus Sicht ihres Vaters musste er einen gesammelten, professionellen Eindruck machen. Aber sie wusste es besser. In seinem Blick lag Feuer. Ein Feuer, das sie verbrennen würde.

Wenn sie es zuließ.

»Das halte ich für eine großartige Idee«, hörte sie sich sagen. »Die Sache mit dem Leibwächter.«

Als Elise sprach, richtete Axe den Blick wieder auf ihren Vater. Denn er würde sich mit Garantie um den Job bringen, wenn er Daddys Liebling vor seiner Nase in Gedanken auszog.

Selbst einem Underdog wie ihm war klar, dass so etwas völlig daneben war.

Außerdem, und das war wirklich untypisch für ihn und seine Haltung zum anderen Geschlecht, erschien es ihm einfach falsch, sie anzüglich anzugrinsen. Sie lebten in einer gefährlichen Welt, und diese Vampirin war etwas Besonderes. Männer, ganz gleich ob Vampir oder Mensch, waren immer hinter Geschöpfen wie ihr her. Und dann waren da noch die Jäger.

Sie musste beschützt werden. Sie verdiente es.

Er war in beruflicher Funktion hier, da erschien es ihm unprofessionell, genau die Sorte Kerl zu sein, vor der er sie beschützen sollte.

»Gut, gut, Elise«, sagte ihr Vater und rutschte auf seinem Stuhl herum. Als würde er es vorziehen, wenn sie zurück zu ihrem Platz ging und etwas Entfernung zwischen ihnen lag. »Alles ist gut.«

Es war irgendwie traurig – aber auch Axe hatte seinen Anteil an elterlicher Abweisung bekommen. Zumindest schien es sie nicht zu kümmern, als sie wieder um den Tisch herumtrat und sich neben ihn setzte.

»Nun also, hast du irgendwelche Fragen an ihn, Elise?«

Axe spürte, wie sie ihn von der Seite ansah, und verdammt, es gefiel ihm. Er wollte, dass sie sein Gesicht betrachtete, seinen Hals, seinen nackten Körper. Er wollte rücklings auf einem Bett vor ihr liegen … oder auf dem Boden … ach, scheiß drauf, er würde sich auf glühende Kohlen legen, wenn sie darauf stand … und er wollte seinen Schwanz umfassen, während er ihr in die Augen blickte und darum bettelte, dass sie ihn ritt.

Sich in die Rolle des Subs zu wünschen, war neu für ihn, aber na und?

Schließlich würde sich dieser Traum ohnehin nicht erfüllen.

»Ja?«, ermutigte Axe sie.

»Hm … also, ich bin an der State University of New York in Caldwell. Ich besuche Abendseminare und arbeite als studentische Hilfskraft für einen der Professoren. Wären Sie in der Lage … sich einzufügen?«

Axe merkte deutlich, dass sie daran zweifelte, aber er war sich nicht sicher, ob sie das störte. Vielleicht, weil sie gerade knapp einer *Bannung* entgangen war und froh sein musste, dass man sie nicht für den Rest ihres Lebens im Haus einsperrte.

An ihrer Stelle hätte er jeden genommen, der ihr Zugang zur Uni verschaffte: den Weihnachtsmann … einen Penner im Batman-Kostüm … ihn.

»Ich werde mich den Gegebenheiten anpassen«, sagte Axe – und er richtete diese Antwort an ihren Vater. »Ich werde so präsent oder unsichtbar sein, wie es nötig ist. Ich werde nicht zögern, Gewalt anzuwenden, aber ich provoziere keine Menschen. Und ja, ich fange eine Kugel für sie auf, wenn es sein muss. Ich habe keine Angst, und ich laufe nicht davon – vor nichts. Nicht einmal dem eigenen Tod.«

Elise schrak zusammen, aber er konnte ihr nicht helfen. Axe hatte in der letzten Nacht bei der Übung einen Vorgeschmack auf die Realität bekommen und wusste nur zu gut, was ihr Vater fürchtete.

Felixe der Jüngere räusperte sich. »Das ist gut. Das ist …«

»… nötig zum Schutz Eurer Tochter«, führte Axe den Satz für ihn zu Ende. »Ziel ist es, dass sie weiter studieren kann und jede Nacht sicher heimkommt. Ich kann Euch diese Gewissheit geben, denn ihre Sicherheit wird an erster Stelle für mich stehen, noch vor meiner eigenen. Eure Tochter wird das Einzige sein, das für mich zählt.«

Felixe atmete auf, als wäre der Elefant, der auf seiner Brust gesessen hatte, aufgestanden und zum Wasserloch getrottet.

»Ihr könnt mir vertrauen.«

»Nun.« Wieder räusperte sich Felixe. »Das ist gut, mein Sohn. Sehr … gut.«

In diesem Moment wusste Axe, dass er die Anstellung hatte.

Elise saß still und angespannt neben ihm, doch dann erklärte sie ihm, wie ihr Stundenplan aussah – was kein Problem war, da das Training bei der Bruderschaft später losging, weil sie draußen übten.

Er hörte sich alles an, dann eröffnete ihm ihr Vater, was er verdienen würde.

Heilige Scheiße, dachte Axe.

Von nun an würde es Steak zum Letzten Mahl geben. Elektrizität. Reparaturen am Haus.

»Aus was für einer Familie kommen Sie, mein Sohn?«, erkundigte sich der Vater.

Axe zuckte zusammen, fing sich aber schnell wieder. Auf solch persönliche Fragen war er nicht vorbereitet.

Wenigstens war die Antwort denkbar einfach: »Meine Eltern sind tot. Ich bin nicht gebunden und werde es nie sein. Außer dem Trainingsprogramm habe ich keine Verpflichtungen.«

»Haben Sie Ihre Familie bei den Plünderungen verloren?«, fragte Elise leise. Als hätte sie einen schwachen Moment oder so ähnlich.

Er sah sie mit verengten Augen an. »Sie sollten sich einzig darum sorgen, ob ich Sie beschützen kann, und das kann ich. Mehr braucht Sie nicht zu interessieren.«

Sie versteifte sich, und er musste sich ein Grinsen verkneifen. Sie mochte eine Frau sein, aber in ihrem Inneren war sie eine Kämpferin. Und offensichtlich schätzte sie es nicht, wenn man ihr die Tür vor der Nase zuschlug, weder im wörtlichen noch im übertragenen Sinne.

Die Vorstellung, wie sie seine Arme über seinem Kopf festhielt und ihn mit ihrem ganzen Gewicht in der Position hielt, in der sie ihn wollte, drohte ihm eine Erektion zu bescheren.

Axe zog eine Braue hoch und sah sie herausfordernd an. Doch sie wollte keinen Dampf ablassen. Nicht vor ihrem Vater.

Mann, er freute sich schon jetzt auf seinen ersten Arbeitstag. Sie würde ihm etwas erzählen.

Und er hatte den Job, dessen war er sich sicher.

Denn selbst wenn Felixe noch nicht hundertprozentig von Axe überzeugt war, ging er fälschlich davon aus, dass Novo ein Kerl war. Es war völlig ausgeschlossen, dass dieser vornehme Chauvinist eine weibliche Leibgarde für seine Tochter einstellte, ganz gleich, wie gut und kompetent Novo war. Ja, es war einfach krank.

Aber Axe profitierte davon.

Denn er wollte sie …

Ihn, korrigierte er sich. Er wollte den *Job.*

»Ich melde mich«, sagte Felixe und stand auf.

»Ja«, sagte Axe an sie beide gewandt. »Davon gehe ich aus. Und meine Antwort gebe ich Euch gleich: Ich nehme die Anstellung an und kann jederzeit beginnen.«

10

Es herrschte das totale Chaos.

Als die Bestie aus Rhages Körper hervorbrach, ausgelöst durch Bittys Leiden, stellte Mary sich schützend vor das kleine Mädchen auf dem Untersuchungstisch und schirmte sie mit ihrem Körper ab – allerdings nicht aus Sorge, der Drache könnte ihr etwas zuleide tun.

Putz und Mörtelbrocken regneten auf sie herab, denn der Drachenkopf hatte eine Mulde in die Decke geschlagen. Außerdem peitschte der stachelige Schweif hin und her und zertrümmerte Schränke, verteilte Instrumente, krachte ins Waschbecken und riss die Rohre aus der Verankerung.

Heißes Wasser besprenkelte das Zimmer, und die Lichter flackerten. Leider reagierten Havers und sein Team genau falsch. Anstatt sich still zu verhalten, machten sie sich zur Zielscheibe, indem sie auf der Suche nach einem Fluchtweg wild durcheinanderrannten. Doch der Ausgang war ihnen durch eine Kreatur verstellt, die sie womöglich auffressen würde.

Aber was konnte man erwarten? Keiner von ihnen hatte je etwas Vergleichbares erlebt.

»Halt! Nicht bewegen!«, rief Mary.

Und dann brüllte die Bestie.

Mary wandte den Kopf ab, um wenigstens ein Ohr zu schützen, denn die Hände brauchte sie für Bitty. Das Kind war vollkommen schutzlos …

Hinter dem Drachen flog die Tür auf, und Zsadist, V und Lassiter drängten herein.

»Tür zu«, schrie Mary. »Bleibt draußen!«

Sie konnte die Situation nur in den Griff bekommen und ein Gemetzel verhindern, wenn sie es schaffte, Kontakt mit dem Drachen aufzunehmen und ihn zu beruhigen. Wenn sie seine Aufmerksamkeit auf sich und Bitty lenkte. Solange ihr das gelang, würde niemand zu Schaden kommen …

Die Kiefer des Drachen schnappten zusammen. Dann richtete er seine Reptilienaugen auf Bitty und schien zu erschaudern. Schnaubende Laute drangen aus seiner Kehle, und er machte einen Schritt auf sie zu. Die Klaue landete schwer wie eine Baumaschine auf dem Boden.

Mary richtete sich langsam auf und gab den Blick auf das Kind frei.

»Es ist alles okay, es geht ihr gut. Komm, überzeuge dich selbst.«

Das Ungetüm senkte langsam den Kopf, als wollte es das kleine Mädchen nicht erschrecken, und als Mary einen Schritt zurücktrat, schnüffelte es über Bitty. Dabei drangen besorgte Laute aus seiner Brust, eine Art ängstliches Schnurren und trauriges Rasseln.

Bitty hob die Hand und streichelte die lila geschuppte Wange. »Es ist alles okay …«

Ihre Stimme war überraschend stark, und dann lächelte sie, als läge sie nicht inmitten eines verwüsteten Zimmers, umgeben von Leuten, die um ihr Leben fürchteten, und hätte keine schrecklichen Qualen hinter sich.

Mary berührte den muskulösen Nacken der Bestie und spürte ihre Kraft. »Alles gut, ganz ruhig … so ist es recht, schnupper an ihr …«

Ohne den Kopf zu bewegen oder auch nur die Augen,

flüsterte sie Havers zu: »Sagen Sie mir, ob Sie den Knochen ausrichten konnten.«

Aus dem Augenwinkel sah sie, wie der Arzt die Hornbrille zurechtrückte, die auf seiner Nase verrutscht war. »W-w-wie bitte, was?«

»Der Knochen«, wiederholte Mary im gleichen ruhigen Ton. »Konnten Sie ihn ausrichten?«

»J-j-a, ich glaube … ja. Wir m-m-müssen röntgen, um uns zu vergewissern.«

»Okay, das machen wir besser nicht jetzt.«

Die Schwestern rückten noch enger zusammen, als fürchteten sie, ihr Chef könnte widersprechen.

»Ich … nein«, sagte er. »Ich denke auch, das wäre im Moment nicht ratsam. Wenn Sie mir die Frage gestatten – wie lang … äh, wie lang wird er …«

»Das hängt davon ab. Aber wir werden nirgendwo hingehen, solange Rhage nicht zurück ist.«

Bitty und die Bestie kommunizierten noch immer über Berührung und Laute, und von Mary aus konnten die beiden die nächsten sechs Stunden miteinander verbringen. Nach allem, was das Mädchen durchgemacht hatte, musste der Rest der Erwachsenen eben einfach in diesem Zimmer hocken und warten.

Apropos Zimmer, Mary sah sich um und verzog das Gesicht. Das würde teuer werden, dachte sie, als sie den kaputten Boden, die ramponierte Decke und die zerschlagenen Glasschränke betrachtete. Doch dann fiel ihr Blick wieder auf ihren *Hellren* und das kleine Mädchen. Die Bestie war ein wichtiger Bestandteil ihrer unkonventionellen Familie und verdiente es, beachtet zu werden …

Die Tür öffnete sich erneut einen Spalt, und Lassiter kam in seiner Sportausrüstung herein. Er streckte der Bestie etwas entgegen, und Mary versuchte zu erkennen, was es war.

Moment, war das etwa ein Schokoriegel?

»Was *machst* du da?«, stieß sie aus, als er vorsichtig auf die Bestie zuging.

Die Bestie bemerkte den Engel und zog die Lefzen hoch. Doch Lassiter blieb unbeeindruckt – was nicht überraschte.

»Hier«, sagte er. »Iss ein Snickers. Du bist nicht du, wenn du hungrig bist.«

Einen Moment lang war es still. Dann konnte Mary nicht mehr anders.

Sie musste lachen. »Das ist nicht dein Ernst, oder?«

Doch es war merkwürdig, als Lassiter sie ansah. Sein Gesichtsausdruck hinter dem Gitter des Hockeyhelms sah albern aus – nicht aber der Blick. Die pupillenlosen leuchtenden Augen waren todernst und boten ihr einen Anker inmitten der schmerzlichen Erfahrung, dass sie ein Kind liebte, das schrecklich misshandelt worden war und sich den Rest ihres Lebens damit herumschlagen musste.

»Danke«, flüsterte sie dem Engel zu, als sich die Bestie näherte und an der braunen Verpackung schnupperte.

»Na los«, sagte Lassiter aufmunternd. »Nimm.«

Mit beeindruckender Präzision nahm die Bestie den winzigen Schokoriegel zwischen die riesigen Vorderzähne und zerbiss ihn.

Im nächsten Moment gab es einen Knall, und Rhage lag nackt und zitternd auf dem Boden.

»Bin ich gut?«, rief Lassiter. »Yeah, yeah, yeah!«

Blind, schlotternd vor Kälte und in heller Panik tauchte Rhage aus dem Bewusstsein der Bestie auf. Er ruderte mit Armen und Beinen und bemerkte entsetzt, dass der Boden glitschig war. Sollte das Blut sein? Doch es roch nicht danach, sondern vielmehr nach Kabelbrand, Putz und Desinfektionsmittel. Außerdem war ihm nicht schlecht, ein Hinweis darauf, dass er niemanden verspeist hatte …

Moment, warum hatte er den Geschmack von Erdnuss und Schokolade im Mund? Und Plastik?

»Mary …«, rief er in die Dunkelheit. »Bitty …«

»Alles in Ordnung.« Marys Stimme war ganz nah bei seinem Ohr und vollkommen ruhig. »Es ist nichts passiert …«

Sie strich über seine Stirn und fuhr durch sein Haar. »Bitty?«, fragte er matt.

»Hier drüben, Vater. Der Drache wollte nur sehen, ob es mir gut geht …«

Rhage atmete auf – und merkte, dass er auf allem möglichen Schutt lag. Außerdem schien es ihm ins Gesicht zu regnen.

Gütige Jungfrau der Schrift, wie um alles in der Welt hatte die Bestie in den Behandlungsraum gepasst? Das Biest konnte seine Größe schließlich nicht anpassen.

Stimmen. Schritte. Etwas Leichtes wurde über seinen Unterleib gelegt, dann gab es ein lautes, schleifendes Geräusch, als würde ein großes Stück Wand oder Decke oder ein Schrank aus dem Weg geschoben. Und er konnte nichts tun, als nutzlos herumzuliegen wie ein Idiot und in einem Meer aus Schmerz und Frustration zu ertrinken.

Es war zum Verrücktwerden.

Plötzlich war ganz in der Nähe die Stimme von Vishous zu hören. »Mein Bruder, wir heben dich jetzt auf eine Liege und schaffen dich hier raus. Fritz kommt mit dem Mercedes, weil es mühsam wäre, dich in den GTO zu bekommen.«

Scheiße, dachte Rhage. Er war es so leid.

Bitty hatte ihn gebraucht, und was hatte er getan? Chaos gestiftet. Wie hatte er jemals glauben können, dass er zum Vater geeignet war? Er konnte noch nicht einmal …

»Ich will mit ihm zusammen fahren«, sagte Bitty.

Doc Jane schaltete sich ein: »Wir müssen erst deine Knochen stabilisieren, Liebes.«

»Ich warte!«, bellte Rhage. »Ich möchte warten!«

Bittys Stimme bekam einen schneidenden Ton. »Gipst mich ein, dann gehen wir, aber wir wollen zusammenbleiben.«

Rhage schloss die Augen, obwohl er ohnehin nichts sah. Er war nun wirklich der Letzte, wegen dem das Mädchen sich Sorgen machen sollte.

»Kein Problem, Bitty«, meinte Vishous. »Deswegen habe ich ja Fritz gerufen.«

»Ich muss mich um meinen Vater kümmern.«

»Selbstverständlich.« Vishous' Ton war so sanft wie noch nie. »Du hast ganz recht, in deiner Gegenwart geht es ihm besser.«

Nein, dachte Rhage. Es musste andersherum sein. Er sollte Bitty unterstützen.

Was für ein Albtraum.

Aber wenigstens ging danach alles schnell. Havers räumte einen Weg frei und rollte ein portables Röntgengerät herein. Die Aufnahme zeigte, dass der Oberschenkelknochen in der richtigen Position war. Dann roch es nach Mehl und Wasser, als Gipsverbände an Bittys Armen und Beinen angelegt wurden. Rhage lehnte es ab, den Raum zu verlassen, und blieb auf dem harten, nassen Boden liegen, bis alles erledigt war.

Danach ging es nach Hause.

Bitty bekam einen Rollstuhl. Er selbst lag wie ein rohes Stück Fleisch auf einer Transportliege. Die grimmige Gefolgschaft aus Z, V und Lassiter setzte sich hinter Mary in Bewegung.

Hinter den Alten und Gebrechlichen.

»Hey, Rhage«, sagte Lassiter leise.

»Was ist?«, antwortete er.

»Wenn aus deiner Karriere als Berufssoldat nichts wird, sattle bitte nicht auf Innenarchitektur um. Dafür hast du kein Talent.«

Rhage musste lachen. »Du bist so ein Wichser.«

»Ja, und du bist ein guter Kerl. Auch wenn du da drin gerade einen Schaden von ungefähr zweihundert Riesen verursacht hast. Aber keine Sorge, ich glaube, wir können es bei deinen Steuern abschreiben. Als Abriss-Abschlag.« Seine Schulter wurde gedrückt, dann zog sich der Engel wieder zurück. Rhage atmete tief durch. Er musste durchhalten, bis er und Mary unter sich waren.

Dann konnte er losheulen.

Rein in den Aufzug. Langsame Fahrt nach oben. Ein leichter Ruck, als sie an die Oberfläche kamen.

Die kalte, trockene Nachtluft tat wohl in der Lunge, aber sie half nicht gegen den Schmerz in seiner Brust. Er und Bitty stöhnten und seufzten beide, als sie mithilfe anderer hinten in den Mercedes von Fritz verfrachtet wurden.

Für Rhage war es nicht nur deshalb hart, weil jeder Knochen in seinem Körper schmerzte.

Er selbst hätte Bitty aus dem Rollstuhl heben und auf den Sitz betten sollen. Er selbst hätte den Rollstuhl zusammenklappen und im Kofferraum verstauen sollen. Er hätte sie stützen sollen, während sie über den holprigen Feldweg zur Teerstraße fuhren.

Er selbst hätte es sein sollen, der sie zu Hause aus dem Auto hob und in ihr Zimmer trug.

»Rhage?«

Er wandte den Blick blind zum Vordersitz der Limousine, wo Mary seinen Namen sagte. »Ja?«

»Bist du bereit?«

»Ja.«

Zumindest waren das die Worte, die sie für alle hörbar aussprachen. In Wirklichkeit wollten sie Folgendes sagen:

Rhage, ich weiß, wie schlecht es dir geht. Schaffst du es noch bis nach Hause, damit wir dort darüber reden können? Ich mache mir solche Sorgen um dich und würde gern darüber sprechen, aber mir ist klar, dass du dabei kein Publikum willst.

Gütige Jungfrau der Schrift, das war schrecklich, Mary. Ich fühle mich beschissen. Wirst du mich trotzdem noch lieben, auch wenn ich der schlechteste Vater der Welt bin und immer wieder versage?

Du bist kein schlechter Vater. Wir alle haben unsere Schwächen und ärgern uns über Dinge, die nicht so gut gelaufen sind. Aber vergiss nicht, Vater zu sein ist eine lebenslange Herausforderung, und du fängst gerade erst an. Du darfst nicht verallgemeinern, okay?

Als der Wagen anfuhr, holte Rhage tief Luft und …

Bitty streckte die Hand aus und griff nach seiner. »Danke, dass du mitgekommen bist.«

Er wandte den Kopf. »Was?«

»Es hat mir sehr geholfen, dass du bei mir warst.«

Rhage ließ die Schultern hängen. »Bitty … nimm's mir nicht übel, aber durch mich wurde es doch nur noch schlimmer. Ich habe das Zimmer verwüstet.«

»Ich hätte das zweite Bein nie ohne dich durchgestanden.« Ihre Stimme klang schüchtern und liebevoll. »Weißt du … mein leiblicher Vater hat nie so etwas für mich getan. Er … er wollte mich nicht zur Klinik lassen. Nicht einmal, als ich verletzt war …« Sie räusperte sich. »Deshalb: danke. Du bist der beste Vater aller Zeiten.«

Damit legte sie den Kopf an seine Schulter.

Seine blinden Augen brannten, als sie sich mit Tränen füllten.

»Bitty?«

»Ja?«

Er drückte ihre kleine Hand und räusperte sich. »Möchtest du ein Eis, wenn wir nach Hause kommen?«

»Ja, gerne. Mint Chocolate Chip? Wir könnten zu dritt Eis essen. Wir nehmen einfach drei Löffel.«

Rhage schloss die Augen. Bittys Vergebung hatte eine unglaubliche Kraft. Er fühlte sich wie neugeboren. Wie konnte sie so großzügig sein? Er hatte ihr ein Fels in der Brandung sein wollen.

Stattdessen hatte er den Godzilla gegeben. Und trotzdem nahm sie ihn an.

Er spürte, dass Mary sie von vorne beobachtete. Und weil sie einfach immer das Richtige sagte, meinte sie: »Ist es nicht wundervoll, dass man nicht perfekt sein muss, um geliebt zu werden?«

»Ja«, sagte Rhage mit belegter Stimme. »Und drei Löffel klingen himmlisch.«

11

Der Anruf erreichte ihn gegen vier auf dem Handy, das er von der Bruderschaft hatte. Axe saß am Kamin in seinem Cottage und ging dran.

»Hallo«, antwortete er.

Als hätte er sie heraufbeschworen, hörte er nun die Vampirin, an die er ohne Unterlass gedacht hatte: »Hallo, hier ist Elise.«

»Habe ich den Job bekommen?«

Es folgte eine Pause. »Ja. Der zweite Bewerber entpuppte sich als weiblich, und mein Vater ...«

»... hätte sie niemals eingestellt. Dachte ich mir schon.«

»Äh ... wäre es möglich, dass du noch mal herkommst? Mein Vater hätte gern, dass du ein paar Formulare unterzeichnest, und dann könnten wir vielleicht ein bisschen über die nächsten Nächte reden. Ich weiß nicht, ob wir schon besprochen haben, wie viele Abende ...«

»Ich bin in zehn Minuten da.«

»Äh, okay. Gut. Danke.«

Axe beendete das Telefonat und behielt das Handy in der Hand. Und drei ... zwei ... eins ...

Schon kam der Anruf von Peyton. Axe nahm ihn an, sparte sich aber jede Form der Begrüßung und behielt das Telefon auf Höhe des Oberschenkels.

Durch den winzigen Lautsprecher vernahm er die bebende Stimme. »Soll das ein verdammter Witz sein? Was

für Lügen hast du ihnen aufgetischt? Du hast nichts –
nichts! – in der Nähe meiner Cousine zu suchen. Du
bist ...«

Axe hob das Handy ans Ohr. »Das entscheidest nicht
du, Peyton. Tut mir leid, aber ...«

Jemand hämmerte gegen die Haustür.

Axe wandte sich um. »Das ist jetzt nicht wahr, oder?«

»Mach die Scheißtür auf!«, schrie Peyton.

Axe legte auf und erhob sich mit krachenden Knien.
Leise fluchend ging er zur Tür, drückte die Klinke herunter und machte auf.

»Nur zu deiner Information, ich sperre nicht ab«, sagte er gelangweilt. »Wenn du mir das nächste Mal Vorträ-
ge halten willst, komm einfach rein.«

Damit wandte er sich ab, doch er wusste, dass Peyton
ihm folgen würde. Und genauso war es, Peyton marschierte durch das kleine Wohnzimmer auf den Kamin zu.

»Was ist denn hier los, kannst du nicht die Heizung
aufdrehen?«, blaffte Peyton. »Hier ist es dunkel wie in
einem Loch und scheißkalt.«

»Bringt man reichen Leuten bei, über andere zu urteilen, oder kommt das einfach von dem ganzen Geld?«

»Das ist verdammt noch mal kein Spiel, Arschloch!«

Axe wirbelte herum und verdrehte die Augen. »Sehe
ich aus, als würde ich Monopoly spielen?«

Peyton rückte ihm auf die Pelle. »Schwör mir, dass du
absagst. Sonst erledige ich das.«

»Für wen hältst du dich eigentlich? Du kommst hier
rein und versuchst, mich herumzukommandieren? Du
kennst mich nicht, wir sind nicht verwandt, und was ich in
meiner Freizeit mache, geht dich einen Scheißdreck an.«

»Dann sag mir, dass du nicht scharf auf sie bist. Na
komm, lüg mir ins Gesicht und sag mir, dass du sie nicht

willst – und dann kannst du mir noch allen möglichen Schwachsinn darüber erzählen, dass du auch nur halbwegs professionell sein wirst!«

»Jetzt hör mir mal zu, du reicher Sack« – Axe stieß dem Idioten zwei Finger in die Brust –, »ich war mein ganzes Leben lang von Dingen umgeben, die ich nicht haben konnte. Ich bin es verdammt noch mal gewöhnt. Na, fühlst du dich jetzt nicht herrlich überlegen? Denn das tut ihr doch, oder? Ihr blickt auf Leute wie mich herab.«

»Hier geht es nicht um deine Herkunft. Du bist ein Kerl.«

»Ach so? Dann behauptest du also, Kerle könnten sich nicht beherrschen? Überhaupt nicht?«

»Ganz genau. Tu nicht so, als …«

»Das heißt also, du vögelst Paradise. Hinter Craegs Rücken. Verstehe. Gut, dass ich das weiß.«

Peyton sah ihn entgeistert an. »Was redest du da?«

Axe lächelte kalt und beugte sich auf ihn zu. »Du bist scharf auf sie. Du bist so scharf auf sie, dass du es schmecken kannst. Ich sehe doch, wie du sie anschmachtest. Du tust, als ließe es dich vollkommen kalt. Aber so ist es nicht. Wenn sich Kerle also nicht beherrschen können, dann steckt dein Schwanz in ihrem Mund …«

Es war ein rechter Haken im perfekten Winkel, und er löste eine regelrechte Lightshow aus. Als die Faust auf sein Kinn traf, flog sein Kopf zurück, und sein Hirn wurde durchgeschüttelt wie der Klöppel einer Glocke. Einen Moment lang konnte Axe nicht sehen.

»Du spinnst total, Mann«, fauchte Peyton. »Du hast keine Ahnung …«

Zweimal. In nicht einmal vierundzwanzig Stunden. Der Penner hatte ihn zweimal geschlagen.

Axe zog seine Pistole aus dem Hosenbund und drückte sie Peyton so schnell an die Schläfe, dass er nicht zurücktreten konnte. »Sie ist entsichert. Und ich habe nichts zu verlieren. Wie wäre es also, wenn wir damit beginnen, dass du mich nie wieder schlägst. Du hast es jetzt zwei Mal getan. Beim dritten Mal bist du tot.«

Peyton blinzelte. Mehrfach. Und Axe blickte ihm tief in die Augen, damit er verstand, wie ernst es ihm war.

»Verschwinde«, sagte Axe leise.

»Du hast keine Ahnung von Paradise und mir. Sie ist mit Craeg zusammen. Sie hat sich für ihn entschieden. Ich hatte nie etwas mit ihr, ich werde nie etwas mit ihr haben. Also spar dir den Scheiß. Und wenn du nicht auf der Stelle Elises Vater anrufst, gehe ich selbst zu ihm und sage ihm, dass du ausscheidest. Du hast nichts in diesem Haus zu …«

Axe schwenkte die Pistole einen Zentimeter zur Seite und drückte den Abzug. Der Knall war ohrenbetäubend. Der Aufprall der Kugel in der Wand noch lauter.

Peyton schrie und bedeckte seinen Kopf, fiel auf die Knie. Aber Axe hatte genug. Er packte den Wichser bei seiner teuren Jacke, riss ihn herum, zog ihn nach oben und rammte ihn mit dem Rücken gegen die Wand neben dem Kamin, mit solcher Wucht, dass der Putz abplatzte.

»Willst du wissen, warum es hier so kalt ist?«, presste er zwischen den Zähnen hervor. »Ich kann mir keine Heizung leisten. Deshalb gibt es auch kein Licht. Du bist vielleicht in einer komfortablen Situation und musst dich nicht fragen, wo deine nächste Mahlzeit oder dein nächster Mercedes herkommt, aber ich drehe hier jeden Penny zweimal um und esse im Trainingszentrum, so oft es geht. Du hast kein Recht, mir etwas vorzuschreiben. Ich lehne keinen Job ab, nur damit du dich nicht mit dem Tod deiner anderen Cousine auseinandersetzen musst.

Und fick dich, du lässt die Finger von der Frau, auf die du scharf bist, aber mir sprichst du diese Fähigkeit ab, weil ich arm bin. Wir können uns nicht aussuchen, zu wem wir uns hingezogen fühlen, aber Denken ist nicht Handeln. Selbst für gewöhnliche Leute wie mich.«

Axe unterstrich seine kleine Ansprache, indem er Peyton erneut gegen die Wand rammte. Dann ließ er ihn los und lief in dem kleinen Wohnzimmer umher. Während sich das Schweigen in die Länge zog, stellte er verbittert fest, dass er sich für die schäbigen Möbel, die vergilbten Vorhänge und den ausgetretenen Teppich schämte.

Mit seiner Scham verriet er seinen Vater aufs Neue. Dabei war Peyton mit seiner vergoldeten Doppelmoral der Letzte, vor dem er sich beweisen musste.

»Ich bezahle dich«, erklärte Peyton schließlich grimmig. »Sag mir, wie viel du bekommst, ich gebe dir das Doppelte. Das Dreifache.«

Axe drehte sich um und starrte Peyton an.

Peyton hob die Hände. »Ich gebe dir einen Jahresvorschuss. Auf der Stelle.«

Axe öffnete den Mund. Schloss ihn wieder.

Letztlich schnappte er sich einfach seine Lederjacke und verließ das Wohnzimmer in Richtung Ausgang.

»Wohin willst du?«, rief Peyton ihm hinterher.

»Zieh die Tür hinter dir zu. Oder lass sie offen. Scheißegal. Aber wenn ich jetzt nicht gehe, muss ich Elise erklären, warum ich dich umgebracht habe, und ich möchte eigentlich lieber über ihren Stundenplan reden.«

Elise hatte Herzklopfen, als sie im Foyer mit dem grauweißen Marmorboden auf und ab lief. Ihr Vater und ihr Onkel waren bei einer Besprechung am anderen Ende der Stadt. Der Butler und die Belegschaft arbeiteten still im hinteren Teil des Hauses vor sich hin – was bei einem

Anwesen von zweitausendfünfhundert Quadratmetern hieß, dass nicht das Geringste von ihnen zu sehen war. Und ihre Tante lag oben im Bett.

Sie sah auf die französische Goldbronze-Uhr auf der Rokoko-Kommode neben der großen Tür und verglich die Zeit mit ihrer Armbanduhr. Dann wandte sie sich einem antiken Spiegel zu und betrachtete ihre gewellte Reflexion. Die Verzerrung passte zu ihrem Zustand. Sie war sich nicht sicher, was sie tat, was sie sagen würde.

Sie fummelte am Ausschnitt ihres Kaschmirpullis herum und vergewisserte sich, dass ihre Donna-Karan-Hose mit den weiten Beinen glatt an der Hüfte anlag. Dazu trug sie simple Tory-Burch-Ballerinas.

Viel lieber hätte sie eine Jeans getragen, aber das mochte ihr Vater nicht.

Dieses Haus war wie ein Country-Club mit Dresscode …

Ein Klappern war zu hören, und sie zog die Stirn kraus. Ihr Handy war auf Vibrationsalarm eingestellt und summte neben der Uhr, jetzt eilte sie darauf zu.

Es war Troy …

Da polterte es laut durch das Foyer. Der Türklopfer wurde von einer starken Hand betätigt.

Elise legte das Handy zurück, ohne den Anruf anzunehmen, und dachte, wie bezeichnend ihre Entscheidung war.

Ihr Herz schlug gegen die Rippen – und dann machte sie einen kleinen Satz, als der Butler aus der Bibliothek kam.

»Ich bin schon auf dem Weg«, sagte sie und hoffte, dass ihr Lächeln möglichst unverfänglich wirkte. »Keine Umstände.«

Der *Doggen* kam zum Stehen, als führte der Widerspruch zwischen der Dienstvorschrift und ihrer Anweisung zu einem vorübergehenden Kurzschluss in seinem Kopf.

»Ich mache auf«, sagte Elise. »Kehren Sie zu Ihren wichtigeren Verpflichtungen zurück.«

Er zögerte einen Moment, und sein Blick wanderte zur großen Messingklinke an der Tür, als müsste er die Aufgabe zumindest im Geist ausführen, bevor er gehen konnte. Doch dann verbeugte er sich und verschwand, um weiter zu polieren oder Staub zu wischen oder Bestände zu sichten oder was es auch war.

Elise holte tief Luft und öffnete die schwere Tür. Sie stählte sich innerlich, blickte auf und …

»Gütige Jungfrau der Schrift!«

Axwelle trug dieselbe Kleidung wie bei seinem Vorstellungsgespräch, und das Stehkragenhemd und die schlichte schwarze Hose standen ihm nach wie vor sehr gut. Sein Haar war noch immer kräftig und schwarz und kurz geschnitten. Das Gesicht sah genauso schroff und unwiderstehlich aus wie zuvor.

Doch er blutete.

Unter dem linken Auge, oder vielleicht auch seitlich davon, war die Haut aufgeplatzt, und die Region um den Wangenknochen verfärbte sich bereits rot und schwoll an.

»Du sagtest doch, ich solle kommen«, sagte er verunsichert.

»Dein Auge.« Sie deutete auf die Wunde. »Du bist verletzt.«

Axe hob die Hand ans Gesicht, aber anstatt besorgt zu reagieren, schien er nur genervt.

»Hast du ein Taschentuch?«, fragte er.

»Was?«

»Ein Taschentuch? Klopapier tut's genauso. Zeig mir einfach, wie ich zur Toilette komme.«

»Ist das dein Ernst?«

»Entschuldigung?«

»Ach, beim Schleier.« Sie nahm seine Hand, bevor sie wusste, was sie tat. »Lass mich das machen.«

Anfangs stieß sie auf leichten Widerstand, als sie die Tür schloss und versuchte, ihn mit sich zu ziehen, doch dann folgte er ihr. Zumindest bis zum Fuß der geschwungenen Treppe.

»Wir gehen nach oben«, sagte sie und zerrte an seiner Hand. »Ich habe einen Verbandskasten in meinem Zimmer. Außerdem habe ich dort meinen Stundenplan fürs nächste Semester.«

»Hast du den nicht auf dem Handy? Wir müssen doch keinen Wirbel um den Kratzer machen …«

»Angst?«

Axwelle blieb stehen, und als sich sein Gesicht verdüsterte, glühten seine Augen. »Wovor?«

»Sag du es mir. Denn ich verstehe nicht, warum du nicht mit nach oben kommen willst.«

Mit einem Fluch stieg er die Treppe hoch, zwei Stufen mit jedem Schritt, und Elise musste lächeln, während sie hinter ihm herjoggte.

»Also, was ist mit deinem Gesicht passiert?«, fragte sie an seine breiten Schultern gerichtet.

»Nichts.«

»Also, wenn du mich anlügst, um mich von der Fährte abzubringen, mach es wenigstens glaubhaft. Wir brauchen doch kein Pflaster, weil ›nichts‹ passiert ist.«

»Okay, es geht dich nichts an, wie wäre es damit? Wie oft muss ich es Leuten wie dir noch sagen?«

»Was soll denn das heißen?«

»Großes Haus«, kommentierte er, als sie im ersten Stock ankamen und er den Flur betrachtete, der in beide Richtungen führte. »Wie viele Zimmer?«

»Ist das dein Ernst?« Sie stemmte die Hände in die Hüften. »Damit willst du mir jetzt kommen?«

Er sah sie durchdringend an, und als er sich nach vorne beugte, bemerkte sie wieder, wie unglaublich groß und stark er war – doch sie fühlte sich nicht bedroht.

Vielmehr fiel ihr Blick für einen Moment auf seine Lippen.

»Das ist meine Angelegenheit«, sagte er. »Wenn du Krankenschwester spielen möchtest, fein. Aber nur, weil du mich unbedingt verarzten musst, schulde ich dir noch lange keine Erklärung. Ist das klar?«

Elise sah ihn lange an. Sie liefen ernsthaft Gefahr, ihren Einstieg zu vermasseln. Und wenn sie ihn verlor? Wenn er sich entschied zu gehen?

Sie wollte ihrem Vater keine Gelegenheit geben, seine Entscheidung noch einmal zu überdenken.

Beantworte die verdammte Frage, dachte sie. *Rede über neutrale Themen.*

»Ich weiß nicht, wie viele Zimmer wir haben.« Sie fluchte verhalten und wandte sich nach links. »Vielleicht vierzig? Fünfzig? Irgendwo in dieser Größenordnung. Mein Vater hat das Haus neunzehnhundertzehn gebaut.«

Als sie voranging, spürte sie ihn überdeutlich hinter sich. Seine Präsenz. Seine Ausstrahlung.

Und sie merkte, dass sie anders ging als sonst. Ihre Hüften pendelten von links nach rechts, ihre Schultern wiegten sich. Sie hatte keine Ahnung, woher sie es wusste … aber sie war sich sicher, dass er ihren Hintern mit Blicken maß, ihre Schenkel. Allerdings machte sie es auch nicht anders – bei ihm.

»Hier ist mein Zimmer.«

Sie öffnete die Tür und widerstand dem Impuls, die exotischen Objekte in ihrem Zimmer anzupreisen wie die Glücksrad-Fee, im Sinne von *Das Bett! Die Kommode! Dieser wundervolle Tisch! Die Tapete!*

Woher kam es, dass ein attraktives Gegenüber selbst intelligente Leute zu Schwachsinn faselnde Idioten machte?

»Das Bad ist hier.« Sie wies ihm den Weg durch die offene Flügeltür. Als hätte er keine Ahnung, was der marmorgefliese Bereich darstellen sollte. »Komm mit.«

Drinnen sah sie im Spiegel über den zwei Waschbecken, wie er in der Tür stehen blieb und nicht weiterging.

»Gib mir einfach etwas, womit ich das Blut abwischen kann.« Sein Bick wanderte über die Wanne mit den Füßen, die verglaste Dusche in der Ecke, die dunklen Fenster. »Ich mache das.«

Dieser Muskelberg in schwarzer Montur erschien vollkommen deplatziert inmitten von alldem hellen Marmor mit den Kristall- und Goldakzenten – und ein Schauer jagte über ihren Körper. Er befand sich hier an einem Ort, an dem sie regelmäßig nackt war.

Sie verstand nicht ganz, warum ihr das jetzt auffiel oder ihr so erotisch erschien. Aber so war es.

Elise nahm ein monogrammbesticktes Handtuch von der goldenen Stange und drehte den antiken Wasserhahn auf. Dann hielt sie den Finger unters Wasser, um die Temperatur zu …

»Es muss nicht warm sein«, brummte er.

Es schien zwecklos, mit ihm zu streiten. Also wartete sie einfach, bis die Temperatur stimmte, dann hielt sie das Frotteetuch darunter.

»Gib einfach her«, sagte er und streckte die Hand aus.

Sie wrang das überschüssige Wasser aus und legte ihm das Handtuch in die Hand. »Sei vorsichtig – hey! Was tust du?«

Dabei war es offensichtlich: Er versuchte, sich eine Gesichtshälfte wegzuschrubben.

Sie packte seinen Unterarm, und als er überrascht zusammenzuckte, nutzte sie die Gelegenheit und holte sich das Handtuch zurück. Dann zog sie ihn weiter ins Bad und setzte ihn auf die Bank neben der Wanne. Dort trat sie auf ihn zu, stieß seine Hände aus dem Weg und machte sich an die Arbeit.

»Wie ist das passiert?«, fragte sie und tupfte behutsam das Blut ab. »Die Wunde sieht nicht schmutzig aus. Wer hat dich so zugerichtet, und lebt derjenige noch?«

Die Antwort war ein mahlender Unterkiefer – als würde Axe in Gedanken mit jemandem streiten. Mit ihr? Oder der Person, mit der er gekämpft hatte?

Wahrscheinlich mit ihr.

»Du kannst es mir wirklich sagen.« Elise ging erneut zum Waschbecken und spülte das Handtuch aus. Kam zurück. »Ich mache dir keinen Vorwurf.«

Sie beugte sich noch weiter vor und betrachtete die Verletzung. »Ich glaube, das muss genäht werden. Die Wunde ist tief und breit. Kannst du aus dem Auge überhaupt noch sehen?«

Keine Antwort, nur wieder der fest verschlossene Mund und die mahlenden Kiefer.

»Okay, du alte Plaudertasche, lass mich mal sehen, womit ich das abdecken kann. Und dann musst du dich von Havers untersuchen lassen. Du bist offensichtlich gesund, also wird es heilen, aber es könnte sich entzünden.«

Elise tupfte die Stelle mit dem anderen Ende des Handtuchs trocken, dann wandte sie sich den Schränken zu, beugte sich über den Mittelteil mit den Schubladen und zog sie eine nach der anderen auf. Der Verbandskasten lag in der letzten, ganz unten.

Nach einigem Wühlen zwischen Mullbinden und

Pflastern wählte sie ein großes, quadratisches aus. »Das müsste passen.«

Sie warf die Verpackung in den Müll und ging zurück zu ihrem schweigsamen, mürrischen Patienten.

»Tja, also, danke der Nachfrage, ich bin wirklich gern an der Uni. Ich bin sehr gut in meinem Fach, aber vor allem kann ich dort ich selbst sein. Niemand fragt nach meiner Herkunft. Dort werde ich allein nach dem beurteilt, was ich tue oder sage. Das ist Freiheit für mich.«

Sie zog die zwei Schutzstreifen von der haftenden Seite ab, drückte den Schnitt zusammen, legte das Pflaster darüber und vergewisserte sich, dass es die Wunde zusammenhielt. Dann zerknüllte sie die Schutzstreifen in der Hand und trat einen Schritt zurück. Axe blickte starr geradeaus, als wäre es ihm unangenehm, dass sie ihm so nahe gekommen war.

Sie fluchte erneut und hatte das Gefühl, dass ihr die Aussicht auf Fortsetzung ihres Studiums zwischen den Fingern zerrann.

»Hör zu«, sagte sie resigniert. »Ich weiß, wir beide sind unterschiedlich, aber es muss irgendwie funktionieren. Ich will meinen Doktortitel. Ich habe viele Jahre in dieses Studium investiert. Wenn du den Job nicht machen willst, dann sag jetzt ab, und lass mich jemand anderes suchen, okay? Hallo? Hörst du mir überhaupt zu?« Sie warf die Hände in die Luft. »Das ist witzlos. Warum bist du überhaupt gekommen?«

Vielleicht hatte sie ihn falsch eingeschätzt. Sie hätte schwören können, dass er sie so ansah, weil er sie attraktiv fand. Aber vielleicht war es ja andersherum …

Unvermittelt umfasste er seine Knie und drückte zu.

»Geht es dir nicht gut?«, fragte sie scharf. »Denn meine medizinischen Fachkenntnisse beschränken sich auf das Aufbringen von Pflaster.«

Als er stumm in seiner Haltung verharrte, stemmte sie zum dritten Mal, seit er hier war, die Hände in die Hüften. »Könntest du mir endlich verraten, was hier los ist? Soll ich den Notarzt rufen? Hast du eine Gehirnerschütterung von dem Schlag? Was es auch ist, sag es mir endlich, sonst zerre ich dich aus dem Haus und lasse dich auf dem Rasen sterben.«

Seine Oberlippe verzog sich und brachte seine Fänge zum Vorschein. Er schüttelte den Kopf.

»Du bist ein Feigling«, murmelte sie. »So ein großer rauer Kerl wie du, und bringt den Mund nicht auf ...«

»Feigling«, presste er hervor. »Du hältst mich für einen Feigling.«

»Ganz genau. Oder nenne mir eine andere Erklärung.«

»Feigling, schon klar. Und wie wäre es damit?«

Er stand auf und nahm die gleiche Haltung ein wie sie, die Hände in die Hüften gestemmt – als würde das alles erklären.

Elise zuckte die Schultern. »Ja? Und? Möchtest du mich daran erinnern, dass du eins fünfundneunzig groß bist? Zwei Meter? Schwarz gekleidet? Was ...«

Da sah sie es.

Es war ein großes Etwas. Ein großes, aufrechtstehendes Etwas, das sich unter seiner Hose abzeichnete.

12

Auch eine Form der Kommunikation, lag es Axe auf der Zunge.

Stattdessen ließ er die Vampirin einfach seinen kleinen Feigling betrachten, der überhaupt nicht klein und alles andere als feige war. Vielmehr war sein Schwanz verdammt dreist, komplett ungerührt und irgendwie doppelt so groß wie sonst.

Dabei war er schon in normalem Zustand kein Würmchen.

Aber Scheiße, so hatte Axe sein Arbeitsverhältnis nicht beginnen wollen. Übrigens auch nicht mit Blut im Gesicht. Das Problem war – also, *eines* seiner Probleme –, dass er so über Peytons kriminelles Überlegenheitsgehabe in Rage geraten war, dass er überhaupt nicht daran gedacht hatte, dass er verletzt sein könnte – und dann hatte ihn Elise in ihr Zimmer geführt, wo alles nach ihr roch, und ihn umsorgt und an ihm herumgemacht …

Da war er hart geworden.

Während der gesamten Behandlung hatte er mit aller Macht und Überredungskunst versucht, diesen Zustand abzuschalten. Vergebens. Es war, als würde man ein Schwein anschreien. Man machte sich zum Idioten, und das Schwein kümmerte es einen Dreck.

So standen sie also in einem Badezimmer wie aus *Der Teufel trägt Prada* – hätte es in dem Film eine Jacuzzi-Szene mit Miranda Priestly gegeben –, er mit seiner lächerlichen Erektion und sie mit einem Ausdruck im Gesicht, als könnte sie sich nicht entscheiden, ob sie schreiend davonlaufen sollte …

… oder herausfinden, wie er sich anfühlte.

»Das wird nichts«, brummte er, drehte sich um, rückte alles zurecht und stapfte hinaus in ihr Schlafzimmer.

Toll, jetzt musste er auch noch auf ihr Bett starren … und sich vorstellen, wie sie nackt darauf lag.

»Warte«, sagte sie. »Geh nicht …«

Er wirbelte zu ihr herum. »Du musst dir einen anderen suchen.«

Sie hob das Kinn. »Ich will keinen anderen. Ich will dich.«

Axe schloss die Augen und versuchte, nicht alle möglichen Turnübungen in diesen Satz hineinzudeuten.

»Hast du deine Gefährtin verloren?«, fragte sie.

Er schüttelte verwirrt den Kopf. »Was?«

»Deine Gefährtin? Ist es … eine Weile her bei dir? Oder so? Ich weiß, es ist eine persönliche Frage, aber hey«, sagte sie trocken, »persönlich ist es ohnehin schon.«

Im ersten Moment dachte er, sie wäre auf ein Kompliment aus … doch ihr Gesicht war ganz offen, der Blick vollkommen arglos.

Sie hatte anscheinend wirklich keine Ahnung, warum sie diese Wirkung auf ihn hatte.

Unwillkürlich blickte er auf ihre Lippen – dabei hatte ihm das schon vorher den Hals gebrochen: Als sie ihn verarztet hatte und so viel besser mit Handtuch und Pflaster umgegangen war als er, war sein Blick auf ihren Mund gefallen, und sofort hatte er sich gefragt, wie sie wohl schmecken würde. Sich anfühlen. Wie sie wohl war. Und zwar nicht nur beim Küssen – sondern bei allem.

Also im Sinne von nackten Körpern und wildem,

152

hungrigem Sex auf Dauerschleife bis zur völligen Erschöpfung.

»Viele haben bei den Plünderungen ihre Familien verloren«, flüsterte sie. »Es war eine schlimme Zeit für uns alle.«

»Daran muss mich niemand erinnern.«

Sie schwieg, als würde sie darauf warten, dass er fortfuhr. Als er stumm blieb, schüttelte sie den Kopf. »Nun, mein Beileid dafür, dass du jemanden verloren hast. Ich weiß … wie sich das anfühlt.«

»Tatsächlich.«

»Meine Cousine wurde letzte Woche ermordet. Es war … schrecklich. Besonders, weil auch ihr Bruder bei den Plünderungen umgekommen war.«

Ohne ersichtlichen Grund, ohne es sich erklären zu können, flammte ein kurzer Schmerz in Axe' Brust auf. »Der Tod ist immer schrecklich. Es sei denn, es trifft den Feind.«

»Ich weiß nicht … viel über den Krieg.«

»Ich werde jetzt gehen.«

Denn in seinem Kopf herrschte ein erbitterter Streit zwischen seiner Vernunft, die es nicht fair fand, wenn er während der Arbeitszeit mit ihr schlief, obwohl er sie mit den eiskalten Aristokraten gleichsetzte, die seinen Vater umgebracht hatten … und der völlig durchgeknallten Fraktion, die es ganz natürlich fand, wenn er mit ihr schlief, während er für seine Dienste als Leibwächter bezahlt wurde und sie mit den anderen *Glymera*-Arschlöchern in einen Topf warf.

»Wovor hast du eigentlich Angst?«, murmelte sie. »Das frage ich mich die ganze Zeit schon.«

Er sah sie wütend an. »Was?«

»Ja, das frage ich mich eben. Ich meine, es wäre doch wirklich sinnvoll, Informationen, Ansichten und Bedenken auszutauschen – für eine gute Zusammenarbeit, die darin besteht, mir die Fortführung meines Studiums zu ermöglichen. Frag mich, was du willst, ich werde es dir sagen. Ich habe keine Angst – und vermutlich versuche ich einfach zu verstehen, wie ein harter Kerl wie du, der mich beschützen soll, so feige sein kann, nichts von sich preiszugeben.«

Axe blinzelte.

Sollte das ein Witz sein?, dachte er. Zweimal in einer Nacht? »Darf ich dir eine Frage stellen?«, meinte er.

Elise breitete die Arme aus. »Alles. Ich bin wie ein offenes Buch.«

»Warum glauben reiche Leute, ein Recht auf alles und jeden zu haben? Nicht nur auf das Materielle, sondern auch auf das Leben von Leuten, ihre Gefühle und Gedanken. Du sagst, es wäre kein großes Ding, sein Leben preiszugeben? Dass ich ein verdammter Feigling bin, weil ich nicht auf Befehl von mir erzähle?« Er zuckte die Schultern. »Du hast keine Vorstellung von meinem Leben oder was ich durchgemacht habe, aber wenn ich dich nicht daran teilnehmen lasse, zu deinen Bedingungen, zu einem von dir gewählten Zeitpunkt, bin ich plötzlich derjenige, bei dem etwas nicht stimmt? Du bist eine Fremde für mich. Ich kenne dich nicht. Und ich muss dich nicht kennenlernen. Ich schulde dir keinen Teil von mir.«

Jetzt sagte sie nichts mehr.

Doch gerade, als er sich zu seinem Vortrag gratulieren wollte, zog sie ihm den Teppich unter den Füßen weg. Nicht zum ersten Mal.

»Gütige Jungfrau der Schrift ... du hast absolut recht.«

Sie ging zu ihrem Frisiertisch und strich mit einer eleganten Hand über die silbernen Bürsten und ein paar wenige Schminkartikel, die dort lagen.

»Es tut mir wirklich leid.« Sie sah ihn über die Schulter hinweg an und lachte verlegen. »Kaum vorzustellen, dass ich auf einen Doktor in Psychologie hinarbeite. Ich sollte mich besser mit interpersonellen Beziehungen auskennen, nicht wahr? Ich schätze, Theorie und Praxis klaffen eben manchmal auseinander. Ich entschuldige mich.«

Axe blinzelte noch einmal.

Scheiße, er hatte nicht erwartet, dass sie seine Abgrenzung verstand. Erst recht nicht, dass sie sie respektierte.

Ratlos setzte er sich auf das Fußende ihres Betts.

Dann fuhr er sich mit der Hand durchs Haar, stützte die Ellbogen auf die Knie und dachte, dass er wirklich schleunigst raus hier und weg von ihr musste.

Doch statt zu gehen, sagte er: »Ich habe noch nie jemanden getroffen, der einen Doktor gemacht hat.«

Alles in allem hatte Axe guten Grund gehabt, sie zurechtzuweisen, dachte Elise. Was sie nämlich vergessen hatte – und das galt besonders für neue Bekanntschaften –, war, dass man die Leute dort abholen musste, wo sie standen. Mal abgesehen von seiner Erektion hatte er zu keinem Zeitpunkt signalisiert, ein offener Typ zu sein, und sie hatte ihn zu stark bedrängt, weil sie ihre eigenen Charaktereigenschaften auf ihn übertragen hatte.

Wenigstens machte ihr die Tatsache Hoffnung, dass er nicht fluchtartig aus dem Zimmer gerannt war.

»Ja«, sagte sie und räusperte sich. »Ich studiere schon seit vielen Jahren. Deswegen … naja, deshalb war ich gerade auch so vorschnell. Ich habe viel Zeit und Arbeit in dieses Studium gesteckt, und wenn ich meine Dissertation nicht fertigstelle, kommt es mir vor, als wäre alles umsonst gewesen. Aber mit meinem Vater ist es manchmal wirklich schwierig. Dass er mir jetzt diese Möglichkeit

geben will, grenzt an ein Wunder, und ich nehme an ...
ich will diese Chance einfach nicht verlieren.«

Als sie verstummte, ließ er die Knöchel knacken, einen nach dem anderen. »Ich kann nichts dagegen tun.«

»Gegen deine abweisende Haltung? Du hast jeden Grund dazu. Ich habe dich bedrängt.«

»Nein. Dagegen, dass ich dich anziehend finde.«

Elise versuchte, sich gelassen zu geben, während ihr Herz einen Satz machte. Aber beim Schleier, fast hätte sie ein Kichern ausgestoßen.

Sie streckte den Rücken durch und beschloss, sich selbst auch nicht zu drücken. »Das ist okay. Ich komme genauso wenig dagegen an, dich anziehend zu finden.« Als er den Kopf herumriss, verdrehte sie die Augen. »Komm schon.. Das ist doch wohl offensichtlich.«

Axwelle räusperte sich. »Du bist die Psychologin. Heißt das nicht, wir sollten besser nicht miteinander arbeiten?«

»Naja, wenigstens wissen wir, wo das Problem liegt, und müssen nicht erst lange danach suchen.« Es folgte eine Pause. »Okay, das war ein Witz. Du solltest lachen.«

Als er nicht einmal ansatzweise gluckste, wollte sie ...

Der Grunzlaut, der ihm entfuhr, war vermutlich eines der unattraktivsten Geräusche, das sie je gehört hatte, eine Mischung aus verwundetem Erdhörnchen, Grizzly-Bär und Fehlzündung bei einem alten Auto. Fluchend schlug er die Hand vor den Mund.

»Gütige Jungfrau der Schrift«, stieß sie hervor. »Das ist ja hinreißend.«

Vor ihr auf dem Mädchenbett mit der hübschen hellroten Überdecke und den Vorhängen, die von einem Medaillon an der Decke herabhingen, saß ein Kämpfer in schwarzer Kleidung mit Pflaster im Gesicht und tödlichem Blick und nahm soeben die Farbe eines Stoppschilds an.

»Das war ein Rülpser. Mehr nicht.« Er streckte den Rücken und ließ eine Schulter kreisen, als wollte er sich daran erinnern, wie muskelbepackt er war. »Sieh mal, ich habe noch nie als Bodyguard gearbeitet, also weiß ich nicht, was auf mich zukommt. Ich denke, letztlich musst du dich fragen, ob du mir dein Leben anvertrauen willst. Denn darauf läuft es hinaus. Wir können hundert Nächte unterwegs sein, ohne dass etwas passiert, doch es braucht nur eine, in der es anders läuft. Und dann bist du nicht nur gearscht – dann bist du mausetot.«

»Zweifelst du an deinen Fähigkeiten?«

Er verzog das Gesicht. »Soll ich die Wahrheit sagen?«

»Ich bitte darum.« Sie hob den Zeigefinger. »Ich möchte das von vornherein klarstellen und sage es laut und deutlich: Ich will, dass du immer die Wahrheit sagst. Das ist mir wichtiger als alles andere – aus Gründen, die du bald verstehen wirst.«

Erneut ließ er die Knöchel knacken. Ließ die andere Schulter kreisen.

»Ich glaube, es könnte nützlich für uns sein, dass ich dich anziehend finde – also nützlich für dich, meine ich. Denn es verstärkt meinen Beschützerinstinkt und macht mich umso gefährlicher. Ich bin nicht an dich gebunden und werde es nie sein, aber ich bin ein Kerl und ein gutes Stück roher als die überzüchteten Mimosen, mit denen du üblicherweise zu tun hast. Wenn dir jemand also auch nur ein Haar krümmt, werde ich ihn viermal erledigen, bevor ich seine Leiche in Brand setze.«

»Wow, ein wunderschöner Spruch für eine Valentinskarte.« Aber vermutlich stimmte es sogar. »Übrigens glaube ich fest daran, dass wir durch unser Tun und nicht durch unser Denken bestimmt werden. Solange unser Verhältnis professionell bleibt, ist alles gut.«

Axwelle stand eilig auf. »Okay, teile mir per SMS mit,

wann du mich morgen Abend brauchst. Ich kann bis eins arbeiten, danach muss ich ins Training.« Er nickte ihr zu, als hätten sie sich bereits die Hände geschüttelt, und ging auf die Tür zu. »Ich finde selbst raus …«

»Warte, mein Stundenplan …«

»Gib mir einfach Bescheid.«

Mann, er hatte wirklich genug von diesem Gespräch.

»Wir bekommen es hin«, sagte sie zu seinem kräftigen Rücken. »Alles wird gut.«

»Das sagst du jetzt.« Er öffnete die Tür. »Hoffen wir, dass du es am Ende auch noch sagst, wann immer das ist.«

»Warte, ich brauche deine Handynummer.«

Er rief sie ihr über die Schulter zu, dann ging er durch die Tür, als wäre es ihm egal, ob Elise sie mitbekommen hatte.

Doch es war ihm nicht egal.

Unter seinem stählernen Panzer war er lange nicht so arrogant, wie er ihr weismachen wollte. Sonst hätte er sich nicht gesetzt und mit ihr geredet.

Sie trat an eines der Fenster, das nach vorne rausging, zog den Spitzenvorhang zur Seite und wartete. Kurz darauf erschien Axwelle vor der Tür und marschierte den mit Schieferplatten gepflasterten Weg hinunter.

»Schau mich an«, flüsterte sie. »Komm schon … du willst es doch.«

Irgendwo im Hinterkopf war ihr bewusst, dass sie all ihren Reden über Professionalität und Selbstbeherrschung zum Trotz wollte, dass er sich umdrehte. Und zwar sehr.

Was verrückt war.

Aber nicht im Sinne von geisteskrank.

Eher im Sinne von unvernünftig, angesichts ihrer gemeinsamen Situation.

Aber zum Glück lief er einfach weiter und würde sich ohnehin nicht …

Ungefähr drei Meter nach der dritten Laterne blieb Axwelle stehen … und verharrte lang auf einem Fleck. Jahre, so schien es. Erst als sie schon aufgeben wollte oder nach unten gehen, um sich zu erkundigen, ob diese Kopfverletzung vielleicht doch noch Spätfolgen hatte … drehte er sich auf dem Absatz um und blickte zum Haus.

Sein Kinn hob sich, als sein Blick zum ersten Stock hinaufwanderte.

Mit einem leisen Aufschrei sprang Elise zurück und ließ den Vorhang fallen.

Ihr Herz klopfte wie wild, und plötzlich war ihr so heiß, dass sie sich den Kaschmirpulli vom Leib riss, als wäre er ein mittelalterliches Wollhemd.

Als sie sich abwandte, fiel ihr Blick auf den Abdruck, den er auf der Tagesdecke hinterlassen hatte. Mit einem Mal spürte sie den Drang, zu ihrem Bett zu gehen und mit der Hand über die Stelle zu streichen.

»Was mache ich bloß?«, sagte sie in die Stille ihres Zimmers hinein.

13

Das eigentlich Lustige am blinden Filmeschauen war, wie viel man sich in seiner Fantasie ausmalen konnte.

Natürlich kannte Rhage *Stirb langsam* im Prinzip fast auswendig, von dem Moment an, als John McClane von seinem Sitznachbarn im Flugzeug den Rat erhält, die Schuhe auszuziehen, bis zu der Stelle, wo seine Frau dem unverschämten Reporter eins in die Fresse schlägt.

»Wie geht es dir, Bitty?«, fragte er.

Vor einigen Stunden hatten er, Bitty und Mary in den luxuriösen Ledersesseln im hauseigenen Kino Position bezogen. Dafür gab es zwei Gründe: Erstens war es für Bitty angenehmer, aufrecht zu sitzen und die Beine ausstrecken zu können, zweitens war diese Endlosfolge cineastischer Meisterwerke, die er persönlich zusammengestellt hatte, die perfekte Ablenkung, um sich nach der Aufregung zu erholen. Als Erstes hatten sie natürlich *Deadpool* geschaut, allein schon, um sich auf dem Laufenden zu halten.

Danach hatte es *Der Teufel trägt Prada* gegeben, Mary zuliebe, die trotz ihrer Vorliebe für Anwärter auf die Goldene Palme auch eine Schwäche für Meryl Streep in der Rolle der Miranda Priestly hatte. Danach gab es wieder Action mit *Guardians of the Galaxy* – Bitty gefiel Zoe Saldana – und zum Abschluss *Central Intelligence*.

The Rock war vermutlich einer der wenigen Menschen, die man im Kampf an seiner Seite haben wollte.

Doch danach hatte sich Rhage einen Oldie gewünscht. Er hatte seit mindestens drei Wochen nicht mehr gesehen, wie Hans Gruber vom Nakatomi-Plaza-Hochhaus stürzte, und außerdem war Weihnachten.

Ein Film zum Fest.

»Bitty? Alles okay bei dir?« Als sie noch immer nicht antwortete, drehte Rhage den Kopf in die andere Richtung. »Ist sie eingeschlafen?«, fragte er Mary.

Doch auch sie gab keine Antwort. Rhage lächelte und tastete herum. Als Erstes entdeckte er Marys Hand, und als er sie nahm, seufzte seine *Shellan* und drehte sich in seine Richtung, legte ein Bein über seine und sank mit einem zweiten zufriedenen Seufzen zurück in den Schlaf. Dann ertastete er Bittys viel kleinere Hand, und genau wie Mary drehte auch sie sich zu ihm hin und lehnte den Kopf an seinen Bizeps, sodass ihr Haar nach vorne fiel und ihn am Unterarm kitzelte.

Rhage lächelte und wandte sich wieder dem Film zu, den er nicht sehen konnte.

Trotz seiner Blindheit fühlte er sich stark wie ein Bär, groß wie ein Berg, tödlich wie eine Kobra – ganz gleich, welches Bild der Männlichkeit man heranzog, es traf auf ihn zu.

Das war keineswegs chauvinistisch, wenn man seine Frauen beschützen wollte. Es gehörte sich so, aber nicht, weil sie nicht schlau genug waren und sich nicht selbst schützen konnten. Frauen waren einfach wichtiger als Männer und würden es immer sein, und es erfüllte ihn mit tiefem Stolz, ihnen als *Hellren* und Vater dienen zu können.

Beim Schleier, er fühlte sich so absolut vollständig zwischen seiner *Shellan* und seiner Tochter, die ihn wie zwei Buchstützen einfassten. Sie gaben ihm Kraft und einen Lebenszweck, sie gaben ihm Halt, obgleich ihm gar nicht bewusst gewesen war, dass er sich wackelig fühlte. Schon ulkig, das hier fühlte sich ein wenig so an, wie wenn man sich verliebte: Es war eine Offenbarung, die alles schöner und kostbarer machte.

Und wie auf ein Stichwort, als wollte ihm das Schicksal einen besonderen Moment schenken, kehrte seine Sehkraft allmählich zurück, und das Flimmern der Leinwand, die Konturen der Sitze, das dunkle Kino ... seine wunderschönen Frauen ... traten wie weichgezeichnet aus der Dunkelheit hervor.

Als würde er die Welt durch einen Sepiafilter betrachten.

Es war unglaublich, ohne Mary hätte er diese Erfahrung nie gemacht.

Gütige Jungfrau der Schrift, es tat weh, diese Verbände zu sehen. Sie weckten schmerzliche Erinnerungen an Bittys Leiden und seinen spektakulären Aussetzer. Aber er lächelte. Bitty hatte auf blauen Gipsverbänden an den Beinen und silbernen an den Armen bestanden, den Farben seiner Familie. Und der gesamte Haushalt hatte sich darauf verewigt. Die Unterschriften und guten Wünsche verschwammen miteinander, die Signatur des Königs wurde von der eines *Doggen* überlappt, Brüder teilten sich den Platz mit Nallas Gekritzel, selbst Boo und George hatten Pfotenabdrücke beigesteuert, dank einem Stempelkissen, das jemand aufgetrieben hatte.

Jetzt ging es ihr gut, versuchte sich Rhage zu beruhigen. Sie war in Sicherheit bei ihm und Mary und dem ganzen Haus.

Alles würde ...

Gerade als Argyle sich in den Fond dieser Achtzigerjahre-Limo neben den Riesenteddy setzte, bemerkte Rhage, dass er und seine Familie nicht allein im Kinosaal waren.

Lassiter stand links an die stoffbezogene Wand gelehnt, und das Licht von der Leinwand flackerte über sein Gesicht wie Flammen.

Sein schwarz-blondes Haar fiel ihm offen über die Schultern, das schlichte Muscleshirt und die Jogginghose sahen fast normal aus – was man an Lassiter nicht gewöhnt war.

Selbst über die Sitzreihen hinweg, trotz Dunkelheit und eingeschränkter Sehkraft erkannte Rhage, wie finster das Gesicht des Engels war.

Er sah nicht mal zur Leinwand.

Plötzlich wünschte sich Rhage etwas, was er nie für möglich gehalten hätte.

»Bitte sag, dass du mir unbedingt einen Witz erzählen musst«, sagte Rhage heiser.

Lassiter schwieg. Es fühlte sich an wie ein Jahr, aber vermutlich waren nur ein, zwei Herzschläge vergangen.

Nicht viel also, nachdem das Herz von Rhage raste wie verrückt. Ein weiterer Beleg für die Relativität der Zeit.

»Ich will, dass du daran denkst, was ich gesagt habe«, meinte der Engel … und seine Stimme war so tief, dass Walter Cronkite daneben klang wie ein Mann mit Fistelstimme und eingezwängten Hoden. »Halte an deinem Glauben fest. Es kommt alles in Ordnung.«

Rhage heftete den Blick auf die Castverbände. »Havers meinte, die Brüche würden in sechs Wochen heilen. Und danach … ich meine, die Transition ist immer eine Zitterpartie, aber der Wachstumsschub dürfte dann kein Problem mehr sein. Selbst wenn sie danach in Physiotherapie muss oder eine Operation braucht, stehen ihr dann ganz andere Narkose- und Schmerzmittel zur Verfügung, und …«

Als er den Blick wieder hob, war der Engel verschwunden.

Verwundert drehte Rhage sich um.

Doch Lassiter war nicht auf dem Weg zum Ausgang. Es war, als wäre er nie im Kino gewesen.

»Rhage? Alles gut?«

Mary klang verschlafen, und Rhage drehte sich wieder nach vorn. Er öffnete den Mund und …

… schloss ihn wieder. Schüttelte den Kopf. Versuchte es noch einmal. »Äh, ja. Alles gut. Sag mal … hast du Lassiter gerade gesehen?«

»Nein. Hier ist doch niemand außer uns.«

Rhage blinzelte und ließ den Blick durch die Dunkelheit schweifen. Sah er Gespenster? Hatte er sich das alles nur eingebildet …

War er noch blind und träumte?

»Äh … okay. Ja. Klar.«

»Soll ich dir etwas zu essen holen?« Mary Madonna schmiegte sich an seine Brust und strich ihm das Haar zurück. »Du siehst nicht gut aus. Soll ich Doc Jane rufen?«

Rhage ließ sich fesseln von ihrem bezaubernden Gesicht. Im Laufe der Menschheitsgeschichte mochte es Frauen gegeben haben, deren Schönheit besonders betörte, deren hohe Wangen oder geschwungene Lippen, deren Augen und Brauen zum Ideal erhoben wurden.

Doch Nofretete war nichts im Vergleich zu seiner *Shellan*.

Für Rhage war Mary das goldene Ideal, neben dem alles andere verblasste.

»Ich hole Doc Jane.«

Als sie aufstehen wollte, ergriff er ihre Hand und zog sie sanft zurück. »Es geht mir gut. War nur eine lange Nacht und ein langer Tag. Wie spät ist es?«

Sein Ablenkungsmanöver funktionierte. Mary blickte auf die Uhr – seine goldene Rolex, die groß wie ein PKW

164

an ihrem schlanken Arm wirkte. »Sieben. Bist du sicher, dass du keine Hilfe benötigst?«

»Ich habe hier alles, was ich brauche.« Er beugte sich zu ihr und küsste ihre Lippen. »Und in zwölf Stunden bin ich dann auch bereit fürs Erste Mahl.«

»Das Erste Mahl wird gerade serviert. Es ist sieben Uhr abends. Deshalb noch mal: Möchtest du nicht etwas essen?«

»Nein, wirklich nicht nötig.«

»Rhage, was ist los mit dir?«

Er ließ sich zurück in seinen Kinosessel sinken. »Nichts. Ich hatte nur einen blöden Traum.«

Ja, das musste es wohl gewesen sein.

Denn Lassiter ohne Neon-Zebramuster und Stirnband à la Olivia Newton-John in »Let's get physical«?

Das konnte nur ein Hirngespinst sein. Absolut.

»Bist du sicher?«, fragte Mary leise.

Er nickte und sah erleichtert, wie sie sich wieder zurücklehnte und den Kopf an seine Schulter legte. Über seine Brust hinweg sah sie prüfend zu Bitty und strich ihr eine dunkelbraune Locke aus dem Gesicht.

»Sie ist so tapfer«, murmelte sie.

»Das ist sie.«

»Es war schrecklich gestern Nacht in der Klinik.«

»Meinst du bevor oder nachdem sie unserer Tochter sämtliche Knochen gebrochen haben? Oder ... als ich eine Dachluke in ein unterirdisches Gebäude geschlagen habe?« Er rieb sich das Gesicht, dann nahm er ihre Hand. »Ich kann gar nicht glauben, dass wir das überstanden haben.«

»Ich auch nicht.« Doch dann lächelte sie. »Aber das macht eine Familie aus. Wir stehen Krisen gemeinsam durch. Und jede überwundene Krise macht uns stärker. Die Tage, in denen wir lachen und uns freuen, sind wundervoll und gehören zum Schönsten, was das Leben zu bieten hat. Aber die schweren Zeiten, die Hindernisse, die man nur mit Müh und Not überwindet, der Wiedereintritt ins normale Leben, wenn es die Kapsel schüttelt und der Sauerstoff knapp wird und man denkt, dass gleich alles in Flammen aufgeht, diese Erlebnisse festigen die Bindungen.«

Rhage dachte an seine Brüder. Seinen König. Die anderen Leute in diesem Haus.

Dann an Mary und Bitty.

Er blinzelte hektisch und küsste Mary auf den Scheitel. »Du findest immer die richtigen Worte.«

Sie rieb die Wange an ihm und drückte die Lippen auf seine Brust. Dann blickte sie zu der Autokino-großen Leinwand vor ihnen. »Also ... ist *Stirb Langsam* jetzt dein Lieblingsfilm?«

»Ja, ich glaube schon.« Er drückte ihre Hand. »*Stirb langsam* oder *Der Pate*. Mist ... *Der Zorn des Khan* gefällt mir auch total gut. Und jetzt setzt Ryan Reynolds ganz neue Standards. Ich weiß nicht. Es ist wie beim Eis – es gibt einfach zu viele Sorten. Außerdem ist es stimmungsabhängig, verstehst du?«

»Hm-hm. Bist du sicher, dass du nichts essen willst?«

»Ich möchte lieber noch ein bisschen hier sitzen.«

Sie gähnte, und Rhage richtete den Blick wieder auf die Leinwand und versuchte, in seine alte Stimmung zurückzufinden. Doch es gelang ihm nicht.

Es war wie zerbrochenes Glas, er konnte das Gefühl von Sicherheit und Geborgenheit nicht wieder zusammenfügen.

Über allem schwebte Lassiter, obwohl er nirgends zu sehen war.

14

In seinem Traum war Axe wieder im Zimmer von Elise. Er trug dieselbe Kleidung, die er wirklich getragen hatte, und saß an derselben Stelle am Fußende ihres Betts. Die Flügeltür zum Bad stand offen, und alles war so wie in seiner Erinnerung, die Vorhänge, die Möbel – nur verschwommen, als stünde eine Nebelmaschine in der Ecke und stieße weiße Schwaden aus.

Elise konnte er nicht sehen, aber er hörte ihre Stimme. Sie kam aus dem Bad und wurde mal lauter und mal leiser, als würde jemand mit zitternden Händen an einem Lautstärkeregler drehen.

Er merkte, dass er sehr erregt war.

Wirklich *überaus* erregt.

Und das war, bevor sie im Durchgang zum Bad erschien.

Elise sah umwerfend aus. Sie war vollkommen nackt, keine Faser versperrte ihm die Sicht auf ihren Körper – und doch konnte er keine Einzelheiten erkennen, denn der Nebel verschleierte ihre Brüste, den flachen Bauch, die Spalte ihres Geschlechts.

»Willst du mich«, sagte sie mit verzerrter Stimme.

»Beim Schleier, ja, scheiße, ja … es tut weh …«

»Sag mir, dass du mich willst.«

Er spreizte die Beine, legte die Hand auf sein Geschlecht und drückte zu. »So sehr … ich sterbe …«

»Sprich es aus.«

»Ich will dich ...«, presste er hervor.

Elise kam zu ihm wie ein Sommerhauch. Als er sie in anmutigen Schritten auf sich zuschweben sah, entfuhr ihm ein kehliges Stöhnen. Endlich stand sie vor ihm, und er streckte die Hände nach ihr aus, um sie zu berühren, um ihre warme, lebendige Haut zu streicheln. Als er sie zwischen seine Beine zog, erfüllte ihr Duft seine Nase, und sein Schwanz brüllte auf, während seine Fänge ausfuhren.

»Elise ...«

Er sah zu ihr auf, strich mit den Händen über ihre Oberarme, drängte sie, ihn zu küssen. Doch je stärker er versuchte, sie zu sich herunterzuziehen, desto mehr entglitt sie seinem Griff, verwandelte sie sich in Äther und verblasste vor seinen Augen ...

Der Wecker neben seinem Kopf ging los wie ein Donnerschlag, das schrille elektronische Piepsen war wie ein Tritt in den Hintern. Keuchend fuhr er hoch.

Das Feuer im Kamin war längst erloschen, das Cottage war kalt wie ein Kühlschrank. Er hatte sich in der Kleidung, die er bei Elise getragen hatte, hingelegt und sich nur eine Lederjacke über den Oberkörper gezogen, um die Körperwärme bei sich zu behalten.

Seine Glieder waren steif.

Ganz besonders eines.

Er rückte sich in der Hose zurecht, um nicht laufen zu müssen wie Quasimodo, und stapfte in den ersten Stock ins Bad, wo er das heiße Wasser aufdrehte. Dann schloss er die Tür, damit die Wärme drinnen blieb, und holte sich einen Satz frischer Kleidung, inklusive Socken und Springerstiefel – und zog sich erst aus, als er wieder im feuchtwarmen Bad war.

Denn ein Winter ohne Heizung im Norden von New York State lehrte einen schnell, alle Kleidung parat zu legen, bevor man unter die Dusche stieg. Tropfnass durchs Haus zu tappen, weil man irgendwas vergessen hatte, war so angenehm, wie sich an einen elektrischen Zaun zu schmiegen.

Die Duschkabine, in die er jetzt stieg, war ungefähr so groß wie ein Salzstreuer und solide wie ein Barbie-Spielhaus – außerdem gab es kalte Stellen, wenn man nicht aufpasste, wo man stand. Dafür war das Wasser eine Wohltat, und er drehte das Gesicht in den heißen Strahl und ließ es sich über Schultern und Brust laufen, über Rücken und Hintern.

Bald griff er nach der Seife.

Und was er damit anstellte, war nicht gut.

Aber seine Erektion brachte ihn fast um und wurde nur schlimmer statt besser, als das Wasser daran herabfloss und sich in seinem Kopf in die Hände von Elise verwandelte. In ihre Lippen. Ihre Zunge.

Er fühlte sich dick und schwer an in seiner eigenen Hand, hart und unnachgiebig, als er sich umfasste, und bei der ersten Bewegung stand ihm Elises Gesicht glasklar vor Augen. Er wusste, dass er sich deswegen schuldig fühlen sollte, und das tat er auch. Es war nicht okay, sich einen runterzuholen und dabei an sie zu denken, obwohl sie doch gestern zusammen die Grenze gezogen hatten.

Doch sein Verlangen nach einem Orgasmus war einfach zu stark und ließ sich nicht vertreiben.

Er beugte sich zur Seite und begann zu pumpen. Dabei musste er den Kopf in den Bizeps pressen und sich ins eigene Fleisch beißen. Er wurde immer schneller. Eine Hitzewelle rollte über ihn hinweg, zusammen mit einer Bilderfolge dieser Frau, sogar Bilder aus dieser Zigarren-Bar und dem Arbeitszimmer ihres Vaters.

Dabei war das falsch.

Aber einen heranrasenden Zug konnte man nicht mit bloßen Händen aufhalten.

Ha, ha, guter Witz.

Die Lust war messerscharf, fast unerträglich und unwiderstehlich zugleich, und gipfelte in einem heißen Orgasmus, bei dem er den Rücken durchbog und mit dem Kopf gegen die Rückwand der Dusche knallte.

Er stieß ihren Namen aus. Laut.

Doch als es vorbei war, konnte er nicht aufhören.

Bevor sich Axe erholen konnte, stieg die Flut aufs Neue an, und seine Hand arbeitete weiter. Die Lust steigerte sich, bis er die Zähne zusammenbeißen musste, die Adern an seinem Hals hervortraten, sich sein ganzer Körper zusammenzog ...

Was Axwelle wohl gerade trieb, fragte sich Elise, als sie aus der Dusche kam und sich in ein Handtuch hüllte.

Der beheizte Marmorboden verwandelte den strahlend weißen Duschvorleger in eine warme Fußmatte, und sie trocknete sich gemächlich ab, wickelte ihr Haar ein und zog ihren dicken Frottee-Bademantel über. Ja, sie war ein wenig aufgeregt, stellte sie fest, und zog Leggings und einen neuen Kaschmirpulli an, diesmal einen, der blau wie das Meer war. Dann föhnte sie sich das Haar nicht nur, sondern griff sogar zum Lockenstab.

Schließlich setzte sie sich an den Frisiertisch und legte etwas Eyeliner und Wimperntusche auf.

Eine halbe Stunde später nahm sie ihren Mantel und den Rucksack, verließ das Zimmer und ging federnden Schritts den Gang hinunter ...

Als sie an der verschlossenen Tür ihrer Cousine vorbeikam, zögerte sie. Und fragte sich, ob ein Leibwächter Allishon geholfen hätte. Würde sie noch leben, wenn ein Soldat sie beschützt hätte?

Die Antwort wäre leichter gewesen, hätte Elise gewusst, wie sie gestorben war.

Doch jetzt war keine Zeit, sich den Kopf darüber zu zerbrechen. Sie eilte ins Erdgeschoss und lief auf Zehenspitzen an der offenen Tür zum Arbeitszimmer ihres Vaters vorbei, nur für den Fall, dass er es sich doch noch einmal anders überlegte. Doch dann fiel ihr ein, dass Mittwoch war. Mittwochs hatte er seinen traditionellen Bridgeabend.

Umso besser.

Draußen war es ungewöhnlich warm für die Jahreszeit. Vielleicht war ja doch etwas dran an den Klimawandeltheorien der Menschen.

Axe wartete wie angekündigt auf Höhe der zweiten Laterne, ein Stück außerhalb des Lichtkreises.

Sie ging auf ihn zu.

»Hallo«, sagte sie leise. »Ich bin froh, dass du mich abholst.«

Er hüstelte ein paarmal und trat von einem Bein aufs andere. »Ja, hab ich doch gesagt.«

»Dann los. Direkt zur Bibliothek. Ich habe dir den Link mit der Adresse geschickt.«

»Ich weiß, wo es hingeht.«

Sie brauchte ein wenig länger als sonst, um sich zu dematerialisieren … denn er hatte offensichtlich frisch geduscht, und sein Haar war noch nass und verströmte einen herb-würzigen Seifenduft.

Er roch umwerfend.

Sie unterdrückte einen Fluch und gemahnte sich zur Ruhe. Endlich dematerialisierte sie sich und nahm einige Meilen entfernt im Schatten neben dem Haupteingang der Bibliothek wieder Gestalt an. Axe begleitete sie und erschien eine Sekunde später neben ihr.

»Da geht es rein«, sagte sie, obwohl es offensichtlich war.

»Ich bin hinter dir, aber nicht außer Reichweite.«

»Okay ... warte, warum bist du hier?« Sie wedelte mit der Hand. »Ich meine, was soll ich meinem Professor sagen?«

»Warum musst du dem alten Kerl etwas sagen? Es geht niemanden etwas an.«

»Komm schon, die Leute werden dich bemerken.« Sie lachte. »Du bist so unauffällig wie ein Laster.«

»Deswegen bist du ihnen noch lange keine Erklärung schuldig.«

Sie sah in sein undurchdringliches Gesicht und war beeindruckt, wie wenig er sich um die Meinung anderer kümmerte. Es war eine willkommene Abwechslung vom Gruppendenken der *Glymera*, mit dem sie es sonst zu tun hatte. »Weißt du, bei mir in der Familie musste immer alles seine Ordnung haben, und wenn etwas nicht ...«

Er unterbrach sie, indem er an ihr vorbeilief. »Komm, gehen wir es an.«

Elise verzog das Gesicht und holte ihn ein. »Du brauchst nicht gleich unhöflich zu werden.«

»Aber ich muss auch nicht dein Freund sein. Meine Aufgabe ist es, dich zu beschützen. Ich wurde nicht zum Plaudern eingestellt.«

So viel zu einem guten Einstieg, dachte sie, drückte die Flügeltür auf und trat in den Eingangsbereich der Bibliothek.

Obwohl sie seit Jahren hier verkehrte, sah sie sich jetzt mit neuen Augen um und bemerkte, dass die Bibliothek ganz in der Farbe von Haferbrei gehalten war. Der unverwüstliche Kunstfaserteppich, das ausgewaschene Hellbraun der Bücherausgabe, die welken Vorhänge hinter den Zettelkatalogen, all das glich dem beigen Ensemble in einer Müslischale.

»Normalerweise treffen wir uns da vorne.«

Sie ging voraus und führte ihren Leibwächter an den

Computertischen links vorbei, dann zwischen Bücherregalen hindurch bis zum dritten Sitzbereich.

Troy saß am selben Platz, an dem sie ihn in der Nacht zuvor mit den zwei Studentinnen zurückgelassen hatte. Er kehrte ihr den Rücken zu, und der Tisch vor ihm verschwand unter einem Haufen Abschlussarbeiten. Schal und Parka hatte er auf den Stuhl neben sich gelegt.

Elise hob das Kinn und ging auf ihn zu. Bei ihm angekommen, setzte sie ihr breitestes Lächeln auf. »Hallo.«

Troy zuckte zusammen und blickte auf. »Äh … hallo …«

Zum ersten Mal schob er seinen Stuhl zurück und wollte aufstehen, um sie zu begrüßen – doch sie bedeutete ihm mit einem Handzeichen, sitzen zu bleiben.

»Erfreuliche Nachrichten, ich bin wieder dabei«, sagte sie, legte ihre Sachen ihm gegenüber ab und setzte sich. »Sie sind mich doch noch nicht los.«

»Ich …« Er schüttelte den Kopf, als müsste er ihn klar bekommen. »Ich möchte Sie nicht loswerden.«

Sie errötete, als er ihren Blick hielt. »Ja, mein Vater ist zur Vernunft gekommen. Also, was kann ich heute tun?«

»Ich … äh …«

Elise kramte umständlich in ihrem Rucksack nach den Rotstiften und dem Block. »Die Arbeiten waren weitgehend korrigiert, nicht wahr? Wenn wir fertig sind, könnten wir uns vielleicht über meine Abschlussarbeit unterhalten? Außerdem könnten wir noch einmal besprechen, wie …«

Als Troy noch immer stammelte, sah sie ihn verwundert an.

Oh.

Er war blass geworden und sah mit großen Augen zu Axe auf.

Der hatte sich vor dem Menschen aufgebaut, als würde er Maß nehmen für sein Leichentuch.

15

Was war das für ein beschissener Professor, dachte Axe und taxierte dieses menschliche Stück Dreck mit den hippen Klamotten, dem vollen, langen Haar und dem verführerischen Blick, bei dem die Studentinnen reihenweise schwach werden mussten.

Waren Professoren normalerweise nicht alte Säcke mit buschigen Brauen und Tweed-Jacketts? Also die Art von Mann, die eine Frau nicht einmal auf einer verlassenen Insel ansehen würde, schon gar nicht mit dem Gedanken an Fortpflanzung, solange man ihr nicht die Pistole auf die Brust setzte?

Aber nicht nur, dass er absolut nicht alt war und keine Ellbogenflicken trug, er sah sie auch noch an, als wäre sie die schönste Frau der Welt.

Was sie zugegebenermaßen auch war.

Trotzdem.

Er musste diesen Mistkerl umbringen, hier und jetzt …

»Oh, äh, tut mir leid«, sagte Elise hastig. »Das hier ist mein, also, mein …«

»Bodyguard«, blaffte Axe. »Ich bin hier, um ihr Ungeziefer vom Hals zu halten.«

Und wie wäre es mit einer kleinen Demonstration, du Handtuch von einem Psycho-Klugscheißer. Wie wäre es, wenn ich dir beide Oberschenkel breche und eines der gesplitterten Enden als Zahnstocher verwende – nachdem ich dir mit den Fängen die Kehle aufgerissen …

»Das ist Axe«, unterbrach Elise seine Gedanken und warf ihm einen warnenden Blick zu. »Er begleitet mich, damit mein Vater beruhigt ist. Ich weiß natürlich, dass mir hier keine echte Gefahr droht.«

»Tja … also …« Der Herr Professor zerrte an seinem Hemdkragen. »Also, hm, in den letzten Jahren sind tatsächlich ein paarmal Schüsse gefallen an Universitäten. Ich, äh, kann verstehen, dass es einem Vater nicht geheuer ist …«

Nicht geheuer?

Hatte er tatsächlich *nicht geheuer* gesagt?

Du willst nicht geheuer? *Ich geb dir gleich nicht geheuer!* dachte Axe. *Wie wäre es, wenn ich dich an deinen Sneakern aus dem zweiten Stock baumeln lasse, bis du quietschst wie ein Sopran und dir alle dummen Gedanken vergehen …*

»Axe«, zischte Elise und sprang auf. »Kommst du mal mit?«

Sie nahm ihn beim Arm und lächelte diesen James Franco für Arme entschlossen an. »Entschuldigen Sie uns bitte einen Moment. Wir sind gleich zurück.«

Axe folgte ihr nur zu gern, denn auch er hatte ein paar Dinge loszuwerden.

Sie führte ihn ein Stück entfernt zwischen die Regale und schubste ihn gegen eine Reihe von Büchern über die Amerikanische Revolution.

Dann stieß sie ihm den Zeigefinger ins Gesicht. »Benimm dich gefälligst, oder du kannst gehen.«

»Wie bitte?«, presste er hervor. »Bin ich es vielleicht, der was mit einem Menschen hat? Du hättest mir auch gleich sagen können, warum du an die Uni willst. Besonders nach deinem großen Vortrag darüber, dass du ausschließlich die ›Wahrheit‹ hören willst. Oder bist du wie dein Cousin Peyton, der glaubt, einfache Leute wie mich zu belügen zähle nicht, weil wir zweiter Klasse sind.«

»Ich habe nichts mit Troy.«

»Troy. Er heißt Troy?«

»Was gibt es daran auszusetzen? Ist ein ganz normaler Name!«

»Dazu sage ich nichts …«

»Hör auf! Und da ist nichts zwischen uns!«

»Ach nein? Ich habe doch gesehen, wie er dich ansieht. Und das …« Er deutete auf ihr Gesicht. »Dein Haar und die Schminke? Das machst du doch für ihn, oder nicht? Du hast dich für deinen kleinen Freund herausgeputzt.«

»Hab ich nicht! Und er ist nicht mein …«

»Wie steht es jetzt mit der Ehrlichkeit, Schätzchen …?«

»Okay, du hast mich nicht gerade ›Schätzchen‹ genannt …«

»Wie soll ich dich sonst nennen? ›Professor‹ ist ja leider schon an *Troy* vergeben …«

»Du hast geknurrt! Du hast dich über ihn gebeugt und geknurrt!«

Hatte er das wirklich? Okay, das war nun in der Tat ein wenig bedenklich. Und sie war noch nicht fertig. Sie rückte ihm so dicht auf die Pelle, dass sie quasi an seiner Brust hochkletterte, und stieß ihm erneut den Zeigefinger ins Gesicht.

»Du warst nur noch wenige Zentimeter und einen Testosteronschub davon entfernt, die Zähne zu blecken und ihn zu töten!«

»War ich nicht!«

Sie schrien einander nun beide an – im Flüsterton. Es war lächerlich, aber zumindest waren sie hier hinten allein.

»Zeig es mir«, zischte sie.

»Was?«

Sie packte seine Oberlippe, als wäre er ein Pferd, und

zog sie hoch. »Siehst du!« Wieder der verdammte Zeigefinger. »Deine Zähne sind vollständig ausgefahren. Ich habe keine Lust auf einen Bodyguard, der meinen Prof in Stücke fetzt. Zufällig ist er der Grund, weswegen ich mich überhaupt mit dir abgebe! Also halte dich zurück, oder ich besorge mir jemand anderen!«

Axe entzog sich ihrem Griff und beugte sich zu ihr. »Fass mich nie wieder an.«

»Hatte ich ohnehin nicht vor …«

»Lügnerin.«

Sie wich zurück, als hätte er sie wüst beschimpft. Doch sie erholte sich schnell. »Du bist eifersüchtig.«

»Was? Wovon redest du?«

»Es hat dir nicht gefallen, wie er mich angesehen hat. Gib's zu. Und bevor du es abstreitest, darf ich dich an deine kleine Ansprache von gestern erinnern, von wegen, es wäre zu meinem Nutzen, dass du dich zu mir hingezogen fühlst? Du erinnerst dich? Du bist auf meinem Bett gesessen und hast es lang und breit erklärt.«

Als sie eine überlegene, makellose Braue wölbte, hätte Axe am liebsten etwas getötet. Vorzugsweise sie. Oder sich selbst. Ganz bestimmt diesen *Troy*. »Ich überlege ernsthaft, ob ich nicht doch auf Peytons Angebot eingehen soll und mich dafür bezahlen lasse, dass ich mich von dir fernhalte.«

Elise öffnete den Mund, als wollte sie weiterschimpfen – doch dann klappte sie ihn wieder zu, als wären seine Worte mit etwas Verzögerung bei ihr angekommen.

»Peyton hat *was* getan?«

»Er ist gestern Nacht zu mir nach Hause gekommen und wollte mir verbieten, den Job anzunehmen, und als ich ihm sagte, er solle sich verpissen, hat er mir Geld geboten. Er wollte mir doppelt so viel zahlen wie dein Vater, dreimal so viel, ein ganzes Jahresgehalt im Voraus.«

»Warum sollte er so etwas tun?«, hauchte sie, als könnte sie sich keinen Grund vorstellen.

»Weil Leute wie ich nur für die Arbeit an euren Häusern, Fuhrparks oder Gärten taugen.« Okay, jetzt kam er richtig in Fahrt. »Wir sind euch Reichen doch egal. Für euch sind wir ein Gut, mit dem ihr Tauschhandel betreibt ...«

»Das stimmt überhaupt nicht!«

Bevor er sich stoppen konnte, schnauzte Axe: »Ach, wirklich? Möchtest du wissen, wie mein Vater bei den Plünderungen ums Leben kam? Ich erzähle es dir nur zu gern, nachdem dir Offenheit so wichtig ist. Mein Vater ist tot, weil die feinen Herrschaften, für die er gearbeitet hat, die Belegschaft und Handwerker aus dem Schutzraum ausgeschlossen haben. Als also die Jäger kamen, wurde das gesamte Gesindel abgeschlachtet, obwohl es Raum für sie gegeben hätte. Sie haben an die verdammte Tür gehämmert und um Einlass gebettelt, aber man hat sie sterben lassen. Auf diese Weise kam der einzige Mann ums Leben, der zu meiner Familie gehörte. Und genau diese Einstellung steckt dahinter, wenn dein schwachköpfiger Cousin meint, er könne mich kaufen, oder wenn du mir Ehrlichkeit predigst und gleichzeitig lügst, dass sich die Balken biegen, was deinen Prof betrifft.«

Es folgte eine lange, angespannte Stille.

Dann räusperte sich Elise. »Es tut mir ehrlich leid, was deinem Vater zugestoßen ist. Das ist eine schreckliche Tragödie.«

Axe lachte spöttisch. »Gibt man euch diese zwei Sätze zum Auswendiglernen im Trauerseminar mit? Oder war es im Grundkurs zur Besänftigung der Unterschicht?«

Elise verschränkte die Arme vor der Brust und sah ihn einfach nur an. Und je länger sie so schaute, desto dringlicher wurde sein Wunsch, sich umzudrehen und zu gehen.

Er verstand selbst nicht, warum er es nicht tat.

»Ich glaube nicht, dass das mit uns beiden etwas wird«, murmelte sie schließlich.

»Ja, da gebe ich dir recht. Das ist wahrscheinlich der einzige Punkt, in dem wir uns je einigen werden.«

Sie drehte den Kopf zur Seite, und er versuchte zu ignorieren, wie perfekt ihr Profil war. Doch dann öffnete sie den Mund … und warf ihn flach auf die Matte.

Ohne ihn zu berühren.

»Das Make-up war für dich. Nicht für ihn. Gratulation, du bist gefeuert. Ich hoffe, du hattest Spaß dabei, dich in deinem Frauenhass und deinen selbstgerechten Vorurteilen zu suhlen. Es scheint dir ja große Befriedigung zu verschaffen.«

Damit hob sie das Kinn und marschierte ab. Triumphierend, natürlich …

Moment. Was hatte sie gerade über das Make-up gesagt???

Elise entfernte sich von Arsch – Axe, korrigierte sie sich – und konnte sich einfach nicht entscheiden, auf wen sie wütender war.

Und das wollte etwas heißen, nach allem, was er ihr vor die Füße gekotzt hatte.

Aber im Kampf um die Medaille des größten Penners der Welt lieferten er und ihr Cousin sich ein Kopf-an-Kopf-Rennen. Axe, weil er so unverschämt war, dass sie am liebsten ihre spärlichen Selbstverteidigungskenntnisse hervorgekramt und ihm das Knie in die Eier gerammt hätte, weil seine Tiraden in Heliumstimme garantiert unterhaltsamer waren, und Peyton, weil es so grenzenlos daneben war, dass er jemanden mit Geld kaufen wollte – auch noch einen Mitschüler, der für jemand anderen arbeiten wollte.

Auch wenn ohnehin nichts daraus wurde …

Axe nahm direkt vor ihr Gestalt an, sodass sie aufschrie und ein Stück zurücksprang.

Dann wurde ihr bewusst, was er gerade getan hatte. Mitten in einer Bibliothek, in der es vor Menschen nur so wimmelte.

»Bist du verrückt?« Hektisch sah sie sich um, ob irgendwer seinen Zaubertrick beobachtet hatte. »Das kannst du hier nicht bringen!«

»Als würde es die Bücher stören.« Doch dann schüttelte er den Kopf und fluchte. »Hör zu, es tut mir leid, okay? Es … tut mir wirklich leid.«

Er sah ihr fest in die Augen und wirkte aufrichtig zerknirscht. »Ich tu mir nicht leicht bei …«

Sie wartete auf das Ende des Satzes. Und während er um Worte rang, überlegte sie, ob sie ihn einfach stehen lassen sollte. Er hatte es verdient.

»Nur zu«, sagte sie leise. »Ich höre.«

»Bei diesen ganzen Beziehungssachen. Ich bin einfach nicht sehr gesellig.«

»Wirklich? Was du nicht sagst.«

»Es ist wahr.«

Wieder entstand eine Pause. Aber sie dachte nicht daran, ihm auf die Sprünge zu helfen. Entweder er bewies ihr auf der Stelle, dass er mehr war als ein hitzköpfiger Schläger mit mangelhafter Impulskontrolle und der bereits erwähnten selbstgerechten Misogynie, oder sie musste eine andere Lösung finden.

Am Ende würde Peyton den Job übernehmen.

Mit ihm hatte sie ebenfalls noch ein Hühnchen zu rupfen.

Axe betrachtete konzentriert etwas hinter ihrer linken Schulter, und als er schließlich sprach, klang seine Stimme tonlos. »Ich brauche diesen Job, okay? Ich muss mir eine Arbeit suchen. Deshalb wäre ich dankbar für ... etwas Spielraum bei den gesellschaftlichen Umgangsformen.«

Sie lachte auf. »Etwas Spielraum? Du brauchst ein ganzes Fußballfeld. Wenn es reicht. Ich bin noch nie jemandem begegnet, der so ungehobelt gewesen wäre wie du.«

Er trat von einem Bein aufs andere, und Elise bemerkte, dass er das immer tat, wenn er sich zum Bleiben zwang, obwohl er am liebsten wegrennen wollte.

»Es liegt an dir«, erklärte sie. »Ich werde dir nicht helfen. Wenn du mir noch etwas zu sagen hast, dann los. Andernfalls packe ich meine Sachen und gehe.«

Axe sah sich um, dann murmelte er: »Ich lebe allein, okay? Und beim Trainingsprogramm geht es auch nicht um Freundschaften, sondern um Leben und Tod – es fördert nicht gerade den Umgang mit anderen, es sei denn, es geht darum, sie zu töten. Wie das aussieht, hast du ja gesehen. Ich weiß nicht, wie man Konversation macht. Aber es tut mir leid, okay?«

Elise sah ihm in die Augen und schüttelte langsam den Kopf. »Ich kann nicht zulassen, dass du auf Troy losgehst. Ich weiß selber, dass er mich attraktiv findet, aber unser Verhältnis ist nie über das Berufliche hinausgegangen.«

Den kleinen Aussetzer vom Vorabend überging sie geflissentlich. Aber sie hatte kein schlechtes Gewissen deswegen, obwohl Axe sie gerade mit Unehrlichkeit konfrontiert hatte.

Okay ... vielleicht doch.

Egal.

»Du musst dich möglichst unsichtbar machen.« Sie

hob die Hand. »Und bevor du jetzt wieder anfängst, das liegt nicht daran, dass du nicht reich bist. So sieht nun mal der Job eines Bodyguards aus. Zumindest … soweit ich es aus Filmen kenne. Ich habe hier wirklich zu tun, und ich musste mich schon vor meinem Vater rechtfertigen. Ihm war ich eine Erklärung schuldig. Dir nicht.«

Axe nickte. »Einverstanden.«

Nach einem Moment holte sie tief Luft, dann deutete sie abwechselnd auf sich und ihn. »Das ist das letzte Mal, dass wir darüber reden, klar? Mit diesem Thema sind wir durch. Wenn du nicht offen sein kannst, ohne ausfallend zu werden, und du diesen Job nicht machen kannst, ohne auszurasten, dann will ich nichts mit dir zu tun haben. Und noch einmal: Nicht weil ich mich aufgrund meiner Herkunft für etwas Besseres halte, sondern weil ich es nicht verdiene, dass sich mein Bodyguard auf die Brust trommelt und zum Gorilla mutiert. Das sollte damit ein für alle Mal geklärt sein.«

Axe blinzelte.

Und dann geschah etwas Seltsames. Zumindest … empfand sie es so.

Sein rechter Mundwinkel hob sich unmerklich, aber nicht auf spöttische Art. Eher so, als hätte sie ihn beeindruckt, und jetzt würde er sich darüber wundern, dass er Respekt für eine aristokratische Vampirin empfinden konnte.

»Einverstanden.«

Er streckte ihr die Hand entgegen. »Und es tut mir leid, dass wir die Spielregeln zweimal festlegen mussten. Es wird nicht wieder vorkommen.«

Elise löste die Spannung aus ihren Schultern und schlug in seine Pranke ein. »Abgemacht.«

Dann ließen sie die Hände sinken, und Elise beugte sich ein Stück zur Seite und lugte an seiner mächtigen

Schulter vorbei. »Mist. Jetzt müssen wir versuchen, die Sache mit Troy auszubügeln.«

»Keine Sorge. Das erledige ich.«

»Warum habe ich kein gutes Gefühl dabei?«

»Schau einfach zu.«

Elise verdrehte die Augen, als Axe zurück zu ihrem Professor stiefelte. Dann rannte sie ihm hinterher.

Es war wie in *Und täglich grüßt das Murmeltier,* dachte sie. Nur mit Jason Statham statt Bill Murray …

16

Es war erstaunlich, seine Lust, den Professor zu töten, war so gut wie verflogen. Eigentlich war Axe noch nicht einmal danach, dem Menschen wehzutun, als er auf seinen Tisch mit den verstreuten Arbeiten zuging. Fast.

Nur sein dämlicher Dutt musste natürlich weg – und wie es der Zufall wollte, trug Axe ein hübsches gezacktes Jagdmesser bei sich, mit dem er die Operation durchführen konnte. Leider zweifelte er daran, dass es in sein Betätigungsfeld fiel.

Troy duckte sich auf seinem Stuhl, doch das hielt nicht lange an. Axe drang in den Geist des Mannes ein und löschte die Erinnerung an sein aggressives Auftreten aus dem Kurzzeitgedächtnis. Danach streckte er ihm die Hand entgegen.

»Hallo, ich bin Axe. Ich bin der Bodyguard von Elise. Ich möchte Sie beide nicht stören, ich setze mich einfach ...«, er sah sich um, »da drüben auf den Stuhl. Sie machen Ihr Ding, ich mache meins, und wir werden uns bestens verstehen.«

Solange du die Finger von meinem Mädchen lässt, fügte er in Gedanken hinzu.

Nicht dass Elise sein Mädchen gewesen wäre.

Scheiße.

Der Mensch kniff die Augen zusammen und rieb sich die Schläfen, als hätte er Kopfschmerzen, doch dann stand er auf und schüttelte Axe die Hand. »Freut mich,

Sie kennenzulernen. Man kann nicht vorsichtig genug sein heutzutage – erinnern Sie sich an die Schüsse in der Nähe von Manhattan vor einem Monat? Oder an den Vorfall in Kalifornien?«

Axe nickte. »Sie haben recht. Gefährliche Zeiten. Also, ich bin dann einfach da drüben und lasse Sie arbeiten.«

Er ging zu einem niedrigen Sessel, mit einem Polster so dick wie eine Scheibe Toast, und sonnte sich unter dem verblüfften Blick von Elise – den er mit einer gewölbten Braue quittierte.

Dann ließ er sich nieder und beobachtete sie.

Denn das war es doch, was Leibwächter taten, oder etwa nicht?

Natürlich behielt er auch alles andere im Auge. Ohne den Kopf zu bewegen, überwachte er permanent ihre Umgebung, verfolgte die Bewegungen der wenigen Studenten, die wie Zombies in der Bibliothek umherschlurften, mit dunklen Ringen unter leeren Augen und hängenden Schultern. Ein paar wenige Angestellte hatten Dienst, Axe identifizierte sie anhand ihres Alters und daran, dass sie nicht aussahen, als würden sie sich von Kaffee und Fertiggerichten aus Verkaufsautomaten ernähren.

In der Bibliothek war es so still, dass er die Gespräche von Troy und Elise gut verstand, obwohl sie leise redeten. Es gab lange Diskussionen über Passagen in den Abschlussarbeiten. Debatten über die Entwicklung gewisser Studenten an der Uni. Erläuterungen darüber, ob etwas plagiiert oder richtig zitiert war.

Was immer das bedeutete.

Mann, Elise war so klug, dass er sich daneben ganz klein vorkam. Sie jonglierte mit Begriffen, von denen er noch nie gehört hatte. Und dann ging es um ihre eigene

Desertation ... Destillation ... Dissertation? –, und die Gespräche wurden abgehobener.

Ihre Arbeit drehte sich um bipolare Störungen in der Adoleszenz und darum, ob man die psychische Erkrankung bei Jugendlichen in der Pubertät angemessen diagnostizieren konnte. Was immer das heißen mochte. Außerdem ging es um Behandlungsmethoden, sowohl pharmakologischer Art als auch in Form von Gesprächs- und Kunsttherapie.

Es waren große Themen, und Troy war sichtlich beeindruckt.

Als Axe das nächste Mal auf die Uhr sah, waren zu seiner Überraschung drei Stunden verstrichen, und die beiden fingen an, ihre Sachen zusammenzupacken. Axe stand auf und streckte sich, hielt sich aber im Hintergrund, um Elise zu zeigen, dass er kein wildes Tier war – außerdem hörte er ohnehin, was sie sagten.

Und er merkte genau, dass Troy kurz davor war, eine Frage zu stellen, denn er schielte immer wieder zu Axe herüber und sah aus wie ein Kind, dessen Hand in der Keksdose steckte.

Axe musterte Elise. Sie hatte wiederholte Male in seine Richtung geblickt, und er musste zugeben, dass es ihm gefiel. Anfangs waren es prüfende Blicke gewesen, weil sie dem neuen Frieden noch nicht traute und sich fragte, ob er ihren kleinen Menschenfreund gleich anspringen würde – doch später hatte er den Eindruck gehabt, dass sie ihn aus einem ganz anderen Grund ansah.

Was ihn noch mehr für den guten alten Troy erwärmte.

Als eine verlegene Pause entstand, lächelte Axe die beiden an. »Sie können vor mir frei mit ihr reden. Ich schweige wie ein Grab.«

Elise musste Axe loben. Er hatte sich nicht nur zurückgezogen, sondern sich absolut professionell verhalten, diskret, aber präsent und reaktionsbereit, für den Fall, dass sich jemand dem Tisch nähern wollte oder etwas anderes plante.

Das ließ hoffen.

Schwieriger war etwas anderes: seine gelben Augen auf sich zu spüren. Aus irgendeinem Grund fühlte sie sich unter seinem Blick lebendiger. Es kribbelte auf der Haut, obwohl er sie nicht berührte, und die Versuchung nachzusehen, ob er sie noch immer beobachtete, war wie ein beständiges, unterschwelliges Summen in ihrem Kopf.

»Tja …« Troys Blick streifte Axe. »Äh …«

Natürlich half ihm Axe' Beteuerung nicht gerade dabei, die Verlegenheit zu überwinden.

»Ja?«, hakte Elise nach. »Wenn es um Weihnachten geht, habe ich Ihnen ja schon gesagt, dass ich Zeit habe. Wir müssten uns nur einen anderen Arbeitsplatz suchen.«

»Hm, ja.« Wieder ein Seitenblick zu Axe – der einfach nur dastand und in sich hineinschmunzelte, als hätte er Spaß daran, Troy zappeln zu sehen. »Aber ich denke, wir sind mit den Arbeiten durch. Und Ihre Dissertation ist auch so gut wie fertig.«

»Ja, ich habe ein gutes Gefühl damit.«

Troy räusperte sich. »Sind Sie immer noch bereit, mir in den Winterferien bei meinem Seminar zu helfen?«

»Aber natürlich. Möchten Sie das morgen planen? Wann beginnen die Kurse?«

»Äh …« Der Mensch holte sein Handy hervor und wischte darauf herum. »Am dritten Januar. Ich habe dreißig Anmeldungen, fast alles Studenten aus anderen Fachbereichen.«

»Sehr schön. Ich freue mich darauf.«

Als sie den Reißverschluss an ihrem Rucksack zuzog, sagte er plötzlich: »Was halten Sie davon, morgen Abend mit mir essen zu gehen.«

Elise riss den Kopf hoch. Blinzelte. Versuchte, die Einladung zu verarbeiten.

Wobei das im Grunde hirnrissig war. Noch am Abend zuvor war ihr ganz genau bewusst gewesen, in welche Richtung sich diese Sache entwickelte. Doch die Begegnung mit Axe hatte so viel verändert. Zu viel.

Und sie weigerte sich, in seine Richtung zu sehen.

Aber sie brauchte auch keinen Sichtkontakt, um sich sein überhebliches Grinsen vorzustellen. Er ging davon aus, dass sie Troy einen Korb gab, und freute sich darüber.

Freu dich nicht zu früh, dachte sie und erkannte sich in ihrem Groll kaum wieder.

»Das wäre schön, Troy.« Sie formte ein Lächeln mit den Lippen. »Gerne. Aber es müsste nach acht sein. Ist das zu spät?«

Dass Axe fast die Augen aus dem Kopf fielen, bereitete ihr eine unglaubliche Genugtuung. Nicht dass sie stolz darauf gewesen wäre.

Beim Schleier, was machte sie hier?

»Perfekt.« Troy grinste, und seine Augen schimmerten. »Soll ich Sie abholen?«

»Äh … es ist vermutlich besser, wenn wir uns treffen. An was hatten Sie gedacht?«

Während sie Alternativen diskutierten – Fisch schied für sie aus, er mochte Thai, sie lieber Chinesisch, aber wie wäre es mit Ignacio's, dem brasilianischen Steakhouse? Super, abgemacht –, beobachtete sie Axe aus dem Augenwinkel.

Er war nicht glücklich.

»Gut, dann sehen wir uns morgen.« Elise zog ihren Mantel an und hängte sich den Rucksack über die Schulter. »Und noch mals danke, ich freue mich drauf.«

»Ich mich auch.«

Troy hatte ein Grübchen auf einer Seite. Sie hatte es noch nie bemerkt, dachte sie, als sie sich umdrehte und ging.

Axe schwieg auf dem Weg nach draußen, aber Elise wusste auch so, worüber sie als Nächstes streiten würden.

Auf dem Rasen wandte sie sich ihm zu und stemmte die Hände in die Hüften. »Du wirst uns nicht begleiten.«

Er wölbte eine Braue. »Wohin? Ach soooo, zu eurem Date. Oh doch, das werde ich.«

»Nein, wirst du nicht.«

»Moment, nur damit ich das richtig verstehe: Du möchtest, dass ich mich professionell verhalte, außer wenn es dir nicht in den Kram passt?«

»Ich hätte gern etwas Privatsphäre. Außerdem sind wir nicht an der Uni.«

»Meinst du nicht, dein Vater möchte, dass du bei einem Date mit einem Menschen beschützt wirst? Das will er doch bestimmt.«

»Das ist nicht nötig.« Okay, das klang selbst in ihren eigenen Ohren lahm. »Ich komme schon zurecht.«

Er schwieg einen Moment. »Okay. Wie du willst.«

Ja, klar, als ob er ihr zustimmen würde.

Während sie auf seine Einwände wartete, darauf, dass wieder Funken flogen, wurde ihr ganz heiß, und sie war sich plötzlich ihres ganzen Körpers bewusst. Gebannt beobachtete sie seine volle Unterlippe, in Erwartung, dass sie sich wieder bewegte.

»Na dann«, sagte er nur. »Bringen wir dich nach Hause. Ich muss jetzt zum Training und mich vorher noch umziehen.«

Moment ... *was?*

Axe machte eine Geste. »Nach Ihnen.«

Elise blinzelte. Dabei war es doch verrückt, enttäuscht zu sein, dass sie nicht wieder streiten würden ...

»Hast du mir sonst noch etwas zu sagen?«, fragte er.

»Nein«, murmelte sie, schloss die Augen ... und dematerialisierte sich nach Hause.

17

Am nächsten Abend versuchte Mary sicherzustellen, dass Bitty im Billardzimmer alles hatte, was sie brauchte. Aber selbst als sie das Mädchen mit einer Schale frischem gebuttertem Popcorn, einer Packung Schoko-Kekse, einer Flasche Ginger Ale, einer Flasche Wasser, der Fernbedienung für den riesigen Fernseher über dem Kamin, einem Berg von Zeitschriften – *Cosmo Girl, National Enquirer, People* – und was nicht allem ausgestattet hatte ... kam es ihr noch immer vor, als würde sie Bitty in der Wildnis aussetzen, allein, inmitten eines Schneesturms.

Es war verrückt.

Aber so waren Mütter.

Sie setzte sich auf das Sofa neben die zwei eingegipsten Beine und streichelte Bittys Fuß in der weichen Socke. »Du bist sicher, du kommst zurecht?«

Bittys Lächeln wirkte entspannt und fröhlich. »Ja, klar. Bella und Nalla kommen runter, sobald Nalla gebadet ist. Und Lassiter hat versprochen, *California High School* mit mir zu schauen.«

»Er ist eine gute Seele, dieser Engel.«

»Ja. Er hat außerdem gesagt, dass er mir die Haare färbt ...«

»*Was ...* «

»War nur ein Spaß.« Bitty grinste noch breiter. »Den Witz konnte ich mir nicht verkneifen.«

Mary hatte sich ans Herz gefasst und ihre Seidenbluse umklammert. »Großer Gott, willst du mich umbringen.«

»Vater ist auch schon vorbeigekommen. Er will heute früher aufhören und mir ein besonderes Letztes Mahl zubereiten.«

»Er hat Dienst im Audienzhaus.«

»Liegt es an dem Ausbruch der Bestie, dass er heute nicht im Einsatz ist?«

»Er braucht noch ein wenig Zeit, um sich zu erholen.«

»Gut.« Das Mädchen verstummte. »Ich habe Angst …«

»Weswegen?« Mary ging zum anderen Fuß über und massierte die kleinen Zehen in ihrer Fleece-Ummantelung. »Erzähl.«

»Was ist, wenn ihm etwas passiert? Ich meine, ich weiß, dass ihn die Bestie beschützt, aber …«

»Er hat eine Spezialausbildung, Liebling. Er verfügt über die beste Ausrüstung. Er geht keine unnötigen Risiken ein.«

»Das hat er mir auch gesagt.«

»Er würde dich niemals belügen.« Mary runzelte die Stirn. »Soll ich nicht vielleicht doch bei dir bleiben?«

»Die anderen Kinder brauchen dich. Ich habe dich dafür tagsüber.«

Du bist so hübsch, dachte Mary, als sie aufstand.

»Du kannst jederzeit anrufen.« Sie holte ihr Handy aus der Tasche und wedelte damit. »Ich habe es immer bei mir.«

»Ich weiß. Bis später, Mom.«

Mary schloss kurz die Augen. Sie konnte es noch immer nicht fassen, dass jemand sie so nannte. Neben *Shellan* war *Mom* ihr absolutes Lieblingswort.

»Bis bald. Ruf mich an, okay?«

»Versprochen.«

Als sie ging, kam ihr Lassiter entgegen. Sein schwarz-blondes Haar reichte ihm fast bis zum Hintern, und seine weiße Robe erinnerte an die Toga-Party-Szene aus *Ich glaub, mich tritt ein Pferd.*

Mary raunte ihm zu: »Schwöre, dass du ihr nicht die Haare färbst.«

Der Engel setzte eine unschuldige Miene auf. »Wusstest du, dass sie auf Pink steht?«

»Lassiter, ist das dein Ernst? Du hast uns gefälligst zu fragen, bevor du …«

»Was hast du gegen pinke Haare?«

»Nichts. Das Problem ist, wie du die Farbe hineinbekommst. Ich will nicht, dass ihr die Haare ausfallen, okay? Wenn du dem Kind die Haare vom Kopf ätzt, findet Rhage einen Weg, dich zu töten, auch wenn du ein göttliches Wesen bist. Sie hat bereits Arme und Beine in Gips, sie braucht nicht auch noch eine Glatze.«

»Nicht mehr lang«, murmelte Lassiter.

»Wie bitte?«

»Die Verbände.«

Mary schielte zu Bitty hinüber. Das Mädchen schien vollkommen zufrieden. Sie hatte sich zurückgelehnt und las eine Zeitschrift.

»Sechs Wochen erscheinen mir wie eine Ewigkeit«, flüsterte Mary. »Aber du hast recht. Das ist es nicht.«

Der Engel legte ihr die Hand auf die Schulter. »Alles wird gut.«

Etwas in seiner Stimme berührte ihr Herz und löste den Knoten wie ein Paracetamol, das den Schmerz in einem verknacksten Knöchel lindert.

»Geh nur«, sagte er. »Ich werde nicht von ihrer Seite weichen.«

»Ich liebe dich, Lassiter«, sagte sie, ohne den Blick von ihrer Tochter zu lösen.

»Ich weiß.«

Mary sah ihn an. »War das gerade ein Harrison-Ford-Zitat?«

»Ja, Leia. Aber es stimmt trotzdem. Geh nur, ihr passiert schon nichts.«

Mary umarmte den Engel kurz, dann lief sie los, durch die Vorhalle nach draußen und zu ihrem Volvo-Kombi. Als sie einstieg, gab ihr Handy einen Ton von sich, und sie schüttete die Hälfte ihrer Tasche aus, um es schnell in die Finger zu bekommen, für den Fall, dass Bitty …

Doch es war nur eine Nachricht von Rhage.

Ich freue mich schon darauf, wenn die Luft rein ist. Treffen wir uns in der Wanne?

Mary lachte. »Reine Luft« war ihr Codewort für Sex. Zu ihrer Überraschung war ihr Liebesleben noch besser geworden, seit Bitty in ihr Leben getreten war, weil sie es planen, dazwischenschieben, geheim halten mussten.

Gebongt, schrieb sie zurück. *Aber diesmal bestimme ich den Wasserpegel.*

Niemand wollte, dass es zu einer weiteren Überschwemmung kam wie bei ihrem letzten Sexabenteuer in der Wanne. Außerdem hatte Lassiter bereits alle Merchandising-Artikel von *Arielle* aufgekauft. Und wo sollten sie einen zweiten ausgestopften Tarpun unterbringen, nachdem schon der erste groß war wie ein Volkswagen?

Eine Frage, die besser unbeantwortet blieb.

Mary lächelte noch immer, als sie zwanzig Minuten später vor dem Refugium hielt. Sie betrat das Haus durch die Garage und hatte das wundervolle Gefühl, dass in ihrer Welt alles stimmte. Ihr Schritt war leicht, und sie summte fröhlich vor sich hin.

»Hallo zusammen«, sagte sie zu den Frauen, die in der Küche Lebkuchenmännchen herstellten. »Hm, das riecht köstlich.«

Sie begrüßte ein paar Kinder und ihre *Mahmens* und freute sich darüber, dass die menschliche Weihnachtstradition, die sie weitergereicht hatte, sinnvoll umgesetzt wurde.

»Gute Arbeit«, sagte sie zu einem kleinen Jungen, der seinen Lebkuchenmann unter Bergen von rotem und grünem Zuckerguss begrub.

Die Treppe in den ersten Stock war im vorderen Teil des großen Hauses, und Mary summte noch immer, als sie die Stufen emporstieg. Ihr Büro lag nicht weit von Marissas entfernt, doch als sie den Kopf durch die Tür steckte, war ihre Chefin nicht da.

Es war ein gutes Gefühl, die Aufgaben dieser Nacht nach Priorität zu ordnen: Die Berichte, die sie fertigstellen wollte, das Treffen mit der Kollegin in der Aufnahme, das Gemeinschaftsessen, bevor sie wieder nach Hause aufbrach.

Das war so viel leichter, als sich mit den traumatischen Ereignissen in Havers' Klinik auseinanderzusetzen.

Sie saß an ihrem Schreibtisch, beantwortete E-Mails, erledigte Telefonate und wollte sich gerade an ihre Berichte machen, als ihr auffiel, dass sie sich nicht an ihre Routine gehalten hatte.

»… klingt nach einer vernünftigen Lösung«, sagte sie zu der Vampirin am anderen Ende der Leitung. »Die Nähe zur Familie tut Ihnen jetzt gut. In dieser Übergangsphase brauchen Sie Hilfe und Unterstützung.«

Die Frau, mit der sie sprach, war acht Monate lang im Refugium untergekommen, nachdem ihr gewalttätiger Freund gedroht hatte, sie zu töten, als sie ihn nach zweiundzwanzig Jahren verlassen wollte. Zum Glück hatte es das Refugium gegeben, wo sie Schutz fand und nach und nach die Last von jahrzehntelanger Misshandlung aufarbeiten konnte.

Jetzt war sie wieder auf sich selbst gestellt. Und was den Freund betraf?

Auch er war jetzt ein besserer Mann.

Doch das war nicht das Ergebnis von Introspektion und Persönlichkeitswachstum, sondern eines Besuchs, den ihm Butch und Rhage eines Nachts kurz vor Morgendämmerung abgestattet hatten.

Mary hatte nicht viele Fragen gestellt, sondern eigentlich nur eine: Atmet das Schwein noch? Als man ihr das bejahen konnte, brauchte sie keine weiteren Details. Es verstand sich von selbst, dass der Kerl seine Ex nicht mehr belästigen würde. Nicht wenn ihm seine Arme, Beine, sein Kopf und seine Hoden lieb waren.

»Ich bin immer für Sie da«, sagte Mary, und das war keine leere Floskel. »Sehr schön. Ich freu mich drauf. Bis bald.«

Sie legte auf, öffnete auf ihrem Computer die Facebook-Seite und loggte sich in der Vampirgruppe ein. In der letzten Nacht hatte sie nicht nachgesehen, und ihre Hochstimmung ermöglichte es ihr, ausnahmsweise einmal ohne Magengrimmen die Posts durchzusehen, die alle absolut nichts mit Bitty zu tun hatten.

»Erledigt«, sagte sie und klickte auf …

Sie hatte sich schon fast ausgeloggt, als ihr Blick auf die kleine rote Flagge mit einer »1« bei den Nachrichten fiel.

Sie sah sich um. Als könnte sich die Person, an die diese Nachricht in Wirklichkeit gerichtet war, hinter ihrem Tisch materialisieren oder durch die offene Tür hereinkommen.

Mary hatte noch nie eine Nachricht auf Facebook erhalten. Sie benutzte das soziale Netzwerk nicht regelmäßig. Genau genommen … hatte sie erst einmal etwas gepostet, und zwar die Frage, ob irgendjemand Bittys Familie kannte, da sie keine Adresse hatten, an die sie sich mit Familienangelegenheiten wenden konnten. Insbesondere hatte sie nach diesem Onkel gefragt, von dem das Mädchen kurz nach dem Tod ihrer *Mahmen* gesprochen hatte. Dem Onkel, der sie angeblich bald abholen würde, obwohl ihn ihre *Mahmen* zu keinem Zeitpunkt erwähnt hatte.

Dem Onkel, an dessen Namen sich Bitty nicht einmal sicher erinnert hatte … Run oder so was in der Art.

Sicher war es eine Spamnachricht. Wahrscheinlich bat sie der Präsident von Nigeria, ihm bei einer Geldtransaktion zu helfen, um ihr im Gegenzug drei Millionen US-Dollar zu überweisen. Oder es war ein Angebot für Viagra oder Cialis. Vielleicht eine Porno-Seite.

Sie riss sich zusammen, zitterte aber dennoch, während sie mit dem kleinen Pfeil auf die rote Flagge fuhr und sie zweimal anklickte.

Als sie sah, von wem die Nachricht kam, schnürte es ihr die Kehle zu, und die Welt begann sich zu drehen.

»Ruhn« war der Name des Absenders.

18

Elise nahm auf dem Parkplatz vor dem Ignacio's, dem brasilianischen Steakhouse am Lucas Square, Gestalt an, prüfte ihr Haar und strich den Rock glatt. Zum Glück wehte kaum Wind, sodass die Frisur noch saß, und was den Rock betraf, hatte sie nicht vor, Marilyn Monroe über einem Lüftungsschacht zu spielen.

Und da stieg auch schon Troy aus dem Wagen und sah auf.

»Hallo!«, rief sie und trat aus dem Schatten.

Sein Lächeln kam so schnell, dass sich ihr Gewissen meldete.

»Hallo!«, sagte er. »Sie haben hergefunden.«

»Ja, ich musste die Adresse im Internet nachsehen. Ich gehe nicht oft aus.«

Troy kam ihr über den Parkplatz entgegen, obwohl er sie anschließend wieder zurück zum Eingang führen würde müssen. »Tja, das kann ich mir vorstellen, nachdem Sie so viel arbeiten. Und wow … Sie sehen … toll aus.«

»Danke.« Oh je. »Sie auch.«

Ihr Professor trug das Haar offen, es kringelte sich fast bis zu den Schultern. Er trug eine wollene Cabanjacke, eine cremefarbene Cordhose und seine Sneakers. Um den Hals hatte er sich kunstvoll einen roten Schal gewickelt.

Aber er war nicht Axe. Und eigentlich hätte das gut sein sollen.

Er hielt ihr die Tür auf und winkte sie mit eleganter Geste hinein. »Nach Ihnen.«

»Danke.«

Drinnen empfingen sie die herrlichsten Gerüche, und ihr Magen knurrte ungeduldig. Sie hatte seit letzter Nacht kaum etwas gegessen. Sie war zu abgelenkt gewesen.

Aber nicht wegen Troy.

Leider.

Eine bildhübsche Kellnerin mit dunklen Augen und Haar wie aus einem Shampoo-Werbespot empfing sie, und nachdem sie einen Blick auf Troy geworfen hatte, sparte sie sich die Mühe, Elise anzusehen. »Haben Sie reserviert?«

»Für zwei. Auf Troy. Irgendwo am Fenster.«

»Dann folgen Sie mir bitte.«

Sie nahm zwei Speisekarten und tänzelte durch das leere Restaurant. Obwohl, nicht ganz leer: Ein älteres Menschenpaar saß seitlich an einem Tisch, eine Dreiergruppe weiter hinten ... und noch ein weiteres Paar war zu sehen.

»So kurz vor Weihnachten ist es recht ruhig bei uns«, erklärte die Kellnerin.

»Danke«, murmelte Elise und nahm die Speisekarte entgegen. »Ich bin überrascht, dass Sie überhaupt geöffnet haben.«

»Ich werde bezahlt. Alles andere ist mir egal. Es kommt gleich jemand zu Ihnen.«

Die Kellnerin entfernte sich und prüfte mit einem Schulterblick, ob Troy ihr nachsah. Doch er hatte sich bereits Elise zugewandt und lächelte sie an.

»Ich freue mich, dass wir es endlich geschafft haben.« Er fuhr sich durchs Haar. »Und ich bin froh, dass wir darüber geredet haben, wie wir damit umgehen ... Sie wissen schon, sollte sich heute etwas ergeben … Ich, äh, glaube, es wäre das Beste, wenn Sie Ihren Posten als studentische Hilfskraft wechseln. Und was Ihre Promotionskommission betrifft, wäre ich ohnehin nicht beteiligt gewesen, weil ich Sie beraten habe. Auch da gäbe es also kein Problem.«

Er hatte ihr am späten Nachmittag eine Nachricht geschickt, mit Vorschlägen, wie sie mit der Situation als Professor und Studentin umgehen sollten. Elise hatte ihm in allen Punkten zugestimmt – obwohl sie die ganze Zeit über gewusst hatte, dass nie etwas aus ihnen werden würde.

Dazu dachte sie viel zu viel an Axe.

Mit dem sie natürlich auch nie etwas haben würde.

»Das soll Sie nicht unter Druck setzen«, schob Troy hastig hinterher und hob abwehrend die Hände. »Ich gehe nicht selbstverständlich davon aus, dass etwas passiert. Ich freue mich einfach über unser Treffen.«

Elise lächelte und schlug die Speisekarte auf, weil sie nicht recht wusste, was sie darauf erwidern sollte. »Oh, sehen Sie nur, diese Auswahl.«

Okay, zugegeben, der Spruch war platt. Aber es ließ sich nun einmal nichts daran ändern, dass sie den ganzen Tag an Axe gedacht hatte, daran, wie er ihr in die Augen gesehen hatte, an das angedeutete Lächeln, als sie ihn in die Schranken gewiesen hatte, an den Klang seiner Stimme.

Die Art, wie er sich in der Bibliothek in den Sessel gelümmelt …

Schluss damit.

Sie hatte bereits den Schlaf eines ganzen Tages an ihren Bodyguard verschwendet. Es kam ihr unfair gegenüber Troy vor, ihn wegen eines Kerls zu ignorieren, der noch nicht einmal anwesend war. Viel dringender musste sie herausfinden, wie sie den Menschen schonend abweisen konnte.

Ein großartiges erstes Date. Mist.

Jedenfalls würde sie nie mehr jemanden dafür kritisieren, dass er nicht offen genug war oder zu wenig von sich erzählte.

»Was nehmen Sie?«, fragte sie.

»Steak.« Als sie aufsah, lachte Troy. »Und Sie?«

»Ich weiß nicht. Vermutlich … Steak.«

Diesmal kicherten sie beide, und es war erstaunlich, wie locker die Stimmung zwischen ihnen war. Als sie Troy gegenübersaß und in seine freundlichen Augen sah, war sie weder unsicher noch nervös. War nicht auf Streit aus. Dachte keine Dinge, die in einen Erotik-Roman gehörten.

In Gegenwart ihres Bodyguards dagegen …

»Elise?«, fragte Troy, als der Kellner an ihren Tisch kam. »Möchten Sie ein Glas Wein?«

»Ja«, sagte sie hastig, obwohl sie nicht trank. »Weiß, bitte.«

»Ich nehme einen Roten.«

Der Mann in der schwarz-weißen Uniform nickte. »Als Vorspeise empfehle ich Ihnen heute unsere bla, bla, bla …«

Während seine Worte zum einen Ohr hinein- und zum anderen wieder hinausgingen, rutschte Elise nervös auf der Bank hin und her und streckte den Rücken. Zupfte an ihrem Rock herum. Strich über ihren linken Schuh.

Bis sie merkte, dass Troy und der Kellner sie ansahen, als erwarteten sie ein Ja oder Nein von ihr. »Also, das klingt gut.«

Der Himmel wusste, was man ihr bringen würde, aber das spielte keine Rolle. Sie ließ Troy reden und gab sich

Mühe, seinen Worten zu folgen. Er sprach mit leuchtendem Gesicht und gestikulierte wild, doch seine Worte drangen kaum zu ihr durch, obwohl er ihr direkt gegenübersaß.

Mann, war das heiß hier.

Sie zerrte am Blusenkragen und merkte, dass sie ihren Mantel noch gar nicht ausgezogen hatte. Daher die Hitzewallungen. Sie war in meterweise Wolle gehüllt, außerdem grillte man in dem Laden Steaks und …

Sekunde.

Plötzlich beschlich sie ein ungutes Gefühl, und sie lehnte sich ein Stück zur Seite, um an Troy vorbeizusehen.

Ganz hinten, gleich neben dem Notausgang, im dunkelsten Eck des Restaurants, saß eine einsame schwarz gekleidete Gestalt an einem kleinen Tisch vor einem Glas Wasser.

Axe' Augen glühten in der Dunkelheit.

Während er das Glas hob und ihr zuprostete.

Ach, du Scheiße …

»Wie bitte?«, fragte Troy überrascht.

Gütige Jungfrau der Schrift, hatte sie das etwa laut gesagt?

Axe lehnte sich zurück und zählte stumm die Sekunden, bis Elise sich entschuldigen würde, um zur Toilette zu gehen, und wutschnaubend auf ihn zukäme.

Zehn … neun … acht

Bingo, dachte er, als sie aufstand und in seine Richtung steuerte.

Als sie vor seinem kleinen Tisch stand, verschaffte es ihm eine perfide Genugtuung, dass sie seinetwegen so aufgebracht war. Es hatte wehgetan zuzusehen, wie sie mit diesem Menschen reingekommen war, sich mit ihm an einen Tisch gesetzt hatte, über seinen Witz gelacht hatte.

Besonders in dieser Aufmachung mit dem offenen Haar und dem Rock, der über dem Knie endete.

»Was machst du hier«, fauchte sie ihn an.

»Essen.« Er deutete auf Messer und Gabel, die vor ihm lagen, und hob die Serviette auf seinem Schoß an. »Rate mal, was ich bestelle. Steak. Ich nehme ein Steak.«

Verdammt, er sollte es sich roh bestellen, damit er es mit den Fängen zerfetzen konnte.

»Du kannst hier jetzt nicht sein.«

»Ach ja? Gibt es ein physikalisches Gesetz, das ich nicht kenne? Ich habe diese Woche gelernt, wie man Autos in die Luft sprengt, außerdem, wie man eine Granate herstellt, aus einer Cola-Dose, einer Zahnbürste, acht Zentimetern Gaffer-Tape und einem Yes-Törtchen. Aber es war nie die Rede davon, dass ich nicht essen kann, wo ich will. Also, klärt mich auf, Euer Hoheit.«

»Du. Musst. Gehen.«

»Okay, in Ordnung, das mit der Granate war gelogen. Aber ich kann dir versichern, dass ich hier essen werde.« Er deutete auf seinen Tisch. »Genau hier.«

»Das ist …«

»Unprofessionell? Ich bin privat hier. Dass ich hier speise, kann nicht außerhalb meines Dienstbereichs liegen, weil ich gar nicht im Dienst bin.«

»Du bist verrückt.

Axe wurde ernst und sah zu ihr auf. »Und du bist … wunderschön heute Nacht.«

Dieses Kompliment brachte sie komplett aus dem Konzept. Er nutzte die Gelegenheit, ihre vollen Lippen zu bewundern und ihren süßen, samtigen Hals, die Wölbung ihrer Brüste … und die Beine in der schwarzen

Strumpfhose, durch die man die glatten Waden und die zierlichen Knöchel sah.

»Du siehst umwerfend aus«, murmelte er und senkte den Blick wieder auf ihre Lippen. »Und ich weiß, dass das heute alles ihm gilt. Das ist okay. Ich akzeptiere es. Aber lass mich wenigstens in Ruhe, während ich hier sitze und dir mit diesem Mann zuschaue, damit ich deinen Anblick genießen kann. Es ist alles, was ich habe.«

Elise verschränkte die Arme vor der Brust. Ließ sie wieder sinken. Sah sich um.

Aber sie ging nicht.

»Dann hast du also auch an mich gedacht«, sagte er und war sich vollauf bewusst, dass er in verführerischem Ton sprach. »Bist du tagsüber wach gelegen? Hast du dich in den teuren Decken gewälzt und dir vorgestellt, ich wäre bei dir … in dir?«

Elise keuchte, und er beugte sich nach vorne. »Wenn wir anders nicht zusammenarbeiten können, werde ich mich verstellen. Ich werde nie mehr über diese …«, er deutete abwechselnd auf sich und auf Elise, »… Sache zwischen uns reden. Ich werde ein braver Junge sein, ich werde meine Hände bei mir behalten – auch meine Fantasien werde ich zügeln. Aber jetzt, in diesem Moment, bin ich ganz ehrlich … und in Gedanken verführe ich dich. Gleich da drüben auf dem Tisch, direkt vor seinen Augen, nur um zu beweisen, dass ich es kann.«

Axe ließ demonstrativ den Blick über ihren Körper gleiten und machte dabei keinen Hehl aus seinen Gefühlen: dem nagenden Hunger, dem bodenlosen Begehren, der unbändigen, animalischen Lust … er versteckte nichts.

Sie hätte davonlaufen sollen.

Sie hätte ihm einen weiteren ausschweifenden Vortrag um die Ohren hauen sollen, ein intellektuelles »Verpiss dich«, das so viel eleganter war, als er es verdiente.

Sie hätte ihn feuern sollen.

Um dann abzudampfen.

Elise tat nichts von alledem.

Stattdessen … blühte sie vor ihm auf. Ihr Körper reagierte, und ihr natürlicher Duft verstärkte sich zu einem Bouquet, das ihm einen steinharten Ständer bescherte.

Seine nächsten Worte waren ein tiefes Knurren: »Geh zu ihm zurück. Wenn ihr fertig seid, treffe ich dich draußen.«

Ihre Lippen, jene, die er in seinen Träumen schon so oft gekostet hatte, teilten sich, weil sie keuchte.

»Ja«, hauchte sie. »Draußen.«

Als sie sich abwandte, rief er ihren Namen. Sie blickte über die Schulter, und er sagte: »Lass dir Zeit. Mir gefällt, wie sehr die Vorfreude schmerzt.«

19

Früher im Alten Land hatte es zu den Pflichten des Königs gehört, seinen Untertanen Audienzen zu gewähren, in denen er über die unterschiedlichsten Angelegenheiten entschied, ob Streitigkeiten über Grundstücksgrenzen, *Bannung*, adelige Vereinigungen oder *Rythos*, selbst über Mord und andere Verbrechen.

Allerdings hatte Wrath sich geweigert, den Thron in Anspruch zu nehmen, und das für, oh, ein paar Jahrhunderte, darum war auch dieser Brauch auf der Strecke geblieben. Doch all das hatte sich vor Kurzem wieder geändert, und jetzt hatte Wrath die Tradition wieder aufgenommen. Die Audienzen wurden in Caldwell abgehalten, in einem Stadthaus im Federal Style, dem früheren Wohnhaus von Darius, bevor ihm der Feind eine Autobombe in den BMW gepflanzt hatte. Von Montag bis Freitag kamen nun Vampire zu ihrem großen Blinden König und suchten seinen Beistand, Rat und Segen.

Auch heute war der Terminkalender voll, dachte Rhage, während er ein weiteres Mal die Flügeltür zum Esszimmer öffnete und einen *Hellren* mit seiner *Shellan* und ihrem neugeborenen Sohn herausließ. Es waren gewöhnliche Leute, sie trugen saubere, aber gewöhnliche Kleidung, ihren kostbaren Schatz hatten sie in eine einfache Decke gewickelt. Normalerweise hätte Rhage nur genickt und sie gehen lassen, doch jetzt sah er sich die

Familie genauer an und eilte sogar voraus, um ihnen die schwere Haustür aufzuhalten.

»Sorge gut für sie«, sagte er zu dem Vater.

Der Mann war sichtlich nervös, weil ihn ein Bruder angesprochen hatte, und als er anfing zu stammeln, legte Rhage ihm die Hand auf die Schulter. »Ich weiß, dass du das tun wirst.«

»Ja, mein Herr, ja«, sagte er mit einer Verbeugung. »Ich werde ihnen mein Leben zu Füßen legen.«

Rhage lächelte die Vampirin und den Säugling an, doch er berührte sie nicht – die Vampirin ohnehin nicht, aber auch nicht den Kleinen: Das wäre unschicklich gewesen. Er war zwar gesellschaftlich hochgestellt, und es standen ihm alle möglichen Ehren und Respekt zu, doch im Alten Land wäre es undenkbar gewesen, dass ein neugeborenes Kind und seine Mutter im ersten Lebensjahr von einem Vampir berührt wurden, nicht einmal innerhalb eines offiziellen Rahmens.

Es war merkwürdig. Seit sie wieder mit den Audienzen angefangen hatten, waren Rhage und die Brüder auf alte Traditionen zurückgefallen. Es fühlte sich einfach richtig an.

Besonders in diesem Fall, jetzt, da Rhage aus eigener Erfahrung wusste, was es hieß, Vater zu sein.

»Noch mals Glückwünsche«, sagte er zu dem Paar und trat einen Schritt zur Seite, um sie hinaus in die Kälte zu lassen.

Der Vater der Vampirin wartete in der Einfahrt auf sie, in einem zehn Jahre alten Honda Accord, und als er aus dem Wagen sprang und der jungen Familie entgegenstrahlte, hätte man meinen können, dass er einen Rolls-Royce fuhr.

Rhage winkte dem Großvater, der sich so tief verbeugte, dass er beinahe vornüberkippte – dann schloss Hollywood die Tür, damit nicht alle Wärme aus dem Foyer in die kalte Winternacht hinausgesaugt wurde.

»Das gute Wetter gestern Nacht hat uns nur etwas vorgegaukelt, was?«, sagte er zur Rezeptionistin.

Beline, eine Cousine von Paradise, sah von ihrem Computer auf. »Scheußlich, oder? Sagt es nicht weiter, aber ich habe meine Pumps ausgezogen und trage dicke Wollsocken unter dem Tisch.«

Rhage nickte mit dem Kinn in Richtung des Kamins, in dem das Feuer schon ziemlich heruntergebrannt war, seit er es vor einer Stunde bestückt hatte. »Soll ich noch mal nachlegen?«

»Nein, danke.« Sie lächelte und schob ihre Brille nach oben. »Es sind nur die Füße.«

Im Moment saßen lediglich zwei Leute im Wartezimmer, aber es stand ein weiterer Schub bevor.

Eigentlich wäre Rhage lieber im Einsatz gewesen oder hätte die Trainingsschüler runtergeputzt, aber nach den Ausbrüchen der Bestie war er nicht in Topform, weshalb es vernünftiger war, diese Schicht im administrativen Bereich einzuschieben.

Schließlich mussten alle Brüder Dienste im Audienzhaus ableisten und ihre Pflicht als persönliche Leibwache von Wrath erfüllen. In Anbetracht der Bedrohung durch Menschen, *Lesser* und Angehörige der *Glymera,* die sich mit Xcors Bande verbündeten, mussten sie das Leben des Königs schützen. Daher waren immer mindestens zwei Brüder bei Wrath. Heute waren es er und Vishous, was immer ein Spaß war.

Vor allem, weil sie das Spiel Good Cop / Bad Cop so gut beherrschten. Oder vielmehr war Vishous ein Meister darin, mit seinen eisigen Augen und den selbst gedrehten Zigaretten einfach dazusitzen, sodass die Zivilisten sich in die Hosen machten, während Rhage der liebenswürdige Bulle war, der stets freundlich grinste und grüßte.

Er ging zurück und stand im schmuckvollen Türrahmen zum ehemaligen Esszimmer. Am hinteren Ende, bei der Schwingtür zur Küche, besprach Saxton gerade einige Dokumente mit Wrath. Saxton war einfach der Hammer, er dokumentierte alle Fälle und sorgte für Ordnung in den Papieren, und er wusste immer, wann er das Alte Gesetz konsultieren musste.

Der Rahmen für die Audienzen war einfach und alles andere als pompös: Er bestand aus zwei Armsesseln am Kamin, die einander gegenüberstanden, einer für den König, einer für den Untertan – wobei weitere Sessel bereitstanden, die man bei Bedarf dazuholen konnte. Die Brüder hielten sich diskret im Hintergrund, Saxton saß etwas abseits an einem Schreibtisch. Es gab einen Servierwagen mit Kaffee, Tee und Wasser, dazu Kekse und andere Knabbereien …

Ein kalter Windstoß fuhr ins Foyer, und Rhage drehte sich lächelnd um nach … dem …

… Neuankömmling …

Sein Herz geriet ins Stocken. Und blieb dann ganz stehen.

Der Vampir, der hereingekommen war, war jung und gesund, muskulös, aber unbewaffnet, soweit man sehen konnte. Er sah nach Handwerker, nicht nach Kämpfer aus. Seine Kleidung war so oft gewaschen, dass die Jeans wie ein Vorhang von den Hüften hing, und seine Jacke war viel zu dünn für Dezember. Seine Arbeiterstiefel waren abgetragen. Er trug keinen Schmuck, hatte nichts in den Händen und verströmte auch keinen sonderbaren Geruch.

Dennoch war sein Anblick wie ein Speerstoß ins Herz.

Denn sein Gesicht … war das von Bitty.

Der fremde Vampir hatte die gleiche Nase und die gleichen Wangen, das gleiche Kinn und den gleichen Mund wie Bitty, genau die gleichen Züge, nur maskulin und älter. Und dann das Haar – es hatte genau die gleiche Farbe und Fülle, obwohl es kürzer war.

Auch die Augen waren wie eine Kopie.

Der Vampir sah nicht in die Richtung von Rhage, stattdessen ging er zum Rezeptionstisch und griff sich an die Schläfe, als trüge er gewöhnlich eine Kappe und wollte sie reflexartig abnehmen.

Schnelle Schritte näherten sich von hinten, aber Rhage achtete nicht darauf, zumindest nicht, bis V mit gezogener Pistole neben ihm stand.

»Was gibt's?«, fragte er barsch.

Rhage versuchte zu antworten. Vielleicht gelang es ihm sogar. Irgendetwas drang aus seinem Mund.

»Was?«, fragte V, sah sich um, konnte aber nichts Verdächtiges entdecken. »Ist alles okay bei dir?«

In diesem Moment sah der Kerl, der eindeutig mit Bitty verwandt war, auf, als hätte er Vs Stimme gehört. V sah ihn an und fluchte.

Rhages Handy klingelte, aber er dachte nicht daran, den Anruf entgegenzunehmen.

Wie in Zeitlupe ging er auf den Neuankömmling zu.

Wer es auch war, er hatte sich wieder der Rezeptionistin zugewandt und redete leise und im Tonfall der Gewöhnlichen mit ihr – doch dann verstummte er und drehte sich um, gerade als Rhage vor ihm stehen blieb.

Wortlos blickte Rhage ihm in die Augen.

»Tut mir leid«, sagte der Kerl. »Ich habe keinen Termin. Ich war mir nicht sicher, an wen ich mich wenden soll. Ich kann auch wieder gehen. Ich gehe … ich habe meine Nummer dagelassen. Ich will keine Schwierigkeiten.«

Er hob die Fäuste, als wäre er bereit, sich zu verteidigen, selbst gegen einen Bruder – doch man sah ihm an, dass er gern darauf verzichten würde. Sein Blick war eisern, aber nicht herausfordernd, er wirkte ruhig und wachsam, während er sich einen festen Stand verschaffte und das Gleichgewicht verlagerte.

Es war die typische Vorbereitung auf eine Auseinandersetzung von einem, der den Kampf gewöhnt war, aber nicht, weil er ihn suchte.

»Wie heißt du?«, fragte Rhage und merkte zu seinem Missfallen, dass sich noch andere näherten. Vishous, Saxton … sogar Wrath.

Sag es nicht, betete Rhage. *Sag es nicht, sag es nicht …*

»Ruhn. Mein Name ist Ruhn. Meine Schwester ist vor zwei Monaten gestorben. Ich bin wegen meiner Nichte hier. Lizabitte.«

Mary ließ das Handy sinken und schlug die Hände vors Gesicht. Immer wieder las sie die kurze Nachricht auf ihrem Bildschirm und schrie innerlich, obwohl kein Laut nach außen drang.

»Rhage …«, stöhnte sie. »Gütiger Himmel …«

Wieder hob sie das Handy. Versuchte es erneut bei ihm. Landete zum vierten Mal auf der Mailbox.

Er musste beim König sein, aber warum ausgerechnet jetzt?

»Ganz ruhig«, sagte sie laut. »Schön durchatmen und entspannen.«

Es konnte alles sein. Vielleicht spielte ihr jemand einen Streich – jemand, der nur zufällig den Namen trug, den Bitty genannt hatte. Jemand, der gehört hatte, dass Mary mit einem Bruder vereinigt war, und sich einen Vorteil davon versprach, wenn er sich als Bittys Onkel ausgab … obwohl … sie sich nie als Pflegemutter zu erkennen gegeben hatte.

Oder vielleicht war das Ganze einfach ein Fehler, und die Nachricht war in Wirklichkeit für jemand ganz anderen.

Klar. Sehr wahrscheinlich.

»Verdammt, Rhage.«

Ihre Hände zitterten so stark, dass ihr das Handy entglitt und sie im Dunklen unterm Tisch danach tasten musste.

Sich zu bücken war gar nicht so verkehrt, sie überlegte ohnehin schon, ob sie sich übergeben sollte.

Sie richtete sich wieder auf und …

Marissa stand in der Tür zu ihrem Büro und sah aus, als hätte sie einen Geist gesehen. Toll. Hatte sich das Universum heute gegen sie alle verschworen? Gab es gerade Rabatt auf Schicksalsschläge?

»Mary.«

Als sie den ernsten Tonfall hörte, biss Mary die Zähne zusammen. Es betraf nicht Marissa. Hier ging es um sie. Um die Nachricht, die sie erhalten hatte.

Oder darum, dass Rhage etwas zugestoßen war.

Mary stand auf. »Sag es mir.«

»Du musst zum Audienzhaus. Ein junger Mann ist aufgetaucht und …«

»Er behauptet, Bittys Onkel zu sein.«

Marissa trat ins Zimmer. »Hat Rhage dich angerufen?«

»Nein. Ich … es spielt keine Rolle.«

Mary griff nach ihrem Mantel. Er fiel zu Boden, wie schon ihr Handy. Sie brauchte zwei Anläufe, um ihn aufzuheben, und dann kam sie nicht in die Ärmel.

»Z wartet draußen auf dich.« Marissa half Mary in den Mantel, dann klappte sie ihr den Kragen hoch wie einem Kind. »Er bringt dich hin.«

»Das ist nicht nötig.«

»Doch.« Marissa reichte ihr die Handtasche. Das Handy. Legte ihr den roten Schal um den Hals und schlang einen lockeren Knoten hinein. »Er fährt dich.«

Damit trat sie zurück, um Mary den Vortritt zu lassen. Doch Mary rührte sich nicht vom Fleck. Irgendwie gingen die Impulse ihres Gehirns auf dem Weg zu den Füßen verloren, die Befehle, aus dem Büro zu gehen, zur Treppe, runter zur Haustür. Sie zerstreuten sich wie Herbstlaub im kalten Nordwind.

Ihre Familie. Ihre kostbare kleine Familie.

Sie und Rhage, jetzt mit Bitty.

Oder vielleicht … doch nicht mit Bitty.

»Ich will einfach nur zurück«, hörte sie sich durch die Tränen flüstern, die sie nun überwältigten. »Ich möchte die Zeit zurückdrehen, hätte gerne eine Taste zum Zurückspulen, eine Möglichkeit, ins Vorher zurückzukehren. Ich will, dass wieder Tag ist und wir Filme schauen und zu dritt im Kino einschlafen.«

Es waren Wunschträume ohne jede Logik, ganz klar. Denn selbst wenn man die Stunden zurückgespult hätte, wäre die Nachricht bei ihr eingegangen … der Crash wäre trotzdem gekommen. Aber vor allem: Sollte das Schicksal so grausam sein und Bitty tatsächlich einen Onkel schicken, dann hatte Mary kein Recht, ihn dem Mädchen vorzuenthalten.

»Ich kann das nicht.« Sie schlug die Hand vor den Mund. »Ich kann nicht …«

Marissa umarmte sie, und Mary klammerte sich an ihre Freundin. Sie sprachen nicht, denn was hätten sie schon sagen sollen? Vielleicht entpuppte sich die Sache letztlich als Schwindel.

Oder er war wirklich ein ganz legaler Angehöriger, der rechtmäßig Anspruch auf Bitty erhob.

»Rhage ist dort«, sagte Mary plötzlich und riss sich von

Marissa los. »Oh Gott ... Rhage ... er ist im Audienz-haus.«

Deswegen war er nicht ans Handy gegangen. Der Onkel oder wer auch immer war im Audienzhaus aufgetaucht.

Mary rannte los, die Treppe hinunter. Eben waren ihre Beine noch wie gelähmt gewesen, jetzt flogen sie nur so über die Stufen.

Als sie an der Haustür ankam, gefolgt von Marissa, die eilig hinter ihr herlief, flossen die Tränen nur so über ihr Gesicht. Sie achtete nicht darauf. Sie hastete über den Rasen, spürte die Kälte nicht und auch nicht die Handtasche, die gegen ihre Hüfte schlug, oder wie fest sie ihr Handy umklammerte.

Zsadist war mit dem GTO von Rhage gekommen und stand neben dem Wagen, sein kahlgeschorener Kopf und das vernarbte Gesicht glänzten in der Dunkelheit wie ein Zielpunkt.

Er hielt ihr die Beifahrertür auf, und als sie hineinsprang und den Gurt nicht zubekam, beugte er sich über sie, obwohl er körperliche Nähe hasste, und steckte die Schnalle für sie in die Halterung. Im nächsten Moment saß er am Steuer, und der Motor erwachte dröhnend zum Leben.

Die Reifen quietschten, als er das Gaspedal durchtrat, der starke Motor brachte das Heck zum Schlingern, noch ehe die Reifen griffen und sie vorwärtsflogen.

Mary keuchte, während sie durch die Nacht rasten, keuchte so heftig, dass ihr schwindlig wurde und sie sich nach vorne beugen und die Hände gegen das Armaturenbrett stemmen musste.

Obwohl sie Bitty nur so kurz gehabt hatten, war das Mädchen wie ein Teil ihres Körpers, aber nicht wie ein Arm oder ein Bein. Mehr wie ein lebenswichtiges Organ.

Das Herz. Das Gehirn. Die Seele. Nur gab es in diesem Fall keine Transplantate.

Gott, sie konnte das nicht …

Zsadist legte seine Hand auf ihre und ließ nur los, wenn er schalten musste. Seine Stärke zu spüren war das Einzige, das sie davon abhielt zu schreien, bis die Windschutzscheibe vor ihr splitterte.

Sie würde diese Autofahrt bis an ihr Lebensende nicht vergessen.

Tragischerweise.

20

»Z bringt sie her«, sagte jemand.

Doch Rhage nahm kaum etwas wahr. Er war sich vage bewusst, dass er in Darius' Küche war, an einem Tisch für acht bis zehn Leute, an dem aber nur einer saß.

Ein ins Mark getroffener, schockgelähmter armer Tropf, der sich auf das Schlimmste gefasst machte.

»Mary«, sagte er mit gebrochener Stimme. »Sie hat mich angerufen …«

Das Gesicht von Wrath schob sich in sein Blickfeld, als der König neben ihm Platz nahm. Durch die Panorama-sonnenbrille spürte Rhage die Kraft und Unterstützung, die sein Bruder und Herrscher spendete. »Z fährt sie in deinem Auto. Sie werden bald hier sein.«

»Wo ist …« Was hatte er sagen wollen?

Die Hintertür zur Küche ging auf, und wieder kam ein Schwall kalter Luft herein – wie schon vor zwanzig Minuten.

Sobald er den Geruch von Mary wahrnahm, sprang er auf und drehte sich um. »Mary …«

»Rhage …«

Sie trafen sich irgendwo beim Herd, und er presste sie so fest an sich, dass sie vermutlich keine Luft mehr bekam.

»Alles wird gut«, murmelte er, als er ihre Tränen roch. »Wir schaffen das …«

Blödsinn. Er hatte keine Ahnung, ob sie es schaffen

würden. Aber sie zitterte so stark in seinen Armen, dass sie wahrscheinlich ohnehin nicht viel hörte.

Verdammt, ein Hurrikan war über sein Leben hereingebrochen, die Balken seiner erbärmlichen Existenz ächzten und bogen sich im Wind und würden bald brechen. Der Regen peitschte gegen die Hütten an seinem Strand, die Türen schlugen, die Dachziegel lösten sich nacheinander, die Fenster barsten …

Nicht dass er dramatisierte.

»Komm«, sagte er heiser. »Setz dich.«

Er zog Mary an den Tisch und drückte sie auf den Stuhl neben dem König.

»Wo ist der … wo ist er?«, fragte Mary.

»Bei V. V redet mit ihm.« Rhage rieb sich die Schläfen und stellte fest, dass er rasende Kopfschmerzen hatte. »Sie, äh, sind in die Bibliothek gegangen, gleich hinter … es ist egal. Du weißt, wo die Bibliothek ist.«

Was faselte er da vom Grundriss?

Wrath meldete sich zu Wort. »Vishous nimmt seine Daten auf und wird sie mit Saxtons Hilfe überprüfen. Ich halte es für besser, wenn ihr beide nicht mit ihm zusammentrefft oder ihn sprecht, bis wir die Scheiße geklärt haben.«

Er sagte es freundlich, doch es war kein Vorschlag. Aber Rhage gab ihm ohnehin recht: In diesem Fall war es besser, auf Distanz zu bleiben.

»Das stimmt«, sagte Mary, und ihre Stimme klang hohl. »Wir haben hier einen Interessens…«

»…konflikt«, führte Rhage zu Ende.

Er setzte sich nun ebenfalls, nahm Marys Hand und spürte, wie sie seine drückte … dann schwiegen alle.

Von Zeit zu Zeit sah er sich in der Küche um, die glänzenden Arbeitsoberflächen, der exklusive Kochherd mit den acht Gasflammen, der Kühlschrank. Da es Nacht war, waren die Fenster über der Spüle, neben dem Tisch, an dem sie saßen, ihnen gegenüber nichts als schwarze Flächen, unterbrochen durch weiße Stege.

»Was meint ihr, wie lange es dauert?«, fragte Rhage in den Raum.

»Wir müssen einfach abwarten«, flüsterte Mary. »Die Antwort steht längst fest, wir müssen sie nur noch erfahren.«

Rhage sah sie an und stellte erschüttert fest, dass der Schmerz alle Farbe aus ihrem Gesicht gewaschen hatte, ihre Pupillen waren geweitet, ihre Hände zitterten.

Hätte jemand auf sie geschossen, er hätte sich vor sie geworfen und die Kugel mit seinem Körper abgefangen.

Und tatsächlich fühlte er sich, als hätte ihn eine Kugel durchbohrt. Zu dumm nur, dass es sie beide erwischt hatte.

Rhage sah auf seine neue Uhr. Er hatte sich eine ganz ähnliche gekauft, wie er sie Mary zu Beginn ihrer Beziehung geschenkt hatte.

Scheiße, er wusste nicht, ob er wollte, dass Vishous möglichst schnell oder erst in einigen Stunden kam.

»Wie sah er aus?«, flüsterte Mary. Als er nicht antwortete, räusperte sie sich. »Sei ehrlich. Wie sah er aus.«

Es dauerte eine Weile, bis Rhage sein Schweigen brach, und als er sprach, waren es nur zwei Worte.

»Wie sie. Er sah ... genauso aus wie Bitty.«

21

Axe war in der Hölle – und labte sich am Schmerz.

Er saß in seiner abgeschiedenen Ecke in dem Restaurant und sah Elise dabei zu, wie sie den Menschen anlächelte. Den Kopf schief legte, als würde der Professor gerade etwas besonders Interessantes erzählen. Gestikulierte. Lachte.

Sie blickte diesem anderen Mann in die Augen. Stieß mit ihm an. Kostete ein Stück von seinem Teller.

Und die ganze Zeit über war sie so überirdisch schön im flackernden Licht der Kerze auf dem Tisch, das über ihr Gesicht und ihren Hals huschte, über ihre Schultern und ihr Haar.

Es war unerträglich, dass sie mit einem anderen am Tisch saß. Ekelhaft, dass sie zusammen aßen – was Axe intimer erschien als der Sex, den er regelmäßig hatte. Und was sich der Professor zweifellos von diesem Abend versprach, weckte Gewaltfantasien in seinem Kopf.

Aber der Schmerz war herrlich, die Eifersucht eine Qual, die er genüsslich aufsog. Er öffnete sich ganz für die Tortur, ausgeschlossen zu sein und zusehen zu müssen.

In diesem Moment liebte er sie, obwohl er sie kaum kannte, denn sie eröffnete ihm den Zugang zu dieser köstlichen Folter. So schön Elise körperlich war, die Macht, die sie über ihn besaß, machte sie zur Göttin.

»Darf ich Ihnen noch etwas bringen?«, fragte der Kellner.

Axe schüttelte den Kopf. »Die Rechnung bitte.«

»Sehr wohl.«

Der Kellner platzierte eine Ledermappe neben seinem Ellbogen und marschierte ab. Axe konnte es ihm nicht verübeln. Er hatte nur Wasser und Brötchen zu sich genommen – bevor er es krachen ließ und einen Kaffee bestellte.

Die Rechnung belief sich auf fünf Dollar. Er hinterließ den einzigen Zehner, den er besaß, und dachte, hey, wow, fünfzig Prozent Trinkgeld. Was war er doch für ein Großkotz.

Als er einen letzten Schluck Wasser trank und Elise schon wieder lachte, hatte er einen untypischen und unangenehmen Moment der Selbsterkenntnis: Konnte es sein, dass dieses Verhältnis total ungesund war?

Auf ihre eigene, fast unschuldige Weise beherrschte Elise seine Welt. Sie zwang ihn in die Knie. Beanspruchte seine volle Aufmerksamkeit, ohne sich dessen im Geringsten bewusst zu sein.

Er würde eine Gegenleistung fordern. Sobald er sie allein erwischte.

Sie würde sie ihm nicht verwehren.

Auch am Tisch von Elise wurde nun die Rechnung gebracht, und nachdem sie bezahlt hatten, standen die beiden auf. Das war das Stichwort für Axe, sich durch den Notausgang hinauszustehlen. Er drückte die Querstange an der Tür hinunter, was glücklicherweise keinen Alarm auslöste, und trat ins Freie. Erst an der frischen Luft merkte er, wie stark es in dem Restaurant nach Steak gerochen hatte.

Sein ganzer Körper war von einem Summen erfüllt, daher spürte er die Kälte nicht. Er hielt sich im Schatten des eingeschossigen Gebäudes und ging zur Vorderseite. Seine Stiefel knirschten auf dem gefrorenen Untergrund. Der Eingang zum Restaurant hatte ein Vordach ohne Seitenwände, und darunter lag eine dicke Matte auf dem Gehweg, wie eine Billigversion des roten Teppichs bei einer Filmpremiere.

Das glückliche Paar kam einen Moment später raus, und Troy legte den Arm um die Hüfte von Elise, als sie die drei niedrigen Stufen bis zu dem Läufer hinunterstiegen.

Axe spürte, wie seine Fänge ruckartig ausfuhren. Doch er rührte sich nicht vom Fleck.

Eine Windbö erfasste ihr Haar und blies es gegen die Schulter des Professors, wo es wie ein Fächer lag.

Elise lachte, fing ihr Haar auf, drehte es ein und steckte es in ihren Mantelkragen. Dann redeten die beiden weiter. Es war nicht schwer zu erraten, worum es ging. Der Mensch deutete auf den Parkplatz, als böte er an, sie heimzufahren. Sie schüttelte den Kopf. Er deutete erneut zu den Autos. Sie berührte seinen Unterarm und schüttelte noch einmal den Kopf.

Sie erzählte ihm irgendeinen kolossalen Schwachsinn, warum er sie nicht heimfahren konnte.

Axe lächelte so breit, dass seine Zähne im Dunkeln blitzten. Nein, sie würde nirgendwohin mit dem guten alten Langhaar-Professor gehen. Und sie wusste ganz genau, wo Axe war, denn der Wind trug den Geruch seiner Erregung direkt in ihre Nase, während der Mensch nichts von seiner Gegenwart ahnte.

Diese schwanzlosen Ratten waren solche Nieten.

Aber dafür bekamen sie keinen Kuss beim ersten Date. Oh nein.

Es war offenkundig, wann Troy sich entschied, sein Glück zu versuchen. Doch Elise trat einen Schritt zurück und steckte die Hände in die Manteltaschen. Und ihr Begleiter respektierte ihre Abweisung und hob zum Abschied die Hand.

Was ihm verdammt noch mal das Leben rettete.

Elise stand unter dem Vordach im Wind, während der Kerl in einen netten soliden Subaru stieg und ausparkte. Dann hielt er noch einmal vor dem Vordach, fuhr das Fenster herunter und ließ grinsend irgendeine Bemerkung los. Sie lachte. Winkte.

Und Tschüss, Mensch.

Elise wartete, bis die Rücklichter verschwanden, dann ging sie die Straße hinunter.

Und drehte sich nach ihm um.

Sie kam zu ihm.

Axe blieb, wo er war, und überließ ihr das Laufen.

Als sie vor ihm stand, schnurrte er, dann fragte er: »Wie war das Essen?« Seine Stimme wurde zum Knurren: »Warst du zufrieden?«

Ihre Lippen teilten sich, und ihr Atem ging schwer. »Er war sehr unterhaltsam.«

»Ich habe nicht nach ihm gefragt. Wie war das Steak?«

Damit legte er die Hand um ihren Nacken und zog sie an sich, wobei er ihr die Hüften entgegenreckte, sodass sie genau spürte, was sie in ihm auslöste.

Elise keuchte auf. Ihre Augen schlossen sich, und sie erschlaffte.

Er drückte sie gegen die Hauswand und hielt sie mit dem Körper fest, während er ihr Haar befreite, sodass der Wind es hin und her peitschen konnte. Dann stützte er die Hände rechts und links neben ihrem Kopf auf den kalten Stein und neigte sich dicht an ihr Ohr.

»Also, wie war er …«, sagte er gedehnt.

Bevor sie antworten konnte, nahm er ihr Ohrläppchen zwischen die Lippen und saugte daran, bevor er ganz leicht mit einem seiner Fänge hineinbiss.

»Hm?« Er fuhr die Zunge aus und leckte an ihr. »Wie war er?«

Als Antwort legte sie die Hände auf seine Schultern und packte so fest zu, dass er ihre Nägel durch die Lederjacke spürte. Oh … *fuck,* er wollte nackt sein und erneut gepackt werden, sodass sie kleine sichelförmige Blutergüsse auf seiner Haut hinterließ. Und dann sollte sie ihn wild in den Hals beißen und von seiner Vene trinken.

Axe fuhr mit der Unterlippe über ihren Kiefer und blieb einen Millimeter von ihrem Mund entfernt stehen. »Du hast meine Frage nicht beantwortet, Elise.«

Sie atmete genauso schwer wie er. Sie war erregt und bereit für ihn, ihr Geschlecht war für ihn erblüht. Er musste nur zugreifen. Was für eine Genugtuung. Dieser blöde Mr. Perfekt mit seinen hippen Sneakern und dem Schal, der ihr den ganzen Abend beim Essen gegenübersitzen und sie mit seinem Witz und geistreichen Bemerkungen unterhalten durfte, würde nie eine derartige Reaktion bei ihr hervorrufen.

Niemals.

»Wirst du dich noch einmal mit ihm verabreden?«, fragte er gedehnt. »Denn ich glaube, das solltest du.«

Sie sah ihn befremdet an. »Was …?«

»Es macht mir Spaß, euch zuzusehen.«

»Warum?«

»Weil es wehtut. Jetzt gib mir, was ich will«, knurrte er und küsste sie ungestüm.

Die voll besetzte Theke im Club war lang, laut und ein Witz – mal abgesehen vom Alkohol. Novo signalisierte dem Barmann, ihr noch einen Scotch zu bringen, und betrachtete die Männer und Frauen, die sich am Tresen drängten wie Vieh am Trog.

Sie hätte sie total verachtet.

Wäre sie nicht Teil der Herde gewesen.

»Bitte«, sagte der Barmann. »Geht aufs Haus.«

Der Kerl war groß und nicht ganz ihr Typ, aber der rasierte Schädel, die Tätowierungen auf der Brust und die Flesh Tunnels in den Ohren waren genau ihr Ding.

»Danke.« Sie prostete ihm zu. »Wann machst du hier Schluss?«

»Um vier.«

»Gut zu wissen.«

Sie machte sich auf den Rückweg zu ihrem verhassten Platz, der sie leider magisch anzog.

Wie üblich hatte Peyton das Treffen im Ice Blue angeleiert, einem Techno-Club, ohne den er offensichtlich nicht leben konnte, und wie immer hatte er ihnen eine vertieft liegende Sitzgruppe in der VIP-Lounge gesichert, die durch eine Samtkordel vom Bereich für das gemeine Volk abgetrennt wurde.

Der Security-Typ machte ihr den Weg frei, als sie auf ihn zukam. »Schon zurück?«

»Hab meinen Drink. Alles gut.«

Er sah verwirrt aus, doch sie ließ ihn alleine rätseln, warum sie sich ihren Scotch lieber an der Bar holte, obwohl in Peytons schnuckeligem Sex-Pit nur die besten Spirituosen serviert wurden.

Nicht dass hier irgendwelche Orgien stattgefunden hätten.

Boone klammerte sich noch immer an seinen ersten Wodka-Cranberry, während er die Menschen mit dem distanzierten Blick eines Insektenkundlers betrachtete. Paradise und Craeg waren entspannt und hatten es nicht eilig, irgendwohin zu kommen – typisch für ein Paar, das vögeln konnte, wann immer ihnen danach war. Und Peyton? Er hing mit drei geklonten Versionen seiner selbst ab, Vampir-Heten in teuren Anzügen aus Seide mit engen Hosen.

Ihre gewölbten Brauen, knappen Gesten und über-
hebliche Art waren schwerer zu ertragen als das Eau de
Cologne, das sie verströmten.

Definitiv nicht ihr Typ.

Sie setzte sich wieder neben Boone, schlug die Beine
übereinander und lehnte sich auf dem glatten Polstersessel zurück. Warum man Sitzgelegenheiten für Betrun-
kene mit gefettetem Schweinsleder bezog, war ihr ein
Rätsel, aber in diesem Club ging es, genau wie bei Peyton, in erster Linie um die Erscheinung. Vor dem Eingang standen die Besucher Schlange wie vor einem Ca-
sting-Termin für den *Bachelor* – was ihnen dank Peyton
erspart blieb –, hinter dem Club reihte sich Mercedes an
Mercedes, und wenn sie noch einen Möchtegern-Scott-
Disick sah, der eine studiogebräunte vollbusige Schnep-
fe anbaggerte, würde sie ...

Heilige Scheiße.

Sie langweilte sich mit ihrem Selbstgespräch. Warum
ging sie nicht einfach?

Die Antwort stand direkt gegenüber in der niedrigen,
teppichbespannten Mulde. Und natürlich blickte Peyton nicht in ihre Richtung.

Nein, Peyton beugte sich vor und sah an einem seiner
seidengewandeten Kumpel vorbei, und obwohl er seine
blaugetönte Sonnenbrille trug und von Kunstnebel umgeben war, der von Laserstrahlen durchzuckt wurde, war
offensichtlich, wen er beobachtete.

Was er wollte.

Paradise.

Und je länger Novo beobachtete, wie er ihre Mitschülerin ansah, desto mehr wuchs ihr Verdacht, dass seine Obsession einen Teil seines Reizes ausmachen musste. Schließlich verkörperte er alles, was sie abstieß, und
doch entging ihr nie, wenn er den Raum betrat oder

verließ. In welcher Stimmung er war und ob er aß oder trank oder an seinem Handy herumspielte. Sie bemerkte es, wenn sein Haar frisch geschnitten war und wenn es länger wurde. Wenn er traurig oder erschöpft war oder nicht geschlafen hatte.

Wenn er am Ende einer Clubnacht mit Menschenfrauen auf den Toiletten vögelte.

Es war wie ein verdammtes Zielfunksignal – nur dass es sie zu einem Haus rief, in das sie keinen Schritt setzen wollte, geschweige denn einziehen.

Also musste seine Abhängigkeit von Paradise, seine Unerreichbarkeit Grund für ihre Faszination sein.

Eine andere Erklärung gab es nicht …

Paradise beugte sich vor und sagte etwas zu Peyton … und er schien sich halb totzulachen darüber. Er warf den Kopf in den Nacken, so witzig fand er das Gesagte.

Novo stürzte die Hälfte von ihrem Scotch hinunter.

Als sie den Kopf wieder senkte, stand Peyton vor ihr.

»Hey, wir brechen auf. Wir sehen uns morgen im Unterricht.«

Er tätschelte ihre Schulter und ging an ihr vorbei, gefolgt von seinen drei Ebenbildern, wie Wasserskifahrer hinter einem Schnellboot.

Boone stand auf und streckte sich. »Ich sollte besser auch nach Hause. Bis morgen.«

»Wir packen es auch.« Paradise lächelte und nahm Craegs Hand. »Viel Spaß noch.«

Tja, da war es nur noch eine.

Zum Glück machte es ihr nichts aus, allein gelassen zu werden, das war das Gute daran, wenn man so eigenständig war wie sie. Aber irgendwie dämmerte ihr in dieser Nacht, dass die anderen Paradise nie auf diese Weise sitzen gelassen hätten.

Nicht dass Novo etwas gegen Paradise hatte oder Peytons Objekt der Begierde für schwach hielt. Es erschien ihr nur … merkwürdig. Irgendwie.

Egal.

Novo blickte an den leeren Plätzen vorbei zu den Menschen, die sich jenseits des VIP-Bereichs tummelten. Es gab hier vermutlich dreihundert Kerle, die sie vögeln hätte können, inklusive Mr. Vier-Uhr-Morgens von der Theke, und genauso viele Frauen, sollte sie dazu geneigt sein.

Schade nur, dass sie niemand reizte …

Peyton tauchte wie aus dem Nichts vor ihr auf … sodass sich Novo schon fragte, ob sie ein Hologramm heraufbeschworen hatte.

»Hab mein Handy vergessen.«

Also doch echt – ein Hologramm hätte sich kaum für seine Anwesenheit gerechtfertigt.

Doch statt an dem Platz zu suchen, wo er gesessen hatte, blieb er vor ihr stehen.

»Ja?«, fragte Novo gedehnt.

»Und was machst du so?«

»Ich sitze hier.« Sie deutete auf die Sitzgruppe. »Ich dachte, das wäre offensichtlich.«

Als sein Blick an ihr herabwanderte, wurden ihre Augen schmal. »Die Frage ist eher … was machst du hier, Peyton?«

22

Im Rücken hatte Elise die harte Wand, vor sich Axwelles noch härteren Körper, und nirgends wäre sie lieber gewesen als hier.

Besonders, als er sie küsste.

Er war genauso hungrig und fordernd wie in ihrer Fantasie. Sein Mund presste sich auf ihre Lippen, seine Hände waren rau, als er gierig über sie herfiel wie über eine köstliche Mahlzeit – und bei der Jungfrau der Schrift, sie war mit vollem Eifer dabei. Sie drückte ihm die Brüste entgegen, krallte sich an seinen Schultern fest, gab sich ihm hin.

Der Kuss war wie in ihren Wunschträumen und noch besser, die kalte Dezembernacht verschwand aus ihrer Wahrnehmung und schmolz in der Hitze der Leidenschaft dahin.

Aber was hatte er da gerade gesagt? Sie sollte sich noch einmal mit Troy treffen?

Sie schob ihn von sich, bis sich ihre Lippen voneinander lösten. »Ich verstehe nicht …«

Axe legte seine großen Hände um ihr Gesicht und schob die Hüften vor. Seine mächtige Erektion drängte gegen ihren Bauch, weil er so viel größer war als sie. »Warum die Unterbrechung?«

Gute Frage. Wenn auch nicht sehr höflich gestellt.

»Warum möchtest du, dass ich mich noch einmal mit Troy treffe?«

Sie hatte sich den ganzen Abend lang dazu zwingen müssen, sich auf den Menschen zu konzentrieren, dem Gespräch zu folgen, im passenden Moment die richtigen Fragen zu stellen, zu lachen, wenn es erwartet wurde. Denn Axe in seiner dunklen Ecke hatte sie komplett abgelenkt. Er war wie eine finstere Gewitterwolke am Horizont gewesen, die schönste, die sie je gesehen hatte.

Während sie sich näherte.

»Warum?«, bohrte sie nach. »Wenn es dir so wehtut …«

»Weil es mich anmacht.«

Axe senkte den Kopf und küsste sie erneut, seine Lippen waren weich wie Samt, die Zunge forsch und verlangend. Oh, wie sehr sie ihn wollte. Ihre Brüste verzehrten sich nach seinen Händen, seinem Mund, zwischen ihren Lenden war ein Feuer entbrannt, ihr …

Elise befreite sich gewaltsam von ihm und lief ein kleines Stück umher, um einen klaren Kopf zu bekommen. »Nein. Ich werde mich nicht noch einmal mit ihm verabreden. Ich werde ihn nicht benutzen. Ich will, dass du mich meinetwegen willst. Wenn ich dir ohne geheime Spielchen nicht reiche, fein – ich werde dich ganz bestimmt nicht ködern, indem ich dir die kalte Schulter zeige.«

Als Axe lächelte, waren seine Fänge vollständig ausgefahren. »Auch gut. Ich nehme dich auf jede Art.«

Wow, ziemlich zweideutig. Und bei der Jungfrau der Schrift, wie er sie mit diesen gelben Augen ansah – als stünde sie bereits vollkommen entblößt vor ihm.

Warum also nicht in die Vollen gehen, entschied sie.

»Wohin können wir gehen?«, fragte sie heiser.

»Ich habe ein Haus, nicht weit von hier. Dort sind wir sicher und ungestört.«

Sein Handy klingelte irgendwo in seiner Tasche, und

sie fluchte über die Unterbrechung. Doch er machte keine Anstalten, danach zu suchen. Sie nickte ihm zu. »Willst du nicht drangehen?«

»Nein.«

»Und wenn es ein Notfall ist?«

»Es gibt niemanden, der mich im Notfall anrufen würde.« Seine Augen hefteten sich auf ihren Mund. »Also, kommst du nun mit zu mir nach Hause?«

»Ja«, flüsterte sie. »Aber wie finde ich hin?«

»Dafür kann ich sorgen.«

Sie kramte in ihrer Tasche. »Ich weiß, es klingt albern, aber ich habe immer einen kleinen laminierten Stadtplan von Caldwell dabei und …«

»Elise.« Als sie aufsah, lächelte er wieder mit seinen riesigen Fängen. »Sieh her.«

Damit zog er den Ärmel seiner schwarzen Lederjacke hoch und legte seinen Unterarm frei. Dann hob er ihn mit der Innenseite an den Mund, fauchte und stieß seine scharfen Fänge ins Fleisch.

Elise entfuhr ein erschrockenes Keuchen, doch bald stieg der betörende, weinartige Geruch seines Blutes zwischen ihnen auf, und sie leckte sich die Lippen.

Er streckte ihr den Arm entgegen und sprach mit tiefer Stimme: »So findest du mich überall. Nimm, Elise. Lass mich zusehen, wie du von mir trinkst. Jetzt.«

Ihre Fänge prickelten und fuhren aus, und sie dachte keine Sekunde an das Dutzend Regeln, das sie brach: *Von einem Gewöhnlichen! In der Öffentlichkeit! Ohne Zeugen! Sexuelle Erregung auf beiden Seiten!*

Scheiß drauf. Sie verscheuchte die mahnenden Stimmen aus ihrem Kopf, packte seinen muskulösen Unterarm und zerrte sein Handgelenk an den Mund. Dann umschloss sie die Wunde mit den Lippen und begann zu saugen. Sein Geschmack war das stärkste Rauschmittel, das ihr je begegnet war, er durchdrang sie und benebelte ihre Sinne.

»Oh … ja«, stöhnte er. »Scheiße … *ja.*«

Mit einem Schlag hatte sich die Dynamik zwischen ihnen verkehrt: Seine Knie brachen ein, und er sank kraftlos an die Wand, Elise wurde zur Angreiferin und Axe zur Beute.

Und während sie von ihm trank, blickte sie unentwegt auf die Wölbung in seiner Hose.

Das, entschied sie, war es, was sie wollte.

Und sie würde es bekommen.

»Ich habe mein Handy verloren.«

Als Peyton seinen Satz wiederholte, rang Novo sich ein angedeutetes Lächeln ab. »Das sagtest du bereits. Warum suchst du dann nicht danach?«

Er tat, als würde er prüfend seine Anzugjacke abklopfen. »Na so was, da ist es ja.«

»Tja.« Sie schwenkte ihren Scotch. »Wo sind deine drei Freunde geblieben?«

»Keine Ahnung. Ist mir egal.«

»Egoist.« Sie kreuzte umständlich die Beine und rieb die Oberschenkel in der ledernen Hose aneinander. Es war erbärmlich, wie ihr Geschlecht auf ihn ansprang. »Du bist echt scheiße, Peyton, weißt du das?«

»Ja.«

»Also?«, bohrte sie nach.

»Möchtest du was trinken?«

»Ich habe schon einen Drink.«

»Hast du Lust, mit zu mir zu gehen?«

Novo wölbte eine Braue. »In das Haus von deinem Vater, meinst du.«

»Nein, ich habe eine Suite im Sterling. Dort schlafe ich manchmal.«

»Hätte ich mir denken können«, erwiderte sie trocken. »Jemand wie du schläft natürlich nicht im Motel. Dann erzähl mal: Was werden wir wohl tun, wenn ich mit zu dir in diese Suite gehe?«

Er ließ den Blick von ihrem Mund über ihre Brüste zu ihren Schenkeln wandern … und ganz gemächlich wieder zu ihrem Gesicht. »Was wir wollen.«

»Vögelst du mich gerade in Gedanken, Peyton?«

»Ja«, knurrte er.

»In deinem schicken Hotelzimmer?«

»Es ist eine Suite, kein Zimmer. Nein. Ich stelle mir vor, dass du dich über dieses Sofa beugst, die Hose unten, meine Zunge in deiner Möse, während du in meinem Gesicht kommst. Dann ficke ich dich mit dem Schwanz durch.«

Ein elektrischer Schlag durchzuckte sie, und das war schön und scheiße zugleich, denn so etwas durfte man in Gegenwart eines Penners wie ihm einfach nicht empfinden.

Doch auf so etwas nahm die Natur keine Rücksicht.

»Macht dich das an?«, fragte er gedehnt.

»Vielleicht.« Sie leerte ihren Scotch, stellte das Glas ab und stand langsam auf. Dann sah sie ihm in die Augen, denn sie war genauso groß wie er, und sagte: »Aber ich habe eine bessere Idee.«

»Ach ja?«

Sie beugte sich auf ihn zu und steckte die Hand zwischen seine Beine. Zu ihrer Freude sog Peyton scharf die Luft ein, als hätte sie ihn höllisch überrascht. Sie streichelte ihn durch die feine, perfekt sitzende Hose und erwog, ihn mitten im Club für sich kommen zu lassen.

Doch das hatte er nicht verdient. Nicht nachdem er die ganze Nacht lang eine andere angeschmachtet hatte.

Eine andere gewollt hatte. Sich gewünscht hatte … bei einer anderen zu sein.

Sie fuhr mit einem ihrer Fänge an seinem Hals entlang und flüsterte ihm ins Ohr: »Ich finde, du solltest in deine Suite gehen, dich ausziehen … und an Paradise denken, während du dir ein paar von der Palme schüttelst.« Sie zog die Hand zwischen seinen Beinen hervor und trat zurück. »Ich spiele nicht den Ersatz für eine andere. Dafür gibt es hier zweihundert Menschenfrauen, die deine Samenspende freudig entgegennehmen.«

Damit drehte sie sich um und ging. Ohne einen Blick zurück, denn diese Befriedigung gönnte sie ihm nicht. Aber vor allem würde sie lieber sterben, als ihm zu zeigen, wie sehr er sie gerade verletzt hatte.

Niemand würde das je erfahren, weder Mann noch Frau.

Niemals.

23

»Unglaublich ... das ist ja entzückend!«

Axe schloss die Hintertür zu seinem Haus und knirschte mit den Zähnen. Er hätte Elise durch die vordere Tür ins Haus führen sollen statt durch die mondbeschienene Küche.

Zu spät. Es machte den Eindruck, als würde sie sich nicht mit einem kurzen Rundblick zufriedengeben.

Nein. Anstatt ihm durch den Bogendurchgang ins Wohnzimmer zu folgen, ging sie schnurstracks zu den Fenstern mit den Blätterranken und fuhr mit den Fingerspitzen über das Holz, an dem sein Vater Stunde um Stunde geschnitzt, gefeilt und geschliffen hatte.

»Wer hat das gemacht?«, hauchte sie. »Das ist bezaubernd ... so etwas habe ich noch nie gesehen.«

Im silbrig blauen Licht schimmerte ihr Haar wie ein Heiligenschein, als wäre ein Engel auf die Erde gefallen.

Leider erweckte ihr Anblick dämonische Gelüste in ihm.

Außerdem konnte er sein Blut in ihr spüren – und das war fantastisch.

Als sie die Arme verschränkte und zitterte, brummte er mürrisch: »Der Boiler ist kaputt. Ich lasse ihn nächste Woche reparieren. Komm mit zum Kamin.«

Doch sie blieb stehen. »Ernsthaft, wer hat diese Verzierungen gemacht?«

Sie ging zum Holztisch und begutachtete die Stühle aus Kiefernholz, deren Rückenlehnen die Form von Efeublättern hatten.

»Mein Vater.«

»Ernsthaft? Das war dein Vater? Gütige Jungfrau der Schrift, er war ein Künstler.«

»Komm, hier entlang.«

Sie drehte sich um und ging zu den Schränken. »Wie lang hat er dafür gebraucht?«

»Dir ist kalt. Ich mache uns Feuer.«

Er ließ sie in der Küche stehen, riss sich die Lederjacke vom Leib und schleuderte sie auf einen Stuhl. Sicher, der heruntergekommene Zustand des Hauses deprimierte ihn – außerdem, dass es hier keine Heizung, kein Licht, kein Essen gab. Dieser Schuppen war nicht nur weit entfernt von dem Palast, in dem sie wohnte – er entsprach nicht einmal dem Standard des durchschnittlichen Vampirs.

Er ging vor dem Kamin in die Hocke, nahm den Schürhaken, der an der Ziegelwand lehnte, und schob die Asche beiseite. Dann zerknüllte er etwas Zeitungspapier, stapelte ein paar kleinere Zweige außen herum, die er in der letzten Nacht hinter dem Haus gesammelt hatte, und legte ein einzelnes großes Scheit obendrauf.

Im Herbst hatte er eine Schnitzfigur seines Vaters für vierhundert Dollar auf E-Bay verhökert und ein Klafter gemischtes Hartholz dafür erstanden. Das reichte für den halben Winter. Und natürlich hätte er weitere Holztiere und Vögel aus dem Keller verkaufen können, um wieder Licht zu haben, aber er konnte sich einfach nicht von ihnen trennen.

Obwohl er jedes einzelne Stück hasste.

Die Streichholzschachtel bewahrte er in einer Metalldose auf. Er öffnete den Deckel, nahm eines heraus und riss den Schwefelkopf am Daumennagel an.

Die Zeitung kringelte sich in der Hitze, bevor sie Feuer fing, dann knackte und krachte es, während Wellen von kreidig weißem Rauch in den Kaminschacht stiegen.

Er merkte es sofort, als sie in den Raum kam.

»Das ist …«

»Eine Bruchbude. Ich weiß.«

»Ich wollte eigentlich *gemütlich* sagen.« Er lachte laut auf, doch sie ging umher und ließ die Finger über den Polstersessel und das Sofa streichen. Axe schämte sich für die abgewetzten Stoffe. »Es könnte vielleicht mal gefegt werden, aber davon abgesehen ist es ein perfektes kleines Nest. Es überrascht mich ein wenig.«

Er wandte sich wieder dem Feuer zu, päppelte es auf, ermutigte es.

Genauso würde er in ein paar Minuten mit ihrem Geschlecht verfahren.

»Ich hasse dieses Haus.«

Als sich Axe erhob, knackten seine Knie, und die Erektion in seiner Hose wurde gequetscht. Er rückte sie nicht zurecht. Das wollte er Elise überlassen.

Oh ja … im Schein des Feuers sah sie noch besser aus als im Mondlicht.

Sie runzelte die Stirn, als sie das Schlaflager vor dem Kamin sah.

»Ich wusste nicht, dass du kommst. Ich schlafe vor dem Kamin, weil es hier warm ist.«

Ihr Gesicht entspannte sich. »Du solltest deinen Boiler wirklich reparieren lassen, damit du zurück in dein Bett kannst.«

»Ja.« Axe deutete auf den Boden direkt vor seinen Füßen. »Komm her.«

Sie kam auf ihn zu, geheimnisvoll und wunderschön im flackernden orangefarbenen Licht, wie ein Traum, unerreichbar, obwohl sie ihm nun so nah war, dass er ihre Wimpern hätte zählen können.

Er streckte die Hand nach ihr aus, strich ihr das Haar aus der Stirn, neigte ihren Kopf nach hinten … und küsste sie. Er fuhr mit der Zunge in ihren Mund, strich mit der Hand über ihre Schulter, legte sie auf ihren Nacken – und zog sie mit einem Ruck an sich.

Er war so gierig, er konnte sich kaum beherrschen … dabei hatte er vorgehabt, es langsam anzugehen.

Aber dieser Plan löste sich schnell in Luft auf.

Ehe er es sich versah, streifte er ihr den Mantel von den Schultern, rupfte ihre Bluse aus dem Rock, berührte die warme Haut an ihrer Hüfte. Als er daran dachte, wie sie mit dem Menschen gegessen hatte, wurde er grob, doch es schien ihr nichts auszumachen.

Sie fasste ihn genauso unsanft an, griff in sein Haar, presste sich an ihn, kratzte seinen Nacken.

»Leg dich hin«, stöhnte er. »Komm, leg dich hin …«

Er hob sie hoch, ging in die Knie und bettete sie auf sein notdürftiges Lager.

Leider bestand es nur aus ein paar Decken.

Als sie sich darauf ausstreckte, wäre er fast gekommen. Sie hob die Arme über den Kopf und bog den Rücken durch, und er setzte sich rittlings auf ihre Schenkel.

Dann öffnete er die schillernden Knöpfe an ihrer Bluse, einen nach dem anderen.

Sie einfach aufzureißen erschien ihm wie ein Sakrileg.

»Aus was sind die gemacht?«, fragte er kaum hörbar.

»Perlmutt«, keuchte sie.

Das glänzende Material war nichts im Vergleich zu ihrer samtweichen Haut.

Als er die Seidenbluse bedächtig zurückschlug, kam die Zeit knirschend zum Stillstand, und alle Hektik hatte ein Ende. Zischend biss er die Zähne zusammen und sah sie an. Ihre Brüste waren versteckt unter weißen Körbchen aus Spitze, und die Kombination aus Unschuld und Erotik war heißer als all der anonyme Hardcore-Sex, den er seit Jahren praktizierte.

»Darf ich?«, hörte er sich fragen.

Was verrückt war. Aber es war beinahe eine religiöse Erfahrung, über ihr zu schweben, und es schien unverzeihlich, einen Teil des Tempels ohne ihre ausdrückliche Erlaubnis zu betreten.

»Moment«, sagte sie.

Sie bog erneut den Rücken durch, langte mit kaum merklich zitternden Händen hinter den Rücken ... und dann lockerten sich die Körbchen, und die verhärteten Knospen drückten sie nach oben.

»Oh ... *fuck.*« Hatte er das eben wirklich gesagt? Er wusste es nicht. Er war komplett von Sinnen. »Elise ...«

Was für eine Folter. Ihr zuzusehen, wie sie erst einen, dann den anderen Träger von der Schulter streifte, während die Körbchen in Position blieben, verdreifachte den Pulsschlag in seinem Schwanz.

Und dann warf sie die Hülle von sich.

Sie war perfekt. Einfach ... perfekt.

Er senkte den Kopf und zog mit der Zunge einen Kreis um ihre Knospen, bevor er sie in den Mund saugte, eine nach der anderen. Es fühlte sich so verdammt richtig an, auf diese Weise über sie gebeugt zu sitzen und sie mit dem Mund zu verehren, während er auf Messers Schneide zum absoluten Kontrollverlust stand und das Blut in seinen Adern rauschte.

Er fühlte sich so lebendig, aber nicht auf diese überdrehte Art wie sonst beim Vögeln.

Er rückte seine Erektion in der Hose zurecht – andernfalls hätte er bald angefangen, in höchsten Tönen zu singen – und knabberte an ihren Brüsten, dann tastete er nach dem Verschluss hinten an ihrem Rock. Sie half ihm, indem sie das Becken seitlich anhob. Ja, er wollte ihr das Ding vom Leib reißen, am liebsten mit den Zähnen, doch er riss sich zusammen … nicht nur, weil sie etwas brauchte, in dem sie heimgehen konnte.

Seine Geduld wurde belohnt.

Während er an ihr saugte und sie zum Stöhnen brachte, zog er ihr Rock, Strumpfhose und Slip in einem aus und streifte sie an ihren langen, langen Beinen hinunter.

Dann setzte er sich zurück.

Unter seinem glühenden Blick hob sie erneut die Arme über den Kopf und rekelte sich für ihn, wand und streckte sich, liebkost vom flackernden Schein der Flammen, der wie Hunderte Hände über ihre Haut huschte. Oh ja, in echt war sie unendlich viel schöner, als er es sich ausgemalt hatte: Ihre Brüste mit den aufgerichteten Spitzen, der flache Bauch und ihr nacktes Geschlecht, ihre milchig weißen Schenkel, all das ließ die Traumbilder verblassen, die sein Unterbewusstsein am Tag von ihr heraufbeschworen hatte.

Er legte die Hände auf ihr Schlüsselbein und strich hinab bis zur Hüfte, Stück für Stück … und folgte dem von ihnen beschriebenen Pfad mit dem Mund. An ihrem Nabel hielt er inne.

Als er zu ihrem Gesicht aufblickte, vorbei an ihren spektakulären Brüsten, sah er, dass ihre Lippen geteilt waren, während sie keuchend zu ihm sah, mit großen, erstaunten Augen, als hätte sie etwas Derartiges noch nie gefühlt.

Peytons Stimme klang in seinem Kopf: *Du kannst sie nicht vögeln und ruiniert zurücklassen.*

Axe verscheuchte die vorwurfsvollen Worte aus seinen Gedanken und wollte sich erneut über sie hermachen, um ihr ganz genau zu zeigen, wie schön sie war. Und dann würde er …

Nein. Würde er nicht. Er würde den Akt nicht zu Ende führen. Er würde nicht in sie eindringen.

Er würde sie nur mit Mund und Zunge befriedigen, und dann würde er …

Scheiße.

Scheiße.

Axe setzte sich auf, obwohl es sich anfühlte, als würde er sich die Haut mit den Fängen vom Leib reißen, als er sich von ihr löste.

»Was ist?«, flüsterte sie. Dann lächelte sie. »Darf ich dich jetzt auch sehen?«

Als er schwieg, runzelte sie die Stirn und richtete sich auf.

Gütige Jungfrau der Schrift, ihre Brüste. Sie hingen so voll und reif direkt vor ihm – sie lenkten ihn auf eine Weise ab, dass er sich fast wieder über sie hermachte.

Aber nur fast.

»Axwelle?«

Er rieb sich das Gesicht. »Kannst du mir einen Gefallen tun?«

»Natürlich.«

»Kannst du, äh … kannst du bitte nie wieder Axwelle zu mir sagen.«

»Okay.«

»Nur meine Mutter hat mich Axwelle genannt. Ich hasse diesen Namen.«

»Okay, ich kann verstehen, dass du in einem solchen Moment nicht an deine *Mahmen* denken möchtest.«

Ihr Lächeln erstarb, als er erneut in Schweigen verfiel. Dann zog sie sich die Bluse über die Brüste.

»Ich glaube, ich weiß, was dich beschäftigt«, sagte sie plötzlich.

»Ja?«

Sie sah ihm fest in die Augen. »Keine Sorge. Ich bin keine Jungfrau mehr.«

24

Tja, so sah es also aus, wenn es Axe die Sprache verschlug. Während Elise darauf wartete, dass er ausformulierte, was er dachte, schüttelte sie unwillkürlich den Kopf. »Weißt du was, es fühlt sich wirklich gut an, es endlich jemandem zu erzählen.«

Er rieb sich das Gesicht und blickte ins Feuer. Im flackernden Schein der Flammen sah es aus, als bewegten sich die Tätowierungen an seinem Hals. Er wirkte ... gefährlich. Sexy. Und mit einem Schlag sehr distanziert.

»Ich dachte, du wärst erleichtert.« Elise sah verwirrt aus. »Außerdem hättest du es ohnehin bemerkt, wenn wir miteinander geschlafen hätten.«

»Es ändert nichts an meiner Meinung von dir, falls du dich das fragen solltest.«

»Nicht? Dann hast du eine merkwürdige Art, es zu zeigen.«

Er schüttelte entschieden den Kopf. »Nein, gar nicht.«

»Was ist es dann?«

»Du willst, dass ich ehrlich bin, ja?«

»Ja.« Sie zog eine der beiden Decken über ihren Unterkörper und verschränkte die Arme über der Bluse. »Ganz gleich, was es ist, ich will es wissen.«

Er murmelte etwas vor sich hin. Dann fing er hastig an zu reden: »Ich will wissen, wer dieser Kerl war ... damit ich zu ihm gehen und ihn umbringen kann.«

Elise blinzelte. Dann verstand sie. »Gütige Jungfrau

der Schrift, nein, so war das nicht. Gar nicht. Ich wollte, dass es passiert …«

»Scheiße, jetzt will ich ihn erst recht umbringen.«

Elise lachte, doch als sie sein wütendes Gesicht bemerkte, hob sie die Hände. »Ich mache mich nicht über dich lustig, ehrlich. Ich … ich bin nur so erleichtert, dass du jetzt keine schlechte Meinung von mir hast.«

»Habe ich nicht. Gar nicht. Ich bin rasend eifersüchtig, aber ich mache dir keinen Vorwurf.« Es entstand eine Pause. »Also, wer war es?«

Elise blickte ins Feuer und erinnerte sich. »Er war ein Vampir, von dem ich mich genährt hatte. Natürlich unter Beisein von Zeugen. Aber eines Nachts – und ich weiß noch nicht einmal genau, warum – beschloss ich herauszufinden, wie es ist. Die ganze … Erfahrung.«

Axe begann zu knurren, dann räusperte er sich, um das Geräusch zu unterbinden. »Entschuldige.«

Sie musste lächeln. »Ist schon okay. Ich fühle mich geschmeichelt.« Dafür erntete sie ein Schnauben. »Wie dem auch sei, ich suchte ihn auf, in seiner Penthouse-Wohnung in der Stadt. Ich erfand eine Ausrede und stahl mich aus dem Haus. Er war natürlich in der *Glymera* und mit meinem Vater befreundet.«

Jetzt runzelte sie die Stirn. »Er war überrascht, doch er sagte nicht Nein. Ich war sehr jung, meine *Mahmen* war erst kürzlich nach einer Fehlgeburt gestorben. Bei uns zu Hause war alles … so deprimierend. Ich glaube, ich wollte dem Ganzen einfach nur entfliehen. Wir schliefen miteinander, von ›Liebe machen‹ konnte keine Rede sein. Für mich war es nichts weiter als eine rein körperliche Sache, ich könnte nicht behaupten, dass es mir sonderlich gefallen hat.«

Als sie verstummte, spürte sie seinen brennenden Blick auf sich ruhen.

»Erzähl weiter«, forderte er sie leise auf. »Die Geschichte ist noch nicht zu Ende, nicht wahr.«

»Nein.« Elise holte tief Luft. »Ich war immer ein bisschen anders als andere Vampirinnen in der *Glymera*, weißt du? Ich meine, nicht so wie meine Cousine Allishon – nicht wild und verwegen oder dergleichen. Ich habe mich nur nicht für die Jahresfeste, Tanzveranstaltungen und Feierlichkeiten interessiert. Eines Abends, kaum mehr als eine Woche später, sollte ich meinen Vater zu einem Tanz begleiten, und dieser Mann war da … mit seiner *Shellan*. Ich wäre nie auf die Idee gekommen, dass er vereinigt sein könnte, weißt du? Ich habe nie daran gedacht zu fragen. Ich meine, in der *Glymera* gibt es so wenige Vampire, die sich zum Nähren zur Verfügung stellen, und solange man vor Zeugen trinkt, muss sich niemand wegen Sex Sorgen machen. Aber ich kam mir so mies vor, als ich ihr in die Augen sah. Er selbst hatte es ihr offensichtlich nicht erzählt. Er ignorierte mich den ganzen Abend über, was gut war, aber die ganze Sache hinterließ einen schalen Nachgeschmack bei mir. Nicht weil ich mich heimlich in ihn verliebt hätte oder dergleichen, sondern weil ich ihn benutzt hatte und es ihm willkommen gewesen war. Gemeinsam hatten wir seine *Shellan* betrogen.« Sie seufzte tief. »Er kam bei den Plünderungen ums Leben … genau wie sie. Sie hatten keine Kinder. Aber meine Reue lebt weiter.«

»Er war ein verdammter Hurenbock.«

»Ich bin mir ziemlich sicher, dass er auch mit anderen Vampirinnen etwas hatte. Wozu hätte er sonst eine Penthouse-Wohnung gebraucht. Schließlich lebte er nicht mit seiner *Shellan* dort. Das Ganze war so schäbig – und der Grund, warum ich anfing, mich für Psychologie zu interessieren. Ich wollte verstehen, wie Gefühle funktionieren. In dieser Hinsicht unterscheiden wir Vampire uns nicht groß von den Menschen. Zum Beispiel ... weißt du, was wirklich gemein von mir war?«

»Was?«

Elise konnte nicht glauben, dass sie so offen von sich erzählte, aber Axe hörte ihr so still und unvoreingenommen zu, wie sie es aus ihrer Welt nicht kannte. »Als ich seine *Shellan* traf, war ich tatsächlich auch ein bisschen erleichtert, dass er vereinigt war – denn das hieß, dass er nichts sagen würde. Das hatte mir nämlich Sorgen bereitet. Nachdem ich gerade meine *Mahmen* verloren hatte, wollte ich nicht auch noch meinen Vater verlieren, weil ich nicht mehr für eine Vereinigung taugte. Ist das nicht unglaublich egoistisch?«

»Klingt mehr nach gesunder Selbsterhaltung, wenn du mich fragst. Und der Typ, der dich einmal bekommt, ist ohnehin der größte Glückspilz der Welt.«

Aus irgendeinem Grund tat es weh, wie er das sagte – vermutlich, weil er damit ausschloss, selbst dieser zukünftige *Hellren* zu sein. Dabei war es völlig absurd, so zu denken.

»Ich habe nicht vor, mich zu vereinigen.« Als er sie verwundert ansah, schüttelte sie den Kopf. »Ich will keinen *Hellren*, der mir sagt, was ich tun soll. Davon habe ich genug – bei uns zu Hause richtet sich alles nach meinem Vater und seinen Vorstellungen, danach, was gesellschaftlich akzeptabel ist. Was nicht viel ist. Ich möchte für mich sein, und ich finde einen Weg, wie ich es anstelle. Ich werde meinen Abschluss machen und auf eigenen Füßen stehen – keine Ahnung, wie, aber ich werde mein eigenes Geld verdienen, damit ich ausziehen kann, und dann ...« Sie lachte verlegen auf. »Tja, mein Vater wird mich enterben, und für die *Glymera* und meine Familie werde ich gestorben sein. Aber das ist es mir wert ...«

Wow, sie hatte sich diesen Plan noch nicht einmal

selbst eingestanden, geschweige denn einem anderen.

»Wie dem auch sei«, fuhr sie fort, »ein toller Traum, was? Es geht doch nichts über ein bisschen Selbstzerstörung, um dem Leben Würze zu verleihen.«

»Ich halte deinen Plan nicht für selbstzerstörerisch.« Axe blickte ihr in die Augen. »Ich finde ihn großartig.«

»Im Ernst?«

»Ja.« Er spreizte die Finger, dann ballte er die Hände zu Fäusten und ließ die Knöchel knacken, einen nach dem anderen. »Das hört sich jetzt sicher dumm an …«

Sie wartete ab. »Was hört sich dumm an?«

»Dass du alles aufgeben willst, um auf eigenen Füßen zu stehen, hilft mir, dir zu vertrauen.« Er zuckte die Schultern, als wollte er herunterspielen, was er da sagte. »Dann glaube ich dir, was du gesagt hast: dass du nicht wie die reichen Leute bist, die meinen Vater umgebracht haben. Denn diese Leute hätten sich niemals eingeschränkt – und bevor du mir jetzt vorhältst, ich würde verallgemeinern – mag sein, aber wer nicht auch an die Angestellten denkt, wenn es um Leben oder Tod geht, wird auch nicht auf Pelzmäntel, Diamanten und fette Häuser verzichten.«

Elise seufzte traurig. »Es tut mir wirklich leid, was deinem Vater passiert ist. Ich hoffe, du weißt das.«

Jetzt war es an ihm, kurz aufzulachen. »Was sie ihm angetan haben, und wie er gestorben ist, ist nicht mal die Hälfte der Geschichte.«

Sie war nicht überrascht, als er zum Kamin krabbelte und noch einmal Holz auflegte.

»Ich glaube, ich sollte gehen«, murmelte Elise, nachdem er sich ausführlich mit dem Feuer beschäftigt hatte.

»Ja.« Plötzlich sah er über die Schulter. »Es ist nicht, weil ich dich nicht will.«

»Gut.«

Aber die Stimmung von vorhin war umgeschlagen und ließ sich nicht mehr zurückholen. Obwohl sie ihm glaubte, dass er sie noch immer …

»Kann ich dich morgen Nacht sehen?«, fragte er, ohne sie anzusehen.

»Ja. Wo?«

»Hier.« Er stocherte zwischen den brennenden Scheiten herum, und Funken regneten auf seinen nackten Unterarm, nicht dass es ihn zu kümmern schien. »Ich habe morgen lange Training und erst spät frei, aber du sagtest, du würdest nicht in die Bibliothek gehen oder dergleichen?«

»Das stimmt. Wann?«

»Ich gebe dir Bescheid. So gegen vier wahrscheinlich. Dann hätten wir immer noch etwas Zeit.«

»Ich komme. Könnte ich auch hier auf dich warten? Wäre es okay für dich, wenn ich allein hier …«

»Ich würde dir mein Leben anvertrauen.«

Dass er es abwesend vor sich hin murmelte, überzeugte sie, dass er es ernst meinte. Und das erfüllte sie mit Wärme, mehr noch als das Feuer.

»Dann haben wir ein Date.«

»Ein Date, sagst du?«, meinte er gedehnt.

»Wie würdest du es nennen?« Sie fing an, sich anzuziehen und fingerte umständlich an ihrem BH herum. »Und lass es mich als Erste sagen: Ich kann es kaum erwarten, dich wiederzusehen.«

Als sie wieder vollständig bekleidet war, stand sie auf und nahm ihren Mantel. »Guten Tag, Axe. Wenn du an mich denkst, kannst du mir gern eine Nachricht schicken. Aber fühl dich nicht verpflichtet. Ich sage es nur, weil du vielleicht nicht einmal schreiben würdest, wenn du wolltest.«

Er stand auf und streckte den Rücken durch, dass es

knackte. Elise bewunderte die Muskeln, die sich unter dem engen T-Shirt abzeichneten. »Komm, ich bringe dich noch raus.«

Schweigend verließen sie das Wohnzimmer, doch als sie Richtung Küche steuerte, hielt er sie zurück und leitete sie zum Vorderausgang.

»Dir wird kalt werden«, sagte sie, als sie in die Nacht hinaustrat und er ihr folgte.

»Das macht nichts.«

Tatsächlich stand er unbeeindruckt im kalten Wind, unbeugsam, wunderschön.

»Pass auf dich auf«, sagte sie. »Du weißt schon, beim Training. Ich nehme an, es kann ziemlich hart sein.«

Er stieß einen undefinierbaren Laut aus, der alles von *Ja* bis *Nicht der Rede wert* bedeuten konnte.

»Okay, dann also …«, murmelte sie.

Aus irgendeinem Grund wirkte das gemütliche Cottage durch die dunklen Scheiben so kalt und leer wie der Weltraum.

Sie wollte ihn nicht so allein hier zurücklassen.

Doch ihr blieb keine Wahl.

»Also dann, guten Tag …«

Bevor sie die Stufen hinunterstieg, packte er sie und zog sie an sich. Aber er küsste sie nicht. Er drückte sie nur eng an seine Brust und hielt sie fest. Und sie hielt ihn.

Sie hatte den Eindruck, dass es sehr lange her war, dass er jemanden umarmt hatte. Und sie merkte, dass er sie nicht loslassen wollte.

Die Umarmung war, überlegte sie später, noch besser als jede Verheißung von sensationellem Sex.

Und dann war sie weg.

Axe stand noch lange auf den Stufen vor dem Cottage seines Vaters, nachdem sich Elise dematerialisiert hatte.

Unter seinem Schädel tobte ein Sturm, denn das, was er mit Elise erlebt hatte, war meilenweit entfernt von dem, was er sonst mit Frauen machte – oder Scheiße, mit irgendwem –, und das erschütterte ihn zutiefst.

Es war so lange her, dass er sich jemandem verbunden gefühlt hatte.

Was es in ihm auslöste, gefiel ihm gar nicht. Die Dinge, die sie von sich erzählt hatte, hingen ihm nach, arbeiteten in seinem Kopf, riefen alle möglichen Emotionen hervor, die er nicht brauchen konnte. Es war so schlimm, dass er den einzigen Ausweg darin sah, sich in einen Kampf zu stürzen. Denn mit Kämpfen kannte er sich aus. Er wusste, was zu tun war, wie er zuschlagen musste, wie er ausweichen konnte – verdammt, das hatte er schon gewusst, bevor er mit dem Trainingsprogramm angefangen hatte.

Aber das da drinnen am Kamin war Neuland für ihn gewesen.

Er hatte keine Ahnung, wie er damit umgehen sollte. Oder was danach kam.

Es war leichter gewesen, solange er nur scharf auf Elise gewesen war. Jetzt war sie eine Person.

Irgendwann ging er wieder ins Haus. Sein Magen knurrte, aber er hatte nichts zu essen, außerdem war er an einen leeren Bauch gewöhnt. Er schloss die Tür und hatte eigentlich vor zu duschen und sich dann hinzulegen, doch es kam anders. Aus irgendeinem Grund zog es ihn in die Küche, zur Tür in der Ecke, hinter der eine knarzende alte Stiege in den Keller führte.

Er hasste den Keller.

Unten angekommen, tastete er in der pechschwarzen Dunkelheit nach der Laterne, die an ihrem Haken hing. Er drehte den glühenden Petroldocht nach oben und hoffte beinahe, dass er nicht angehen würde …

Das Licht war gelb wie das Feuer, starr wie Mondschein. Und die Geister der Vergangenheit erwachten, als er die Werkstatt seines Vaters betrachtete.

Er atmete tief ein. Es roch noch immer nach Holzspänen und Sägemehl, das den Lehmboden wie ein Teppich aus hellbeigem Schnee bedeckte.

Obwohl hier unten seit über zwei Jahren nichts Neues entstanden war.

Er hob die Laterne und trat an die klobige Werkbank mit der zerfurchten Arbeitsplatte und den zahllosen Werkzeugen und den Zeichnungen, die an die nackten Wandlatten gepinnt waren. Es gab Holzblöcke, die nie bearbeitet worden waren, und unvollendete Kaninchen, Vögel, Eichhörnchen und Blumen, die aussahen, als wollten sie sich aus ihren Blöcken befreien.

Über die hintere Wand zog sich ein großes Regal, auf dem sich die fertigen Figuren reihten, eine einzige Waldszene aus niedlichen Geschöpfen, die zwischen winzigen filigranen Bäumen und Felsen umhertollten, sich duckten, wälzten, kugelten, rannten und kletterten.

Axe hasste es zu sehen, wozu sein Vater fähig gewesen war.

Er war ein Meister der Schnitzkunst gewesen, und seine Figuren gehörten eigentlich ins Museum oder unter die Fittiche fürsorglicher Sammler.

Stattdessen verstaubten sie hier im Keller.

Am liebsten hätte er sie angezündet. Einfach alles verbrannt.

Es war so lächerlich, dass der Kerl seine Tage hier unten verbracht und diesen Mist geschnitzt hatte, um einer Frau zu imponieren, wenn sie zurückkam. Dabei hatte sie ihn für einen reicheren Typen verlassen.

Sie kommt nicht zurück, hatte Axe immer sagen wollen, *siehst du das nicht?*

Und er hatte recht behalten.

Sein Vater war ein sanfter Kerl gewesen – ungebildet, aber von Herzen gut. Dementsprechend war er nach ihrem Fortgang nicht dem Alkohol verfallen oder gewalttätig geworden, hatte sich nicht durch die Frauenwelt gevögelt oder den kleinen Jungen misshandelt, den man ihm zurückgelassen hatte, sondern war einfach in den Hintergrund getreten und zu einem Geist verblasst, der durch die Zimmer glitt und im Keller spukte.

Axe hatte ihn für seine Schwäche gehasst.

Und ein bisschen hasste er ihn bis heute.

Aber sein tragisches Ende in der Nacht der Plünderungen hatte den gerechten Zorn von Axe ins Wanken gebracht und seinem Psycho-Cocktail einen ordentlichen Schuss Selbsthass und jede Menge Schuldgefühle beigemengt.

Gütige Jungfrau der Schrift, warum war er hier unten?

Blöde Frage. Als ob er das nicht wüsste.

Axe ignorierte sein leichtes Stolpern auf dem Weg zurück zur Treppe und nahm die Laterne mit nach oben, wo er sie auf den Absatz vor der Tür zur Küche abstellte.

Um sich irgendwie von seinen Gedanken abzulenken, holte er sein Handy aus der Lederjacke, obwohl er keine Ahnung hatte, wen er anrufen oder anschreiben sollte.

Jedenfalls nicht Elise, so viel stand fest.

Doch er kam gar nicht so weit, die kurze Liste mit seinen Kontakten aufzurufen.

Jemand hatte ihm auf die Mailbox gesprochen, es war eine Nummer, die er nicht kannte.

Er rief die Nachricht ab und runzelte die Stirn – doch nach wenigen Worten wusste er, wer es war.

Guten Abend, Axwelle. Hier spricht der Vater von Elise. Ich hätte eine weitere Aufgabe für Sie und wäre Ihnen zutiefst verbunden, wenn Sie morgen Abend vorbeikommen könnten, eine

Stunde nach Sonnenuntergang. Ich freue mich auf Ihren Besuch. Danke.

Was konnte das sein?

Plötzlich hob ein Summen in seinem Kopf an, das er nur zu gut kannte. Es war seine Sucht, eine Mischung aus Krebsgeschwür und einem Drachen, der sich auf die Hinterläufe stellte und brüllte.

Das Gute war, dass es ihn von Elise ablenkte. Aber es gab auch einen Nachteil.

Denn wenn dieses Summen einmal eingesetzt hatte, wurde es lauter, bis er etwas dagegen unternahm … und es gab nur eine Möglichkeit, es abzustellen, seit er nicht mehr auf Heroin war …

Sein Telefon schrillte in seiner Hand los und hallte laut in der Stille des Hauses.

Axe ging noch beim zweiten Klingeln dran. »Novo.«

»Hallo.«

Es war nicht leicht, sie über den Lärm im Hintergrund zu verstehen. Stirnrunzelnd stellte er mit dem Daumen lauter. »Wo bist du?«

»In einem Club. Du weißt schon, dieser Schicki-Laden, auf den Peyton so steht.«

»Ja.«

Er nahm das Handy vom Ohr und sah nach, wie spät es war. Außerdem musste er feststellen, dass der Akku fast leer war. Verdammt, er hatte vergessen, sein Handy im Restaurant aufzuladen. Wenn man zu Hause keinen Strom hatte, lernte man schnell, überall Steckdosen zu nutzen.

Als seine Mitschülerin verstummte, runzelte er die Stirn. »Bist du betrunken? Soll dich jemand abholen? Ich hab nämlich kein Auto, weißt du.«

»Nein, ich muss dich etwas fragen.«

»Was.«

»Hast du Lust zu vögeln?«

Axe zog die Brauen hoch. Und einen kurzen Moment lang gab er sich der Vorstellung hin, mit Novo Hardcore-Sex im ganzen Haus zu haben, Möbel zu zersplittern und gegen Wände zu rammen, das Feuer herunterbrennen zu lassen, weil ihre Körper so viel Hitze abstrahlten.

»Ist das ein Ja?«, fragte sie in einem Ton, der fast so gut war, als hätte sich eine Hand vorne in die Hose geschoben.

Er behielt das Handy am Ohr, ging zum Kamin und bückte sich nach der Decke, in die Elise sich gehüllt hatte. Er hob sie an die Nase und atmete tief ein.

Und vermisste die Vampirin so sehr, dass er das Ding fallen ließ wie eine heiße Kartoffel.

»Ich trenne Berufliches und Privates, Novo«, hörte er sich sagen.

Der verführerische Ton war sofort wie weggewischt. »Danke, dass du davon ausgehst, dass Sex mit mir extrem geil sein könnte.«

»Du weißt, was ich meine.«

»Ich werde mich nicht verlieben«, erklärte sie trocken. »Glaub mir.«

»Ich weiß.« Er dachte an das Arschloch Peyton und seine belämmerte Obsession mit Paradise. »Das ist schon alles kompliziert genug in unserer Gruppe. Irgendjemand würde es merken. So was lässt sich schwer verbergen, selbst wenn es nur Blümchensex ist.«

»In Ordnung. Dann bis zum Unterricht …«

»Aber ich nehme dich ins Keys mit.«

»Wann?«, fragte sie.

»Übermorgen.« Er schloss die Augen und ratterte den Rest herunter: »Wir gehen zusammen. Es ist Guest-Night. Man darf jemanden mitbringen. Dort findest du, was du brauchst. Geht mir zumindest immer so.«

25

Es dauerte fünf Stunden, bis Vishous von seinem Gespräch mit dem Onkel zurück in die Küche kam. Rhage wusste nicht, ob er froh sein sollte, dass das Warten ein Ende hatte … oder sich vor Angst in die Hosen machen sollte, weil er gleich das Ergebnis erfahren würde.

V sah müde aus, als er sich zu den anderen an den Tisch setzte, sein Haar klebte flach an der Stirn, als wäre er zu oft mit den Händen hindurchgefahren, die Tätowierungen an der Schläfe leuchteten im Kontrast zu seiner blassen Haut, die behandschuhte Hand zitterte leicht, als er sich eine selbst gedrehte Zigarette anzündete und einen tiefen Zug nahm.

Rhage hatte Kakao aus einer Teetasse getrunken. Jetzt schob er V die Untertasse als Aschenbecher hin.

Dann lehnte er sich zurück, nahm Marys Hand und wartete noch etwas länger.

Vishous ließ sich Zeit, bevor er sprach, was niemanden überraschte, und selbst Z kam an den Tisch und setzte sich.

»Folgendes«, sagte V und aschte ab, obwohl das noch gar nicht nötig gewesen wäre. Dann deutete er auf den kleinen Porzellanteller. »Danke.«

»Gerne«, murmelte Rhage.

Scheiße, eigentlich wollte er es gar nicht hören. Mary dagegen beugte sich vor und schien bereit, die Sache anzugehen, komme, was wolle.

Ihr Kampfgeist gab ihm Mut. Denn im Moment fühlte er sich ganz schön kastriert.

»Also, Ruhn hat mir alles Mögliche über Bittys *Mahmen* erzählt. Die Namen ihrer Eltern. Wo und wann sie geboren wurde. Wo sie wohnte und mit wem, bevor sie nach Caldwell kam. Wie sie dieses Arschloch kennengelernt hat, mit dem sie sich vereinigt hat. Was er von ihrem Leben hier wusste.« Vishous zog erneut an seiner Zigarette und stieß eine Wolke orientalischen Rauch aus. »Außerdem hat er mir erzählt, wo er selbst gelebt hat, was er gemacht hat und mit wem er zu tun hatte.«

»Was macht er beruflich?«, fragte Mary heiser.

»Er ist Handwerker, unten in South Carolina. Dort arbeitet er auf einem großen Anwesen.«

»Aus welcher Familie kommt er?«, wollte der König wissen. Als hätte er vor, das Haus anzugreifen wie damals im Alten Land. »Und klangen seine Geschichten glaubwürdig?«

V hob die Hand, obwohl Wrath es nicht sehen konnte. »Schau, ich will dir nicht in dein königliches Geschäft reinreden ...«

»Aber du tust es trotzdem«, brummte Wrath.

V richtete sich an Mary, da ihm bewusst war, dass ihr am meisten an der Sache und dem weiteren Vorgehen lag. »Das Vernünftigste wäre, wenn ich selbst nach Carolina gehe und die Informationen überprüfe. Ich habe die Adressen und die Ansprechpartner – inklusive der Familie, für die er gearbeitet hat. Ich habe alle Details seines bisherigen Lebens ...«

»Ich komme mit«, sagte Rhage und wollte aufstehen. Doch er wurde festgehalten. »Nein, du bleibst hier.«

»Niemand hält mich davon ab herauszufinden, ob an der Geschichte etwas dran ist ...«

»Nein«, sagte Mary. »Du bist nicht neutral. Genau wie

ich. Das muss eine unvoreingenommene Partei übernehmen.«

Rhage nahm wieder Platz. Bei der Vorstellung, untätig herumzusitzen, wollte er die Stirn gegen den Tisch rammen, bis das Holz splitterte und dann zu Sägemehl zerfiel …

»Alles Blödsinn«, meinte Wrath. »Lasst mich mit ihm reden. Ich merke, ob er die Wahrheit sagt.«

V schüttelte den Kopf. »Ja, aber auch nur die Wahrheit aus seiner Betrachtungsweise. Doch so einfach ist das nicht.«

»Oh doch.« Rhage spürte, wie sich die Bestie unter seiner Haut regte, wie der Druck im Kessel stieg. »Wenn er ein verdammter Lügner ist …«

»Aber es geht um seine Eignung«, fiel ihm Mary ins Wort. »Seine Eignung als Erziehungsberechtigter …«

Rhage ließ die Hand seiner *Shellan* los, vereinte beide Hände zu einer Faust und ließ sie auf den Tisch niederkrachen, sodass die schwere Eichenplatte in der Mitte brach. »Wir sind die Erziehungsberechtigten. *Wir* sind ihre verdammten Eltern!«

Als er aufsprang, schnellte auch Mary hoch, schnappte sich einen seiner Arme und hängte sich mit ihrem vollen Gewicht daran. »Rhage, du musst dich beruhigen …«

»Ich bin ihr Vater! Du bist ihre Mutter …«

Mary konnte ihn nicht halten, als er den Tisch packte und umwarf, sodass seine Brüder und der König zurücksprangen, während Porzellan und Glas durch die Luft flogen und auf dem Boden zerschellten.

»Das ist doch *scheiße!*«

Sofort stürzten seine Brüder herbei. Z umfasste ihn von hinten und nahm ihn in den Schwitzkasten, Butch tauchte wie aus dem Nichts auf – wann war er ins Haus gekommen? – und packte ihn von der Seite um die Hüfte, während Mary versuchte, ihm ins Gesicht zu sehen, damit er sich auf sie konzentrierte.

Die Bestie brach nur deshalb nicht aus, weil sie bereits in der letzten Nacht ihren Auftritt gehabt hatte. Wäre die Scheiße in der Klinik nicht gewesen, hätte der Drache den hinteren Teil von Darius' altem Haus zertrümmert.

»Er kann sie nicht mitnehmen!«, schrie er. »Wir haben sie gerade erst bekommen! Er kann sie nicht haben … er ist ein verdammter Fremder …«

»Rhage.« Mary hüpfte jetzt vor ihm auf und ab, um ihm in die Augen zu sehen. »Rhage, wir müssen …«

Er blickte in ihre großen, traurigen Augen und stöhnte: »Sie gehört zu uns … dieser dahergelaufene Fremde kann sie uns nicht einfach wegnehmen … sie gehört zu uns …«

Ihm war klar, dass er wirres Zeug vor sich hin faselte, aber es war, als hätte jemand den Stopfen aus seinem Gehirn gezogen, und alle Ängste und Schauergeschichten über Bittys Zukunft sprudelten nun heraus und aus seinem Mund.

Mary ließ ihn eine Weile reden, dann versuchte sie, ihn zur Vernunft zu bringen. »Rhage. Wir wussten von Anfang an, dass wir diese sechsmonatige Wartefrist überstehen müssen. Und Bitty hatte von einem Onkel erzählt. So schwer es ist, wir müssen da durch. Der Fairness halber. Weil es Gesetz ist.«

»Sie ist *meine* Tochter. Sie ist *deine* Tochter.«

»In unseren Herzen, ja. Aber gesetzlich …«

»Scheiß auf das Gesetz!«

»Das geht nicht, und so sollte es auch nicht sein. Denk doch nach … stell dir vor, wir hätten sie adoptiert, und irgendwann in der Zukunft wäre jemand aufgetaucht und hätte sie für sich beanspruchen können. Deshalb haben wir eine Frist gesetzt und warten ab, ob sich jemand meldet.«

»Wie kannst du so gefasst sein.«

»Es bricht mir genauso das Herz wie dir, Rhage. Nur weil ich versuche, mich zusammenzureißen, heißt es nicht, dass ich nicht innerlich vor Kummer vergehe.«

Als Rhages Schultern nach unten sackten, ließen ihn seine Brüder los, und er zog Mary an sich. Über ihren Kopf hinweg beobachtete er, wie V seine Zigarette in der Spüle ausdrückte und sich gleich die nächste ansteckte.

Nach langem Schweigen sagte Rhage zu Vishous: »Du übernimmst die Nachforschungen? Du reist da hin und ...«

»Ja.« V zog so stark an seiner Kippe, dass er sie beinahe in einem Zug aufrauchte. »Ich bin der Richtige dafür. Nicht nur, weil ich die Befragung gemacht habe, sondern weil ich von uns allen noch am ehesten neutral bleibe.«

Das stimmte, dachte Rhage. V war ihr klügster Kopf. Er dachte logisch. Er ließ sich am wenigsten von Gefühlen leiten.

Verdammt, wie waren sie in diese beschissene Situation geraten.

In einer grausamen Abfolge von geistigen Schnappschüssen sah er Bitty im Kino mit ihm und Mary, Arme und Beine in Castverbänden. Dann erinnerte er sich, wie er ihr Autofahren beigebracht hatte, erst im Hof, dann den Berg hinunter und wieder rauf ... wie er ihr abends geholfen hatte, das Bett zu machen ... wie sie sich mit Eis vollstopften und wie er sie aus Albträumen weckte ... wie Mary lächelte, wenn sie ihr Mädchen ansah ...

»Wie lang?«, fragte er, während Butch und Z sich

daranmachten, die Stühle wieder aufzustellen und die Scherben aufzuräumen. »Wie lang wird es dauern?«

»Mindestens zwei Nächte, vielleicht drei. Aber die Leute da unten werden mit mir sprechen. Entweder aufgrund meines Standes oder weil ich ihnen eine Waffe an den Kopf halte.«

»Keine Nötigung«, warnte Mary. »Das … das dürfen wir nicht.«

»Nimm Phury mit«, sagte Wrath. »Er kann gut mit Leuten umgehen. Er ist der perfekte Gegenpart für dich.«

»In Ordnung.« V nickte. »Wie du möchtest, mein König.«

»Du brichst morgen auf?«, fragte Rhage.

»Nein, gleich nach dieser Zigarette. Mit Jane habe ich schon gesprochen, und ich weiß, wo ich unterkomme.«

»Mein Bruder …«, fing Rhage an.

»Nein«, fuhr V ihm über den Mund. »Danke mir nicht. Das alles ist ein verdammter Albtraum, und ich könnte kotzen. Aber ich werde das mit aller Sorgfalt durchziehen, egal, was dabei herauskommt.«

Schweigen breitete sich aus, und Rhage beobachtete V, dessen Blick ins Leere gerichtet war. Man sah ihm an, dass er in Gedanken bereits Listen erstellte und die Reihenfolge festlegte, in der er vorgehen musste.

Dann sah sich Rhage in der Küche um, die er verwüstet hatte.

»Wo ist dieser Onkel jetzt?«, fragte er heiser.

V seufzte. »Ich habe ihm eine Bleibe in Caldwell besorgt. Er wollte nicht annehmen, aber ich habe ihm erklärt, dass ihm keine Wahl bleibt. Ich kann euch nicht sagen, wo er ist – ihr drei dürft euch im Moment wirklich nicht begegnen. Die Gefühle sind zu aufgeheizt.«

Mit Hilfe von Z stellte Rhage den ramponierten Tisch wieder auf, doch er stand nicht mehr richtig. Ein Bein war verdreht und ragte seitlich heraus, und die Tischplatte war gebrochen. Rhage wollte das schwere Stück wieder in die alte Position schieben, damit sie alle wieder daran Platz nehmen und zur Normalität zurückkehren konnten, aber das war aussichtslos.

»Hast du ihm ...« Mary musste sich räuspern. »Hast du ihm von uns erzählt?«

V lehnte sich an die Wand und strich sich mit dem schwarzen Handschuh über das Ziegenbärtchen. »Ich habe ihm gesagt, dass Bitty bei einer qualifizierten und sorgsam geprüften Pflegefamilie ist, die gut auf sie aufpasst. Aber ich habe ihm keine Hinweise auf eure Identität gegeben oder die Adoption erwähnt. Wenn er keinen rechtlichen Anspruch hat, gibt es keinen Anlass, ihm Details über euch zu nennen.«

»Wie ...« Mary rieb sich das Gesicht. »Wie ist er?«

Rhage verstummte und erstarrte, obwohl er gerade dabei gewesen war, einen Stuhl aufzuheben, der am anderen Ende der Küche gelandet war.

V zuckte nur die Achseln. »Das werde ich herausfinden.«

Mary und Rhage fuhren mit dem GTO zurück zum Haus der Bruderschaft. Sie sprachen nicht viel, hielten sich aber an den Händen, wenn er nicht gerade schalten musste. Auf dem letzten Wegabschnitt blickte Mary zum Seitenfenster hinaus. Die Bäume am Straßenrand verschwammen in der Nacht, der Mond schien so hell, dass die Scheinwerfer überflüssig waren.

»Ich weiß nicht, wie ich ihr begegnen soll«, sagte Rhage. »Also, du weißt schon, wie ich mich normal geben soll.«

»Ich auch nicht.«

Sie waren sich einig, dass es sinnlos war, Bitty von diesem Mann zu erzählen. Was, wenn er sich als Schwindler entpuppte? Das wäre einfach zu grausam. Und doch ... wie sollten sie Bitty gegenüber so tun, als wäre alles in Ordnung und nichts Ungewöhnliches passiert?

Das überstieg ihr schauspielerisches Talent.

Die Bauchschmerzen, die bei Mary schon beim Lesen der Nachricht in ihrem Büro eingesetzt hatten, verstärkten sich, als sie auf das Haus zufuhren. Der Anstieg schien das unverdaute Omelett und den Bagel, die sie vor vielen Stunden zum Ersten Mahl gegessen hatte, zu einem Betonklotz zu verdichten.

Als das graue Steinhaus in Sicht kam, diese hoch aufragende monumentale Masse mit ihren Wasserspeiern und den unzähligen Fenstern, hatte sie das Gefühl, keine Luft mehr zu bekommen.

»Lass dir Zeit beim Parken«, murmelte sie, als Rhage abbremste und um den stillgelegten Brunnen in der Mitte des Hofs herumfuhr. »Lieber Gott ...«

Er stieß in die Lücke zwischen Qhuinns zweitem Hummer und Vs neuem Audi R8. Schaltete Licht und Motor aus. Schnallte sich sogar ab. Doch dann machte keiner von ihnen Anstalten auszusteigen. Sie starrten nur stumm geradeaus, über den sanft abfallenden schneebedeckten Rasen bis zum Waldrand hinunter ... auf das Tal dahinter ... die Sterne über ihnen.

Es gab so viel Hässliches, mit dem Mary umgehen konnte – nicht dass es ihr einen Kick gegeben hätte, Tragödien, Krankheit oder Tod aus nächster Nähe mitzuerleben. Aber für diese Fälle besaß sie wenigstens das Handwerkszeug.

Das hier hingegen?

Tja, das Leben steckte eben voller Überraschungen.

Dabei hätte sie lieber erfahren, wie es war, im Lotto zu gewinnen. Oder die Welt zu umreisen. Präsidentin der Vereinigten Staaten zu werden.

Statt dieses Bungeesprung-Erlebnisses, bei dem sie erst erfahren musste, dass sie niemals Kinder haben konnte, dann das Glück hatte, dass es doch ging, nur damit man es ihr gleich darauf wieder entriss.

Möglicherweise entriss, verbesserte sie sich.

Und zu allem Überfluss saß Bitty in einem verdammten Rollstuhl und musste sich von der Tortur bei Havers erholen.

»Komm«, sagte sie. »Gehen wir zu ihr.«

Sie stiegen aus, jeder auf seiner Seite, und trafen sich am Kofferraum des GTO, wo Rhage den Arm um ihre Schultern legte. Als sie den Brunnen passierten, erfüllte es Mary mit Trauer, dass er ausgelassen und abgedeckt war. Das leise Plätschern des glitzernden Wassers verband sie mittlerweile mit ihrem Zuhause. Aber die Winter im Norden von New York State waren so kalt, dass Außenleitungen gefroren, selbst wenn das Wasser lief.

Der Eingang in das große Haus sah aus wie das Portal einer Kathedrale. Breite Steinstufen führten zu einer Tür, die durch die Schnitzereien in ihrem Rahmen noch majestätischer wirkte. Rhage ging in die Vorhalle voraus, dann hielten sie ihre Gesichter in die Kamera und warteten, dass jemand – voraussichtlich Fritz – ihnen öffnete.

Und die ganze Zeit über schrie in Marys Kopf eine Stimme, dass sie das nicht schaffte, dass sie Bitty nicht in die Augen blicken konnte, ohne ehrlich zu sein, ohne ihr von den jüngsten Entwicklungen zu erzählen, ohne …

»Guten Abend, Master und Mistress.« Der alte Butler hatte die schwere Tür geöffnet und begrüßte sie mit einem Lächeln. »Wie geht es Euch?«

Danke, Fritz, als hätte ich eine Kugel im Herzen …

Mary trat über die Schwelle. Runzelte die Stirn. Sah sich um.

Erst konnte sie die Geräusche nicht deuten. Lachen, ja, und zwar das von Bitty – aber wieso hörte sie außerdem …

Eine Wasserbombe flog auf Marys Gesicht zu, und sie musste sich ducken, sonst hätte sie getroffen. Im nächsten Moment folgte Bitty. Sie rannte in voller Geschwindigkeit aus dem Esszimmer, mit wehendem Haar, nassem T-Shirt und einer roten und einer blauen Wasserbombe in den Händen.

»Was ist hier los?«, blaffte Rhage, als er eintrat.

»Hallo Mom! Hallo Vater!«

Das kleine Mädchen jagte ins Billardzimmer weiter, verfolgt von Lassiter, wem sonst. Der Engel hielt eine gelbe Wasserbombe hoch erhoben in der Hand und warf sie dem Mädchen in den Rücken. Ihr Quietschen war purste Verzückung – dann drehte sie sich blitzschnell um und schleuderte Lassiter eine Bombe mitten ins Gesicht.

Volltreffer.

Platsch!

Aber darum ging es nicht.

Als das Wasser spritzte und Gesicht und Haar des Engels tränkte, packte Rhage ihn bei der Gurgel und riss ihn zu Boden. Dann umfasste er seinen Hals mit beiden Händen, als wollte er den Unsterblichen erdrosseln.

Oder … etwas in der Art.

Mary eilte herbei. »Rhage …«

»Was hast du mit ihr angestellt? Wo sind ihre Verbände!«

Jetzt kam die Mom in Mary durch, und auch sie wurde zornig. »Ja, zum Donner! Sie sollte sie sechs Wochen lang tragen! Und die Beine nicht belasten!«

Lassiter versuchte zu antworten, doch er bekam kein Wort heraus, weil man ihm den Hals zuschnürte.

»Er hat meine Arme und Beine geheilt! Tut ihm nicht weh! Er hat mir geholfen – ehrlich! Tu ihm nicht weh, Vater!«

Sofort ließ Rhage von Lassiter ab und ließ sich auf den Po fallen, denn ihm ging auf, dass sein Gewaltausbruch bei Bitty womöglich Erinnerungen weckte.

Doch sie schien unbesorgt. »Siehst du?« Sie hüpfte von einem Bein aufs andere. Vollführte eine Drehung mit ausgestreckten Armen. Lachte und kicherte glücklich. »Alles viel besser!«

Mary sah sich die Vorführung an, dann musterte sie den Engel. Irgendwie hatte sie in dieser Nacht schon genügend Überraschungen erlebt. »Was … was hast du mit ihr gemacht?«

Bitty sprach erneut für ihren Freund, der nur ein Husten und Röcheln hervorbrachte. »Er hat Sonnenschein in meine Arme und Beine geleitet. Er hat die Hand über die Verbände gehalten, ohne sie zu berühren, und dann wurde es ganz warm … und plötzlich hat es gar nicht mehr wehgetan. Wir haben das Fiberglas in der Garage runtergesägt. Das war so cool.«

Okay, jetzt musste Mary sich wirklich setzen. Auf den Boden. »Was habt ihr mit der Säge gemacht?«

Endlich hob Lassiter den Kopf. Sein Gesicht war rot, aber er klang nicht mehr wie einer, den man gerade noch vorm Ertrinken gerettet hatte. »Ich wollte sie nicht leiden sehen.«

»Seht ihr?«, sagte Bitty. »Also seid nicht sauer auf ihn.«

Mary schüttelte den Kopf. »Ich verstehe nicht …«

»Du Arschloch, warum hast du zugelassen, dass man ihr die Knochen bricht?«, knurrte Rhage. »Du siehst tatenlos zu, wie Havers sie foltert, obwohl du zu so etwas fähig bist?«

Lassiter setzte sich auf und begegnete Rhages wütendem Blick ungerührt mit seinen pupillenlosen Augen. »Es steht mir nicht zu, das Schicksal zu beeinflussen. Man darf es nicht aus dem Gleichgewicht bringen, sonst muss man für den Ausgleich sorgen, und der ist oftmals teurer als der Nutzen.«

Mary dachte an den Handel, den Rhage eingegangen war, um sie vor dem Krebstod zu bewahren. Bevor die Jungfrau der Schrift von Marys Unfruchtbarkeit erfuhr, hatte sie einen hohen Preis für Marys Heilung genannt: Rhage hätte Mary nie mehr sehen und nie mehr mit ihr sprechen dürfen, obwohl sie einander liebten.

Denn das Gleichgewicht bestimmte das Universum.

»Aber« – der gefallene Engel hob den Zeigefinger – »sind die Würfel erst einmal gefallen, darf ich zumindest ihren Sturz abfedern. Wenn ihr versteht, was ich meine. Die Schmerzen lindern, ohne den Kurs des Schicksals zu verändern – das geht.«

Bitty lächelte. »Und ich renne viel lieber herum, als sechs Wochen lang zu warten. Außerdem haben die Verbände schon jetzt angefangen zu jucken. Und baden geht nicht – igitt.«

Mary blinzelte gegen die Tränen an und drückte den Unterarm des Engels. »Danke.«

»Scheiße«, hauchte Rhage. »Es tut mir leid. Und scheiße, ich hätte nicht ›scheiße‹ sagen sollen. Verdammt. Ich meine … verflixt.«

Während ihr *Hellren* über seine Flüche stolperte, wäre Mary um ein Haar zusammengebrochen – was Bitty zu spüren schien, denn sie beugte sich zu ihr hinunter und umarmte sie.

»Es geht mir gut. Ich weiß, dass ihr euch Sorgen macht.« Bitty lächelte und zog Rhage auf die Füße. »Komm, wir gehen zum Letzten Mahl. Und sag jetzt nicht, ich soll erst einmal aufräumen, denn Fritz will uns nicht lassen.«

Wie auf ein Stichwort hob ein Surren im Foyer an.

»Er liebt diesen Nasssauger«, sagte Lassiter. »Klingt schmutzig, findet ihr nicht?«

»Nein, zumindest nicht vor meinem Kind«, murmelte Rhage.

Alle drehten sich nach dem Butler in der schwarz-weißen Uniform um, der tatsächlich einen Nasssauger angeworfen hatte und fröhlich die Pfützen auf dem Mosaikboden entfernte.

Irritiert erwiderte er ihre Blicke und schaltete den Sauger aus. »Benötigen die Herrschaften etwas? Das Letzte Mahl wird in zehn Minuten aufgetragen. Vielleicht einen Trunk?«

»Nein, danke, Fritz«, sagte Rhage erschöpft. »Aber danke der Nachfrage, Mann.«

Der *Doggen* verbeugte sich tief und saugte weiter. Lassiter hatte recht: Es klang wirklich schmutzig.

»Komm schon, Vater, du bist sicher hungrig.« Bitty zog an seinem Arm. »Oder, Mom?«

Großer Gott, das tat weh. Diese Namen … sie schnitten wie Glassplitter in ihr Herz. »Ja«, sagte sie langsam. »Ich glaube auch, er sollte etwas essen.«

Obwohl Rhage nicht aussah, als hätte er großen Appetit. Aber natürlich konnte er es dem Mädchen nicht ausschlagen. Die beiden spazierten los Richtung Esszimmer, und ein kleiner Gnom, der sich wieder frei bewegen konnte, hüpfte neben einem baumlangen Kerl her, der wie ein Zombie schlurfte.

Mary zuckte zusammen, als eine Hand vor ihrem Gesicht erschien, um ihr auf die Beine zu helfen. Lassiter war aufgestanden und blickte mit ernstem Ausdruck von großer Höhe auf sie herab.

Da realisierte Mary erst so richtig, dass der Butler die Überreste einer Wasserbombenschlacht beseitigte. Vor allem deshalb, weil das prunkvolle Foyer mit seinen Säulen aus Malachit und rotem Marmor, einer Decke, die sich über drei Geschosse spannte, einem riesigen Kamin und einer ausladenden Treppe ungefähr der letzte Ort war, wo man sich so etwas vorstellen konnte.

Sie sah dem Engel in die Augen und sagte: »Du wusstest es, habe ich recht?«

»Wie sehr Fritz den Nasssauger liebt?«

»Dass ihr Onkel aufkreuzen würde und dass Rhage und ich völlig aufgelöst nach Hause kommen würden. Du wusstest, dass wir Ablenkung brauchen könnten.«

»Ach.« Er winkte ab. »Du überschätzt mich.«

»Und du konntest es genauso wenig wie der Rest von uns ertragen, sie leiden zu sehen.«

Nach einem Moment ging Lassiter neben ihr in die Hocke und strich ihr links und rechts über die Wangen.

Dann formte er zwei Fäuste und drückte sie so fest zusammen, dass die Adern an seinen muskulösen Unterarmen hervortraten. Als er sie öffnete, lagen zwei geschliffene Diamanten auf seinen Handflächen, die das Licht in bunten Prismen reflektierten.

»Die Tränen einer Mutter«, flüsterte er. »So hart … so schön.«

»Ich bin nicht ihre Mutter«, krächzte Mary mit erstickter Stimme. »Oh Gott … ich bin nicht wirklich ihre Mutter.«

»Oh doch, das bist du. Die hier behalte ich, damit ich sie dir zurückgeben kann, wenn es vorbei ist.«

»Er ist ihr Onkel. Ich spüre es. Der Onkel … ist echt.«

»Vielleicht.« Lassiter stand wieder auf. »Aber ich behalte sie trotzdem. Man weiß ja nie.«

Damit ließ er sie allein. Sein Haar triefte, seine Kleidung war nass, und all sein Goldschmuck schimmerte, als würde ihn die Sonne auf Schritt und Tritt begleiten.

Mary sah zu dem Bogendurchgang hinüber, durch den Rhage und Bitty verschwunden waren.

Als sie das Gefühl hatte, dass sie es so weit schaffen würde … stand sie auf … und lief.

26

Am nächsten Abend stand Elise im Bad und föhnte sich das Haar, als ihr Handy auf dem Marmorwaschtisch vibrierte.

Sie griff so hastig danach, dass ihr dabei fast der Föhn entglitt.

Dabei war es gar nicht Axe, der anrief.

»Na endlich«, sagte sie und stellte den Föhn aus.

»Was ist denn das für eine Begrüßung?«, fragte die männliche Stimme am anderen Ende.

»Das ist die gebührende Begrüßung für jemanden, der sich mit dem Rückruf Zeit lässt.«

Peyton, Sohn des Peythone, fluchte leise. »Es tut mir leid. Es war viel los. Aber jetzt bin ich ganz Ohr. Alles okay bei dir?«

Sie wandte sich vom Spiegel ab und lehnte sich mit dem Po an den Waschtisch. Ihr war heiß in ihrem rosa Plüschbademantel, aber sie behielt ihn an: Sie unterhielten sich zwar nicht über FaceTime, trotzdem wäre es ihr unpassend erschienen, nackt mit ihrem Cousin zu telefonieren.

»Warum wolltest du Axe mit Geld von mir fernhalten?«

Schweigen am anderen Ende. »Dann geht es also um deinen neuen Bodyguard.«

»Du hast ihn beleidigt.«

»Darf ich dir eine Frage stellen: Was meinst du, wer dich da beschützt? Wie viel weißt du über ihn?«

»Soll das eine Fangfrage sein? Wenn ja, beantworte sie lieber gleich selbst, okay? Ich habe keine Lust auf heiteres Rätselraten.«

»Elise, deine Familie hat schon so viel verloren …«

»Komm mir nicht damit. Ich lebe in diesem Haus, okay? Als wüsste ich nicht, wie sehr hier alle leiden.«

»Ja, und ich war es, der Allishons Eltern in die Augen blicken musste, als ich von ihrem Tod erzählte.«

»Was wird das hier? Ein Wettstreit darüber, wer mehr unter dem Tod meiner Cousine leidet? Ernsthaft?«

»Elise …« Peyton fluchte leise. »Sieh mal, ich will mich nicht mit dir streiten.«

»Gut, denn ich fühle mich bei Axe gut aufgehoben. Mir gegenüber hat er sich immer vorbildlich verhalten. Und ich schätze es nicht, dass du ihn beleidigst, indem du ihn zu bestechen versuchst, obwohl dich diese Sache gar nichts angeht.«

»Du gehst mich sehr wohl etwas an.«

»Nein, du irrst dich. Ich bin deine Cousine dritten Grades. Mehr nicht.« Als sich das Schweigen in die Länge zog, wuchs ihr Frust. »Vielleicht hätte ich nicht anrufen sollen.«

»Vielleicht.« Er fluchte. »Ich muss aufhören und mich fürs Training fertig machen – soll ich deinen Macker von dir grüßen?«

»Warum bist du nur so? Er ist nicht mein Macker.«

»Viel Glück mit ihm. Du wirst es brauchen …«

»Nein, das lasse ich nicht durchgehen. Entweder sagst du mir, was dir wirklich Sorgen bereitet, oder du gibst zu, dass du gemein bist, weil du an einem übertriebenen Beschützerinstinkt leidest. Diese zwei Möglichkeiten hast du, Peyton. Aber du kannst dich nicht in dunkle Andeutungen hüllen und dich dann darüber empören, dass ich so verrucht bin.«

Es gab eine Pause. Dann kam ein trauriges Lachen. »Siehst du, aus diesem Grund könnte ich nie mit dir zusammen sein. Mal abgesehen davon, dass du meine Cousine bist.«

»Tja, ich bitte dich auch nicht darum, also steht es ohnehin nicht zur Debatte.«

»In Ordnung. Dann leide ich also unter einem übertriebenen Beschützerinstinkt, auf den ich kein Recht habe. Wie du möchtest.«

Elise seufzte und lächelte leicht. »Du willst einfach nerven, habe ich recht?«

»Ja, das wirft man mir oft vor.« Peyton stieß die Luft aus. »Hör zu, ich weiß, dass man in unseren Kreisen nicht darüber spricht, aber die Sache mit Allishon geht mir wirklich an die Nieren. Ich … ich komm einfach nicht drüber weg. Mir ist bewusst, dass ich ziemlich angeschlagen bin deswegen. Aber … ich kann nicht schlafen, und ich bin … ich kann nicht klar denken. Es war hart.«

Elise senkte die Stimme zu einem Flüstern. »Es tut mir so leid.«

»Du bist nicht schuld daran. Wirklich nicht.«

»Was ist mit ihr passiert? Niemand sagt mir etwas. Ich weiß nur, dass sie in der Menschenwelt gestorben ist. Sie hat noch nicht mal eine Schleierzeremonie bekommen. Es ist so merkwürdig, eben noch war sie da, und dann war sie fort, als hätte sie nie existiert. Seitdem verbarrikadiert sich meine Tante in ihrem Zimmer, und mein Onkel wandert ziellos umher … ich würde so gerne helfen oder sie verstehen oder … einfach endlich erfahren, was mit ihr geschehen ist.«

Es folgte eine lange Pause. »Peyton? Bist du noch dran? Hallo?«

»Ich habe gesehen, was man ihr angetan hat. Ich habe … die Gewalt gesehen, durch die sie zu Tode kam.«

»Gütige Jungfrau der Schrift, Peyton …«

»Ich war nicht derjenige, der sie gefunden hat. Aber ich fand heraus … was man ihr angetan hatte.«

»Kein Wunder, dass es dir so miserabel geht.« Elise schlug sich die Hand vor den Mund. »Ich hatte ja keine Ahnung.«

»Sie wurde nicht von einem Menschen getötet. Es war einer von uns.«

»Wer?«, hauchte sie.

Peyton räusperte sich. »Okay, ich weiß, das ist jetzt fies, und ich mache ungern so schlagartig Schluss, aber ich muss mich wirklich umziehen. Können wir uns treffen und uns persönlich unterhalten?«

Sie dachte an ihr Date mit Axe. »Morgen Nacht?«

»Da habe ich frei. Ich komme zu dir.«

»Lieber bei dir. Besonders, wenn wir über sie reden. Ich will nicht, dass jemand mithört.«

»In Ordnung. Und Elise? Es tut mir leid.«

»Was?«

»Ich weiß auch nicht. Wir sehen uns morgen. Komm einfach, wenn du Zeit hast. Ich werde in meinem Zimmer sein.«

»Dann bis morgen.«

Als sie auflegte, überzog sie ein leiser Schauder. Erst dachte sie, es käme von ihrem Gespräch mit Peyton. Doch … es war etwas anderes.

Sie legte das Handy zur Seite und sah sich um. Aber wer sollte schon in einer dunklen Ecke lauern – in einem weißen, hell erleuchteten Bad.

Sie ließ ihr Handy liegen und ging ins Schlafzimmer. Sah sich erneut um, obwohl es auch hier keine dunklen Ecken gab, weil sie alle Lichter angeknipst hatte.

Und eigentlich war es auch kein ängstliches Unbehagen, das sie fühlte.

Mehr so ein aufgeregtes Prickeln …

»Axe?«, sagte sie laut.

Obwohl sie nur ihren rosa Bademantel trug, tappte Elise in den Flur hinaus. Folgte ihrem Gefühl zur großen Treppe. Hinunter ins Erdgeschoss …

Frische Luft. Jemand war von draußen hereingekommen. Außerdem … der Duft von Axe. Er war es, den man eingelassen hatte. Und weil sie erst in der letzten Nacht von seinem Blut getrunken hatte, wusste sie auch ganz genau, wo er war.

Sie riss den Kopf nach links und sah, dass die Tür zum Arbeitszimmer geschlossen war.

Leise schlich sie sich zu dem Salon, der hinter dem Arbeitsbereich ihres Vaters lag. Ohne die entzückende Tapete und die Vorhänge in Apricot und Silber eines Blickes zu würdigen, lief sie zu einem in die Wand eingelassenen Regal mit muschelförmigem oberem Abschluss, das mit Herend-Porzellanfiguren bestückt war: Hähne, Wasservögel und alle möglichen anderen gefiederten Wesen tummelten sich in den Fächern.

Der Hebel war rechts auf Schulterhöhe versteckt, perfekt getarnt, wo man ihn niemals vermutet hätte – und als sie ihn betätigte, löste sich der gesamte Abschnitt, den man vor hundertfünfzig Jahren eingebaut hatte, aus der Wand und glitt geräuschlos zur Seite.

Sie trat in den Geheimgang dahinter, zog an einem altmodischen Drahtseil mit hölzernem Griff … und das Regal fuhr zurück, so widerstandslos, dass die kostbare Sammlung kein bisschen wackelte.

Der Gang war eng und feucht, aber nicht kalt, und es drang genug Licht durch die Spalten der Abschlussleisten hoch über ihr, dass sie unbeschadet die drei Meter bis zu ein paar Holzstufen zurücklegen konnte, die zur Rückseite einer Wand führten.

Vorsichtig stieg sie die Stufen empor. Sie wog zwar nicht die Welt, fürchtete aber, sich durch ein Knarzen zu verraten. Auf der oberen Stufe angekommen, streckte sie die Hand nach einem Schieber aus, der auf Augenhöhe lag.

Als sie ihn zur Seite schob, konnte sie ins Arbeitszimmer ihres Vaters blicken. Sie sah den Kamin an der Rückwand, den Schreibtisch, ihren Vater ... und Axe, der ihm gegenübersaß.

Ja, sie blickte durch die »Augen« eines Porträts. Wie im Film.

Ihre *Mahmen* hatte die Löcher eigenhändig in das Gemälde geschnitten – und ihr Vater wäre fast in Ohnmacht gefallen. Aber ihre *Mahmen* hatte sich solche Dinge bei ihm leisten können.

Sie als Einzige.

Wenn Elise darauf achtete, nicht zu laut zu atmen, und wenn es ihr gelang, das Rauschen in den Leitungen und das leise Pfeifen eines Lufthauchs im Gebälk auszublenden, konnte sie verstehen, was geredet wurde.

Ihr Vater nahm soeben Platz, was logisch erschien. Offensichtlich hatte sie es sofort bemerkt, als Axe ins Haus gekommen war.

Demgemäß würde auch er bald erraten, wo sie war ...

Und tatsächlich runzelte er die Stirn und blickte genau in ihre Richtung. Dabei wirkte er fast verärgert, als könnte er sich nicht erklären, warum ihn ein zweihundert Jahre altes Porträt von irgendeinem Vampir im Festtagsgewand derart ablenkte.

»Danke für Ihr Kommen«, sagte ihr Vater und zupfte die Manschettenknöpfe unter der dunkelblauen Anzugjacke in die richtige Position. »Soviel ich weiß, ist der erste Abend mit meiner Tochter zufriedenstellend verlaufen.«

Dieser Satz beschwor ein Bild hervor, wie sie nackt und ausgestreckt vor dem Kamin lag, während sich Axe mit Mund und Händen …

Okay, das musste auf der Stelle aufhören.

Axe sah ihren Vater an. Schielte noch einmal zu dem Porträt. Riss sich zusammen. »Sie ist unversehrt nach Hause gekommen.«

»Dafür bin ich mehr als dankbar.« Ihr Vater lächelte und wirkte aufrichtig dabei. »Sie bedeutet mir alles. Sie erinnert mich so sehr an ihre *Mahmen*. Ein feuriges Gemüt, ein scharfer Verstand, furchtlos gegenüber der Welt. Aus diesem Grund mache ich mir Sorgen.«

»Deshalb habt Ihr mich eingestellt.«

»So ist es.« Felixe räusperte sich. »Und damit wären wir beim Thema: Ich möchte Ihre Aufgaben erweitern.«

»Wie das?«

»Ich werde keine *Bannung* über sie verhängen, das würde ihr nicht bekommen. Mir ist bewusst, dass sie das Haus auch ab und an nicht nur zu Studienzwecken verlassen muss. Vielleicht geht sie zu einem festlichen Anlass oder trifft sich mit Vampirinnen ihres Standes.«

Ganz bestimmt … weil sie wirklich heiß drauf war, sich mit einer Gruppe heiratswütiger Barbies die Nägel machen zu lassen.

Dieses Geld sparte sie sich lieber, behielt ihre Fußnägel für sich und las noch einmal ihre Dissertation durch.

»Es würde mich freuen, wenn sie einen Freier fände.«

Elise verzog das Gesicht. Alles, nur das nicht.

»Denkt Ihr an jemand Bestimmten?«, erkundigte sich Axe.

»Es gibt eine Reihe von geeigneten Kandidaten, deren Familien glücklich wären, wenn sie sich häuslich niederließen. Meine Tochter ist schon lange volljährig. Es ist an der Zeit, aber ich weiß schon jetzt, dass sie rebellieren wird, wenn ich einen Interessenten unterstütze. Daher befinde ich mich in einer äußerst diffizilen Position.«

»Was möchtet Ihr dagegen tun?«

»Ich bin mir bewusst, dass sie letzte Nacht das Haus verlassen hat. Ich weiß nicht, wo wie war. Sie hat Sie nicht bestellt, um sie zur Universität zu begleiten – sonst hätten Sie mir die Stunden geschickt, wie vereinbart, und wie Sie es am Abend zuvor getan haben.«

»Ihr wollt, dass ich ihr folge. Auch wenn sie nicht zur Universität geht.«

»Und mir sagen, wohin sie geht. Natürlich werde ich Sie dafür entlohnen.«

Axe rutschte auf seinem Stuhl herum und schlug ein Bein über, sodass der Knöchel auf dem Knie ruhte. Wieder schielte er zu dem Porträt. Dann wandte er sich ihrem Vater zu. »Ich nehme am Trainingsprogramm teil. Ich kann ihr nicht rund um die Uhr folgen.«

»Ich habe einen GPS-Sender in ihrem Handy installieren lassen. Mein Butler ist ziemlich geschickt im Umgang mit elektronischen Geräten. Er kann ihren Bewegungen folgen und Ihnen die Koordinaten liefern.«

»Aber noch mals, was ist, wenn ich im Unterricht bin?«

»Sie könnten danach ermitteln, wohin sie geht. Wenn Sie nicht im Training sind.«

»Nur damit ich das richtig verstehe: Ihr wollt keine *Bannung* über sie verhängen, wollt aber wissen, wohin sie geht, und wenn ich nicht dort sein kann, wollt Ihr, dass ich als Privatdetektiv fungiere und herausfinde, was sie getan hat und mit wem?«

»Ja.« Felixe lächelte erleichtert. »Ganz genau.«

Verdammt, Vater, dachte sie. Und natürlich würde Axe annehmen. Er hatte mehrfach betont, dass er auf den Job angewiesen war, und mehr Geld war immer gut …

275

Axe erhob sich. »Es tut mir leid, aber das ist nichts für mich.«

»Was?«, sagte ihr Vater.

Was?, dachte sie.

»Seht, ich arbeite gern als ihr Leibwächter. Aber ihr hinterherzuspionieren und Euch zu berichten, was sie treibt, damit Ihr es gegen sie verwenden könnt, ist nicht mein Ding. Wenn es Euch solche Sorgen bereitet, was sie tut und mit wem sie sich trifft, müsst Ihr sie selber fragen. Ich bin selten jemandem begegnet, der so aufrichtig ist wie Eure Tochter. Sie wird es Euch sagen. Sie ist ehrlich, auch wenn es unangenehme Diskussionen nach sich zieht.«

»Aber … ich zahle Ihnen mehr. Ich kann Ihnen doppelt so viel zahlen.«

»Wow. Das ist …« Axe blickte ein letztes Mal in Richtung des Porträts. »Ich muss los. Das Training beginnt in einer Stunde, ich muss davor noch etwas essen.«

»Ich wünschte, Sie würden es sich noch einmal überlegen.« Felixe schien entmutigt. »Ich brauche Ihre Hilfe.«

»Da täuscht Ihr Euch. Ihr müsst mit Eurer Tochter reden, anstatt sie wie einen Feind zu behandeln.«

»Ich will doch nur das Beste für sie.«

»Was das ist, weiß aber nur sie.«

Während sich Axe der Tür zuwandte, schloss Elise den Schieber und hüpfte von den Stufen. Dann raffte sie ihren Bademantel und eilte auf die versteckte Tür zu.

Im Haus der Bruderschaft, in seinem und Marys neuem Bad, prüfte Rhage seine zwei Vierziger und vergewisserte sich, dass die Magazine voll waren. Dann steckte er seine zwei schwarzen Dolche in das Holster, mit den Griffen nach unten, und kontrollierte seine Ersatzmunition.

»Frohe Weihnachten«, sagte er zu seinem Gesicht, das

ihm aus dem Spiegel über dem Waschbecken entgegenblickte.

Seltsam, an diesem Tag feierten die Menschen die Geburt eines Erlösers, und er stand hier und machte sich zu einem Kampfeinsatz bereit, um anderen den Tod zu bringen.

Und er sah auch aus wie ein Killer, erst recht, als er einen langen Ledermantel überzog und seinen Blondschopf unter einer schwarzen Mütze versteckte.

Doch er hätte auch in einem pinken Bademantel und Plüschpantoffeln losziehen können, seine Augen hätten ihn verraten.

Er wandte sich von seinem Spiegelbild ab und ging ins Schlafzimmer. Als sie vor zwei Monaten in den zweiten Stock gezogen waren, hatten sie sich sofort wie zu Hause gefühlt, weil Bitty bei ihnen war. Jetzt kam ihm die Suite wie ein Hotelzimmer vor, hübsch, aber nur etwas Vorübergehendes.

Wenn das Mädchen sie verließ, würden sie dieses Zimmer wieder aufgeben.

Tatsächlich würde er nie wieder einen Fuß in den zweiten Stock setzen.

Er ging zum Nebenzimmer und blieb in der Tür stehen. Mary und Bitty saßen auf dem Bett des Kindes, beide in Jogging-Klamotten. Bittys Haar war noch nass vom Duschen, und Mary bürstete es, angefangen bei den Spitzen, von denen aus sie sich nach oben arbeitete, während die Kleine über die Weihnachtsfeier redete, die Beth und Butch für das Ende der Nacht organisierten.

»Dann kommt also ein großer dicker Mann in einem roten Samtanzug durch den Kamin?«, fragte das Mädchen.

»Ja. In der Nacht legt er Geschenke unter den Baum, und morgens schauen alle in ihre Weihnachtsstrümpfe und Päckchen. Nachmittags isst man viel zu viel, dann schaut man Football und schläft ein. Abends um neun Uhr wacht man wieder auf und hat Hunger. Also isst man noch mehr, geht ins Bett und schläft.«

»Das klingt nach der perfekten Feier für Vater! Aber dann hätten wir bei Morgendämmerung anfangen sollen.«

»Wir mussten die Zeiten an die Gewohnheiten hier im Haus anpassen.«

Ja, es hatte seit Wochen Pläne gegeben, aber nachdem dieser Onkel im Audienzhaus aufgetaucht war, war niemandem nach Feiern zumute gewesen. Trotzdem hatten Rhage und Mary darauf bestanden, wie geplant zusammenzukommen.

Vielleicht war es eine weitere gute Ablenkung, so wie Lassiters kleine Wunderheilung und die Wasserschlacht zum richtigen Zeitpunkt.

Bitty löcherte Mary mit weiteren Fragen zu ihrer Jugend, und die beantwortete alles auf die gleiche Art, wie sie das Haar des Mädchens bürstete … langsam, zärtlich … als wäre es ihre letzte Gelegenheit, diese Dinge zu tun.

»Oh, Vater! Hallo!«

Als Bitty sich nach ihm umdrehte, war ihr Gesicht so offen, ihr Lächeln so echt … dass er am liebsten losgeheult hätte. Aber er tat es nicht. Er trat ins Zimmer, als wäre es ein ganz normaler Abend, und murmelte ein paar freundliche Worte, lächelte, tätschelte Bittys Schulter, küsste Mary auf den Mund, verabschiedete sich.

Bitty schien besorgt.

Mary war resigniert und traurig.

Er wollte bei ihnen bleiben. Doch er musste gehen.

Die Bestie mochte in der vergangenen Nacht im Gefängnis seines Körpers geblieben sein, doch lange konnte er sie nicht im Zaum halten, solange die Anspannung so hoch war – also musste er sich in den Kampf stürzen, um sich abzureagieren. Es war seine einzige Chance.

»Sei vorsichtig«, sagte Bitty, als er sich zum Gehen wandte.

»Bin ich doch immer«, flüsterte er über die Schulter.

Anstatt sich mit Z und Butch und den Trainingsschülern am vereinbarten Ort zu treffen, dematerialisierte sich Rhage direkt in die Gassen westlich von Caldwells Bankenviertel und drang weiter in das Herz ihres Einsatzgebiets vor, in das Dickicht aus Asphalt und Schatten, das er schon so lang durchstreifte.

Es war kalt wie in der Nacht zuvor, und der Geruch von Schnee lag in der Luft. Die Menschen würden sich freuen, sie liebten weiße Weihnachten.

Niemand war in der verlassenen Gegend unterwegs, die er sich für seinen Streifzug ausgesucht hatte, die Straßen waren leer bis auf eine ausgebrannte alte Limousine, eine vergammelte Couch und ein paar dürre tote Bäume, die aus dem aufgeplatzten Asphalt ragten.

Hier standen keine blinkenden Weihnachtsbäume in den Fenstern, hier spazierten keine Menschen zu Weihnachtsfeiern und riefen sich »Ho-ho-ho« über die Straßen zu. Es gab keine Weihnachtslieder, keine Schlitten mit bimmelnden Glöckchen, keine Rentiere, keine Geschenke.

Rhage atmete tief ein. Es brannte in seiner Brust … und es war, als würde er wieder bei null anfangen.

Seit er mit Mary zusammen war, hatte er das Töten genossen. Schließlich war er ein Produkt des guten alten Zuchtprogramms der Jungfrau der Schrift und dazu geschaffen, seine Spezies zu schützen und zu verteidigen.

Aber die Kämpfe hatten nichts mehr mit der alten Verzweiflung zu tun gehabt, dieser Getriebenheit, diesem … traurigen Gefühl, nicht über sein Geschick zu bestimmen, sondern seinem Fluch ausgeliefert zu sein …

Er drehte sich um und schnupperte.

Begann zu knurren.

Auf *Lesser* traf man nun seltener denn je, dafür hatten ein paar Brüder Gegner einer ganz anderen Art gesichtet.

Sie versuchten herauszufinden, was es mit ihnen auf sich hatte. Veränderungen verhießen selten Gutes im Krieg. Sie zeigten, dass Omega wieder nachdachte.

Doch jetzt umwehte ihn der Gestank nach Talkum, und damit ging sein größter Wunsch in Erfüllung.

Mal abgesehen davon, dass Bitty bleiben sollte, wo sie hingehörte.

Rhage bleckte die Fänge und machte sich auf die Jagd.

27

Axe war entsetzt über den Vater von Elise. Etwas Schlimmeres hätte er kaum sagen können, außer vielleicht, dass seine Tochter heimlich mit Drogen dealte oder auf den Strich ging. Ein Doppelleben führte, in dem sie kleinen Kindern ihre Bonbons wegnahm und Hundewelpen quälte.

Unglaublich, dachte Axe, trat durch die große, prunkvolle Tür ins Freie und entfernte sich vom Haus …

Sechs Meter weiter links stand Elise wie eine Geistererscheinung im eisigen Wind, in einem … Moment, war das ein rosa Plüschbademantel? Doch sie war kein Geist, sie war echt. Ihr Haar flatterte im Wind, ihr Duft erfüllte seine Nase, ihre Gegenwart schuf tropische Temperaturen in dieser eisigen Nacht.

»Was machst du h…«

Weiter kam er nicht. Sie stürzte sich auf ihn, schlang die Arme um ihn und drückte ihn, so fest sie konnte.

»Warte, was tust du hier?«, fragte er überrascht. »Elise, so darfst du dich nicht sehen lassen.«

Er hob sie hoch und trug sie hinter einen großen Ahornbaum mit breitem Stamm.

»Was hast du hier draußen zu suchen?«, fragte er und stellte sie ab. »Du holst dir den Tod …«

»Ich musste dir einfach danken.«

»Wofür …« Er verstummte. »Du warst das. Du warst hinter dem Bild.«

»Ich habe es gespürt, dass du im Haus bist, ich wusste nur nicht warum. Ich habe gehört, was du zu meinem Vater gesagt hast ... danke.«

Axe wollte das Richtige sagen. Oder zum Henker, irgendetwas. Aber die Art, wie sie zu ihm aufblickte, mit leuchtenden Augen, ihr Haar so sauber und duftend, ihr Körper unter dem Bademantel so frisch in seiner Erinnerung ...

Er umfasste ihr Gesicht und strich mit dem Daumen über ihre Wange. »Ich habe von dir geträumt. Den ganzen Tag.«

Elise lächelte noch breiter. »Ehrlich?«

»Mm-hm.«

»Was hast du von mir geträumt?«

»Das.«

Er beugte sich hinunter und küsste sie, presste den Mund auf ihren, schlang die Arme um sie, zog sie an sich. Der eiskalte Wind tanzte um sie herum, und es begann zu schneien. Der samtschwarze Himmel war wie ein Ansporn für alle Liebenden.

Irgendwann löste sie sich von ihm, und er massierte ihre Schultern. »Ich kann es kaum erwarten, dass diese Nacht zu Ende ist.«

»Ich auch nicht.«

Sie legte die Hände auf seine Brust und streichelte sie. »Ich wünschte, du müsstest nicht gehen.«

»Ich könnte ohnehin nicht bleiben.«

»Du könntest ...«

»Ich will dich nicht in Schwierigkeiten bringen.«

»Das würdest du niemals.«

Gütige Jungfrau der Schrift, er bekam einfach nicht genug von ihrem Gesicht, von ihrem Hals, ihren Hüften unter seinen Händen. Sie war wie eine Droge. Welch Hohn, dass er vor ihr davonrennen wollte, nachdem er sich anderen Drogen so bereitwillig hingegeben hatte. Dem Heroin und Kokain. Dem Sex. Der Gewalt.

Aber die schrille Alarmglocke, die ihn von ihr wegzutreiben versuchte, wurde mehr und mehr gedämpft durch den noch stärkeren Drang, bei ihr zu sein und zu bleiben.

Plötzlich musste er an die Holzfiguren seines Vaters denken.

Abrupt löste er sich von ihr. Und vermisste sogleich ihre Nähe.

Es war zum Verrücktwerden.

»Es tut mir leid. Ich muss los.«

»Pass auf dich auf da draußen«, flüsterte sie und schlang sich die Arme um den Körper.

Er nickte, sah sie ein letztes Mal an … und dematerialisierte sich zum Treffpunkt der Trainingsschüler, der südwestlich von ihrem Haus lag.

Als er wieder Gestalt annahm, blies ihm ein beißender Wind ins Gesicht, und er atmete tief ein. Sein Leben lang hatte er erfolgreich Gefühle verdrängt und weggesperrt, und so machte er es auch jetzt und verbannte alle Gefühle und Gedanken, die mit Elise zu tun hatten, aus seinem Kopf.

Zu dumm, dass er sie noch immer schmeckte.

Peyton erschien als Nächster, und sie standen einander gegenüber. Axe war bereit zu kämpfen, bereit, damit anzufangen, wenn es nötig war, um die Sache ins Rollen zu bringen.

Aber Craeg und Paradise tauchten auf und stellten sich zwischen sie.

»Nein«, sagte Craeg. »Das lasst ihr schön bleiben. Ihr verschwendet nur unnötig Zeit und Kraft – das könnt ihr euch hier draußen nicht leisten. Was ist nur los mit euch?«

»Nichts«, sagte Axe, ohne den Blick abzuwenden. »Absolut nichts.«

»Gut.« Craeg rührte sich nicht vom Fleck. »Und was ist mit dir, Peyton?«

»Ich habe kein Problem.«

Paradise hakte sich bei Peyton ein und drehte ihn herum. »Du wolltest mir doch von dieser Frau erzählen, zu der du gestern noch mal zurück in den Club gegangen bist. War sie heiß?«

Ein klassisches Ablenkungsmanöver. Eigentlich peinlich, dass es nötig war, aber ihre beiden Aufpasser hatten recht. Sie gingen heute Nacht in den Einsatz. Das hatte nichts mit Unterricht im Klassenzimmer zu tun oder mit einem Training in der Turnhalle.

Echte Waffen und Action, hatten die Brüder gesagt.

Sie durften nicht über ein solches persönliches Hickhack untereinander stolpern.

Geradewegs in ihr Grab.

Elise schien einige Zentimeter über dem Boden zu schweben, als sie über den Dienstbotenaufgang zurück zu ihrem Zimmer ging. Sie durfte sich nicht erwischen lassen, in einem Bademantel, der nach frischer Nachtluft und einem Vampir roch, den sie gerade vor dem Haus geküsst hatte.

Witzig, eben diesen Kitzel hatte sie gesucht, als sie vor wenigen Nächten darüber nachgedacht hatte, etwas mit Troy anzufangen. Sie hatte sich danach gesehnt, innerlich aufzublühen, ohne sich dessen bewusst zu sein. Sie hatte gesucht, doch es hatte zu ihr gefunden. Und es war herrlich.

Doch ihr Höhenflug dauerte nicht lange an.

Als sie im ersten Stock ankam und leise durch den Flur lief, vorbei an den geschlossenen Türen von Gästezimmern und den Gemächern ihres Vaters, näherte sie sich einer offenen Tür, hinter der es dunkel war.

Die Stimme ihres Onkels klang weit entfernt, obwohl er unweit der Tür stehen musste. »… heute Abend? Soll ich uns eine Mahlzeit an einem ruhigen Tisch auftragen lassen?«

Die Antwort ihrer Tante war so leise, dass Elise sie nicht verstand.

»Nun …«, murmelte ihr Onkel. »Ja, dann komme ich zurück. Vielleicht ein andermal. Ich glaube, es gibt noch … was? … Ja, ich weiß, dass du nicht schläfst …«

Elise schlang sich die Arme um den Leib und ging schnell an der Tür vorbei, den Kopf gesenkt, den Blick auf den Teppich geheftet. Doch ihr Onkel musste sie bemerkt haben, denn er drehte sich ins Licht.

Sein Gesicht sah aus wie ein Totenschädel. Die Haut war grau vor Anspannung und Kummer, die Augen lagen tief in den Höhlen. »Elise«, sagte er tonlos. »*Wie geht es dir heute Abend?*«

Sie verbeugte sich und antwortete ebenfalls in der Alten Sprache. »*Es geht mir gut, mein Onkel. Und dir?*«

Es war die gewohnte Antwort auf die gewohnte Frage, die keine echte Frage war, sondern eine höfliche Geste, wie ein »Gesundheit«, wenn jemand nieste.

»*Es geht mir gut. Danke der Nachfrage.*«

Damit wurde die Tür geschlossen.

Sie hatte ihren Onkel seit der Tragödie nicht gesehen und konnte nur Vermutungen darüber anstellen, in welcher Verfassung ihre Tante war.

Elise ging weiter zu ihrem eigenen Zimmer, wo sie sich eine gemütliche Yogahose und einen Fleece-Pulli anzog, die ihrem Vater nicht gefallen hätten. Ein kurzer Blick auf die Uhr zeigte, dass es noch viel zu viele Stunden waren, bis sie sich zu Axe aufmachen konnte.

Ohne ihr Handy, versteht sich.

Herzlichen Dank auch, Vater.

Sie setzte sich an ihren zierlichen französischen Schreibtisch. Es gab wissenschaftliche Artikel, die sie lesen musste, und den Entwurf des Unterrichtsplans für das Januar-Seminar, den Troy ihr am frühen Nachmittag geschickt hatte. Aber sie war abgelenkt und kam nicht voran, immer wieder musste sie an das Gespräch zwischen Axe und ihrem Vater denken, an den Anruf von Peyton – an den Kuss auf dem Rasen … und an die Szene auf dem Flur. Es war unmöglich, sich zu konzentrieren.

Aus unerfindlichem Grund fand sie sich im Flur wieder … vor Allishons Zimmer.

Diesmal ging sie gleich hinein, doch dann blieb sie stehen und wusste nicht recht, was sie hier tat, wonach sie suchte. Nach einem Moment bewegte sie sich auf den begehbaren Schrank zu, weil ihr nichts Besseres einfiel.

Sie schloss sich ein und sah sich um, als automatisch Licht anging. Die Kleidung hing schief auf den Bügeln oder lag verstreut auf dem Boden.

Gütige Jungfrau der Schrift, es roch nach Allishon und ihrem Parfüm.

Die T-Shirts, Röcke, Jeans, Stiefel und Pumps waren ganz anders als die Kleidung von Elise. Alles war eng, kurz, aus Leder, mit Nieten besetzt oder absichtlich zerrissen. Während sich Elise an die Konventionen gehalten hatte, war Allishon gegen jede gesellschaftliche Norm Sturm gelaufen.

Der klassische Gegensatz zwischen dem braven Mädchen und der Rebellin.

Vom klinischen Standpunkt aus betrachtet war es kein Wunder, dass niemand über den Tod sprach. Ihr Vater fühlte sich schuldig und vielleicht ein bisschen überlegen, weil seine »konservative« Tochter noch lebte, sein Bruder war am Boden zerstört und verbittert, dass seine Tochter, die so widerspenstig und schwer erziehbar gewesen war, genau das Ende gefunden hatte, vor dem man sie immer fernhalten wollte, und ihre Tante trug sich vermutlich mit Selbstmordgedanken.

Und irgendwo in diesem Sumpf versuchte Elise ihr eigenes Leben zu leben, gefangen irgendwo zwischen Kummer und einer Sehnsucht nach Unabhängigkeit.

Was für ein Chaos.

Apropos …

Sie hob eine schwarze Bluse auf, die notdürftig von ein paar Sicherheitsnadeln zusammengehalten wurde, und hängte sie auf einen freien Bügel. Dann nahm sie ein Flanellhemd, das zum größten Teil zerfetzt war. Und einen schwarzen Body mit aufgedruckten Blutspritzern, als wäre die Trägerin von einer Kugel in die Brust getroffen worden.

Sie wusste auch nicht, warum sie aufräumte. Wobei, natürlich wusste sie es ganz genau: Sie wollte ihrer Familie helfen und wusste nicht wie sonst.

Ihr Vater ertrug es nicht, wenn sie ihn auch nur umarmte. Ihr Onkel konnte sie nicht ansehen. Ihre Tante kam nicht aus dem Bett … höchstens, um verfrüht ins Grab zu gehen.

Das hier war ihre einzige Möglichkeit.

Irgendwann – vielleicht in einem Jahr, vielleicht in zehn – würde jemand in dieses Zimmer kommen und die Kleidung in Kisten packen, sie vielleicht in den Keller oder auf den Dachboden verbannen, da man in adeligen Familien niemals etwas weitergab oder verkaufte, denn das brachte angeblich Unglück.

Vielleicht würden sie alles irgendwo auf dem Grundstück verbrennen.

Aber wenigstens würde derjenige nicht diese Unordnung sehen.

Wieder dachte sie an Peytons Worte und konnte nur den Kopf schütteln. Ihr Vater hatte es immer so dargestellt, als wäre Allishon von einem Menschen getötet worden. Jetzt wusste sie, dass es ein Vampir gewesen war.

Was zum Henker war nur geschehen?

28

Nachdem nun auch Novo und Boone in der spärlich erhellten Gasse erschienen waren, war die Trainingsklasse komplett. Kurz darauf tauchte ein Fahrzeug so groß wie ein Bankhaus am Ende der Gasse auf, das mobile Feldlazarett der Bruderschaft. Als es zum Halt kam, wurde Axe der Ernst der Lage bewusst. Das hier war kein Spiel mehr.

Bruder Butch, alias *Dhestroyer*, stieg auf der Beifahrerseite aus. »Keine Trainingsläufe mehr.«

Ganz genau.

»Das hier ist weder Übung noch Test.« Der Bruder griff in die Fahrerkabine und holte eine Tasche heraus, so groß wie ein verdammter Bodyguard. »Ich tausche jetzt eure Munition aus. Das hier sind Kugeln mit hohlen Spitzen, die eine ganz besondere kleine Überraschung enthalten.«

Boone, der Klassenstreber, konnte es sich natürlich nicht verkneifen. »Was ist es?«

»Wasser aus dem Heiligtum der Jungfrau der Schrift. Oder vielmehr ihrem ehemaligen Heiligtum.« Butch schloss die Tür, schlug mit der Faust dagegen, und das Wohnmobil zuckelte davon. Als es außer Sicht war, ließ er die Tasche fallen und zog den Reißverschluss auf. »Kommt her, bewegt eure Ärsche.«

Boone war der Erste, er ließ die Magazine aus seinen beiden Vierzigern ausrasten und tauschte sie gegen die neuen ein.

»Gib mir auch die Magazine an deinem Gürtel«, sagte Butch.

Es wurde weiter getauscht. Dann Craeg, Paradise, Novo … Axe war der Letzte, der seine neuen Kugeln bekam und sich den anderen anschloss. Es waren keine Menschen unterwegs, niemand lief, wankte oder fuhr im Auto an ihnen vorbei. Ob es an den Feiertagen mit den funkelnden Tannenzweigen und dem Süßkram lag oder an den kalten Temperaturen, konnte Axe nicht sagen, und es war ihm auch egal.

Doch das hieß nicht, dass sie hier alleine waren.

Zsadist stand drei Meter entfernt von ihnen. Beim Anblick seines vernarbten Gesichts und der pechschwarzen Augen wurde Axe etwas mulmig. Neben ihm stand Tohrment. Außerdem John Matthew, Blaylock und Qhuinn.

Heilige Scheiße, dachte Axe. Das hier war tatsächlich kein Spaß.

Butch sprach erneut: »Der Krieg nähert sich dem Ende. Das heißt, die *Lesser* sind immer schwerer zu finden und lassen sich immer leichter töten, weil es nur noch frische Rekruten gibt. Die letzte Feldübung war ein Desaster, deshalb geht ihr diesmal paarweise mit einem Bruder oder Kämpfer. Zusammen mit eurem Mentor durchstreift ihr das Gebiet von West nach Ost. Weicht nicht von eurer Route ab, es sei denn, ihr trefft auf den Feind, aber auch dann nur so weit wie nötig. Sollte es zum Kampf kommen, gebt ihr und euer Mentor beide das Signal an alle anderen. Geht ein Signal ein, kommen wir zusammen und kehren erst zu unseren ursprünglichen Positionen zurück, wenn die Lage geklärt ist. Keine Alleingänge. Kein eigenständiges Denken. Kein Sterben. Irgendwelche Fragen? Ich erinnre euch Idioten ein letztes Mal daran, dass das hier keine Übung ist. Wenn ihr aussteigen wollt, tut es jetzt. Alles danach gilt als Desertion und führt zum Ausschluss aus dem Trainingsprogramm. Mir ist es lieber, ihr zieht jetzt die Reißleine, statt mitten in einer Mission Scheiße zu bauen.«

Niemand machte einen Rückzieher. Niemand verschwendete Zeit mit dummen Fragen.

Sie waren so gut vorbereitet, wie es eine Gruppe von Neulingen sein konnte.

Und sie alle hatten gewusst, dass dieser Moment kommen würde.

»Axe«, sagte Butch, »du gehst mit mir. Paradise, du gehst mit Tohr. Z geht mit Boone. Craeg mit John Matthew. Peyton, du gehst mit Qhuinn. Blay ist unser Späher, er geht über die Dächer voraus. Haltet die Waffen im Anschlag, die Augen offen und eure Handys auf Empfang.«

Niemand sprach, während sich die Paare bildeten. Axe stellte sich neben Butch, als die Straßen zugeteilt wurden. Die Teams sollten ihr Gebiet durchstreifen, bis die Gegend langsam besser wurde, ungefähr dreißig Blocks weiter. Dann würde die gesamte Gruppe sechs Straßen weiter nördlich ansetzen, weg von der Innenstadt – denn der Krieg spielte sich üblicherweise fern der teuren Wolkenkratzer mit ihren Überwachungskameras und Sicherheitsdiensten ab.

Diese Sicherheitsvorkehrungen brachten ihnen nur Ärger mit den Menschen ein, und das wollte niemand.

Das war die einzige Übereinkunft, auf die sich die Bruderschaft mit der Gesellschaft der *Lesser* einigen konnte: keine menschliche Einmischung, soweit es sich irgendwie vermeiden ließ. Und wenn es doch dazu kam, machte man ganz schnell wieder sauber.

Axe und Butch hatten es am weitesten zu ihrem Ausgangspunkt und joggten los, da sich Butch als Mischling nicht dematerialisieren konnte. Doch das machte nichts. Der Bruder entstammte der Blutlinie des Königs und war stark wie eine Bulldogge. Er lief so schnell, dass Axe sich anstrengen musste, Schritt zu halten.

Als sie an der Fifth Street ankamen, zückte Butch seine zwei Pistolen. Axe tat es ihm gleich.

»Wir gehen auf dieser Seite«, sagte der Bruder mit seinem Bostoner Akzent. »Pass höllisch auf.«

Flanke an Flanke zogen sie los, immer an der Vorderseite der Backsteingebäude entlang – wo sie ein einfaches Ziel boten. Aber Axe behielt die Fenster auf der gegenüberliegenden Straßenseite im Auge und deckte Butch, der ihm den gleichen Dienst erwies: Beide hielten Ausschau nach aufblitzenden Gegenständen oder Bewegung hinter den Scheiben der Anwaltskanzleien, Sozialdienststellen und Wohltätigkeitsvereine …

Das waren noch die freundlichsten Gebäude, die sie hier sehen würden.

Bald schon setzte die Verwahrlosung ein. Die alten vier- bis fünfstöckigen Häuser ohne Lift zeigten Anzeichen von Alter und Verfall, einzelne Stufen zu den Eingängen waren beschädigt, wie Zähne, die bald ausfallen würden, Lack blätterte von Rahmen, ein Stück weiter erschienen die ersten zerbrochenen Fensterscheiben.

Jetzt stapfte Axe über ein Geröllfeld aus Schutt, Radkappen, Bierdosen, Schnapsflaschen, Einzelteilen von Motoren und weiß der Himmel was sonst noch allem. Aber es störte ihn nicht. Seine Springerstiefel hatten gute Sohlen, sein Schritt war sicher, seine Sinne waren aufs Äußerste geschärft und lieferten unablässig Daten. Eigentlich summte sein ganzer Körper, während das Blut in seinen Adern rauschte und seine Finger an den Abzügen zuckten.

Und die ganze Zeit über suchte er die Gebäude auf

der anderen Straßenseite ab, dann schweifte sein Blick auf den Weg vor ihm und dann wieder zurück zu den verdammten Dächern und schmutzigen Scheiben.

Man konnte nicht sagen, dass er in einen Rhythmus fiel, denn es gab keinen Rhythmus, wenn man jeden Moment darauf gefasst sein musste, entweder zu schießen oder getroffen zu werden. Aber er war definitiv in einem anderen Bewusstseinszustand …

Er roch es als Erster.

Sie kreuzten gerade eine schmale Gasse, als eine Bö den Geruch von drei Tage altem Aas garniert mit künstlichem Vanillearoma und Talkum-Puder zu ihm trug.

Er war schlau genug, nicht stehen zu bleiben, obwohl seine Schritte ins Stocken gerieten. Stattdessen sprang er über die Kreuzung und drückte sich mit dem Rücken gegen die Wand des nächsten verlassenen Gebäudes. Dann signalisierte er Butch mit einem kurzen Pfiff die Gefahr – und er musste nicht erklären, was es war.

Der Bruder war bereits in Aktion. Er lief rückwärts und drückte sich an die andere Seite des Durchgangs.

Axe entging nicht, wie heftig sein Herz schlug, doch er atmete langsam und gleichmäßig. Wenn er zu heftig keuchte, hörte er schlechter, und das war ihm keine Hilfe.

Jetzt würde er also auf den Feind treffen …

Scheiße, dachte er, als er einen weiteren Geruch witterte.

Blut.

Dort unten war Vampirblut.

In diesem Moment ging sein Handy los. Er hob den Ellbogen und sah durch die Klarsichttasche am Ärmel seiner Kampfjacke auf das Display.

Scheiße, Qhuinn und Peyton waren auf *Lesser* gestoßen.

Unmittelbar danach kam die nächste Nachricht. Das

Gleiche galt demnach für Tohr und Paradise. Und John Matthew und Craeg.

Ein Super-GAU.

Außerdem fragte er sich, wo eigentlich Rhage steckte. Verdammt, dachte er … was, wenn der Bruder allein da unten kämpfte?

Elise hatte sich durch das Chaos in Allishons Schrank gearbeitet und ihn in eine Boutiqueauslage verwandelt. Die Kleidung hing nun ordentlich und sauber an den Stangen, obwohl manche Stücke so zerknittert oder absichtlich zerfetzt waren, dass sie kaum auf den Bügeln hielten. Sie hatte auch auf dem Boden aufgeräumt und Taschen und Schuhe nach Typ und Farbe aufgereiht.

Sie trat einen Schritt zurück, um ihr Werk zu betrachten, und runzelte die Stirn. In einer Ecke lag ein undefinierbares Bündel, also ging sie in die Knie und zog es hervor … es war ein Stoffgebilde, eine große, weiche Tasche, oder … nein, ein schwarzer Umhang. Und er roch nach …

Puh. Zigaretten, Alkohol, anderem.

Elise faltete ihn zusammen und wollte ihn zurückstecken, doch dann beugte sie sich vor und blickte noch einmal in die Ecke.

Da war noch etwas anderes.

Nur mit Mühe kam sie daran …

»Was ist das?«, murmelte sie.

Eine Kiste. Aus Metall, so kühl, wie sie sich anfühlte.

Elise versuchte, sie herauszuziehen, doch sie war schwer. Sie brauchte beide Hände und schnaufte.

Die Kiste entpuppte sich als Metallkassette, einer dieser Mini-Tresore mit dicken Wänden und stabilem Deckel. Sie hatte ein Schloss, und als Elise versuchshalber am Griff zog, erwartete sie nicht …

Doch sie ging auf: Mit ausreichend Kraft ließ sich der Deckel anheben. Elise zögerte.

Sie ließ sich zurück auf den Po fallen, stellte die Kassette zwischen ihre Beine und überlegte, was zu tun war. Der Inhalt war vielleicht privat ... vielleicht sollten Allishons Eltern ihn zuerst sehen. Doch als sie sich ausmalte, wie sie ihnen etwas von ihrer Tochter brachte, wurde ihr klar, dass das nicht gut gehen konnte. Mit gemischten Gefühlen warf sie einen Blick hinein.

Ein paar zusammengefaltete Seiten Papier, DIN A4. Das war alles.

Sie holte sie heraus und faltete sie auf. Es handelte sich um einen Immobilienvertrag. Ein Mietvertrag über eine ... Wohnung in der Innenstadt, der Adresse nach zu urteilen.

Hatte Allishon sich dort aufgehalten in all den Tagen und Nächten, die sie nicht heimgekommen war?

»Wir haben sie für sie gemietet.«

Elise stieß einen kleinen Schrei aus und drehte sich um.

Ihre Tante stand in der Tür zum Schrank, und bei der Jungfrau der Schrift ... die Frau sah aus, als wäre sie in einen Autounfall geraten – oder einen Motorradunfall: Ihr Haar, früher immer kunstvoll frisiert und eingesprüht, sodass es elegant auf ihre Schultern fiel, war zerzaust und verfilzt, der Ansatz herausgewachsen und zwei Nuancen dunkler als das gesträhnte Blond, das in den Kreisen der *Glymera* so beliebt war. Und statt eines schicken Escada-Anzugs oder eines Strickjäckchens und Perlenschmuck an Hals und Ohren trug sie ein fleckiges, knittriges Seidennachthemd, das wie eine zerknüllte Papierserviette aussah.

Ihre Augen waren groß, ein irrer Ausdruck lag darin.

Doch sie waren nicht auf Elise gerichtet. Sie starrte die geordnete Kleidung an.

»Hast du das getan?«, fragte sie mit brüchiger Stimme.

Und als sie ein Stück näher kam, waren ihre Schritte genauso unstet wie ihre Stimme.

»Es tut mir leid.« Elise versuchte, den Vertrag zurück in die Kiste zu stopfen und den Deckel zu schließen. »Ich ... ich wusste nicht, wie ich behilflich sein könnte.«

Ja, und was gab es Hilfreicheres als ein wenig herumzuspionieren?

»Ihre Sachen ...« Eine gebrechliche Hand schob sich vor und strich über die Kleidung, die Elise aufgehängt hatte. »Gütige Jungfrau der Schrift, wie ich ihre Kleidung gehasst habe.«

Elise schob die Kassette zurück an ihren alten Platz und stand auf. »Ich hätte nicht hereinkommen sollen ...«

»Nein, das ist in Ordnung. Du hast ... es besser gemacht als ich.«

»Es war nicht meine Angelegenheit, hier ...«

»Wir haben die Wohnung für sie gemietet, weil wir es nicht ertrugen, wie sie zu jeder Nachtzeit ein- und ausging. Zerlumpt. Betrunken. Unter Drogeneinfluss. Stinkend nach Sex.«

Mayday, Mayday, Mayday funkte ein kleiner Sender in Elises Kopf.

Sie hatte sich ein Gespräch gewünscht. Aber so hatte sie es sich nicht vorgestellt.

Die knöchrige Hand ihrer Tante griff in einen der Miniröcke und vergrub sich darin. »Ihr Vater war sich sicher, dass man sie mit der Verbannung von all ihrem Ungehorsam heilen könnte. Dass sie da draußen zur Vernunft käme und ihr Verhalten ändern würde.« Ihr Lachen war vollkommen irre. »Stattdessen lebte sie mehr nach ihren eigenen Regeln denn je. Ich konnte nicht zu ihr durchdringen. Er versuchte es noch nicht einmal. Und sie wurde immer schlimmer. Es bereitete ihr Vergnügen, uns zu quälen.«

»Tante, vielleicht solltest du mit Onkel sprechen …«

»Ich habe sie gehasst.« Ihre Tante riss den Rock vom Bügel und schleuderte ihn zu Boden. »Und jetzt, wo sie tot ist, hasse ich sie noch mehr.«

»Das meinst du sicher nicht so …«

»Oh doch, das tue ich. Sie war eine schmutzige Hure, damals und schon immer. Sie hatte es verdient …«

»Du bist ihre Mutter«, stammelte Elise. »Wie kannst du so etwas sagen?«

Ihre Tante tat einen Schritt nach vorn und packte die Bluse mit den Sicherheitsnadeln. Als sie sie von der Stange riss, hüpfte der Bügel heraus und sprang ihr ins Gesicht. Sie schien es gar nicht zu bemerken.

»Sieh doch nur, was sie uns angetan hat! Und das, nachdem wir unseren Sohn verloren hatten. Jetzt haben wir also eine ermordete Tochter! Man hat sie blutüberströmt und halb tot vor einem Frauenhaus gefunden. Wie konnte sie uns diese Schande bereiten!«

Elise konnte nur in dieses fahle, ausgemergelte Gesicht blicken, während ihre Tante begann, den Schrank zu verwüsten.

Sie war also der Grund für die Unordnung – nicht Allishon. Sie war es, die die Kleidung herumgeworfen hatte, und sie würde es wieder tun, hier und jetzt.

Auf einmal war Elise zum Heulen zumute. Es war so unfassbar traurig, dass die gesellschaftlichen Erwartungen jedes biologische Band zwischen Mutter und Tochter zerrissen hatten.

Dabei hatte sie den Bruch nie bemerkt. Vor dem Tod hatten ihre Tante und ihr Onkel den Konflikt verborgen. Sie waren schick gekleidet und lächelnd zu gesellschaftlichen Anlässen erschienen, immer das perfekte

Paar ... während sich ihre Tochter nach dem Tod des Bruders selbst zerstört hatte, erst langsam, dann immer schneller ... bis die Risse in der Familie den anderen Bewohnern des Hauses aufgefallen waren.

Anderen Leuten der Gesellschaft.

»Wir sind nicht mehr erwünscht«, fauchte ihre Tante und riss immer mehr Kleidung aus dem Schrank, warf sie zu Boden, trampelte mit nackten Füßen darauf herum. »Niemand lädt uns mehr ein! Wir sind Ausgestoßene, und es ist ihre Schuld!«

Elise schluckte und schielte nach dem Ausgang.

Sie hatte das Gefühl, sich gleich übergeben zu müssen.

»Habe ich dich mit meiner Ehrlichkeit schockiert?«, höhnte ihre Tante. »Du siehst aus, als hättest du ein Gespenst gesehen.«

»Nein«, flüsterte Elise. »Kein Gespenst. Ich sehe eine Scheußlichkeit, die ich niemals in meiner Familie vermutet hätte.«

Damit stieß sie ihre dürre Tante zur Seite und stolperte aus Allishons Zimmer und immer weiter, bis sie draußen auf dem Rasen stand.

Dort stützte sie die Hände auf die Knie, beugte sich über die Büsche und würgte.

Dann rannte sie die Auffahrt hinunter. Es war ihr gleich, dass sie nicht wusste, wohin sie gehen sollte.

29

Butch gab das Zeichen, und Axe folgte dem Bruder in die enge Versorgungsgasse an der Rückseite der leerstehenden Gebäude, wo er sich dicht hinter dem Bruder hielt. Zusammen bewegten sie sich schnell und effizient auf ihr unbekanntes Ziel zu.

Scheiße, es war dunkler als erwartet, doch das kam ihm vermutlich nur so vor, weil er keine verdammte Ahnung hatte, was ihm bevorstand, und er reflexartig annahm, mehr Licht würde ihm eine bessere Verteidigungsposition verschaffen.

Bald hörten sie Kampfgeräusche in der Ferne, die lauter wurden, gleichzeitig verstärkte sich der Geruch nach vergossenem Blut ... sowohl Vampirblut als auch das von Jägern.

Dem ersten verstümmelten *Lesser* begegneten sie ungefähr acht Blocks von ihrer Abzweigung entfernt, und Butch hielt sich nicht lange mit ihm auf. Er zückte einen schwarzen Dolch, hob ihn über den Kopf und stieß ihn dem Untoten in die Brust. Es war das erste Mal für Axe, dass er das Krachen, Blitzen und den Rauch erlebte.

Doch es blieb keine Zeit, darüber nachzudenken: Da ihn jede Sekunde eine Kugel in den Kopf treffen konnte, konzentrierte sich Axe lieber auf das Lebende als auf das, was zu Omega zurückgeschickt wurde.

Ein Stück weiter glänzten schwarze Flecken wie ausgelaufenes Öl auf dem brüchigen Asphalt ... dann erschienen rote Spritzer an den Backsteinwänden der Häuser …

Schüsse.

Peng! Peng! Ra-tatatata …

Sie verdoppelten ihr Tempo, bis sie zur nächsten Quergasse kamen, wo sie um die Ecke schlitterten und in Schießposition gingen. Butch blickte nach vorn, Axe stand Rücken an Rücken mit ihm und sah in die andere Richtung.

Axe warf einen schnellen Blick über die Schulter – ach du Scheiße, er würde niemals vergessen, was er da keine fünfzehn Meter von sich entfernt sah.

Rhage war von drei *Lessern* umgeben, alle mit Messern bewaffnet, und bekämpfte sie mit bloßen Händen, obwohl er die Dolche an der Brust trug.

Dem roten Sturzbach an seinem linken Arm nach zu schließen hatte ihn mindestens eine Kugel getroffen, wenn nicht mehr.

Er sah aus, als hätte man ihn mit roter Farbe übergossen …

Ein *Lesser* kam um dieselbe Ecke, um die Butch und Axe gerade gebogen waren. Das Training zahlte sich aus. Statt auch nur eine entscheidende Nanosekunde mit dem Gedanken *Ach du Scheiße!* zu verschwenden, drückte Axe auf der Stelle wie ein Berserker auf die Abzüge …

Ladehemmung. Bei beiden.

»Fuck!«

Butch schoss in Richtung der Kämpfenden und versuchte, die Jäger zu treffen, ohne Rhage zu verletzen – was sich als unmöglich erwies, weil der Bruder immer noch versuchte zu kämpfen, obwohl er am Verbluten war.

»Dolch!«, rief Axe. »Jetzt!«

Wieder zeigte das Training seine Wirkung. Butch sah

sich eine Sekunde lang um, erkannte, dass Axe keine andere Wahl blieb, als in den Nahkampf zu gehen, und zog einen seiner schwarzen Dolche.

»Keine Sperenzchen! Mach ihn kalt!«

Damit warf er Axe die Waffe zu. Der fing sie aus der Luft, stürzte nach vorn und rammte sie dem Jäger in die Brust.

Volltreffer.

Die verdammte Klinge fand ihr Ziel, als wäre der Stahl mit einem Zielsuchgerät ausgestattet.

Doch es gab keinen Grund zum Feiern.

Ein Irrläufer, entweder ein abgeprallter Schuss von Butch oder eine Kugel von einem der zwei neuen *Lesser,* die plötzlich in der Gasse erschienen waren, traf Axe in den Oberschenkel. Es war ein Schmerz, als hätte jemand einen rotglühenden Schürhaken in sein Bein gerammt.

Und dann kam noch ein Jäger um die Ecke.

Es blieb keine Zeit zum Nachdenken.

Axe stürzte sich auf den seelenlosen Menschen, riss ihn zu Boden und rollte ihn herum. Doch der Kerl war klug oder hatte einen eisernen Überlebenswillen, denn es gelang ihm, nach der frischen Wunde von Axe zu greifen und zuzudrücken.

Axe' Sicht geriet ins Flackern, die elektrischen Reize, die sein Gehirn überrannten, sorgten vorübergehend für einen Kurzschluss.

Doch dann wurde er wütend. Er umfasste den Hals des *Lessers* und blickte kurz in sein Gesicht, sah das gebleckte Menschengebiss mit den komischen flachen Eckzähnen, eine tätowierten Träne unter einem braunen Auge, strähniges Haar, das seit einem Monat nicht geschnitten worden war.

Er hob den Dolch über die Schulter, wie Butch es getan hatte, und stieß ihn mit voller Wucht in die Stirn des

Lessers, sodass die Klinge den Schädel durchbrach und sich in die graue Masse dahinter bohrte.

Krampfhafte Zuckungen. Der Jäger zappelte wie verrückt, ließ Axe' Schenkel los, klatschte mit den Armen auf den Asphalt, als würde er einer Vorstellung applaudieren, strampelte mit den Beinen wie ein Schwimmer.

Axe rollte sich von ihm herunter und musste sich vor Schmerz fast übergeben. Dann machte er sich daran, den Dolch wieder herauszuziehen, der direkt über der Braue des Jägers steckte …

Er rührte sich nicht. Der Dolch saß fest.

Axe hatte ihn so tief in den Kopf gestoßen, dass er hinten am Schädel wieder ausgetreten war und sich in den verdammten Asphalt gebohrt hatte.

Er sprang auf die Füße und taumelte. Scheißegal, dachte er, wenigstens bewegte sich dieser Jäger nicht mehr vom Fleck.

Es gab kein bewusstes Denken mehr.

Er sah auf einen Blick, wie es um die Schlacht bestellt war: Butch rang um seine Pistole mit einem Jäger, der aussah wie ein Profi-Footballspieler, während Rhage in der Mitte der Gasse auf die Knie sank, sichtlich geschwächt, umgeben von spritzenden Pfützen seines Blutes.

Mit einem Schlachtruf stürzte Axe voran, in drei großen Sätzen, trotz der Schenkelverletzung.

Er sprang dem ersten *Lesser* auf den Rücken wie einem Bullen, presste die Schenkel zusammen, packte ihn bei den Ohren und riss seinen Kopf so weit nach rechts, dass die Bänder und Sehnen auf der linken Seite durch die Haut des Halses brachen.

Auf ging es zum Nächsten.

Er ließ den *Lesser* fallen und sprang nach vorn – gerade als ein anderer eine Kette aufrollte und sie Rhage um den Hals legen wollte.

Sonst noch etwas? Axe zückte sein kleines Jagdmesser und stieß den Kerl zur Seite, dann mutierte er zu Jason Voorhees: Er stach so schnell und fest und so viele Male auf den Jäger ein, dass er ihn nicht nur kampfuntüchtig machte, sondern in ein Sieb verwandelte.

Dann rappelte er sich mühsam auf und wandte sich dem Letzten zu.

Der Typ hatte ein Messer. Ein langes gezahntes Messer, das bösen Schaden anrichten konnte, vor allem an einem Bruder, der bald das Bewusstsein verlieren würde: Rhage ruderte mehr mit den Armen, als dass er gezielte Schläge ausgeführt hätte, er wankte und war weiß wie Schnee.

Axe rutschte aus und stürzte zu Boden. Landete schmerzhaft.

Die lederne Hose schützte ihn vor Schürfungen, als er in den Schnee pflügte ... aber sie bewahrte ihn nicht davor, von einer zweiten Kugel getroffen zu werden – diesmal an der Schulter, wo der inzwischen vertraute Schmerz aufflammte. Und fühlte er da auch noch einen Einstich?

Doch dann brach Rhage zusammen, und alles andere trat in den Hintergrund. Der mächtige Bruder stützte sich erst auf eine Hand, dann auf die andere, und es war klar, was gleich passieren würde: Der Jäger mit dem Messer würde um Rhage herumgehen und ihm von hinten den Hals aufschlitzen. Damit wäre er erledigt.

Diesmal gab es keinen Schlachtruf. Axe hatte selbst kaum noch Kraft.

Stattdessen richtete er sich einfach nur auf, obwohl seine Sicht erneut ins Flackern geriet, und stürzte vorwärts, mehr krabbelnd als rennend ...

Etwas sirrte um seinen Kopf – Fliegen mitten im Winter? Was war das?

Scheiße, irgendwie wog er plötzlich das Doppelte.

Verdammt, er roch so viel Blut.

Doch es war ihm egal. Er erreichte Rhage, packte ihn beim Schopf und zerrte ihn mit letzter Kraft aus dem Radius des Messers, das der *Lesser* schwang …

Dafür traf es ihn.

Die Klinge grub sich tief in sein Fleisch. Direkt zwischen die Rippen an der Flanke.

Axe keuchte auf und blickte zum Himmel. Dann lief plötzlich alles in Zeitlupe ab, und er fühlte nichts mehr. Die Welt kippte zur Seite … wobei, nein, vermutlich kippte er, oder?

Und was hatte es mit den Fliegen auf sich?

Rumms! Wieder schlug er auf dem Boden auf – nicht dass er es gespürt hätte, denn er war wie in Watte gepackt – er folgerte es daraus, dass er abprallte und die Häuser um ihn herum auf und ab hüpften, bis die Schwerkraft die Oberhand über die Gesetze für fallende Körper gewann, die keinen Widerstand leisteten.

Ausatmen.

Er schmeckte Kupfer. Gurgeln. Er hörte ein grässliches gurgelndes Geräusch … und schloss daraus, dass er in seinem eigenen Blut ertrank.

Zum Schluss sah er noch, wie sich Rhage herumwälzte und ihn ansah, als wäre er genauso überrascht wie Axe.

Rhage öffnete den Mund und sagte etwas, streckte ihm eine blutige Hand entgegen, wie um ihm Halt zu bieten.

Axe versuchte, den Arm ebenfalls zu heben.

Doch es war zu spät.

Er war verloren.

30

Ein Kriegerherz.

Rhage hatte so etwas noch nie gesehen und ganz bestimmt nicht von einem Schüler erwartet. Sein Sturz hatte ihn daran erinnert, dass eine Schlacht eine Urgewalt wie Mutter Natur war: Ganz gleich, wie stark und geschickt und gut ausgerüstet man war, von Zeit zu Zeit wendete sich das Blatt gegen einen, und wenn das geschah, war man binnen eines Wimpernschlags in Lebensgefahr.

Genau das war passiert.

Er hatte zu viel Blut verloren. Zu viele Gegner gehabt. War so arrogant gewesen zu glauben, er habe alles im Griff, obwohl er in Gedanken zu Hause bei Bitty und Mary war und seine Seele schrie.

Er hätte seine verdammten Waffen benutzen sollen.

Die Lage war so schnell gekippt. Plötzlich hatten sich seine Beine wie Wackelpudding angefühlt, und er hatte erkannt, dass er fallen würde. So schnell war es vorbei, und das Versprechen eines Vaters an seine Tochter war nichtig. Er würde nicht wohlbehalten nach Hause kommen. Die *Lesser* würden über ihn herfallen und ihn töten – und nicht einmal die Bestie konnte ihn retten. Er hatte erwartet, dass der große Drache hervorkommen würde, und das wäre er auch um ein Haar – doch als sich der Wandel ankündigte, hatte es die Arterie erwischt, und der Blutdruck war gesunken. Damit war es aus gewesen.

Obwohl ihn die Bestie auch schon einmal in diesem Zustand gerettet hatte, jedoch ... nicht heute.

Doch dann war Axe wie aus dem Nichts erschienen und hatte den Ersten der zahlenmäßig überlegenen *Lesser* angegriffen, indem er ihm einen Dolch in die Brust gerammt hatte. Den Nächsten hatte er mit dem Schädel auf den Asphalt genagelt – bevor sich ein riesiger Jäger auf ihn warf und mit einer Kette auf sein Gesicht und seine Schulter eindrosch.

Doch der Schüler war nicht zu stoppen gewesen. Beim Henker, Axe hatte anscheinend nicht einmal bemerkt, was da auf seinem Rücken saß: Trotz blutender Stichwunden, einer Kugel im Bein und einem *Lesser* auf dem Rücken, der ihn ritt wie ein Pferd, ließ er nicht locker, sondern torkelte auf Rhage zu und warf sich vor das Messer, das dem Bruder die Kehle aufschlitzen sollte, sodass es ihn in die Flanke traf.

Daraufhin war Axe zu Boden gegangen wie eine große gefällte Eiche im Wald.

Jetzt streckte Rhage die Hand nach ihm aus, über den Asphalt hinweg, während Schnee auf ihre blutenden Leiber fiel.

So ein tapferer Kerl.

Axe richtete seine glasigen Augen in seine Richtung, und ihre Blicke trafen sich. Blut lief Axe aus dem Mund und verteilte sich über seine Brust.

Danke, mein Sohn ... formte Rhage mit den Lippen. *Danke ...*

Auf einmal kamen sie gerannt, alle möglichen Brüder und Manny mit dem mobilen Feldlazarett und andere Leute. Er und Axe wurden auf der Stelle behandelt, noch auf dem Boden, und Rhage kämpfte dagegen an, das Bewusstsein zu verlieren. Er ließ es einfach nicht zu.

Obwohl sich sein Körper kalt und taub anfühlte, obwohl er nur noch unscharf sah und sein Herz hinter den Rippen Squaredance tanzte, klammerte er sich an der Wirklichkeit fest.

Er hatte Angst, nicht mehr aufzuwachen.

Manny versperrte ihm die Sicht auf Axe, als er die Blutung an seiner Schulter stillte, und Rhage richtete den Blick in den Himmel. Der Schnee, der aus den Wolken fiel, landete auf seinen Wimpern und schmolz, und er stellte sich Mary und Bitty vor, wie sie die Köpfe zusammensteckten und ihn anlächelten, wie aus einer Schneekugel.

Zwei Auserwählte kamen, und als ein Handgelenk aufgeschnitten und an seinen Mund geführt wurde, tat er, was getan werden musste, damit er überlebte.

Er hoffte, dass Axe das Gleiche tat.

Er wollte nicht den Tod dieses Jungen auf dem Gewissen haben …

Irgendwann wurde er auf eine Transportliege verfrachtet. Axe auch, und sein Gesicht war nicht mit einem Tuch bedeckt. Das hieß, dass er noch lebte, oder?

»Ich will ihn sehen«, forderte Rhage. Okay, »fragte« traf es wohl besser, nachdem seine Stimme so schwach war.

Man rollte ihn zu ihm. Axe war nackt und mit Pflastern und Verbänden zusammengeflickt, eine Infusionskanüle steckte in seinem Arm, Schläuche ragten zwischen seinen Rippen hervor, ein Herzmonitor piepste wie ein fehlerhaftes Metronom.

»Wird er sterben?«, erkundigte sich Rhage.

Mannys Gesicht erschien über ihm. »Nicht solange ich die Finger im Spiel habe. Dasselbe gilt für dich.« Der Chirurg wandte sich ab und blaffte: »Schafft ihn in den Wagen.«

Rhage stöhnte auf, als eine holprige Fahrt begann, doch dann hatte er eine wundervolle Aussicht auf die hell erleuchtete Decke von Mannys fahrbarem Feldlazarett. Axe wurde hinter ihm verladen.

»Sagt es Mary nicht«, bat Rhage, für den Fall, dass irgendjemand zuhörte.

Mannys Gesicht tauchte wieder auf. »Nein? Und wie soll das gehen? Ich habe dich gerade auf offener Straße mit hundertfünfzig Stichen zusammengeflickt und muss dich im Trainingszentrum eingehender behandeln. Meinst du nicht, das könnte Thema sein?«

»Sie soll sich keine Sorgen machen müssen.«

Jetzt erschien auch das Gesicht von Butch über ihm – wutverzerrt. »Dann hättest du vielleicht nicht im Alleingang losmarschieren sollen, Arschloch. Was sollte dieser Scheiß, Mann? Wolltest du dich umbringen …«

Manny hielt dem Cop den Mund zu. »Das reicht. Im Moment ist er mein Patient. Wenn er den Katheder raus hat und wieder allein zum Pissen gehen kann, darfst du ihn als Boxsack haben.«

»Axe hat mir das Leben gerettet …«

Das waren die letzten Worte, die Rhage hervorbrachte, bevor er ein kleines Nickerchen einlegte.

Weihnachtsbäume hatten etwas Magisches an sich.

Mary saß in der Bibliothek im Anwesen der Bruderschaft an einem knisternden Kaminfeuer, die Füße auf dem Couchtisch, in den Händen eine Tasse heißen Kakao, eine Zuckerstange zwischen den Lippen, den Blick auf eine perfekt gewachsene Douglastanne gerichtet. Sie war mit breiten roten Samtbändern, goldenen Kugeln und blinkenden roten und goldenen Lichtern geschmückt, ganz in der Tradition, in der sie, Beth, John Matthew, Butch und Manny aufgewachsen waren. Sie erinnerte Mary an ihr früheres Leben, gab ihr Halt, half ihr, die beiden Teile ihrer Lebensgeschichte zu verbinden, das Davor und das Danach.

»Es sind so viele Geschenke unter dem Baum«, meinte Bitty, die mit einer frischen heißen Schokolade hereinkam. »Willst du kleine Marshmallows in deinen Kakao? Ich hab dir welche mitgebracht.«

»Das ist lieb, aber ich hab noch.«

Mary klopfte auf das Kissen neben sich, und Bitty setzte sich neben sie, als wäre es die natürlichste Sache der Welt. Sie schmiegte sich an Mary und schlug ihre frisch geheilten Beine unter.

»Ich mach uns noch mal Musik«, sagte Mary und griff nach der Fernbedienung für den Surround-Sound. »Ich liebe Bing Crosby.«

»Oh … ›Winter Wonderland‹«, murmelte Bitty. »Ich glaube, das ist mein Lieblingslied.«

»Meins auch.«

»Denkst du, Vater schaut wieder *Kevin – Allein zu Haus,* wenn er von der Arbeit kommt?«

»Ich schätze, darauf kannst du wetten.«

Eine Weile herrschte Schweigen, und das leise Knacken im Kamin und die altmodische Weihnachtsmusik waren die einzigen Geräusche in der gemütlichen Bibliothek.

»Mom?«

»Hm?« Mary nahm einen Schluck von ihrem Kakao und fragte sich, wie etwas so köstlich schmecken konnte, obwohl so vieles im Argen lag. »Brauchst du irgendetwas?«

»Was ist hier los?«

So schnell konnte sich Kakao also in Spülwasser verwandeln. »Wie meinst du das?«

»Ich weiß, dass da etwas nicht stimmt. Du und Vater, ihr verhaltet euch anders. Habe ich etwas falsch gemacht? Wollt ihr mich nicht adoptieren?«

Mary setzte sich so hastig auf, dass sie ihren Kakao beinahe übers Sofa kippte. »Lieber Gott, nein, wir wollen dich für immer und ewig.«

Bitty starrte den Weihnachtsbaum an. »Sicher?«

»Hundertprozentig. Bitte, sieh mich an.« Ihre wunderschönen Augen hoben sich. »Du darfst nie daran zweifeln, wie sehr wir dich lieben. Was auch passiert, daran wird sich nie etwas ändern.«

»Aber was ist es dann?«

Mary zögerte. Sie wollte nicht lügen, andererseits wollte sie das Gespräch über den »Onkel« nicht ohne Rhage führen. Aber vor allem wusste sie noch immer nicht, was sie über den Kerl sagen sollte, der aus dem Nichts aufgetaucht war.

»Äh …«

Eilige Schritte näherten sich, und ihre Nackenhaare stellten sich auf. In diesem Haus war es nie ein gutes Zeichen, wenn dies geschah, solange der *Hellren* im Einsatz war.

John Matthew erschien in der Tür, und sie sprang auf, als sie sein aschfahles Gesicht sah. »Wie schlimm ist es?«

»Was ist?«, fragte Bitty erschrocken. »Vater? Was ist mit meinem Vater?«

John Matthew gebärdete etwas, und Bitty wurde noch ängstlicher. »Was ist? Was ist passiert?«

»Okay, okay …« Mary wandte sich dem kleinen Mädchen zu. »Es ist alles gut. Er ist nur verletzt, sie bringen ihn her, ich gehe gleich zu ihm …«

»Ich komme mit …«

»Das halte ich für keine gute Idee, mein Schatz.«

Bitty verschränkte die Arme vor der Brust. »Gehöre ich zu dieser Familie oder nicht?«

Mary schluckte den Kloß, der sich schlagartig in ihrer Kehle gebildet hatte, hinunter. »Es ist vielleicht kein schöner Anblick.«

»Er war mit mir bei Havers. Genauso werde ich für ihn da sein.«

John Matthew stieß einen leisen Pfiff aus und begann erneut zu gebärden, als Mary zu ihm sah. Sie nickte und traf ihre Entscheidung.

»Okay, komm mit, aber unter einer Bedingung: Wir halten uns an die Anweisungen der Ärzte. Vielleicht dürfen wir nur einzeln rein – vielleicht auch gar nicht.«

»Was immer Doc Jane oder Dr. Manny verlangen.«

Mary streckte einen Arm aus, und Bitty ließ sich kurz und innig umarmen. Dann folgten sie John Matthew hinaus in die Eingangshalle, um den Fuß der großen Treppe herum und hinunter in den Tunnel, der zum Trainingszentrum führte.

Während sie durch den Gang liefen, unter den Neonröhren hindurch, hielten Mary und Bitty sich an den Händen und verfielen ins gleiche Tempo, indem Mary ihre Schritte verkürzte und Bitty etwas schneller lief.

»Nicht weinen, Mom«, sagte Bitty leise.

»Ich habe es gar nicht bemerkt«, flüsterte Mary zurück und wischte sich die Wangen. »Ich bin so froh, dass du bei mir bist.«

31

»Nein, ich bleibe *nicht* hier.«

Als Axe sich in seinem Krankenbett aufzurichten versuchte, protestierten seine Knochen, Sehnen und Muskeln so laut, dass er keines der sicher total logischen Argumente verstehen konnte, mit denen ihn Dr. Manello zur Vernunft bringen wollte.

»Nein.« Axe machte sich an der Infusionsnadel zu schaffen. »Ich gehe.«

Dr. Manello packte seinen Arm. »Was soll das werden?«

»Ich ziehe sie raus, wenn Sie es nicht tun.«

»Hör mal zu, Junge, darf ich dich daran erinnern, dass ich dich vor gerade mal einer Stunde operiert habe, draußen in einer Gasse?«

»Es geht mir gut.«

»Deine Lippen sind blau.«

»Es ist *mein* Köper. Darüber entscheide ich.«

Während es weiter hin und her ging, nervte ihn das kahle Krankenzimmer und das verstellbare Bett, in dem er lag. Genauso wie das Flügelhemd, in dem er steckte. Dass seine Füße nackt waren. Die Vorstellung, dass er tagsüber hier festsitzen könnte.

Genau genommen nervte ihn so gut wie alles.

»Wirklich.« Wenigstens ließ der Chirurg seinen Arm los, als er sprach. »Das ist deine Antwort. Du entscheidest über deinen Körper?«

Moment, hatte er das gesagt? Er konnte sich nicht erinnern.

Egal.

»Ist doch ein gutes Argument.« Axe schüttelte den Kopf. »Und hey, ich habe mich von einer Auserwählten genährt. In sechs Stunden ist alles verheilt. Innerlich wie äußerlich. Die Knochen sind ganz, Sie haben selbst gesagt, ich hätte keine Gehirnerschütterung, und ich habe einem Bruder das Leben gerettet.«

»Und du glaubst, das befugt dich zur Selbstentlassung?«

»Okay, wenn ich das richtig verstehe …«

»Das sagt man, wenn ein Arschloch die Klinik gegen ärztlichen Rat verlässt.«

»Müsste es dann nicht Arschlochentlassung heißen?«

»Ha, ha, ein Schenkelklopfer. Soll ich mal?«

»Nein, danke. Müssen Menschen-Ärzte nicht diesen hypothetischen Eid ablegen?«

»Den Hippokratischen Eid. Hypothetisch könnte bei dir in den nächsten drei Stunden eine Komplikation auftreten, die eine weitere Operation erfordert. Und dann sitzt du zu Hause mit dem Finger im Po und verblutest, obwohl es gar nicht nötig gewesen wäre.«

»Ich stecke mir keinen Finger in den Po.«

»Vielleicht solltest du es mal versuchen. Es könnte deine Hirntätigkeit ankurbeln.«

Axe konnte nicht anders. Er musste lachen. Und dann fiel Dr. Manello mit ein – zumindest, bis Axe anfing zu husten und sich die Seite hielt, wo ihn das Messer erwischt hatte.

»Siehst du?«, meinte Dr. Manello grimmig.

»Es ist gar nicht schlimm.« Axe atmete tief durch und versuchte, das Gesicht dabei nicht zu verziehen. »Bitte,

Doc, lassen Sie mich einfach gehen. Ich fahre mit dem Bus raus und …«

»In deiner Verfassung kannst du dich nicht dematerialisieren.«

Scheiße, der Kerl hatte vielleicht recht.

»Was gibt es denn so Dringendes bei dir zu Hause?«, wollte Dr. Manello wissen. »Eine Katze? Einen Hund, der dir die Möbel auffrisst?«

»Ich will einfach in mein eigenes Bett.« Obwohl er auf dem Boden schlief. »Ganz einfach.«

Dr. Manello lehnte sich an die Wand und machte ein Gesicht, als wollte ihm jemand, dessen Sprache er nicht mächtig war, einen Amboss auf den Fuß fallen lassen, und er müsste ihn mit Worten davon abhalten.

»Du willst wirklich nach Hause«, brummte er schließlich.

»Und wenn ich zu Fuß gehen muss.«

Eine lange Pause entstand. Dann sagte Dr. Manello: »Okay, ich fahre dich mit dem Krankenwagen.«

»Was? Nein, Scheiße, das kann ich nicht annehmen …«

»Was bleibt mir übrig, du sturer Bock. Willst du hier raushumpeln und mit dem blöden Bus nach Caldwell fahren, nur um dann zu merken, dass du kaum laufen kannst und leider als Brandfleck auf dem Asphalt enden musst, weil dich die Sonne erwischt? Nachdem ich dich mit viel Geduld und Spucke zusammengeflickt habe?«

»Geduld und Spucke? Oder Gaffer-Tape?«

Dr. Manello lächelte und zeigte auf den Infusionsbeutel. »Du ahnst nicht, was ich dir alles in den Beutel mixen kann.«

»Das klingt schmutzig. Aber ich steh gerade mehr auf Frauen, Sie sind also nicht mein Typ.«

Lachend wandte sich der Chirurg der Tür zu. »Gib

mir zehn Minuten, um mich zu organisieren. Ehlena wird dich von der Infusion befreien – aber wenn du diese Nadel anrührst, lass ich dich nicht gehen. Wir machen es anständig, nach meinen Bedingungen, ist das klar?«

»Ist klar.«

Als der Mensch schon an der Tür war, sagte Axe mürrisch: »Kann ich Rhage sehen? Bevor ich gehe?«

Dr. Manello sah über die Schulter. »Ja, er hat ohnehin nach dir gefragt. Lass dir Zeit da drin – du fährst im Rollstuhl. Und wehe, wenn du dich darüber beschwerst.«

»Ich sage doch gar nichts.«

»Noch nicht.«

Wenigstens schien ihn der Typ zu verstehen, dachte Axe, als sich die Tür hinter dem Chirurgen schloss.

Und siehe da, nachdem man ihm die Infusionsnadel herausgezogen hatte und seine nackten Füße auf dem Boden standen, erwies es sich als wirklich knifflig aufzustehen.

Anscheinend hatte der Chirurg recht, was seine Mobilität betraf.

Ehlena, die Krankenschwester, wartete geduldig, während er sich grunzend vom Bett in den Rollstuhl hievte. Dann schob sie ihn zwei Türen weiter Richtung Ausgang und klopfte.

»Herein«, sagte eine Frauenstimme.

Die Schwester öffnete ihm die Tür, und Axe rollte in das Krankenzimmer. Das Bild, das sich ihm bot, hätte von Norman Rockwell sein können. Rhage lag im Bett und sah aus wie der Tod, seine fürsorgliche *Shellan* und seine dunkelhaarige Tochter standen an seiner Seite.

Und obwohl sich Axe nicht für die Kernfamilie interessierte – dann schon eher für die Kernspaltung –, machten ihn die drei ein wenig sentimental. Schließlich hatten sie, was sich die meisten wünschten, denn er sah ihnen an, dass sie sich nahestanden. Rhage hielt die Hand des kleinen Mädchens, und Mary, die Axe schon ein, zwei Mal im Vorbeigehen gesehen hatte, hatte den Arm um die Schulter ihrer Tochter gelegt.

»Ich wollte nicht stören«, murmelte Axe.

»Nein« – Rhage winkte ihn zu sich –, »komm her …«

Axe rollte so nah ans Bett, wie es ging, und dachte, scheiß drauf. Er legte die Bremse ein, kämpfte sich aus dem Stuhl und hielt sich am Rahmen des Betts fest.

Wow. Ihm war schlecht.

»Danke, mein Sohn«, sagte Rhage heiser. »Du hast mir das Leben gerettet.«

Mann, diese Augen waren so blau, dass sie fast künstlich aussahen. Und sie schimmerten feucht.

»Ist schon in Ordnung. Ich bin nur froh …« Scheiße, Moment, was war das, fing er jetzt etwa auch an zu flennen? »Okay, ich muss weiter …«

Rhage packte seinen Arm, erschreckend fest, und wiederholte: »Danke. Dafür, dass du mir das Leben gerettet hast. Und tu uns beiden den Gefallen und versuche es nicht kleinzureden. Ohne dich wäre ich jetzt nicht hier.«

Axe stand da wie ein Idiot. Er hatte keine Ahnung, was er jetzt tun sollte.

Mary brach das Schweigen und sprach mit zitternder Stimme: »Ich weiß nicht, wie wir uns erkenntlich zeigen können.«

»Nicht doch, ich will nichts, Ma'am.« Axe blickte zur Decke, um die Tränen zurückzuhalten. »Ich sollte weiter. Ich muss nach Hause.«

»Sie lassen dich gehen?«, fragte Rhage. »Nimm's mir nicht übel, aber du siehst aus, als könntest du kaum selbstständig atmen. Du solltest nicht unbeaufsichtigt nach Hause gehen.«

»Ich komme schon klar.«

Der Bruder lachte. »Du klingst wie einer von uns.«

Wieder breitete sich Schweigen aus, und Axe kämpfte verzweifelt gegen die Tränen an.

»Komm her, mein Sohn.«

Rhage setzte sich grunzend auf, und aus irgendeinem dummen, verrückten, hirnverbrannten Grund … beugte sich Axe stöhnend herunter. Als sie sich umarmten, hörte Axe sich sagen: »Was, wenn ich nicht rechtzeitig gekommen wäre? Das … das geht mir einfach nicht aus dem Kopf.«

»Aber du bist rechtzeitig gekommen.«

»Aber was, wenn nicht? Dann wärt Ihr tot, und ich wäre schuld.«

Rhage ließ ihn los und sank zurück auf das hochgestellte Bett. »Nein, das wäre ganz allein meine Schuld gewesen. Wir werden später noch darüber reden, aber glaub mir, ich kenne diese quälenden Gedanken. Dabei ist es Schwachsinn, sich Vorwürfe zu machen, wenn etwas vom Schicksal vorhergesehen war.«

»Ja.«

»Weißt du«, der Bruder seufzte, »ich würde dir gern sagen, dass es leichter wird. Aber der Krieg wird niemals leichter. Man gewöhnt sich nur an die Schrecken, so viel kann ich dir versprechen. Und überleg mal, du bist mit einem Sieg eingestiegen. Ist doch tausendmal besser, als wenn sie dich gleich beim ersten Mal am Arsch gehabt hätten.« Er schielte zu seiner Tochter. »Am Wickel, meine ich. Am Wickel.«

Axe lachte und setzte sich zurück in den Rollstuhl … was so erlösend wie schmerzhaft war.

Verdammt, sollte sein Oberschenkel nicht dankbar sein über die Entlastung? Warum pulsierte er wieder, als hätte er ein eigenes Herz?

»Morgen fällt der Unterricht aus«, sagte Rhage.

»Okay. Stimmt es denn, dass niemand verletzt wurde außer uns beiden?«

»Es sind noch ein paar Jäger aufgetaucht, aber es kam nirgends zum Kampf. Sie sind davongelaufen. Als hätten sie Angst, nach Hause geschickt zu werden. Ich glaube, bei Omega ist irgendetwas im Gange. Ich weiß es nicht.«

Axe nickte, als ob er zu der Diskussion über Omega, die Gesellschaft der *Lesser* oder den Kriegsverlauf irgendetwas beizutragen hätte. Doch das hatte er nicht. Er war an diesem Abend einfach nur zur richtigen Zeit am richtigen Ort gewesen und hatte es nicht total verkackt.

Jetzt schien es ihm, als würde man ihn irgendwie zum Helden erheben – dabei war er alles andere als das.

Er allein wusste, wie weit er davon entfernt war.

»Tja, also, ich mache mich auf. Dr. Manello fährt mich nach Hause.«

»Hältst du das wirklich für klug?«

Axe betrachtete die Familie vor sich. »Ich, äh … werde erwartet.«

Ein wissendes Lächeln breitete sich im Gesicht des Bruders aus. »Das ist gut für dich, mein Sohn.«

»Zu gut für mich trifft es eher.«

»Auch das Gefühl kenne ich, das kannst du mir glauben.«

Axe nickte den beiden Vampirinnen zu und rollte ein Stück vom Bett weg, um zu wenden und …

Das kleine Mädchen kam hinter dem Bett hervor und stellte sich vor ihn. Sie war so zierlich und sah so zerbrechlich aus, mit ihren Handgelenken, die kaum dicker als seine Finger waren, und Schultern kaum breiter als seine Handspanne. Doch ihre hübschen braunen Augen waren wach und intelligent, und ihr Haar war kräftig und glänzte. In ihren Leggings und ihrem kuscheligen roten Weihnachtspulli mit Schneeflocken drauf …

… wirkte sie auf ihn furchterregender als ein Rudel *Lesser*.

Was, wenn er sie kaputtmachte? Nicht dass jemand ihn bat, sie hochzuheben, aber was, wenn er sie versehentlich anhauchte und sie wie Glas zersprang?

Rhage würde aus diesem Bett steigen, ganz gleich, ob er halb tot war oder nicht, und ihn zu Brei verarbeiten.

»Äh …« Axe schielte panisch zu den Eltern. »Äh …«

»Darf ich dich umarmen? Dafür, dass du meinen Vater gerettet hast?«, fragte die Kleine.

Axe blickte erneut zu Rhage. Und ja, vielleicht deutete er dabei ein Kopfschütteln an. Es war eine reflexhafte Reaktion wie auf die Frage, *Hey, kannst du mal kurz diese Schnappschildkröte halten?* Oder … *Willst du dich mit Malaria infizieren lassen?* Oder, stets beliebt, *Hast du Lust, in diesen Sumpf voller Krokodile zu hüpfen? Mit einer Halskette aus Schweinskoteletts und Spareribs in den Ohren?*

Axe runzelte die Stirn. Mary und Rhage sahen plötzlich aus, als wäre jemand gestorben.

Was war da los?

Scheiße, er wollte sie nicht beleidigen.

Er sah das zierliche Mädchen an. »Äh … ja, klar …«

Im nächsten Moment umarmte ihn die Kleine und drückte ihn so fest, dass ihm die Luft wegblieb. Unbeholfen tätschelte er ihre Schulterblätter. Sie wirkte zerbrechlich wie ein kleiner Vogel

Als sie ihm ins Ohr flüsterte, war er wie erstarrt: »Er hat mir das Leben gerettet. Ich wünschte, ich könnte eines Tages das Gleiche für ihn tun wie du.«

Dann löste sie sich auch schon wieder von ihm, doch es war merkwürdig: In seiner Brust blieb etwas zurück. Ein Körnchen von … er wusste auch nicht, was. Aber es war warm und schien das Gegenteil zu sein von dem kalten Selbsthass, der sonst dort wohnte.

Das Mädchen lief zurück zu seinen Eltern. Und bevor das alles noch gefühlsduseliger wurde, winkte Axe der Familie ein letztes Mal zu – bevor das kleine Mädchen noch einmal kommen und ihm die Tür aufhalten musste, weil er keine Ahnung hatte, wie er ohne Hilfe aus dem Zimmer kommen sollte.

Draußen auf dem Gang wartete Dr. Manello. »Bereit?«

»Ja.«

»Dann geht's los.«

Zusammen passierten sie den Gang, der Onkel Doktor zu Fuß in irgendwelchen schnieken Halbschuhen, Axe in seinem Rollstuhl, dessen Reifen auf dem polierten Boden quietschten.

Für die Fahrt zu seinem Haus verfrachtete ihn Dr. Manello hinten in die Operationsbucht des Wohnwagens, denn in der Fahrerkabine waren die Fenster nicht getönt.

Axe war es recht. Er war nicht scharf darauf, den genauen Standort des Trainingszentrums zu kennen.

Auf diese Weise blieb ihm Zeit zum Nachdenken.

Irgendwie ging ihm nicht aus dem Kopf, was Bruder Rhage gesagt hatte.

Es ist Schwachsinn, sich Vorwürfe zu machen, wenn etwas vom Schicksal vorhergesehen war.

Axe stöhnte und rieb sich die Augen. Mann, er war müde …

»Da sind wir.«

Axe fuhr hoch – und fluchte, weil ihm augenblicklich so gut wie alles wehtat.

Dr. Manello stand über seinen Rollstuhl gebeugt. »Soll ich dir raushelfen?«

»Nein.« Axe biss die Zähne zusammen und stützte die Hände auf die gepolsterten Armlehnen.

Der Arzt trat einen Schritt zurück, während Axe sich auf die Füße kämpfte, und beobachtete mit Adleraugen, ob irgendetwas an seinem Patienten auf Organversagen oder Knochenbrüche hinwies.

»Behalt das Hemd und die Hausschuhe. Scheiße, nimm den Rollstuhl mit – bitte.«

Axe grunzte und schlurfte zur Hecktür. »Wie Tombola-Preise? Danke, aber den Rollstuhl lasse ich lieber hier.«

Während der Chirurg mit beneidenswerter Leichtigkeit um ihn herumhüpfte und ihm die Hecktüren öffnete, hatte Axe das Gefühl, hundertachtzigtausend Jahre alt zu sein. Aber es gelang ihm, mit nur etwas fremder Hilfe, auf den Boden zu kommen … und dann schleppte er sich wie ein Greis auf sein Haus …

Warum kringelte sich Rauch aus dem Kamin?

Es war doch erst drei.

Er unterdrückte den Schmerz und versuchte Witterung aufzunehmen. Ja, es war seine Elise. Sie war im Haus.

Obwohl sie natürlich gar nicht ihm gehörte.

Offensichtlich war sie früher gekommen …

»Kommst du klar?«, fragte der Chirurg, und kleine weiße Wölkchen stiegen vor seinem Mund auf. »Kann ich dir da drinnen helfen?«

»Nein, danke, Doktor.« Axe sah den Menschen an und streckte ihm die Hand entgegen. »Ich stehe tief in Ihrer Schuld.«

»Ja, das tust du. Aber Service und Lächeln sind gratis. Denk nur dran, dass du bei Sonnenuntergang gleich als Erstes zu mir kommst. Ich weiß, es ist kein Unterricht, aber wir müssen dir die Fäden ziehen.«

»Geht in Ordnung.«

Sie klatschten sich ab, und der Chirurg schloss die Heckklappen und fuhr los, während sich Axe zur Haustür aufmachte.

Mist. Er hätte eine Minute gebrauchen können, um sich zu kämmen und sich die Zähne zu putzen, bevor er Elise unter die Augen trat. Und dann all die Verbände …

Ha, dabei war sie schon über die Wunde unter dem Auge erschrocken.

Wenigstens konnte sie ihm nicht vorwerfen, dass er nicht für Spannung in ihrer Beziehung sorgte. Oder zumindest … für Überraschungen.

32

Gefühle waren hinterhältige kleine Teufel.

Es war nichts Neues für Elise: Wenn man mit einer Situation konfrontiert war, die einen wütend machte, erschreckte oder verwirrte, stand man sie irgendwie durch – ob Streit, Beschimpfung, Unglücksnachricht oder Unfall – und atmete auf, wenn es vorbei war.

Doch dann begann das Gedankenkarussell sich zu drehen.

Elise saß vor dem Feuer, das sie vor Stunden in Axe' Kamin entfacht hatte, starrte in die orangefarbenen Flammen und kaute den »mütterlichen« Monolog ihrer Tante immer wieder aufs Neue durch. Gütige Jungfrau der Schrift, ihre Gedanken wiederholten sich wie eine gesprungene Schallplatte.

Selbst nachdem sie in dieses Haus eingebrochen war – wobei es nicht abgesperrt gewesen war –, und obwohl sie hier vor dem Kamin saß, an dem sie in der letzten Nacht beinahe mit Axe geschlafen hätte, sah sie nur immer wieder diese Szene im Kleiderschrank vor ihrem geistigen Auge …

Ein Motorengeräusch von draußen ließ sie aufhorchen, und sie sprang auf die Füße. Einen Moment lang brach sie in Panik aus und dachte, ihr Vater könnte irgendwie herausgefunden haben, wo sie steckte – doch dann spürte sie Axe durch das Blut, das sie von ihm getrunken hatte, wofür sie aufs Neue dankbar war.

Aber was, wenn er wütend war, weil sie zu früh gekommen war? Es musste gegen drei sein. Oder halb vier? Und sie war schon vor Mitternacht hier gewesen.

Hoffentlich war er nicht …

Die Tür schwang auf, und Axe taumelte herein. Elise schlug die Hand vor den Mund, um nicht zu schreien. Dann tastete sie blind nach der Wand und musste sich abstützen.

Axe trug ein Flügelhemd aus dem Krankenhaus, und seine nackten Beine steckten in Pantoffeln. Er lief gebeugt wie unter Schmerzen, und überall sah man Verbände, am Oberarm, an der Schulter, sicher noch an anderen Stellen.

Aber das war nicht das Schlimmste. Sein Gesicht war zerkratzt, als hätte er mehrere Messer oder einen Stacheldraht gestreift.

Als er ihre Reaktion bemerkte, blieb er stehen. »So schlimm?«

»Gütige Jungfrau der Schrift …« Sie lief auf ihn zu und breitete die Arme aus, dann blieb sie stehen. »Bist du irgendwo auch unverletzt? Was ist passiert?«

Bevor er sie stoppen konnte, trat sie neben ihn und legte ihm einen Arm um die Hüfte. »Stütz dich auf mich.«

Er tat es wirklich. Es überraschte sie und machte ihr fast noch mehr Angst als der Anblick seines Gesichts.

»Komm zum Kamin«, sagte sie, obwohl sie ohnehin schon auf dem Weg dorthin waren. »Bist du aus dem Krankenhaus weggelaufen? Wie konnten sie dich in diesem Zustand gehen lassen?«

Sie half ihm auf sein Deckenlager. Der Feuerschein strich flackernd über ihn und wärmte ihn hoffentlich. Sobald sie ihn abgesetzt hatte, lief sie zur Tür zurück und schloss sie.

»Kann ich dir irgendetwas bringen?«, fragte sie und ging neben ihm in die Hocke.

Doch er sah sie nur an, und sein Blick wurde weich, und die Anspannung wich aus seinem Gesicht. »Ich habe alles, was ich brauche.«

Als er die Hand nach ihrer Wange ausstreckte, senkte sie den Kopf, damit er sie besser streicheln konnte.

»Was ist passiert, Axe?«

»Das spielt keine Rolle.« Er strich mit den Fingerspitzen über ihr Kinn, ihren Hals. »Es tut nicht mehr weh.«

Sie sah an ihm herab und fluchte. Sein Hemd war hochgerutscht, und sie sah einen dicken Verband um seinen Oberschenkel. Außerdem wölbte sich das Hemd unter dem anderen Arm auf Höhe der Rippen. Und gütige Jungfrau der Schrift, dieses Gesicht.

»Bin ich so hässlich?«, flüsterte er.

»Niemals. Nicht für mich.«

»Es ist okay, du kannst es sagen. Du bist für die Wahrheit, schon vergessen?«

Doch Elise schüttelte nur den Kopf, denn ihre Augen tränten, und ihre Hände begannen zu zittern. Plötzlich schien alles um sie herum einzustürzen.

»Es geht mir gut. Komm, leg dich zu mir.«

Elise streckte sich aus und stützte sich auf dem Ellbogen ab. »Du willst mir nicht erzählen, was passiert ist, oder?«

»Es ist einfach nicht wichtig.«

»Das stimmt nicht.«

Aber er verschloss sich. Und sah sie nur an.

»Ich wünschte, ich könnte irgendetwas für dich tun«, sagte sie.

»Kannst du.«

»Und das wäre?«

»Hol mir meine Zahnbürste und Zahncreme und ein

Glas Wasser von oben. Ich würde mir gern die Zähne putzen.«

Einen Moment lang dachte sie, er würde sie auf den Arm nehmen. Doch dann lächelte sie, weil es ihr tatsächlich das Gefühl gab, nützlich zu sein.

»Sonst noch etwas?«, fragte sie und setzte sich auf.

»Ja, aber das sage ich dir nach der Zahnseide.«

Elise blinzelte. Dann schüttelte sie den Kopf. »Du … du baggerst mich aber nicht gerade an, oder?«

»Fändest du das schlimm?«

Sie stieß ein Lachen aus. »Nein, gar nicht. Es ist nur, falls es dir nicht aufgefallen ist: Du wirkst nicht eben wie das blühende Leben.«

Axe lächelte, und es war ein wundervoller Anblick. »Da täuschst du dich, Elise. Du täuschst dich.«

Wirklich erstaunlich, was so ein Tapetenwechsel ausmachen konnte, dachte Axe.

Als Elise wieder nach unten kam und sich mit dem minzfrischen Mundpflegeset und einem Glas Wasser neben ihn kniete, wirkte das Ganze belebend wie ein Morphintropf. Nur ohne Opiate und dem lästigen Schlauch. Der Schmerz war wie weggeblasen.

»Vielleicht sollte ich dir etwas helfen«, sagte sie und hielt Zahncreme und Bürste hoch.

Als er nickte, machte sie sich an die Arbeit. Sie neigte den Kopf, und ihr Pferdeschwanz rutschte über die Schulter und fiel nach vorne, als sie Zahncreme auf seine Bürste gleiten ließ.

Okay, das klang versaut.

Aber in seinem gegenwärtigen Zustand wurde einfach alles zum Porno, selbst unschuldige Tätigkeiten wie der Druck auf die Tube, das Einrollen von unten oder ihr fester Griff um den Stiel der Bürste.

»Wie sollen wir es machen?«, fragte sie.

Axe blickte an sich herab und antwortete in Gedanken: *Mach dich nackig, zieh mein Hemd hoch, steig auf und reite mich wie einen Bullen.*

Wow. Echt romantisch.

»Ich hebe den Kopf und …« Doch stöhnend ließ er den Betonklotz zwischen seinen Schultern wieder auf die Decke fallen. »Verdammt.«

Elise erschien mit einem Lächeln über ihm. »Schön weit aufmachen.«

Er tat wie geheißen, doch der kühle, erfrischende Geschmack der Zahncreme wurde vollkommen verdrängt von ihrem Duft, von ihrer Schönheit, von seiner Begierde. Schließlich spülte sie die Zahnbürste mehrfach im Wasserglas aus und holte die Zahncreme so aus seinem Mund – und wenn es danach auch noch leicht knirschte, schmeckte er zumindest kein altes Blut mehr.

Auch sie würde es nicht schmecken.

Elise stellte Glas und Bürste zur Seite, zog ihren Fleece-Ärmel über den Handballen und wischte ihm den Mund.

»Wie ist das?«

»Kannst du mich küssen, oder bin ich zu lädiert?«

»Nein«, hauchte sie.

Sie beugte sich über ihn, doch er stoppte sie. »Öffnest du dein Haar für mich?«

Er hatte noch immer nicht vergessen, wie ihr Haar vor dem Steakhouse dem Menschen an die Schultern gepeitscht war, und er wollte diesen magischen Moment für sich beanspruchen, ihn sich zurückholen von dem anderen, der ihn gestohlen hatte.

Außerdem liebte er den Duft ihres Shampoos.

Als sie das Band herauszog und sich erneut über ihn beugte, fiel es in weichen Wellen in sein Gesicht … und dann strichen ihre Lippen über ihn, und er brachte all seine Kraft auf, um die Hände an ihre Oberarme zu führen.

»Du kannst dich auf mich legen«, sagte er an ihrem Mund.

»Wo bist du verletzt?«

»Nur eine Stichwunde in der Seite, keine große Sache ...«

Sie riss sich von ihm los. »*Was ...* «

Axe winkte ab. »Es ist nichts.«

»Lass mich das anschauen.«

Hm. Wenn sie ihn auszog, würde sie ohnehin sehen, wie übel er zugerichtet war. Andererseits wäre er dann nackt.

Sein Gewissen meldete sich. »Äh, ich trage nichts unter dem Hemd. Ich meine, also, gar nichts.«

Ihre Lider senkten sich. »Das ist okay für mich.«

Axe wiegte die Hüften angesichts ihres sexy Tonfalls. »Dann schneid mir das verdammte Ding runter. In der Küche ist eine Schere. Am Herd.«

Als er sie in die Küche verschwinden hörte, erinnerte es ihn wie bei ihrem Gang in den ersten Stock daran, wie leer es in diesem kleinen Haus normalerweise war – und auch, was für eine Ruhe hier draußen herrschte: In dieser ländlichen Gegend von Caldwell hörte man keinen nächtlichen Verkehr, und es gab auch kein Licht von anderen Häusern oder Straßenlaternen, keine Nachbarn in unmittelbarer Nähe.

Schon komisch, er hatte eigentlich nie eine Meinung zu dem Haus gehabt ... aber die Einsamkeit gefiel ihm.

Besonders, wenn sie bei ihm war.

»Ich bin ganz vorsichtig«, sagte sie, als sie zurückkam und neben ihm in die Knie ging. »Ich glaube, ich muss von unten anfangen.«

Sein Atem stockte, als sie den Saum seines Hemds ergriff und sich mit der Schere näherte.

»Dir ist bewusst, dass ich …«

Es war merkwürdig, dass sich ein Kerl wie er, der ungefähr jede sexuelle Handlung ausgeführt hatte, die anatomisch möglich war, nicht selten vor Publikum, plötzlich zierte. Aber er wollte, dass Elise sein Anblick gefiel, was ihm in anderen Situationen komplett egal gewesen war.

»Dass du was?«, flüsterte sie. »Ich will hören, wie du es sagst.«

»Dass ich hart bin«, stöhnte er. »Für dich.«

Ja, diese Worte waren alles andere als sexy aus dem Mund eines Krankenhauspatienten. Wie musste das für eine Frau sein, wenn ein abgekämpfter, zerschrammter, zusammengeschusterter Frankenstein wie er ihr erklärte, dass dieser eine Teil seines Körpers, der nicht verletzt war, es kaum erwarten konnte loszulegen.

Doch aus irgendeinem Grund war ihr die Hässlichkeit egal.

Ihr Lächeln war unvergesslich.

»Tja, dann muss ich wohl etwas dagegen unternehmen«, murmelte sie.

Sein Schwanz vollführte kleine Sit-ups, als sie sich an die Arbeit machte, die silberne Schere funkelte und reflektierte den Feuerschein, die Klingen blitzten auf, als sie anfing, das Hemd aufzuschneiden. Und zwar in der Mitte.

Das Schneidegeräusch der zwei scharfen Klingen, die so nah an seiner Erektion aufeinandertrafen, brachte ihn fast zum Orgasmus. Und dann erreichte sie die entscheidende Stelle.

Sie strich mit der Schere die Länge seiner Erektion entlang.

Axe krallte sich an den Decken fest, ballte die Fäuste,

warf den Kopf in den Nacken und presste zwischen den Zähnen hervor: »Ich komme – oh, *fuck* …«

Der Orgasmus war stärker als alles, was er je im Sex-Club erlebt hatte, die Gefühle waren so scharf und sauber wie die zwei Klingen der Schere und durchfuhren seinen Körper.

Doch er hatte Angst, was sie von ihm halten würde. Er wollte nicht zu weit gehen, zu überstürzt …

Seine Sorge war unbegründet. Elise war wie gebannt. Ihre weißen Fänge gruben sich in ihre Unterlippe, als müsste sie ein eigenes lustvolles Stöhnen unterdrücken, während ihr Blick auf seinen Schwanz und den zuckenden Strahl geheftet war, den er ausstieß, und sie sich nach vorne beugte, als wollte sie ihn jeden Moment besteigen.

Doch als es vorbei war, setzte sie einfach ihre Arbeit fort. Sein Schwanz führte einen verzweifelten Tanz auf, während sie die Schere über sein Sixpack wandern ließ. Und höher, über die Muskeln seiner Brust. Bis hinauf zu seinem Hals.

Selbst wenn er gewollt hätte, Axe hätte sich nicht rühren können. Zumal sie ihre Arbeit nun abschloss, das Hemd von ihm abstreifte und sich auf die Hacken setzte.

»Ich möchte dich berühren«, sagte sie mit einer Ehrfurcht, die ihn erröten ließ.

»Wo du willst.« Wow, seine Stimme klang heiser. »Mach mit mir, was du willst.«

Als Erstes küsste sie ihn, und es war ein unglaubliches Gefühl, von ihr beherrscht zu werden, ihr zu unterstehen. Er war nackt, verletzbar durch seine Verwundungen und so verdammt scharf auf sie, dass sie sich auf jede erdenkliche Weise an ihm vergehen konnte und er immer noch um mehr gebettelt hätte: *Härter, fester, nimm mich noch einmal, oh, bitte, Elise, hör nicht auf …*

Ihre Hände strichen wie Wasser über seine Haut, während ihre Zunge über seine Lippen leckte, in seinen Mund stieß, ihn für sich beanspruchte und sich ihm gleichzeitig hingab. Und dann küsste sie sich an seinem Hals abwärts.

»Was hat es mit den Tätowierungen auf sich?«, fragte sie, als ihre Lippen über seine Halsschlagader streiften. Am Schlüsselbein entlang. »Du trägst sie nur auf einer Seite. Die Ohrringe und Piercings auch.«

»Zwei Hälften«, stöhnte er und bog ihr das Becken entgegen, wo seine Erektion schwer und heiß auf seinem Bauch lag.

»Von dir?«

Er nickte und versuchte zu antworten. »Wer ich bin … und wer ich gerne wäre.«

Sie hielt inne. »Wer möchtest du sein?«

Eine Sekunde lang war die Stimmung bedroht, Risse erschienen in der fiebrigen Lust. Doch er durfte nicht zulassen, dass diese Blase zerplatzte. Das hier war zu gut, zu kostbar …

»Axe?«

»Ich will gut sein. Das will ich wirklich.« Scheiße, er klang wie ein Kind. »Ich will ein guter Sohn sein, kein gebrochener.«

»Nun, ich finde dich gut.«

Du kennst mich kaum, dachte er, und plötzlich überkam ihn Angst.

Was, wenn sie herausfand, dass er ein schmutziger geiler Bock war … noch dazu ein ehemaliger Junkie, der seinen Vater im Stich gelassen hatte, als er ihn am dringendsten brauchte?

Das Traurige war nur, sosehr sie sich in ihm täuschte, er brauchte ihren Glauben an ihn. Dieser Glaube war fast eine Form der Vergebung, etwas, das er sich verzweifelt gewünscht hatte, obwohl er nie erwartet hätte, es zu finden.

»Ich will dir zuliebe gut sein«, sagte er, und selten war ihm etwas so ernst gewesen.

Nur dass er im Moment nicht länger darüber nachdenken konnte, denn Elise war nun ihrerseits wieder *extrem* gut zu ihm und setzte ihre Erkundung mit den Lippen fort, immer tiefer, bis sie an seiner stolzen Erektion angekommen war. Oh, fuck, sie sah an seiner Brust entlang zu ihm auf, und dann streckte sie die Zunge heraus und kostete die Spitze seines Schwanzes. Als er einen lauten Fluch ausstieß und zuckte, umschloss sie ihn mit dem Mund …

Ein scharfer Schmerz durchfuhr ihn an einer Stelle, an der Männer ihn nicht schätzen, und er fuhr zusammen, was die Sache nur noch schlimmer machte.

»Au!«, stieß er aus, als er erneut ihre Zähne spürte. »Nein, nein … nicht aufhören …«

»Tut mir leid!« Sie setzte sich erschrocken auf, seine Erektion noch immer mit der Hand umschlossen. »Es ist mein erstes Mal … ich habe vergessen, dass ich Fänge habe …«

»Hör nicht auf …«

»Ich will dir nicht wehtun …«

»Es gefällt mir …«

Auf einmal wurde ihnen beiden die Absurdität der Situation bewusst, und er wusste nicht, wer zuerst anfing zu kichern, doch bald lachten sie beide.

Es war so schön, vom Schmerz und von der Leere befreit zu sein, nicht nur Genuss zu verspüren … sondern glücklich zu sein.

Es war so lange her bei ihm.

Seit seine Mutter gegangen war, ohne sich noch einmal umzusehen.

33

Elise konnte es nicht glauben. Es war total verrückt, dass sie die Verführerin spielte, obwohl sie erst einmal mit einem Typen geschlafen hatte, und das mit mäßigem Vergnügen. Und ganz bestimmt hatte sie noch nie versucht, jemandem einen ... also, naja.

Gütige Jungfrau der Schrift, sie war so verklemmt, sie konnte es noch nicht einmal in Gedanken aussprechen.

Jemandem einen zu blasen.

»Ja, bitte.«

Als Axe antwortete, wurde ihr bewusst, dass sie laut gesprochen hatte. »Oh je, ich schätze, ich bin nicht sonderlich geschickt, was?«

Er streckte die Hand nach ihr aus und streichelte ihre Wange. »Du bist ... der Wahnsinn. Ich fühle so vieles bei dir, das ich noch nie zuvor gefühlt habe. Du bist perfekt, so wie du bist, du machst es vollkommen richtig.«

»Aber ich habe dich gerade in den ...« Ach ja, und außerdem konnte sie nicht glauben, dass sie hier saß mit seinem Schwanz in der Hand, als wäre er nichts Außergewöhnlicheres als der Hörer eines Tischtelefons.

»Sag es«, befahl er.

»Ähm ...«

»Lümmel, Latte, Liebeszepter, Nudel ...«

Wieder lachten sie gemeinsam und grinsten sich an ... doch dann wollte sie wieder zur Sache kommen.

»Irgendwelche Vorschläge?«, fragte sie in verführerischem Ton. »Wie hättest du es gerne?«

Er schob die Hüfte vor, und ihr fielen kurz die dicken weißen Verbände an seinem Schenkel und an den Rippen auf. Doch dann blitzten seine Augen, sein Atem ging schwer, und seine Stimme klang plötzlich um eine Oktave tiefer – und mit einem Schlag dachte sie an nichts anderes mehr als an seinen Geschmack.

»Fahr mit der Zunge an mir hoch und um ... die Spitze ...«

Sie sah ihm fest in die Augen, streckte die Zunge heraus ... und beugte sich nach unten, um seiner Anweisung Folge zu leisten.

»*Elise* ... «

Ja, sie musste nicht lange fragen, diesmal hatte sie es richtig gemacht. Seine Erektion zuckte in ihrer Hand, sein Becken drängte nach oben, in seinem Gesicht stand Staunen und Verzückung.

»Du bist so schön ...«, keuchte er und beobachtete sie.

Sie leckte die Spitze seiner Erektion, dann öffnete sie den Mund weit und versuchte, ihn nicht mit den Zähnen zu berühren – und es musste ihr gelungen sein, denn obwohl er sich einen Moment lang versteifte, gab es keine Schmerzensrufe. Stattdessen drückte er den Rücken durch und arbeitete mit ihr zusammen, bis sie einen Rhythmus gefunden hatte: hoch und runter, einsaugen und unten mit der Hand entlangstreichen. Schneller ... schneller ...

»Ich komme gleich ...«, keuchte er, versteifte sich ... und versuchte, sie fortzuschieben.

Nein, sie würde das bis zum Ende durchziehen.

Als er einen Fluch ausstieß, nahm sie alles in sich auf, alles, was er zu geben hatte, was ihn vor Lust verrückt zu machen schien, und die Zuckungen und Stöße in ihrem Mund waren eine erotische Erfahrung, wie sie es sich niemals vorstellen hätte können.

Als es vorbei war, ermattete er – und zwar so, dass seine Gliedmaßen auf den Boden knallten.

»Du schmeckst himmlisch«, sagte sie und leckte sich die Lippen.

Bei diesen Worten bäumte sich sein Glied in ihrer Hand auf.

»Setz dich auf mich«, sagte er rau. »Ich möchte in dir sein – komm hoch.«

Eine Sekunde lang zögerte Elise. Sollte sie das wirklich tun?

Es machte ihr Angst, wie schwer er verletzt war. Wenn es das war, was ihm bei einem Kampfeinsatz passieren konnte, jede Nacht, dauerte es vielleicht nicht lange, bis er nicht mehr heimkam.

So gesehen sollte sie es allerdings erst recht tun, weil sie ihn jeden Moment verlieren konnte.

Und dann dachte sie an sich selbst, an all die Jahre, die sie sich im Hintergrund gehalten hatte, in denen sie Benimmregeln befolgt hatte, die man ihr aufzwängte, obwohl sie selbst nicht von ihnen überzeugt war.

Hier wollte ein wunderschöner Mann mit ihr schlafen, der ihr immer freundlich und verständnisvoll begegnet war, der sie sogar gegen ihren Vater verteidigt hatte. Sie war ungebunden, sie wollte ihn, und sie waren an einem abgeschiedenen, heiligen Ort.

Es wäre einfach unsinnig, Nein zu sagen. Erst recht, wo sie sich so sehr nach ihm verzehrte.

Elise zog ihren Fleece-Pullover aus und das Longsleeve, das sie darunter trug. Warf ihren BH von sich und stand auf.

Dann bewegte sie sich langsamer, weil Axe sie mit diesem gebannten Blick beobachtete und sich jedes kleinste Detail ihres Körpers einzuprägen schien. Sie schob die Yogahose hinunter, an den Oberschenkeln entlang, über die Knie, und trat sie weg von sich ... bis sie nur noch in einem weißen Slip vor ihm stand.

»Drehst du dich für mich um?«, fragte Axe in einem Ton, der einem Betteln sehr nahekam.

Sie ging auf Zehenspitzen, drehte sich um und zeigte ihm ihren Rücken. Und dann steckte sie die Daumen in ihren Slip, beugte sich vornüber und zog ihn an ihren geschlossenen Beinen bis zum Boden hinunter. Auf diese Weise zeigte sie ihm genau, was er sehen wollte.

Es bedurfte keiner anerkennenden Worte. Sein Schnurren und die Glut in seinen Augen sagten ihr alles, was sie wissen wollte.

Elise stellte sich über ihn, die Füße rechts und links von seiner Hüfte. Der Feuerschein auf ihrer Haut, die Schwere ihrer Brüste, das sehnsüchtige Ziehen zwischen ihren Beinen, all das gab ihr das Gefühl von Macht und Befehlsgewalt – und sie war froh, dass es auf diese Weise geschah.

Es würde sensationell werden.

Weil sie und Axe es dazu machten.

Sie ging in die Knie, stützte die Hände neben seinem Kopf auf und küsste ihn, immer wieder, während sie über seiner Erektion schwebte und sich immer weiter für ihn öffnete. Seine Wärme stieg zu ihr auf, und es war ein fantastisches Gefühl. Er streichelte ihre Schenkel, ihre Taille, umfasste ihre Brüste. Als sie es nicht mehr länger aushielt, war sie es, die seine Erektion aufstellte und sich an der Spitze rieb, die sie mit der Zunge liebkost hatte.

Sie fluchten beide.

Dann setzte sie ihn behutsam an der richtigen Stelle an und senkte sich auf ihn. Es tat überhaupt nicht weh, auf diese Weise gedehnt und ausgefüllt zu werden, und sie war froh, dass ihr keine Jungfräulichkeit im Weg stand, um diesen Moment in vollen Zügen zu genießen.

Dann begannen sie sich zu bewegen.

Aus dem Kreuz und aus den Hüften heraus fing sie an, ihn zu reiten, und er unterstützte sie dabei, indem er ihr das Becken entgegenpresste. Sie gewannen an Fahrt. Ihre Brüste schwangen, ihr Atem stockte, und der Feuerschein ließ alles wie in Zeitlupe wirken – oder war es ihr Kopf?

Der Orgasmus kam unaufhaltsam wie ein Eilzug auf sie zugerast, immer schneller, der Genuss steigerte sich ins Unerträgliche und strahlte von ihrem Geschlecht aus. Und die ganze Zeit über küssten sie sich und sahen einander in die Augen …

Sie kam zuerst, ganz plötzlich, als würde ein Gummiband reißen, nur dass es nicht wehtat. Es war ein Bersten und Fließen und eine endlose Folge lustvoller Kontraktionen, in denen sie sich für immer verlieren wollte. Und dann trieb Axe ihr mit einem gewaltigen Ruck die Hüften entgegen, sodass er noch tiefer in sie eindrang und anfing zu zucken, wie er es schon in ihrem Mund getan hatte.

Und danach? Als alles vorbei war?

Als die Hitze langsam nachließ?

Fing er gleich noch mal von vorne an.

Es war der beste Sex seines Lebens.

Ein einziger Rausch, wurde Axe lange Zeit später klar, als Elise ausgestreckt an seiner Brust lag und sie beide vollkommen befriedigt waren und die Begierde verebbte, zumindest für die nächste Stunde.

Er fuhr mit den Fingerkuppen über ihre Wirbelsäule, auf und ab. Es war wundervoll, ihre weiche Haut zu berühren, ihr Gewicht auf der Brust zu spüren, ihr Geschlecht zu riechen. Er hätte für den Rest seines erbärmlichen Lebens hier mit ihr liegen können.

Aber er wusste, dass die Morgendämmerung nahte.

»Elise? Bist du wach?«

»Mhm?«

Er strich über ihr Haar. »Ich sage es nur ungern, aber es ist vermutlich schon fast sechs. Du solltest dich auf nach Hause machen.«

Sie hob den Kopf von seiner Brust. Ihre Augen waren schläfrig im Licht des sterbenden Feuers, ihre Lippen geschwollen von seinen Küssen, ihre Wangen immer noch gerötet.

»Ich möchte bleiben.«

»Ich will auch, dass du bleibst. Aber wäre das jetzt klug? Es ist natürlich deine Entscheidung.«

Sie runzelte die Stirn und wurde eine Weile sehr still. »Tut mir übrigens leid, dass ich so früh gekommen bin.«

»Nicht schlimm. Außerdem kannst du jederzeit kommen. Ich sperre nie ab. Komm einfach rein.«

»Ich war schon vor Mitternacht hier.«

»Warum?« Er hob die Hand über ihre Schulter. »Und noch mals, es stört mich nicht. Zieh ein, wenn du Lust hast.«

Heilige Scheiße, hatte er das wirklich gesagt?

»Ich war außer mir und wusste nicht, wo ich sonst hinsollte.«

Mit einem Schlag erwachte sein Beschützerinstinkt in ihm, seine Fänge fuhren aus, sein Körper spannte sich an, trotz der Verletzungen. »Was ist passiert? Wen muss ich umbringen?«

Nun, der letzte Satz war nur halb im Scherz gesagt.

Wenigstens brachte er sie zum Lächeln. Aber nicht lang. »Ich, äh … also, ich habe dir doch erzählt, dass meine Cousine getötet wurde. Erinnerst du dich?«

»Ja, natürlich.«

»Also, ich war in ihrem Zimmer. Nachdem du weg warst. Ich hatte es nicht geplant oder so, ich ... bin einfach spontan hineingegangen. Und ich war an ihrem Kleiderschrank – und habe ihn aufgeräumt. Er war total durcheinander. Überall lagen Kleidungsstücke ... Schuhe ...«

Als sie verstummte, streichelte er ihre Schulter. »Sprich weiter, Elise. Ich werde niemandem davon erzählen.«

»Das ist es nicht. Ich vertraue dir. Es ist nur ... so scheußlich.«

»Mit scheußlichen Dingen kenne ich mich aus. Davor habe ich keine Angst.«

Zitternd atmete sie ein. »Meine Cousine und ich waren immer sehr gegensätzlich. Höflich ausgedrückt, war sie *promiskuitiv*. Sie hatte einen anderen Kleidungsstil. Sie dachte anders. Sie benahm sich anders – und sie genoss es, die Wilde zu sein. Sie war schön und ungebändigt, und ich hatte immer den Eindruck, dass es ihr Spaß machte, ihren Eltern eins auszuwischen.«

»So war ich auch«, sagte er gedankenverloren. »Davon hat niemand etwas.«

»Aber wenn mehr Zeit gewesen wäre? Ich weiß es nicht, aber vielleicht hätte sie sich geändert.« Elise atmete seufzend aus. »Jedenfalls war ich in ihrem Schrank und habe aufgeräumt. Da kam meine Tante und hat mich überrascht. Weißt du, ich hatte sie seit jener Nacht nicht mehr gesehen, als Peyton zu uns ins Haus kam und von ihrem Tod berichtete. Sie sah ... schrecklich aus. Krank. Entsetzlich. Wie um tausend Jahre gealtert, ausgezehrt, niedergeschlagen.«

Axe rollte sich auf die Seite, sodass sie einander ins Gesicht sahen. »War sie dankbar dafür, dass du aufgeräumt hast?«

»Nein. Gar nicht.« Ihr Blick verlor sich in der Ferne. »Sie sagte … widerwärtige Dinge über ihre Tochter. Ihr ging es nur ums Ansehen und um die Stellung der Familie in der *Glymera*. Sie war wütend und verbittert darüber, dass ihre Tochter Schande über sie gebracht hat und dass sie nicht mehr zu den Festen eingeladen wird. Das ist so selbstsüchtig, ich konnte es einfach nicht fassen. Und ich dachte die ganze Zeit über nur, dass Allishon sich gar nicht anders verhalten konnte – bei einer solchen *Mahmen*.«

Axe mahlte mit den Kiefern, während er vor Wut kaum noch Luft bekam. »Selbstsüchtige Mütter sind das Schlimmste. Sie machen einen fertig.«

Wie zum Beispiel die Mutter, die sich nach dem Reichtum der *Glymera* sehnt und dafür *Hellren* und Kind verlässt. Das war ein berühmter Stoff und seine Lieblingsgeschichte. Er hatte das Buch gelesen, den Film gesehen, das T-Shirt, den Thermo-Kaffeebecher und die Blu-ray-Version gekauft. Und das Poster dazu hing überm Bett.

Aber davon erwähnte er nichts. Jetzt ging es um Elise, und verdammt, er wollte wirklich hören, was sie zu erzählen hatte.

Elise schüttelte den Kopf. »Nach der Begegnung war ich so aufgewühlt, dass ich die Treppe runter und aus dem Haus gerannt bin … und auf den Rasen gekotzt habe. Und dann bin ich einfach immer weiter gegangen, den Hügel runter, auf die Straße.«

Er stellte sich vor, wie sie traurig durch die Nacht irrte, und niemand aus ihrer Familie verstand ihren Kummer oder interessierte sich dafür.

»Ich bin froh, dass du hierhergekommen bist. Und ich wünschte, ich hätte es gewusst.«

»Danke, dass du mir nicht böse bist.«

»Niemals.«

»Ich habe Peyton gebeten, mir zu erzählen, was mit Allishon passiert ist. Ich treffe ihn morgen.«

Axe musste seine Skepsis unterdrücken. Hoffentlich hielt dieser Mistkerl die Klappe zum Thema Leibwächter.

»Ich muss wissen, was wirklich geschehen ist.« Sie wandte den Blick ab. »Keine Ahnung, warum mir das so wichtig ist. Der Tod lässt sich nicht umkehren, und es ändert nichts an der Situation, wenn ich die genauen Umstände kenne, aber ich muss sie erfahren. Die Sache lässt mir keine Ruhe, und ich werde nicht dagegen ankämpfen.«

»Vielleicht interessierst du dich deshalb so für die Todesumstände, weil du auf andere Fragen, die dir viel wichtiger sind, keine Antworten bekommen kannst.«

»Wie meinst du das?«

»Nun ja …« Axe räusperte sich. »Vielleicht würdest du in Wirklichkeit gern wissen, wie es deinem Vater mit dem Tod deiner Cousine geht, aber du kannst ihn nicht fragen. Vielleicht gibt es noch mehr, das du gern von ihm wüsstest. Wie er mit dem Tod deiner Mutter zurechtkommt. Worüber er sich Nacht für Nacht Sorgen macht. Vielleicht kannst du ihn nicht erreichen.« Axe dachte an seinen eigenen Vater unten im Keller mit seinen Holzblöcken. »Vielleicht willst du ja wissen, wie er zu dir steht. Aber dir ist klar, dass du es nie erfahren wirst. Du kommst nicht an ihn heran. Er ist in Gedanken immer woanders. Und das Blöde ist, dass es dir nichts hilft, wenn du dir all dessen bewusst bist. Die Fragen bleiben. So etwas macht einen auf Dauer verrückt.« Sein Blick driftete ab, doch dann sah er Elise wieder an und zuckte die Schultern. »Du suchst nach Fakten, um ihm nahe zu sein, denn so machen es die Leute. Sie suchen an den falschen Orten nach den Dingen, die sie an den richtigen nicht bekommen.«

Elise sah ihn einfach nur an, und plötzlich kam er sich unglaublich doof vor.

Sie machte einen Doktor in Psychologie, verdammt. Was wusste er schon?

»Oder auch nicht«, brummte er. »Ich hab keine Ahnung ...«

Elise schnitt ihm das Wort ab, indem sie ihn küsste. »Gütige Jungfrau der Schrift ... du bist so klug.«

»Meinst du? Klar, ein echter Einstein. Keine Frage.«

Sie lachte. »Nein, ernsthaft, du hast es erfasst. Ich hatte es nur noch nie so betrachtet.«

Eine Weile sah er sie einfach nur an. Bis sie sagte: »Wieso schaust du so?«

Axe küsste sie, doch dann ließ er sie los. »Du solltest wohl besser gehen.«

»Schätze, du hast recht. Wenn ich den Tag bei dir verbringe, will ich es zu ehrlichen Bedingungen tun, und die kann ich nicht übers Telefon mit meinem Vater aushandeln. Und zwar nicht nur deshalb, weil ich das verwanzte Handy zu Hause gelassen habe.«

»Wenn er dich rauswirft, kannst du zu mir ziehen. Und das ist gar nicht mal nur als Witz gedacht.«

»Das ist sehr lieb von dir.«

Er stieß ein hässliches Grunzen aus, das ihm sehr peinlich war. Doch sie lachte – das machte es besser.

Dann setzte sie sich auf und zog sich an. Als sie wieder ordentlich bekleidet war, kniete sie nieder und deckte ihn zu.

»Kommst du auch sicher alleine zurecht? Ich mache mir Sorgen.«

»Wenn mich das nicht umgebracht hat, was wir vorher getan haben, überlebe ich garantiert bis zum Sonnenuntergang.«

»Ich meine es ernst.«

»Ich komme zurecht.«

Sie küsste ihn und ging zum Feuer, legte frisches Holz für ihn auf.

»Das musst du nicht tun«, sagte er.

»Zu spät.« Sie lächelte ihm über die Schulter hinweg zu, stocherte im Feuer herum und meinte: »Weißt du, was ich gerade tue?«

»Heißer aussehen als das Feuer?«

»Ich verkneife mir die Frage, wann ich dich wiedersehen kann.«

»Darauf habe ich eine einfache Antwort: vier Uhr morgens früh.«

»Ist das ein Date?«

»Das kann man wohl sagen.« Er stopfte sich ein altes Sofakissen unter den Kopf. »Ruf mich an, wenn du zu Hause bist, okay?«

»Gern. Wo ist dein Handy?«

»Oh, Scheiße. Ich habe keine Ahnung. Vermutlich im Trainingszentrum bei den Überresten meiner Kleidung. Und ich habe keinen Festnetzanschluss.«

»Tja, keine Sorge, mir passiert nichts. Ich passe auf.«

Es folgte eine lange, lange Pause.

»Geh«, sagte er. »Damit ich weiß, dass du sicher heimkommst, bevor die Sonne aufgeht.«

Elise nickte, dann war sie fort, und die Haustür schloss sich leise hinter ihr.

Als sie weg war, dachte er, liebe Jungfrau der Schrift … das Haus war so leer.

34

Als sich Elise am nächsten Abend in ihrem Zimmer für ihr Treffen mit Peyton fertig machte, war sie in Gedanken bei Axe, nicht bei Cousin und Cousine. Sie fragte sich, ob er gut durch den Tag gekommen war. Wie es seinen Verletzungen ging. Ob das Feuer ausgegangen war und er sich in einen Eiszapfen verwandelt hatte.

Er musste dringend seine Heizung reparieren lassen. Es würde noch viel kälter werden, bis die Temperaturen wieder stiegen. Im Mai.

Aber sie wollte ihn nicht belagern, indem sie bei ihm erschien und etwas im Sinne von *Hey, ich wollte nur mal nachsehen, ob du noch atmest* sagte. Außerdem hatte er irgendwann zwischen zwei Orgasmen erwähnt, dass ihm heute die Fäden gezogen wurden, und wenn er dort nicht aufkreuzte, würden sie doch sicher nach ihm suchen.

Oder?

»Mist«, sagte sie und machte sich auf – mit Handy und GPS-Sender.

Das Erste Mahl hatte sie ausfallen lassen. Sie hätte es nicht über sich gebracht, zwischen ihrem Vater und ihrem Onkel zu sitzen und über Belanglosigkeiten zu plaudern, nicht nur wegen dem, was sie mit Axe getan hatte, sondern auch wegen dem Erlebnis mit ihrer Tante: Trotz Ausbildung und all der Arbeit an sich selbst war sie nicht in der Lage, Emotionen von diesem Ausmaß zurückzuhalten.

Vielleicht kam sie ja doch nach ihrem Vater. Sie wollte nicht darüber reden.

Im Erdgeschoss klopfte sie an die geschlossene Tür des Arbeitszimmers. Ihr Vater forderte sie auf einzutreten. Er saß am Schreibtisch in einem seiner Anzüge und sah aus wie ein Model aus der Dunhill-Zigaretten-Werbung.

Von 1942.

»Guten Abend, Vater.«

Er blickte von seinen Dokumenten auf. »Oh, hallo, meine Liebe.«

»Vater, ich möchte Peyton besuchen, Sohn des Peythone. Sein Vater und seine *Mahmen* werden auch da sein. Paradise hat bald Geburtstag, und ich möchte ein Fest für sie organisieren. Es soll ein kleines Fest werden, bei ihm zu Hause.«

Zum ersten Mal seit Langem lächelte Felixe. Es war ein echtes, von Herzen kommendes Lächeln. Er lächelte so sehr, dass er seinen goldenen Füller auf die Schreibtischunterlage legen musste. »Oh, Liebling, das klingt fantastisch. Was für eine wundervolle Idee.«

»Ich dachte, dass es dich freuen würde.« Sie versuchte, nicht vorwurfsvoll zu klingen. »Ich weiß noch nicht, wie lange wir brauchen.«

»Oh, lass dir nur Zeit. Wir sehen uns bei Morgendämmerung.«

»Ja, Vater.«

Mit einer kurzen Verbeugung ging sie. Seine Begeisterung schmerzte. Warum freute er sich nie, wenn sie von ihrem Studium sprach, ihrer Arbeit, ihren Plänen? Nein, für ihn war es das Höchste, wenn sie ein Fest veranstaltete.

Sie versuchte, sich einzureden, dass es nun einmal seine Art war, seine Generation, dass er es nicht anders kannte.

Aber es tat weh, derart reduziert zu werden.

Draußen fiel ihr auf, dass sie keinen Mantel trug, aber es machte nichts. Sie schloss die Augen und dematerialisierte sich, erleichtert darüber, an der frischen Luft zu sein.

Es war nicht weit zu Peyton. Das Haus seiner Familie war genauso pompös wie ihres, aber im Tudor-Stil erbaut, mit allen möglichen Türmchen und Winkeln und interessanten Räumen im Inneren – nicht dass sie sich besonders gut bei ihm auskannte.

Der Butler, der ihr die Haustür öffnete, trug die gleiche Uniform wie der bei ihr zu Hause.

»Willkommen, Mistress. Master Peyton ist auf seinem Zimmer. Er bittet Euch, in der Bibliothek auf ihn zu warten.«

»Selbstverständlich«, sagte Elise und folgte ihm in einen großen Raum mit ledergebundenen Büchern, wuchtigem, mittelalterlichem Mobiliar und riesigen Messingleuchtern.

Zwischen den Wandteppichen, Ölgemälden und grauen Schieferböden, auf denen die Schritte laut hallten, kam man sich vor wie bei Harry Potter, nur ohne Eulen und Zauberstäbe.

Wie man sich hier zu Hause fühlen sollte, war ihr ein Rätsel, aber der *Glymera* ging es ja auch weniger um Komfort als um den Eindruck. Und beindruckend war es.

»Möchtet Ihr vielleicht etwas trinken?«, erkundigte sich der Butler.

»Nein, danke.«

»Sehr wohl.« Der *Doggen* verbeugte sich tief und zog sich zurück. »Er wird gleich bei Euch sein.«

Sie hatte sich noch für keinen Sitzplatz entschieden, da ging ihr Handy los. Sie zog die Stirn kraus und antwortete beim ersten Klingeln. »Peyton? Ich bin unten.

Was? Äh … ja, nein, ist schon in Ordnung. Macht mir nichts … Klar. Wo …? Okay.«

Sie legte auf und verließ die Bibliothek durch eine zweite Flügeltür aus Eichenholz. Dann folgte sie den Gängen durch den hinteren Teil des Gebäudes bis zur gesuchten Speisekammer, fand die Tortilla-Chips, um die ihr Cousin gebeten hatte, und ging über die Bediensteten-Treppe hinauf in den ersten Stock. Dort versteckte sie sich kurz in einem Waschraum, um ein Zimmermädchen vorbeizulassen, dann joggte sie …

Peyton hing schräg aus seiner Tür in den Gang und winkte. »Hey, hallo!«

Er trug kein Hemd, nur eine Pyjamahose aus Satin, und war auf dem geistigen Stand einer Mikrowelle.

Toll, genau das hatte sie befürchtet.

»Peyton«, murmelte sie und ging auf ihn zu. »Wie viel hast du getrunken?«

»Viel. Und gekifft. Und Moment … habe ich nicht vor zwei Stunden gekokst? Aber die Wirkung ist schon fast verflogen.«

»Okay, hier ist deine Natrium-Ration.« Sie gab ihm die Tüte und sah ihn wütend an. »Ich geh dann mal wieder.«

»Nein, du bleibst hier. Wir reden.«

»Und wie stellst du dir das vor? Ich versteh dich kaum, weil du so lallst. Ist das noch Französisch? Oder schon Italienisch?«

»Ich erzähl dir sicher mehr, wenn ich betrunken bin.«

»Du meinst, du faselst wildes Zeug vor dich hin? Na großartig.«

»Hab dich nicht so, Elise. Glaubst du, das wird leicht für mich?«

Sie schüttelte den Kopf und verschränkte die Arme. Doch dann fluchte sie und betrat seine Suite. »Du solltest dich nicht betrinken müssen, um zu reden.«

»Ja, ja, und steter Tropfen höhlt den Stein.«

»Was soll denn das nun wieder heißen?«

»Keine Ahnung«, murmelte er und schloss die Tür. »Aber ist doch auch ein schöner Spruch.«

Sein Zimmer hatte die Größe eines Football-Stadions, so schien es ihr, mit einem loungeartigen Sitzbereich mit Sofas und Sesseln, einem Fernseher von der Größe einer Kinoleinwand und einem riesigen, runden Bett. Das Thema der Dekoration war Grey Goose – also Wodkaflaschen. Leere. Wobei, halt, drüben an der offenen Tür zum Badezimmer standen acht frische, noch unberührte Flaschen.

Außerdem hätte man in seinem Jacuzzi mehrere Züge schwimmen können, stellte sie fest, als sie in den Marmortempel schielte. Wer hätte geahnt, dass es diese Wannen auch in olympischen Maßen gab?

Sie wandte sich wieder Peyton zu und fragte: »Tust du mir den Gefallen und ziehst dir ein Hemd an?«

Peyton hatte sich auf dem Bett ausgestreckt und die Füße an den Knöcheln überkreuzt. Sein gesenkter Blick hätte den Puls einer Vampirin durchaus beschleunigen können – solange sie Axe nicht kannte.

Sich noch nicht mit Axe vergnügt hatte.

Sich nicht bald wieder mit Axe vergnügen würde.

Peyton war nichts im Vergleich zu ihrem tätowierten Freund.

»Kommst du zu mir?«, sagte Peyton verführerisch, und seine Hand strich kreisend über die Decke neben sich. Sie war mit seinem Monogramm bestickt, wie auch die Kissen und der große Baldachin, der von einer goldenen Krone an der Zimmerdecke herabhing.

Doch der Prunk war angemessen. Er war tatsächlich so etwas wie ein Prinz, denn als hochwohlgeborener Sohn einer Gründerfamilie und Erbe von großem

Reichtum war er einer der begehrtesten Junggesellen der Spezies.

Außerdem war er ein echter Hingucker. Sein blondes Haar und die blauen Augen waren der Stoff, aus dem die Träume sind.

»Du willst nicht?«, fragte er. »Ich bin kein Nein gewöhnt.«

»Das glaube ich dir.«

Es gab eine Pause. »Also, hat dich dein Bodyguard angerufen und mit seinen Heldentaten geprahlt?«

»Hat er nicht – und ich erkläre es dir jetzt in aller Freundschaft: Solange du nichts Nettes über ihn zu sagen hast, kannst du es für dich behalten.«

»Er hat dir nichts erzählt? Es fällt mir schwer, das zu glauben.«

Elise runzelte die Stirn. Sie hatte keine Lust auf Ratespielchen mit einem Betrunkenen, aber wenn es um Axe ging. »Was hat er denn getan?«

»Er hat einem Bruder das Leben gerettet.«

»*Was?*«

»Ganz allein.« Peytons Blick schweifte zum Fernseher, auf dem ein Footballspiel lief. »Wirklich heldenhaft. Bruder Rhage wäre nicht mehr am Leben, hätte sich Axe nicht vor das Messer geworfen – obwohl er angeschossen war und ein *Lesser* auf seinem Rücken saß und ihn mit einer Stahlpeitsche verprügelte.«

Plötzlich drehte sich das Zimmer um Elise, und sie suchte nach Halt. Als ihre Hand ins Leere griff, stolperte sie an das prunkvolle Bett und setzte sich.

»Es war unglaublich«, sagte Peyton leise, und sein Blick verlor sich in der Ferne. »Ich habe es mit eigenen Augen gesehen. Wir haben verschiedene Straßen durchkämmt, aber plötzlich waren die Jäger überall. Ich bin einem bis zu der Gasse gefolgt, in der Axe gekämpft hat –

gerade, als er den Messerstich abfing. Ich dachte … ich dachte wirklich, Axe wäre tot, weißt du?«

»Er hat mir nichts davon erzählt«, flüsterte sie.

Peyton griff nach einem Glas auf dem Nachttisch, darin ein sprudelndes Getränk mit viel Eis. Er nahm einen tiefen Schluck und leerte ein gutes Viertel davon.

»Ich habe so etwas noch nie gesehen.« Peyton trank noch einmal. »Vielleicht taugt er ja doch zum Bodyguard.«

»Er war …« Sie räusperte sich. »Immer professionell und diskret. Wurdest du letzte Nacht verletzt?«

»Nein. Sonst hat niemand etwas Ernstzunehmendes abbekommen. Es war, als hätte Axe alles auf sich gezogen.«

Peyton verstummte, und auch Elise schwieg … während auf dem Fernseher das Footballspiel lief, mit Rängen voller Menschen in Blau-Orange beziehungsweise Rot-Weiß.

»Was ist das?«, fragte sie matt. »Im Fernsehen?«

»Der Iron Bowl von zweitausenddreizehn. Auburn gegen Alabama. Auburn gewinnt mit einem spektakulären Kick Back Run von hundertneun Yards. War Damn Eagle.«

»Was soll das heißen?«

»Keine Ahnung. Ist der Schlachtruf von Auburn. Unser Arzt ist Mensch und war dort auf der Uni. Da hab ich mal ein bisschen rumgestöbert. Alte Gewohnheit, weißt du?«

Peyton stürzte den Rest seines Glases hinunter und fügte hinzu: »Ich kann nicht glauben, dass Axe dir nichts erzählt hat.«

»Ich glaube, er macht sich nichts aus Prahlereien.«

Peyton lachte. »Ja, er schert sich um vieles einen Dreck.« Auf einmal wurde er ernst. »Und du willst also von Allishon erfahren, ja?«

»Ja, das will ich.«

»Okay«, sagte er nach einem Moment des Schweigens. »Ich erzähle es dir.«

Es war wirklich keine große Kunst.

Axe beugte sich über das Waschbecken im Bad und wischte den Spiegel, der vom Duschen beschlagen war, mit dem Unterarm frei. Dann nahm er die Nagelschere, die er im Badezimmerschränkchen gefunden hatte, drehte den Oberkörper in die richtige Position und machte sich an die Arbeit.

Er schob die Spitzen der kleinen Schere unter die Fäden und schnitt die Knötchen ab. Danach nahm er eine Pinzette und zog die Fäden heraus. Erst an der Flanke, dann am Schenkel. Schließlich überprüfte er, ob es sonst noch irgendwo Nähte gab. Nichts. Alles sauber. Und die Wunden waren super verheilt, die Narben waren kaum zu sehen. Bis zur Abenddämmerung würde niemand mehr ahnen, dass er verletzt gewesen war.

Er fühlte sich auch nicht steif, sah und hörte gut, hatte kein Kopfweh, keinen Muskelkater, keine Gliederschmerzen.

Das Blut der Auserwählten war der reinste Wundertrunk.

Außerdem war er in Tiefschlaf gesunken, nachdem Elise gegangen war – und hatte von ihr geträumt. Lebensechte, erotische Fantasien waren in seinem Kopf abgelaufen, sodass er beim Erwachen nach ihr tastete, als müsste sie neben ihm liegen.

Und siehe da, zum ersten Mal seit er denken konnte, hatte er keine Lust auf das Keys. Ihm lag einzig daran, rechtzeitig heimzukommen, um Elise um vier zu treffen. Aber er hatte Novo versprochen, mit ihr zu gehen – und er würde sie als Mitglied vorschlagen, sodass sie ihn in Zukunft nicht mehr fragen musste.

Für Novo war dieser Club genau das Richtige.

Während für ihn diese Phase vielleicht langsam auslief ...

Axe stoppte sich, denn eine leichte Beklemmung drohte seine Erwartungen für diese Nacht zu trüben.

Plötzlich musste er wieder an die Holzfiguren seines Vaters denken, an die hilflose Ausdrucksform seiner Trauer.

Er hing schon jetzt so stark an Elise; hieß das, er würde wie sein Vater enden? Als Wrack, wenn die Beziehung endete ... voraussichtlich aus dem Grund, weil sie erkannte, wo sie wirklich hingehörte?

In die *Glymera*, zu ihresgleichen.

Scheiße, wie lange kannte er sie jetzt? Seit fünf Nächten. Zum ersten Mal begegnet war er ihr vor sechs.

Seinen eigenen Blick im Spiegel meidend, überprüfte er ein zweites Mal, ob die Wunde am Oberschenkel nicht wieder angefangen hatte zu bluten. Inspizierte die Stelle, wo ihn das Messer erwischt hatte. Und stieg unter die Dusche.

Zehn Minuten später war er schwarz angezogen und trug Umhang und Maske. Er dematerialisierte sich nach Westen und nahm auf einem leeren Parkplatz Gestalt an, drei Gehminuten vom Club entfernt. Novo wartete bereits am vereinbarten Treffpunkt.

Und wow!

Seine Mitschülerin trug einen schwarzen Latex-Body, der jede Kurve und jede Ebene nachzeichnete, die sie zu bieten hatte, dazu einen Fransengürtel an der schmalen Hüfte. Ihre sensationellen Brüste kamen bestens zur Geltung, ihre Beine waren lang wie ein Highway. Das schwarze Haar trug sie geflochten, und ihre Stiefel gingen bis über die Knie und waren mit Spikes besetzt. Der Bad-Ass-Look passte perfekt zu ihr.

Ihre Maske hatte sie noch nicht aufgesetzt, und ihre Augen wanderten prüfend an ihm auf und ab. Allerdings nicht auf anzügliche Weise. »Unfassbar, dass du noch lebst.«

Axe kam auf sie zu. »Bist du bereit?«

»Bist du wirklich fit genug heute? Für den Club?«

»Gehen wir.«

»Axe.«

»Was.«

Novo trat auf ihn zu und nahm ihn steif und kraftvoll in die Arme, aber nur ganz kurz. Und als er sich räusperte, um ein Gefühl zu überspielen, das nichts mit Erotik zu tun hatte, kam ihm der Gedanke, dass arme Leute offenbar doch etwas mit den Reichen gemeinsam hatten: Er hatte absolut keine Lust, mit Novo über die letzte Nacht zu reden, und das nicht, weil er sie nicht mochte.

»Ich bin froh, dass du überlebt hast«, brummte sie fast wie ein Kerl. »Das war eine verdammt beeindruckende Leistung.«

»Danke. Aber nicht der Rede wert. Du siehst aus, als wärst du bereit – nicht dass ich etwas anderes erwartet hätte.«

»Ja, legen wir los.«

Novo zog ihre Maske über. Ihre Augen verschwanden unter strukturlosen Flächen, der Mund unter schwarzem Gewebe, sie sah alienartig aus.

Dann zogen sie los, Axe mit seinen schwarzen Springerstiefeln, Novo mit der ihr eigenen tödlichen Anmut. Ein Krankenwagen mit Blaulicht fuhr an ihnen vorbei, die Sirene ging los, als er sich einer Ampel näherte. Dann kam ein städtischer Schneepflug, eines von diesen monsterhaften orangen Gefährten, mit einer Lastwagenladung Salz im Gepäck, und auf der anderen Straßenseite sahen sie zwei Menschen, zwei Männer, die in die Gegenrichtung eilten, als hätten sie gerade Drogen gekauft und wollten sie dringend konsumieren.

Das Keys war von außen nicht viel mehr als eine Garage mit flachem Dach, unspektakulär und nicht sonderlich groß. Doch der Eindruck täuschte. Der Club erstreckte sich über mehrere Gebäude, die über verborgene Gänge miteinander verbunden waren.

Es gab nur einen Eingang, aber jede Menge Ausgänge, jeweils vor dem nächsten Abschnitt.

Und je tiefer man in den Club vorstieß, desto härter wurde der Sex.

Axe musste sich nicht anstellen. Er ging auf die Türsteher zu – die sich nur dadurch von den Gästen unterschieden, dass sie irgendwo etwas Rotes am Leib trugen –, zeigte seinen speziellen Schlüssel vor, und man winkte ihn und Novo rein.

Düstere Musik. Nebelmaschinen. Violette Laserstrahlen durchschnitten die Dunkelheit.

Das Publikum bestand zum größten Teil aus Menschen, die Masken und Kleidung aus Latex und Leder trugen. Es gab durchsichtige Kästen, in denen Frauen in wilden Verrenkungen steckten, sodass ihr Geschlecht für jedermann zugänglich war, der sich auf jede erdenkliche Weise daran bedienen wollte. Männer, die mit dem Gesicht nach unten und dem Hintern nach oben an den Boden gefesselt waren. Glory Holes. Gruben, in denen sich nackte Leiber wanden und aneinander rieben, in einem Gewirr aus Gliedmaßen. Aufhängungen. Peitschen und Prügel.

Und das war erst der Anfang.

Axe ging langsam immer weiter, während sich die Menge für ihn teilte. Was darauf schließen ließ, dass die Instinkte der Menschen besser waren als ihr Ruf: Diese schwanzlosen Ratten wussten vielleicht nicht genau, warum Axe anders war und man sich besser nicht mit ihm anlegte, aber sie waren achtsam in seiner Nähe.

Als sie das nächste Gebäude betraten, änderte sich die Musik, der Bass lag wummernd in der Luft wie heißer Dampf, den man in einen kalten Raum pumpte.

Novo kam gut an bei den Männern. Und bei den Frauen.

Sie selbst dagegen war schwer einzuschätzen. Sie schien über allem zu schweben, während ihre gesichtslose Maske von rechts nach links schwenkte.

»Wonach suchst du?«, fragte er über den pulsierenden Bass.

Jede andere Frau sowie die meisten Männer hätte Axe vorgewarnt, denn diese ersten Räume waren harmlos im Vergleich zu dem, was noch bevorstand. Doch bei Novo hatte er keine Bedenken.

»Irgendetwas, das nicht blond und männlich ist«, antwortete sie mit elektronisch verzerrter Stimme.

Axe lächelte. »Ach, sag bloß.«

Doch sie erwiderte nichts weiter, also zuckte er die Achseln und ging weiter. Auf dem Weg sah er ein paar Stammkunden, die er entweder an ihren Masken oder Körpern erkannte – doch er suchte nach einem ganz bestimmten.

»Ich möchte dir jemanden vorstellen«, sagte er, als sie einen weiteren schummrigen Raum betraten, in dem das Stöhnen die Musik übertönte.

Leiber wanden sich in einer Grube in der Mitte, eine nackte Frau wurde von Männern bestiegen, doch obwohl sie unterlegen schien, waren ihre ekstatischen Schreie triumphal.

»Ich möchte auch jemanden kennenlernen«, sagte Novo mit ihrer synthetischen Stimme.

»Nicht zum Vögeln. Um die Mitgliedschaft zu beantragen.«

»Du willst für mich bürgen ...« Blitzschnell wirbelte Novo herum, packte einen maskierten Typen an der Kehle und drängte ihn gegen eine Wand.

»Ich bin nicht die Frau in der Grube, Arschloch«, zischte sie. »Wenn du noch einmal meinen Arsch befingerst, reiße ich dir die Hand ab und stopf sie dir in den Mund. Ist das klar?«

Während der Idiot nickte wie ein Wackeldackel, wartete Axe in der Nähe ab, ob sie ihn aus Prinzip kastrierte.

Ein Mitarbeiter kam auf sie zu, doch Axe nahm ihn beiseite. »Nicht einvernehmlich und wiederholt. Sie ist mit mir hier.«

Axe hatte mitbekommen, wie sich dieser Mensch auf ihrem Weg mehrfach an Novo herangewanzt hatte, aber das war nicht seine Sache gewesen. Das oberste Gebot in diesem Club lautete: »Alles erlaubt.« Doch gleich darauf folgte die zweite Regel, und die lautete: »Nur in gegenseitigem Einvernehmen.«

Hätte Axe gewusst, dass dieser Typ sie nervte, hätte er sich eingemischt.

Der Club-Mitarbeiter nickte. »In Ordnung.«

»Und ich möchte sie als Mitglied vorschlagen. Ihr Name ist Novo.«

In diesem Club hießen alle Mitarbeiter Staff. Es gab keine Vor- oder Nachnamen. Man erkannte sie daran, wie sie auf einen zukamen und dass sie immer etwas Rotes trugen. Einige erkannte er auch am Geruch, weil er seit zwei Jahren Mitglied war.

»Ich bin in zehn Minuten bei euch«, sagte Staff. »Geht einfach weiter, ich finde euch.«

In der Zwischenzeit hatte Novo den aufdringlichen Kerl losgelassen, senkte den Arm und kam wieder zu Axe.

»Bist du hier fertig?«, erkundigte er sich.

»Ja.«

Sie gingen weiter, traten in den nächsten Raum und den dahinter ... bis sie schließlich zur Kathedrale kamen, dem Ort der öffentlichen Zurschaustellung mit der hohen Decke und dem hängenden, altarartigen Gebilde hoch über dem Boden. Dem Ort, wo er vor fast einer Woche die Menschenfrau gevögelt hatte.

Auch jetzt ging es auf dem Gestell wieder zur Sache: Ein Kerl war daran festgekettet, zwei andere machten sich abwechselnd über ihn her ...

»Du warst besser neulich«, sagte jemand mit schottischem Akzent.

Axe drehte sich um. Es war ein Mensch, der ihn angesprochen hatte, mindestens eins fünfundneunzig groß, lederne Hose, nackter Oberkörper, tätowiert mit Plattencover-Klassikern von Sex Pistols, GN'R, Ramones und MCR, Brustwarzen-Piercings, die im Schummerlicht glitzerten. Er trug eine Sensenmann-Maske und die fettesten New-Rock-Stiefel, die Axe je gesehen hatte.

»Außerdem hast du länger durchgehalten, Kumpel.«

Damit ging der Kerl weiter, was irgendwie enttäuschend war. Er war Axe sympathisch gewesen.

»Du warst da oben?«, fragte Novo. »In Ketten?«

»Ich war nicht der Gefesselte.«

Sie lachte leise. »Hätte ich mir denken können. Du kommst mir nicht vor wie der unterwürfige Typ.«

Er sich auch nicht. Umso überraschender war es, wie sehr er es genossen hatte, Elise ausgeliefert zu sein.

»Und was hast du gegen blond?«, fragte er, um das Thema zu wechseln.

357

»Ich hasse reiche blonde Arschlöcher.«

Axe blieb stehen und sah sie an. »Peyton?«

»Ja. Ich steh nicht auf ihn.«

»Du bist sowieso nicht sein Typ.«

»Egal, er meiner auch nicht.«

Novo ging weiter. Ihre Schultern waren angespannt, der Rücken kerzengerade, sie wirkte, als wollte sie gleich jemanden bei den Eiern packen – zumindest in Gedanken.

Axe holte mit ihr auf. »Ich wusste nicht, dass du auf ihn scharf bist ...«

Sie wirbelte herum, und obwohl ihre Augen verdeckt waren, schienen sie Funken zu sprühen. »Bin ich auch nicht.«

»Klar bist du. Komm schon, interessiert mich doch ohnehin nicht.«

Novo trat auf ihn zu. »Ich bin dir dankbar, dass du mich hier reingebracht hast, okay? Aber komm mir nicht als Psychiater. Das läuft nicht.«

»Warum so empfindlich? Glaubst du, ich laufe durch die Klasse und mache Knutschgeräusche?«

»Ich meine es ernst, Axe. Hör auf.«

»Aber du weißt Bescheid über ihn und Paradise.«

»Ist ja wohl schwer zu übersehen. Er muss aufpassen, dass ihm nicht die Zunge raushängt, wenn er sie ansieht.«

»Dann würde Craeg ihn abschlachten.«

»Wenigstens würde Peyton als Weiderind durchgehen, bei all dem Gras, das er sich reinzieht.« Sie wandte den Blick ab. »Und ich steh nicht auf ihn – Ende der Diskussion.«

»Wie du meinst.« Axe hob beschwichtigend die Hände. »Ich sage nichts mehr.«

Novo musterte die Sexszene, die sich auf dem Altar abspielte. »Und das hast du gemacht? Ich wusste gar nicht, dass du auf Publikum stehst.«

»Darum ging es nicht.«

»Um was dann?«

Er wusste genau, was sie tat. Sie suchte nach einem wunden Punkt bei ihm, nachdem er einen bei ihr gefunden hatte. »Ich musste mich abreagieren. Das war alles.«

»Dein Publikum war offensichtlich beeindruckt.«

Ein Mitarbeiter des Clubs kam auf sie zu, ein anderer als der, mit dem er vorhin geredet hatte. »Du bist Novo?«

Novo versteifte sich, und sie sah dem Menschen durch die Maske fest in die Augen. »Ja.«

»Wenn du Mitglied werden möchtest, musst du mitkommen. Dein Fürsprecher auch.«

Novo sah Axe an. »Du willst ernsthaft für mich bürgen?« Als er nur die Schultern zuckte, flüsterte sie: »Und du kennst die Betreiber. Beeindruckend.«

Axe zuckte erneut die Schultern. »Man tut, was man kann.«

35

Rhage saß mit Mary in der Bibliothek vor dem funkelnden Weihnachtsbaum und den unberührten Geschenken und trauerte den geplatzten Erwartungen nach, die
er für das Lieblingsfest seiner *Shellan* gehegt hatte. Er
hatte sich so gefreut. Es hätte ein wunderschöner Abend
für ihre kleine Familie werden sollen, an dem Bitty endlich die Geschenke auspackte, die er und Mary gesammelt hatten, seit das Mädchen bei ihnen war.

Es gab so vieles, das Bitty brauchte, und noch so viel
mehr, das Rhage ihr schenken wollte.

Außerdem hatte er ein paar Überraschungen für
Mary unter den Baum gemogelt, obwohl sie das natürlich nicht wollte.

Seine *Shellan* war Minimalistin und beschränkte sich
auf das Nötige. Sie hatte nichts übrig für kostbaren
Schmuck, teure Autos oder Kleidung. Sie liebte ihren
Kindle und die Bücher, die sie darauf las … alle ohne
Bilder und voll kleiner Buchstaben und Wörter, die er
noch nie gehört hatte. Sie sammelte nichts, sie trug ihre
Schuhe, bis sie auseinanderfielen, und ihre Handta-
schen waren funktionell und kein modisches Statement.

So war das vermutlich, wenn man vollkommen in sich
ruhte: Man war sich selbst genug und musste sich nicht
über Konsumgüter definieren. Man musste sich keinen
Kummerspeck anfressen, sich nicht dem Suff ergeben
oder sein Geld verspielen. Man entwickelte kein gestör-

tes Verhältnis zur Sexualität und häufte keine Schulden auf Kreditkarten an, weil man unbedingt Dinge haben musste, die man sich nicht leisten konnte.

Es war wundervoll – aber frustrierend für einen *Hellren,* der seine *Shellan* mit Geschenken überhäufen wollte.

Nachdem Bitty in ihr Leben getreten war, hatte er endlich die Gelegenheit bekommen, seine Freude am Schenken auszuleben.

Doch die Pakete lagen unberührt unter dem Baum.

Weihnachten war verstrichen, und niemand hatte etwas ausgepackt, weder Mary und Bitty noch irgendwer im ganzen Haus. Und jetzt türmten sich die Geschenke unter dem Baum wie ein Mahnmal für die Freude, die sich in Angst und Kummer verwandelt hatte.

Zum Henker, wären diese sorgsam verpackten Schachteln und ihre schlampigen formlosen Kameraden Früchte gewesen, wären sie jetzt faulig und von Fliegen umschwärmt, wären das bunte Papier und die Satinschleifen verrottet.

»Sie liebt Nalla«, meinte Mary.

Es gab nur eine »Sie« bei ihnen. Es war nicht nötig, ihren Namen zu nennen.

»Das stimmt.«

»Bella ist dankbar für ihre Hilfe.«

»Und Bitty verdient sich ein kleines Taschengeld.«

Sie unterhielten sich tonlos, nicht aus mangelnder Anteilnahme, sondern weil sie sich verzweifelt wünschten, sich um dieses Kind sorgen zu dürfen …

Der Geruch von türkischem Tabak war ein erster Vorbote. Die schweren Schritte, die in ihre Richtung kamen, ein zweiter.

Rhage und Mary sprangen vom Sofa auf. Und der Bruder wusste, dass er bis ans Ende seiner Tage nicht vergessen würde, wie diese Tür aufging und Vishous erschien.

Der leibliche Sohn der Jungfrau der Schrift kam früher als erwartet aus South Carolina zurück.

Und natürlich war es unmöglich, das tätowierte Gesicht mit dem Ziegenbärtchen zu lesen. Vor allem deshalb nicht, weil es von einer Wodkaflasche verdeckt wurde, aus der der Bruder trank.

Mit einem Tritt schloss V die Tür hinter sich und kam auf sie zu. Er setzte sich ihnen gegenüber, nahm den Wodka von den Lippen und ersetzte ihn durch eine selbst gedrehte Zigarette – sodass Rhage nun etwas mehr von seinem Gesicht sah.

Trotzdem blieb es unergründlich, aber nachdem ihn die harten Diamantaugen nicht ansehen wollten, wusste Rhage, wie es stand, noch bevor der Bruder den Mund aufmachte.

»Alles ist wahr«, sagte er. »Ruhns Geschichte stimmt.«

Es war bezeichnend, dass Vishous Rhage die Sicht auf die Geschenke versperrte. Seine riesenhafte Gestalt war wie die Wirklichkeit, die Mary und ihn von Bitty trennte, dem größten Geschenk ihres Lebens.

Nach einem weiteren Schluck aus der Flasche fuhr Vishous fort: »Alles hat sich bestätigt. Seine Identität, seine Herkunft. Wer seine Eltern waren – Bittys Großeltern – und dass sie beide tot sind. Außerdem habe ich mit seinen Arbeitgebern geredet. Er ist seit Jahrzehnten im selben Haus angestellt, er arbeitet gut, zuverlässig, drückt sich nie. Wohnt allein auf dem Anwesen, bleibt für sich. In der Gemeinde ist allgemein bekannt, dass seine Schwester Annalye mit einem üblen Kerl nach Norden gezogen ist, entgegen den Wünschen ihrer Familie.« Er sah Mary an. »Niemand wusste von Bittys Existenz, bis du diese Sache auf Facebook gepostet hast, und es dauerte eine Weile, bis ihn das erreichte, weil er nie online ist.«

Rhage spürte, wie die Anspannung in Marys Körper mit jedem Satz anstieg, als würde man mit Fäusten auf sie einschlagen. Er dagegen wollte losbrüllen, aber wen sollte er beschimpfen? V, den Boten? Bittys Onkel?

Der nichts Falsches getan hatte, außer sich zu melden, als er von seiner verwaisten Nichte erfuhr?

Den Weihnachtsbaum?

Ja, weil sich das Lametta dafür interessierte.

»Fuck«, hauchte er.

V beugte sich nach vorne und tippte die Asche ab, und sein schwarzer Handschuh war ein krasser Kontrast zu dem zierlichen Hermès-Aschenbecher. »Ich habe Ruhn spät gestern Nacht gebeten, nach South Carolina zu kommen und sich mit mir zu treffen. Er kam. Er hat mich persönlich zu seinem Haus geführt, obwohl mich sein Arbeitgeber bereits hineingelassen hatte. Ruhn hat mich bereitwillig allen vorgestellt. Er ist beliebt, auch wenn er, wie gesagt, ein Einzelgänger ist.«

»Aber kann er für sie sorgen?«, brach es aus Mary hervor. »Ein Kind ist …«

Sie verstummte und vergrub den Kopf in den Händen. »Ach, was rede ich. Blut sticht alles andere aus.«

»Ob er geeignet ist, kann ich nicht beurteilen«, meinte V. »Davon habe ich keine Ahnung. Daher hat Marissa …«

Es klopfte, und Rhage fuhr zusammen, doch es war nur Butchs *Shellan*. Sie kam zu ihnen in die Bibliothek, schloss Mary in den Arm und setzte sich neben V. Marissa redete von einem Plan, wie sie irgendetwas beurteilen und entscheiden wollten … wen interessierte es.

Rhage hatte sich gedanklich weit, weit zurückgezogen. Sein Blick wanderte zum Weihnachtsbaum. Er betrachtete die blinkenden Lichter zwischen den dunkelgrünen

Zweigen und wie sich das goldene Flackern vom Kamin in der Lackfolie mancher Geschenke spiegelte.

»… Rhage?«, fragte Mary.

Er schüttelte benommen den Kopf. »Tut mir leid, was?«

»Ist das so für dich in Ordnung? Dass wir zum Audienzhaus gehen und uns dort mit ihm treffen?«

»Ja. Klar.«

Alle starrten ihn an.

»Hast du irgendwelche Fragen?«, erkundigte Mary sich sanft.

Rhage blickte wieder auf die Pakete. »Kann ich Bitty ihre Weihnachtsgeschenke geben, bevor sie geht?«

Eine Stunde später trafen Rhage und Mary im Audienzhaus ein. Sie bogen in die Einfahrt und fuhren nach hinten durch zu den Garagen. Während Mary versuchte, ihre Gedanken zu ordnen, parkte Rhage den GTO, schaltete den Motor und die Scheinwerfer aus … und dann saßen sie nebeneinander da und starrten auf die Hecken vor der Kühlerhaube.

Ich weiß einfach nicht, wie ich das schaffen soll, dachte Mary.

Die ganze Fahrt über vom Anwesen der Bruderschaft den Berg hinunter bis in die Stadt hatte sie nach einem emotionalen Halt gesucht, einer Perspektive, einer … irgendetwas … um Bittys Angehörigem gegenüberzutreten, ohne in Tränen auszubrechen.

Bisher hatte sie keine Lösung gefunden.

»Bist du bereit?«, fragte Rhage.

Einen Moment überlegte Mary, ob sie sich seinetwegen stark geben sollte, weil sie wusste, dass es ihm genauso mies ging wie ihr, doch die Ehrlichkeit siegte über die Täuschung.

»Nein«, sagte sie und sah ihn an. »Bin ich nicht.«

»Ich auch nicht.«

»Ich liebe dich.«

»Ich liebe dich auch.«

Mehr gab es nicht zu sagen. Mit diesem schlichten Bekenntnis schworen sie einander, sich der Situation gemeinsam zu stellen. So, wie sie die Freude geteilt hatten, Bitty bei sich aufzunehmen, würden sie zusammen den Schmerz ertragen, sie wieder zu verlieren.

Zusammen stiegen sie aus und schlossen die Türen. Mary hob ihren Fleece-Pulli an und steckte das Rollkragenshirt darunter zurück in den Bund ihrer Hose. Als hätte eine ordentliche Erscheinung irgendeinen Einfluss auf den Ausgang ihres Treffens.

Zum Henker, Ruhn musste sie nicht mögen oder für geeignet halten. Der Kerl prüfte sie nicht.

Nein, er würde ihnen einfach nur die Tochter nehmen …

Stopp, Schluss jetzt, dachte Mary.

Rhage hielt ihr die Hintertür auf. Mary trat in die Küche und ermahnte sich, dass es sich nur so anfühlte, als wäre Bitty ihre Tochter. Rechtlich betrachtet sah die Sache einfach anders aus. Sie hatten es hier mit einer Situation zu tun, die der Kopf und nicht das Herz entschied, und die Realität ließ sich nun einmal nicht durch Gefühle beeinflussen.

V hatte sich bereits ins Audienzhaus dematerialisiert und erwartete sie an dem Tisch, den Rhage demoliert hatte. »Marissa ist jetzt mit ihm drinnen.«

»Okay«, sagte Mary.

Als Rhage ins Wanken geriet, ergriff sie seine große Hand. »Wir sind bereit.«

Vishous nickte und stand auf. »Ich hole euch, wenn es so weit ist.«

Jetzt setzte eine unangenehme Wartephase ein … die Rhage damit verbrachte, von Schrank zu Schrank zu wandern und Chips, Kekse, Brot und Essiggurken herauszuholen. Doch nach näherer Betrachtung stellte er alles wieder zurück, als wollte er seine Nervosität mit Essen bekämpfen, fände aber nichts, was ihn ansprach.

Oder was er herunterbekäme.

Nach einer kleinen Ewigkeit steckte V den Kopf durch die Schwingtür. »Sie sind bereit.«

Es war der längste Gang ihres Lebens. Als sie mit Rhage zusammen an der Speisekammer vorbei und hinaus ins Foyer, um die Treppe herum und einen kurzen Flur entlangging, schien es ewig zu dauern – doch das war Mary nur recht.

Denn sobald sie diesen Onkel sahen, traten sie in die neue Wirklichkeit ein.

Die Flügeltür zur Bibliothek war geschlossen, und V klopfte an. Als Marissa antwortete, öffnete er die Tür für sie … und Mary musste blinzeln und blickte zu Boden.

Dann war sie irgendwie in dem Raum.

Wie im Haus der Bruderschaft brannte auch hier ein Feuer im Kamin, und in den Regalen standen Erstausgaben … die Möbel waren hübsch … es gab sogar einen Teller mit Keksen und Tee auf einem niedrigen Couchtisch. Aber keinen Weihnachtsbaum. Keine verpackten Geschenke. Keinen Bing Crosby.

Und da war er.

Ihr erster Eindruck von Bittys Onkel war, dass er genauso nervös war wie sie. Er tappte mit dem Fuß auf den Boden und hatte die Arme vor der Brust verschränkt. Sein Blick huschte zwischen ihr und Rhage hin und her.

Als Zweites fiel ihr auf, dass er groß war. Viel größer, als sie erwartet hätte, nachdem Bitty so klein war und auch ihre *Mahmen* eher zierlich gebaut gewesen war. In seiner sauberen blauen Jeans und dem rot-blauen Flanellhemd nahm er fast das gesamte Sofa ein, auf dem er saß, und das nicht, weil er dick war. Er war muskelbepackt, wie es Feldarbeiter waren.

Sein Haar war dunkel, genau wie Bittys. Seine Augen waren von einem hellen Braun, seine Hautfarbe ähnelte der von Rhage. Und sein Gesicht ... ja, es zeigte eine deutliche Ähnlichkeit mit Bitty.

»Ich stelle euch einander vor«, sagte Marissa und erhob sich von ihrem Sessel.

Ruhn stand auf, und ja, er war wirklich groß. Während man sie einander bekannt machte, wischte er sich wiederholt die Hände an den Schenkeln ab.

Er bot nur Rhage die Hand an – ein Zeichen des Respekts, das zeigte, dass er mit der Etikette vertraut war. Da sie vereinigt waren, wäre es unschicklich gewesen, hätte Ruhn Mary ohne ausdrückliche Aufforderung durch sie oder ihren *Hellren* berührt.

»Sire«, sagte er mit tiefer, sanfter Stimme.

Rhage schüttelte ihm die Hand, und Ruhn verbeugte sich tief.

Dann wandte er sich Mary zu und verbeugte sich abermals, nur ohne ihre Hand zu berühren.

Mary blickte zu Rhage. Sein Gesicht wirkte distanziert, doch seine Augen waren nicht mehr angriffslustig zusammengekniffen, sondern nur noch traurig.

»Vielleicht sollten wir uns alle setzen?«, schlug Marissa vor und deutete auf die Sessel und Sofas. »Möchte vielleicht jemand Tee?«

Marissa besann sich auf ihre tadellosen Manieren, und es half tatsächlich und füllte das Schweigen, als Mary nickte und sich einen Earl Grey einschenken ließ, weil sie etwas brauchte, woran sie sich festhalten konnte.

Vishous hielt sich im Hintergrund, eine bedrohliche

Gestalt, die daran erinnerte, dass der Rest des Hauses leer war und alle Termine des Königs verschoben worden waren, um dieses Treffen auf neutralem Boden zu ermöglichen. Vishous allein stand Wache.

Doch das reichte vollauf, um das Gefühl von Sicherheit zu vermitteln ...

Da bemerkte Mary eine zweite Gestalt, draußen auf der Terrasse. Z, dem geschorenen Haar nach zu urteilen. Und ... Moment, war das ... ja, Butch stand an einem Fenster auf der anderen Seite.

Wenn das so war, wachten sicher noch weitere Brüder an anderen Posten und blieben ungesehen. Es gab ihr Kraft, dass die Familie ihr und Rhage Beistand leistete.

»Also, wir wissen alle, warum wir hier sind.« Marissa beugte sich vor und reichte Mary mit bewundernswert ruhiger Hand eine Tasse Tee. »Vielleicht möchte jemand sagen, was er denkt.«

Alle sahen Mary an, auch der Onkel. Vielleicht hatte Ruhn gehört, was sie beruflich machte, überlegte Mary.

Sie räusperte sich und beschloss, gleich zur Sache zu kommen. »Uns geht es um Bitty. Ihre Gesundheit, ihr Wohlergehen, ihr Glück stehen für uns im Vordergrund – aber natürlich respektieren wir Ihre verwandtschaftliche Beziehung.«

Ruhn blickte auf seine Hände. Sie waren schwielig, die Unterarme schauten unter dem hochgekrempelten Hemd hervor, muskulös und von Adern durchzogen.

»Ich würde sie gern kennenlernen.« Seine Stimme war weich, ruhig ... überhaupt nicht aggressiv. »Meine Schwester ... ich kann noch immer kaum glauben, dass sie tot ist. Lizabitte zu sehen wäre ...«

Als er verstummte, runzelte Mary die Stirn. Ihr Mitgefühl für den Mann überraschte sie.

»Ich habe das Gefühl, dass ich meine Schwester im

Stich gelassen habe.« Er schüttelte den Kopf. »Damit zu leben ist ein Fluch ... ich habe versucht, sie zu finden, als sie in den Norden gezogen ist. Aber ich hatte nicht die nötigen Mittel – die habe ich noch immer nicht –, und sie verschwand mit diesem Kerl. Ich wusste, dass er sie umbringen würde. Wir wussten es alle.« Er räusperte sich, und sein Ton wurde tiefer, kräftiger. »Lizabitte ist alles, was von meiner Schwester geblieben ist – diesem Kind gerecht zu werden ist die Pflicht, die ich Annalye gegenüber versäumt habe.«

Mary schluckte, als Ruhn ihr in die Augen blickte und mit den Worten schloss: »Ich würde alles für dieses Kind tun.«

36

Peyton hörte nicht auf zu reden. Und während Elise am Fuße seines Bettes saß und zuhörte, präsentierte sich ihr ein Bild vom Zweitleben ihrer Cousine, das schockierend war und doch nicht überraschte.

»Moment, also, was ist das für ein Club?«, hakte sie nach.

»Es ist ein Club in der Innenstadt namens Keys. Ich war nie dort. Steh nicht auf den Scheiß, der da abgeht.«

»Aber Allishon war Mitglied?«

»Ja. Sie ging in den Club, wenn sie ... du weißt schon.«

»Wenn sie was? Wann ging sie in den Club?«

Peyton sah sie aus himmelblauen Augen an, als sollte sie sich nicht so anstellen. Doch dann begriff er, dass sie ehrlich nicht verstand, worauf er anspielte, und schüttelte den Kopf.

»Warum war sie nicht mehr wie du?«

Elise verzog das Gesicht und dachte daran, was sie heute Nacht noch vorhatte. Sie bezweifelte, dass sie auch nur halb so tugendhaft war, wie Peyton glaubte.

»Warum war sie in diesem Club?«, bohrte sie nach.

»Allishon war ständig auf der Jagd nach Neuem.« Peyton griff nach der Flasche und goss sich frischen Wodka ein. Die Eiswürfel waren längst geschmolzen, doch es schien ihm nicht aufzufallen – oder es war ihm egal. »Sie war immer auf der Suche. Und oftmals wurde sie dort fündig.«

»Dann wollte sie trinken und Drogen nehmen.«

»Und Sex.« Er fluchte, als wollte er eigentlich nicht darüber reden. »Sie trieb es in der Öffentlichkeit. Mit jeder Menge Menschen auf unterschiedliche Art. Das war ihr Ding – richtiger Hardcore-Scheiß. Dafür gibt es diesen Club in Caldwell. Sie war häufig dort.«

Elise konnte nicht verhehlen, dass sie der Gedanke an einen solchen Club abschreckte. Das war jedenfalls nichts für sie, so viel stand fest.

Nein, sie war Verfechterin der Monogamie. Mit Axe, um genau zu sein.

Aber sie verurteilte ihre Cousine nicht, außerdem hatte sie immer gewusst, dass Allishon andere Vorlieben hegte als sie. »Also ... sie war in diesem Club, und jemand hat sie sich geschnappt und ihr wehgetan.«

»Anslam hat sie sich geschnappt und ihr wehgetan, meinst du.«

Elise schlug die Hand vor den Mund, und ihre Augen wurden groß. »Moment, Anslam ... du meinst, *unser* Anslam?« Sie kannte diesen Vampir, solange sie denken konnte. »Aber er war im Trainingsprogramm, oder? Ich habe gehört, dass er bei einer Mission gestorben ist. Zumindest hat mir das mein Vater erzählt.«

»Aber so war es nicht.« Peyton starrte auf den Fernseher, wo noch immer das Footballspiel lief. »Es war ganz anders. Willst du das wirklich wissen?«

»Ja, unbedingt.«

»Anslam hat ... Frauen wehgetan ... Menschen und Vampirinnen ... und er hat sie dabei fotografiert. Irgendwann hat er was mit Allishon angefangen, ich weiß auch nicht genau, wann ... keiner der beiden hat mir gegenüber ein Wort darüber verloren. Aber offensichtlich ist zwischen ihnen etwas passiert ...« Peyton verstummte, sein Kopf senkte sich, und seine Stimme wurde so leise, dass sie kaum noch hörte, was er sagte. »Ich bin zu ihrer Wohnung in der Stadt, nachdem ein paar Nächte lang niemand von ihr gehört hatte. Da habe ich dann entdeckt ... wie schlimm sie verletzt worden sein musste. Dass etwas Schreckliches geschehen war.«

An dieser Stelle blickte er auf und musste schlucken, und Elise bemühte sich mit aller Gewalt, ihm die Zeit zu lassen, seine Gefühle in den Griff zu bekommen – sie hatte Angst, ihn aus seiner Erinnerung herauszureißen, wenn sie ihn jetzt tröstete oder umarmte.

Peyton räusperte sich. »Es war alles voller Blut. Das Bett, die Laken, meine ich. Auf dem Teppich waren blutige Fußspuren, an der Terrassentür rot verschmierte Handabdrücke. Aber sie ist nicht in der Wohnung gestorben. Irgendwie ist es ihr wohl noch gelungen, sich zu dematerialisieren. Sie wurde auf dem Rasen vor dem Refugium gefunden, diesem Frauenhaus. Doch es ging ihr sehr schlecht. Keiner kannte sie, und man brachte sie zu Havers. Dort ist sie gestorben. Aber ... bis ich ein paar Nächte später in ihre Wohnung kam, wusste niemand, wer sie war.«

»Es tut mir leid«, flüsterte Elise.

»Mir auch. Sie muss fürchterlich gelitten haben.«

Elise schloss die Augen. »Es war sicher schrecklich für dich, das alles zu entdecken.«

»Ich komme schon zurecht«, sagte er knapp.

Natürlich bekräftigte er seine Worte, indem er sich noch mehr Wodka in die Kehle schüttete.

»Und dann«, fuhr Peyton fort, »ist Anslam im Bus zum Trainingszentrum eines dieser Fotos aus dem Rucksack gefallen, und Paradise hat es gefunden. Sie hat das Puzzle zusammengefügt. Leider bekam Anslam spitz, dass sie zu viel wusste. Er ist zu ihr nach Hause gekommen und hat sie angegriffen. Fast hätte er sie auch noch getötet. Aber gemeinsam mit Craeg hat sie die Sache erledigt. Anslam starb in ihrem Foyer. Als sie die anderen Fotos bei ihm fanden … da bestand kein Zweifel mehr.«

Elise rieb sich die Augen. »Mein Vater … was hast du ihm und meiner Tante und meinem Onkel erzählt, als du in dieser Nacht bei uns warst?«

»Das war so entsetzlich. Ihre Eltern waren … wie versteinert. Ich werde es nie vergessen … Sie zeigten keinerlei Regung … Sie waren vollkommen emotionslos. Sie standen unter Schock. Ganz eindeutig. Dein Vater hat als Einziger geweint. Als der Rest der Geschichte herauskam, war die Bruderschaft bei ihnen. Denn als ich ihnen von ihrem Tod erzählte, wussten wir noch nicht, wer dahintersteckte.«

Elise traten Tränen in die Augen, als sie sich ihren Vater weinend vorstellte.

»Ich glaube, ihre Eltern haben Allishon die Schuld gegeben«, flüsterte Peyton. »Als hätte sie etwas dafür gekonnt, dass sie getötet wurde. Und weißt du was? Für mich hat sich das angefühlt, als wäre sie ein weiteres Mal ermordet worden. Ich verstehe diese Haltung nicht. Jemand bringt sie um, weil er keine Achtung vor ihr oder dem Leben hat, wie kann man das ihr selbst zuschreiben? Das ist, als würde man ihr das Gleiche noch einmal antun. Gütige Jungfrau der Schrift, die eigenen Eltern.«

Sie verstummten beide, und es war, als hätte sich ein Leichentuch über die Suite gelegt.

»Ich habe dir gesagt, dass man besser nicht darüber reden sollte«, brummte Peyton.

»Da widerspreche ich dir.« Sie stand auf und ging umher, bis sie direkt vor dem großen Bildschirm stand. Mittlerweile lief ein neues Spiel, die Teams trugen rotschwarze und blau-weiße Trikots. »Ich finde, wir müssen

373

sogar darüber reden. Nicht nur als Familie, sondern als Gemeinde.«

»Wann ist die Schleierzeremonie?«

»Ich bezweifle, dass es eine geben wird.«

»Sie muss begraben werden.«

»Sie wurde eingeäschert. Ich glaube, mehr wird nicht passieren.«

»Nun, ich bete noch immer für sie«, murmelte Peyton und hob sein Glas. »Gesegnet sei ihre Seele, möge sie im Schleier ruhen, der ganze Scheiß. Meistens wenn ich betrunken bin, was in letzter Zeit eigentlich dauernd der Fall ist.«

»Hast du mal darüber nachgedacht, mit einem Therapeuten zu sprechen?«, fragte Elise. »Du schleppst da ganz schön viel mit dir herum.«

»Kommt nicht infrage. Ich steige ins Kriegsgeschäft ein. Wenn ich ein Problem mit Blut und Tod habe, kann ich gleich wieder aufhören – und das werde ich nicht.«

»Aber hier geht es um den Tod einer Familienangehörigen, nicht um den Feind.«

Peyton zuckte nur die Schultern. »Mach dir keine Sorgen, ich komme zurecht.«

»Also, wenn du jemanden brauchst, ich bin für dich da.«

Er lächelte geistesabwesend. »Weißt du, ich bin stolz auf dich, Dr. Elise.«

»Im Ernst?« Sie errötete. »Übrigens habe ich noch keinen Doktortitel.«

»Den hast du gar nicht nötig. Erst neulich hat mir eine Freundin bewiesen, dass Vampirinnen Vampiren in nichts nachstehen.«

Sein Lächeln verblasste, und sie hatte den Eindruck, dass er traurig war. »Wer war das?«

»Niemand von Bedeutung.«

Das war gelogen, dachte Elise. Aber sie respektierte, dass er nichts sagen wollte.

»Ich mache mir Sorgen um dich«, erklärte sie leise.

»Wie gesagt, ich komme schon zurecht.«

Zum ersten Mal, seit er Mitglied im Keys war, lehnte sich Axe zurück und betrachtete das Treiben vom Rand aus.

Novo war noch immer bei ihrem Aufnahmegespräch. Axe hatte sie allein gelassen, nachdem er den Jungs von der Belegschaft eine Zusammenfassung ihrer Geschichte gegeben hatte, die sie sich als Tarnung für die Menschenwelt ausgedacht hatte. Wobei ihm aufgefallen war, dass er nicht einmal wusste, wie alt Novo wirklich war oder wo sie herkam und wie sie aufgewachsen war. Er hatte so den Verdacht, dass vieles davon nicht so toll gewesen war.

Aber nicht, weil sie die gleiche Art von Sex wollte, auf die auch er stand – oder besser gesagt, gestanden hatte.

Denn in Wahrheit konnte man vollkommen angepasst leben und trotzdem auf die Art von Sex stehen, die hier praktiziert wurde. Das war es, was Außenstehende oft nicht verstanden. Sicher gab es in diesem Club auch Leute, die vor etwas davonliefen, Leute, die nicht ganz richtig im Kopf waren, vielleicht auch ein paar Soziopathen. Aber die Mehrheit der Mitglieder war ganz normal.

Schließlich war Tinder auch nichts anderes. C-date. Blind Dates, Büro-Partys, Kneipen-Touren. Egal wo man hinsah, überall gab es eine Mischung von Guten und Bösen …

Eine barbusige Frau in langem Lederrock schwebte auf ihn zu. Sie trug eine weiße Turmfrisur und eine Steampunk-Maske, mit der sie aussah, als wäre das einundzwanzigste Jahrhundert gegen das viktorianische

England in den Ring gestiegen und die Überreste des Kampfes wären in ihrem Gesicht gelandet.

Sie blieb vor ihm stehen. Ihre Nippel wurden von Metallscheiben verdeckt, die von Piercings gehalten wurden und mit einer zierlichen Kette verbunden waren.

Axe hatte schon ein paarmal das Vergnügen mit ihr gehabt, einmal auf dem Altar, aber auch in anderen Räumen. Er kannte weder ihren Namen noch ihre Nummer, dafür war er wohlvertraut mit ihrem Geschlecht.

In jeder anderen Nacht wäre er mit ihr gegangen.

Aber jetzt zählte er nur die Minuten, bis er Elise treffen würde. Niemand hier oder sonst irgendwo auf der Welt kam an das heran, was ihn in den Morgenstunden erwartete.

Er schüttelte den Kopf. Sie nickte und ging weiter.

»Nicht dein Typ?«, fragte Novo spöttisch.

Axe sah sich um. Die Vampirin war von hinten an ihn herangetreten, und er hatte es nicht einmal bemerkt. »Möchtest du noch ein bisschen bleiben? Oder lieber gehen und ein andermal wiederkommen?«

Wenn er sich recht entsann, mussten neue Mitglieder eine Weile warten, ehe sie zugelassen wurden. Bis dahin konnte man den Club als Gast besuchen.

»Sie hat dir wirklich nicht gefallen?« Novo sah der Frau interessiert hinterher. »Nein?«

»Nicht heute.«

»Tja, also, ich bin überzeugt, dass du dich nicht für mich aufhebst.« Sie sagte es ohne jede Bitterkeit. Was Axe zu schätzen wusste. »Bist du dir sicher, dass du nicht etwas auf dem Herzen hast? Moment, jetzt weiß ich es.«

»Gehen wir«, sagte er und lief los.

Aber sie folgte ihm und ließ nicht locker. »Peytons kleine Cousine. Die in der Zigarren-Bar. Du hast etwas mit ihr, habe ich recht?«

»Nein.«

»Oh doch …«

Axe blieb stehen. Sah Novo in die Augen. »Warum sollte sich eine Frau wie sie mit mir abgeben? Denk doch mal nach.«

Er konnte sich Novos Stirnrunzeln hinter der Maske vorstellen.

»Tja«, sagte sie dann, »so gesehen … muss ich dir recht geben.«

Was war er doch für ein Glückspilz, dachte er, als sie weiter durch die Räume strichen: Novo gab ihm recht, weil er so scheiße war.

Es war, als würde man ein Rennen gewinnen, weil niemand anderes angetreten war.

Weil niemand auf der gleichen Strecke mit einem laufen wollte.

Doch es spielte ohnehin keine Rolle. Die Sache mit Elise hatte keine Zukunft. Tief in seinem Herzen wusste er es. Die Frage war, wann und wie schlimm es enden würde.

Aber bis es so weit kam, war er dabei. Mit vollem Einsatz.

37

Rhage wäre es lieber gewesen, er hätte den Kerl hassen können.

Er war ins Audienzhaus gekommen, um seine *Shellan* zu schützen und seine Familie zu verteidigen. Es war eine Art von Krieg, der Wettstreit zwischen genetischer Abstammung und erworbenem Recht: Waren zwei taugliche, nicht leibliche Adoptiveltern besser als ein weniger tauglicher, aber biologisch verwandter möglicher Elternteil? Denn selbst wenn er Geld gehabt hätte, hätte Ruhn Bitty nicht die gleiche Sicherheit bieten können wie Rhage und Mary.

Denn, hallo, sie lebten unter einem Dach mit der hohen Familie.

Ruhn hingegen war alleinstehend, nicht sehr gebildet und hatte keinerlei Erfahrung mit Kindern, ganz gleich welchen Alters.

Also war Rhage kampfbereit in diese Bibliothek gekommen.

Doch jetzt … saß er einem Vampir gegenüber, der schrecklich ruhig, respektvoll und vernünftig wirkte. Und wünschte sich die ganze Zeit über, er könnte einen Makel an Bittys Onkel entdecken.

»Nun«, sagte Marissa sanft – und es war nicht ihr erster freundlicher Anstoß –, »ich denke, der nächste Schritt ist … dass Sie Bitty treffen, Ruhn.«

Rhage bleckte die Fänge, verbarg sie aber schnell wieder.

Jetzt sprach Mary: »Was schlägst du vor, wie wir weiter verfahren?«

»Ich denke, das Treffen sollte unter Aufsicht stattfinden, aber nicht unter eurer«, meinte Marissa. »Ich glaube, es ist das Beste für die beiden, wenn sie einander ohne euch treffen, sonst wird sich Bitty aus Loyalität mit dir und Rhage verbünden wollen.«

»Wie lange hat sie bei Euch gelebt?«, fragte Ruhn.

»Zwei Monate«, antwortete Mary.

Rhage redete los, bevor er nachdenken konnte: »Ja, aber es fühlt sich an, als wäre sie schon ihr Leben lang bei uns. Wir lieben sie wie unsere eigene Tochter, und ihr geht es mit uns genauso. Sie ...«

Mary stieß ihm den Ellbogen in die Rippen.

Betretenes Schweigen senkte sich auf die Gruppe.

»Niemand zweifelt an eurer Liebe«, sagte Marissa. Wieder ganz sanft.

Rhage sprang auf und lief umher. »Das ist gut. Denn wir lieben sie, und daran wird sich nichts ändern.« Jetzt sah er Ruhn wütend an. »Wir werden sie immer lieben, selbst wenn du sie uns wegnimmst. Bitty wird in unseren Herzen bleiben und in unseren Gedanken. Nur damit das klar ist. Wenn du sie mit zu dir nach Hause nimmst, wo immer das ist, wird es keine Nacht geben, in der sie ...«, er deutete auf Mary, »... und ich nicht an sie denken, in der wir uns nicht fragen, wie es ihr geht, und uns um sie sorgen ...«

»Rhage«, sagte Mary. »Beruhige dich, Rhage.«

Er baute sich vor Ruhn auf. »Und solltest du ihr jemals wehtun ...«

V trat neben Rhage und nahm ihn beim Arm. »Okay, komm ein Stück zurück ...«

»... reiße ich dir bei lebendigem Leib das Herz aus der Brust und esse es auf ...«

Ein schriller Pfiff durchschnitt die Luft, und im nächsten Moment kamen Z und Butch durch die Terrassentüren in die Bibliothek gestürmt. Als sie sich vor und hinter Rhage stellten, erkannte er seinen Irrtum. Er hatte gedacht, sie würden das Haus vor einem Angriff schützen.

Doch nachdem die Türen nicht verschlossen waren, hatte man offensichtlich eher mit Problemen im Inneren des Hauses gerechnet, mit einem mordlustigen Rhage zum Beispiel.

Und eines musste er diesem Onkel lassen: Anstatt sich ängstlich auf dem Sofa zu ducken … oder präventiv zuzuschlagen …

… richtete er sich einfach zu voller Größe auf und verschaffte sich einen festen Stand.

So wie vor zwei Nächten.

»Ist schon okay«, sagte der verdammte Onkel, während Rhage von ihm weggezerrt wurde. »Er kann mich schlagen, wenn er will.«

Erstauntes Schweigen senkte sich auf die Bibliothek.

V sah ihn an. »Wieso erfahre ich erst jetzt von deiner Todessehnsucht?«

»Ich sehne mich nicht nach dem Tod.«

»Dann möchte ich in seiner Akte vermerken, dass seine Risikobewertung mies ist«, brummte V.

»Lasst mich los«, protestierte Rhage. »Ich tue ihm nichts. Ich sage ihm nur, wie es ist.«

Allem Anschein nach überzeugte er seine Brüder nicht, denn sie klebten weiterhin an ihm wie ein Neoprenanzug.

»Ich bin froh, dass Ihr so fühlt«, sagte Ruhn. »Es heißt, dass Ihr sie gut behandelt habt, solange sie bei Euch war. Das ist mehr, als man von ihrem Vater behaupten kann.«

Verdammt, musste dieser Penner immer das Richtige sagen?

Mary räusperte sich. »Ich hätte gern, dass Rhage und ich es Bitty erzählen. Wir müssen es in die richtigen Worte verpacken. Sie soll nicht das Gefühl haben, etwas Böses oder Falsches zu tun, wenn sie ihn sehen will oder Zeit mit ihm verbringen möchte ... oder mit ihm geht.« Sie sah Ruhn an. »Mit Ihnen, meine ich.«

Ruhn ließ Rhage nicht aus den Augen. »Das ist sehr nachsichtig von Euch.«

»Wir müssen an Bitty denken.« Mary steckte sich das Haar hinter die Ohren. »So ist es am besten für sie. Apropos, wir sollten besser gehen. Rhage und ich sollten es ihr persönlich sagen und dann ... gleich als Erstes morgen Nacht? Hier haben wir einen neutralen, aber sicheren Ort – wenn wir die Termine des Königs noch um eine weitere Nacht verschieben können?«

»Geht in Ordnung«, sagte V.

»Okay«, meinte Ruhn und langte in seine Tasche. »Aber könnt Ihr Bitty das hier von mir geben? Ihr könnt es natürlich vorher lesen. Ich ... ich wollte mich ihr nur vorstellen. Ich kann nicht lesen oder schreiben, deshalb habe ich es diktiert.«

Etwas musste sich an der Körperhaltung von Rhage geändert haben, denn plötzlich ließen ihn seine Brüder los – nicht dass sie sich sonderlich weit von ihm entfernten.

Mit zitternder Hand nahm Mary die Seiten entgegen. Es waren linierte Blätter, aus einem Spiralblock gerissen, in der Mitte gefaltet zu einem ordentlichen Viereck, das durch die gefransten Ränder an der einen Seite etwas aufgebauscht war.

»Das gebe ich ihr gern«, sagte seine *Shellan* leise.

»Wie gesagt, Ihr könnt es lesen. Es ist nichts Großes, und es ist nicht gut geschrieben. Ich wollte ihr nur erklären, wer ich bin.«

»In Ordnung.«

»Und die letzte Seite ist einfach … also, nichts Besonderes.«

»Okay.«

Einen Moment lang sprach keiner ein Wort. Ruhn setzte sich wieder und starrte ins Feuer. Mary stellte sich neben Rhage und hakte sich bei ihm unter.

»Eins noch«, sagte V zu Ruhn. »Der König möchte dich kennenlernen. Bevor du Bitty sehen kannst, musst du dich mit ihm zusammensetzen.«

Ruhn nickte bedächtig. »In Ordnung. Alles, was nötig ist.«

Zu freuen schien er sich allerdings nicht darauf. Ob er wohl etwas zu verbergen hatte?, fragte sich Rhage.

»Ich bin dabei«, sagte er. »Ich nehme an der Audienz teil.«

V schüttelte den Kopf. »Privat, hat Wrath gesagt. Und damit meinte er ohne dich oder Mary.«

»Es ist besser, wenn die beiden allein sind.« Mary streichelte seinen Arm. »Wann findet das Treffen statt? Wir sollten es abwarten, bevor wir mit ihr sprechen …«

»Ich habe nichts dagegen, wenn er dabei ist.« Wieder richteten sich alle Blicke auf Ruhn, doch der zuckte nur die Schultern. »Ich habe nichts zu verbergen. Ich bin ein Niemand, und ich bin an meine niedrige Stellung gewöhnt. Es gibt keinen Grund, Arroganz an den Tag zu legen, wenn man nichts hat, worauf man sich etwas einbilden könnte. Und wer nichts anderes als ein einfaches, ehrbares Leben führt, der kann es selbst einem König erklären, mit festem Blick und geradem Rückgrat – ganz gleich, wer noch dabei ist.«

Rhage blinzelte. Plötzlich kam ihm ein schrecklicher Gedanke.

Scheiße, unter anderen Umständen hätte er den Typen vielleicht sympathisch gefunden.

»Das ist sehr freundlich, Ruhn.« Wieder lockerte Marissa mit ihrer sanften Art die Spannung. »Aber es ist besser, wenn Sie mit dem König allein sind. Mit einem Wächter.«

»Wrath meint, er könne kommen«, meldete jemand.

»Dann sollten wir gehen.« Mary blickte zu Rhage auf. »Lass uns einfach verschwinden, okay? Wir suchen uns ein Café und warten ab, wie das Treffen mit Wrath verläuft, bevor wir nach Hause fahren.«

Jemand sagte etwas – Marissa. Dann redete Mary. Danach nickten alle, als wären sie zu irgendeiner Übereinkunft gekommen.

Dann war es Zeit zu gehen. Rhage legte den Arm um Marys Taille und führte sie auf die Flügeltür zu, die Z für sie öffnete.

Auf dem Weg in den Flur blickte Rhage noch einmal über die Schulter. Ruhn saß unverändert auf dem Sofa am Kamin, vor ihm das kaum berührte Teeservice. Seine Hände lagen auf den Schenkeln, die Augen blickten ins Leere.

Er war nervös. Aber er machte keinen Rückzieher.

»Komm«, sagte Mary.

Als Nächstes saß Rhage am Steuer des GTO, ohne zu wissen, wie er dort hingekommen war. Der Motor lief, die Lüftung war aufgedreht.

»Sollen wir etwas essen?«, fragte er, obwohl er keinen Hunger hatte.

»Gute Idee. Fahren wir zu dem Vierundzwanzig-Stunden-Diner, das du so gern magst. Das mit der großen Tortenauswahl.«

»Klingt gut.«

Und so parkte er zehn Minuten später zwischen einem großen Pick-up und einem BMW. Wieder wirbelten Schneeflocken durch die Luft, aber nicht so dicht – als könnten sich die Wolken nicht von ihnen trennen und ließen sie nur widerstrebend fallen.

Das All-Nighter war ein ganz gewöhnliches Lokal. Außen blinkte eine Leuchtreklame, drinnen reihten sich Barstühle an einem Tresen. Im hinteren Teil gab es Tische, desinteressierte Kellnerinnen und eine treue Kundschaft, zu der auch Rhage gehörte. Auf der Karte fanden sich köstliche Strudel-Varianten, den Kaffee dazu bekam man umsonst und Frühstück wurde rund um die Uhr serviert. Außerdem gab es hier ein Reuben-Sandwich, bei dem jeder Bissen einer religiösen Offenbarung gleichkam.

Rhage saß immer an einem Tisch ganz hinten beim Notausgang, und die Kellnerin, die nachts arbeitete, deutete mit dem Kinn in diese Richtung, was ihre Art war zu sagen: *Hallo, schön, dich zu sehen. Dein Lieblingsplatz ist frei, gleich bringe ich dir deinen Kaffee. Wie nett, dass du heute deine Frau dabeihast.*

Aber in der gegenwärtigen Situation war es ein echter Pluspunkt, dass niemand fröhlich mit ihm plauderte.

Er und Mary setzten sich. Man brachte ihnen Kaffee in dickwandigen Bechern. Rhage bestellte eine Bananencremetorte, einmal Boston Cream Pie und ein Stück Apfelstrudel. Mary bat um eine Gabel zum Probieren.

Bevor er sich über seine Bestellung hermachte, legte er sein Handy auf den Resopaltisch. Schließlich konnte es ja sein, dass der Empfang in seiner Lederjacke nicht so gut war.

Schweigend saßen sie da, das Telefon mit dem dunklen Display zwischen ihnen wie ein verdammtes schwarzes Loch im All, das alle Materie und Energie aufsaugte.

Mary nippte an ihrem Kaffee. Ließ die Gabel auf der

gefalteten Papierserviette liegen. Ab und an sah sie sich zwischen den größtenteils leeren Tischen um.

»Weißt du, was ich an diesem Lokal mag?«, fragte sie leise.

»Die Torten?«, meinte er zwischen zwei Bissen, die in dieser Nacht nach gar nichts schmeckten.

»Ja, die auch. Aber es ist so hell hier. Nachts ist es doch sonst überall schummrig. Es ist mir nie aufgefallen, bevor ich dich getroffen habe und von tag- auf nachtaktiv umgestellt habe. Aus irgendeinem Grund beleuchten Menschen ihre Restaurants nach Sonnenuntergang fast immer schummrig. Hier fühlt es sich an, als wäre man tagsüber unterwegs.«

»Stören dich die Veränderungen?«, fragte er und wischte sich den Mund. »Du weißt schon … in deinem Leben?«

»Überhaupt nicht.« Sie sah ihn an. »Ich habe dich, mit dir ist alles besser.«

»Nur nicht die Sache mit Bitty.«

»Nichts könnte das besser machen.«

»Stimmt.«

Er schob den Teller mit der Bananencremetorte von sich, obwohl er sie nur zur Hälfte gegessen hatte. Er wusste auch nicht, warum er das verdammte Ding bestellt hatte. Er war kein großer Fan von Bananen, und trotz Keksboden ergaben Bananencreme und Sahne eine Konsistenz, die einen leichten Würgereiz bei ihm hervorrief.

Aus demselben Grund konnte er auch keinen Zitronenkuchen essen. Oder Mousse au Chocolat …

Scheiße, er musste wirklich traurig sein, wenn er schon anfing, über Creme-Desserts zu sinnieren.

»Hat es dir nicht geschmeckt?«, fragte Mary.

»Nicht besonders. Aber ich wollte mal etwas Neues probieren.«

Ja, es war wirklich die ideale Nacht, um seinen Horizont zu erweitern. Oder um zu überprüfen, ob es eigens einen Gott gab, der als Tribut verlangte, dass man seinen Würgereflex unterdrückte, und dafür durfte man dann seine Tochter behalten.

»Ich bin so oft hier«, sagte er und zog den Apfelkuchen heran. »Seit Jahren. Aber ich hätte nie gedacht, dass dieser Laden einmal Teil unserer Geschichte sein würde.«

Denn er wusste schon jetzt, dass er sich bis zu seinem Tod daran erinnern würde, wie sie hier saßen, was er aß und wie Mary aussah.

»Ich weiß genau, was du meinst«, sagte sie leise.

Während er sich an den zweiten Kuchen machte, ließ er den Blick über die Leute streifen, die beiden drüben am Fenster, die drei, die regelmäßig verteilt auf Barhockern am Tresen saßen.

Wer wusste schon, was in ihrem Leben vorging, gut oder schlecht. Von anonymen Fremden nahm man gerne an, dass ihr Leben ruhig verlief, dabei war das Unsinn. Jeder hatte seine Sorgen. Man wusste nur nicht welche, solange man die Leute nicht kannte.

»Wie heißt es so schön über das Leben?«, brummte er. »Niemand kommt lebendig raus.«

Bing!

Beide zuckten zusammen, Rhage ließ die Gabel auf den Teller fallen, Mary verschüttete ihren Kaffee.

Er beugte sich über das Handy, gab seinen PIN-Code ein, Marys Geburtstag, und wartete ab, dass der Text erschien. »Wrath gibt uns grünes Licht. Wir können es ihr sagen.«

Sie richteten sich beide auf und saßen eine Weile einfach nur da.

Dann legte er wortlos zwei Zwanziger auf den Tisch,

Mary wischte den verschütteten Kaffee auf, und sie begaben sich zum Ausgang.

Ich kann das nicht, dachte er, als sie ins Freie traten.

Ich kann diesem Mädchen nicht in die Augen blicken und ihr sagen, dass sie sich mit ihrem Onkel treffen soll.

Ich kann sie nicht gehen lassen.

Im GTO wandte er sich Mary zu. »Ich liebe dich. Ich weiß nicht, was ich sonst sagen soll.«

»Ich warte die ganze Zeit darauf, dass ich aufwache ... und unglaublich erleichtert bin, dass alles nur ein Traum war.«

Rhage wartete, ob sich die Wirklichkeit von dieser Idee inspirieren ließ.

Als nichts geschah, kein Wecker losging, kein Ellbogen in seine Rippen stieß, weil Mary ihn weckte ... fluchte er, ließ den Motor an und fuhr los.

Einem Gespräch mit seiner Tochter entgegen, bei dem sie alle verlieren würden.

38

»Und wo soll es hingehen?«, fragte Peyton, der sich immer noch auf dem Bett fläzte.

Elise errötete und hoffte, dass er zu betrunken war, um es zu merken.

»Ein bisschen raus, um den Kopf freizubekommen.« Sie zog ihr Handy aus der Tasche. »Also, dann gehst du dran, wenn mein Vater anruft?«

»Triffst du dich mit Axe?«

»Nicht jetzt.« Das war zumindest nicht ganz gelogen. »Ich gehe heute nicht zur Uni. Ich muss wirklich nur den Kopf freibekommen, und das geht zu Hause nicht.«

»Dann frage ich noch einmal: Wohin gehst du?«

»Ich weiß es noch nicht genau. Aber ich passe auf, versprochen.«

Peyton hob den Zeigefinger. »Aber wenn du nicht weißt, wo du hingehst, wäre es doch besonders wichtig, ein Handy dabeizuhaben.«

»Nicht, wenn dein Vater es mit einem GPS-Sender versehen hat. Nicht, wenn du keine Lust auf endlose Diskussionen hast, sobald du nach Hause kommst. Nicht, wenn du einfach nur einmal tief durchatmen möchtest, ohne dafür in Schwierigkeiten zu geraten.«

Peyton erhob sich aus seinen Kissen und kletterte vom Bett. Auf seinem Weg zu einem Tisch, der hinter dem Sofa verlief, wankte er wie bei starkem Seegang.

»Dann nimm meines. Die PIN lautet null-vier-eins-

eins. Nur damit du nicht ganz ohne dastehst. Und halte mich nicht für naiv. Ich will dich nicht bedrängen, aber mir ist klar, dass du nicht zur Morgendämmerung heimgehst. Pass einfach auf, okay? Ich will nicht noch eine Leiche finden müssen – und mir noch mehr Vorwürfe machen, weil ich dir die Gelegenheit dazu verschafft habe.«

»Keine Sorge, ich komme zurecht.«

»Hey, das ist mein Bluff – ich meine *Spruch*.« Er streckte Elise sein iPhone entgegen. »Du hast mit Mitleid reagiert, als ich das vorher sagte, aber in meinem Blick liegt etwas anderes: Es nennt sich Warnung.«

»Ich passe auf. Ich schwöre es dir.«

»Lass mich das nicht bereuen«, brummte er und öffnete ein Fenster für sie.

»Wirst du nicht.«

Elise gab ihm noch ihre PIN und steckte sein Handy in die Tasche. Dann, mit einer kurzen Umarmung und einem letzten Winken, dematerialisierte sie sich aus seinem Zimmer und überließ ihn seinem Football und dem Wodka … sowie den Schatten, die ihn verfolgten.

Doch sie entfernte sich nicht weit. Sie nahm im Garten hinter dem Haus Gestalt an, um zu tun, was sie angekündigt hatte: einfach ein wenig durchzuatmen. Schnee wirbelte durch die Luft, aber nicht organisiert genug, um richtig zu fallen, und der Wind war beißend kalt. Als sie sich nach dem Tudor-Haus umblickte, sah sie Peyton in seinem Badezimmer. Sein blondes Haar fing das Licht auf, sein nackter Oberkörper war muskulös. Er sah gar nicht mehr wie ein Aristokrat aus, ging es Elise durch den Kopf. Er sah aus wie ein Soldat.

Es war zu früh, um zu Axe zu gehen. Er hatte zwar gesagt, seine Tür sei immer offen, aber …

Sie dematerialisierte sich nicht gleich, als ihr die Idee

kam, doch nach einiger Überlegung löste sie sich in Luft auf …

… und nahm in der Stadt am Fuße eines modernen Hochhauses wieder Gestalt an.

Sie trat ein paar Schritte zurück bis zur Mitte der leeren Straße und zählte die Stockwerke. Die Adresse auf dem Mietvertrag, den sie in Allishons Zimmer gefunden hatte, war eine Wohnung mit der Nummer 1403 gewesen.

»Haben Sie Ihren Schlüssel vergessen?«

Elise sah sich um. Links von ihr stand eine Menschenfrau mit offenem Gesicht in unbefangener Haltung auf dem Gehweg vor dem Eingang.

»Ich wollte meine Cousine besuchen«, sagte Elise. »Sie macht nicht auf. Sie wohnt im vierzehnten Stock.«

Ja, sie war wirklich eine Verfechterin der Ehrlichkeit – doch streng genommen stimmte es sogar: Allishon würde nicht aufmachen. Nie mehr.

»Kommen Sie.« Die Frau ging auf die Tür zu. »Sie können mit mir rein.«

»Danke.«

Elise folgte ihr in die Lobby und plauderte mit ihr, während sie am Aufzug warteten und nach oben fuhren. Ihre Begleiterin stieg im fünften Stock aus, Elise fuhr alleine weiter, bis ein *Bing!* den vierzehnten Stock verkündete. Sie stieg aus und sah sich in beide Richtungen um. Eine kleine Tafel mit Wohnungsnummern verwies sie nach links, also lief sie den mit Teppich ausgelegten Flur hinunter, vorbei an zahllosen Türen, bis sie vor der richtigen stand. Sie hob die Hand, um zu klopfen, doch dann ließ sie den Arm wieder sinken – als ob hier jemand öffnen würde. Sie drehte am Türknauf, doch natürlich war abgeschlossen.

Tja, was für ein kolossaler Plan.

Sie legte die Hand an die lackierte Tür, stand einfach nur da und dachte daran, was Peyton ihr erzählt hatte. Auf traurige Weise fühlte sie sich ihrer ermordeten Cousine jetzt näher denn je – obwohl es für sie beide zu spät war, eine Beziehung aufzubauen.

Gütige Jungfrau der Schrift ... sie wollte wirklich in diese Wohnung.

Axe hatte recht: Sie suchte nach einem Zugang zu ihrem Vater, zu ihrer Familie, und dies war der einzige Weg, der ihr offenstand. Vielleicht suchte sie an der falschen Stelle, aber sie würde nicht aufhören.

Nicht, bis sie jede Möglichkeit ausgeschöpft hatte ...

Peytons Handy klingelte in ihrer Manteltasche, und sie zog es stirnrunzelnd heraus. Es war Peyton, der sie von ihrem eigenen Handy aus anrief.

»Hallo?«, sagte sie.

»Dein Macker hat angerufen.« Peyton stieß die Luft aus, als würde er sich gerade einen Joint anzünden. »Du hättest es mir auch einfach sagen können.«

Axe hatte angerufen? »Wie bitte?«

»Troy. Dein Freund. Ich habe ihm gesagt, dass du unterwegs wärst, dass ich dein Cousin bin und ob ich dir etwas ausrichten soll. Du sollst ihn zurückrufen. Schätze, er versucht dich zu erreichen. Elise, was machst du für Sachen ... Troy klingt nicht gerade nach Vampir.«

Sie war verwirrt. »Er hat aber nicht gesagt, dass er mein Freund ist, oder? Denn das ist er nicht. Er ist mein Professor, und ich helfe ihm als studentische Hilfskraft. Ich habe nicht vor, etwas mit ihm anzufangen. Seinetwegen brauche ich Axe.«

Okay, nicht *nur* seinetwegen, aber er war der einzige Grund, den sie anderen gegenüber nennen konnte.

»Sei einfach nur vorsichtig«, sagte Peyton nach einer Weile.

»Bin ich doch immer. Also, könntest du bitte aufhören zu kiffen und zu trinken und wieder ausnüchtern? Du brauchst ohnehin wahrscheinlich einen Monat, um wieder normal zu werden.«

»Du hast so recht. Noch eine schöne Nacht. Aber ruf mich an, wenn du mich brauchst.«

»Mach ich.«

Als sie auflegte, wurde ihr plötzlich klar, wo sie war. Allein in der Menschenwelt, am Schauplatz des Mordes an ihrer Cousine.

Der Gang mit den Türen hatte nichts Bedrohliches an sich gehabt, aber als der Aufzug erneut ein *Bing!* von sich gab und ein Mann ausstieg, wurde Elise plötzlich nervös. Was, wenn er sie mit einer Waffe bedrohte? Würde ihr jemand helfen? Außer Peyton wusste niemand, wie sie zu erreichen war – und seinem Lallen nach zu urteilen musste er nur noch zweimal ziehen, bevor er einschlief.

Elise hielt sich das Handy ans Ohr und tat, als würde sie telefonieren. »Ach, wirklich? Und was ist dann passiert?«

Sie ging auf den Aufzug zu, den Blick auf den Teppich gesenkt, sodass sie den entgegenkommenden Menschen aus dem Augenwinkel sehen konnte. Er schien sich nicht sonderlich für sie zu interessieren.

Das Gute an den Klamotten, die sie trug, war, dass sie ihre Kurven ziemlich gut versteckten.

Trotzdem spannte sie sich an, als sie aneinander vorbeigingen … doch er setzte seinen Weg einfach fort, genauso wie sie.

Und dann war sie im Aufzug und fuhr wieder nach unten.

Sie konnte es nicht erwarten, Axe zu sehen.

Rhage hatte es nicht eilig, nach Hause zu kommen, aber die Entfernung vom All-Nighter zum Anwesen der Bruderschaft war immer dieselbe, und er war nun mal ein sportlicher Fahrer.

Viel zu bald traten Mary und er in die Eingangshalle.

Um ihre Tochter zu finden, mussten sie nur dem Lachen folgen … bis ins Billardzimmer. Bella saß auf dem Sofa, und Bitty spielte zwischen den Pooltischen Verstecken mit Nalla.

Bitty war so unbekümmert, wie sie von einem Eck ins andere flitzte, schnell, aber nicht zu schnell, sodass Nalla sie ab und an fangen konnte und sich über einen Sieg freuen durfte. Nalla trug einen Pulli mit einer großen Erdbeere drauf, und ihre gelben Augen strahlten wie die Sonne. Bitty hatte einen viel zu großen blauen Fleece-Pulli von Mary an, der um sie herumschlackerte.

Während sie dem Spiel zusahen, wurden Rhage und Mary so traurig, dass Rhage der beißende Geruch ihres Kummers in die Nase stieg – und auch Bella musste es gerochen haben, denn sie sah sich plötzlich um.

Ihr hoffnungsvoller Ausdruck schlug in Resignation um.

»So, meine Süßen«, sagte Bella und stand auf. »Ich glaube, es ist Zeit für Nallas Bad. Und Bitty, deine Eltern müssen mit dir … äh …«

»Hallo!«, sagte Bitty, die gerade Nalla kitzelte. »Wie geht es …«

Sie runzelte die Stirn. Richtete sich auf. »Was ist? Ich muss doch nicht zurück zu Havers, oder?«

»Nein, meine Süße.« Mary kam ins Billardzimmer und umarmte Bella kurz. »Aber wir müssen mit dir reden.«

»Habe ich etwas falsch gemacht?«

»Nein.« Rhage nickte Zs *Shellan* zu, die ihr Kind einsammelte und bedrückt verschwand. »Gar nicht. Sollen wir uns setzen?«

»Okay.«

Dann saßen sie zu dritt auf dem Ledersofa, Bitty in der Mitte. Auf dem Fernseher über dem Kamin lief *Seinfeld* ohne Ton – die Folge, in der Kramer das Bonbon in den Milzpatienten fällt. Eine von Rhages Lieblingsfolgen.

Am liebsten hätte er den Fernseher kurz und klein geschlagen.

»Was ist los? Ihr macht mir Angst.«

Rhage räusperte sich und sah Bitty an. Doch er wusste einfach nicht, wie er anfangen sollte, also sprang er auf und lief umher. Andernfalls hätte er sich einen Baseballschläger schnappen und die Einrichtung zertrümmern müssen.

Wie immer übernahm Mary das Reden, und er hasste sich dafür, dass er sie im Stich ließ. Aber ihre Stimme klang bewundernswert fest.

»Liebling, du erinnerst dich doch … dass du von einem Onkel erzählt hast«, sagte seine *Shellan*. »Kurz nachdem deine *Mahmen* in den Schleier eingegangen war. Du hast mir erzählt, dass er dich abholen würde.«

»Ja, aber das habe ich nicht wirklich geglaubt.« Bittys hübsche Augen wanderten zwischen Mary, die neben ihr saß, und Rhage, der eine Runde um den vorderen Billardtisch drehte, hin und her. »Ich bin ihm nie begegnet. Ich hatte nur gehofft … dass mich jemand will. Aber dann wolltet ihr mich, und jetzt ist alles gut. Ich habe mein Zuhause.«

Mary holte tief Luft.

Als sie ins Stocken geriet, wusste Rhage, dass er einspringen musste. Er konnte Mary nicht länger allein damit lassen. Also ging er zum Sofa und kniete sich vor Bitty.

»Dein Onkel hat uns kontaktiert. Bevor du zu uns gekommen bist, hat Mary versucht, ihn zu finden, weil sich das so gehört. Als sich niemand meldete, waren wir traurig für dich, aber glücklich für uns.«

Bitty zog die Stirn kraus und wich vor ihm zurück. »Moment ... er ist hier? Er lebt?«

Mary nickte. »So ist es, wir haben ihn gerade getroffen. Er scheint sehr nett zu sein, und es ist ihm absolut ernst. Er möchte dich gern kennenlernen.«

Die Falten in Bittys Stirn wurden immer tiefer, und sie verschränkte die Arme vor der Brust. »Aber ich will nicht. Ich möchte hier sein, bei euch und den Brüdern und Lassiter. Nalla, L.W. und Boo und George. Das hier ist mein Zuhause.«

Rhage rieb sich das Gesicht. »Er gehört zu deiner Familie, Liebling.«

»Ihr seid meine Familie.«

»Bitty«, setzte Mary an. »Er ist der Bruder deiner *Mahmen* ...«

Bitty sprang vom Sofa auf und drehte sich zu ihnen um. »Es liegt an meinen Armen und Beinen, oder? Ihr wollt euch nicht mit einem Kind abgeben, das nach der Transition vielleicht zum Krüppel wird. Ihr wollt mich nicht mehr, weil ich Fehler habe ...«

»Bitty!«

»Das stimmt nicht!«

Aber Bitty hörte sie nicht. »Ihr wollt mich loswerden? Okay! Werft mich einfach raus!«

Damit rannte das Mädchen aus dem Billardzimmer und in die Eingangshalle. Rhage und Mary stürzten los und stolperten ihr hinterher.

»Bitty, bleib stehen!«, rief Mary. Sie stürmten die Treppe nach oben. »Bitty, das stimmt nicht ...«

Bitty blieb auf halber Höhe stehen und drehte sich

um. »Du liebst mich nicht … du hast mich nie geliebt! Ich bin dir egal …«

Rhage donnerte los, dass die Wände zitterten: »Lizabitte! Du redest *nicht* in diesem Ton mit deiner *Mahmen!*«

Wow, hier war also sein innerer Vater, dachte er matt.

Jetzt herrschte Schweigen. Bitty und Mary waren wie erstarrt stehen geblieben.

Selbst eine arme *Doggen* vor Wraths Arbeitszimmer ließ ihren Staubwedel fallen und duckte sich ängstlich.

Und das Donnerwetter war noch nicht überstanden.

Er nahm zwei Stufen auf einmal, bis er auf einer Stufe mit Bitty stand, und beugte sich hinunter, sodass sie Auge in Auge waren. »Ich verstehe, dass es ein schwerer Schlag für dich ist. Uns geht es nicht besser. Damit hatten wir nicht gerechnet – aber so ist es nun einmal. Er scheint ein netter Kerl zu sein, und er ist dein Onkel, und du solltest dich mit ihm treffen. Ich mache dir keinen Vorwurf, dass es dich aus der Bahn wirft. Mary und ich werden dich unterstützen, ganz gleich, was du tust. Aber wage niemals zu glauben, dass wir dich nicht lieben wie unser eigenes Kind. Du hast keine Fehler. Du bist wundervoll und klug und eine Bereicherung für jeden, der dich kennt. Wir werden dich immer lieben.«

Es gab noch so vieles, was er hätte sagen können: *Du bist das einzige Kind für uns, wir werden nie ein anderes haben. Ich sterbe vor Kummer auf diesen Stufen, genauso wie Mary. Ohne dich sind wir nichts.*

Aber das waren die Probleme der Erwachsenen. Damit mussten er und Mary zurechtkommen.

Sie durften Bitty nicht damit belasten.

Auf einmal brach das kleine Mädchen in Tränen aus. »Ich will nicht von euch weggehen …«

Mary schloss die Arme um Bitty. Und Rhage umfasste seine beiden Mädchen.

Zusammen setzten sie sich in die Mitte der großen Treppe ... und weinten.

39

Letztlich ließ Axe Novo im Keys zurück, nachdem sie eine potenzielle Kandidatin gefunden hatte – und zwar die Menschenfrau, mit der Axe auch schon ein paarmal etwas gehabt hatte, die mit den Nippel-Piercings und der Cruella-De-Vil-Frisur. Da er seine Mitschülerin in guten Händen wusste – nämlich ihren eigenen –, nickte er ihr zu, deutete zum Ausgang und bekam ein Nicken als Antwort.

Zum ersten Mal in seinem Leben war er erleichtert, nach Hause zu kommen, und er hatte es verdammt eilig, sich zu waschen. Also warf er seinen schwarzen Umhang über die Rückenlehne eines Stuhls und ging auf direktem Weg zur Dusche.

Obwohl er keinen Sex gehabt oder auch nur jemanden berührt hatte, wollte er sich gründlich reinigen, bevor er Elise unter die Augen trat.

Das heiße Wasser und die Seife waren eine Wohltat. Er legte den Kopf in den Nacken und ließ das Wasser lange Zeit über sein Gesicht laufen, über die Brust. Gerade wollte er aus der Dusche steigen, da spürte er, dass er nicht mehr allein in seinem Cottage war. Und schon klopfte es leise an die Tür.

Ein Lächeln breitete sich auf seinem Gesicht aus. »Du bist früh dran.«

»Tut mir leid«, sagte Elise durch die geschlossene Tür. »Ich warte unten auf dich …«

»Ich komme nicht an meinen Rücken heran.« Er schob die Duschtür auf. »Kannst du mir helfen?«

Zögerlich ging die Tür ins Bad auf, dann blickte ihr hübsches Gesicht um die Ecke: Ihr blondes Haar trug sie offen, die Wangen waren gerötet von der Kälte … oder sie dachte an ähnliche Dinge wie er.

Axe hatte sofort einen Ständer, und er wandte sich nicht ab, während er sich aufrichtete.

Obwohl es kaum Licht gab, sah er genau, worauf ihr Blick fiel … und wie er innehielt.

»Gefällt dir, was du siehst?«, knurrte er.

»Ja …«

»Dann komm rein. Das Wasser ist warm.«

Elise huschte ins Bad und schloss die Tür. In dem engen, dampfigen Raum zog sie Pulli und Shirt aus. Schob die Jeans an ihren langen Beinen hinunter. Entledigte sich ihres BHs … dann ihres Slips.

Er machte ihr Platz, und sie kam zu ihm in die Duschkabine und legte den Kopf in den Nacken, damit er sie küssen konnte, während sie ihn berührte.

Aber nicht an den Schultern oder Oberarmen, an seinem Bauch oder gar seinem Po.

Axe krümmte den Rücken und stieß mit dem Kopf gegen die Wand. »Fuck …«

»Oh je, tut mir leid …«

»Nein, mach bitte weiter.«

Mit einem kehligen Laut küsste er sie, und seine Hüften zuckten, als ihr Griff wieder fester wurde, sodass sein Schwanz zwischen ihnen anschwoll und sich das leichte Brennen in Sekundenschnelle in eine Art Sonneneruption verwandelte. Er ging nicht zärtlich mit ihr um. In seinem verzweifelten Verlangen riss er sie mit rauen Händen an sich und drückte brutal den Mund auf ihren.

Und gütige Jungfrau der Schrift, sie begegnete seiner Rohheit mit dem gleichen gierigen Hunger.

»Ich will dich so sehr«, stöhnte er an ihren Lippen.

»Dann nimm mich, worauf wartest du.«

Obwohl ihre Schenkel glitschig waren vom warmen Wasser, packte er sie, hob sie hoch und setzte sie auf seine Hüften. Dann schob er die Hand zwischen ihre Beine – sie war mehr als bereit für ihn –, doch sie kam ihm zuvor, nahm seine Erektion und …

Er fluchte erneut, als er in sie eindrang. Sie seufzte seinen Namen.

Und dann pumpte er wie wild in sie hinein, sodass sie gegen die Duschwand schlug, stieß immer tiefer zu. Sie nahm alles an, was er zu geben hatte, klammerte sich an seine Schultern und presste die Beine so fest sie konnte um sein Becken.

Axe biss die Zähne zusammen. Die glatte, heiße Enge, mit der sie ihn umfing, benebelte alle seine Sinne. Aber er wollte nicht zuerst kommen. Sie sollte vor ihm zum Höhepunkt kommen, weil ihr Genuss Vorrang hatte. Und bald schon zuckte sie in seinen Armen, warf den Kopf zurück und krallte sich an ihn.

Ihr Geschlecht zog sich pulsierend um ihn zusammen.

Heiliges Kanonenrohr, sie melkte ihn auf so unwiderstehliche Weise, dass er die Zügel fahrenließ und kam und sie füllte, während ihm ihr nasses Haar ins Gesicht peitschte und es ihm schien, als wäre er ganz von ihr umfangen, obwohl sie nur an einem Punkt verbunden waren.

Obgleich es natürlich ein ziemlich entscheidender Punkt war.

Als die erste Welle verebbt war, löste er sie sanft von seinen Hüften und stellte sie wieder auf ihre eigenen Füße.

Er strich ihr das nasse Haar zurück und umfasste ihr Gesicht. »Hey«, flüsterte er und küsste sie ganz zart. »Schön, dass du gekommen bist … ich meine … du weißt schon … hier bist, um zu … verdammt. Ich freue mich einfach, dich zu sehen.«

»Ich mich auch.«

Ihr Lächeln wirkte etwas schüchtern, und ihm gefiel der Kontrast zwischen dem heißen Sex und ihrer scheuen Art.

Als er sich erneut über sie hermachte, ließ er sich Zeit mit den Küssen, verweilte an ihrem Mund, spielte mit ihren Lippen, leckte sie mit der Zunge. Der Dampf, der in Schwaden um sie aufstieg, war warm wie eine sanfte Sommerbrise. Der kalte Winter konnte sie nicht erreichen an diesem heiligen Ort, an dem es nichts gab als sie beide.

Ihre Brüste waren so vollkommen, wie er sie in Erinnerung hatte. Als er in die Knie ging, war er genau auf Höhe ihrer Nippel, und er saugte an ihnen, während er ihren Hintern knetete … und dann die Hand zwischen ihre Schenkel gleiten ließ.

Sie rief seinen Namen, als er sie berührte, und ihre Finger vergruben sich in seinem nassen Haar. Warmes Wasser strömte stetig auf sie nieder.

Er legte sich eines ihrer Beine über die Schulter, und sie ließ sich in die Ecke sinken und keuchte und bebte, als er sich mit der Zunge bis zu ihrem Geschlecht vortastete. Mit einem anschwellenden Knurren liebkoste er sie, neckte sie, drang mit der Zunge in sie ein, und sie musste sich an der Wand abstützen, um der Spannung standzuhalten, die er in ihr aufbaute.

Axe wähnte sich im Himmel.

Und er hatte nicht vor, so bald zur Erde zurückzukehren.

Als Elise an sich herabsah, ihren Blick an ihren Brüsten und dem Bauch nach unten wandern ließ, empfand sie es als erotisch und erstaunlich zugleich, den riesigen Kerl eingezwängt in der Bodenwanne zu sehen, wie er sie mit lodernden Augen ansah, während seine Zunge zwischen ihren Beinen rosa aufblitzte, ehe sie wieder abtauchte …

Ein weiterer Orgasmus schüttelte sie, und sie presste sich gegen seinen Mund und rieb sich an ihm.

Im Gegenzug bearbeitete er sie nur noch wilder.

Er schien wie besessen von ihr, während er sie gleichzeitig besaß … und der erotische Genuss war fast zu viel für sie. Eine Flut von Empfindungen durchzuckte sie, in ihrem Kopf knisterte es, ihre Sinne standen in Flammen.

Sie wollte nicht, dass er aufhörte.

Und er dachte gar nicht daran.

Irgendwann später, viel später, nachdem er sie erneut auf seine Hüften gehoben hatte und sie ein zweites Mal hemmungslosen, wilden Sex gehabt hatten, wurde das Wasser kalt, und sie drehten es ab. Axe hatte nur ein Handtuch, mit dem trocknete er sie ab, ganz sanft. Während er sie so umsorgte, stand eine Zärtlichkeit in seinem Gesicht, die überhaupt nicht zu all den Tattoos und Piercings passte.

»Komm«, sagte er, »gehen wir runter an den Kamin, bevor du aufbrichst. Wir müssen dein Haar trocknen, damit du dir keine Lungenentzündung holst.«

Er rubbelte sich kurz mit dem durchnässten Handtuch ab, dann bat er sie zu warten und verschwand aus dem Bad. Kurz darauf kam er mit einer frisch gewaschenen Decke zurück und wickelte sie darin ein.

Dann hob er sie in seinen kräftigen Armen hoch und trug sie die Treppe hinunter, als hätte sie kein Gewicht.

Als er sie vor dem Kamin absetzte, sah sie, dass er Holz nachgelegt hatte, damit sie es warm hatte.

»Ich wünschte, du müsstest nicht gehen«, sagte er und streckte sich neben ihr auf dem Deckenlager aus.

Okay, wow … er war wirklich sehr nackt. Also, extrem nackt … Obwohl sie es gerade in hundert Stellungen miteinander getrieben hatten, wollte sie sich einfach nur in dem Anblick verlieren, wie sein Geschlecht auf seinem kräftigen Oberschenkel lag.

»Ich habe auch nicht vor zu gehen«, hörte sie sich sagen.

»Wie bitte?«

Elise sah ihn an und schüttelte den Kopf. »Ich habe mein Handy bei Peyton gelassen. Er geht für mich ran, wenn mein Vater anruft – und mein Vater ist überglücklich, dass ich endlich einmal etwas Vernünftiges tue. Ich habe ihm erzählt, wir würden ein Geburtstagsfest für Paradise planen.«

Als Axe verstummte, wuchs in ihr ein ungutes Gefühl. »Es sei denn, du willst, dass ich …«

Axe verschloss ihr den Mund mit einem Kuss. »Ich will nicht, dass du jemals wieder gehst.«

Wow, dieses Geständnis wärmte sie mehr als das Feuer im Kamin. Schade nur, dass er nicht genauso glücklich darüber zu sein schien.

Sein Blick wanderte zum Feuer, und sein Kiefer trat scharf hervor. Sie berührte sein Gesicht. Fuhr mit den Fingerspitzen über die Tätowierung an seinem Hals. Über seine Schulter.

Sie versuchte, die Stimmung wieder aufzunehmen, und flüsterte: »Ich kann nicht glauben, dass ich jemanden wie dich getroffen habe.«

»Eine verkommene Existenz?«

»Wohl kaum.«

Sein Gesicht nahm einen distanzierten Ausdruck an. »Versuche nicht, einen Helden aus mir zu machen, Elise. Ich bin alles andere als ein Held.«

»Zu mir warst du immer gut.«

Er setzte sich auf und stellte fest, wie er sich ihr mehr und mehr entzog.

»Axe, warum fällt es dir so schwer, an das Gute in dir zu glauben? Ich meine ... Peyton hat mir erzählt, was du für Bruder Rhage getan hast. Du hast ihm das Leben ...«

»Lass das.« Axe vergrub das Gesicht in Händen. »Bitte, Elise, hör auf damit.«

Als sie ihm die Hand auf die Schulter legte, wich er zurück, und das tat weh. Aber sie ließ ihm den Raum, den er brauchte.

»Hilf mir, die Gründe zu verstehen, Axe. Dann lasse ich dich in Frieden.«

Er schwieg so lange, dass sie sicher war, er würde sie fortschicken. Doch dann räusperte er sich.

»Ich habe dir erzählt, dass mein Vater in jener Nacht der Plünderungen in einem adeligen Haus gearbeitet hat.« Er machte eine Pause. »Moment, ich muss weiter ausholen. Du erinnerst dich an die Küche, die dir so gut gefallen hat, als du das erste Mal hier warst?«

»Ja. Sie ist bezaubernd.«

»Das ist ein Denkmal zu Ehren meiner Mutter.«

»Es tut mir so leid, dass sie auch gestorben ist – ich hatte mich gefragt ...«

»Oh nein, sie lebt. Sie wohnt in einem vornehmen Haus und verdient sich ihren Unterhalt in der Horizontalen, so wie alle Prostituierten.« Seine Brauen senkten sich so tief, dass sie die Augen beinahe verdeckten. »Deshalb war mein Vater schon lange tot, bevor er umgebracht wurde.«

»Er hat sie so sehr geliebt«, sagte sie traurig. »Oh, Axe …«

»Ich hasse diese Küche. Ich hasse jedes der beschissenen Blätter und die bescheuerten Rosen, weil er sie für eine Frau geschnitzt hat, die ihn nicht wollte. Und du solltest erst einmal sehen, was im Keller alles steht. Mein Vater hat seine Tage dort unten verbracht und eine Figur nach der anderen geschnitzt, nachdem meine *Mahmen* weg war.« Das Licht des Feuers huschte über schroffe, verbitterte Züge. »Es war so erbärmlich, die Art, wie er ihr nachgetrauert hat. Sie lässt ihn sitzen, samt ihrem Kind, geht einfach eines Nachts davon … so angewidert von ihrem Familienleben, dass sie nichts von ihrer Kleidung oder ihren Sachen mitnimmt. Und was macht er? Er vergräbt sich in seinem Kummer. Ich meine, hey, er hätte sie vergessen und sein Leben in die Hand nehmen sollen.«

Elise schüttelte den Kopf. »Und wie alt warst du?«

»Das war vor meiner Transition. Ich muss an die zehn gewesen sein. Sie hat uns ausgetauscht wie eine alte Stereoanlage. Wie einen 8-Spur-Kassettenspieler gegen einen iPod. Sie hat nicht einmal zurückgesehen – und mein Vater konnte nie mehr nach vorne blicken. Er verharrte auf der Stelle und hat immer geglaubt, sie würde jeden Moment durch die Tür kommen, sich entschuldigen und ihren alten Platz bei uns einnehmen. Wie konnte er nur so verblendet sein? Wir haben in diesem beschissenen Loch hier gehaust, unser Auto war eine Rostlaube, seine Arbeiterhände waren zu rau für ihre Haut. Und ihr Sohn war ein dürrer kleiner Nichtsnutz.« Er schüttelte den Kopf. »Aber ich bin schnell erwachsen geworden, nachdem sie uns abgeschrieben hatte. Ich wollte ihr nicht nachtrauern, scheiße, nein. Ich hasste sie und war froh, dass sie sich von uns fernhielt. Ich weiß nicht, wo sie ist, und es ist mir auch egal – verflucht, ich hoffe, sie wurde bei den Plünderungen ermordet.«

Elise holte tief Luft. »Ich kann mir vorstellen, dass du dich betrogen fühlen musstest. Deine Mutter verlässt dich, und dein Vater kehrt sich von dir ab.«

Axe zuckte die Schultern. »Er hat sich nicht von mir abgekehrt. Er hat mich durchgefüttert und mir ein Dach über dem Kopf geboten. Aber er war so verbohrt in seiner verklärten Vorstellung von ihr und ihrer göttlichen Wiederkunft …« Er verzog das Gesicht und sah sie an. »Ich fasse es nicht, dass ich dir das erzähle.«

Sie wagte es und streichelte seinen Arm. »Ich verurteile dich nicht deswegen, Axe, das musst du mir glauben.«

»Bist du dir sicher?«

»Rede weiter, und ich beweise es dir.«

Axe ließ seine Knöchel knacken, einen nach dem anderen, und seine muskulösen Schultern zogen sich dabei zusammen und entspannten sich wieder. »Ich habe jede Menge Drogen genommen. Nach meiner Transition. Ich ertrug es einfach nicht, mit meinem Vater zusammen zu wohnen. Ich habe ihn gehasst. Ernsthaft, obwohl er nichts dafür konnte. Er war ein guter Kerl, vielleicht ein bisschen zu sanft, aber er hatte eine bessere *Shellan* verdient als meine *Mahmen*. Und einen besseren Sohn.«

»Du warst ein Kind. Als Kinder müssen wir irgendwie überleben, also verrenken wir uns, um uns in unsere Familien einzugliedern. Wir sind gezwungen, uns zu arrangieren, und manchmal tun wir das auf eine Art, die uns schadet.«

Axe schüttelte den Kopf. »Ich war kein Kind mehr, als ich anfing, mich zuzudröhnen und nächtelang nicht heimkam. Als ich ihn von mir stieß. Letztlich habe ich ihm genauso das Herz gebrochen wie sie.« Seine Kiefer mahlten. »In der … Nacht, in der er starb, war ich in der Stadt unterwegs. Zu dem Zeitpunkt war ich seit drei oder vier Tagen drauf, immer abwechselnd auf Heroin und Kokain, wie auf einer Achterbahn.«

»Du hättest ihn nicht retten können«, flüsterte sie. »Dazu brauche ich die Einzelheiten nicht zu kennen. Du hättest ihn nicht retten können, Axe. Du musst dir selbst vergeben …«

»Er hat mich angerufen. Während des Angriffs. Er hat mir eine verdammte Nachricht auf die Mailbox gesprochen – mitten im Geschehen. Willst du wissen, woher ich weiß, wie spät es war? Weil ich die Mailbox habe rangehen lassen. Und als ich sah, dass er mir eine Nachricht draufgesprochen hatte? Da habe ich sie gelöscht. Einfach …«

Axe wandte sich ab und schlug die Hand vor die Augen.

»Axe, du warst nicht verantwortlich dafür, dass deine *Mahmen* ihn verlassen hat. Genauso wenig wie für seinen Tod …«

»Lernt ihr das in euren Psychologie-Kursen?« Er schniefte vernehmlich und rieb sich das Gesicht in der Armbeuge. »Jeden zu trösten, auch wenn der totale Scheiße gebaut hat? Du weißt schon, eine Teilnehmerurkunde für jeden, der atmet, auch wenn er in Wirklichkeit ein hoffnungsloser Verlierer ist, der andere im Stich lässt?«

Elise sah ihn an und wünschte, er würde ihrem Blick begegnen. »Nein, sie bringen uns bei, dass Selbsthass eine selbsterfüllende Prophezeiung ist.«

»Und was soll das heißen?«

»Solange du dich selbst für die Beziehung und Entscheidungen deiner Eltern verantwortlich machst, wirst du alles durch einen Zerrspiegel der Schuld sehen. Damit machst du dich kaputt.«

»Aber ich habe seine Nachricht gelöscht.« Er rieb sich grob übers Gesicht. »Es waren seine letzten Worte auf Erden, und ich habe sie gelöscht, als wären sie wertlos. Ich bin kein bisschen besser als sie. Ich war nicht da, als er mich brauchte.«

»Ist das der Grund, warum du letzte Nacht beinahe dein Leben gegeben hättest, um Rhage zu retten? Musstest du einfach für jemanden da sein und wolltest dich von nichts aufhalten lassen?«

Er schwieg. »Möglich.«

»Wir finden Wege, Dinge zu wiederholen, bis wir sie richtig machen. Aber das kann gefährlich sein. Besonders, wenn wir Sachen kitten wollen, für die wir gar nicht verantwortlich sind.«

Plötzlich sah sie sich vor Allishons Wohnung stehen. Vielleicht sollte sie sich an ihren eigenen Rat halten, ging es ihr durch den Kopf.

»Axe, du solltest mal ganz radikal überlegen, ob deine Mutter möglicherweise gar nicht wegen dir oder deinem Vater gegangen ist. Vielleicht lag der Grund bei ihr selbst. Vielleicht hatte sie ein Problem mit sich rumgeschleppt und euch deshalb verlassen. Oder deine Eltern haben nicht zusammengepasst. Vielleicht hat sie sich auch in jemand anderen verliebt. Es gibt so viele Gründe, warum Beziehungen scheitern. Aber eines weiß ich sicher: Kein Kind, egal, wie es sich verhält, ist verantwortlich dafür, die Beziehung der Eltern zu retten oder zu kitten. Das ist allein Aufgabe der Erwachsenen.«

Er schwieg eine ganze Weile. Dann stand er auf, wickelte sich eine Decke um die Hüften und stand vor ihr.

Scheiße, dachte sie.

Sie hätte nicht versuchen sollen, sich als Therapeutin

aufzuspielen. Erstens sollte man das in einer persönlichen Beziehung nie tun, zweitens war sie noch nicht als Psychiaterin ausgebildet.

Nur weil man Psychologie studierte, war man noch lange nicht autorisiert, anderen Leuten zu sagen, wie sie ihr Leben zu regeln hatten.

»Es tut mir leid«, sagte sie traurig und stand auch auf. »Ich gehe – ich hätte nicht so viel reden sollen. Ich hole nur noch meine Kleidung aus dem Bad.«

40

Axe fand einfach nicht die richtigen Worte, als Elise aufstand, eingehüllt in die Decke, die er ihr gegeben hatte.

»Mann, ich ärgere mich so über mich selbst«, murmelte sie und wandte sich ab. »Ich gehe, bevor ...«

Er fasste sie am Arm. »Ich will nicht, dass du gehst.«

Verwundert blickte sie ihn über die Schulter an. »Aber ...«

»Ich möchte ...« Er räusperte sich. »Ich möchte dir etwas zeigen.«

Er nahm ihre Hand und führte sie an der Treppe vorbei in die Küche und zur Kellertür. Obwohl er selbst nicht glauben konnte, was er hier tat. Nicht glauben konnte, was er gesagt hatte. Nicht fassen konnte, dass sie kein bisschen entsetzt zu sein schien.

Sie schien ihn auch gar nicht zu verurteilen.

All das weckte den Wunsch in ihm, sie noch tiefer mit in seine Vergangenheit zu nehmen.

Obwohl das total irre war.

Er öffnete die Kellertür und zündete die Laterne an, die am oberen Treppenabsatz stand. Dann führte er sie die Holzstufen hinunter. Als sich der gelbe Schein im Raum ausbreitete, schnappte sie erstaunt nach Luft.

»Er hat all das gemacht? Dein Vater?«

Sie ließ seine Hand los und ging auf die Regale mit den fertigen Figuren zu. »Die sind ... unglaublich.«

Axe hielt sich im Hintergrund. Er wusste, dass er ihr

mit den Waldtieren, die sein Vater in seinem Kummer – vielleicht auch als Mittel dagegen – geschnitzt hatte, einen Teil von sich selbst zeigte.

»Er war ein Künstler«, hörte er sich sagen. »Er hatte echtes Talent. Doch er hat es verschwendet, indem er ihr nachgetrauert hat.«

»Ist das der Grund, warum du dich nie vereinigt hast?«, fragte sie, in der schlanken Hand ein Kaninchen mit aufgerichteten Ohren, das auf den Hinterläufen saß. »Hast du Angst, dass dich die Frau verlassen könnte und du so wirst wie er?«

»Ich …« Axe zuckte die Schultern, obwohl sie ihn gar nicht ansah. »Darüber denke ich nicht viel nach.«

Lügner, dachte er. Was war er doch für ein Feigling. Genau das war der Grund. Gut, das … und dass er noch nie auf eine Frau wie sie getroffen war.

Elise stellte das Kaninchen zurück neben einen Hirsch und einen Waschbären und kam zu ihm, mit diesem wundervollen Gang, der ihr zu eigen war. Als sie die Hände auf seine Oberarme legte, zuckte er zusammen, wich aber nicht zurück.

»Ich werde nicht versuchen, dich zu heilen, Axe. Das liegt nicht an mir. Wenn ich den Eindruck habe, dass du dich irrst, werde ich es dir sagen, doch du kannst damit tun, was du willst. Ich werde es nicht werten.«

»Nun, du kennst jetzt alle meine dunkelsten Geheimnisse.«

»Und ich bin noch hier, oder?«

Er streichelte ihre Wange und war nicht überrascht, dass seine Hand dabei zitterte. »Ich habe Angst vor dir, Elise.«

Lieber nahm er es mit tausend *Lessern* auf als mit ihr nur in eine Decke gehüllt, wie sie da vor dem Kummer-Mahnmal seines Vaters stand. Dennoch lief er nicht davon. Und wegschicken würde er sie auf keinen Fall.

»Intimität ist beängstigend«, sagte sie und strich beruhigend an seinem Arm entlang. »Lässt man jemanden an sich heran, kann er einen verletzen. Und du bist sogar in dem Glauben aufgewachsen, dass Schmerz die logische Folge davon ist, wenn man jemanden liebt. Sie enttäuschen einen. Man selbst enttäuscht den anderen. Alles geht zu Bruch. Aber das muss nicht so sein.«

Axe fasste sie bei der Taille und zog sie an sich. Dann blickte er in ihre blauen Augen und flüsterte: »Ich habe untertrieben.«

»In welcher Hinsicht?«

»Ich habe eine Höllenangst vor dir.«

Sie schüttelte den Kopf. »Du kannst mir vertrauen. Ich verlasse dich nicht.«

Axe küsste sie auf den Mund. Weil er es wollte. Und weil er diese Unterhaltung beenden musste. »Komm, gehen wir nach oben. Es ist kalt.«

Außerdem hatte er eine abergläubische Furcht davor, sich am schlechten Vorbild seiner Eltern anzustecken. Als könnten er und Elise sich einen Beziehungsvirus einfangen oder etwas in der Art.

Wieder oben trieb er sie ins Wohnzimmer. Die Sonne würde bald aufgehen, und dieser Raum hatte die schwersten Vorhänge.

Verdammt, er hatte bisher nie groß darüber nachgedacht, aber mit ihr fühlte er sich hier tagsüber nicht sicher. Er wollte sich mit ihr hinter Stahltüren verschanzen, in einem unterirdischen Raum, unerreichbar für die Sonne, diesen großen, todbringenden Feuerball.

Als sie sich wieder vor dem Feuer eingerichtet hatten, sagte er: »Seit der Nacht, in der ich von seinem Tod erfahren habe, nehme ich keine Drogen mehr. Nichts mehr. Ich trinke gelegentlich, aber nicht wie früher.«

»Dann hattest du die Talsohle erreicht«, kommentierte sie.

»Vermutlich.«

Es behagte ihm nicht ganz, dass er ihr nicht von seinen Sex-Exzessen erzählte, aber schließlich gehörten auch die der Vergangenheit an. Der heutige Besuch im Keys hatte ihm gezeigt, dass er diese Form der Befriedigung nicht mehr brauchte, seit er wahren Sex …

Ein Handy klingelte im Eingangsbereich, und er runzelte die Stirn.

Es war seins. Craeg hatte es ihm vorbeigebracht.

Das Klingeln verstummte. Nur um gleich darauf wieder einzusetzen.

»Verdammt«, brummte er und stand auf.

Er wühlte in seinem Umhang, zog das Handy aus einer Tasche und sah verwundert auf das Display. Dann ging er dran: »Novo? Alles okay? … Ja, bei mir ist alles gut … Nein, ich bin zu Hause. Wo bist du? … Du gehst jetzt? … Verdammt, Novo, es dämmert gleich. Was soll der Scheiß? Hm? … Ja, ich weiß, man kann dort leicht das Zeitgefühl verlieren, aber trotzdem. Ich bereue langsam, dass ich dich reingebracht habe … Okay. Dann leg auf, und ruf mich an, sobald du zu Hause bist. Du spinnst echt.«

Er beendete das Gespräch und nahm das Handy mit an den Kamin, wo er sich wieder neben Elise legte.

»Entschuldige, das war jemand aus dem Trainingsprogramm, genauso stur und bescheuert wie ich. Ich … ich will nur nicht, dass jemand zu Schaden kommt.«

Elise nickte. »Natürlich. Möchtest du nach ihm sehen?«

Axe verdrehte die Augen. »Novo kommt schon zurecht, ich finde es nur unverantwortlich, weil …«

Sein Handy klingelte erneut, und er meldete sich, bevor der erste Ton verstummt war. »Wo bist du?« Er atmete auf. »Gut. Bleib nicht noch einmal so lang, okay? Du kannst ja jederzeit zurück dorthin, aber nicht, wenn du tot bist. Bis morgen.«

Er grinste, als er auflegte. »Immer diese Psychos.«

Elise lächelte, aber es war ein abwesendes Lächeln. »Man muss schon aus anderem Holz geschnitzt sein, wenn man sich der Bruderschaft anschließen will.«

Axe merkte, dass ihre Stimmung umgeschlagen war, und wollte sie beruhigen. »Keine Sorge. Ich weiß, was du denkst, aber mir passiert nichts. Ich passe auf ...«

»Axe ... ich glaube, ich verliebe mich in dich.«

Okay, dachte Elise, welch unerwartetes Geständnis. Sie selbst hatte zumindest nicht damit gerechnet.

Nachdem die Bombe geplatzt war, blinzelte Axe, als hätte sie eine fremde Sprache gesprochen. Genau die Reaktion also, die man sich wünschte, wenn man einem Kerl seine Liebe erklärte.

»Gütige Jungfrau der Schrift.« Sie vergrub das Gesicht in den Händen. »Ich kann nicht glauben, dass ich das gerade gesagt habe.«

Mit sanftem Druck brachte er sie dazu, die Arme fallen zu lassen. Und in seinem Gesicht stand ...

Ein Lächeln.

Es war ein angedeutetes Lächeln, kein breites Grinsen mit blitzenden Fängen oder dergleichen. Aber es war definitiv ein kleines, verstohlenes Lächeln, das nur für sie bestimmt war und, so nahm sie an, durch sie hervorgerufen wurde.

Schon besser, dachte sie und lächelte zurück.

»Sag es noch einmal«, flüsterte er. »Gib mir mehr von dem Stoff, damit ich sicher bin, dass ich dich richtig verstanden habe.«

Jetzt musste sich Elise entscheiden. Sie konnte ihren Patzer runterspielen und auf der sicheren Seite bleiben. Oder sie wagte den Sprung.

Sie besiegte die Angst und entschied sich für den Höhenflug. »Ich verliebe mich in dich.«

Axe' Lächeln wurde breiter, und dann küsste er sie und drückte sie mit seinem schweren Körper auf die Palette. Mit sicherem Griff zog er die Decke zwischen ihnen hervor und rollte sich auf sie, sodass seine heiße, harte Erektion zwischen ihre Beine glitt.

Es war die natürlichste Sache der Welt, seinen Kuss zu erwidern und ihn in sich aufzunehmen. Doch diesmal war es kein wildes Pumpen, sondern ein sanftes Wiegen, das sie erst mit Wärme erfüllte, bevor es sie in Brand steckte.

Und während sie sich vor dem Kamin liebten, fühlte sie, dass ihr Leben komplett war. Sicher, ihre Beziehung war jung, aber mit Ehrlichkeit und Vertrauen war alles möglich.

Zumal Axe nun den Kopf senkte und ihr ins Ohr flüsterte: »Und ich verliebe mich in dich.«

Elise kicherte.

Ja, es war ein mädchenhaftes Kichern, wie man es eher von einer Frau mit manikürten Nägeln und gesträhntem Haar erwartet hätte, von einem Püppchen mit hohen Pumps und aufreizenden Röcken.

Als er es hörte, hielt Axe inne und löste sich ein Stück von ihr. »Moment, war es das, was ich glaube?«

»Nein, gar nicht.«

»Hat meine Psychologie-Doktorandin gerade wirklich …«

Sie schlug sich die Hand über den Mund. »Habe ich nicht.«

»Oh doch.«

»Nein.«

»Doch …«

Er stieß zu, und Elise bäumte sich unter ihm auf, von Lust überwältigt. »Axe …«

»Gib's zu.«

»Was?«, murmelte sie.

Er ließ die Hüften rollen. Hielt erneut inne. »Du hast gekichert.«

»Unfair …« Er stieß noch einmal zu, und diesmal grub sie die Nägel in seinen Hintern. »Bring zu Ende, was du angefangen hast!«

»Gib zu, dass du gekichert hast.«

»Warum?«

Sie lachten beide so sehr, dass es keine Rolle mehr spielte, was sie sagten. Sie waren ausgelassen in einer Blase der Glückseligkeit, losgelöst von der Außenwelt.

»Okay, ich habe gekichert …«

Axe belohnte ihr Eingeständnis, indem er wieder zur Sache kam. Er stieß zu, dann ergriff er eines ihrer Beine und bog es nach oben, sodass sie leicht seitlich lag und er noch tiefer eindringen konnte.

Doch selbst in ihrem Gefühlsrausch gelang es ihr, ihn weiter zu betrachten. Er war wunderschön im Feuerschein: Sein dominanter Kriegerkörper ragte über ihr auf, sie sah die scharfen Konturen seiner Muskeln, die dicken Venen, die an seinem Hals entlang und in die Arme verliefen.

Als er die Fänge bleckte, wusste sie, dass er sie in den Hals beißen würde, und genau dort wollte sie ihn. Sie drehte den Kopf zur Seite und gab sich ihm hin …

Der Biss war brutal. Seine Fänge vergruben sich so tief in ihrem Fleisch, dass sie schrie … aber nicht vor Schmerz, obwohl es auf köstliche Weise wehtat.

Das war es also, das Kennzeichnen, von dem sie gehört hatte.

Auf diese Art ergriff ein Vampir Besitz von einer Vampirin, erhob er Anspruch auf sie. Er hielt sie mit den Zähnen fest und kennzeichnete sie, indem er tief in sie stieß und kam.

Doch er war noch nicht fertig mit ihr.

Bevor sie zu Atem kommen konnte, zog er sich aus ihr zurück, drehte sie herum und postierte sie auf alle viere. Dann richtete er sich hinter ihr auf, biss sie erneut, diesmal auf der anderen Seite, und drang wieder in sie ein. Und während er sie von hinten nahm, fuhr er mit einer Hand zwischen ihre wippenden Brüste und hielt sie am Halsansatz fest, während er sich mit der anderen am Boden abstützte und sie beide aufrecht hielt.

Sie war dem Feuer zugewandt, ihre Sicht schwankte wild mit jedem seiner Stöße – die Flammen hüpften hierhin und dorthin, ihr Haar flog, bis einige Strähnen in ihren lustvoll geöffneten Mund peitschten.

Irgendwann kam der Punkt, da konnte sie sich nicht mehr aufrecht halten und ließ den Oberkörper auf die Decke sinken. Nur ihr Hinterteil ragte noch empor, sodass er sie wieder und wieder nehmen konnte und so oft dabei kam, dass er sie mit seinem Bindungsduft überzog.

Elise zählte nicht mit, wie viele Orgasmen sie hatte.

Sie wollte nur, dass er niemals aufhörte.

41

Als die Sonne am nächsten Abend hinter dem Horizont versunken war und die Temperaturen unter null fielen, war Rhage einmal mehr dabei, sich in Selbstbeherrschung zu üben.

Er stand vor der Flügeltür zur Vorhalle im Haus der Bruderschaft. Obwohl, nicht ganz. Genau genommen stand er zur Seite versetzt, wo er durch die blasigen Butzenscheiben auf den Hof hinausblickte – durch die man allerdings kaum etwas sah.

Passend zum Anlass, dachte er, denn genauso schlecht ließ sich vorhersagen, wie der heutige Abend verlaufen würde.

Mehr als es zu hören oder zu riechen, spürte er, als Mary und Bitty auf der großen Treppe erschienen. Er drehte sich um und sah ihnen zu, wie sie die Stufen herunterkamen. Bitty trug ein rotes Samtkleid, das er und Mary ihr für das große Menschenfest gekauft hatten, dazu eine weiße Strumpfhose, schwarze Lackschuhe und einen schwarzen gewalkten Mantel aus viktorianischer Zeit, der aus Bellas Familienbesitz stammte.

Bella und Rehv hatten darauf bestanden, ihn Bitty zu geben. Er war mit Satin gefüttert, hatte Samtaufschläge an Kragen und Ärmeln und war sicher besser geschneidert als alles, was man heute in den Läden bekam.

Bitty sah so adrett und festlich aus … trotzdem wirkte sie, als würde sie zu ihrer eigenen Hinrichtung gehen.

Bei Mary verhielt es sich nicht anders.

Und was ihn betraf, er fühlte sich, als hätte ihm jemand die Beine abgehauen und ließe ihn jetzt liegen, um zu verbluten.

Aber hey, wer wollte schon Vergleiche ziehen.

Bitty und Mary erreichten das Ende der Treppe und kamen über das Mosaik mit dem blühenden Apfelbaum auf ihn zu. Rhage holte tief Luft. »Bist du bereit, Bitty?«

Was für eine bescheuerte Frage, dachte er, als sie vor ihm stehen blieben.

»Bitte«, sagte sie mit bebender Stimme, »könnt ihr nicht mitkommen? Lasst mich nicht alleine gehen.«

Seine Hände zitterten, als er ihre Wange streichelte. »Du wirst nicht allein sein. Fritz fährt dich hin, und Vishous und Zsadist werden dort auf dich warten.«

In Wirklichkeit würden V und Z den Mercedes die ganze Fahrt über begleiten, indem sie sich in regelmäßigen Abständen entlang der Route dematerialisierten, bis Bitty sicher im Audienzhaus angekommen war. Sie fuhren nur nicht mit Bitty zusammen, damit sie ihren Onkel nicht für eine Gefahr hielt. Denn dieser Eindruck konnte entstehen, wenn man zwischen zwei schwer bewaffneten Brüdern anreiste.

»Ich kann das nicht.« Bitty sah Mary flehentlich an. »Bitte, ich will da nicht hin. Was, wenn er mich mitnimmt?«

»Das wird er nicht.« Mary trat vor Bitty und strich ihr das Haar glatt. »Und wir warten auf dich und sind im Nu bei dir. Sobald du fertig bist, dematerialisiert sich Rhage zum Audienzhaus und fährt mit dir zusammen heim, okay?«

»Wirklich?«, fragte Bitty an Rhage gerichtet. »Versprichst du mir das?«

»Ehrenwort …«

»Und wie wäre es, wenn ich dich begleite und die ganze Zeit über bei dir bleibe?«

Alle drei drehten sich um nach der körperlosen, künstlich klingenden Stimme. Aber da war niemand, obwohl es klang wie …

»Lassiter?«, fragte Rhage und blickte sich in der leeren Eingangshalle um. »Wo zum Henker steckst du?«

»Bitty«, erklang dieselbe Stimme wieder. »Streck die Hand aus.«

Das kleine Mädchen tat wie geheißen – und wie aus dem Nichts bildete sich ein kleiner Fleck aus goldenem Licht auf ihrem Handteller.

»Es ist warm«, staunte sie.

Der Lichtpunkt wanderte ihren Arm hinauf bis zur Schulter und blieb dort sitzen wie ein kleiner Vogel. Dann sagte die merkwürdige Phantomstimme: »Ich werde die ganze Zeit über bei dir sein. Niemand muss es wissen, okay? Nur du und deine Eltern …«

Bei diesem Wort zuckten Rhage und Mary zusammen.

»… aber vor allem wirst du nicht allein sein, okay?«

Bitty atmete tief durch. »Okay. Das ist gut. Danke.«

Durch die schmalen Scheiben neben der Tür zeichneten sich Scheinwerfer ab … und Rhage wäre am liebsten aus dem Haus gestürzt und hätte Fritz angeschrien, dass er verschwinden solle.

»Also gut«, sagte Mary und klang angespannt. »Lass dich drücken.«

Als sie Bitty in die Arme schloss, blickte Rhage auf den kleinen sonnigen Fleck auf Bittys Schulter. Er war noch kleiner geworden, sodass man ihn kaum wahrnahm.

Dafür war er dem Engel etwas schuldig.

»Du bist so tapfer«, sagte Mary über Bittys Kopf hinweg. »Ich bin sehr stolz auf dich.«

»Ich bin gar nicht tapfer, ich habe Angst.«

»Aber du gehst trotzdem – das ist der Inbegriff von Tapferkeit.«

Mary trat einen Schritt zurück und strich sich das Haar glatt. Dabei blickte sie wiederholt zur Seite und blinzelte gegen die Tränen an, die in ihren Augen schimmerten. Sie wollte sie auf keinen Fall vergießen.

Bitty stellte sich vor Rhage, sah zu ihm auf und sagte: »Du versprichst mir, dass du kommst?«

Er ging in die Hocke, und seine Knie krachten wie brechende Äste. »Ich verspreche es. V gibt mir Bescheid, und ich habe mein Handy immer bei mir.«

Als er es in die Luft hielt, schlang Bitty die Arme um seinen Hals. Er zog sie an sich, schloss die Augen und betete inständig, ein Wunder möge geschehen.

Dann brachten er und Mary das Mädchen durch die Vorhalle und über die Stufen hinunter zu dem schwarzen Mercedes. Fritz stand daneben und hielt ihr die Tür auf. Als Bitty eingestiegen war, schloss er sie und verbeugte sich tief vor Rhage und Mary.

Rhage hatte noch nie etwas so Trauriges gesehen wie diese Rücklichter, die sich den Hang hinunter von ihnen entfernten.

Er und Mary blieben, wo sie waren, und standen noch lange Seite an Seite, nachdem die roten Punkte der Heckleuchten verschwunden waren.

»Gehen wir rein«, sagte seine *Shellan* tonlos.

»Okay.«

»Wir können nichts tun außer warten.«

»Ja.«

Sie wandte sich um und ging auf die Vorhalle zu, doch Rhage konnte sich aus irgendeinem Grund nicht rühren. Er stand einfach nur da, reglos, und blickte zum Mond, der voll war oder kurz davor.

Sein Herz fuhr mit in diesem verdammten Mercedes.

Es hatte sich Bitty angeschlossen und entfernte sich von ihm, reiste einem anderen entgegen, einem anderen Familienmodell, einer Zukunft, an der er und Mary nicht teilhatten ...

»Rhage?«

Er machte auf dem Absatz kehrt und blickte zum Haus. Mary stand in der Vorhalle und hielt die Tür für ihn auf.

Er wollte zu ihr gehen, doch seine Beine verweigerten den Dienst. Also wollte er zumindest etwas sagen ... aber ihm fehlten die Worte.

»Es tut mir leid«, murmelte er.

Einen Moment lang herrschte Schweigen. Dann rannte Mary auf ihn zu, über den Hof, und warf sich ihm in die Arme. Er fing sie auf und konnte einfach nicht glauben, dass all das gerade geschah.

»Du sagst, ich wüsste immer das Richtige zu sagen«, klagte sie, »aber ich weiß nicht, was ich sagen soll. Ich weiß nicht, was ich tun soll. Ich kann dir nicht helfen, ich kann ihr nicht helfen, ich kann nichts daran ändern, dass ...«

Rhage streichelte ihren Rücken und fühlte sich hilflos.

»Ich muss etwas tun«, brabbelte sie. »Ich darf es nicht zulassen ... Oh, Gott, sie verlässt uns ... Rhage, mein Baby verlässt mich, mein Kind ...«

Er schlang die Arme um sie, hob sie hoch und wiegte sie, während sie den Tränen freien Lauf ließ.

Irgendwann fasste sie sich und atmete ein paarmal bebend durch. »Oh Rhage, es tut mir so leid ...«

»Warum?« Er verlagerte sie in seinem Arm und streichelte ihren Rücken. »Warum entschuldigst du dich?«

»Weil ich für dich da sein sollte. Ich muss dich unterstützen.«

Er sah ihr lange ins Gesicht und studierte die Züge, die er so gut kannte. Dann lächelte er leicht. »Meine Mary Madonna, weißt du denn nicht, dass es mir Kraft gibt, wenn ich für dich sorgen kann? Es macht mich stark, wenn ich dich stütze.«

»Aber das ist nicht fair. Was ist mit dir ...«

Rhage schüttelte den Kopf. »Muss ich dir noch einmal den gebundenen Vampir erklären? Du bist ... der Grund für mein Sein. Und ich habe dich noch nie so sehr geliebt wie jetzt.«

»Selbst wenn Bitty geht?«

Sein Blick wanderte wieder zum Mond. Dem hell leuchtenden Mond. »Wenn sie geht, wird für mich nichts mehr sein wie vorher. Ich werde nie wieder ganz fröhlich, unbeschwert oder frei sein. Als sie in unser Leben trat, hat sie mich für alle Zeit verwandelt. Wie sehr, wird mir erst jetzt bewusst. Es ging von einem Moment auf den anderen ... doch es wird ein Leben lang dauern, um darüber hinwegzukommen.« Er blickte wieder seine *Shellan* an. »Doch eines bleibt unverändert, und das sind meine Gefühle für dich. Meine Liebe zu dir ist das Einzige, das mich letztlich aufrecht halten wird.«

Mary kamen erneut die Tränen, besonders, als er sie küsste.

»Unsere Kraft muss auf die Probe gestellt werden«, flüsterte er, »damit wir spüren, dass sie noch da ist. Und ich werde immer dein Krieger sein, meine geliebte Mary. Für immer und ewig.«

Mary streckte die Hand aus und streichelte seine Wange.

»Ich liebe dich«, hauchte sie.

Er nickte. »Wir werden das durchstehen, Mary. Selbst wenn wir am Ende blutüberströmt sind und humpeln. Wir werden weitergehen, weil ... sie uns vielleicht einmal besucht, wenn sie groß ist. Vielleicht erinnert sie sich an uns. Wer weiß. Aber selbst wenn nicht, müssen wir eine Familie sein, du und ich. Andernfalls … Gütige Jungfrau der Schrift, an die Alternative darf ich nicht denken.«

42

»Moment, dann fällt das Training heute aus?«

Elise stellte diese Frage im Bad von Axe im ersten Stock, wo sie gerade ihre Jeans anzog. Es war ein nicht ganz einfaches Unterfangen, wenn man frisch aus der Dusche kam, deswegen hatte sie die Brille herunterge- klappt und sich aufs Klo gesetzt.

Axe schüttelte den Kopf, klatschte sich Rasierschaum ins Gesicht und nahm den Rasierer. »Eigentlich sollte es stattfinden, ich weiß auch nicht, was los ist. In der Nachricht heißt es, die Bruderschaft wäre ›anderweitig beschäftigt‹, was immer das heißen soll.«

»Meinst du, wir könnten das Erste Mahl gemeinsam einnehmen?«

»Klar. Wo?«

Okay, es war wirklich sexy, dem eigenen Freund beim Rasieren zuzusehen. Leider ging Axe entsetzlich schnell und effizient dabei vor und fuhr mit der Klinge an der Wange herab, am Kinn entlang, oberhalb der Lippe ab- wärts. Es gab kein Licht über dem Spiegel, dafür stand eine brennende Kerze auf dem Waschbeckenrand.

»Ich liebe all das Kerzenlicht hier«, bemerkte sie.

Und noch mehr liebte sie, worauf es fiel: die kräfti- gen Wölbungen seiner Brustmuskeln, das Sixpack, das so ausgeprägt war, dass es Schatten warf, und sein langes, tief hängendes Geschlecht vor den massigen Schenkeln.

Er sah zu ihr rüber. »Wenn du mich weiter so anstarrst,

kommen wir nicht vor Sonnenuntergang morgen aus dem Haus.«

Elise lächelte. »Tja, wenn du nicht so verdammt gut aussehen würdest, würde ich nicht so starren. Jedenfalls muss ich als Erstes bei Peyton vorbeischauen und mir mein Handy holen.«

Axe verzog das Gesicht. »Ich komme mit.«

»Das musst du nicht.«

»Hast du Angst, mit mir gesehen zu werden?«

Elise zuckte zurück und sah ihn an. »Nein, überhaupt nicht. Warum sagst du so etwas?«

»Weil ich eifersüchtig bin.«

Okay, das war scharf. Doch dann ratterte es in ihrem Kopf. »Warte, auf Peyton?«

Axe wusch den Rasierer unter fließendem Wasser aus und klopfte ihn zweimal am Waschbeckenrand ab. Dann machte er sich an die andere Gesichtshälfte. »Ja.«

Sie hob die Hände. »Also, bei ihm brauchst du dir wirklich keine Sorgen zu machen. Erstens habe ich ihn gestern Nacht ohne Shirt gesehen …«

Axe drehte den Kopf so schnell, dass er sich schnitt. »Was …«

»… und er kann dir nicht das Wasser reichen. Bei Weitem nicht.«

Seine Augen wurden schmal. »Hat er dich angemacht?«

»Nein, und das würde er auch niemals tun.« Sie stand auf, drückte sich an Axe und leckte das hellrote Blut weg – was augenblicklich eine körperliche Reaktion bei ihm hervorrief. »So dumm ist er nicht.«

Bevor Axe etwas entgegnen konnte, ließ sie sich auf die Knie sinken, öffnete den Mund … und umschloss seine Erektion mit den Lippen. Dann saugte sie ihn tief in den Rachen, während sie seine schweren Hoden in der Hand wog.

»Oh, fuck!« Es krachte und schepperte, als Axe rückwärts gegen die Wand taumelte. »Oh, *Scheiße* ...«

Sie entließ seine Erektion aus ihrem Mund und fuhr mit der Zunge von unten daran aufwärts, ehe sie einen Kreis um die Spitze beschrieb. »Immer noch eifersüchtig auf ihn?«

»Higgemo ilgig ba.«

Oder irgendetwas in der Art.

Mit einem Lächeln machte sie sich erneut an die Arbeit, streichelte ihn, saugte ihn in den Mund, drückte seine Eier, neckte ihn mit den scharfen Spitzen ihrer Fänge. Bald stöhnte er und wand sich, dann kam er in ihrem Mund – und sie war erbarmungslos und melkte ihn bis zum letzten Tropfen, bis er zusammensackte und all seine Kraft an sie weitergegeben hatte.

Und wie er sie dabei ansah! Als wäre sie die heißeste, begabteste Vampirin der Welt.

»Ich schulde dir etwas«, lallte er, und er hatte Probleme, sich zu artikulieren, etwas, das sie zum ersten Mal bei ihm bemerkte.

»Welch verlockende Aussicht. Aber ich glaube, ich gehe jetzt nach unten – andernfalls kommen wir hier nie raus.«

Axe murmelte etwas, dann ließ sie ihn allein ... mit einem Riesengrinsen im Gesicht.

Es machte wirklich Spaß, einen Mann wie ihn in weiches Wachs zu verwandeln.

Unten am erkaltenden Kamin nahm sie Peytons Handy und wählte ihre eigene Nummer.

Ihr Cousin hob beim ersten Klingeln ab. »Hallo!«

»Dem Schleier sei Dank, du lebst!«

»Du auch. Wo bist du? Und gleich vorweg: Dein Vater hat nicht angerufen, und willst du wissen, warum?«

»Warum«, fragte sie und nahm das Handy unter das

andere Ohr, um ihre Bluse in den Bund zu stecken. »Bitte sag nicht, dass er stattdessen gleich nach Sonnenuntergang bei euch war, um nach mir zu suchen.«

»Nein, er hat nicht angerufen, weil ich die Positionsanzeige von deinem GPS umgestellt habe.«

»Du hast was?« Sie schüttelte den Kopf. »Entschuldige, wie bitte?«

»Laut deiner Positionsanzeige warst du die ganze Nacht in deinem Zimmer. Also, ab drei Uhr morgens, was eine sehr annehmbare Zeit zum Heimkommen ist.«

»Peyton, nimm's mir nicht übel, aber das hast du nicht drauf.«

»Hey, was soll das – ich bin im Trainingsprogramm. Bruder Vishous hat es uns beigebracht. Solange dein Vater also nicht in deinem Zimmer nachgesehen hat, ist alles gut. Hat wer für mich angerufen?«

»Ich weiß es nicht. Du hast ein paar Nachrichten, aber ich wollte sie nicht lesen. Sie gehen mich nichts an.«

»Also, niemand hat auf der Suche nach dir bei mir geklopft, somit habe ich wohl alles richtig gemacht. Du kannst mir die Füße küssen, wenn ich dir dein Handy zurückgebe.«

»Entschuldige?«

»Komm in einer halben Stunde zur Zigarren-Bar – ich bringe es mit. Und als Extrabonus wird mir einer abgehen, wenn du mir vor deinem beschränkten Bodyguard erzählst, was für ein cooler Hecht ich bin, denn er wird sicher auch da sein. Er ist immer zur Stelle, wenn es was zu futtern gibt.«

Elise verdrehte die Augen. Aber sie schuldete Peyton etwas. Leider. »Du bist ein solcher Egoist.«

»Egoist? Versuch's mit Genie. Schließlich konntest du nur meinetwegen den ganzen Tag ungestraft unterwegs sein.«

»Bis gleich, Peyton.«

»Ich wette, du kannst es auch kaum erwarten. Tschüssi.«

Als Erstes schauten sie jedoch bei Elise zu Hause vorbei. Elise ging alleine rein, und während Axe auf dem gefrorenen Rasen vor dem Haus wartete, fragte er sich, wie es wohl wäre, in einem solchen Haus zu wohnen. Mit Dienern, einer Einrichtung aus Museumsstücken und Geld, Geld, Geld.

Er dachte an sein unbeheiztes, schäbiges Cottage.

Hatte es seine Mutter geschafft? Hatte sie erreicht, wovon sie ihrem Vater immer vorgeschwärmt hatte? War sie Herrin eines Hauses wie diesem?

War sie glücklich – vorausgesetzt, sie lebte noch? Scheiße ... dachte sie je an ihn? Fragte sie sich, was aus dem Sohn geworden war, den sie zurückgelassen hatte?

Als Elise aus der Tür kam, sah er an ihrem federnden Schritt, dass alles geklappt hatte. Ihr Vater hatte nichts bemerkt.

»Bis du bereit?«, fragte sie, als sie auf seiner Höhe war.

»Immer. Alles okay mit deinem Vater?«

»Keine Probleme – und ich habe ihm gesagt, dass ich mich mit Peyton treffe und du mich begleitest. Er war einverstanden.«

Axe hätte sie am liebsten geküsst. Doch dann fiel ihm wieder ein, dass es vermutlich jede Menge Überwachungskameras auf diesem Grundstück gab. Scheiße, er machte sich noch immer Sorgen, ob man sie neulich beim Knutschen hinter dem Ahorn gesehen hatte.

»Gehen wir.« Sie lächelte so breit, dass er nicht anders konnte, als auch ein wenig zu grinsen. »Aber stell dich drauf ein, Peyton hält sich für einen Gott, weil er das GPS auf meinem Handy ausgetrickst hat.«

»Ach, ja. Bruder Vishous hat uns das beigebracht – ich hätte selbst daran denken sollen. Wenn dein Cousin ein Gott ist, dann nur, weil ihm das seine Bong erzählt.«

Axe dematerialisierte sich als Erster in die Innenstadt und sah sich in der Gasse um. Dann gab er Elise über Peytons Handy grünes Licht.

»Es fühlt sich an wie ein Date«, sagte sie, als sie zusammen auf den Eingang der Zigarren-Bar zusteuerten. »Findest du nicht?«

Als sie seine Hand nahm, runzelte er die Stirn. »Willst du dich sicher schon vor allen mit mir outen?«

»Ich bin ein Fan von Ehrlichkeit, schon vergessen? Ich habe nichts zu verbergen.«

»Wenn du die Büchse der Pandora öffnest, kannst du sie nicht mehr schließen.«

»Ich habe keine Angst. Du?«

Er räusperte sich. »Scheiße, nein.«

Am Eingang hielt Axe ihr die Tür auf. Und er musste zugeben, dass er Peyton nur zu gern zeigen wollte, dass Elise jetzt zu ihm gehörte.

»Ich richte mich nach dir«, murmelte er und folgte ihr hinein.

»Gut.« Sie hakte sich bei ihm unter. »Dann mal los.«

Sie gingen auf Peytons üblichen Tisch im hinteren Teil zu, und Axe merkte, dass er errötete wie ein Idiot. Er konnte nur hoffen, dass es im gedämpften Licht und in der verrauchten Luft nicht so auffiel. Schon lustig … er hatte so viele Frauen gevögelt, aber mehr hatte nie eine von ihm gewollt. Nicht dass er dazu bereit gewesen wäre. Aber auch das schätzte er an Elise: Sie wusste immer, wo sie stand. Sie zauderte nicht, sie widersprach sich nicht, sie verheimlichte und verdrehte nichts.

Sie war wie ein Fels.

Und für jemanden mit einer nicht vorhandenen Mutter und einem Geist als Vater …

Okay, genug analysiert.

Peyton saß bereits in seiner Ecke und unterhielt ein paar seiner Freunde. Sein lässiger teurer Anzug und das offene Hemd zeichneten ihn als das aus, was er war: ein Sohn aus reichem Haus, der jedes Mädchen bekam, den coolsten Schlitten fuhr und das Rudel anführte.

Sein Blick heftete sich sofort auf die Stelle, wo sich Elise bei ihm eingehakt hatte.

Axe war auf alles gefasst, aber fürs Erste geschah nicht viel: Peyton starrte sie einfach nur an, dann lächelte er abwesend, als Elise sich von Axe löste und auf ihn zuging.

Der Rüpel stand nicht auf, sondern ließ sie zu sich kommen – allein dafür hätte Axe ihm am liebsten sämtliche Zähne ausgeschlagen.

»Wie cool bin ich?«, fragte Peyton, als wäre er der Größte. »Na komm, sag es mir. Nur keine Scheu.«

Elise wölbte nur eine Braue, holte sein Handy raus und tauschte es gegen ihres. »Du bist großartig, Peyton. Unglaublich. Und ganz schön aufgeblasen für dein Alter.«

»Ich halte mich an den ersten Teil des Lobs, vielen Dank.« Peyton musterte Axe, und sein Ton wurde härter. »Und hier ist unser Mann der Stunde. Der große Held. Setz dich, und trink was. Aber nachdem du im Dienst bist, solltest du vielleicht besser in der Ecke stehen und auf sie aufpassen, Bodyguard.«

Elise erstarrte, Axe nicht.

Er setzte sich einfach an den Tisch und hielt die Hände bereit. Er glaubte nicht, dass Peyton auf ihn losgehen würde, aber er hatte offensichtlich schon ordentlich getankt und verströmte eine territoriale Aggression, als hätte er eine Eigentumsurkunde für Elise in der Gesäßtasche.

Blöder Wichser.

Elise verschränkte die Arme. »Ich kann nicht glauben, was du gerade gesagt hast.«

Peyton zuckte die Schultern. »Aber es stimmt doch. Er arbeitet für deinen Vater, oder etwa nicht? Er ist für deine Sicherheit zuständig, oder? Was gibt es also an meinen Worten auszusetzen?«

»Deinen Ton, zum Ersten.«

»Ach, interessant, willst du ihm zu Hilfe eilen?« Peyton hob seinen Scotch. »Ich dachte, es sollte andersherum sein.«

»Wir gehen.« Elise schüttelte den Kopf. »Das ist lächerlich. Du bist echt unmöglich.«

»Ach wirklich? Witzig, deine Charaktereinschätzung greift also nur bei Leuten, die du nicht fickst?«

Okay, das war zu viel.

Axe sprang auf und stürzte sich auf Peyton. Er packte ihn an der Kehle, warf seinen Ledersessel um und drängte ihn rückwärts bis zum Notausgang, durch den sie nach draußen stolperten.

Dort klatschte er ihn an die Wand und schob ihn an der Gurgel nach oben. »Sieh zu, dass du weiterkommst.«

»Du Arschloch«, zischte Peyton. »Du hast sie gevögelt, habe ich recht?«

Elise kam aus der Zigarren-Bar gestürzt – aber Axe streckte ihr eine Hand entgegen. »Geh wieder rein.«

»Axe, tu ihm nicht weh …«

»Überlass das mir …«

»Lass ihn los …«

Peytons dämliche Halbschuhe baumelten über dem Boden, und sein Gesicht verfärbte sich blau, aber er war so wütend, dass es ihn gar nicht zu stören schien.

»Warum möchtest du …«, keuchte Peyton, »… dass sie geht?«

Axe bleckte die Fänge. »Weil sie nicht mit ansehen muss, was ich mit dir anstelle.«

»Axe, bitte …«

In diesem Moment materialisierte sich Novo auf der anderen Straßenseite und kam auf sie zugeschlendert, während sich der Notausgang mit einem Klicken schloss. Sie wirkte eher amüsiert als überrascht.

»Peyton«, sagte sie höhnisch. »Immer für einen Spaß zu haben, was?«

»Jeder…«, er röchelte und hustete, »…zeit«.

Es war schwer zu sagen, wie Axe bemerkte, dass sie in Schwierigkeiten steckten. Eben hatte er noch überlegt, wie er Elise zurück in die Bar bekam, damit er Peyton endlich töten konnte, da witterte er plötzlich …

Novo bemerkte den Geruch im selben Moment wie er und wandte den Kopf in Richtung Wind.

»Scheiße«, flüsterte sie.

Axe ließ Peyton fallen, sodass er sich aufrappeln und zu Atem kommen konnte. Wenn er wollte. »Elise, zurück in die Bar. Sofort.«

»Nein, ich gehe nicht, bis …«

Axe fasste sie am Arm und zog sie zur Tür. »Da ist ein *Lesser*. Dieser Geruch – das ist kein alter Müll, das ist ein verdammter *Lesser*.«

Elise erschrak, was gut und schlecht zugleich war: schlecht, weil er nicht wollte, dass sie Angst haben musste, gut, weil sie ihm nicht mehr widersprach.

Er griff nach der Klinke, doch die Tür, durch die sie gerade gekommen waren, ließ sich nicht mehr öffnen. Der Notausgang war verschlossen. Toll.

»Verdammt«, zischte er.

Axe hatte nur eine Schusswaffe dabei, aber als er zu Novo sah, holte sie bereits ihre Vierziger raus. Auch Peyton griff nach seiner Waffe … doch er steuerte auf Elise zu.

»Ich kümmere mich um sie«, erklärte er.

»Nein, ich bin für sie verantwortlich …«

»Sie ist meine Cousine …«

»Könnt ihr zwei endlich aufhören …«

Sie schrien sich immer lauter an, was ein fataler Fehler war, denn der *Lesser*, der am Ende der Gasse erschienen war und eigentlich relativ ziellos wirkte, sah sich jetzt nach ihnen um.

Und kam auf sie zu.

»Überlass das mir …«, sagte Peyton, doch da brach der gebundene Vampir in Axe hervor und konterte mit einem Godzilla-Gebrüll. Denn so zivilisiert sich Vampire in ihrem allnächtlichen Leben gaben, im Inneren blieben sie Tiere, die nicht nach den Regeln der Vernunft handelten, wenn man sie reizte.

Besonders die männlichen.

Peyton war baff, doch für Fragen zu der Sache mit der Bindung blieb keine Zeit. Der Jäger, der sich gerade noch gefragt hatte, welcher Spezies sie angehörten, hatte seine Antwort – und pfiff nach seinen Kumpeln.

Axe schob Elise hinter sich. »Bleib hinter mir. Nutze mich als Schild.«

Dann hob er die Waffe. Mittlerweile waren es drei Jäger, und …

»Einer von hinten«, warnte Novo.

Axe riss den Kopf herum und fluchte. »Peyton …«

»Schon gut, ich decke sie von der anderen Seite.«

Peyton stellte sich hinter Elise, während Axe sein Handy hervorzog und versuchte, die Brüder …

»Geh auf Kontakte«, sagte er zu Elise und warf ihr das Handy zu. »Schreib den Brüdern.«

Ein Trio aus *Lessern*. Überall Menschen. Mittendrin Elise.

Was für eine Riesenscheiße.

43

Rhage war dabei, den Verstand zu verlieren.

Er hielt es nicht aus.

Er saß mit Mary im Billardzimmer, und das Haus war leer bis auf die *Doggen:* Wrath und Beth nahmen sich eine Nacht Auszeit mit L.W. in Manhattan, Phury war in Rehvs Sommerhaus in den Adirondacks bei den Auserwählten, V, Z, Tohr und Butch waren im Audienzhaus bei Bitty und diesem Onkel, genauso wie Marissa – und Lassiter saß als kleiner Sonnenschein auf der Schulter seines kleinen Mädchens. iAm und Trez waren im shAdoWs und im Sal's, Rehv half den Schatten dabei, ihr Einkommen zu verbessern. Die restlichen Vampirinnen machten einen Frauenabend. Und von den Jungspunden hatte er seit dem ersten Mahl keinen gesehen.

Es war, als wüssten alle, dass Rhage und Mary Raum für ihre Selbstzerstörung brauchten.

Rhage blickte erneut auf seine Rolex. »Wie lang kann so etwas dauern?«

»Ich weiß es nicht. Aber es könnten noch Stunden sein.« Mary sah auf ihr Handy, indem sie das Display neigte. »Wenn es irgendwie geht, wollte mich Marissa auf dem Laufenden halten.«

»Verdammt. Ich komme mir vor, als würde ich auf die Nachricht warten, ob ich Krebs habe oder nicht.«

»Du hast recht, denn nachdem ich diese Erfahrung machen musste, kann ich dir versichern: Es ist nah dran.«

»Ich wollte nur …«

»Scheiße!« Mary sprang auf. »Ich hab's vergessen.«

»Was vergessen?«

Sie riss die Hände vors Gesicht. »Seinen Brief! Ich habe ihn Bitty nie gegeben. Oh Gott, Ruhn soll nicht denken, dass ich gegen ihn arbeite!«

Schon lief sie aus dem Billardzimmer und die Treppe nach oben. Kurz darauf kehrte sie schwer atmend zurück, die gefalteten Blätter in der Hand.

»Was steht drin?«, fragte Rhage. »Ich meine, er hat gesagt, wir dürften es lesen.«

Es schien, dass sie Bitty auf diese Weise noch am nächsten sein konnten.

»Ich hoffe wirklich … naja, im Moment können wir nichts tun.« Mary setzte sich und klappte die Seiten auf. »Ich werde mich entschuldigen. Es war ein Versehen … es war einfach alles so viel.«

Sie verstummte für eine Weile und las den Brief, der mit Bleistift geschrieben war, und ihre Brauen hoben und senkten sich, während ihre Augen über die Zeilen wanderten.

»Was steht drin?«

»Entschuldige. Äh, er macht alle möglichen handwerklichen Arbeiten auf dem Anwesen, repariert Zäune, kümmert sich um den Rasen und die Gebäude. Er … füttert die Hofkatzen und die zwei Wachhunde. Lebt allein. Sagt … tja, das ist dumm.«

»Was, dass er sich an Tieren vergeht?«

Mary warf ihm einen tadelnden Blick zu. »Nein, er bedauert, dass er nicht auf der Schule war.« Sie blätterte weiter zur zweiten Seite. »Oh … hier geht es um Bittys *Mahmen.*«

»Was?«, fragte er.

Als sie nicht antwortete, ließ er sie lesen und wartete

ab, trommelte mit den Fingern auf seinem Knie herum. Sah auf seine beschissene Uhr. Hämmerte mit dem Bein gegen das Sofa.

Schließlich blickte sie auf. »Es ist so traurig. Es … bricht einem das Herz. Er erzählt davon, was er und Annalye als Kinder zusammen gemacht haben. Es klingt nach der perfekten Kindheit auf diesem Anwesen. Ihre Eltern arbeiteten für die Grundbesitzer – die beiden Familien sind seit Generationen miteinander verknüpft. Doch als Annalye Bittys Vater traf, hat sich alles geändert. Ruhn geht respektvoll mit dem Thema um und nennt nicht viele Details, aber er schreibt, dass er nie aufgehört hat, an seine Schwester zu denken, und mehrfach versucht hat, sie zu finden. Eine Weile lang wusste er nicht einmal, dass sie hier hoch nach Caldwell gekommen waren.«

Rhage rieb sich das Gesicht. »Weißt du, das Ganze wäre leichter, wenn ich ihn hassen könnte.«

»Denkst du …?«, murmelte Mary. »Ich weiß nicht.«

»Er kann nicht so gut für sie sorgen wie wir.«

Mary blätterte zur letzten Seite. »Oh … Gott …«

»Was?« Okay, jetzt verspürte er den Drang, nach seinem Dolch zu greifen. »Was …«

»Sieh dir das an.«

Sie drehte ihm das letzte Blatt zu, und er verstand ihre Reaktion. Die letzte Seite war eine kunstvoll detaillierte Tuschezeichnung von einem großen Anwesen und Wiesen … einem kleinen Häuschen … dem Porträt eines Hundes … einer Katze, die zusammengerollt schlief.

»Er ist ein Künstler«, hauchte Mary.

Rhage studierte die Bilder und wollte alles an diesem Brief und diesen dummen Zeichnungen hassen. Er wollte einen Haufen Scheiße über den Seiten verteilen, er wollte sie mit Kugeln durchsieben, bis nichts als Fetzen übrig waren.

Aber er konnte es nicht.

Denn sowohl Kopf als auch Bauch sagten ihm, dass Ruhn ein anständiger Kerl war, ein einfacher Mann … was nicht hieß, dass er dumm sein musste. Er führte ein ehrliches Leben und arbeitete hart. Und die Tragödie mit der toten Schwester wäre sicher leichter für ihn zu ertragen, wenn er sie durch die Fürsorge für seine Nichte gutmachen konnte.

Marys Handy auf dem Sofakissen machte *Bing!,* und sie griffen gleichzeitig danach – Mary gewann und öffnete die Nachricht.

»Es ist Marissa. Sie reden noch immer, Ruhn und Bitty. Sie schreibt, dass … Bitty anfangs sehr schüchtern war, mittlerweile aber Fragen stellt. Sie werden essen gehen.«

Ja, denn zum Ersten Mahl hatte keiner von ihnen etwas heruntergebracht, nicht einmal er.

»Das wird noch dauern«, schloss Mary. »Und das sollte es auch.«

Rhage rieb sich die Augen. Es war so merkwürdig. Als Ruhn aufgetaucht war und sich nicht als Betrüger erwiesen hatte, war es ein heißer, glühender Schmerz gewesen, als würde es ihm die Brust zerreißen. Jetzt hatte Rhage mit jeder weiteren Information das Gefühl, dass Bitty wie ein Schiff aus dem Hafen auslief. Erst trennten sie nur Zentimeter vom Pier, dann Meter, und bald würden es Kilometer sein, während er am Ufer stehen blieb.

Und nun verwandelte sich das Gefühl in eine allgegenwärtige Trauer.

»Okay, sollen wir …«

Sein Handy klingelte, und er sah stirnrunzelnd auf das Display. »Mist.«

»Was ist?«, wollte Mary wissen.

Doch Rhage war schon aufgesprungen. »Scheiße. Es gibt einen Notfall in der Innenstadt. Hör zu, sag Marissa, sie soll mich anrufen, wenn Bitty fertig ist – ich muss los, aber ich kann mich jederzeit freimachen.«

Zumindest hoffte er das.

»Was ist passiert?«

»Trainingsschüler sind mit *Lessern* aneinandergeraten – und ich will, dass die Brüder bei Bitty und ihrem Onkel bleiben. Sie ist wichtiger.«

»Sei vorsichtig«, bat seine *Shellan*.

»Bin ich doch immer.« Er beugte sich zu ihr hinunter und küsste sie. »Das weißt du doch.«

Er ließ sie nur ungern allein, verängstigt und mit großen Augen, aber er durfte keine Zeit verlieren. Er ging in ihr Zimmer, zog sich an, öffnete ein Fenster und dematerialisierte sich zu der Adresse, von der aus Axe den Hilferuf geschickt hatte.

Er hatte sich nach einer Ablenkung gesehnt. Die drei Rekruten zu retten war nicht ganz, was ihm vorgeschwebt hatte, aber er nahm, was er bekommen konnte.

Elises Herz hämmerte so wild in ihrer Brust, dass sie glaubte, es würde zerspringen.

Wenn sie hinter den kräftigen Schultern von Axe hervorlugte, konnte sie die drei *Lesser* sehen. Sie bewegten sich auf sie zu, in tödlicher Geschmeidigkeit. Ihre Gesichter waren kalt und leer, vollkommen ohne Gefühl.

Sie hatten Pistolen.

Die Trainingsschülerin – Elise erinnerte sich nicht an ihren Namen, aber sie kannte sie aus der Nacht, in der sie Axe das erste Mal begegnet war – trat ihnen mit erhobener Waffe und Killerblick in den Weg.

Elise war es ein Rätsel, wie man so ruhig und angriffslustig auf eine solche Situation reagieren konnte.

»Bleibt stehen«, sagte sie. »Oder ich schieße.«

Ein vierter *Lesser*, der aus dem Nichts zu kommen

schien, lachte höhnisch. »Ach wirklich, Schlampe? Hast du überhaupt eine Ahnung, wie man dieses Ding benutzt …«

Elise zuckte am ganzen Leib zusammen, als es knallte und der Jäger zu Boden ging.

Die Vampirin hatte ihm eine Kugel zwischen die Augen gesetzt.

»Heilige Scheiße«, hauchte Elise.

Und das war das Letzte, das sie beobachten konnte, denn jetzt überschlugen sich die Ereignisse – die drei Jäger rannten auf sie zu, Kugeln flogen durch die Luft und prallten von den Wänden ab, während sie nach links gerissen und hinter etwas Großes aus Metall geschubst wurde.

Ein Auto? Ein Container?

Nein, es war eine ausrangierte Kühlzelle von der Größe eines SUVs.

In der nächsten Sekunde streifte etwas ihre Schulter, und es fühlte sich an, als hätte jemand einen Lockenstab auf ihre Haut gedrückt – aber damit konnte sie sich nicht länger beschäftigen, denn Axe sprang erneut vor sie, und Peyton kam von der anderen Seite und presste sich an sie.

»Er ist oben!«, rief Peyton.

Was?, dachte sie.

»Wichser!«

Fluchend richtete Axe seine Waffe gen Himmel und drückte mehrfach ab – und dann stürzte etwas auf sie herunter, ein Toter, aus dem schwarzes Blut troff und der nach Talkum und ranziger Milch stank.

»Bei mir ist Sense!«, sagte Axe, und sie nahm an, dass er keine Munition mehr hatte.

Jemand fluchte. Wieder fielen Schüsse. Jetzt tat auch noch ihr Knöchel weh.

Und dann kippte Peyton zur Seite weg. Wie eine Decke, die seitlich vom Bett rutscht.

»Peyton!«, schrie sie und drehte sich um.

Gerade streckte sie die Hand nach ihm aus, da kam die Trainingsschülerin von hinten, packte sie beim Mantel und zerrte sie auf die Füße.

»Kannst du schießen?«

Elise blinzelte, und ihre Sicht verschwamm. Wieder sausten Kugeln an ihr vorbei. Gütige Jungfrau der Schrift, wo kamen all diese Kugeln her? Doch dann sah sie ihr Gegenüber an. »Du blutest! D-d-d-u …«

Die Ohrfeige kam von links und landete schallend in ihrem Gesicht. Doch es war, als hätte jemand ein Fenster in einer verqualmten Küche aufgerissen. Auf einmal sah Elise wieder klar.

»Weißt du, wie man schießt?«, fragte die Trainingsschülerin erneut.

»Z-z-zielen und den Abzug drücken«, stammelte Elise.

»Ganz genau.«

Plötzlich hatte sie etwas Schweres aus Metall in der Hand. »Beide Hände. Und nur, wenn es sein muss.«

Dann wurde Elise hochgerissen und durch die Luft gewirbelt.

Im Flug peitschte ihr das Haar ins Gesicht, ihr Körper war vollkommen taub, und sie durchfuhren absurde Gedanken … Wie war all das möglich? Wie sollte sie …

Krach!

Sie landete auf dem Hintern und rempelte rückwärts gegen etwas Hartes – diesmal war es wirklich ein Container. Man hatte sie hinter den Müllcontainer der Bar geworfen.

Sie rang um Atem, und ihre Hände zitterten so stark, dass sie nur verschwommen zu erkennen waren. Trotzdem hielt sie die Waffe krampfhaft umklammert.

Vorsichtig spähte sie hinaus in die Gasse und sah Axe, der mit einem Jäger rang, während sich die Vampirin über Peyton beugte, der … gütige Jungfrau der Schrift – er sah aus, als hätte ihn eine Kugel am Kopf erwischt. So viel Blut – zu viel Blut!

Außerdem hörte man jetzt Sirenen. Die Polizei der Menschen war im Anmarsch.

Doch dann wendete sich das Blatt. Aus dem Nichts erschien der größte Vampir, den sie je in ihrem Leben gesehen hatte. Er nahm mitten in der Gasse Gestalt an. Er war blond und ganz in Schwarz gekleidet und ging wie ein Dämon auf die *Lesser* los. Als Erstes packte er den Jäger, der mit Axe rang, und schleuderte ihn gegen eine Häuserwand wie eine Puppe.

Axe wandte sich dem nächsten zu, genauso wie der andere Vampir, der eindeutig ein Bruder sein musste.

Weitere *Lesser*, die offensichtlich hinzugerufen worden waren, tauchten auf, aber Axe, der Bruder und die andere Schülerin drehten ihnen die Köpfe um und rangen sie nieder, sodass schwarzes stinkendes Blut floss und Leichen den Asphalt pflasterten …

Gerade als es ruhiger wurde, kurz bevor die Polizei eintraf … bemerkte Elise etwas.

Etwas blitzte schwach auf.

Der *Lesser* mit dem Kopfschuss, der hinter der Kühlzelle gelandet war, wo alles angefangen hatte, bewegte sich noch. Er hatte seine Pistole erhoben und richtete den Lauf auf den Bruder.

»Er schießt!«, schrie Elise.

Wie in Zeitlupe sah sie voll Entsetzen zu, wie der Bruder sich nach ihr umdrehte … frontal in die Schusslinie des Schützen.

Und der *Lesser* drückte auf den Abzug und feuerte alle Kugeln in diese breite Brust. *Bamm! Bamm! Bamm!*

Jemand schrie – vermutlich sie selbst –, als der blond-haarige Bruder die Hände in die Luft warf und rückwärts zu Boden taumelte. Und immer noch schoss der Jäger.

Genug, dachte Elise.

Ohne lange zu überlegen, getrieben von einer Wut, die so neu wie manisch war, sprang sie hinter ihrer Deckung hervor, rannte über die Gasse und ging so dicht sie konnte an den *Lesser* heran.

Dann zielte sie … und schoss.

Bamm! Bamm! Bamm!

Mit beiden Händen, die Arme ausgestreckt, mit festem Blick und gestrafften Schultern, ließ sie die Waffe sprechen. Schwarzes Blut bespritzte sie, während sie weiter auf ihn zuging und schoss, und auf ihn zuging und …

Sie wusste nicht, wann sie aufhören sollte.

Moment, sie konnte nicht aufhören.

Selbst als die Pistole verstummte, als das Magazin, oder wie immer das hieß, leer war und der Jäger einem Sieb glich, stand sie vor ihm und richtete den Lauf auf ihr Ziel. Dabei zitterte sie so heftig, dass ihr die Zähne klapperten, die Knie schlackerten, ihr Atem in der Kehle rasselte.

Und immer wieder drückte sie den Abzug …

»Elise?«, sagte Axe wie aus weiter Ferne, sodass sie ihn kaum hörte. »Elise … Liebling … ich stehe direkt hinter dir.«

»W-w-was …«

»Ich nehme jetzt die Pistole, okay? Gib mir die Pistole … nein, dreh dich nicht nach mir um. Bleib, wo du bist.«

Seine Hände wanderten sanft an ihren Armen herunter und lösten die Pistole aus ihren verkrampften Fingern.

Sobald sie entwaffnet war, wandte sich Elise nach ihm um und brach in Tränen aus. »Ich wollte den Bruder retten, ich wollte …«

»Wir müssen weg hier …«

Elise sah an seinem Bizeps vorbei zu dem Bruder, der tot auf dem Asphalt lag. Der blondhaarige Kämpfer lag flach auf dem Rücken, die Arme ausgestreckt wie zu einem T, die schweren Stiefel nach außen geneigt.

»Ich wollte ihn retten, gütige Jungfrau der Schrift …«

»Elise, wir müssen weg, bevor die Menschen kommen …«

Ihnen gegenüber hob die Trainingsschülerin Peyton auf. »Es geht ihm nicht gut, wohin sollen wir …«

Polizeiautos kamen mit quietschenden Reifen am Ende der Gasse zum Stehen. Aus den Autos sprangen Menschen und deuteten in die Richtung, wo sie im Schatten standen.

»Wir können ihn nicht zurücklassen …«

»Lassen Sie die Waffen fallen«, tönte eine Stimme aus einem Lautsprecher. »Lassen Sie die Waffen fallen, oder wir schießen …«

Und dann bot sich ihnen ein bizarres Bild. Wie im Film richtete sich der Bruder auf dem Asphalt plötzlich zur Hälfte auf. Dann sah er an seiner Brust herab, fluchte und sagte etwas, das in etwa klang wie »Ich hab mir das verdammte Teil gerade erst von Fritz besorgen lassen«.

Schließlich steckte er den Finger in sein Fleisch, zog eine Kugel heraus und schnippte sie über die Gasse.

Dann erst schien er das Polizeiaufgebot zu bemerken.

»Scheiß Menschen, nicht schon wieder.« Er stand auf und verzog gequält das Gesicht, doch abgesehen davon ging es ihm dem Anschein nach gut. »Ihr beide, nehmt den Verwundeten und die Frau und geht da lang.« Er deutete zum hinteren Ende der Gasse, weg von der Polizei. »Manny müsste jede Sekunde … da ist er schon.«

In diesem Moment erschien ein riesiges, kastenförmiges Fahrzeug am Ende der Gasse.

»Geht!«, bellte er.

Axe packte Elise bei der Hand und rannte los. Seine Mitschülerin mit Peyton tat es ihm gleich. Zu viert liefen sie durch die matschige Gasse auf das verrückte Fahrzeug zu.

Die Seitentür öffnete sich, doch bevor Elise hineinsprang, sah sie sich noch einmal um. Grelle Blitze erhellten die Flanken der Gebäude, und es krachte, aber es waren keine Pistolenschüsse.

Der Bruder schickte die Jäger mit Dolchstößen zurück zu Omega, dachte Elise ehrfürchtig. Heilige Scheiße, erlebte sie das alles wirklich?«

»Steig ein«, sagte Axe und schob sie in das hell erleuchtete Wageninnere.

Dann folgte er ihr und zog die Tür zu.

»Haltet euch fest«, rief jemand von vorne. »Es wird holprig – bleibt auf dem Boden.«

Der Motor heulte auf, dann setzten sie sich mit einem Ruck in Bewegung. Elise ließ sich gegen Axe sinken. Wie waren sie … was war …

So schnell. Sie konnte nicht begreifen, wie schnell alles gegangen war. Eben waren sie noch in die Zigarren-Bar gekommen, und im nächsten Moment hatte sie sich mitten in einem Actionfilm wiedergefunden, nur dass es gar kein Film gewesen war. Sondern echt.

Elise blickte um sich und blinzelte gegen die Tränen an. Die Kämpferin saß an einen Tisch in der Mitte gelehnt und hielt Peyton im Schoß. Sie befanden sich in einem Krankenwagen, erkannte Elise nun. Einem riesigen Krankenwagen mit allem möglichen medizinischen

Bedarf an den Wänden und in Hängeschränken hinter Glastüren.

»Lebt er?«, fragte Elise.

Die Vampirin sah nicht auf. »Ja. Im Augenblick ja.«

Überall war so viel Blut. Oh, gütige Jungfrau der Schrift … das Blut …

Wenigstens schienen sie jetzt schneller zu fahren – hoffentlich zu jemandem, der hier drinnen operieren konnte, dachte Elise. Und während sie herumgeschleudert und durchgeschüttelt wurden und die Ausstattung um sie herum klapperte, hielt Axe sie fest, damit sie nicht wie eine Bowlingkugel umherrollte, indem er seine kräftigen Arme um ihre Taille schlang und sich mit einem Bein am Fuß des Operationstischs abstützte.

»Wie ist das möglich?«, fragte Elise. »Wie hat der Bruder … überlebt?«

»Kugelsichere Weste«, sagte Axe finster. »Er muss eine kugelsichere Weste getragen haben – und das verdammte Ding hat ihm das Leben gerettet.«

44

Axe' Adrenalinspiegel sank erst wieder, als das fahrbare Feldlazarett von Dr. Manello in eine Garage in der Innenstadt fuhr und der Chirurg die Schiebetür öffnete.

Und selbst danach war Axe noch total angespannt.

Er stieg in einer schummrigen Industriehalle aus, die nach Öl, Gas und altem Metall roch, und versuchte sich nicht anmerken zu lassen, dass er gerade dabei war, den Verstand zu verlieren.

Er konnte es nicht fassen. Elise war nicht nur in einen Angriff geraten, sie hatte auch noch eineinhalb Pfund Blei in einen *Lesser* gepumpt. Einen bewaffneten *Lesser*. Und alles war seine Schuld. Denn hätten er und Peyton sich nicht wie zwei schwanzgesteuerte Idioten aufgeführt, wären sie nie zu dritt und dann mit Novo und Bruder Rhage zu diesem denkbar beschissenen Zeitpunkt draußen in der Gasse gelandet, wo all die *Lesser* rumturnten.

Dann wäre auch ihr verdammter Cousin, Sonnyboy Peyton, nie in den Kopf getroffen worden. Und was, wenn Rhage jetzt nicht heil aus diesem Menschenpulk herauskam? Was, wenn ihn die Bullen erwischten oder ein anderer *Lesser* oder …

Wenigstens diese Angst wurde ihm genommen, als eine Seitentür aufflog und der Gestank von Vampirblut und *Lesser*-Tod hereinwehte.

»Wie geht es Peyton?«, fragte Bruder Rhage und schob

sich ins Licht, das aus dem Krankenwagen fiel. »Und wie kann ich mich nützlich machen?«

Im Vorbeigehen klatschte Rhage Axe anerkennend auf die Schulter, doch seine Aufmerksamkeit galt Dr. Manello, der Peyton mittlerweile auf den OP-Tisch gelegt hatte und allen möglichen Scheiß an ihm befestigte. Bevor irgendeine seiner Fragen beantwortet wurde, erschien Doc Jane durch dieselbe Tür. Sie trug Arztkleidung, genau wie Manello, und interessierte sich für nichts als ihren Patienten.

Im Wageninneren stand Novo an die Rückwand gelehnt, die Arme verschränkt, den Kopf gesenkt. Blut tropfte von ihrem Kinn. Sie war verwundet. Auch am Unterarm.

Ein Handy klingelte.

»Meins«, sagte Elise neben ihm.

Axe erwachte zu neuem Leben und legte den Arm um ihre Taille, während sie das Ding aus ihrem Mantel fischte und es sich ans Ohr hielt.

»Troy? Nein, tut mir leid, ich kann gerade nicht reden. Morgen? Gern. Was? Naja, ein Freund von mir steckt in Schwierigkeiten. Wir sind in der Notaufnahme. Nein, alles unter Kontrolle. Ich melde mich morgen. Ciao.«

Sie legte auf und lehnte sich an Axe, als hätte es nie eine Unterbrechung gegeben. Ein Glück für Troy. Vielleicht musste Axe den Professor doch nicht ausfindig machen und ihm ein blaues Auge verpassen.

Okay, schon gut, das hätte er ohnehin nicht getan. Solange ihn nicht wieder die Eifersucht packte.

Aber warum kamen ihm jetzt solche Scheißgedanken?

»Kommt er durch?«, fragte Elise, ohne jemand Speziellen anzusprechen.

»Wir müssen abwarten«, hörte Axe sich sagen. »Wir können nur beten.«

Schließlich hatte er nicht viel für Peyton übrig, aber

deswegen wünschte er ihm noch lange nicht den Hirntod oder ein verfrühtes Ende. Schon gar nicht, wenn Elise tragisch in die Angelegenheit verwickelt war.

Nach kurzer Zeit duckte sich Rhage aus dem Feldlazarett. »Hört zu, ihr beiden, geht heim. Ihr könnt hier nichts ausrichten. Wir halten euch über seinen Zustand auf dem Laufenden, okay?«

»Ist er …« Elise führte den Satz nicht zu Ende, denn es war zwecklos zu fragen.

»Wir tun, was wir können.« Rhage sah Axe an. »Du warst schon wieder sehr gut heute, mein Sohn.«

»Es ist meine Schuld.«

»Wie kommst du darauf? Hast du die *Lesser* mit einer Leuchtrakete gerufen? Hast du auf Craigslist inseriert, ob jemand deinem Kumpel in den Kopf schießen will? Ich glaube kaum. Also, bring deine Freundin nach Hause und geh dann selbst heim.« Rhage blickte Elise in die Augen. »Und du warst großartig. Du hast wirklich im richtigen Moment gehandelt.«

»Ich wusste nicht, wie man eine Pistole abfeuert«, murmelte sie. »Ich habe noch nie geschossen.«

»Tja, jetzt hast du es drauf. Es tut mir leid, dass es nötig war.«

Mit brummendem Schädel führte Axe sie zur Tür und öffnete sie. Er ging als Erster raus und stellte fest, dass sie unweit des Flusses unter einer der Brücken waren. Der Highway verlief über ihren Köpfen auf Pfeilern, und ab und an rumpelte ein Auto oder Laster dort oben vorbei.

»Geh du zuerst«, sagte er. »Ich komme mit. Zu dir nach Hause.«

Sie nickte auf eine Art, die ihm das Herz brach. Dann schloss sie die Augen.

Sie brauchte mindestens eine Minute, vielleicht zwei, um sich zu dematerialisieren.

Er folgte ihr als loser Verbund von Molekülen, der seinem geistigen Zustand eher entsprach als seine feste, stoffliche Form.

Selten war jemand so zerstreut gewesen.

Vor ihrem Haus nahm er direkt neben ihr wieder Gestalt an, was möglich war, weil sie ihr Blut geteilt hatten.

Sie nahm seine Hand und zog ihn auf den Eingang zu, doch er hielt sie zurück. »Du hast Blut an der Kleidung. Gibt es einen Hintereingang?«

Elise sah an sich herab, als hätte sie vergessen, dass es so etwas wie Kleidung gab, und erst recht, was sie gerade trug und in welchem Zustand es war.

»Schon komisch«, flüsterte sie. »Auf die gleiche Art hat alles angefangen.«

»Was meinst du?«

Sie sah zu ihm auf. »Mit dir. Ich bin versehentlich durch das Foyer ins Haus gegangen, und mein Vater hat mich ertappt. Hätte ich das nicht getan … hätte ich dich nie getroffen.«

Ja, und sieh nur, was es dir gebracht hat, dachte er finster. *Du hast einen* Lesser *erschossen, wärst fast selbst zu Tode gekommen und hast dich besudelt mit dem Schmutz des Krieges.*

»Wo ist der Hintereingang«, fragte er entschieden. »Ich bringe uns rein.«

Für Rhage gab es nichts zu tun.

Während Doc Jane und Manny sich an Peyton zu schaffen machten, die Wunde an seiner Schläfe nähten, die Gehirnerschütterung behandelten, versuchten, seinen niedrigen Blutdruck zu stabilisieren, war es Rhage so leid, ständig in Situationen zu stecken, in denen er nichts ausrichten konnte.

Er schielte zu Novo. Die Trainingsschülerin hatte sich

die ganze Zeit über noch nicht gerührt. Sie wirkte wie versteinert. »Möchtest du gehen?«

»Nein.«

Unter anderen Umständen hätte er darauf bestanden, aber diese Novo war hart im Nehmen. Egal, was passierte, sie kam damit zurecht …

Sein Handy piepte, und er holte es hervor. »Oh, Scheiße … ich muss los«, sagte er, als er die Nachricht sah. »Das ist Mary.«

»Wir sind hier sicher«, sagte Manny.

»Ich schicke ein paar Leute zu euch.«

»Das wäre gut.«

Rhage trat durch die Seitentür ins Freie und war in der nächsten Sekunde verschwunden. Vor dem Audienzhaus angekommen, stürzte er zur Tür und drückte sie auf …

Es waren eine Menge Leute im Foyer, und alle drehten sich nach ihm um …

Er löste das totale Chaos aus.

Mary keuchte erschrocken, Bitty schrie auf. Jemand fluchte … V, dem Ton nach zu urteilen. Dann eilten Bitty und Mary auf ihn zu, redeten auf ihn ein, deuteten auf seine Brust.

Er verstand nicht, was sie hatten.

»Wartet!«, sagte er und hob die Hände. »Wie lief es mit Ruhn? Geht es dir gut, Bitty?«

»Du wurdest getroffen! Du blutest!«

»Hä?«

Doch dann sah er an sich herab. Und tatsächlich waren da Einschusslöcher in seinem Hemd und seiner Lederjacke. Außerdem klebte leuchtend rotes Blut an seinen Händen und seiner Kleidung … und von den Dolchen, die er wieder in die Holster gesteckt hatte, tropfte schwarzes *Lesser*-Blut.

Ach so, ja. Der Kampf von vorhin.

»Es geht mir gut«, sagte er. »Es …«

»Ich rufe Doc Jane!« Mary zückte bereits ihr Handy.

»Nein!« Rhage hob erneut die Hände. »Sie operieren gerade, ich bin nicht verletzt …«

»Ich habe eben erst erlebt, wie dir in die Brust geschossen wurde! Wie ist es möglich, dass du noch stehst! Rhage …«

Er trat vor seine *Shellan* und riss sich das Hemd auf.

Knöpfe flogen durch die Luft und schlitterten über den Marmorboden, als er ihnen seine coole neue kugelsichere Weste zeigte. Ehemals neu. Jetzt hatte sie mehr Ähnlichkeit mit einem Schweizer Käse.

Rhage schlug sich an die Brust. »Kevlar.« Er pulte eine weitere Kugel heraus und ließ sie zu Boden fallen, wo sie mit den Knöpfen um die Wette rollte. »Ich trage sie seit diesem Schuss ins Herz. Ich weiß, wir haben uns darauf geeinigt, dass du im Falle meines Todes bei ihr bleibst, aber trotzdem gibt es keinen Grund, die Sache zu überstürzen.«

Auf einmal fiel ihm auf, dass Ruhn in der Ecke stand und alles mithörte.

Er räusperte sich. »Oder, äh, *gab* es keinen Grund.«

Einen Moment lang herrschte Schweigen. Dann warfen sich Mary und Bitty an seinen Hals und redeten erneut auf ihn ein und konnten sich kaum beruhigen. Dass er verschwitzt und blutverschmiert war, schien sie überhaupt nicht zu stören.

»Z«, sagte er über Bittys Kopf hinweg, während sie die Finger in die Löcher steckte. »Könntest du zu unserer Garage in der Stadt schauen? Doc Jane und Manny sind ohne Schutz dort und operieren Peyton. Und V, ich bin sicher, sie könnten Hilfe dabei gebrauchen.«

Es folgte eine kurze Diskussion über das beste Vorgehen, und jemand schlug vor, Ruhn solle zu seinem Quartier aufbrechen.

Das sorgte für einen Stimmungsumschwung. Bitty drehte sich nach ihrem Onkel um, genauso wie Mary.

»Wann sehe ich dich wieder?«, fragte das Mädchen in ihrer üblichen Direktheit.

»Morgen Nacht?«, antwortete Ruhn auf seine ruhige Art.

»Okay.«

Wenigstens umarmten sie einander nicht, dachte Rhage säuerlich, als sich der Kerl verbeugte, ein paar Worte an Marissa und Mary richtete und zum Ausgang …

»Warte«, rief Bitty.

Ohne Vorwarnung lief sie Ruhn hinterher … und umarmte ihn.

Genauso, wie sie Rhage und Mary umarmt hatte, als sie sich kennengelernt hatten: nur ganz kurz, aber so, dass man sah, dass sie ihr Herz für ihn öffnete.

Rhage spürte, wie seine Augen brannten. Er brauchte nicht zu fragen, wie das Treffen im Einzelnen verlaufen war, was er gesagt hatte, was sie gesagt hatte, was sie übereinander erfahren hatten. Diese Geste ließ keinen Zweifel daran, wie es mit Ruhn gelaufen war.

Schon komisch, als er und Mary Bitty kennengelernt hatten, hatte Rhage immer wieder diese blitzartigen Erkenntnisse erlebt, wenn etwas zwischen ihnen dreien passierte und in eine gewisse Richtung ging. Zum Beispiel, als er ihr den GTO gezeigt hatte und ihr der Geruch des Motoröls gefiel … als er und Mary mit ihr ins TGI Friday's am Lucas Square gegangen waren und er ihr erklärt hatte, dass sie jederzeit gehen konnten, wenn es ihr zu viel würde … bei ihrem Ausflug ins Eiscafé …

Genau die gleiche Art von blitzartigem Erkennen erlebte er jetzt wieder.

Doch diesmal fiel das Licht seiner Erkenntnis nicht auf eine Straße, die in die Zukunft führte …

… sondern auf eine Wand zu.

45

Peyton erwachte mit den übelsten Kopfschmerzen seines Lebens.

Doch der Schmerz war ihm total egal.

Denn an seine Lippen drückte sich ein Handgelenk, und daraus floss das fantastischste Blut, von dem er je gekostet hatte. Es füllte seinen Mund, rann heiß durch seine Kehle und sammelte sich in seinem Bauch. Und je mehr er trank, desto vehementer forderte sein Überlebenswille, dass er weiter und immer weiter trank.

Erst als er die Augen öffnete, erkannte er, wer ihn nährte.

Novo stand über ihn gebeugt, blass und besorgt. Sie hatte die Jacke ausgezogen, ihre Schultern und Arme waren nackt.

Waren sie in Bewegung?, dachte er, als es ruckte und er es im ganzen Körper spürte …

Unvermittelt fiel ihm der Streit in der Zigarren-Bar wieder ein, wie Axe und er aufeinander losgegangen waren, Elise ihnen nachgerannt war, Novo dazukam … die *Lesser* …

Er löste die Lippen von dem Handgelenk und murmelte: »Tot? Ist Rhage … tot?«

»Nur *Lesser*«, sagte Novo und drückte ihm das Handgelenk wieder an die Lippen.

Er atmete auf und trank weiter. Und nach gefühlten Jahren – vermutlich waren es nur zehn Minuten – erschlaffte er und genoss den herrlichen Schwebezustand der Sättigung, der sich besser anfühlte als jedes Morphin.

Es war der perfekte Rausch.

Doch er konnte sich dem Gefühl nicht ganz hingeben. Nicht solange Novo da so vor ihm stand.

»Ich komme schon wieder in Ordnung«, versuchte er, sie zu beruhigen, aber irgendwie kam es anders heraus. Oder er hörte nicht mehr richtig.

»Was?«, fragte Novo und beugte sich zu ihm herunter, als könnte ein geringerer Abstand das Gleiche leisten wie Google Übersetzer auf der Einstellung »sprachunfähig«.

Er räusperte sich und versuchte, sein Hirn wieder in Gang zu bringen. »Elise okay? Axe?«

»Ja, beide okay.«

»Du?«

Sie breitete die Arme aus und drehte sich im Kreis … und nicht zum ersten Mal bemerkte Peyton, dass sie eine verdammt hübsche Frau war, wenn auch etwas furchteinflößend. Sie war einfach so tough mit ihren harten Konturen, diesem durchtrainierten Körper aus Muskeln und Sehnen.

Als Peyton einen Ständer bekam, deutete er es als gutes Zeichen.

»Ich bin froh, dass dir nichts passiert ist«, sagte er heiser.

»Du wirst doch jetzt nicht etwa weich werden?«

»Nein, eher hart.«

Einen Moment lang war sie baff. Dann sah sie ihn wütend an – was man wohl als Fortschritt verbuchen konnte, denn es hieß, dass sie zur Normalität zurückfanden.

»Soll das ein verdammter Witz sein?«

Er zuckte die Schultern. »Du bist eine attraktive Frau.

Ich bin sicher nicht der erste Kerl, der dir das sagt. Und wie soll ich sagen, ich hatte schon immer etwas für das schöne Geschlecht übrig.«

Sie warf den Kopf in den Nacken und lachte. Aber es klang nicht fröhlich. »Nur damit ich das richtig verstehe: Wir sind hier im mobilen Feldlazarett auf dem Weg zum Trainingszentrum, weil du angeschossen wurdest und einen Schlauch im Kopf hast, der deine Gehirnschwellung reguliert … und du machst mich an?«

»Mein Hirn ist nicht das Einzige, was hier anschwillt.«

»Du bist ein unverbesserlicher Hurenbock.«

»Weißt du, die meisten Leute betrachten *Hurenbock* als Beleidigung.« Er versuchte, die Hand zu heben, um seine Worte zu unterstreichen, aber es gelang ihm nicht. »Ich persönlich betrachte es als Kompliment. Für die Hingabe an meine Arbeit.«

»Deine Arbeit?«

Nach den Ereignissen dieser Nacht war alles egal, also konnten sie die Fahrt zum Trainingszentrum genauso gut streitend verbringen. Peyton fühlte sich hilflos und rastlos und suchte ein Ventil – und Novo konnte so gut einstecken, wie sie austeilen konnte.

»Klar«, sagte er. »Ich arbeite an meinem Umgang mit den Frauen. Übung macht den Meister.«

Novo verschränkte die Arme und lehnte sich gegen die Wand. Peyton runzelte die Stirn. »Solltest du nicht sitzen, solange wir fahren?«

»Ja, aber ich will nicht.«

»Es liegt mir fern, an die Vernunft zu appellieren.«

»Das ist der erste intelligente Satz, den ich von dir höre.«

»Seit ich zu Bewusstsein gekommen bin?«

»Seit ich dich kenne.«

Er wollte lachen, doch sein Kopf tat so weh, dass er es schnell wieder ließ. »Sag mir eines … wo warst du gestern Nacht?«

»Wie bitte?«

»Muss ich langsamer sprechen? Ich bin doch hier der mit dem gespaltenen Schädel.«

»Wovon redest du, verdammt?«

Einen Moment lang fragte sich Peyton, ob er einen Schlaganfall erlitten hatte und unter Sprachverlust litt. Doch er verwarf den Gedanken.

»Ich habe dich gestern Nacht angerufen.«

»Hast du nicht.«

»Doch.« Er wollte nicken, doch auch das war zu schmerzhaft. »Natürlich habe ich das.«

»Aber nicht von deinem Handy aus.«

Ach ja, richtig. »Scheiße, du hast recht, es war das von Elise. Wir mussten tauschen, damit sie zu Axe gehen konnte, um sich vögeln zu lassen.«

Ja, er klang verbittert. Und vielleicht war das nicht ganz angemessen, nachdem Axe dabei geholfen hatte, ihm das Leben zu retten.

Novo runzelte verwundert die Stirn. »Aber Axe war mit mir unterwegs.«

Diesmal verstand Peyton nichts mehr. »Wie bitte, was?«

»Axe hat mich ins Keys mitgenommen.«

Stöhnend versuchte Peyton, sich aufzusetzen. Doch Novo drückte ihn zurück auf die Liege.

»Bleibst du wohl liegen«, befahl sie.

»Aber was soll das, warum schleppt er dich ins Keys? Das ist kein Club für Frauen.«

Eine Unebenheit in der Straße schmerzte im ganzen Körper, als würde sich der Asphalt auf ihre Seite schlagen.

Ihr Blick war vernichtend. Wäre er nicht schon flach

auf dem Rücken gelegen, hätte sie ihn damit zu Fall ge-bracht.

»Erstens hatte ich Axe darum gebeten, mich ins Keys reinzubringen, zweitens hatte ich dort Sex mit einer Frau. Es verkehren also durchaus Frauen dort.«

Peyton blinzelte. Dann setzte er wieder seine lakoni-sche Maske auf. »Ich wusste nicht, dass du so gepolt bist.«

»Ich mag Frauen und Männer, Vampire und Men-schen.«

»Und Axe.«

»Und Axe.«

Peytons Fänge prickelten. »Tja, ich wette, ihr hattet einen tollen Abend. Bevor er sich mit meiner Cousine vergnügt hat.« Er wollte sich das Gesicht reiben, aber der Infusionsschlauch am Arm hinderte ihn daran. »Ich hatte ihm gesagt, er soll die Finger von ihr lassen – und bevor du mir jetzt einen Vortrag hältst, nein, nicht, weil er Zivilist ist und sie aus der *Glymera* stammt. Elise ist anders als wir. Sie ist … rein. Sie ist besser. Sie verdient Respekt – so wie Paradise.«

»Ach ja, dein reaktionäres Frauenbild. Und ich ver-gesse ständig, in welche der zwei Schubladen du mich steckst.«

»Erspar es mir, Novo, okay? Du weißt, was ich meine. Paradise und Elise würden niemals in so einen Club ge-hen und schon gar nicht mal eben zum Spaß einen Mit-schüler vögeln.«

»Darf ich dich daran erinnern, dass Paradise zurzeit sehr wohl einen Mitschüler vögelt.«

»Ja, aber sie führen eine Beziehung. Paradise war Jungfrau. Elise auch. Verdammt – wie soll sie sich jetzt jemals vereinigen?«

Novo sah ihn lange an. »Weißt du, was mich faszi-niert?«

»Was? Sollte es die Farbe meiner Augen sein, mir geht es bei deinen auch so …«

»Wie kannst du so ein sexistisches Schwein sein und gleichzeitig über andere urteilen? Seit ich dich kenne, hast du zwanzig oder dreißig Frauen gevögelt – und streite es nicht ab, ich war jedes Mal dabei und habe gesehen, wie du mit ihnen abgezogen bist. Trotzdem sagst du, Frauen sollten so etwas nicht tun? Sie dürfen es nicht einmal? Hast du denn gar kein Problem mit dieser Doppelmoral? Also, nur so ein kleines?«

»Frauen sind anders.« Er zuckte die Schultern. »So ist es nun mal einfach.«

Novo betrachtete einen Punkt irgendwo oberhalb seines Kopfs – und sah aus, als würde sie gleich zu Ende führen, was der Jäger angefangen hatte.

»Nein«, sagte sie, »Arschlöcher sind einfach Arschlöcher, unabhängig davon, was zwischen ihren Beinen los ist.«

Am anderen Ende der Stadt winkte Elise Axe in ihr Zimmer und schloss leise die Tür hinter ihm.

»Wir haben es geschafft«, sagte sie und ging schnurstracks ins Bad. »Ohne dass uns jemand …«

Als sie ihr Spiegelbild sah, blieb sie stehen und hob die Hände an die Wangen. Gütige Jungfrau der Schrift … das Blut.

Axe erschien neben ihr und schüttelte den Kopf. »Ich wollte nicht, dass du so etwas mit ansehen musst. Und schon gar nicht, dass du mitten hineingerätst.«

»Sieht so dein Leben aus? Du gehst jede Nacht da raus … und wirst fast getötet … bis es irgendeinem *Lesser* gelingt?«

»So darfst du nicht denken.«

»Aber wie denn sonst?« Sie wandte sich ihm zu und

hätte ihn am liebsten überall abgetastet, als könnte er noch irgendwo Einschusslöcher oder andere Verletzungen haben, die ihm entgangen waren. »Wie sollte ich das vergessen?«

Als wüsste Axe, was sie von ihm brauchte, beugte er sich auf sie zu und küsste sie innig. Und auf einmal brannte sie vor Verlangen und riss ihm wie sich selbst mit fahrigen Händen die Kleidung vom Leib. Dann ließen sie den schmutzigen Haufen einfach liegen und gingen in die Dusche.

Im Gegensatz zu seiner einfachen Kabine mit Fußwanne war ihre Dusche ein kleiner Raum, in den man hineinspazierte und wo das Wasser aus sechs Duschköpfen rieselte. Man musste auch nicht lange warten, dass es warm wurde, es reichte, die gewünschte Temperatur einzuprogrammieren.

Aber sie brauchte diesen Luxus nicht. Nicht mit ihm, weder jetzt noch in Zukunft.

Nachdem sie einander von oben bis unten eingeseift und die scheußlichen Andenken an die vergangene Nacht abgespült hatten, verließen sie das Bad, und Elise löschte alle Lichter bis auf das in der Ecke. Dann krochen sie in ihr großes Bett unter die weichen Laken und liebten sich. Dabei lag er oben, und sie sahen sich die ganze Zeit über in die Augen. Sie kam zuerst zum Höhepunkt und zerkratzte ihm den Rücken – er kapitulierte kurz darauf und kam zuckend zum Orgasmus, während er die Hüften an sie presste, bis sie erneut kam.

Leider blieb ihnen keine Zeit mehr für gemeinsame Nähe.

»Ich muss gehen«, flüsterte er. »Ich kann hier nicht bleiben.«

»Klar kannst du. Mein Vater kommt nie in mein Zimmer.«

»Ich möchte auf keinen Fall riskieren, dass du Schwierigkeiten bekommst. Wegen mir wärst du heute schon fast umgekommen.«

Axe verließ das weiche Nest und die Wärme, die sie durch die körperliche Anstrengung erzeugt hatten, und auch Elise stand auf. Sie zog ihren rosafarbenen Bademantel an und dachte, wie schade es war, dass er frisch geduscht in die schmutzige Kleidung steigen musste. Doch es schien ihn nicht zu stören.

Viel zu bald stand er vor ihr und knetete ihre Schultern. »Ich kann nicht glauben, wie tapfer du heute warst.«

»Tapfer? Soll das ein Witz sein? Ich habe mir dabei, wenn ich so sagen darf, fast in die Hose gemacht.«

»Du bist schnurstracks auf einen *Lesser* zugegangen und hast mehrfach abgedrückt. Hätte ich nicht so schreckliche Angst um dich gehabt, hätte mich das echt angetörnt.«

Ein Lächeln huschte über ihr Gesicht, doch es war schnell wieder fort. »Wann kann ich dich wiedersehen?«

»Morgen Nacht. Und bevor du fragst: ja. Sobald ich von Peyton höre, gebe ich dir Bescheid.«

»Bitte.« Sie dachte an die Szene in der Zigarren-Bar und verzog das Gesicht. »Es tut mir leid, dass er dich so herablassend behandelt hat. Er ist manchmal … etwas altmodisch und schwierig, aber er ist kein schlechter Kerl.«

»Ich wünsche ihm nicht den Tod. Und will keinen Stress. Er soll sich aus meinen Angelegenheiten raushalten, dann lasse ich ihn auch in Ruhe.«

Elise nickte, dann verfiel sie in eine Art Stillstand. Sie wollte Axe bei sich behalten, wusste aber, dass es ihm unangenehm gewesen wäre zu bleiben – was sie verstand.

»Scheiße«, hauchte Axe. »Komm her.«

In seinen Armen entspannte sie sich und hielt sich an ihm fest, spürte seine Wärme und Kraft.

»Ich wünschte, ich könnte irgendetwas für dich tun«, flüsterte er und streichelte ihren Rücken. »Ich habe das Gefühl, dir nur Unglück zu bringen.«

»Nein, das stimmt nicht.«

Nach einer Weile sagte sie: »Aber …« Sie löste sich von ihm und holte tief Luft. »Du könntest vielleicht wirklich etwas für mich tun.«

»Alles«, antwortete er.

46

Am nächsten Abend ließen Rhage und Mary Bitty erneut ins Audienzhaus fahren, um ihren Onkel zu treffen.

Es war kein bisschen einfacher als beim ersten Mal, stellte Mary fest. Erst recht, nachdem auf Rhage geschossen worden war.

Als der Mercedes einmal mehr den Berg hinunterfuhr, gingen sie und Rhage zurück ins Haus und blieben in der Eingangshalle stehen. Das Haus war so gut wie leer. Das Erste Mahl war schon abgedeckt, die Brüder waren unterwegs, die *Shellans* auch.

»Ich komme mir vor wie abgehängt«, sagte sie und setzte sich auf die unterste Stufe der Treppe. »Weißt du, in gewisser Hinsicht kommt unser Leben zum Ende. Alle anderen machen weiter. Ich weiß, es ist nur die Traurigkeit, aber so fühlt es sich einfach an.«

Rhage setzte sich zu ihr. »Mir geht es genauso.«

Sie sah ihn an. »Ich bin so froh, dass du gestern die Weste anhattest. Aber warum hast du mir nichts gesagt?«

»Es ist nur ein weiteres Stück meiner Ausrüstung. Weißt du, diese Kugel im Herz neulich, das war einfach zu knapp, selbst für mich. Und jetzt, wo Bitty da ist …« Er räusperte sich. »Tja, also, da habe ich Fritz gebeten, mir ein paar zu besorgen, und habe sie durchprobiert. Die gestern fand ich am besten. Hat ja auch super funktioniert.«

»Wirst du dir eine neue bestellen?«

Er zuckte die Schultern. »Schätze schon.«

Mary legte ihm einen Arm um die Schultern – zumindest so weit er reichte. »Bitty war dermaßen erleichtert, dass dir nichts passiert ist.«

»Sie ist ein liebes Kind.«

Während Rhage auf seine Hände blickte und tat, als würde er an seinen kurz geschnittenen Nägeln herumzupfen, wurde Mary bewusst, dass sie die ihr schon jetzt vertraute Trauer ihr Leben lang nicht loswerden würde. Es würde Zeiten geben, in denen der Schmerz nicht so akut war, und andere, in denen er noch wuchs. Aber von nun an war er ihr ständiger Begleiter, eine Narbe in ihrem Inneren, die ihr blieb.

Sie musste Rhage nicht erst fragen, sie wusste, dass es ihm genauso ging.

»Bereust du es?«, fragte sie leise.

»Dass wir sie zu uns genommen haben?«

»Ja.«

Er schwieg lang, und Mary musterte ihn im Profil. Sein blondes Haar musste geschnitten werden. Seine Wangen waren hohler als sonst, und der finstere Ausdruck in seinen wunderschönen blauen Augen machte ihn viel älter.

Als sie über seinen Rücken strich, folgte die Bestie ihrer Berührung unter dem Shirt, um bei ihr zu bleiben.

»Ich weiß nicht«, sagte er. »Es ist wirklich hart. Aber nein, ich hätte sie trotzdem aufnehmen wollen. Wenn ich nur übergangsweise ihr Vater sein darf, bevor sie in ihr richtiges Zuhause zieht, dann bin ich zumindest für diese zwei Monate dankbar. Lieber trauere ich ihr die nächsten tausend Jahre nach, als mir vorzustellen, sie wäre ganz allein gewesen, als man ihr die Arme und Beine brechen musste, und hätte nicht gewusst, was aus ihr wird. Allein schon das ist es mir wert.«

Mary legte den Kopf an seinen muskulösen Oberarm. »So geht es mir auch.«

»Übrigens muss ich mich bei dir entschuldigen.«

»Wofür?«

»Ich hätte dir sagen sollen, was sie mit Bittys Armen und Beinen vorhatten. Ich wollte dich nicht beunruhigen und hatte gehofft, dass es nicht nötig sein würde.«

»Oh, wow … keine Sorge. Ist schon vorbei.«

»Okay.«

Sie saßen noch lange so da. Aus der Küche hörte man leise Stimmen, irgendwo dröhnte ein Staubsauger, von oben hörte man, wie Wrath sich mit jemandem unterhielt.

Irgendwann kam Boo, der schwarze Kater, und setzte sich direkt vor sie.

»Hast du uns etwas zu sagen, Boo?«, murmelte Mary. »Wir könnten ein paar gute Nachrichten gebrauchen.«

Boo miaute ein paarmal, aber es war schwer zu sagen, was das bedeuten sollte. Dann spazierte er weiter, unterwegs zu wichtigen Katergeschäften.

»Hast du mit Marissa darüber geredet, wie es weitergeht?«, fragte Rhage. »Du weißt schon … und wann?«

Mary holte tief Luft. »Heute hat sich noch einmal eine Sozialpädagogin das Haus von Ruhn angeschaut. Sie werden immer wieder nach dem Rechten sehen, aber V hat mit größter Sorgfalt vorgearbeitet. Ach ja, außerdem hat sich herausgestellt, dass Ruhns Arbeitgeber Zugang zu einer Schule für Bitty hat. Sie wollen Ruhn dabei helfen, sie da unterzubekommen. Das wäre fantastisch.«

»Sie kennt dort niemanden.«

»Sie kannte hier auch keinen. Aber sie hat sich schnell eingefunden.«

»Und sie wissen nicht, was sie gern isst. Welches Eis

sie mag – sie ist gerade in einer Mint-Chocolate-Chip-Phase.«

»Sie wird es ihnen sagen.« Mary rieb sich die Augen. »Ich helfe ihr mit dem Packen. Ich glaube, es ist das Beste, wenn wir es nicht mehr als nötig in die Länge ziehen. Die Umstellung wird schon so anstrengend genug für sie sein, der Schwebezustand macht es nur schwerer.«

»Ich bleibe nicht da oben im zweiten Stock. Sobald sie weg ist, ziehen wir zurück in unser altes Zimmer.«

»Das ist eine gute Idee.« Mary ließ den Nacken krachen. »Armer Trez. Er muss sich vorkommen wie ein Jo-Jo.«

»Ihm ist im Moment so gut wie alles egal.«

»Das stimmt.«

Tatsächlich kämpfte Mary dagegen an, nicht einer ähnlichen Mutlosigkeit zu verfallen.

»Ich werde heute Nacht arbeiten«, zwang sie sich zu sagen. »Mir ist nicht danach, aber ich gehe trotzdem.«

»Ich auch. Um zwölf haben wir ein Treffen mit der Trainingsklasse, bei dem wir die Ereignisse von gestern Nacht besprechen.«

»Hat Peyton es überlebt?«

»Ja. Manny hat allen geschrieben – er ist wirklich ein brillanter Chirurg. Die Hirnschwellung hat nachgelassen, die Vitalwerte sind gut. Der Junge darf ein paar Nächte lang nicht trainieren oder kämpfen, aber bald wird er wieder fit sein. Novo hat ihm das Leben gerettet.«

»Ich bin so froh, dass alle überlebt haben.«

»Es war knapp.«

Eigentlich war es für Mary Zeit zu gehen, doch sie rührte sich nicht von der Stelle. Sie saß einfach nur neben ihrem *Hellren* – und als er ihre Hand nahm, lehnte sie sich noch einmal an seine Schulter.

Verlassen zu werden war eine spezielle Art des Verlierens.

Nachdem Elise ihren Mantel angezogen und sich einen Schal um den Hals gewickelt hatte, öffnete sie ein Fenster im Bad über der Wanne und dematerialisierte sich zu ihrem Treffpunkt mit Axe. Er wartete in der Innenstadt auf sie, und ihre Blutsverbindung half ihr, ihn auf Anhieb zu finden, obwohl sie die genaue Adresse vereinbart hatten.

Als sie wieder Gestalt annahm, blickte er gerade an dem Wohnhaus empor, als wollte er es auf seine Statik prüfen.

»Allishon hat im vierzehnten Stock gewohnt«, erklärte Elise nach einem Begrüßungskuss. »Die Wohnungstür ist verschlossen, aber vielleicht kommt man über die Terrasse rein?«

»Hast du eine Ahnung, zu welcher Seite ihre Wohnung rausgeht? Dieser Block hat Hunderte von Wohnungen.«

Sie überlegte, wo sie der Lift ausgespuckt hatte. In welche Richtung der Flur verlaufen war. Welchen Weg sie gegangen war.

»Auf den Hudson raus. Auf der anderen Seite.«

»Dann gehen wir mal um die Ecke.«

Zusammen begaben sie sich ans Ende des Hochhauses, drückten sich durch ein paar immergrüne Büsche und liefen an der Flanke entlang, bis sie auf der Seite waren, die Richtung Fluss blickte.

Elise legte den Kopf in den Nacken und musste ihr Haar festhalten, das ihr der Rückenwind ins Gesicht blies. »Es brennt fast überall Licht.« Sie zählte die Stockwerke. »Aber siehst du da? Da sind zwei dunkle Wohnungen im vierzehnten Stock – wenn man die

Lobby als erstes Geschoss zählt. Eine von denen muss es sein.«

»Mir ist es egal, ob wir fünfzig von den verdammten Dingern probieren müssen. Sollten uns irgendwelche Menschen bemerken, lösche ich einfach ihre Erinnerung.«

Elise nickte. »Du zuerst?«

»Nein, du. Ich möchte dich beschützen, solange du unten bist.«

Mit einem Nicken schloss sie die Augen ... und dematerialisierte sich auf die Terrasse der ersten dunklen Wohnung, der vierten von der Flanke aus. In der nächsten Sekunde folgte Axe und nahm neben ihr Gestalt an.

Es gab eine gläserne Schiebetür, und Elise fasste nach dem Griff. Sie stellte sich innerlich darauf ein, dass sie verschlossen sein würde, und ...

Wie erwartet. »Abgeschlossen.«

Axe formte einen Trichter aus den Händen und blickte durch die Scheibe. »Sieht ziemlich nach Menschenkram aus. Nicht nach einem Versteck für eine Vampirin.«

»Nebenan?«

»Nebenan.«

Sie dematerialisierten sich zur Nachbarterrasse, und Elise beugte sich auf die Schiebetür zu. Ihr erster Gedanke war, dass es niemals die Wohnung einer Vampirin sein konnte. Selbst bei Dunkelheit machten die weißen Vorhänge einen äußerst transparenten Eindruck – sie vermochten sicher nicht die Sonne abzuwehren.

»Da ist ein blutiger Abdruck zu sehen«, bemerkte Axe finster. »Draußen am Rahmen.«

Elise blickte auf die Stelle, auf die er deutete, und ihr Herz begann zu rasen – dann schloss sie die Augen. Nach einem Moment streckte sie die Hand nach der Tür aus, umfasste den Griff ...

Die Tür glitt problemlos zur Seite, beinahe so, als wäre sie erleichtert, aus dem Weg zu kommen.

»Ich rieche Blut«, sagte Elise heiser. »Nur schwach … aber es ist das Blut von Allishon.«

Sie trat über die Schwelle. Ihr erster Eindruck von Weiß verstärkte sich. Sogar der Teppich hatte die Farbe von einem Blatt Papier. Sie betrachtete durch die Dunkelheit das Bett, das ihr gegenüberstand. Die Laken waren abgezogen. Auch die Kissen. Es bestand allein aus Kopfbrett und Matratze.

»Soll ich Licht machen?«, fragte Axe.

»Ja, bitte.«

Trotzdem schreckte sie zusammen, als es plötzlich hell wurde.

Oh … gesegnete Jungfrau der Schrift. Auf der Matratze waren Flecken, die meisten oben, nah am Kopfende. Es gab Fußspuren auf dem Teppich, braune. Und noch einen braun verschmierten Fleck am Türrahmen.

Es war, als wäre die Gewalt durch den Filter der Zeit gesickert und hätte dabei viele ihrer Charakteristika verloren, aber nicht alle.

Was übrig blieb, war mehr als genug.

Sie schlang die Arme um den Oberkörper, obwohl es nicht kalt war, und trat aus dem Schlafzimmer in einen kurzen Flur. Das Wohnzimmer war ebenfalls in Weiß gehalten, mit den gleichen dünnen Vorhängen und reinweißen Möbeln. Die kleine Einbauküche war unspektakulär, die Arbeitsflächen waren sauber, die Schränke praktisch leer. Auch im Kühlschrank gab es nichts.

Nirgends Blut. Aber das war kein großer Trost.

»Hier ist sie hergekommen, um Drogen zu nehmen«, sagte sie zu Axe, der im Flur stand. »Anscheinend war es ihre Partyhöhle. Und eines Nachts … hat sie jemanden mitgebracht …«

Nicht jemanden, rief sie sich ins Gedächtnis. Anslam. Einen aus ihren Reihen, nicht nur Vampir, sondern Sprössling aus der *Glymera*.

Und jetzt waren sie beide tot.

Elise ließ sich Zeit, ging mehrfach herum, hin und her durch die kleine Wohnung, obwohl sie nicht wusste, was sie damit bezweckte. Vermutlich zeigte das nur wieder, dass man so viel wissen konnte, wie man wollte; wenn die eigenen Gefühle betroffen waren, half die beste Ausbildung nichts.

Sie kehrte zurück ins Schlafzimmer und zum Schrank. Es war wie ein Zwang. Fast fühlte es sich an, als würde sich ein Kreis schließen, als sie die Tür des begehbaren Schranks öffnete … und vor einer Leere stand.

Nur ein paar Jacken hingen an Bügeln, und ein festliches Kleid lag auf dem Boden.

Offensichtlich war Allishon nach einem der großen *Glymera*-Empfänge hierhergekommen, hatte die Maske des zivilisierten Lebens abgestreift und …

»Es ist so traurig«, murmelte Elise und griff nach dem roten Satinbündel.

Doch es war gar kein Ballkleid. Vielmehr entpuppte es sich als Umhang mit hübscher Bordüre und Perlmuttknöpfen …

Als sie ihn auf einen Bügel hängen wollte, stieß ihr etwas gegen das Bein.

»Au.« Sie wühlte in den Falten und fragte sich, was an dem Umhang hängen konnte – oder vielleicht in einer verborgenen Tasche steckte. »Okay, das hat wehgetan …«

Stirnrunzelnd zog Elise ein großes schwarzes Metallteil aus dem Futter. Es war schwer und hatte eine merkwürdige Form … ein bisschen wie ein Schlüssel.

»Hast du was gefunden?«, fragte Axe, der hinter ihr stand.

»Ich weiß es nicht.« Sie hielt ihm das Ding hin. »Was könnte das sein?«

Doch er antwortete nicht. Sie drehte das Objekt in der Hand. »Ist es eine Art Waffe zur Selbstverteidigung? Aber es hat keine Klinge und nichts … vielleicht ist es ein Schlüssel, wenn auch zu keiner Tür, die ich kenne.«

»Ich weiß es nicht. Aber ich glaube, wir sollten gehen.«

»Ja.«

Sie war versucht, diesen rätselhaften Gegenstand mitzunehmen. Aber sie hatte keine Lust, damit erwischt zu werden und erklären zu müssen, was sie in Allishons Wohnung zu suchen gehabt hatte.

Also steckte sie das Ding zurück in den Umhang, trat aus dem Schrank und schloss die Tür.

Dann ging sie zu einem Sessel, setzte sich und starrte das Bett an. »Danke fürs Mitkommen.«

Axe stand bei der Schiebetür, durch die sie gekommen waren, und nahm fast die gesamte Breite des Durchgangs ein.

»Das ist wirklich lieb von dir.« Sie schüttelte den Kopf und stellte sich vor, was in diesem Zimmer passiert war. »Ich schätze, ich … musste einfach herkommen.«

»Ja.«

»Ich glaube, ich kann sie jetzt loslassen. Weiter werde ich nicht gehen – hier endet für mich das Ganze in einer Sackgasse. Ich muss sie einfach auf meine Weise betrauern. Vielleicht halte ich sogar eine Form von Schleierzeremonie für sie ab.« Sie atmete tief durch. »Schon komisch, ich fühle mich ihr jetzt näher als zu Lebzeiten – und Trauer ist immer privat, nicht wahr? Wir trauern jeder auf seine eigene Art um die Toten. Und Allishon gehört zu mir. Ob wir uns nahestanden oder nicht, wir sind vom selben Blut, und daran lässt sich nicht rütteln.«

Axe schwieg, aber vermutlich wusste er einfach nicht, was er sagen sollte. Verständlich. Doch dann gab er ihr etwas, das wichtiger als Worte war.

Er kam zu ihr, kniete vor ihr nieder und breitete die Arme aus.

Sie sank an seine Brust, ließ sich in die Arme schließen und seufzte dankbar.

Manchmal brauchte man nicht die richtigen Worte.

Man brauchte einfach nur die richtige Person.

47

»Dann stört es dich nicht, wenn ich bei dir zu Hause bin?«, fragte Elise wenig später.

Sie und Axe waren wieder unten auf der Straße, die Wohnung war wieder verschlossen. Die Erinnerung, wie sie durch diese Räume gegangen war, hatte sich für immer in ihr Gedächtnis gebrannt, doch in ihrem Herzen begann ein zerbrechlicher Frieden zu keimen.

»Axe?«, fragte sie in den eiskalten Wind.

Axe schüttelte den Kopf, als müsste er Gedanken vertreiben. »Entschuldige. Was?«

»Stört es dich auch sicher nicht, wenn ich bei dir zu Hause bin? Ich verspreche, dass ich nur vor dem Kamin sitzen werde und vermutlich dabei einschlafe.«

»Ich freue mich, wenn du das willst«, sagte er und steckte ihr eine Haarsträhne hinters Ohr. »Ich finde es schön, wenn du vor meinem Kamin sitzt. Und die Besprechung heute dauert sicher nicht allzu lang.«

»Ich bin so froh, dass es Peyton wieder besser geht und er sich zu Hause erholt.«

»Ich auch.«

»Noch mals danke, dass du mitgekommen bist.«

»Das mach ich doch gerne.«

Axe küsste sie und nahm sich dabei Zeit. Dann trat er zurück. »Ich bring dich noch sicher zum Haus, bevor ich aufbreche. Ich muss in fünf Minuten am Treffpunkt sein.«

Sie dematerialisierten sich zu seinem Haus, und er führte sie hinein – und bestand darauf, das Feuer für sie anzuschüren, obwohl er dadurch zu spät kommen würde.

»Heute gehen die Temperaturen auf minus zwanzig Grad runter«, sagte er, während er Scheite auf das entzündete Anfeuerholz legte. »Es ist dieser kanadische Luftstrom, der verwandelt uns alle in Eisblöcke.«

Sie fasste sich an die vor Kälte tauben Wangen. »Der Wind in der Stadt war wirklich kalt. Aber ich kann mir doch selber Feuer machen.«

»Ich weiß.«

Bald knisterten die Flammen, und Axe verschwand nach nebenan.

»Ich sperre hinten ab«, rief er aus der Küche. »Und ich möchte, dass du auch vorne absperrst, solange ich weg bin.«

Als er ins Wohnzimmer zurückkam, saß sie bereits vor dem Kamin, aber sie stand wieder auf. »Geht in Ordnung.«

»Und ruf an, wenn irgendetwas ist.«

»Mach ich.«

»Im Notfall liegt eine Pistole unterm Sofakissen, gleich da. Geladen und entsichert.«

»Ich werde nicht mehr schießen. Zumindest nicht für sehr lange Zeit, und dann auch nur, wenn eine Schlange in meinem Auto liegt. Also, du musst los. Du verpasst sonst den Bus – und übrigens«, sagte sie gedehnt, »ich werde nackt sein, wenn du zurückkommst.«

Axe stieß ein tiefes Knurren aus. »Okay, das ist ein Anreiz.«

Noch ein schneller Kuss, dann verschwand er durch die Tür – und rief: »Sperr zu! Oder ich gehe nicht!«

Elise lachte, ging zur Tür und verriegelte sie. »Abgesperrt! Fort mit dir!«

Dann kehrte sie an den Kamin zurück und setzte sich vor das Feuer, zog die Beine an und schlang die Arme darum. In der friedlichen Einsamkeit dachte sie an Troy und wie sehr sie sich auf das Seminar freute, das sie nach Silvester mit ihm zusammen gab. Er hatte vollstes Verständnis gezeigt, als sie ihm gestanden hatte, dass sie ihn zwar sehr mochte, aber gerade einen neuen Freund hatte und nicht mehr mit ihm ausgehen konnte. Er hatte fast erleichtert gewirkt und ihr erklärt, dass es vermutlich besser so war, da sie beruflich miteinander zu tun hatten.

In diesem Bereich war also alles gut.

Und Axe würde sie zu ihren Seminaren bringen. Sie freute sich sogar darauf, dass er sie beim Unterrichten sehen würde …

Ein Windstoß fuhr gegen das Cottage, pfiff durch die Ritzen der Läden und seufzte im Gebälk. Als ein zweiter folgte, drehte sie sich um und blickte hinter sich. Sie hatte das Gefühl, beobachtet zu werden, aber … das war natürlich Unsinn.

Es war niemand da.

Ein dritter heftiger Stoß heulte ums Haus, und sie hätte schwören können, dass sie den kalten Hauch auch drinnen spürte. Aber vielleicht lag das daran, dass ihre Gedanken immer wieder zu der Schießerei in der Gasse und den Spuren der Gewalt in Allishons Wohnung zurückkehrten.

Obwohl sie ihren Mantel anhatte, fröstelte sie.

Aber Axe hatte das Feuer gut geschürt, zumindest wärmte es sie von vorne. Wenn sie vielleicht noch eine Decke für hinten …

Sie stand auf und ging zu dem Stuhl an der Eingangstür. Über der Lehne hing eine schwarze Decke, und als Elise sie aufhob, roch sie nach Axe. Perfekt.

Auf halbem Weg zum Kamin fiel etwas aus den Falten, und sie bückte sich danach …

Erst konnte Elise nicht glauben, was sie da sah.

Und anstatt es aufzuheben, kniete sie daneben nieder.

Es war ein Metallgegenstand. Schwarz lackiert. In dieser merkwürdigen Form, die entfernt an einen Schlüssel erinnerte.

Ihr Herz begann zu rasen. Sie sah sich hilfesuchend um, was lächerlich war. Als wären die Möbel oder das Feuer im Kamin dazu in der Lage, ihr bei ihrem Problem zu helfen.

Dem Problem, dass sie Axe vor kaum einer Viertelstunde in die Augen geblickt hatte, um ihn zu fragen, was dieser »Schlüssel« sei – und er geantwortet hatte, er wisse es nicht.

Sie ließ die Decke zu Boden fallen und breitete sie aus … und siehe da, sie entpuppte sich als Umhang. Genau wie der von Allishon.

An einer Stelle war ein Wulst, und sie fuhr mit der Hand darüber und fragte sich, ob sie noch weiter forschen wollte. Aber natürlich konnte sie nicht anders. Mit klopfendem Herzen langte sie hinein und …

Fluchend ließ sie die Totenkopfmaske fallen. Das Ding sah fies aus, realistisch wie in einem Albtraum, und es hatte ein Kiefergelenk, sodass man damit reden konnte.

Mit zitternden Händen stopfte sie die Abscheulichkeit zurück in den Umhang. Und dann beugte sie sich hinab und atmete tief ein … und roch Axe … und ein paar andere Dinge.

Übelkeit überkam sie.

Bilder und Erinnerungen stiegen vor ihrem geistigen Auge auf. Ihr Gespräch im Keller, wie er sie das erste Mal angelächelt hatte, der Kuss vor dem Steakhouse, wie sie sich vor eben jenem Kamin geliebt hatten.

Vielleicht lag hier eine Art von Missverständnis vor. Vielleicht gab es eine Erklärung dafür, dass er sie angelogen hatte.

Es musste eine geben.

Sie faltete den Umhang und starrte das Metallobjekt an.

Ja, es gab ganz sicher eine Erklärung ... aber plötzlich fürchtete sie sich davor.

Alles in allem ging es Peyton gut.

Er ruhte auf seinem Bett, gehegt und gepflegt von den Hausangestellten, ohne Schmerzen dank der Einnahme von Oxycodon, zur Abwechslung mal ganz legal. Und siehe da, sein Kopf funktionierte noch: Er befehligte seinen Körper und produzierte sinnvolle Überlegungen – zum Beispiel, dass er auf den Sieg des Außenseiters Louisville Cardinals über Kentucky im Herrenbasketball hoffte.

Darauf hatte er einen ziemlich hohen Betrag bei seinem Wettbüro in Vegas gesetzt.

Aber er konnte nicht behaupten, glücklich zu sein. Nicht einmal mit dem euphorisierenden Opiat, das sein System überschwemmte.

Die Scheiße mit Novo hing ihm nach.

Dabei störte ihn weniger, dass er ein Arschloch war – würde ihn das stören, hätte er sich schon vor Jahren im stillen Kämmerchen erhängt.

Es nervte ihn, dass *Novo* ihn für ein Arschloch hielt.

Scheiße, vielleicht war er altmodischer, als er dachte. Paradise hatte er einen ganz ähnlichen Vortrag gehalten, als sie ihm eröffnet hatte, dass sie am Trainingsprogramm teilnehmen wollte. Und dann hatte sie alle anderen in dem mörderischen Aufnahmetest geschlagen und war *Primus* geworden. Er musste sich eingestehen, dass er sich in ihr geirrt hatte.

Lag er auch bei Novo falsch? Am Ende allgemein bei Frauen?

Vielleicht musste er einfach mal mit dieser knallharten Frau schlafen.

Sobald er an sie dachte, wurde er hart – was kaum überraschte. Sie war scharf, das hatte er von Anfang an bemerkt.

Doch sein Herz gehörte Paradise. Nicht dass er die geringste Chance bei ihr hatte, solange Craeg in der Nähe war. Was zum Kotzen war. Aber sie hatten eben diese tiefe Verbindung nach den Plünderungen entwickelt, als sie beide in ihren sicheren Häusern mit ihren Familien hocken mussten und sich die Nächte mit endlosen Telefonaten vertrieben hatten.

Es gab niemanden, dem er mehr traute als ihr.

Niemanden, an dem er so hing …

Das Klopfen war leise, zu leise für den Butler … oder diese Pflegerin mit Unterarmen wie Popeye. Der schien es Spaß zu machen, ihn herumzuwuchten, wenn sie den Verband an seinem Kopf wechselte.

»Herein …« Die Tür öffnete sich, und er setzte sich auf. »Elise, hallo, was machst du hier? Was ist los?«

Sie antwortete nicht. Verdammt, sie sah aus, als hätte es ihr die Sprache verschlagen. Sie schloss die Tür hinter sich und stand einfach nur da, aschfahl und zitternd.

Sein erster Gedanke war, dass Axe ihr etwas angetan hatte.

Sein zweiter, dass er ihn kastrieren würde, egal, wie es seinem Kopf ging.

»Komm her«, lud er sie ein und klopfte neben sich aufs Bett. »Was kann ich tun?«

Doch sie lief auf und ab, und es dauerte eine Weile, bis sie redete. »Du sagtest mir … ganz am Anfang …«

»Was habe ich gesagt?«, drängte er sanft. »Sprich weiter.«

»Über Axe … dass ich ihn nicht wirklich kennen würde.«

Dieser Wichser. »Ja, das sagte ich. Wieso?«

Sie ließ die Hand in der Manteltasche verschwinden und holte etwas heraus. Als er erkannte, was es war, verzog er das Gesicht. »Was machst du mit dem Ding?«

»Du weißt, was das ist?«

»Ja. Das ist der Pass von diesem Sex-Club in der Innenstadt. Dem Keys. Ich bin kein Mitglied, aber mir sind die Dinger schon ein paarmal untergekommen. Allishon hatte mindestens einen – ich habe sie einmal gefragt, was es ist.«

»Dieser hier ist nicht ihrer.« Elise starrte den Schlüssel an. »Aber ich war heute in ihrer Wohnung. Ich musste einfach hin. Axe hat mich begleitet. Jedenfalls habe ich dort einen gefunden und ihm gezeigt. Er sagte, er wisse nicht, was es sei.«

»Und wem gehört dieser?« Peyton hatte es längst erraten, aber er wollte, dass sie es aussprach.

»Axe.«

»Dann hat er dich angelogen.«

»Ja.« Sie schüttelte den Kopf. »Ich habe ihn durch Zufall gefunden. Er steckte in einem Umhang. Ich habe außerdem eine Totenkopfmaske gefunden. Beides gehört ihm. Sein Geruch hängt dran – und er ist frisch.«

Als sie verstummte und ihn ansah, bemerkte Peyton, dass er jetzt zwei Möglichkeiten hatte, mit der Sache zu verfahren. Aber nachdem Novo ihn gerade zum Arschloch erklärt hatte, würde es ihm gar nicht so viel Spaß machen, ehrlich zu sein – wenn Elise das überhaupt wollte …

»Ich möchte, dass du ehrlich bist.«

Scheiße. »Okay.«

»Hattest du etwas gegen ihn, weil er nicht aus der *Glymera* stammt, weil er auf harten Sex steht oder … lag es an etwas anderem?«

Er bemerkte die Vergangenheitsform und verstummte – obwohl es in seinem Kopf alles andere als still war. Denn dort herrschte ihn Novo wegen seiner Doppelmoral bezüglich Männern und Frauen an. Weil er unterschiedliche Maßstäbe für die beiden Geschlechter anlegte.

Und tatsächlich fiel der Groschen: Solange er Frauen als Schlampen betrachtete, wenn sie mit wechselnden Partnern schliefen, war es immer die Schuld der Frauen, wenn er selbst mit möglichst vielen von ihnen ins Bett stieg und sie nicht besonders nett behandelte. Denn wenn Vögeln für Kerle okay war, aber nicht für Frauen, konnte ihn niemand zur Rechenschaft ziehen, ganz gleich, wo er seinen Schwanz reinsteckte, ohne etwas zu fühlen, oder auf wie vielen Herzen er herumtrampelte.

Weil er ein Kerl war.

Es war der ultimative Freibrief dafür, ein Arschloch zu sein.

Peyton schloss die Augen und ließ sich in die weichen Kissen sinken. Angesichts seiner Kopfverletzung hätte er auf solche Geistesblitze verzichten können.

Vor allem, weil das Oxycodon zwar wunderbar gegen den körperlichen Schmerz half, nicht aber gegen das Brennen in seiner Brust.

Gegen den Schmerz, den die Erkenntnis, dass er kein netter Kerl war, ausgelöst hatte. Trotz Aussehen. Geld. Herkunft.

Novo hatte recht. Er war ein Arschloch.

»Verdammt …«, flüsterte er.

»Es tut mir leid. Ich sollte dich nicht in diese Position bringen …«

»Nein, ist schon gut. Mir geht es gut. Dir geht es gut. Alles gut.«

Unsinn. Sie war ein emotionales Wrack, und ihm drängte sich allmählich das Gefühl auf, er könnte in einer Identitätskrise stecken.

»Ich sollte gehen …«

»Nein«, sagte er scharf und öffnete die Augen. »Sieh mal, ich will mich nicht einmischen. Das habe ich gestern Nacht getan, und es hätte uns um ein Haar allesamt das Leben gekostet. Im Moment sind zwar keine *Lesser* in der Nähe, und niemand ist bewaffnet, aber ich … ich will einfach versuchen, kein arrogantes Arschloch mehr zu sein.«

Er würde sich auch bei Axe entschuldigen müssen.

»Novo … ist die Schülerin, die gestern Nacht bei dem Kampf dabei war, oder?«, fragte Elise.

Peyton nickte. »Ja. Warum?«

»Ich hatte ihren Namen vergessen. Aber du hast sie mir an dem ersten Abend vorgestellt, als ich in der Zigarren-Bar war.«

»Ja.«

In ihren Augen schillerten Tränen. Doch dann schniefte sie laut und blickte blinzelnd zur Decke. »Ihr Geruch hing auch an dem Umhang. Ich habe es erst kapiert, als ich mich hierher dematerialisiert habe. Ich kenne ihren Geruch aus dem Krankenwagen. Ich habe mich erst später daran erinnert …« Als Peyton den Blick abwandte, wurde Elises Stimme wieder fest. »Er hatte was mit ihr, und zwar vor Kurzem. Also in den letzten zwei Nächten.«

Peyton schwieg einfach nur. Schon witzig, noch in der letzten Nacht wäre es ihm ein Fest gewesen, über Axe herzuziehen.

Und er war eifersüchtig – aber nicht wegen Elise. Er war sauer, dass der Pisser was mit Novo gehabt hatte.

»Sieh mal«, sagte er, »ich kann dir nur raten, deinem Gefühl zu folgen. Das irrt nie.«

»Tja, also mein Gefühl sagt mir, dass er in der Zeit, in der wir zusammen waren, in einem Hardcore-Sex-Club war und mit einer anderen geschlafen hat.«

Peyton schüttelte den Kopf. »Ich wusste, dass es schlecht für dich ausgehen würde. Ich meine, scheiße, mir ist klar, dass ihr beide erwachsen seid, aber genau aus diesem Grund habe ich ihm gesagt, er soll die Finger von dir lassen.«

Für gewöhnlich liebte er es, wenn er recht behielt.

Doch diesmal bereitete es ihm keine Freude.

Ganz und gar nicht.

48

Mary saß an ihrem Schreibtisch im Refugium und brachte absolut nichts zuwege.

Doch halt, nicht ganz. Es gelang ihr, ziemlich gut sogar, wenn man nach ihrer bescheidenen Meinung fragte, einen Stapel zu erledigende Arbeit von der rechten Ecke in die linke zu befördern – und dabei alle Fallunterlagen, Aufnahmebögen und Terminpläne Seite für Seite auf grammatikalische Schwächen, Tippfehler und Kaffeeflecken zu überprüfen.

Eine anspruchsvolle Aufgabe.

Ja, sie hatte mehrere falsche Genitiv-Apostrophe entdeckt, diverse Unsicherheiten in der Zusammen- und Getrenntschreibung und als Höhepunkt ein »F«, wo ein »Ph« hätte stehen müssen.

Beeindruckend.

Sie lehnte sich auf ihrem quietschenden Stuhl zurück, stupste die Maus auf dem Mousepad an und warf einen Blick auf die Zeitanzeige auf dem Bildschirm. Oh, wow. Schon drei.

Rhage hatte sich noch nicht gemeldet – offensichtlich zog sich die Besprechung mit den Trainingsschülern doch in die Länge.

Sie atmete tief durch und roch die Schokoplätzchen, die unten in der Gemeinschaftsküche gebacken wurden. Eine Welle der Traurigkeit schwappte über sie hinweg. Sie erinnerte sich daran, wie sie Bitty überreden wollte, am gemeinschaftlichen Backen teilzunehmen, direkt nachdem ihre *Mahmen* gestorben war. Das kleine Mädchen hatte es vorgezogen, allein in dem Dachzimmer zu sitzen, das sie mit ihrer *Mahmen* geteilt hatte und in dem die zwei abgewetzten Koffer standen, in die sie ihren spärlichen Besitz gepackt hatte. Auf dem Bett neben Stofftiger und Puppenkopf.

Damals hatten sie noch nicht einmal ihr wahres Alter gekannt.

All das schien eine Ewigkeit her zu sein …

Ihr Handy meldete eine Nachricht. Hoffentlich von Rhage, dachte sie, als sie danach griff. Sie brauchte eine Ausrede, um zu gehen …

Die Nachricht war nicht von Rhage.

Ihre Hände fingen an zu zittern. Sie stand auf, steckte die Bluse in den Bund und zog sich vorsichtig den Mantel über. Dann nahm sie Tasche und Handy.

Statt sich von ihren Kolleginnen zu verabschieden, schickte sie nur eine kurze Rundmail.

Sie konnte im Moment niemandem gegenübertreten – erst recht nicht den einfühlsamen Frauen, die hier arbeiteten und in ihr lesen konnten wie in einem Buch.

Die Nacht war schrecklich kalt. Wie passend, dachte Mary und stieg in den Volvo. Erst nach mehreren Meilen kam einigermaßen warme Luft aus dem Gebläse, aber das war okay. Sie war wie betäubt und spürte ohnehin weder Kälte noch Hitze.

Das königliche Audienzhaus lag ein gutes Stück entfernt, dennoch kam sie viel zu bald dort an. Sie hatte die Fahrt nutzen wollen, um sich zu sammeln – aber dazu hätte nicht einmal eine Fahrt nach Kalifornien und zurück gereicht.

Gerade als sie neben der Garage aussteigen wollte, erschien Rhage aus dem Nichts.

Als sie ihn sah, war sie einen Moment lang versucht, sich in seine Arme zu werfen und zu weinen, aber darüber war sie hinaus. Sie hatte nicht die Kraft dazu, auch wenn die Gefühle in ihrer Brust genauso groß und übermächtig blieben.

»Komm«, sagte er tonlos. »Bringen wir es hinter uns.«

Sie kamen zum Hintereingang, gaben den Code ein und liefen durch die Küche in Richtung Bibliothek.

Als sie eintraten, saß Bitty auf dem Sofa am Kamin. Neben ihrem Onkel.

Verdammt, man sah ihnen die Verwandtschaft so deutlich an.

Nicht weinen, ermahnte sich Mary und lächelte gezwungen. *Du darfst Bitty nicht mit Schuldgefühlen belasten.*

Du bist die Erwachsene. Sie ist das Opfer häuslicher Gewalt, eine Waise und ein Kind.

Mach es nicht noch schlimmer für sie.

Natürlich änderten ihre Selbstgespräche nichts an ihren Gefühlen, aber wenigstens hielt sie die strenge Ermahnung davon ab, komplett zusammenzubrechen.

Marissa saß neben Onkel und Nichte und erhob sich mit beneidenswerter Anmut. »Danke, dass ihr gekommen seid.«

Als wären sie irgendeine Drittpartei, die zu einem Treffen im Anwaltsbüro erschien. Wegen Streitigkeiten um einen Gartenzaun.

Aber sie waren wirklich eine Drittpartei, dachte Mary.

Irgendwie gelang es ihr und Rhage, sich Bitty und Ruhn gegenüber auf das Sofa zu setzen. Es wurde geredet. Mary hörte es nicht. Rhage war genauso still wie sie.

Lieber Gott, sie konnte Bitty nicht länger als zwei Sekunden in die Augen sehen, daran musste sie arbeiten …

»Also, Ruhn? Oder Bitty?«, sagte Marissa. »Möchtet ihr jetzt etwas sagen?«

Ausgedehntes Schweigen machte sich breit, und schließlich war es Mary, die es brach. Sie blickte Bitty in die Augen und sagte mit einer Stimme, die nicht allzu oft versagte: »Es ist in Ordnung, Bitty. Es ist okay, alles wird …«

»Dann kann er also hierherziehen?«, fragte Bitty. »Und bei uns wohnen?«

Mary blinzelte. »Entschuldige … was?« Sie schüttelte den Kopf. »Was sagst du?«

Bitty sah ihren Onkel an. »Ich möchte, dass er mit uns dreien zusammenlebt. Er sagt, er wäre bereit dazu. Niemand muss ihn adoptieren, so wie ihr mich adoptiert. Aber er hat keine Familie, und unsere ist so groß. Vater sagt doch immer, je mehr, desto besser. Und wir wohnen in einem großen Haus. Es ist Platz. Ruhn kann helfen, wisst ihr. Das ist sein Beruf.«

Mary schüttelte erneut den Kopf. Öffnete den Mund und schloss ihn wieder. »W-was?«

Rhage beugte sich nach vorne. »Entschuldige, was sagst du?«

Ruhn räusperte sich. »Mich hält nichts in South Carolina. Ich habe niemanden außer Bitty, und ich könnte einen Neuanfang vertragen – ich muss nicht bei Euch wohnen …«

»Doch, das musst du.« Bitty sah ihn an und sagte bestimmt: »Wir haben ein großes Haus. Und wir haben eine Katze und einen Hund. Du magst doch Katzen und Hunde. Du ziehst zu uns, und meine Eltern sorgen dafür, dass du Arbeit hast … Mom? Was ist los mit dir?«

Mary konnte nicht antworten, denn ihr rannen Tränen übers Gesicht, und sie bekam kaum noch Luft. Ihr ganzer Körper fühlte sich an, als stünde er kurz vor der Explosion.

Sie barg das Gesicht in ihren Händen und war so überwältigt, dass sie nur dasitzen und weinen konnte.

Im nächsten Moment war Bittys Stimme ganz nah: »Du wirst ihn mögen, Mom. Ich verspreche es dir.«

Mary konnte nichts anderes tun … als ihre Tochter an sich zu ziehen. Es gab keine Worte, keine Worte, einfach keine Worte.

Obwohl, Moment, da waren sie: »Ich werde ihn ins Herz schließen, das weiß ich schon jetzt.«

Rhages erster Gedanke war, dass er träumte. Diesmal war es wirklich ein Traum, und natürlich beschwor sein Unterbewusstsein ein Szenario mit einem glücklichen Ausgang herauf. Als ob er darauf reinfallen würde. Jede Sekunde würde der Wecker losgehen, und sie wären wieder in der Hölle.

Nur … der Wecker ging nicht los.

Rhage streckte eine Hand aus. Er war sich bewusst, dass Bitty und Mary sich umarmten und miteinander sprachen, dass Mary weinte.

Doch der Kämpfer in ihm, der Teil, der in zahllosen kritischen Situationen bei zahllosen Gefechten geschliffen worden war, konnte so wenig daran glauben wie an den Weihnachtsmann.

Deshalb stand er auf und nickte Ruhn zu. »Ich möchte mit dir reden. Allein.«

Ohne zu zögern, stand der Onkel auf. »Wo Ihr wollt.«

Natürlich würden sie ihn niemals mit Ruhn allein lassen: Vishous, den Rhage noch gar nicht bemerkt hatte, begleitete sie in den hinteren Teil des Foyers und schloss die Tür zur Bibliothek.

Aber Rhage hatte nicht vor zu wüten.

Er sprach mit ruhiger Stimme und sah Ruhn dabei fest in die Augen. »Ich dachte, du wolltest sie zu dir holen.«

Der Mann nickte. »Das stimmt.«

»Und warum hast du deine Meinung geändert? Und überlege dir die Antwort gut, denn meine *Shellan* vergießt da drinnen ihr Herzblut. Nicht zum ersten Mal. Und es langweilt mich akut, dass sie immer wieder zum Weinen gebracht wird.«

Ruhn trat einen Schritt nach hinten, doch er wich nicht zurück. Stattdessen lief er umher, weil er ganz offensichtlich zu aufgewühlt war, um stillzustehen.

»Ja, ich wollte sie mit zu mir nach South Carolina nehmen, das war mein Plan. Und ich werde mich weder bei Euch noch sonst irgendwem dafür entschuldigen, dass ich meiner Nichte beistehen wollte. Als ich herkam, sagte man mir nur, dass sie bei Pflegeeltern sei. Erst später erfuhr ich, dass Ihr ein Adoptionsverfahren angeleiert habt. Ihr wart mir sympathisch, und man sah, dass Bitty in guten Händen war. Aber als Ihr letzte Nacht durch diese Tür dort kamt und angeschossen wart.« Er deutete auf den Hauseingang. »Ihr wolltet ihnen unbedingt helfen. Und als Bitty Euch sah, war sie entsetzt und erleichtert. Dann wart ihr drei zusammen. Gleich hier.«

Ruhn ging zu der Stelle, an der sie sich in der vergangenen Nacht umarmt hatten. »Als ich Euch sah, dachte ich … das ist eine Familie. Das ist es … was ich meiner Schwester gewünscht hatte, was ihr dieser Kerl aber nie gegeben hatte. Das war es, was ich Bitty geben wollte – aber sie hatte es bereits. Mit Euch. Sie hat mir erzählt, wie Ihr sie aufgenommen habt. Was Ihr ihr über Filme und Autos und das Leben beigebracht habt. Wie gut Mary zu ihr ist. Wie sich Mary um meine Schwester gekümmert hat, in diesem Haus für misshandelte Vampirinnen. Wie Ihr beide ihr beigestanden habt, als ihre Knochen gebrochen werden mussten – und von Eurem Drachen. Der mich übrigens schwer beeindruckt.«

Ruhn schüttelte den Kopf. »Sie hat unentwegt von Euch beiden gesprochen. Sie liebt Euch wie ihre Familie. Und mein Kummer über meine Schwester darf nicht Grund sein, eine Familie zu zerreißen. Das wäre nicht recht.«

Rhage stand nur da und blinzelte wie ein Idiot. »Dann ...«

»Ich unterschreibe, was immer Ihr wollt. Ihr wisst schon, damit es rechtskräftig ist.« Ruhn hob die Hände. »Und ich muss wirklich nicht einziehen oder dergleichen. Ich möchte mich nicht aufdrängen. So stellt sie sich das vor. Aber ich würde sie gerne ... vielleicht alle zwei Jahre einmal sehen ... wenn Ihr es einrichten könnt ...«

Rhage merkte gar nicht, wie er sich bewegte, aber im nächsten Moment umschlang er diesen Onkel und drückte so fest zu, dass die Muskeln in seinen Schultern und Armen hervortraten.

»Klar ziehst du ein.« Er stieß Ruhn wieder von sich und musste ihn auffangen, als er über seine Arbeiterstiefel stolperte. »Wir finden eine Arbeit für dich. Und natürlich wohnst du bei uns. So wird es gemacht.«

Ruhn schien perplex. »Äh ...«

Da mischte sich Vishous ein. »Dafür braucht ihr die Zustimmung von Wrath. Die Sicherheitsfragen sind geklärt, aber der König hat das letzte Wort.«

»Das geht schon in Ordnung.« Rhage zog seine lederne Hose hoch. »Das wird super ...«

Ruhn rieb sich die Stirn, als hätte er Kopfschmerzen. »Moment. Ich bin dankbar und alles. Aber warum solltet Ihr das tun? Ich bin ein unbedeutender Fremder für Euch. Ich bin ein Niemand.«

»Blödsinn«, sagte Rhage. »Du bist jetzt Teil der Familie.«

49

So ein Spaß, dachte Axe, als er endlich mit Novo, Boone, Paradise und Craeg aus dem Bus stieg. Die Besprechung hatte sich ewig in die Länge gezogen. Sie hatten neue Vorgehensweisen für den Einsatz in der Innenstadt besprochen, neue Waffen angepasst und bestellt, Verteidigungsstrategien analysiert und vertieft, bis er schreien wollte.

Aber wenigstens war nicht die Rede davon, dass die Schüler nicht mehr auf den Feind angesetzt werden sollten. Gar nicht.

Und das Gute? Jetzt konnte er heim zu Elise.

Nach einem kurzen Abschiedsgruß über die Schulter löste sich Axe auf und materialisierte sich vor seinem Haus. Als er das Kaminfeuer roch und ihre Gegenwart spürte, lächelte er.

Unglaublich, wie sie sein Leben veränderte. Wie sie ihn erfüllte. Er fühlte sich stärker und zugleich viel friedlicher.

Er stieg die Stufen hoch, klopfte an die Tür und konnte nicht erwarten, dass sie ihm aufmachte …

Doch es geschah nichts. Er runzelte die Stirn. Klopfte erneut. Dann benutzte er den Schlüssel, was er nicht für nötig gehalten hatte. Er öffnete die Tür und …

Als Erstes fiel ihm auf, dass Elise nicht vor dem Kamin auf dem Deckenlager saß, auf dem sie sich geliebt hatten.

Sie saß auf der Couch, wo die Wärme des Feuers fast nicht hinreichte.

Als Nächstes bemerkte er den Umhang, den er im Keys immer trug, auf ihrem Schoß.

Langsam schloss er die Tür.

Sie drehte sich nach ihm um und begegnete ruhig seinem Blick. Aber ihr Gesicht war verschlossen, ihre Augen leblos und stumpf.

»Was ist los?«, fragte er leise.

Er verschränkte die Arme und lehnte sich an die Tür. In seinem Kopf setzte ein kreischender Chor ein: *Sie verlässt dich, sie weiß alles, sie verlässt dich, sie weiß alles … du wirst enden wie dein Vater …* der Chor traf weder Ton noch Takt und würde ihn schon bald in den Wahnsinn treiben.

»Ich habe das hier gefunden«, sagte sie und strich über den schwarzen Stoff. »Und das, was in den Taschen steckte. Die Maske … und den Schlüssel.«

Bumm-bumm, bumm-bumm …

Axe blickte tatsächlich über die Schulter, ob jemand gegen die Küchentür hämmerte.

Doch es war sein Herz.

»Ich, äh, sitze seit Stunden hier und denke nach.« Sie kratzte sich an der Nasenwurzel. »Und überlege, was ich zu dir sagen soll. Was ich dich fragen soll … zum Beispiel, warum du in Allishons Wohnung so getan hast, als wüsstest du nicht, was dieser Schlüssel ist. Wie du vor mir stehen und mich anlügen …«

Sie unterbrach sich, als ihre Stimme schriller wurde, und sammelte sich.

»Also war ich bei Peyton, gleich nachdem ich den Schlüssel gefunden hatte … und musste erfahren, dass du mich angelogen hast.«

»Toll«, murmelte er. Er konnte sich vorstellen, welche

Befriedigung es Peyton verschafft haben musste, in aller Ausführlichkeit über ihn herzuziehen und allen möglichen Scheiß über ihn …

»Er wollte nicht mit mir darüber reden. Er hat im Prinzip kaum etwas gesagt. Und das akzeptiere ich. Ich hätte ihn nicht in diese Position bringen sollen. Aber ich wusste nicht, an wen ich mich sonst wenden sollte. Wenn man aufgewühlt ist, verhält man sich nicht unbedingt immer klug.«

Axe wartete auf den großen Paukenschlag. Und da kam er auch schon.

»Also bin ich zu folgendem Schluss gekommen.« Sie deutete abwechselnd auf sich und ihn. »In der Nacht, als wir uns kennengelernt haben, hatte ich gerade beschlossen, etwas mit Troy anzufangen. Es war eine ganz beiläufige Entscheidung. Jetzt ist mir klar geworden, dass mich der Tod von Allishon und die Stimmung bei mir zu Hause aufgerieben haben, ohne dass ich es merkte. Ich geriet ins Schwimmen und suchte nach einem rettenden Strohhalm – und dann traf ich dich. Also habe ich mich Hals über Kopf in dieses Abenteuer gestürzt, oder was immer es war.«

Da war sie: die Vergangenheitsform.

War. Nicht *ist.*

»Und letztlich«, schloss sie, »bist du mir nichts schuldig. Wir führen keine Beziehung. Dass du im Club Sex mit Novo hattest und dann heimgekommen bist und mit mir geschlafen hast …«

»Moment? Was sagst du?«, fragte er barsch. »Wann soll denn das gewesen sein? Wenn du dir schon deine eigene Wahrheit zusammenfantasierst, nenne mir wenigstens den zeitlichen Rahmen, damit ich mitkomme.«

Elise warf ihm einen gelangweilten Blick zu. »Du warst mit ihr im Club. Vor zwei Nächten. Streite es nicht ab.

Ich war hier, als sie anrief und du besorgt warst, ob sie sicher heimkommen würde. Damals habe ich mir nichts gedacht, weil ich mich nicht an ihren Namen erinnerte. Peyton hatte sie mir in der Zigarren-Bar vorgestellt, aber ich hatte es vergessen.«

»Ich hatte nie Sex mit Novo. Auch nicht in dieser Nacht.«

»Schon möglich. Aber wie kann ich sicher sein? Ich kann dir nicht mehr glauben. Du hast mich nicht einmal berichtigt, als ich Novo für einen Mann gehalten habe. Und in Allishons Wohnung hast du so getan, als wüsstest du nicht, was das für ein Schlüssel ist. Woher soll ich wissen, wann du die Wahrheit sagst?«

Axe lachte rau auf. »Ich habe dir Sachen erzählt, die ich noch niemandem erzählt habe.«

»Ach wirklich? Oder war es ein Trick, um mein Mitgefühl zu erregen und dir mein Vertrauen zu erschleichen.«

»Soll das ein verdammter Witz sein?«

Sie zuckte die Schultern. »Das ist das Problem mit dem Lügen, Axe. Wenn du es einmal tust, weiß der andere nicht, wann du es noch getan hast. Ich komme aus einer Familie, die groß im Lügen und Verschweigen ist. In einer intimen Beziehung kann ich das nicht gebrauchen. Vor allem will ich es nicht. Ich habe dir von Anfang an gesagt, wie wichtig mir Ehrlichkeit ...«

»Ehrlichkeit? Das sagt die Richtige! Wie lang hast du dich heimlich aus dem Haus gestohlen? Du hast deinem Vater erst von deinem Studium erzählt, als er dich erwischt hat. Als du bei mir warst, hast du mit deinem Busenfreund Peyton Handys getauscht, damit er nicht davon erfuhr. Du bist in die verdammte Wohnung deiner Cousine eingebrochen.« Er deutete mit dem Zeigefinger auf sie. »Du willst in mir ein Arschloch sehen, fein.

Nur zu. Aber tu nicht so, als wärst du die Unschuld in Person. Denn das bist du einfach nicht. Der einzige Unterschied zwischen uns ist, dass ich dein Verhalten nicht werte und keine voreiligen Schlüsse ziehe.«

Elise blickte in Richtung des sterbenden Feuers. Nach einer Weile nickte sie. »Du hast recht.«

»Oh, danke. Welch Ehre, auf deine Zustimmung zu stoßen.«

Sie stand auf, legte den Umhang beiseite und platzierte den verdammten Schlüssel obendrauf. »Doch es ändert nichts. In Wirklichkeit bin ich nicht sauer auf dich, dass du mit Novo geschlafen hast oder im Club warst oder dich dumm gestellt hast …«

»Bist du dir sicher?«

»Ja, bin ich.« Sie sah ihn an, und ihr Blick sagte ihm unmissverständlich, dass es das letzte Mal war, dass sie zusammen in einem geschlossenen Raum waren. »Ich ärgere mich über mich selbst. Ich ärgere mich, dass mir nicht aufgefallen ist, dass ich emotionale Probleme mit meiner dysfunktionalen Herkunftsfamilie durch eine unüberlegte körperliche Affäre kompensieren wollte.«

»Prima, sieht aus, als hättest du alles durchschaut. Du hast sogar schicke Fachausdrücke dafür gefunden. Gratulation.«

Ja, er war ein verbitterter Mistkerl, aber was blieb ihm übrig? Sie hatte ihr Urteil längst gefällt. Daran war nicht mehr zu rütteln. Schuldig, ab in die Todeszelle.

Denn das war ein Leben ohne sie.

Der Tod.

Elise schüttelte langsam den Kopf und zog ihren Mantel an. »Ich hätte mich nicht darauf einlassen dürfen. Mit niemandem. Und wie gesagt, ich bin dir nicht böse. Du warst mir nichts schuldig. Es ist ja nicht so, dass wir ein tiefschürfendes Gespräch über Monogamie geführt hätten und du danach fremdgegangen wärst. Ich kenne dich erst seit einer Woche … was will man erwarten. Ich habe meine Lektion gelernt.«

Axe kniff die Augen zusammen. »Und was genau hast du gelernt?«

»Dass man letztlich nur sich selbst trauen kann. Solange man das nicht vergisst, kann einem nichts passieren. Egal, was kommt.«

Als Elise mit ihrem Vortrag fertig war, sah sie Axe durch das Zimmer hinweg an … und hatte das Gefühl, einem Fremden gegenüberzustehen.

Und letztlich waren sie das, Fremde. Auch wenn der sensationelle Sex mit ihm die Illusion von Nähe und Intimität heraufbeschworen hatte. Aber hey, so hatte sie die Jungfrau der Schrift geschaffen. Weil Sex zur Schwangerschaft führen konnte und das Gebären und Aufziehen von Kindern so gefährlich und mühsam war, bedurfte es einer großen körperlichen Anziehungskraft zwischen den Geschlechtern.

Andernfalls würde sich niemand auf dieses Risiko einlassen, und der Fortbestand der Spezies wäre gefährdet.

Sexuelle Spannung und Entladung waren also mächtige Kräfte – doch sie konnten gefährlich werden, wenn sie in einer unverbindlichen Beziehung wirkten, zwischen zwei Leuten, die anderweitig nichts miteinander zu schaffen hatten.

Das hatte Elise am eigenen Leib erfahren.

Sie hätte Axe gern erzählt, wie sehr er sie verletzt hatte, wie schmerzhaft es war, zurückgewiesen und betrogen zu werden. Sie wollte schreien und kreischen und ihm etwas an den Kopf werfen. Oder ihn treten. Aber sie wusste ganz genau, dass es nicht nur eine Bestrafung wäre, sondern auch der Versuch zu überzeugen und zu verhandeln: Sie würde ihm mehr von sich zeigen, in der Hoffnung, dass er sich komplett veränderte und sich wieder in den verwandelte, für den sie ihn gehalten hatte.

Doch das brachte nichts. Wenn sich jemand offenbarte, akzeptierte man es besser gleich.

Axe hatte sein wahres Gesicht gezeigt, allerdings nur durch einen Ausrutscher, nur weil sie ihn mit Indizien überführt hatte.

Elise hatte Allishon heute zur Ruhe gelegt. Und jetzt legte sie diese … Sache … zwischen ihr und Axe zusammen mit ihrer Cousine zur Ruhe.

»Mehr habe ich nicht zu sagen«, erklärte sie. »Ich werde jetzt gehen. Ich wünsche dir alles Gute und werde nie mehr darüber sprechen. Mit niemandem. Aber du kannst natürlich machen, was du willst. Ich brauche keinen Beschützer. Ich bin erwachsen, und wenn es negative Konsequenzen hat, nehme ich sie auf mich.«

Denn tatsächlich war die Sache mit ihm nicht das Einzige, worüber sie nachgedacht hatte, als sie alleine in seinem Wohnzimmer gesessen und auf ihn gewartet hatte.

Es waren noch ein paar andere Entschlüsse gefallen.

»Leb wohl, Axe.«

Sie wankte leicht, als sie auf ihn zuging, aber nicht aus Angst, dass er ihr wehtun könnte oder vielleicht etwas Gemeines sagte. Doch seine Nähe war schwer zu ertragen, denn auch wenn sich ihr Bild von ihm geändert hatte, zog er sie immer noch an.

Nur es würde nie mehr geschehen.

»Ich glaube, du hast die richtige Laufbahn gewählt«, sagte er und trat einen Schritt zur Seite.

»Wie bitte?«

Er sah sie an. »Du wirst eine großartige Professorin. Du bist ein Meister in einseitigen Unterhaltungen und hast alle Antworten immer schon parat. Du hast mir eine Sechs gegeben, mich der Klasse verwiesen und bist bereit für den nächsten Studenten. Und dabei fühlst du dich blendend.«

»Nein«, sagte sie leise. »Gar nicht blendend. Aber es ist ein weitverbreiteter Irrtum zu glauben, dass man immer glücklich sein sollte.«

»Das habe ich nie geglaubt. Und du hast mich gerade erneut darin bestätigt.«

Er beugte sich zur Seite und öffnete die Tür für sie, dann ging er, ohne sich noch einmal umzusehen.

Was okay war.

Sie würde das Gleiche tun.

Draußen dematerialisierte sich Elise zu ihrem Haus. Sie betrat es durch die vordere Eingangstür und ging auf direktem Weg zum Arbeitszimmer ihres Vaters. Dort klopfte sie an die Tür, wartete … und öffnete.

Ihr Vater saß wie immer an seinem Schreibtisch. In einem makellosen Anzug. Vertieft in seine Arbeit. Seine Investitionen.

»Sieh an, guten Abend, meine Tochter. Wie geht es dir?«

Elise verzichtete auf sämtliche Vorreden und setzte sich, ohne dazu aufgefordert worden zu sein. »Ich ziehe aus, sobald ich eine geeignete Wohnung gefunden habe. Ich habe etwas Geld von *Mahmen* geerbt, außerdem werde ich mehr bezahlte Stunden an der Universität übernehmen. Ich würde gerne hierbleiben, solange ich auf Wohnungssuche bin, aber wenn es dir unangenehm ist, komme ich woanders unter.«

Ihr Vater ließ den Stift fallen, und sein Mund stand offen. Sie nickte. »Mein Entschluss steht fest. Ich bedaure es, wenn er dir Kummer bereitet oder dich in Verlegenheit bringt. Ich würde gern auch weiterhin mit dir in Kontakt sein, aber diese Entscheidung liegt natürlich bei dir. Und wenn du dich eine Weile oder gar dauerhaft von mir distanzieren willst, bricht es mir das Herz, aber ich würde es verstehen.«

Sie stand wieder auf. »Ich muss mein Leben selbst in die Hand nehmen und zu meinen eigenen Bedingungen leben, und das kann mir niemand erlauben oder verbieten, weder du noch sonst irgendwer. Das bleibt ganz allein mir überlassen. Und das ... finde ich wirklich gut.«

50

Am nächsten Abend gegen Mitternacht stand Mary etwas zur Seite versetzt und sah zu, wie Bitty Ruhn durch die Vorhalle in die große, farbenprächtige Eingangshalle im Haus der Bruderschaft der Black Dagger führte.

In der vorangegangenen Nacht war Bittys Onkel von Wrath und im Prinzip allen männlichen Vampiren des Hauses mit Fragen gelöchert worden. Seitdem war er mit ihnen per Du, aber sie hatten ihn auch ganz schön in die Mangel genommen. Der arme Kerl war einen halben Meter kleiner gewesen und hatte sich widerstandslos von Mary und Bitty zu einem der Betten im Untergeschoss bei Darius führen lassen.

Am heutigen Abend waren Ruhn, Rhage und V gleich nach Sonnenuntergang in den Süden aufgebrochen. Sie waren in Ruhns Haus gewesen und hatten mit seinem Arbeitgeber geredet, der ihn ohne Kündigungsfrist gehen ließ. Und weil Ruhn so wenig persönlichen Besitz hatte, konnten die drei alles in Rucksäcke und Taschen packen und sich damit nach Caldwell zurück dematerialisieren, in Abschnitten von fünfzig bis hundert Meilen.

»Ist das nicht schön!«, rief Bitty aus, ließ Ruhns Hand los und hüpfte durch das Foyer. »Keine Sorge, du wirst dich dran gewöhnen. Ich verspreche es dir!«

Ruhn machte einen etwas überwältigten Eindruck, während sein Blick rastlos zwischen der vergoldeten Balustrade, den Kristalllüstern und den Säulen umherwanderte. »Es ist … also, ich habe in einem großen Haus gearbeitet. Aber es war nichts im Vergleich zu dem hier.«

Bitty nahm ihn erneut bei der Hand und zog ihn ins Billardzimmer. »Und hier sind unsere Billardtische!«

Während die beiden verschwanden, legte Rhage den Arm um Mary und flüsterte: »Sein Haus war tipptopp sauber, Mary, aber es war so gut wie nichts drin. Gerade mal ein Bett, ein Tisch und ein Stuhl. Es bricht einem das Herz. Aber er wollte Bitty ein gutes Zuhause bieten. Sein Dienstherr hat mir erzählt, dass Ruhn mehr arbeiten wollte, um Bitty die Schule auf dem Anwesen zu finanzieren. Er war bereit, sein Bestes zu geben.«

In diesem Moment ertönte die Türglocke, und Mary blickte auf den Überwachungsmonitor. »Oh, es ist Saxton.«

Sie ging zur Tür und öffnete dem königlichen Rechtsberater. »Du kommst, um mit uns zu feiern?«

Der blonde Anwalt war wie immer wie aus dem Ei gepellt, er trug einen dunklen Anzug mit korallenrotem Hemd, Krawatte und Einstecktuch. Außerdem verströmte er einen herrlichen Duft.

Es war wundervoll, so leichtherzig zu sein, dass einem diese Dinge wieder auffielen.

Seit Ruhn und Bitty den »Großen Plan«, wie Mary ihn in Gedanken nannte, dargelegt hatten, fühlte sich Mary, als hätte man ihr das Leben zurückgeschenkt. Es war unglaublich. Alles war wieder normal, fast so, als wären der Kummer und die Angst und die Ungewissheit nie gewesen.

Und obwohl Mary nie ein Kind zur Welt gebracht hatte, fand sie, dass sie zumindest emotional etwas durchgemacht hatte, das einer Geburt nicht unähnlich war. Sie war hilflos in einen Strudel geraten, hatte Schmerz erfahren, hatte sich stunden- und tagelang geplagt, war in einem schrecklichen Albtraum gefangen gewesen, der kein Ende nehmen wollte. Dann war etwas gerissen, und etwas Lebenswichtiges wurde durchtrennt … nur damit sie am Ende ihre Tochter in den Armen halten konnte. Sie waren gerettet, die Welt war wieder in Ordnung, ihr Leben war reicher geworden. Der Übergang war geschafft, und alle hatten ihn heil überstanden.

Es war ein Wunder – und der Schmerz hatte sie und Bitty nicht geschwächt, er hatte ihre Bindung gestärkt.

»Eigentlich bringe ich die Papiere, die Ruhn angefordert hat«, sagte der Anwalt und zog einige gefaltete Blätter aus der Innentasche.

Mary und Rhage verstummten.

»Ruhn muss nur noch unterzeichnen«, erklärte Saxton sanft.

»Was unterzeichnen?«, fragte Ruhn, der mit Bitty zurück in die Eingangshalle kam. »Ach ja, natürlich. Bitte.«

Saxton drehte sich nach seiner Stimme um – und stolperte fast über seine Füße.

»Ihr seid euch noch nicht begegnet, oder?«, fragte Mary. »Saxton, das ist Bittys Onkel Ruhn. Ruhn, das ist Saxton, Hüter aller Dokumente, Stratege und insgesamt ein großartiger Mann.«

Saxton musterte Ruhn, als dieser sich tief verbeugte. »Sire.«

Es gab eine Pause. Dann streckte Saxton Ruhn die Hand entgegen. »Einfach Saxton, bitte.«

Ruhn sah die angebotene Hand verwundert an. »Meine … äh, meine Hände sind rau.«

»Aber natürlich«, murmelte Saxton und ließ den Arm wieder sinken. »Würden Sie sich das hier ansehen und unterschreiben?«

Als es still wurde, trat Mary nach vorne: »Bist du sicher, dass du …«

»Ja«, sagte Ruhn. »Es muss Klarheit herrschen, falls Entscheidungen anstehen oder Bitty etwas zustößt, sodass sie nicht für sich selbst reden kann.«

Aus irgendeinem Grund fingen Marys Augen erneut an zu tränen. Dann fiel ihr wieder ein, dass Ruhn nicht lesen konnte. »Aber du musst wissen, was darin steht.«

»Dieses Papier erklärt euch zu Bittys Eltern, oder?«

»Das ist richtig«, flüsterte sie.

»Dann unterschreibe ich.«

»Das ist sehr vernünftig«, meinte Saxton. »Lasst uns in die Bibliothek gehen. Ihr beide solltet auch dabei sein.«

»Hier entlang«, sagte Mary und lief über das Bodenmosaik mit dem blühenden Apfelbaum. »Rhage?«

»Gleich hinter dir. Bitty, lass uns Erwachsene zwei Minuten allein, okay? Such nach Lassiter, und gib ihm von mir einen Tritt in den Hintern.«

»Bin schon dabei!«, grinste Bitty und machte sich auf die Suche nach dem Engel.

Mary schloss die Türen der Bibliothek – und sah, dass Ruhn den Baum betrachtete. »Oh, das ist unser Weihnachtsschmuck. Ich bin Mensch – oder war es einmal. Es ist eine lange Geschichte.«

Wobei ihr etwas einfiel …

»Könntest du mir den Text vorlesen?«, bat Ruhn. »Bitte?«

»Oh … äh, natürlich.« Sie nahm das Dokument von Saxton entgegen, und sie setzten sich zusammen vor den Kamin. »Hier steht …« Mary musste sich räuspern, als sie Ruhn die Blätter hinhielt. »Mit diesem Dokument trittst du das Sorgerecht für Bitty ab.« Sie deutete auf verschiedene Stellen. »Also, hier steht dein Name und hier ihrer. In dem Text heißt es, dass du das Sorgerecht für sie abtrittst, also sämtliche Rechte über ihre Person sowie auf etwaige Ansprüche, die sich für sie ergeben könnten, und jedes Mitspracherecht in Belangen, die ihr Leben betreffen. Ist dir klar … dass es endgültig ist? Wenn du unterzeichnest, lässt es sich nicht mehr rückgängig machen.«

Ruhn blickte auf das Papier, dann deutete er auf seinen Namen. »Das da ist mein Name, habe ich recht?«

»Ja.«

»Ihrer … ist hier.«

»Das stimmt.«

Eine Weile betrachtete er die Worte. »Schon merkwürdig, es ist wohl das einzige Mal, dass unsere Namen zusammen auf einem Dokument stehen.«

Mary schluckte. »Ruhn, du musst nicht …«

»Hat jemand einen Stift?«, fragte er.

Saxton, der berührt schien, reichte ihm einen goldenen Füllfederhalter. »Hier, nehmen Sie meinen.«

Ruhn nahm den Stift und betrachtete ihn fasziniert. Dann aber trat Besorgnis in sein Gesicht. »Ich kann nicht … ich habe keine richtige Unterschrift. Ich kann meinen Namen nicht schreiben.«

»Sie können irgendein Zeichen verwenden«, sagte Saxton leise. »Ich werde direkt darunter bezeugen, dass es sich um Ihre Unterschrift handelt. Hier bitte.«

Ruhn nickte, als der Anwalt auf eine Linie weiter unten auf der zweiten Seite deutete. Dann beugte er sich über das Dokument.

Er brauchte lang. Viel länger als die zwei Sekunden, in denen die meisten Leute ihren Namen kritzeln.

Als er sich zurücklehnte, schlug Mary die Hand vor den Mund.

»Das bin ich«, sagte Ruhn und deutete auf das kleine Porträt, das er von sich gezeichnet hatte. »Das ist mein Zeichen.«

Er hatte sein Gesicht perfekt getroffen. Alle verstummten.

»Etwas anderes kann ich nicht«, erklärte Ruhn.

Saxton kniff sich in die Nasenwurzel. »Nein, nein … das ist sehr gut. Und absolut genügend.«

Er setzte einen notariellen Vermerk unter das Dokument, dann stand er auf. »Ich werde diese Erklärung nun im Audienzhaus ablegen.«

»Aber komm doch wieder zurück«, sagte Mary. »Bitte. Wir wollen zum Ende der Nacht ein kleines Willkommensfest feiern, und du solltest dabei sein, wenn du kannst.«

Saxtons Blick streifte Ruhn. »In Ordnung. Danke, ich werde da sein.«

Auf der Fahrt ins Trainingszentrum saß Axe ganz hinten im Bus, weit weg von allen anderen. Peyton dagegen saß vorne gleich hinter der Trennwand zu ihrem Fahrer Fritz.

Peyton hatte nicht zur Rückbank geblickt, als er eingestiegen war, und sah sich auch auf der gesamten Fahrt nicht um.

Doch im Parkhaus blieb er sitzen, während alle anderen ausstiegen und zum Unterricht gingen.

»Wartest du auf mich?«, fragte Axe, als sie allein waren.

Jetzt drehte Peyton sich um. »Ja.«

»Weißt du, ich muss dir nicht in den Rücken fallen. Ich kann dich genauso gut von vorn angreifen.«

»Ich weiß.« Peyton verlagerte die Beine, stützte die Ellbogen auf die Knie und blickte starr geradeaus. Es war schwer, seine Stimmung einzuschätzen. »Ich nehme an, du hast mitbekommen, dass Elise gestern bei mir war.«

»Ja, davon habe ich gehört.«

»Ich habe kein Wort über dich und Novo verloren.«

»Dein Glück. Elise hat mir gesagt, wie sehr sie Lügner

hasst, und nachdem ich Novo nie gevögelt habe, bist du fein raus, was das betrifft.«

»Die Sache geht mich nichts an.«

»Richtig erkannt. Außerdem hatte ich nichts mit Novo.«

Das lange Schweigen war ungewöhnlich, doch Axe kümmerte es nicht. »Sind wir fertig? Nur zur Information, ich habe nicht vor, dir den Hals aufzuschneiden oder dergleichen. Ich will einfach nichts mit dir zu tun haben, aber das war schon von Anfang an so.«

»Ihr Vater hat bei mir angerufen. Sie zieht aus. Er hat mich gebeten, ein Auge auf sie zu haben, und ich habe zugestimmt.«

Elise wollte ausziehen? Heilige Scheiße.

Doch dann rief sich Axe ins Gedächtnis, dass es ihn nichts mehr anging.

»Dann hast du ja bekommen, was du wolltest.« Axe stand auf. »Glückwunsch. Aber für Leute wie dich ist das ohnehin selbstverständlich, habe ich recht …«

Novo kam die schmalen Stufen hoch und beugte sich in den Bus. »Bringt ihr euch etwa gegenseitig um?«

Axe schüttelte den Kopf. »Nein, alles gut. Aber er denkt, ich hätte dich neulich im Club gevögelt.«

»Was?«

»Du hast richtig gehört.«

Novo starrte Peyton an. »Axe hat mich als Mitglied vorgeschlagen, deshalb hat er mich mitgenommen. Und zwar, weil ich ihn darum gebeten hatte. Ach ja, außerdem wollte Axe nichts von mir, als ich es ihm angeboten habe. Hat mich eiskalt abblitzen lassen. Mann, Peyton, wie kann man nur so ein Arschloch sein?«

Axe ging nach vorne und schüttelte den Kopf. »Spielt keine Rolle. Alles gut. Ist schon passé.«

Damit drängte er sich an Novo vorbei, stieg aus dem

Bus und betrat das Trainingszentrum durch die offenstehende Tür.

Auf dem Weg zur Turnhalle, in der sie heute Kampftraining hatten, horchte er auf seine Gefühle, und ja, sie waren alle noch da. Die Erschöpfung, die zum Dauerzustand geworden war, der Schmerz, an den er sich wohl gewöhnen musste.

Und die Angst.

Jeder Gedanke, der ihm in den Kopf kam, erschien ihm verdächtig und wurde auf Anzeichen geprüft, ob er schon die Bahn seines Vaters einschlug. Axe suchte nach Rissen in seinem Fundament, erwartete ständig, dass sein Überbau bröckelte, stellte sich auf die Lähmung ein, die er jahrelang beobachtet hatte.

Innerlich war er ein Wrack. Sicher würde sich das auch bald äußerlich zeigen.

Denn die erbärmliche Wahrheit war, dass er sich an Elise gebunden hatte.

Ja, sie hatten, wie sie ganz richtig gesagt hatte, nur wenige Nächte miteinander verbracht. Aber wenn ein Vampir auf die Frau seines Lebens traf, dann war es tatsächlich so, wie er es öfter gehört, aber nie ganz geglaubt hatte: Dann brauchte er keine Zeit, sondern nur die richtige Frau.

Und Elise war die Richtige für ihn, auch wenn er der Falsche für sie war.

Deshalb war er gebrochen und würde es für den Rest seines Lebens bleiben.

Aber egal.

Er war schon davor gebrochen gewesen. Er war es gewöhnt.

So wie manchen Leuten das Glück vorherbestimmt war, gab es eben auch Verlierer in dieser Lotterie.

51

Gegen Ende der Nacht, als die Hausbewohner zum Letzten Mahl zusammenkamen und ihre Plätze im Esszimmer einnahmen, wartete Rhage auf das Zeichen von Mary.

Sobald sie es gab – ein opulentes Festmahl wurde gerade serviert –, wandte er sich an Bitty, die neben ihm saß. »Kommst du einen Moment mit mir und Mom? Es ist alles in Ordnung, wir müssen dir nur etwas sagen.«

»Klar!« Bitty sprang auf. »Onkel Ruhn, ich komme gleich wieder. Du bleibst bei den BABUs!«

Ihr Onkel blinzelte verwirrt. »Bei wem?«

Lassiter beugte sich zu ihm rüber. »Bei den Babuschkas. Sie spricht es immer falsch aus. Es ist wirklich traurig …«

Bitty boxte den Engel in den Arm. »BABUs heißt ›Bad-Ass Big Uncles‹. Hör endlich auf.«

»Niemals!«, kicherte der Engel und zog Bitty spielerisch am Haar.

Als Bitty vorauslief, legte Rhage den Arm um Mary und rief: »In die Bibliothek, okay? Wir gehen in die Bibliothek, Bitty.«

»In Ordnung«, sagte sie.

»Bist du bereit?«, fragte er seine *Shellan*. Sie nickte, und er raunte ihr zu: »Wir bekommen das hin.«

In der Bibliothek schloss er die Flügeltür. Mann, er hatte endlich wieder das Gefühl, er selbst zu sein, sein eigenes Leben zu führen, in seinem Element zu sein, mit dem Strom zu schwimmen, anstatt dagegen anzukämpfen. Und Mary ging es genauso – gütige Jungfrau der Schrift, es war so schön, dass ihre Augen wieder leuchteten und ihr Gesicht neu erstrahlte.

Und Ruhn war eine Perle. Er war ein zurückhaltender Kerl mit seiner eigenen Würde, aber er war auch kein Waschlappen. Er hatte darauf bestanden, seine Sachen selbst in das Gästezimmer am Ende des Gangs mit den Statuen zu bringen. Und er hielt bereits Ausschau, wo er etwas reparieren, säubern oder verbessern konnte.

Fritz würde ihn bald hassen.

»Was gibt's?«, fragte Bitty – bevor ihr Blick auf den Weihnachtsbaum fiel. »Ach du meine Güte – wir müssen ja noch dein Fest feiern, Mom. Aber noch nicht gleich. Wir brauchen noch Geschenke für Ruhn. Wir müssen … wir müssen herausfinden, was ihm Freude macht. Ich habe noch was von meinem Taschengeld übrig. Ich kann ihm selbst Geschenke kaufen, aber ihr müsst auch.«

Mary lachte und zog Bitty zum Sofa. »Na klar, das werden wir.«

»Cool. Also, was ist los – Vater, wir müssen *Deadpool* mit ihm schauen. Er kennt überhaupt keine Filme. Nichts. Nicht einmal den *Weißen Hai*. Ich habe schon mal eine erste Liste erstellt und würde sie gern mit dir durchgehen. Wir stellen einen Plan auf, so wie für mich damals.«

Rhage nickte. »Du hast recht. Diese Wissenslücke zu schließen ist dringender, als Lesen und Schreiben zu lernen.«

Mary vergrub den Kopf in den Händen. »Ihr zwei seid verrückt.«

Rhage hob die Hand und ließ sich von Bitty abklatschen. »Gebongt«, sagte Rhage. »Jetzt aber mal im Ernst. Deine Mom muss dir etwas mitteilen.«

Bitty sah Mary an. »Dann los, Mom.«

Himmel, es war so schön, dass dieses Wort wieder zu ihrem Wortschatz gehörte.

Während sich ein kurzes Schweigen ausbreitete, blickte Rhage sich um.

Irgendwie wurde er das Gefühl nicht los, dass sie nicht allein waren … obwohl außer ihnen niemand in der Bibliothek zu sein schien.

Mary nahm Bittys Hand und strich über ihren Handrücken. »Ich hab dir doch erzählt, dass ich früher mal krank war?«

»Du hast doch nicht wieder Krebs, oder?«, fragte Bitty erschrocken. »Du wirst nicht …«

»Nein, nein, ganz und gar nicht. Aber das, was ich dir zu sagen habe, hängt mit dem Krebs zusammen.«

»Was? Ich verstehe nicht.«

In ruhigen, wohlgewählten Worten erzählte Mary die Geschichte von Anfang bis Ende. Von ihrem Krebs. Wie sie Rhage getroffen hatte. Wie ihnen die Jungfrau der Schrift geholfen hatte … und was es bedeutete.

»Du meinst … du bist unsterblich?«, hauchte Bitty. »Du bist wie ein Gott oder so?«

»Oh nein, nicht wie ein Gott. Das wäre kein Job für mich. Aber es bedeutet … naja, sieh es so, ich darf mir aussuchen, wann ich in den Schleier eintrete. Du weißt ja, dass alle Leute altern. Mit jedem Jahr werden sie etwas älter, oder es stößt ihnen etwas zu, oder sie werden krank oder verletzen sich?«

»Ja. So wie Vater, als ihn die Kugel getroffen hat. Bevor er angefangen hat, eine Weste zu tragen. Oder … wie meine *Mahmen*.«

Mary streichelte ihr Gesicht, und Rhage betrachtete gerührt seine beiden Mädchen. Sie sahen wunderschön aus im Feuerschein …

»Also, das ist bei mir anders«, sagte Mary.

»Dann kannst du genauso lange leben wie ich?«

»Ja, das kann ich.«

Bittys Augen füllten sich mit Tränen. Sie schlang die Arme um Marys Hals. »Dann wirst du mich nie verlassen. Ich werde meine Mutter nie verlieren.«

Okay, Zeit, sich zu räuspern.

»Nie.« Mary hielt das Mädchen in den Armen und lächelte durch Tränen des Glücks. »Niemals. Ich wollte es dir nicht verheimlichen – aber ich wollte auch nicht, dass es deine Entscheidung beeinflusst, bei uns zu bleiben.«

»Ich bin so glücklich, ich bin einfach so glücklich.« Bitty löste sich von Mary und sah Rhage an. »Aber was ist mit dir?«

»Kugelsichere Weste, Bitty.« Er schniefte, als kämpfte er gegen eine Allergie an. Denn mit Weinen hatte das natürlich nichts zu tun. Gar nicht. »Gutes Training und sichere Ausrüstung. Ich habe es dir ja schon erklärt: Ich mache da draußen meine Arbeit und habe vor, jede Nacht wohlbehalten zu euch beiden zurückzukehren.«

Bitty wurde einen Moment lang still. Doch dann nickte sie. »Okay, aber du musst vorsichtig sein …«

Rhage entdeckte etwas.

Einen sonnigen Fleck. Auf dem Teppich. Neben dem Baum.

»Lassiter«, rief er. »Also wirklich!«

Der Engel nahm Gestalt an, und das schwarz-blonde Haar und die goldenen Reife, Ketten und Ohrstecker bildeten diese glänzende Aura, die ihn immer umgab. Oder scheiße, vermutlich leuchtete er einfach selbst.

»Was habe ich gesagt?«, fragte er und deutete mit dramatischer Geste auf sie drei. In Leggings mit Zebramuster, die er eindeutig aus Steven Tylers Schrank geklaut hatte. »Halte an deinem Glauben fest. Vertraue. Dann kommt alles in Ordnung. Was habe ich gesagt?«

Rhage musste lachen. »Na toll. Ein Grund mehr, dir Wunder was einzubilden.«

»Tja, Ehre, wem Ehre gebührt.« Der Engel vollführte eine Pirouette und machte dann auf Michael Jackson: Er lief rückwärts im Moonwalk und ging auf die Zehenspitzen. »Ich bin fan-tas-tisch!«

Jetzt mussten auch Mary und Bitty lachen, und Rhage lehnte sich lächelnd zurück.

Doch dann wurde er nachdenklich. Womit sollten sie einsteigen, wenn Ruhn so wirklich gar nichts kannte?

Der *Weiße Hai* schied aus, genauso wie *Freitag der 13.*, *Halloween* oder *Nightmare on Elmstreet*. Ruhn war zwar keine Memme, aber man musste ihn ja nicht gleich total verschrecken.

»Was ist?«, fragte Mary.

Rhage rieb sich das Gesicht und sah Bitty an. »Weißt du was, vielleicht sollten wir nicht gleich mit den krassen Filmen anfangen. Ich will nicht, dass er sich vor Angst in die Hosen sch… äh, macht.«

»*Stirb langsam?*«, schlug seine Tochter vor.

»Zu hart.«

»So schlimm, meinst du?«

»Ja.«

Es folgte eine Pause. Und dann sagten sie wie aus einem Munde: »*Die Goonies.*«

Rhage hob die Hand, und Bitty klatschte ihn noch einmal ab.

Selten war ein Vater so stolz auf seine Tochter gewesen.

52

Irgendwie regte der Jahreswechsel tatsächlich zu einem Neubeginn an.

Ein paar Nächte später saß Peyton am Fuß seines Bettes, fertig gekleidet für eine wilde Partynacht, und scrollte durch die Nachrichten auf seinem Handy. Er hatte jede Menge Einladungen von den Jungs aus der *Glymera,* von Menschen aus der Clubszene in Caldwell, die ihn zu kennen glaubten, und von Frauen, Frauen … und noch mehr Frauen.

Und alle paar Minuten trudelte eine neue ein.

Paradise und Craeg wollten es sich bei Paradise zu Hause gemütlich machen, und sie hatte ihn eingeladen, ihnen Gesellschaft zu leisten – wobei Paradise hinzugefügt hatte, dass sie wusste, dass er vermutlich um die Häuser ziehen wollte. Boone würde bei ihnen sein. Wo Novo steckte, wusste niemand. Und Axe war ohnehin in der Versenkung verschwunden.

Peyton legte sein Handy zur Seite und blickte starr vor sich hin. Im Moment war er unangenehm nüchtern, doch er hatte vor, das zu ändern.

Ganz genau.

Gleich würde er sich einen Drink eingießen oder eine Bong durchziehen und sich in einen angenehmen Schwebezustand versetzen – einfach nur, um den ganzen Mist zu vergessen, der ihm seit einiger Zeit keine Ruhe mehr ließ.

Er dachte daran, wie er und Axe und die anderen in der vergangenen Nacht durch das verlassene Viertel gestreift waren, die Sinne aufs Äußerste geschärft, die Waffen einsatzbereit, Brüder um sie herum.

Sie waren in eine neue Phase eingetreten.

Sie waren jetzt keine Trainingsschüler mehr. Eher Soldaten in Ausbildung. Wenn es so etwas gab.

Und Axe hielt sich bedeckt, zeigte nie die Spur eines Gefühls, war angespannt bis aufs Letzte. Aber man sah ihm an, dass er am Ende war. Er hatte abgenommen und tiefe Ringe unter den Augen, und seine düstere Stimmung schleifte er wie einen Betonklotz mit sich herum, in jeden Raum, den er betrat, in jede Gasse, auf jede Busfahrt hin und zurück.

Elise ging es nicht besser, man musste kein Genie sein, um das zu erkennen. Peyton hatte sie ja gesehen, als sie zu ihm gekommen war.

Die Zeit und der Bruch machten es ganz bestimmt nicht besser.

So ein Mist, dachte er und rieb sich das Gesicht. So ein verdammter Mist.

Sein Handy klingelte zum ungefähr fünfzigsten Mal. Wieder irgendjemand, der ihn auf eine Party einladen wollte.

Als es aufhörte zu klingeln, griff er nach dem Handy und wählte eine Nummer, die er erst einmal zuvor angerufen hatte.

Es klingelte einmal. Zweimal. Drei…

»Hallo?«

Er räusperte sich. »Novo? Halt … leg nicht auf, okay?« Schweigen. »Hallo?«

»Was?«

»Hör zu, du musst mir einen Gefallen tun.«

»Wenn es nicht darum geht, dir eins mit der Pfanne überzubraten, weiß ich nicht, ob ich interessiert bin.«

»Was machst du heute?«

»Nichts mit dir.«

Er ließ seine Louis-Vuitton-Halbschuhe kreisen. »Ich brauche deine Hilfe.«

»Wenn du deinen Charakter austauschen möchtest, versuch's bei E-Bay. Du musst nicht sonderlich wählerisch sein. Abgesehen vom Serienkiller wäre alles eine Verbesserung.«

Peyton starrte auf die dunkle Mattscheibe seines Fernsehers.

»Hallo?«, sagte sie fragend.

»Du musst mir helfen, etwas gutzumachen. Das ist kein Witz, ich … kann es nicht alleine.«

Etwas in seiner Stimme oder … er wusste auch nicht was … rührte sie anscheinend an. »Bist du betrunken?«

»Nein. Auch nicht bekifft.« Er fuhr sich durchs Haar. »Scheiße, wahrscheinlich ist das mein Problem. Aber erst einmal muss ich diese Sache regeln, und dann … mal sehen.«

»Wo bist du?«

»Bei mir zu Hause.«

»Geh runter, und öffne die Haustür.« Sie klang genervt. »Ich bin in einer Minute da.«

Peyton ließ sein Handy liegen. Ernsthaft, er hatte die Schnauze voll von den Leuten, die heute anriefen. Auf dem Weg aus seiner Suite kam er an einem Spiegel vorbei. Als er hineinblickte, sah er dasselbe Gesicht, dasselbe Haar, dieselbe Attraktivität, mit der er schon sein Leben lang herumlief.

Trotzdem erkannte er sich nicht wieder.

Vielleicht war er durch die Kugel nicht mehr ganz

richtig im Kopf, dachte er, als er die Tür öffnete und auf den Gang trat.

Denn seit diesem Kopfschuss war er nicht mehr im Lot.

Elise saß an ihrem Computer und durchforstete Wohnungsanzeigen im *Caldwell Courier Journal,* als das Haustelefon neben ihrer kleinen Tiffany-Lampe klingelte.

Sie nahm den Hörer ab und ließ sich vom Butler erklären, dass Besuch im Salon auf sie wartete. »Danke«, sagte sie, »ich komme gleich runter.«

Als sie auflegte, merkte sie, dass sie nicht einmal gefragt hatte, wer es war. Aber das spielte ohnehin keine Rolle. Vielleicht schauten ein paar Cousins oder Cousinen vorbei. Oder, oh nein, vielleicht hatte ihr Vater eine Intervention arrangiert, um sie zu erschrecken und von ihrem Vorhaben abzubringen.

Aber nicht einmal davor hatte sie Angst. Wenn sie es überstand, Axe zu verlieren, würde sie alles überstehen.

Sie ging nach draußen durch den Flur, vorbei an Allishons früherem Zimmer. Es war noch immer alles beim Alten. Ihr Onkel trieb ziellos umher und versuchte, Halt zu finden, während sich seine *Shellan* in ihrem Schlafzimmer langsam selbst zersetzte. Ihr Vater wiederum konnte einfach nicht verstehen, warum Elise gehen musste, warum sie ihren Doktor machen wollte, warum sie unbedingt aus der Rolle fallen musste.

Dabei wurde er nicht müde zu betonen, dass alles wieder in Ordnung wäre, wenn sie sich für ein häusliches Leben entschied und endlich nicht mehr versuchen würde, über Dinge zu reden, über die es schlicht und ergreifend nichts zu sagen gab.

Wenigstens hatte er nicht verlautet, dass er sie nie wiedersehen wollte.

Aber er war zweifelsohne traurig, dass sie sich von ihm löste.

Genau wie sie. Elise würde ihre Familie vermissen, obwohl sie so am Boden war, dass sie ihr entfliehen musste, um einigermaßen zu sich zu finden und ein eigenständiges Leben zu führen. Denn man konnte andere nicht ändern. Nur sich selbst.

Apropos. Von Axe hatte sie nichts mehr gehört.

Sie hatte nichts anderes erwartet.

Trotzdem war sie überrascht, wie sehr er ihr fehlte. Und frustriert. Dummerweise waren die schönen Momente zwischen ihnen so überragend gewesen, dass es unmöglich war, sich in stillen, nachdenklichen Momenten nicht daran zu erinnern und ihnen nachzutrauern.

Doch das gehörte zum Prozess.

Zumindest hatte sie das in ihrer Ausbildung gelernt.

Und es würde ihr bei der Bewältigung der Trauer helfen, dass in ein paar Tagen ihr gemeinsames Seminar mit Troy begann.

Sie würde es schaffen.

Denn etwas anderes gab es für sie nicht.

Sie erreichte das Ende der Treppe und ging durch das Foyer auf den Salon zu – doch sie trat nicht ein.

»Peyton? Und …«

Okay, es fiel ihr schwer, den Namen dieser Vampirin auszusprechen. Ihre Bombenfigur zu betrachten, die nur so vor Sexappeal strotzte.

»Hast du einen Moment Zeit?«, fragte Peyton. »Wir müssen mit dir reden.«

Elise nickte und zwang sich einzutreten. Peyton sah blendend aus wie immer. Er trug einen lässigen Anzug mit offenem Kragen und perfektem Sitz, ganz offensichtlich maßgeschneidert und wie gemacht für einen spektakulären Silvesterabend. Novo dagegen trug schwarzes Leder, als wollte sie in den Kampf ziehen.

Oder Hardcore-Sex praktizieren.

Elise verscheuchte den Gedanken und schloss die Tür. »Was … äh, was kann ich für euch tun?«

Mist, obwohl sie sich zur Ruhe ermahnte, hämmerte ihr Herz.

Novo sah zu Peyton. Peyton schielte zu Novo … dann wandte er sich an Elise.

»Wir müssen dir ein paar Dinge erklären. Es geht um Axe«, sagte er.

Elise hob die Hände, als wollte sie einen Angriff abwehren. »Ich will sie nicht hören.«

»Das musst du aber.«

»Nein, muss ich nicht. Und wenn das der einzige Grund für euren Besuch ist …«

»Ich hatte nie Sex mit ihm.« Novos Stimme war klar, unbefangen und ruhig. »Er hat mich in den Club mitgenommen und mich als Mitglied vorgeschlagen, das stimmt. Ich hatte ihn darum gebeten. Aber ich hatte nie etwas mit Axe. Und soweit er« – sie deutete auf Peyton – »und ich wissen, hat Axe mit niemandem geschlafen, seit er dich getroffen hat.«

Peyton sprach schnell, als müsste er loswerden, was ihm auf dem Herzen lag, bevor Elise vielleicht aus dem Salon lief. »Theoretisch geht es mich nichts an, ich weiß, aber nachdem du damit zu mir gekommen bist, eben doch ein bisschen.«

»Ich weiß auch, dass du seinen Schlüssel gefunden hast«, sagte Novo. Dann nickte sie in Richtung Peyton. »Er meinte, Axe hätte so getan, als hätte er keinen Schimmer, was das ist. Ich kann mich nicht für ihn verbürgen, aber der Club verbietet es seinen Mitgliedern, darüber zu reden. Kein Außenstehender soll erfahren, was es mit diesen Schlüsseln auf sich hat und wozu man sie verwendet. Wer plaudert, fliegt raus. Ich sage nicht, dass er dir aus diesem Grund nichts über Allishons Schlüssel erzählt hat, aber du solltest es zumindest in Erwägung ziehen, bevor du ihn verurteilst.«

In Elises Kopf begann es zu arbeiten. Obwohl sie dieses Kapitel eigentlich nicht noch einmal aufschlagen wollte.

Es war so schwer gewesen, es zu schließen.

Peyton stellte sich vor sie. »Es ist Silvester. Ich möchte auf dem richtigen Fuß ins neue Jahr starten. Aus diesem Grund bin ich hier. Weißt du, es gibt ein paar Leute, die mich für ein Arschloch halten …«

An diesem Punkt murmelte Novo etwas, das wie »Ach nein« klang.

»… und ich schätze mal, zu diesen Leuten gehöre ich selbst.« Peyton zuckte die Schultern. »Deshalb sage ich dir jetzt, dass Axe vollkommen durch ist. Er schleppt sich wie ein Zombie durch die Gegend. Ich will dir nicht vorschreiben, was du zu tun hast, aber du solltest zumindest die Wahrheit erfahren. Was du damit anstellst, bleibt dir überlassen. Er ist nicht perfekt … aber er ist nicht wie ich, okay? Er ist nicht wertlos.«

53

Der Scheck, den Elises Vater geschickt hatte, lag noch immer auf dem Kaminsims.

Axe hatte ihn nie eingelöst. Er wusste, dass er ihn irgendwann ins Feuer werfen würde. Nur eben nicht heute. Und gestern auch nicht. Oder vorgestern.

Denn irgendwie erschien ihm dieser Scheck wie die letzte Verbindung zu Elise. Sicher war das lächerlich, aber das war einer der Vorteile, wenn man alleine lebte: Niemand erfuhr von deinen Schwächen und Macken, deinen kleinen Ritualen. Das war wie falsch singen unter der Dusche – Privatsache.

Er saß nackt vor dem Kamin. Sein Rücken war kalt, aber das war ihm gleichgültig. So wie das meiste, seit Elise Schluss gemacht hatte …

Ein Klopfen riss ihn aus den Gedanken, und er rief: »Ist offen«. Es war ihm scheißegal, wer es war. Er wusste, dass er schnell an seine Waffe kam, sollte …

Axe sprang auf. Dann fiel ihm ein, dass er nackt war, und er schnappte sich ein Kissen vom alten Sofa. »Elise?«, sagte er zur geschlossenen Tür. »Was machst du hier?«

Ihre Stimme war gedämpft. »Wäre es, äh … wäre es okay, wenn ich reinkomme?«

Er antwortete mit einem Schulterzucken. Vor allem deshalb, weil in seinem Hirn sämtliche Leitungen durchgebrannt waren und er keinen Ton herausbekam.

Dann fiel ihm ein, dass sie ihn ja gar nicht sehen konnte. »Ja, ich meine, klar.«

Im nächsten Moment trat sie ein, schloss die Tür und kam langsam nach vorne, als erwarte sie jeden Moment, dass er seine Meinung wieder änderte.

Verdammt … sie sah gut aus. Aber das tat sie ja immer. Selbst wenn sie ihn hasste.

»Hör zu, ich weiß nicht …« Sie räusperte sich. »Ich weiß nicht, wie ich das sagen soll …«

»Nur zu, sag, was du willst.«

Sie hatte ihm bereits das Herz herausgerissen, da konnte sie ihm genauso gut auch noch Arme und Beine abschlagen. Und natürlich, klar, er hätte sie anschreien und ihr in aller Klarheit die Meinung geigen sollen, wie sehr sie sich in ihm geirrt hatte. Aber mal ehrlich, er hatte einfach nicht die Kraft.

»Es tut mir leid.«

Axe traute seinen Ohren nicht. »Was?«

»Ich … hör zu, es tut mir wirklich leid. Ich befürchte, ich habe dich vielleicht falsch eingeschätzt …«

»Moment, *was?*«

Sie sprach weiter, doch er konnte ihr nicht folgen. Irgendetwas von Peyton und Novo bei ihr zu Hause. Die Sache mit dem Schlüssel. Mitgliedschaft. Clubgeheimnis. Doch kein Sex.

»Was?«, fragte er noch einmal.

»Wie gesagt, die beiden waren bei mir, weil die Sache Peyton keine Ruhe ließ. Er meinte, ich würde dich zu Unrecht verurteilen.«

Axe blinzelte. Dann zuckte er die Schultern. »Und …«

»Und, äh …« Sie schüttelte den Kopf. »Kannst du mir einfach sagen, warum … du mir das mit dem Schlüssel nicht erklärt hast?«

»Würdest du mir denn jetzt glauben?«

»Ich denke schon.«

Er fuhr sich durchs Haar und dachte daran zurück, wie ihm Elise dieses Metallteil vor die Nase gehalten hatte, im Schrank einer toten Vampirin, der er nie begegnet war. »Ich dachte … ich dachte, du würdest es nicht verstehen. Ich dachte, du würdest mich abschreiben. Weißt du, ich bin von den Drogen losgekommen, aber dafür habe ich mich mit Sex therapiert. Es war ein Mittel, um meinen Gedanken zu entkommen.«

»Und hast du jemals jemandem wehgetan? Im, äh … Club?«

»Du meinst, wie Anslam? Nein, nie. Und ich hatte auch nie etwas mit Allishon. Ich kannte sie nicht einmal, um ehrlich zu sein. Viele Leute gehen in diesen Club.« Er warf die Hände in die Luft. »Egal, ich wollte einfach nur, dass du an mich glaubst, okay? Mir war klar, welches Bild du von mir hast, und ich wollte dich nicht enttäuschen. Eine krankhafte Sexsucht hat da einfach nicht hineingepasst.«

»Und hast du jetzt das Bedürfnis … zurück in den Club zu gehen?«

»Das hatte ich nicht mehr, seit ich dich getroffen habe. Als ich mit Novo im Keys war, hat es mich nicht mehr gereizt wie früher. Ich wollte mit dir zusammen sein und sonst niemandem.«

»Und ist das immer noch so?«, flüsterte sie.

Axe verschränkte die Arme. »Was willst du von mir, Elise? Warum bist du hier?«

»Es … es tut mir einfach nur so leid. Ich habe vorschnell geurteilt und dir alles Mögliche an den Kopf geworfen. Das war nicht fair. Ich schätze, meine Gefühle haben mich übermannt.«

»Das ist okay«, brummte er. »Ich meine, ist cool.«

»Nein, das ist es nicht«, sagte sie traurig. »Ich schätze, in Wahrheit … ist es so, wie du gesagt hast: Ich kann besser dozieren als zuhören. Ich habe alles entschieden, und du hast recht, ich habe dir nicht einmal Gelegenheit gegeben, dich zu verteidigen.«

Als sich das Schweigen in die Länge zog, wäre Axe am liebsten umhergelaufen, aber nackt wie er war, ließ er es lieber bleiben.

»Ich frage dich noch einmal«, sagte er, »warum bist du hier?«

»Weil … ich dich liebe. Darum.«

Es dauerte eine Weile, bis diese Worte zu ihm durchdrangen, und dann war er erst einmal vollkommen sprachlos. In seinen lächerlichsten Wunschträumen hatte er auf diese Kehrtwende von ihrer Seite aus gehofft – scheiße, er hatte darum gebetet. Darum, dass nur dieses eine Mal ein Wunder in seinem Leben geschehen würde. War das überhaupt echt?

Überwältigt und aufgewühlt konnte Axe nichts anderes tun, als … naja, er beugte sich zur Seite, hob etwas vom Sofa auf und hielt es ihr entgegen.

Elise kam auf ihn zu. »Was ist das?«

Axe gab ihr das Holzstück und murmelte: »Es sollte ein Vogel werden. Ich weiß nicht, was es in Wirklichkeit ist. Jedenfalls liebe ich dich auch.«

Sie riss den Kopf hoch und sah ihn mit großen Augen an.

Axe zuckte die Achseln. Dann grinste er. »Was? Möchtest du, dass ich dir noch ein paar Vorwürfe mache? Das tust du doch selbst schon. Außerdem habe ich Erfahrung mit Selbstvorwürfen, ich weiß, dass wir mit uns selbst immer am strengsten ins Gericht gehen. Und hey, ich habe mich an dich gebunden. Du könntest mich mit dem Auto überfahren, danach in Brand stecken und von einer Brücke stoßen, ich würde dich trotzdem wieder aufnehmen. Nicht dass ich diese Herangehensweise für eine Versöhnung empfehle ...«

Elise warf sich ihm an den Hals und umklammerte ihn so fest, dass er keine Luft mehr bekam. Aber wer brauchte schon Luft? Sie im Arm zu halten, ihr Haar und ihre Haut zu riechen ... ihre Nähe zu spüren, nicht nur körperlich, sondern in seinem Herzen – das war mehr als genug zum Leben.

»Ich liebe dich«, sagte er noch einmal und fing an zu zittern. »Gütige Jungfrau der Schrift, ich liebe dich ...«

Es verlief anders, als Elise gedacht hatte. Ganz anders.

Sie hatte sich auf Schuldzuweisungen eingestellt. Sie war sich ziemlich sicher gewesen, dass er sie hochkant aus dem Cottage werfen würde, und wie hätte sie ihm das verübeln sollen? Sie hatte alle möglichen voreiligen Schlüsse gezogen, weil sie verletzt gewesen war und sich betrogen fühlte. Verflixt, sie hatte ihn sogar als reine Maßnahme zur Trauerbewältigung bezeichnet, auch das war nicht sehr nett gewesen.

Dabei hatte sie zu Beginn vielleicht wirklich nur Trost bei ihm gesucht, doch daraus war so schnell viel mehr geworden: Denn wäre Axe nur ein Mittel zum Zweck gewesen, hätte sie ihn ganz bestimmt nicht so vermisst. Also mit jedem Herzschlag und jedem Atemzug, vierundzwanzig Stunden am Tag.

»Ich liebe dich«, sagte sie. »Ich liebe dich so sehr, und ich hätte es fast vermasselt, und ...«

»Nicht doch. So darf man nicht denken.«

»Aber ich muss es wiedergutmachen, ich muss mir dein Vertrauen neu erarbeiten, und ich muss ...«

Er stellte sie zurück auf die Füße. Okay, er war wirklich sehr nackt und reagierte auf ihre Nähe. Und auch sie sprach auf ihn an.

»Elise.« Er strich ihr das Haar aus dem Gesicht. »Hör zu, ich nehme es dir nicht übel, dass du dich geschützt hast. Die Wahrheit ist, wir kennen einander kaum, und Vertrauen … braucht Zeit. Ich weiß nicht, wie es dir geht, aber ich wende mich lieber der Zukunft zu, als mich mit Missverständnissen auseinanderzusetzen, die einfach zu diesem Prozess dazugehören.«

»Aber was wäre gewesen, wenn Peyton nichts gesagt hätte?«

»Aber er hat etwas gesagt.«

»Und wenn du mich nicht reingelassen hättest?«

»Aber das habe ich doch.«

»Aber was, wenn du mir nicht geglaubt …«

Er legte zärtlich den Zeigefinger auf ihre Lippen und unterbrach ihren Redefluss. »Ich muss gerade daran denken, was Rhage einmal zu mir gesagt hat.«

»Dass Professoren Idioten sind, die in ihrem eigenen Fach versagen?«

»Du bist kein Idiot. Nein, es war in der Nacht, in der ich ihn gerettet habe. Damals war ich genauso aufgeregt wie du. Ich habe mir alle möglichen Schreckensszenarien ausgemalt: Was, wenn ich zu spät gekommen wäre, was, wenn dies, was, wenn das. Doch er sagte, dass es Schwachsinn wäre, sich Vorwürfe zu machen, wenn etwas vom Schicksal vorhergesehen war. Dieser Theorie zufolge wären wir ohnehin wieder zusammengekommen, auch wenn Peyton nichts gesagt hätte. Weil es so sein soll.«

»Aber … aber …«

»Elise. Verstehst du nicht? Meine Tür wäre immer für dich offen gewesen. Sie *wird* immer für dich offen sein.«

Dann küsste er sie und bettete sie auf das Deckenlager vor dem Kamin.

Elise war schon mit ihm im Himmel, bevor sie ausgezogen war. Ihr Herz war frei, der Knoten entwirrt, sie war wieder auf dem richtigen Weg.

Doch bevor er in sie eindrang, löste sie sich ein Stück von ihm. »Dann ist deine Tür also immer offen?«

»Immer.«

»Wirklich …« Sie lächelte und dachte, ihr Herz müsste vor Glück zerspringen. »Denn zufällig ziehe ich bei meinem Vater aus.«

Er hob die Brauen. »Tatsächlich? Was du nicht sagst.«

»So leid es mir tut, aber dort ist einfach nicht der richtige Platz für mich.«

»Weißt du, ich hätte nichts gegen eine Mitbewohnerin. Ich hätte da an eine schöne, intelligente Vampirin gedacht, die sich widersetzen und mit einer Waffe umgehen kann.«

Elise nickte. »Und ich suche nach einer Unterkunft, die sicher und geborgen ist und wo man ungestört sein kann … vorzugsweise mit offenem Kamin und allnächtlichem Feuerwerk, ausgelöst durch einen Kerl, der zur Hälfte tätowiert ist und nichts gegen Frauen hat, die voreilige Schlüsse ziehen.«

»Dann würde ich sagen, passt perfekt.«

Damit bog er den Rücken durch und drang tief in sie ein, und als sie keuchend nach Luft schnappte, trug er das wissende Lächeln eines Mannes, der sich seiner Wirkung auf eine Frau bewusst ist.

»Wir passen wirklich perfekt zusammen«, stöhnte sie. »Da ist nur dieses eine.«

»Und das wäre?

»Ich fürchte …« Sie blickte auf den Holzklotz, den er ihr gegeben hatte. »Ich fürchte, du bist kein großer Künstler.«

Axe lachte. »Ich weiß. Sieh dir diesen Klumpen an.

Aber ich wollte es einmal mit der Methode meines Vaters versuchen.«

»Und du bist dir sicher, dass es ein Vogel ist?«

»Ich weiß nicht …«

Und während sie durcheinanderredeten, ging Mitternacht vorüber. Ein neues Jahr fing an, und es war ein Neubeginn für sie beide.

Ein Neubeginn … der zwei Leben lang andauern würde.

54

»Moment, das hier ist für L.W.!«

Mary lehnte sich zurück. Sie saß in der Bibliothek, eine Tasse Kakao in der Hand, eine Zuckerstange im Mund, und lächelte, als Bitty mit einem folienverpackten Geschenk auf die hohe Familie zueilte. Das Mädchen trug ein rotes Taftkleid mit einer grünen Schleife und sah aus wie aus dem Bilderbuch. Fast. Denn leider trug sie auch Lassiters Baseballkappe mit dem Rentiergeweih.

Der ganze Haushalt hatte sich um den Weihnachtsbaum versammelt – okay, alle außer dem Engel, der Gott weiß wo steckte. Seit einer Stunde wurden nun schon Geschenke herumgereicht. Sie feierten das Menschenfest zu Silvester, weil davor einfach zu viel los gewesen war.

Rhage beugte sich zu ihr herüber. »Wie sieht es aus, spielen wir zwei Wo-steckt-mein-Mistelzweig, wenn Bitty schläft?«

Mary spürte, wie ihr warm wurde. »Sehr gerne.«

Ihr *Hellren* begann zu schnurren. »Ich weiß auch schon, wo ich ihn verstecke.«

Sie rammte ihm den Ellbogen in die Rippen. »Pst, hör auf damit. Wir müssen noch das Fest überstehen.«

»Es gibt immer noch die Toilette. Die Speisekammer. Eine ganze Welt da draußen.«

»Die Welt da draußen ist eiskalt!«

»Ich könnte dich wärmen.«

Mary warf den Kopf zurück und lachte, als Wrath gerade fragte: »Und, was ist es?«

»Ein Laster!« Beth lächelte Bitty an und legte ihrem Sohn das Spielzeug in den Schoß. »Hast du den von deinem eigenen Geld gekauft?«

»Ja«, sagte Bitty stolz. »Du hast gemeint, er würde sich über einen freuen.«

George, der königliche Blindenhund, beschnupperte den Laster und schleckte einmal darüber.

»Der kleine Wrath wird ihn lieben …« Beth lachte. »Und schon steckt er im Mund.«

Während der Erstgeborene zahnlos an den Reifen nagte, hüpfte Bitty zurück zum Baum und sah sich zwischen den Geschenken um. »Das Letzte ist für dich, Onkel Ruhn.«

Ruhn saß zwei Sessel weiter, auf die in sich ruhende Art, an die sich Mary mittlerweile gewöhnt hatte. Er wirkte keineswegs unnahbar – im Gegenteil, er war stets offen und warmherzig im Umgang –, er schien nur etwas überfordert von den vielen Leuten und dem Lärmen und Lachen und den ewigen Insiderwitzen der Brüder.

»Danke«, sagte er leise.

Alle verstummten, als Bitty ihm die große flache Kiste auf den Schoß legte.

»Es ist von uns allen!«, rief sie aus. »Ich habe mich auch beteiligt.«

»Ihr wart schon jetzt zu großzügig.« Ruhn blickte auf den Stapel von Kleidung neben seinem Sessel. »Ich weiß nicht, wie ich euch danken soll …«

V fiel ihm ins Wort: »Ja, ja, ja. Mach einfach auf, okay?«

»Vishous«, zischte Jane aus der Ecke. »Wirklich …«

»Was? Komm schon, ich habe stundenlang versucht, Rhage bei der Auswahl zu helfen …«

Butch mischte sich nun auch ein. »Das stimmt. Es war ein hartes Stück Arbeit ...«

Rhage zuckte die Schultern. »Es ist eben ein wichtiges Geschenk ... da muss die Farbe stimmen.«

»Ist es ein Pullover?«, fragte Ruhn. »Ein dritter?«

»Du solltest den Karton aufmachen«, sagte Rhage. »Na los, mein Sohn.«

Es war wirklich lustig, Rhage hatte Ruhn gleich nach seiner Ankunft im Anwesen der Bruderschaft unter seine Fittiche genommen, und die beiden waren wirklich niedlich, wenn man sie zusammen sah. Ruhn eiferte Rhage in allem Möglichen nach und verbrachte viel Zeit mit ihm.

Wie sich herausstellte, hatte Ruhn erst vor fünfzehn Jahren die Transition durchlaufen.

Und Rhage würde es vermutlich nicht zugeben, zumindest nicht in absehbarer Zeit, aber Ruhn war schnell zu einer Art Ersatzsohn für ihn geworden.

Jedes Mal, wenn Ruhn wieder etwas gelang, zum Beispiel ein Krafttraining mit den Brüdern im Fitnessraum, die Anmeldung zu einem Alphabetisierungskurs, oder wenn er einen der grässlichen Filme überstand, die Rhage und Bitty für ihn aussuchten, sah man Rhage den Stolz an.

Im Grunde hatte sie das Schicksal mit einem zweiten Kind beschenkt ...

Ruhn hob den Deckel an und durchwühlte das Seidenpapier. Dann runzelte er die Stirn. »Was ist das?«

Er hielt einen Autoschlüssel in der Hand.

Rhage sprang auf. »Komm, mein Sohn, das musst du sehen!«

Bitty quietschte vor Aufregung und zerrte am Arm ihres Onkels. »Gleich da draußen, hinter dem Haus!«

»Hier, drück auf diesen Knopf da ...«

»Moment, was ...«

Rhage öffnete die Flügeltüren zur Terrasse, und alle sprangen von ihren Sitzen auf und drängten nach draußen ...

Und da stand er, ein nagelneuer, fetter Ford Pick-up, mit Bla-bla-bla-Antrieb und Doppelkabine und acht Millionen Pferden unter der Haube und Bla-bla-bla-Federung und Schlag-mich-tot-Getriebe ...

Und so weiter.

Mary hielt sich im Hintergrund, als die Außenbeleuchtung ansprang und einen Ruhn in Licht tauchte, dessen fassungslose Sprachlosigkeit langsam vorsichtiger Freude wich.

Dann drehte er sich nach Rhage um, sah ihm aber nicht ins Gesicht. Doch Rhage wusste genau, was zu tun war, und schloss Ruhn in die Arme. Während Bitty wie ein Glühwürmchen um sie herumtanzte.

Ja, dachte Mary, das war das schönste Weihnachten, das sie je ...

»Mary.«

Verwundert drehte sie sich um. Runzelte die Stirn. »Lassiter?«

»Hier drüben.«

»Wo?« Sie sah sich nach allen Seiten um. »Warum hallt deine Stimme so?«

»Ich bin im Kamin.«

»Was?«

»Ich stecke im verdammten Kamin fest.«

Mary eilte zum Kamin und ging auf alle viere. Dann sah sie in den dunklen Schacht hinauf und schüttelte den Kopf. »Lassiter? Was machst du da oben?«

Seine Stimme kam von irgendwo über ihr. »Sag es niemandem, okay?«

»Was machst du ...«

Ein Arm tauchte von oben auf. Ein sehr rußiger Arm,

der in einem roten Ärmel mit weißem Aufschlag steckte. Oder einem einstmals weißen Aufschlag, denn er war voller Ruß.

»Du steckst fest!«, rief sie aus. »Zum Glück hat niemand Feuer gemacht!«

»Was du nicht sagst«, brummte er mit seiner körperlosen Stimme. »Ich musste hundertmal blasen, bis Fritz die Lust verging. Scheiße, das klingt schmutzig. Erinnere mich jedenfalls daran, dass ich nie mehr versuche, für deine Kleine den Weihnachtsmann zu spielen, okay? Ich mach das nicht mehr, nicht einmal für sie.«

Mary beugte sich noch weiter in den Kamin, aber das gestapelte Holz auf dem Rost behinderte sie. »Lassiter, warum kannst du dich nicht einfach dematerialisieren?«

»Ich habe mich an einem Eisenhaken verfangen. Ich kann mich nicht verdünnisieren. Jetzt nimm mir das hier endlich ab, ja?«

»Was?«

»Das.«

Er öffnete die Hand, und da war … ein Kästchen? Ein kleines dunkelblaues Kästchen.

»Mach auf. Und bevor du fragst, ich habe es mit deinem Holzkopf von *Hellren* abgeklärt. Er ist nicht eifersüchtig.«

Mary ließ sich auf die Hacken zurückfallen und schüttelte den Kopf. »Ich mache mir Sorgen um dich …«

»Mach einfach das verdammte Ding auf.«

Sie öffnete den Deckel. Darunter erschien ein kleineres Kästchen aus Samt. »Was ist es?«

Sie klappte den Deckel auf … und schnappte nach Luft.

Es waren Diamant-Ohrringe. Ein Paar vollkommen gleicher, funkelnder Diamanten …

»Die Tränen einer Mutter«, sagte Lassiters leicht hallende Stimme leise. »So hart, so schön. Ich habe dir ge-

sagt, dass alles gut wird. Die Steine sollen dich daran erinnern, wie stark du bist, wie stark deine Liebe zu deiner
Tochter ist … und dass es selbst in den schlimmsten Zeiten Grund zur Hoffnung gibt.«

Mary blinzelte gegen die Tränen an und dachte daran, wie sie in der Eingangshalle vor dem Engel geweint
hatte, weil alles verloren gewesen war.

»Sie sind wunderschön«, sagte sie heiser.

Sie löste einen Ohrring aus dem Kästchen, nahm ihren Perlenstecker aus dem Ohr und ersetzte ihn durch
den Diamanten. Das Gleiche tat sie auf der anderen
Seite.

»Mary!«, rief Rhage von draußen. »Sieh dir an, wie …«

Er verstummte, dann lächelte er. »Er hat sie dir also
gegeben.«

»Das hat er.« Sie stellte das Kästchen zur Seite. »Aber
Rhage, wir haben ein Problem …«

»Nicht sagen!«, bellte Lassiter.

Rhage runzelte die Stirn. »Lassiter?«

»Fick dich!«, kam die gedämpfte Antwort.

Mary deutete auf den Kamin. »Lassiter trägt ein Weih-
nachtsmannkostüm und steckt im Kamin, er hängt irgendwo fest und kann sich nicht dematerialisieren. Also
haben wir ein Problem.«

Rhage blinzelte. Dann warf er den Kopf in den Nacken und lachte so schallend, dass die Fensterscheiben
zitterten. »Das ist das beste verdammte Weihnachtsge-
schenk aller Zeiten!«

»Fick dich, Hollywood!«, rief Lassiter aus dem Kamin.
»Fick dich dreifach …«

Auch die anderen Brüder kamen nun in die Bibliothek zurück, und Rhage hatte den Spaß seines Lebens,
als er ihnen die Situation erklärte. Unter Tränen des
Lachens.

Dann stapfte er zum Kamin, legte die Hände auf die Knie und rief nach oben: »Wie fühlt man sich als Proktologe, Engel? Ist es schön eng? Ich würde dich noch etwas anderes nennen, aber meine Tochter steht in Hörweite. Es beginnt mit ›D‹ und endet auf ›o‹!«

»Ich bring dich um, sobald ich hier raus bin!«

»Soll ich dir eine kleine Arielle-Puppe hochreichen, damit du nicht so einsam bist? Oder, halt, wie wäre es mit einem ausgestopften Tarpun?«

»Vergiss es!«

Während sich die beiden weiter einen festlichen Schlagabtausch lieferten und sich der Rest des Haushaltes um den Kamin scharte und lachte, bis er heiser war, während V vorschlug, sie könnten eine Kette an Ruhns neuen Truck hängen, trat Mary ein paar Schritte zurück und betrachtete ihre Familie.

»Mom?«

Sie sah Bitty an, lächelte und strich über das dunkle Haar ihrer Tochter. »Was ist, mein Schatz?«

»Frohe Weihnachten, Mom.« Das kleine Mädchen umarmte sie. »Das war das schönste Weihnachten aller Zeiten, meinst du nicht auch? Ich weiß, es ist mein erstes, aber ich kann es mir einfach nicht besser vorstellen.«

Mary drückte ihre Tochter an sich, blickte auf die geöffneten Geschenke und das zerknüllte und zerfetzte Geschenkpapier und das komplette Chaos … und wurde von solchem Glück erfüllt, dass sie das Gefühl hatte, über dem Boden zu schweben.

»Nein, Bitty, besser könnte es wirklich nicht sein.«

Bitty machte ein besorgtes Gesicht. »Werden sie ihn jemals rausholen?«

Mary lachte. »Ja, aber das lassen sie ihn nie vergessen. Es ist wahr: An dieses Fest wird man sich immer erinnern!«

ENTDECKEN SIE DIE
MAGISCHE WELT VON ...

BLACK DAGGER

Sie sind eine der geheimnisvollsten Bruderschaften, die je gegründet wurde: die Gemeinschaft der BLACK DAGGER. Und sie schweben in tödlicher Gefahr: Denn die BLACK DAGGER sind die letzten Vampire auf Erden, und nach jahrhundertelanger Jagd sind ihnen ihre Feinde gefährlich nahe gekommen. Doch Wrath, der ruhelose, attraktive Anführer der BLACK DAGGER, weiß sich mit allen Mitteln zu wehren …

Erster Band: **Nachtjagd**
Wrath, der Anführer der BLACK DAGGER, verliebt sich in die Halbvampirin Elisabeth und begreift erst durch sie seine Verantwortung als König der Vampire.

Zweiter Band: **Blutopfer**
Bei seinem Rachefeldzug gegen die finsteren Vampirjäger der *Lesser* muss Wrath sich seinem Zorn und seiner Leidenschaft für Elisabeth stellen – die nicht nur für ihn zur Gefahr werden könnte.

Dritter Band: **Ewige Liebe**
Der Vampirkrieger Rhage ist unter den BLACK DAGGER für seinen ungezügelten Hunger bekannt: Er ist der wildeste Kämpfer – und der leidenschaftlichste Liebhaber. In beidem wird er herausgefordert …

Vierter Band: **Bruderkrieg**

Als Rhage Mary kennenlernt, weiß er sofort, dass sie die eine Frau für ihn ist. Nichts kann ihn aufhalten – doch Mary ist ein Mensch. Und sie ist todkrank …

Fünfter Band: **Mondspur**

Zsadist, der wohl mysteriöseste und gefährlichste Krieger der BLACK DAGGER, muss die schöne Vampirin Bella retten, die in die Hände der *Lesser* geraten ist.

Sechster Band: **Dunkles Erwachen**

Zsadists Rachedurst kennt keine Grenzen mehr. In seinem Zorn verfällt er zusehends dem Wahnsinn. Bella, die schöne Aristokratin, ist nun seine einzige Rettung.

Siebter Band: **Menschenkind**

Der Mensch und Ex-Cop Butch hat ausgerechnet an die Vampiraristokratin Marissa sein Herz verloren. Für sie – und aufgrund einer dunklen Prophezeiung – setzt er alles daran, selbst zum Vampir zu werden.

Achter Band: **Vampirherz**

Als Butch, der Mensch, sich im Kampf für einen Vampir opfert, bleibt er zunächst tot liegen. Die Bruderschaft der BLACK DAGGER bittet Marissa um Hilfe. Doch ist ihre Liebe stark genug, um Butch zurückzuholen?

Neunter Band: **Seelenjäger**

In diesem Band wird die Geschichte des Vampirkriegers Vishous erzählt. Seine Vergangenheit hat ihn zu der atemberaubend schönen Ärztin Jane geführt. Nur ist sie ein Mensch, und ihre gemeinsame Zukunft birgt ungeahnte Gefahren …

Zehnter Band: **Todesfluch**

Vishous musste Jane gehen lassen und ihr Gedächtnis löschen. Doch bevor er seine Hochzeit mit der Auserwählten Cormia vollziehen kann, wird Jane von den *Lessern* ins Visier genommen und Vishous vor eine schwere Entscheidung gestellt …

Elfter Band: **Blutlinien**

Vampirkrieger Phury hat es nach Jahrhunderten des Zölibats auf sich genommen, der Primal der Vampire zu werden. Hin- und hergerissen zwischen Pflicht und der Leidenschaft zu Bella, der Frau seines Zwillingsbruders, bringt er sich in immer größere Gefahr …

Zwölfter Band: **Vampirträume**

Während Phury noch zögert, seine Rolle als Primal zu erfüllen, lebt sich Cormia im Anwesen der Bruderschaft immer besser ein. Doch die Beziehung der beiden ist von Zweifeln und Missverständnissen geprägt, und Phury glaubt kaum daran, seiner Aufgabe gewachsen zu sein.

Sonderband:

Die Bruderschaft der BLACK DAGGER

In zahllosen Interviews, Diskussionsbeiträgen und Hintergrundinformationen gewährt J. R. Ward ihren Lesern einen einzigartigen Blick hinter die Kulissen ihrer Mystery-Erfolgsserie. Eine exklusive BLACK DAGGER-Kurzgeschichte rundet diesen einzigartigen Materialienband ab.

Dreizehnter Band: **Racheengel**
Der *Symphath* Rehvenge lernt in Havers' Klinik die
Krankenschwester und Vampirin Ehlena kennen
und fühlt sich sofort zu ihr hingezogen. Doch er
verheimlicht ihr seine Vergangenheit und seine
Geschäfte, und Ehlena gerät dadurch in große Gefahr …

Vierzehnter Band: **Blinder König**
Die Beziehung zwischen Rehvenge und Ehlena
wird jäh zerstört, denn Rehvs Geheimnis steht kurz
vor der Enthüllung, was seine Todfeinde auf den
Plan ruft – und die Tapferkeit Ehlenas auf die Probe stellt, da von ihr verlangt wird, ihn und seines-
gleichen auszuliefern …

Fünfzehnter Band: **Vampirseele**
Der junge Vampir John Matthew ist in Leidenschaft
zu der mysteriösen Xhex entbrannt, doch diese
verbirgt ein Geheimnis, das die Bruderschaft der
BLACK DAGGER in tödliche Gefahr bringt …

Sechzehnter Band: **Mondschwur**
Xhex wendet sich von John ab, um ihn zu schützen.
Doch als der Kampf gegen das Böse ihr alles abfor-
dert, erkennt sie, dass man dem Schicksal der Liebe nicht entkommen kann …

Siebzehnter Band: **Vampirschwur**
Jahrhundertelang war die ebenso schöne wie uner-
schrockene Vampirin Payne auf der Anderen Seite
gefangen. Als sie mit ihrer Bestimmung bricht und
ins Diesseits kommt, verliebt sie sich in den Arzt
Dr. Manuel Manello – doch der ist ein Mensch …

Achtzehnter Band: **Nachtseele**

Schweren Herzens hat sich Payne von Manuel getrennt, um ihn zu schützen. Doch dann gerät Payne im Kampf gegen die Vampirjäger in tödliche Gefahr. Manuel ist der Einzige, der ihr jetzt noch helfen kann …

Neunzehnter Band: **Liebesmond**

Seit dem Tod seiner geliebten *Shellan* Wellsie ist der mächtige Krieger Tohr nur noch ein Schatten seiner selbst – und ausgerechnet jetzt braucht ihn die Bruderschaft am dringendsten, denn ein gefährlicher Feind hat es auf den Thron ihres Königs abgesehen. Doch als die schöne No'One auftaucht, schöpft Tohr neue Hoffnung …

Zwanzigster Band: **Schattentraum**

Die Beziehung zu No'One hat Tohr neue Lebensfreude geschenkt, und doch kann er Wellsie nicht vergessen. Und während die Bruderschaft in den Straßen Caldwells ihre härteste Schlacht schlägt, ist Tohrs Herz entzweigerissen: Wem gehört seine Liebe – Wellsie oder No'One?

Einundzwanzigster Band: **Seelenprinz**

Der mächtige Vampirkrieger Blay ist seit einem Jahr mit dem attraktiven Saxton zusammen. Doch eigentlich liebt Blay seinen besten Freund Qhuinn, der gerade dabei ist, mit der Auserwählten Layla eine Familie zu gründen …

Zweiundzwanzigster Band: **Sohn der Dunkelheit**

Die beiden Vampirkrieger Blay und Qhuinn sind füreinander bestimmt, doch sie können ihre Gefühle nicht zulassen. Erst als die BLACK DAGGER in Gefahr geraten, begreifen Blay und Qhuinn, was wahrer Mut bedeutet: sich auf die Liebe einzulassen …

Dreiundzwanzigster Band: **Nachtherz**
Die schöne Vampirin Beth wusste schon immer, dass es schwierig sein würde, mit Wrath, dem König aller Vampire, verbunden zu sein. Aber ihre Liebe zu ihm war stärker, doch nun droht Beths größter Wunsch, genau diese Liebe zu zerstören …

Vierundzwanzigster Band: **Königsblut**
Die Herrschaft und das Leben des mächtigen Vampirkönigs Wrath sind in Gefahr. Und ausgerechnet seine große Liebe Beth wird im Kampf gegen seine Widersacher zu seiner Achillesferse …

Fünfundzwanzigster Band: **Gefangenes Herz**
Trez Latimers Schicksal ist seit seiner Geburt vorherbestimmt: der künftigen Königin der Schatten als Liebessklave zu dienen. Um frei zu sein, floh er einst aus dem Reich der Schatten und lebt seither in Caldwell – immer auf der Flucht vor den Häschern der Königin. Erst als er der schönen Auserwählten Selena begegnet, schöpft Trez neue Hoffnung …

Sechsundzwanzigster Band: **Entfesseltes Herz**
Für seinen Bruder Trez würde iAm Latimer alles tun. Um ihn vor der Königin zu schützen, hat iAm seine Heimat und ein Leben in Sicherheit aufgegeben – und die Liebe: Mit mehr als dreihundert Jahren ist er immer noch Jungfrau. Doch dann begegnet er einer geheimnisvollen Frau, die sein Schicksal und das seines Bruders für immer verändern könnte …

Siebenundzwanzigster Band: **Krieger im Schatten**
Alte Allianzen wurden gelöst und neue geschlossen, und doch sind die Feinde der BLACK DAGGER mächtiger als jemals zuvor. Während die Brüder sich zum Kampf rüsten, ahnen sie nicht, dass einer aus ihrer Mitte mit seinen eigenen Dämonen

ringt: Rhage. Denn plötzlich ist seine tiefe und leidenschaftliche Liebe zu Mary in Gefahr …

Achtundzwanzigster Band: **Ewig geliebt**
Rhage und Mary sind einander auf ewig verbunden. Weil Mary ein Mensch ist, wurde ihre Lebenskraft an Rhages geknüpft. Doch nachdem er in der Schlacht verwundet wurde, sieht sich der mächtige Vampir plötzlich mit ganz neuen Gefühlen und einer dunklen Zukunft konfrontiert. Wird Mary ihm auch auf diesem Pfad folgen?

Neunundzwanzigster Band: **Die Auserwählte**
Sie sind füreinander bestimmt und dürfen doch nie zusammen sein: die schöne Auserwählte Layla und der Verräter Xcor, der den Vampirkönig Wrath am liebsten tot sehen würde. Hin und her gerissen zwischen Loyalität und ihren Gefühlen, muss Layla sich entscheiden: für die BLACK DAGGER oder Xcor, den einzigen Mann, den sie jemals lieben wird.

Dreißigster Band: **Der Verstoßene**
Die Beziehung zwischen der schönen Auserwählten Layla und dem Verräter Xcor droht die Bruderschaft der BLACK DAGGER zu spalten. Und als dann auch noch ein uralter Feind erneut aus den Schatten tritt, ist nichts mehr sicher in der Welt der Vampire. Nicht einmal mehr die wahre Liebe – oder Schicksale, die einst in Stein gemeißelt schienen.

Einunddreißigster Band: **Die Diebin**
Sola Morte ist Einbrecherin aus Leidenschaft. Nicht die finanzielle Not, sondern die pure Lust am Nervenkitzel treibt sie nachts in die Villen reicher Leute. Aber als sie den geheimnisvollen Assail kennen-

lernt, ist sie diejenige, der etwas gestohlen wird – nämlich ihr Herz. Sola ahnt nicht, dass Assail ein Vampir ist …

Zweiunddreißigster Band: **Der Spion**
Seit seine große Liebe Sola die Stadt verlassen hat, schwebt Waffenhändler Assail zwischen Leben und Tod. Um ihren wichtigsten Verbündeten im Kampf gegen die Lesser zu retten, setzen die BLACK DAGGER alles daran, Sola zurückzuholen, denn die Vampirkrieger wissen sehr genau um die heilende Kraft der Liebe.

Dreiunddreißigster Band: **Der Erlöser**
Einst wurde der mächtige Vampirkrieger Murhder aus der Bruderschaft der BLACK DAGGER verstoßen. Nach Jahren des Exils und der Einsamkeit kehrt er nun nach Caldwell zurück. Als er der schönen Wissenschaftlerin Sarah Watkins begegnet, schöpft er neue Hoffnung. Gibt es vielleicht sogar für ihn eine zweite Chance auf Glück?

Vierunddreißigster Band: **Winternacht**
Seit dem Tod seiner geliebten *Shellan* Selena verbringt der mächtige Schatten Trez seine Tage in Trauer und Einsamkeit. Dann begegnet er im Restaurant seines Bruders der Kellnerin Therese und verliebt sich Hals über Kopf in sie. Doch Therese hat mit eigenen Dämonen zu kämpfen, und wenn die beiden eine gemeinsame Zukunft wollen, müssen sie erst lernen, ihre Vergangenheit loszulassen …

BLACK DAGGER
LEGACY

Kuss der Dämmerung

Die junge, hübsche Aristokratentochter Paradise will sich von der Bruderschaft der BLACK DAGGER zur Kämpferin ausbilden lassen – ein Skandal in der Vampirgesellschaft. Und dann begegnet Paradise bei den BLACK DAGGER auch noch dem attraktiven Craeg und verliebt sich in ihn. Doch Craeg gehört nicht dem Vampiradel an, und seine Liebe zu Paradise ist verboten …

Tanz des Blutes

Ein tragischer Schicksalsschlag machte den jungen Vampirkrieger Axe einst zu einem melancholischen Einzelgänger. Das ändert sich an dem Tag, an dem er der Aristokratentochter Elise als Bodyguard zugeteilt wird und sich mehr und mehr zu der schönen Vampirin hingezogen fühlt. Doch gerade als sich die erotische Leidenschaft zwischen den beiden in Liebe zu verwandeln scheint, droht ein dunkles Geheimnis aus Axes Vergangenheit alles zu zerstören …

Zorn des Geliebten

Der attraktive Peyton stammt aus einer der ältesten Adelsfamilien des Landes, ist reich, und die Frauen liegen ihm zu Füßen. Bis auf eine: Novo. Die ebenso schöne wie toughe Vampirin wird zusammen mit Peyton von den BLACK DAGGER für den Kampf gegen die Feinde der Bruderschaft ausgebildet. Sie hat den Körper einer Göttin und das Herz einer Kriegerin – und für einen verwöhnten Schnösel wie Peyton hat sie so gar nichts übrig. Doch Peyton ist ihr bereits mit Haut und Haaren verfallen, und zum ersten Mal in seinem Leben muss er um die Liebe einer Frau kämpfen …

Schwur des Kriegers

Nach einem tragischen Schicksalsschlag wird der junge Vampirkrieger Boone Ex-Cop Butch O'Neal zugeteilt. Gemeinsam jagen sie einen Serienkiller, der es auf junge Vampirinnen abgesehen hat. Eine Spur führt die beiden in einen Club für Live-Action-Rollenspiele. Dort begegnet Boone der charismatischen Helania, und vom ersten Augenblick an ist er der schönen jungen Vampirin verfallen. Doch dann gerät auch Helania ins Visier des Killers …